ELIZABETH CHADWICK
Das Erbe der Hofdame

AF178893

Buch

England, 1238. Die junge Joanna wächst behütet am Hof von König Heinrich III. auf, als Hofdame der Königin. Eines Tages bekommt sie eine Nachricht, die alles verändert: Gänzlich unerwartet wird sie zur Erbin von Ländereien und Besitztümern. Damit steht sie als eine vielversprechende Kandidatin auf dem Heiratsmarkt da. Der König, dem sie sehr am Herzen liegt, bemüht sich, einen guten Ehemann für sie auszusuchen. Die Wahl fällt auf William de Valence, seinen jüngsten Halbbruder. Während Joanna und William versuchen, sich ein gemeinsames Leben aufzubauen, versinkt England im Bürgerkrieg. William ist gezwungen zu fliehen, und Joanna bleiben nur ihr Verstand und ihr Mut, um die Feinde zu überlisten ...

Autorin

Elizabeth Chadwick lebt mit ihrem Mann und ihren beiden Söhnen in Nottingham. Sie hat inzwischen über 20 historische Romane geschrieben, die allesamt im Mittelalter spielen. Vieles von ihrem Wissen über diese Epoche resultiert aus ihren Recherchen als Mitglied von »Regia Anglorum«, einem Verein, der das Leben und Wirken der Menschen im frühen Mittelalter nachspielt und so Geschichte lebendig werden lässt. Elizabeth Chadwick wurde mit dem Betty Trask Award ausgezeichnet, und ihre Romane gelangen immer wieder auf die Auswahlliste des Romantic Novelists' Award.

Sie lesen gern gut recherchierte und opulente historische Bücher? Verpassen Sie nicht die anderen Romane von Elizabeth Chadwick!

ELIZABETH CHADWICK

Das Erbe der Hofdame

Historischer Roman

Deutsch von Nina Bader

blanvalet

Die Originalausgabe erschien 2021 unter dem Titel
»A Marriage of Lions« bei Sphere, an imprint of Little,
Brown Book Group, Hachette UK Company, London.

Der Verlag behält sich die Verwertung der urheberrechtlich
geschützten Inhalte dieses Werkes für Zwecke des Text- und
Data-Minings nach § 44 b UrhG ausdrücklich vor.
Jegliche unbefugte Nutzung ist hiermit ausgeschlossen.

Penguin Random House Verlagsgruppe FSC® N001967

2. Auflage

Copyright © der Originalausgabe 2021 by Elizabeth Chadwick
Copyright © 2024 der deutschsprachigen Ausgabe by Blanvalet Verlag,
in der Penguin Random House Verlagsgruppe GmbH,
Neumarkter Str. 28, 81673 München
Redaktion: Ulrike Buergel-Goodwin
Umschlaggestaltung: Johannes Wiebel | punchdesign;
unter Verwendung von Motiven von stock.adobe.com
(BERLIN-BELICHTET.DE; Greg Brave; Lustre; Birgit Reitz-Hofmann;
Анастасия Смирнова) und Kwiatek7 / Shutterstock.com
Satz: Uhl + Massopust, Aalen
Druck und Bindung: GGP Media GmbH, Pößneck
LH · Herstellung: sam
Printed in Germany
ISBN: 978-3-7341-1328-4

www.blanvalet.de

Für meinen Vater, Robert »Bob« Chadwick
22. Januar 1928–27. März 2020

In Erinnerung an Crispin's Capers

DIE HAUPTPERSONEN DES ROMANS

In der Reihenfolge ihres Auftretens

Joanna de Munchensy
Achtjährige Enkelin des großen William Marshal, ehemaliger Regent von England. Sie wird am Hof aufgezogen
und im Haushalt der Königin ausgebildet.

Madam Biset
Eine Angehörige von Königin Alienors Haushalt.

Mabel
Joannas Kinderfrau und Dienerin.

Cecily de Sandford
Joannas Lehrerin und Mentorin, eine ältere Edelfrau des
Haushalts.

Sausagez
Ein flauschiger weißer Schoßhund, der Dame Willelma
gehört.

Dame Willelma
Königin Alienors Kinderfrau, eine ältere Angehörige des
Haushalts, die seit der Kindheit der Königin bei ihr ist.

Mistress Roberga
Eine von Königin Alienors Kammerfrauen.

Henry III., König von England
Sohn des berüchtigten Königs John, ihm aber sehr unähnlich und ein künstlerisch veranlagter Familienmensch – kein Krieger.

Gilbert Marshal, Earl of Pembroke
Joannas Onkel mütterlicherseits.

Sybil Giffard
Eine weitere von Königin Alienors Kammerfrauen und erfahrene Hebamme.

Alienor von der Provence, Königin von England
Zu Beginn des Romans sechzehn Jahre alt.

Johan de Munchensy
Joannas Bruder, zwei Jahre älter als sie.

Simon de Montfort
Earl of Leicester, verheiratet mit Eleanor, der Schwester des Königs.

Eleanor de Montfort
Simon de Montforts Frau und auch Schwester von König Henry III. und Halbschwester der später erwähnten Lusignans.

Lord Edward
Sohn von Henry III. und Königin Alienor, Thronerbe.

Richard of Cornwall
Bruder von Henry III.

Isabelle Marshal
Erste Frau von Ärichard of Cornwall und Joannas Tante mütterlicherseits.

Mahelt Marshal, Countess of Surrey
Mutter von John de Warenne und auch von Roger und
Hugh Bigod, Joannas Tante mütterlicherseits.

John de Warenne
Joannas Vetter und Erbe der Grafschaft Surrey.

Margaret
Tochter von Henry III. und Alienor von der Provence.

Warin de Munchensy of Swanscombe
Joannas Vater.

Peter von Savoyen
Onkel der Königin und Earl of Richmond, Vormund von
John de Warenne.

Isabel of Angoulême
Mutter von König Henry III., Richard of Cornwall und
Eleanor de Montfort. Durch ihre zweite Heirat auch Mutter der Lusignans, William de Valence miteingeschlossen.

Aliza de Lusignan
Halbschwester von Henry III. durch ihre Mutter Isabel of
Angoulême. Spätere Frau von John de Warenne.

Guy de Lusignan
Sohn von Isabel of Angoulême und Halbbruder von
Henry III.

Geoffrey de Lusignan
Sohn von Isabel of Angoulême und Halbbruder von
Henry III.

William de Valence
Jüngster Sohn von Isabel of Angoulême und Halbbruder
von Henry III., späterer Mann von Joanna de Munchensy.

Beatrice
Tochter von Henry III.

Edmund
Sohn von Henry III.

Henry of Almain
Sohn und Erbe von Richard of Cornwall und seiner ersten
Frau Isabelle Marshal, Joannas Vetter.

Elias
Diener von William de Valence.

Aymer de Valence
Sohn von Isabel of Angoulême und Halbbruder von
Henry III., für das Priesteramt bestimmt, wird Bischofse-
lekt von Winchester.

Master Peter
Arzt des königlichen Haushalts.

Adam Marsh
Ein Mönch im königlichen Haushalt.

Jacomin
Englischer Diener von William de Valence.

Richard de Clare
Joannas Vetter, Sohn ihrer Tante Isabelle aus erster Ehe.

Robert
Joannas Koch.

Bonifaz
Erzbischof von Canterbury und ein weiterer Onkel von Alienor.

Johan
Joannas erstgeborener Sohn.

Dionysia
Joannas Stiefmutter.

Guillaume de Munchensy
Joannas Halbbruder aus der zweiten Ehe ihres Vaters mit Dionysia.

Agnes
Joannas älteste Tochter.

Emma
Serviermädchen vom Land und spätere Mätresse von Aymer de Valence.

Eustace de Lenn
Ein Beamter in den Diensten von Erzbischof Bonifaz.

Isabelle
Zweite Tochter von John de Warenne.

Louis IX
König von Frankreich und Schwager von Henry III.

Marguerite
Frau von König Louis, Königin von Frankreich, Schwester von Königin Alienor von England.

Katherine
Jüngste Tochter von Henry III. und Königin Alienor.

William (Will)
Zweiter Sohn von Joanna und William de Valence.

Leonara von Kastilien
Frau von Lord Edward.

Albricht
Ein Londoner Pastetenverkäufer.

Henry de Montfort
Ältester Sohn von Simon und Eleanor de Montfort.

Nicolas
Joannas Kaplan.

Isabelle
Joannas jüngste Tochter.

1

Joanna erwachte im Dunkeln in dem weichen Federbett,
das sie mit ihrer Kinderfrau teilte, und rang nach Luft, als
sie aus dem Würgegriff ihres Traums auftauchte. Neben
ihr verankerte Mabels vertrautes warmes Gewicht, das in
die Matratze einsank, sie mit der tröstlichen, beseligenden
Realität. Im körnigen Licht der Nachtkerze waren die Umrisse der schlafenden Kammerfrauen der Königin wie Hügel
vor der inneren Kammer zu erkennen, in der der König mit
seiner Frau schlief.

Der Traum verblasste bereits, aber er hatte von ihrem
Heim in Swanscombe und ihrer Mutter gehandelt – wie
alle ihre Träume. Sie rollte sich auf den Rücken und blickte
zu den gemalten goldenen Sternen an der Kammerdecke
hoch, die im schwachen Flackern der Kerze schimmerten.
Sechs Monate waren vergangen, seit sie an ihrem achten
Geburtstag am Hof eingetroffen war, um im Haushalt der
jungen Königin aufzuwachsen und ausgebildet zu werden.
Fast ohne sich noch einmal umzudrehen, hatte ihr Vater sie
dort zurückgelassen und war zu seiner neuen Frau und seinem Kind nach Hause zurückgekehrt.

Joanna erinnerte sich lebhaft daran, wie sie in dem Wissen, dass ihre Mutter in ihr Leichentuch gehüllt nur Inches

entfernt und doch unerreichbar unter dem Stein lag, die kalte Grabplatte berührt hatte. Das Ehegelübde besagte, dass kein Mensch ein Paar trennen sollte, das Gott zusammengefügt hatte, aber Gott selbst hatte das Band zwischen ihren Eltern durchtrennt, und eine neue Frau hatte den Platz ihrer Mutter eingenommen und einen Sohn geboren. Die Vergangenheit, sie selbst miteingeschlossen, war als von nur geringer Bedeutung beiseite gewischt worden – eine Bemühung, die sich als vergeblich erwiesen hatte. Ihr Vater sagte, ein Platz im königlichen Haushalt wäre eine große Ehre und eine fantastische Möglichkeit für eine Tochter, die über bessere Verbindungen als Aussichten auf Wohlstand verfügte, aber Joanna wusste, dass der wahre Grund war, dass weder ihr Vater noch ihre Stiefmutter sie in Swanscombe in ihrer unmittelbaren Nähe dulden wollten.

Durstig kroch sie aus dem Bett und schlich auf Zehenspitzen gewandt und barfuß zwischen den Schlafenden hindurch zu dem Krug mit Quellwasser, der auf dem Büfett stand. Dame Willelmas flauschiger weißer Schoßhund Sausagez hob den Kopf, um sie zu beobachten, und rollte sich dann, die Nase unter den Schwanz geschoben, wieder in seinem gepolsterten Körbchen zusammen.

Hinter der geschlossenen Tür der inneren Kammer hörte Joanna Königin Alienors helle Stimme und dann die grollende Antwort des Königs, die mit einem kehligen Kichern endete. Seit ihrer Ankunft in Woodstock hatte er seine junge Frau fast jede Nacht besucht, und Joanna hatte ihre anfängliche Scheu verloren und sich an seine Anwesenheit gewöhnt. Ihre Lehrerin Dame Cecily sagte, es wäre nun, da sie alt genug war, die Pflicht der Königin, Kinder zu gebären, und die Pflicht des Königs, diese zu zeugen.

Joanna mochte den König. Seine Haut roch nach Rosen

und Weihrauch. Manchmal strich er ihr über den Kopf und fragte sie mit einem freundlichen Lächeln nach ihren Fortschritten im Unterricht. Er machte der Königin aufmerksame kleine Geschenke und betete sie eindeutig an. Für Joanna war das etwas Magisches – ein Mann, der seine Frau liebte und ihr den Hof machte.

Als sie ihr Wasser trank, bemerkte Joanna, dass die äußere Tür einen Spalt offen stand und Licht dahinter schimmerte, was hieß, dass Madam Biset wieder in ihre Gebete versunken war. Vielleicht würde sie auch gerne etwas trinken. Joanna füllte sorgsam einen frischen Becher, schlüpfte in das Vestibül und näherte sich Madam Biset, die vor einem kleinen Tisch kniete und vor einer Statuette der Jungfrau Maria ihre Rosenkranzperlen zählte. Joannas Ankunft verdunkelte die Kerzenflamme, und Madam Biset blickte mit zwei dünnen vertikalen Furchen zwischen den Augenbrauen auf.

»Kind, was tust du mitten in der Nacht außerhalb deines Bettes?«

Joanna knickste und hielt ihr den Becher hin. »Ich bin aufgewacht, und ich hatte Durst, Madam. Ich wusste, dass Ihr betet, und da dachte ich an Euch.«

Die gerunzelte Stirn entspannte sich. »Gesegnet seist du für deine Freundlichkeit, Kind.« Madam Biset nahm den Becher entgegen. »Die Königin hat mich gebeten, für ihre Fruchtbarkeit zu beten, damit sie heute Nacht vielleicht einen Erben für England empfängt. Komm, du kannst ein Gebet mit mir sprechen.« Sie klopfte auf den zusammengefalteten Umhang neben sich.

Joanna kniete sich gehorsam auf den Stoff, faltete die Hände und heftete den Blick auf die exquisite kleine Statue. Das Gewand der Jungfrau war blau, und sie trug eine zierliche goldene Krone. Das Jesuskind lag mit einem zur

Welt ausgestreckten Arm auf ihrem Schoß. Die Königin war so bestrebt, dem König einen Sohn zu gebären. Erst an diesem Morgen hatte sie eine Abhandlung über Empfängnis der medizinischen Schule von Salerno zu Rat gezogen, und heute Abend hatte Joanna geholfen, die Wanne mit speziellen Kräutern und Rosenwasser vorzubereiten, in der die Königin gebadet hatte, bevor sie sich mit ihrem Lord in ihr Bett zurückgezogen hatte.

Madam Biset beschwor die Jungfrau, der Königin in dieser Angelegenheit Gnade und Unterstützung zu gewähren, zählte bei jeder Bitte eine Perle ab, hielt aber plötzlich mitten in der Bewegung inne, als wütende Rufe erschollen, gefolgt von mehrmaligem lautem Krachen, das klang, als würden Möbel zertrümmert.

Eine trunkene Stimme brüllte: »Wo ist er? Wo ist der Mann, der meine Krone gestohlen hat? Wo ist der Lügner, der sich selbst König nennt? Ich werde ihm sein noch schlagendes Herz aus dem Leib schneiden und es an die Krähen verfüttern!«

Ein Mann torkelte aus der Dunkelheit auf Joanna und Madam Biset zu. Seine Kleider waren fleckig und unordentlich, ein Bein seiner Hose ringelte sich um seine Wade und entblößte einen behaarten Schenkel. Er schwang ein langes Messer durch die Luft und stach wild auf einen unsichtbaren Gegner ein.

Joanna schrie und packte Madam Bisets Arm.

»Du, Frau, wo ist der König?« Er bleckte die Zähne, und Joanna schlug der Gestank von saurem Wein und Erbrochenem aus seinem offenen Mund entgegen.

Madam Biset, jetzt auf den Füßen, deutete auf die kleine Kammer, die von den Sekretären genutzt wurde. »Dort drinnen«, sagte sie. »Er ist vor einem Moment hineingegangen.«

Der Mann drehte sich um und stolperte mit gezücktem Messer auf den Raum zu.

Madam Biset zerrte Joanna in die Schlafkammer, schlug die Tür zu und schob mit voller Wucht den Riegel vor. »Geh zu Cecily«, befahl sie. »Ich werde den König wecken.«

Die Frauen regten sich, erschreckt aus dem Schlaf gerissen, mit geweiteten Augen und alarmiert. Mistress Roberga beeilte sich, mehr Licht zu bringen. Joanna rannte zu ihrem Bett, wo ihre Kinderfrau Mabel nach ihren Kleidern tastete. Dame Cecily war bereits angekleidet und befestigte einen Schleier über ihrem langen grauen Zopf. Sausagez raste durch den Raum, bellte aus vollem Hals und attackierte blindlings die Knöchel der Frauen.

»Draußen ist ein Mann mit einem großen Messer!« Joannas Stimme zitterte. »Er …, er sagte, er würde dem König das Herz herausschneiden. Ich habe Madam Biset etwas zu trinken gebracht, und er kam aus dem Dunkeln auf uns zu …« Sie erschauerte, als sie sich an das Blitzen der in die Luft stechenden Klinge erinnerte, an den offenen, stinkenden Mund.

Cecily nahm Joannas Umhang vom Fußende des Bettes und schlang ihn um ihre bebenden Schultern. »Nur ein Mann?«

Joanna nickte. »Er s…sagte, der König hätte seine Krone gestohlen.« Sie zuckte vor Schreck zusammen, als draußen vor der Tür weitere wüste Geräusche ertönten – Rufe, Flüche und Schläge.

Cecily drückte tröstend Joannas Schulter und schob sich schützend vor sie. Dame Willelma war es gelungen, ihren Hund zu packen und unter ihren Arm zu klemmen, wo er weiterhin heftig um sich schnappte und kläffte.

Vor der verrammelten Tür fluchte jemand gotteslästerlich. »Der König wird sterben! Der König wird st...« Das letzte Wort endete mit einem Hieb, einem wilden Schrei und dann einem dumpfen Krachen. Mit geweiteten Augen schmiegte Joanna sich an Cecily.

Hinter ihnen flog die Tür der inneren Kammer auf, und der König kam mit totenblassem Gesicht heraus. Mit der rechten Hand umklammerte er ein Schwert. Er hatte sich einen Umhang über sein Unterhemd geworfen, und seine Beine waren nackt.

Draußen hämmerte eine Hand gegen die Tür, und Joanna schrak zusammen. »Sire, Madam, ich bin es, Gilbert Marshal – wir haben den Schurken festgenommen.«

Der König machte ein Zeichen, und die Frauen zogen den Riegel weg, um Joannas Onkel Gilbert Marshal, Earl of Pembroke, einzulassen, einen breitschultrigen Mann mit dichten Brauen und wachsamen dunklen Augen. Er und Henry waren gleich groß, aber der Earl wirkte größer, weil er so breit gebaut war.

»Sire«, sagte er, wobei er sich verneigte, »wir haben den Eindringling, der Euch Böses wollte, überwältigt und entwaffnet. Er wartet darauf, dass Ihr ihn verhört.«

Henry nickte steif. »Wie ist er hereingekommen?«

»Durch Euer Kammerfenster geklettert, Sire – das glaube ich zumindest.« Der Earl fuhr sich mit einer Hand durch sein schütter werdendes Haar. »Ich wollte gerade zu Bett gehen, als ich einen Tumult hörte, und habe die Wächter alarmiert. Wenn Ihr nicht die Königin besucht hättet ...« Er ließ das, was er nicht sagte, für sich sprechen.

Henry stieß vernehmlich den Atem aus. »Lasst den Rest des Palastes durchsuchen – jeden Raum, jede Truhe, jeden Schrank. Schaut hinter die Wandbehänge und Vorhänge. Überlasst nichts dem Zufall. Sorgt dafür, dass ich angekleidet werde, dann werde ich mit ihm sprechen. Gott sei Dank, Mylord Marshal, dass Ihr so spät noch wach wart.«

»In der Tat Gott sei Dank«, sagte Earl Gilbert, verbeugte sich und verließ den Raum.

Henry drehte sich zu den Frauen, und Joanna bemerkte, dass er zitterte, so wie sie, und die Nacht war nicht kalt. Hatte der König Angst? Aber er hatte den Mut gehabt, sich der Gefahr mit dem Schwert zu stellen, genau wie ihr Onkel. Entschlossen, ebenso tapfer zu sein wie sie, ballte sie die Fäuste.

»Ladys, alles ist gut«, sagte der König mit bebender Stimme und beschrieb mit seiner freien Hand eine Geste. »Unser Dank gilt Madam Biset – ihr rasches Denken hat uns alle gerettet. Bitte beruhigt Euch und geht wieder zu Bett, wenn Ihr dazu bereit seid.« Mit einer Grimasse des Abscheus reichte er das Schwert seinem Knappen und zog sich in seine Schlafkammer zurück, um angekleidet zu werden.

Die Kaminmagd stocherte in der Glut, bis diese zu neuem Leben erwachte, und Lady Giffard machte sich daran, heißen, gewürzten Wein zuzubereiten, um jedermanns Nervosität zu lindern.

Dame Cecily küsste Joanna auf die Wange. »Komm, Kind, es ist vorbei, und es wurde kein Schaden angerichtet. Tatsächlich könnten wir sogar davon profitieren, weil wir jetzt gewarnt sind und bessere Vorsichtsmaßnahmen treffen können. Es gibt Mittel und Wege für jede Situation, wenn du Gott um Hilfe bittest und den Verstand einsetzt, den Er dir gegeben hat.«

Joanna nickte stumm. Die Furcht brannte immer noch in ihrem Magen, als hätte sie ihn sich verdorben, aber Cecilys Worte beruhigten sie.

Der König tauchte vollständig angekleidet aus seiner Schlafkammer wieder auf, gefolgt von Königin Alienor, die einen Umhang über ihrem Hemd trug und der ihr Haar wie ein loser brauner Wasserfall über den Rücken floss. »Seid vorsichtig, Sire«, bat sie und berührte ihn am Arm.

Er nahm ihre Hände und zog sie an die Lippen. »Ich verspreche es dir, hab keine Angst. Ich werde später zurückkommen, und deine Frauen werden dir in der Zwischenzeit beistehen. Für den Rest der Nacht wird die Tür scharf bewacht werden.« Er küsste sie auf die Stirn und ging.

Die Königin sah zu, wie er die Tür schloss, und setzte sich dann mit einem Seufzer an das Feuer.

Cecily gab Joanna ein paar Schlucke gewürzten Wein aus ihrem Becher, bevor sie sie mit Mabel in das Bett zurückschickte. »Geh schlafen«, sagte sie sanft. »Am Morgen wird all das hinter uns liegen.«

Joanna kroch zwischen die Decken, zog die Knie an die Brust und drehte sich mit dem Gesicht zum Feuer und Kerzenschein, um die vor dem Kamin versammelten Frauen zu beobachten. Während sie deren mit leiser Stimme geführtem Gespräch lauschte, als sie bei ihrem Wein saßen, schob sie den Daumen in den Mund – etwas, was sie seit vielen Monaten nicht mehr getan hatte, aber heute Nacht brauchte sie diese Sicherheit. Als Sausagez neben ihr auf das Bett sprang und sich, die Nase unter den fedrigen Schwanz geschoben, zusammenrollte, scheuchte sie ihn nicht weg.

»Gott sei Dank war der König bei mir«, sagte die Königin. »Er hätte getötet werden können. Tatsächlich hätten wir ohne Dame Margarets raschem Verstand alle in unseren Betten ermordet werden können.«

»Ihr solltet nicht länger darüber nachgrübeln, Madam.«

Dame Cecilys Stimme klang beschwichtigend. »Gott hat es für angemessen erachtet, uns alle zu verschonen.«

Alienor strich ihr im Feuerschein satt hellbraun schimmerndes lose herabfallendes Haar über die Schultern und fuhr mit den Fingern hindurch. »Aber wir sollten es Gott nicht schwerer machen als nötig. Ich werde darauf bestehen, dass mein Lord morgen alle unteren Fenster vergittern lässt.«

Joannas Lider flatterten nach unten. Gitter vor allen Fenstern. Würden sie auch wie Gefangene leben müssen? Vor ihrem geistigen Auge sah sie wieder den Mann auf sich zu stürmen, bereit zu morden, und sie erschauerte, aber zugleich erinnerte sie sich an Madam Bisets schnelle Reaktion auf die Krise und Cecilys ruhige beschützende Art. Sie dachte an den König, der kampfbereit sein Schwert hielt, obwohl er Angst gehabt hatte. Sie lag sicher in ihrem Bett und beobachtete die Frauen, die kameradschaftlich und sich gegenseitig beruhigend im Schein des Feuers saßen. Die Lektion hier bestand darin, der Herausforderung ins Auge zu blicken, sich ihr zu stellen und nie die Furcht die Oberhand gewinnen zu lassen, egal wie verängstigt man war.

Am Morgen sprach Königin Alienor mit dem König über passende Gitter für alle unteren Fenster des Palastes. Joannas Bruder Johan war unter den Dienern der Höflinge, die sich zusammengefunden hatten, um über den nächtlichen Aufruhr zu diskutieren, und Joanna brachte ihm einen Becher Buttermilch. Er war elf, drei Jahre älter als sie, und Page ihres Onkels Gilbert, des Earl of Pembroke, eines großen und mächtigen Lords, dessen Position es ihm erlaubte, die Karriere seines Neffen zu fördern. Johan war der Erbe von Swanscombe, hatte eine glänzende Zukunft vor sich und betrachtete Joanna mit einer gewissen Überheblichkeit, denn im Vergleich zu ihm waren ihre Aussichten bescheiden und von geringer Bedeutung.

»Der Mann, den Onkel Gilbert gefangen genommen hat, ist gestern bereits dem König vorgeführt worden. Er behauptet, er wäre der wahre Thronerbe, aber der König hat ihn als Irrsinnigen abgetan, mit dem man Mitleid haben sollte«, sagte Johan, als er die Buttermilch entgegennahm. »Onkel Gilbert sagt, er hätte nie freigelassen werden dürfen. Er hat eines der großen Messer aus der Küche gestohlen, um den König zu ermorden, und hätte es auch getan, wenn wir nicht gekommen wären.« Er warf sich in die Brust und sprach, als hätte er bei der Verhaftung eine aktive Rolle gespielt.

»Ja, ich habe ihn gesehen.« Joanna berichtete von ihrer eigenen Rolle bei den Ereignissen der letzten Nacht.

»Nun, es ist jedenfalls gut, dass wir ihn festgenommen haben«, sagte Johan, denn es wurmte ihn, dass er seines Ruhmes beraubt wurde. »Wir haben euch allen das Leben gerettet, so viel steht fest.«

Joanna erwiderte nichts darauf. Sie lernte von Cecily, welche Kämpfe es sich auszutragen lohnte, vor allem solche mit Männern. »Was wird jetzt mit ihm geschehen?«

Johan zuckte mit den Achseln und trank die Buttermilch, wobei ein weißer Schnurrbart auf seiner Oberlippe zurückblieb. »Er hat gestanden, die Ermordung des Königs geplant zu haben, also wird er hingerichtet werden. Er wird zwischen zwei Pferde gebunden und zerrissen und dann als Warnung für andere geköpft werden.« Genuss und zur Schau gestellte Tapferkeit schwangen in seiner Stimme mit.

Das Bild ließ Joanna erschauern.

»Es bringt nichts, ein Verräter zu sein«, fügte er hinzu,

verschränkte die Arme vor der Brust und musterte sie streng. Sie erkannte seinen Versuch, seine Überlegenheit aufrechtzuerhalten, indem er sie einschüchterte. Sie würde nie in Gedanken oder Taten zur Verräterin werden, aber es wäre furchtbar, wenn jemand so etwas denken würde, obwohl sie unschuldig war.

»Ich bin froh, dass du und Onkel Gilbert hier seid, um für unsere Sicherheit zu sorgen«, sagte sie, um ihn zu besänftigen. Worte kosteten nichts, und sie war in der Tat froh, beschützt zu werden. Cecily sagte, dieser Instinkt müsste gefördert und in die Männer geleitet werden.

Johan spreizte sich und wirkte hochmütig.

Der König und die Königin beendeten ihr Gespräch beim Fenster und kamen in den Raum, und Joanna knickste rasch, als sie sich ihr näherten.

Henry blieb stehen, zog sie behutsam auf die Füße und legte seinen Zeigefinger unter ihr Kinn. »Eine ereignisreiche Nacht, kleine Demoiselle«, sagte er reumütig. »Ich hoffe, dass es dir nach dieser Tortur nicht schlechter geht.«

Joanna schüttelte den Kopf. »Nein, Sire.« Die Augen des Königs leuchteten in einem warmen Blau, und das Morgenlicht ließ seinen Bart wie Gold schimmern. Er roch nach Weihrauch.

»Das freut mich zu hören.«

»Für jemanden, der noch ein Kind ist, hat Joanna einen vernünftigen Kopf auf den Schultern«, sagte die Königin, die selbst noch keine sechzehn Jahre alt war. »Sie dient mir gut und führt oft Aufträge für Willelma aus. Cecily ist mit ihren Fortschritten sehr zufrieden.«

»Nun, dann mach weiter so, und wer weiß, was aus solchem Fleiß erwächst.« Henry strich ihr über den Kopf und löste eine fein gearbeitete Silberbrosche von seiner Tunika.

»Hier!« Er befestigte sie an ihrem Kleid. »Trage sie immer als Zeichen des Dankes für deine Dienste.«

»Ja, Sire.« Joanna knickste, von Freude und Verlegenheit überwältigt, erneut.

Die Königin lächelte wieder, und sie und der König setzten Arm in Arm ihren Weg fort. Der Duft nach Weihrauch und Blumen wehte hinter ihnen her.

Ihr Onkel Gilbert, der ihnen folgte, blieb stehen und lächelte ihr ebenfalls zu. Er hatte eine rötliche Gesichtsfarbe, und feine Fadenadern durchzogen seine Wangen.

»Es freut mich, gute Nachrichten bezüglich deiner Fortschritte zu hören, Nichte«, sagte er. »Gut gemacht, und möge es lange anhalten.« Er machte seinem jüngsten Knappen ein Zeichen. »Johan, komm mit und wisch dir diesen Bart von der Lippe, sei ein guter Junge. Ich habe Arbeit für dich.«

Johan rieb sich hastig mit dem Handrücken über den Mund, schnitt Joanna eine Grimasse, nachdem er sich vergewissert hatte, dass ihr Onkel es nicht sah, und folgte Gilbert aus dem Raum.

Joanna blickte den schimmernden Silberreif an ihrem Gewand an und schwor mit ganzem Herzen, genau das zu tun, was der König befahl.

2

Königlicher Palast von Woodstock
Oktober 1238

Joanna streichelte das Maul des Ponys und hielt ihm auf der flachen Handfläche einen halben Apfel hin. Mit aufgerichteten Ohren nahm es den Leckerbissen von ihrer Hand und kaute genüsslich, während Joanna es stolz beobachtete. Wenn der Hof auf Reisen war, saß sie gewöhnlich in einem geschlossenen Karren, aber diesmal hatte ihr Onkel Gilbert ihr seinen hübschen grau gescheckten Wallach mit rotem Zaumzeug und Sattel gegeben. Er sagte, gut zu reiten wäre wichtig, denn ihre Mutter sei eine Marshal gewesen, und alle Mitglieder ihrer Familie mütterlicherseits seien geborene Künstler im Sattel gewesen.

Ihr neues Reittier stammte von dem Landsitz ihres Onkels in Goodrich an der walisischen Grenze, und sein Name war Arian, das walisische Wort für »Silber«. Sie hatte ihn heute das erste Mal geritten, und er hatte rasch auf ihre Stimme und ihren Zügeldruck reagiert. Sie konnte ihr Glück kaum fassen.

»Er ist eine Schönheit«, sagte Johan mit widerwilliger Bewunderung. Er lehnte mit verschränkten Armen an der Stalltür. Sausagez schnüffelte im Stroh herum und machte Jagd auf Nagetiere. Joanna hatte ihn mitgebracht, um ihm Bewegung zu verschaffen.

»Ja, das ist er.« Von überschäumendem Glück erfüllt streichelte Joanna Arians warmen, gescheckten Hals.

Die letzten Strahlen der Abendsonne überzogen die Bäume hinter der Palisade mit glänzendem Gold. Ein Mann führte einen mit zwei Körben voller Kastanien aus den Wäldern beladenen Esel in Richtung der Küchen.

»Natürlich ist er für mich viel zu klein«, fuhr Johan herablassend fort. »Onkel Gilbert lässt mich mit bei den Schlachtrossen helfen.« Das entsprach nicht ganz der Wahrheit. Er durfte die Geschirre polieren und das Futter mischen, aber der oberste Stallknecht und die älteren Knappen kümmerten sich um alles, was näheren Umgang mit den mächtigen Hengsten erforderte.

Eine Fanfare kündigte die Ankunft von Gästen an, und einige Momente später kamen Pferde in den Hof gedonnert. Ihr Fell dampfte und triefte vor Schweiß. Es waren Sergeanten und Ritter, Knappen und Herolde, von denen einer ein Banner mit dem Emblem eines Löwen mit gegabeltem Schwanz auf rotem Grund trug.

»Simon de Montfort, zurück aus Rom«, stellte Johan wissend fest. »Seine Boten haben dem König heute Morgen die Nachricht überbracht.«

Joanna musterte die Männer auf ihren großen, stampfenden Pferden voller Beklommenheit – ihre offenen Münder, das Lachen, die Unerschrockenheit und die im glänzenden Licht leuchtenden Farben. Sie hatte im Frauengemach zahlreiche Geschichten über die heimliche Heirat der Schwester des Königs, Eleanor, mit dem französischen Ritter Simon de Montfort gehört. Die Heirat hatte stattgefunden, kurz bevor sie zum Hof gekommen war. William, der Bruder ihres Onkels Gilbert, war Eleanors erster Mann gewesen. Nach seinem plötzlichen Tod hatte Eleanor ein

Keuschheitsgelübde abgelegt, dieses jedoch aus Liebe zu de Montfort gebrochen. Die Werbung hatte heimlich stattgefunden – diskret, aber nicht diskret genug, und es mangelte nicht an Gerüchten, dass sie verbotenerweise das Bett geteilt hatten. Der König hatte ihnen erlaubt zu heiraten, und sie waren hastig im Geheimen in seiner Privatkapelle in Westminster getraut worden. Das Geheimnis war fast augenblicklich ans Licht gekommen, und als sich die Neuigkeiten öffentlich verbreiteten, waren der Skandal und der Aufruhr enorm.

Eleanor hatte sich nach Kenilworth zurückgezogen, um die Geburt des Kindes abzuwarten, das so rasch empfangen worden war, dass viele tuschelten, sie wäre schon bei ihrer Hochzeit schwanger gewesen. Simon de Montfort war unter viel zynischem Murren über das Verriegeln der Stalltür, wenn das Pferd entlaufen war, und über Geflüster hinausgehende Bemerkungen über Neuankömmlinge, die sich durch unehrenhaftes und unverschämtes Benehmen rangmäßig nach oben kämpften, nach Rom gereist, um einen päpstlichen Dispens für die Verbindung zu erwirken. Richard, der Bruder des Königs, und Joannas Onkel Gilbert hatten wegen der Auswirkungen für ihre eigenen Familien und ihren Status wütend protestiert, und obwohl Frieden geschlossen wurde, blieb dieser schwankend. Sie hatte mitangehört, wie ihr Onkel Gilbert grimmig zu einem seiner Anwälte gesagt hatte, dass de Montfort bitter enttäuscht sein würde, wenn er glaubte, durch die Rechte seiner neuen Frau aus ihrer ersten Ehe Ansprüche erheben zu können, denn er würde keinen einzigen Penny bekommen.

Joanna rief Sausagez zu sich und leinte ihn an, weil sie entschieden hatte, dass es an der Zeit war, zu der Königin zurückzukehren. Johan bewunderte die von ihren Pferden steigenden Männer und ihre Ausrüstung, war aber verkrampft vor Anspannung.

Joanna nahm seinen Arm. »Wirst du mich zum Frauengemach zurückbegleiten?«

Sein gereizter Gesichtsausdruck war nur aufgesetzt, und sie sah die Erleichterung in seinen Augen. »Also schön, aber nur, weil du meine Schwester bist und du Schutz brauchst. Bilde dir nicht ein, ich wäre dein Diener.«

Joanna verbiss sich die Erwiderung, dass Cecily sagte, alle Männer sollten den Damen in höfischer Manier dienen. Sie tätschelte Arian ein letztes Mal und verließ dann mit Johan an ihrer Seite und dem an seiner Leine zerrenden Sausagez den Stall.

De Montfort, in einen kostbaren pelzgefütterten Umhang gekleidet, zügelte direkt vor ihnen sein mit den Hufen scharrenden rotbraunen Hengst. Belustigung erhellte seine harten Züge. »Wen haben wir denn da?«, fragte er. »Seid ihr beide nicht noch ein bisschen jung für ein Stelldichein?«

Joannas Wangen leuchteten hochrot. Sausagez fletschte die Zähne und begann so schrill zu kläffen, dass das Pferd die Ohren anlegte.

»Ich begleite meine Schwester zu der Königin«, verkündete Johan mannhaft, obgleich seine Stimme schwankte.

»Deine Schwester?« De Montfort musterte ihn von Kopf bis Fuß. »Erinnere mich doch daran, wer du bist.«

»Johan de Munchensy, Sohn von Warin de Munchensy von Swanscombe, Sire.« Johan schob das Kinn vor.

De Montforts Lächeln verlor etwas von seinem Humor. »Ein Marshal mütterlicherseits«, sagte er. »Nun, die Familie deiner Mutter kam aus den Ställen, nehme ich an.« Er blickte sich zu seinen Gefährten um und lachte, dann presste er seinem Pferd die Fersen in die Seiten. Das Tier beschrieb mit tanzenden Hufen einen Satz auf Joanna zu. Sie sprang zurück. Ihr war übel, als sie den hysterischen Sausagez aufhob. Johan schob sich vor sie, sein Körper bildete einen starren Schild. De Montfort lächelte, dann kam er näher und ließ sein Pferd erneut tänzeln. Der heiße Atem des Hengstes wehte zu ihnen herüber, die beschlagenen Hufe blitzten auf. Joanna wimmerte. De Montfort gab einen verächtlichen Laut von sich und zog den großen Kastanienbraunen zurück. »Was für ein prächtiger kleiner Heckenritter du bist, Johan of Swanscombe«, sagte er. »Geh zu deinem Kindermädchen. Ich führe keinen Krieg gegen Schwächlinge und Mischlinge.« Abrupt wendete er sein Pferd und trabte über den Hof zu seinem wartenden Stallburschen.

Joanna zwinkerte, entschlossen, nicht zu weinen. Johan schlang die Hände um seinen Gürtel. »Keine Angst, de Montfort wird nicht lange bleiben.«

»Woher weißt du das?«

»Weil seine Frau hochschwanger ist. Er wird sich zu der Geburt nach Kenilworth begeben, sowie er dem König Bericht erstattet hat.«

Joanna erschauerte. Das ersterbende blutrote Licht im Westen, die dampfenden Pferde und die rohe männliche Kraft erschienen ihr wie ein schweres Gewicht, das sich voller Drohungen auf ihre Schultern senkte.

»Er macht mir keine Angst«, behauptete Johan.

Sie glaubte ihm nicht. Sie hatte sich entsetzlich gefürchtet, und er war nicht mutiger als sie.

An diesem Abend versammelte sich der Hof in der großen Halle von Woodstock, um sich bei Unterhaltung, Musik und Schach- und Würfelspiel zu vergnügen. Simon de

Montfort war jetzt, wo seine Verbindung mit der Schwester des Königs vom Papst abgesegnet worden war, wieder im königlichen Haushalt willkommen geheißen worden. Henry zeigte sich seinem neuen Schwager gegenüber versöhnlich, und die Königin gab sich überschwänglich, weil Simons Frau bald ihr erstes Kind bekommen würde, und sie machte sich Hoffnungen auf eigene Fruchtbarkeit.

Während der König zu seinem eigenen Vergnügen mit den Künstlern und Handwerkern beschäftigt war, die ein neues Wandgemälde für die Schlafkammer der Königin entwarfen, stand de Montfort mit einer Schar von Rittern und Höflingen am Feuer und röstete auf der breiten, flachen Klinge eines Serviermessers Kastanien. Sie befanden sich in ausgelassener Stimmung, und die Scherze und das Gelächter wurden lauter, je mehr der Pegel in den Weinkrügen sank.

Das prasselnde Feuer im Kamin erhitzte Joannas Wangen und schien sie fast mit den rotgesichtigen, lachenden Männern zu verbinden. Ihre Kraft und vitale Männlichkeit schüchterten sie ein und faszinierten sie. Sie blickte sich um, suchte Trost, doch Cecily hatte sich diskret zurückgezogen, um ihre Blase zu entleeren, und Lady Giffard und Madam Biset spielten auf der anderen Seite des Raumes Schach.

De Montfort fing Joannas Blick auf und fixierte sie. »Komm her, Kind.« Er machte ihr ein Zeichen.

Joannas Magen brannte, aber die Höflichkeit bewog sie dazu, aufzustehen und auf ihn zuzugehen wie ein vom Fuchs behextes Huhn.

»Ah, meine kleine Mistress von Swanscombe«, sagte er mit einem wölfischen Lächeln. »Du hast mir vorhin deinen Namen nicht gesagt. Wie lautet er denn nun?«

Joanna schluckte, denn Anonymität bot Schutz, und sie hasste es, irgendwie hervorzustechen. »Joanna, Sire.«

»Nun denn, Joanna of Swanscombe, möchtest du eine schöne geröstete Kastanie?«

Sie betrachtete die auf der flachen Klinge des Messers hüpfenden Früchte, dann blickte sie ihm in die Augen, die so stählern waren wie das Metall.

Er zwinkerte ihr zu und beugte sich dann zu einem Haufen geschwärzter Kastanien in einer flachen Schale auf dem Kamin. »Hier, nimm diese – sie kühlt schon ab.« Er hielt sie ihr auf seiner Handfläche hin. Seine Finger waren dick und kräftig, muskulös vom Beherrschen temperamentvoller Pferde und dem Führen von Waffen.

Joanna stand wie gelähmt mit an den Seiten geballten Fäusten da. Die Männer bei de Montfort kicherten und beobachteten sie.

»Nimm sie!«, drängte er. »Ich verspreche, dass es nicht wehtut.«

Gegen ihren Willen streckte sie die Hand aus, senkte aber den Blick. Die Frucht war heiß, aber nicht heiß genug, um sie zu verbrennen.

»Iss sie, junge Mistress, sie schmeckt gut.«

Sie beobachteten sie mit dem Hunger einer gierigen Meute, der ihr Entsetzen darüber einflößte, im Mittelpunkt ihrer Aufmerksamkeit zu stehen. Sie hob die Kastanie zum Mund und biss in die verbrannte Schale, bevor sie diese in ihre Hand zurückspuckte, die Reste in den Kamin warf und dann mit tränenverschleierten Augen flüchtete. Ein beißender Geschmack brannte auf ihrer Zunge, und sie fühlte sich von dem Gelächter, das hinter ihr her wehte, gedemütigt. Sie war so außer sich, dass sie Dame Cecily erst sah, als sie mit ihr zusammenprallte.

»Aber Kind!« Cecily fasste sie bei den Schultern und hielt sie fest. »Komm, komm, das ist doch nicht meine gefasste, vernünftige Joanna. Was ist denn passiert?«

Joanna schluckte und wischte sich mit dem Ärmel über die Augen.

Sanft, aber bestimmt nahm Cecily ihre Hand und untersuchte sie. »Was ist das?«

»Die Männer …« Joannas Stimme kippte. »Sie rösten Kastanien, und … und Messire de Montfort hat mich dazu gebracht, eine zu nehmen.« Laut ausgesprochen klang die Geschichte schwach, aber ihre Erniedrigung war immens.

Cecily presste die Lippen zusammen. Sie umschloss Joannas Hand fester, marschierte in die Halle zurück, ging auf die lachenden Männer zu und sprach sie so furchtlos an, als wären es widerspenstige Jugendliche.

»Was denkt Ihr Euch? Habt Ihr nichts Besseres zu tun als ein Kind zu schikanieren?« Sie durchbohrte besonders de Montfort mit einem durchdringenden Blick.

Er verbeugte sich lächelnd vor ihr. »Madam, ich habe dem Mädchen nur eine geröstete Kastanie angeboten, und noch nicht einmal eine heiße. Es ist nicht meine Schuld.«

»Das ist es nie, Mylord!«, gab Cecily in einem Tonfall zurück, den Joanna noch nie von ihr gehört hatte, ruhig zwar, aber schneidend wie eine Peitsche.

De Montfort verbeugte sich erneut. »Ich werde meiner Frau Eure herzlichen Grüße ausrichten, Lady Sandford.«

»Wie Ihr wünscht«, erwiderte Cecily. »Sagt ihr, dass ich sie ständig in meine Gebete einschließe.«

Einen Arm beschützend um Joannas Schulter gelegt, verließ sie die Halle. »Wenn Männer sich in Gruppen zusammenscharen, um zu trinken und zu feiern, werden sie zu einer Meute«, sagte sie voller Abscheu. »Der König ist natürlich nicht so, aber andere sind aus rauerem Stoff gewebt, und du tätest gut daran, auf der Hut zu sein.«

In ihrer Kammer angelangt, führte sie Joanna zu einem in die Wand eingelassenen steinernen Becken und goss aus einem danebenstehenden Krug kühles Wasser hinein. »Komm, wir wollen dich säubern.« Sanft wischte sie die Rußspuren von Joannas Gesicht und Händen. »Lerne aus dieser Erfahrung, Kind. Lass dir nie von Männern sagen, was du tun sollst, weil sie deiner Seele nicht würdig sind – keiner von ihnen. Tatsächlich solltest du sie Würdigkeit lehren.«

Joanna biss sich auf die Lippe, denn sie konnte sich nicht vorstellen, so etwas zu tun. Dame Cecily konnte jedem furchtlos die Stirn bieten, und sie sehnte sich danach, so zu sein wie sie, aber wie sollte sie sich gegen erwachsene Männer behaupten, wenn diese Wölfe waren und sie nur ein kleines Reh?

»Komm mit«, sagte Cecily, »und wir werden beten.«

Sie nahm Joannas Hand und führte sie in die intime Privatkapelle der Königin. Die Bienenwachskerzen spendeten vor dem Altar ein honigfarbenes Licht, und eine rote Glaslampe beleuchtete eine exquisite Statue der Heiligen Jungfrau mit dem Christuskind auf dem Knie.

Als sie niederknieten, drückte Cecily Joannas Hand. »Mach deinen Frieden«, sagte sie. »Sei ganz ruhig und bitte Gottes heilige Mutter, dich zu lenken. Sie wird dir zuhören, denn sie ist eine Frau, und sie wird stets einer anderen solchen antworten.«

Joanna presste die Hände gegeneinander und schloss die Augen.

Cecilys glatte hölzerne Rosenkranzperlen klickten gegeneinander, als sie sie von ihrem Gürtel löste und zwischen die Finger nahm.

Nach und nach beruhigten der Friede und die Stille Joannas überreizte Nerven, und ihre Atemzüge normalisierten sich. Die Demütigung und die Panik, in das Visier anderer geraten zu sein, ebbten zu einem unbehaglichen Flackern ab. Cecilys Unterstützung und ihre Lehren hatten in den letzten Monaten ihre Widerstandskraft gestärkt, aber nach dem Zwischenfall hatte ihre Furcht davor, wie machtlos und entbehrlich sie war, wieder aufleben lassen. Ein verletzliches kleines Mädchen, das man aus Spaß quälen konnte. Sie schlug die Augen auf und betete zu der Jungfrau um die Weisheit und Stärke, so zu sein wie Cecily und jede Prüfung, die ihr auferlegt wurde, mit Würde durchstehen zu können.

Endlich hob Cecily den Kopf. »Du darfst dich von Zwischenfällen wie diesem nicht zerstören lassen«, sagte sie fest. »Lass sie deine Kraft stärken. Du wirst innerlich ebenso wachsen, wie dein Körper wächst, und solche Dinge werden mit der Zeit bedeutungslos werden. Vergiss nie, aber lass dich nicht davon quälen. Lass sie hier bei Gott und bring stattdessen deine Gebete und deine Seelenstärke ein.«

»Ja, Dame Cecily«, erwiderte Joanna und hob von neuer Entschlossenheit erfüllt den Kopf.

»So ist es besser.« Cecily tätschelte ihre Hand. »Komm, wir haben ein paar Süßigkeiten, und Eunice soll für uns Harfe spielen.«

Joanna nickte, erpicht darauf, den Augenblick hinter sich zu lassen und mit allem Neuen, was sie lernte, weiterzumachen.

3

Königlicher Palast von Woodstock
November 1238

An einem grauen Morgen im Spätnovember war der Königin zum dritten Mal in Folge übel, und der königliche Arzt verkündete, was jeder zu ahnen begonnen hatte – dass Alienor ein Kind erwartete.

Ein vor Freude überschäumender Henry besuchte seine junge Frau und überschüttete sie mit Geschenken und Aufmerksamkeit. Die Königin, schwach, aber stolz, nippte vorsichtig an einem von Lady Giffard, der Hebamme, zubereiteten Ingwertee und badete in der Anerkennung ihres Mannes.

Joanna, die sah, wie ihre Schultern sich berührten und wie sie ineinander aufgingen, fühlte sich warm und geborgen – sicher im Herzen einer Familie. Überdies war gerade die Nachricht eingetroffen, dass Henrys Schwester, Lady Eleanor de Montfort, in Kenilworth einen gesunden Jungen zur Welt gebracht hatte. Das Baby sollte zu Ehren seines königlichen Onkels Henry genannt werden, und die glücklichen jungen Eltern hatten den König gebeten, Pate seines Neffen zu sein.

Alienor nahm Henrys Hand. »Es wäre großzügig von dir, diese Rolle bei ihrem Kind zu übernehmen«, sagte sie. »Und außerdem heilend.« Sie legte die andere Hand auf ihre Taille und schenkte Henry ein schüchternes Lächeln.

»Du hast recht, meine Liebe. Differenzen sollten beigelegt werden«, stimmte Henry zu. »Ich werde nach Kenilworth hinüberreiten und meine Schwester und meinen
neuen Namensvetter besuchen.« Er zog ihre Hand an die
Lippen. »So jung und schon so weise!«

Alienor errötete verschämt, aber der Blick halb unter den
Augenlidern hervor war wissend und strategisch.

Joanna hatte gehört, dass Eleanor de Montfort und
die Königin gute Freundinnen gewesen waren, bevor der
Skandal der heimlichen Heirat mit Simon de Montfort den
Hof gespalten hatte. Joanna hatte oft gesehen, wie Boten
mit Briefen und kleinen Geschenken für die Schwester des
Königs nach Kenilworth geschickt wurden, wenn die Königin die heikle Rolle der Friedensstifterin spielte und versuchte, Löcher im Tuch der Familie zu flicken.

Henrys Gesicht hellte sich auf. »Ich werde ihnen die
gute Nachricht überbringen, dass sie, obwohl ich einen
neuen Neffen zu feiern habe, im kommenden Sommer den
Thronfolger kennenlernen werden.« Er strahlte seine Frau
an. »Was soll ich als Geschenk mitbringen, was meinst du?
Vielleicht einen gravierten Silberbecher?« Er stürmte davon, während er entschied, welche Gaben er mitnehmen
sollte. Seine Begeisterung glich einem hellen Licht wie
immer, wenn es um Feiern und das Verteilen von Geschenken ging.

Joanna war froh, dass sich alle freuten, hoffte aber bei
sich, Simon de Montfort würde auf Abstand bleiben, selbst
wenn die Bande neu geknüpft wurden.

Drei Monate später feierte der Hof im Februar in Winchester das Fest Mariä Lichtmess, das an die Reinigung der
Jungfrau Maria vierzig Tage nach der Geburt Christi erin-

nerte. Königin Alienor, prächtig anzusehen in blauer Seide, mit jetzt schon stolz gerundetem Bauch, zog alle Augen auf sich, als sie anmutig mit einer brennenden Kerze in den Händen durch das Mittelschiff der Kathedrale auf den Altar zuschritt. Joanna liebte den Duft von Weihrauch und die feierliche, heilige Atmosphäre – die Teilnahme an einem Ritual, das heilig, alt und auf Frauen konzentriert war. Der Chorgesang jagte ihr eine Gänsehaut über die Arme.

Nach dem Gottesdienst verlieh der König Simon de Montfort offiziell den Titel Earl of Leicester. Joanna, sicher und anonym inmitten der Gemeinde, verlor sich in dem Wunder des Ereignisses – den Ritualen, der Beschaffenheit und den Farben vor allem. Sie bewunderte den prächtigen juwelenbesetzten Gürtel, den der König um Simons Taille schlang, und die Earlskrone mit Kreuzblumen aus goldenen Rosen, die er auf de Montforts welliges dunkles Haar setzte und die der ohnehin schon beachtlichen Größe und Breite des neuen Earls eine majestätische Aura verliehen.

Er war seit Weihnachten zurück am Hof, doch Joanna war es gelungen, ihm aus dem Weg zu gehen. Sie lernte, sich unsichtbar zu machen. Wenn er der Königin seine Aufwartung machte, fand Joanna Vorwände, um sich zu entschuldigen, oder sie erfüllte ihre Pflichten mit stillem Fleiß, hielt sich innerhalb der Gruppe und brachte sich nie in eine Position, wo sie auffallen und ausgesucht werden konnte – so blieb sie sicher.

Sowie das öffentliche Feiern und Tafeln vorüber war, zog sich die Königin aus der Halle zurück, aber in ihrer privaten Kammer herrschte immer noch geschäftiges Treiben. De Montforts Amtseinsetzung hatte zahlreiche Barone und ihre Familien zum Hof gerufen, und eine Reihe von Ladys wartete darauf, Alienor ihre Reverenz zu erweisen. Joanna war ständig auf den Füßen, um Getränke und Süßigkeiten zu servieren und Verschiedenes zu holen und fortzutragen.

Joanna hatte Eleanor, die Schwester des Königs und neue Countess of Leicester, nur kurz in der Kathedrale gesehen, doch jetzt kam sie in ihr näheres Umfeld. Sie war eine Schönheit mit zarten, fast scharfen Zügen und blauen Augen so klar wie Glas. Kleine doppelschwänzige Löwen tanzten mit Goldfäden gestickt den Saum ihres Seidengewandes entlang, und Henry hatte ihr ebenfalls einen juwelenbesetzten Gürtel geschenkt, der an ihrer Taille schimmerte. Joanna wusste vom Gerede in der Kammer und Cecilys eigenen sparsamen Informationen her, dass Cecily die Countess erzogen hatte und zwischen ihren Ehen einige Jahre lang ihre Gefährtin gewesen war.

Nachdem sie Alienor begrüßt hatte, umarmte die Countess Cecily mit Nachdruck und machte ihr ein kleines geschnitztes Kästchen zum Geschenk, das ein kleines Goldkreuz mit blauer und grüner Emaille enthielt.

Cecilys Augen wurden feucht, als sie das Geschenk behutsam berührte. »Mylady, Ihr habt keinen Anlass, mir etwas so Schönes zu schenken«, sagte sie leise.

»Ich würde Euch gern ein Dutzend davon schenken.« Die neue Countess nestelte an ihrem Ehering herum. Rote Flecken prangten auf ihrem Hals und ihren Wangen, als sich Cecilys Aufmerksamkeit auf die Geste richtete.

»Ich danke Euch von ganzem Herzen, aber ein einfaches Gebet hätte genügt. Geht es Euch gut? Und dem Kleinen?«

»Ja, in der Tat. Unser Sohn wächst und gedeiht«, entgegnete die Countess mit einem spröden Lächeln.

»Es freut mich, das zu hören, und ich hoffe, ihn zu sehen. Ich werde Euch immer in meine Gebete einschließen, meine Liebe, das wisst Ihr.«

Joanna hatte darauf gewartet, Cecily einen Becher mit gekochtem Quellwasser zu reichen, und es gelang ihr zu knicksen, ohne den Inhalt zu verschütten.

»Das ist Joanna de Munchensy of Swanscombe«, stellte Cecily sie Eleanor vor. »Ihr werdet sie nicht kennen, da sie erst seit weniger als einem Jahr hier ist.«

Der glasblaue Blick der Countess heftete sich kühl und abschätzend auf Joanna. »Nein, aber ich kannte ihre Mutter, und ich bin natürlich mit ihrer Verwandtschaft recht gut vertraut. Du kannst dich glücklich schätzen, diese Position einzunehmen und diese Ausbildung zu erhalten«, wandte sie sich direkt an Joanna.

»Ja, Madam.« Joanna schlug die Augen nieder. Sie fühlte sich unbehaglich, sie wusste, dass sie beurteilt wurde, und wollte aus irgendeinem Grund keinen Fehler erkennen lassen. Die Worte »ihre Verwandtschaft« waren bedeutungsschwanger gewesen.

Die Countess ging davon, um mit einer anderen Lady zu sprechen, und Joanna servierte Cecily, die aufmunternd lächelte, das Quellwasser. »Die Countess hat recht, du hast in der Tat Glück, aber ich auch. Ich hatte selten eine so begabte Schülerin.«

Cecilys Blick war besorgt und ein wenig traurig, als er auf Eleanor de Montforts anmutiger Gestalt ruhte. Eleanors Kälte ihr gegenüber verwirrte Joanna, aber sie beschloss, dass sie sie meiden würde, so wie sie ihren Mann mied.

»Onkel Gilbert sagt, bei den de Montforts dreht sich alles um Geld und Land«, teilte Johan Joanna mit, als sie am nächsten Tag gemeinsam einen müßigen Moment in der großen Halle verbrachten. »Er sagt, deswegen mögen der Earl of Leicester und seine Frau uns nicht.«

Sie standen nebeneinander und betrachteten das kürzlich fertiggestellte Wandgemälde »Das Rad des Schicksals«, das der König in Auftrag gegeben hatte und das zeigte, wie ein Mann mit einer Drehung des Rades aufsteigen und auf den Thron gelangen konnte, nur um bei der nächsten von oben herabzustürzen und von einem ehrgeizigen Rivalen ersetzt zu werden. Joanna blickte auf die goldene Krone, die vom Kopf des Königs in Richtung des zerlumpten Mannes am Fuß des Rades fiel, der danach griff, um sie aufzufangen, als Fortuna, gekleidet wie eine Königin, die Kurbel drehte.

»Aber wir haben kein Geld«, sagte sie.

»De Montforts Frau war einmal mit unserem Onkel William verheiratet.«

»Ja, ich weiß.«

Johan blies die Wangen auf, weil er eine Erklärung abgeben musste. »Als er starb, stand ihr als Williams Witwe ein Drittel seines Besitzes zu, aber das war eine große Summe. Niemand hat damit gerechnet, dass unser Onkel ohne einen Sohn stirbt, aber genau das ist passiert. Unser Onkel Richard erbte und willigte ein, ihr eine jährliche Geldsumme zu zahlen, statt ihr das Land zu überlassen. Jetzt ist er ebenfalls tot, und die Pflicht ist auf Onkel Gilbert übergegangen. De Montfort sagt, diese Abmachung hätte Lady Eleanor ungerecht übervorteilt, als sie vor Kummer außer sich war, und die Summen wären weitaus geringer als das, was ihr eigentlich zustand. Er verlangt mehr, mit Zinsen, aber Onkel Gilbert sagte gestern, eher würde die Hölle zufrieren, bevor er das durchsetzt.« Er verzog das Gesicht. »Du musst nichts tun, um den Earl und die Countess of Leicester zu verärgern, außer durch Verbindungen ein Marshal zu sein. Sie hassen uns alle.«

»Aber das ist nicht fair!«

Johan zuckte mit den Achseln. »So ist es nun einmal. Sie sagen, es ist nicht fair ihnen gegenüber, und Onkel Gilbert sollte ihnen viel mehr zahlen. De Montfort ist bis über beide Ohren verschuldet. Er musste dem Papst eine große Summe zahlen, um seine Ehe anerkennen zu lassen – er musste sich sogar Geld vom Onkel der Königin borgen.«

»Woher weißt du das alles?«, erkundigte sich Joanna.

Er wirkte nonchalant. »Ich schenke Wein ein, ich führe Aufträge aus. Ich höre Dinge.« Er musterte sie von der Seite her. »Ich wette, das tust du auch, wenn du zu den Füßen der Königin sitzt.«

Joanna erwiderte nichts darauf, sondern fuhr fort, das Rad des Schicksals zu betrachten – den König und den gefallenen König.

»Na, tust du das nicht?«, bohrte Johan nach. »Was erzählt die Königin dir?«

»Cecily sagt, Dinge, die man mithört, sind wie Goldstücke, die in einen Brunnen geworfen werden«, erwiderte Joanna zurückhaltend. »Und der, der sie hört, sollte darauf achten, dass sie für immer auf dem Boden des Brunnens bleiben, und sie nicht heraufholen, um sich daran zu bereichern.« Sie maß ihn mit einem harten Blick. »Ich werde nicht wiederholen, was die Königin zu irgendjemandem sagt. Wie könnte mir noch jemand trauen, wenn ich das täte?«

Johan lief rot an und ballte die Fäuste. »Nun, ich traue dir, und was ich dir erzähle, ist zum Besten unserer Familie, aber ich werde dir nie wieder etwas erzählen.« Er stolzierte davon.

Joanna seufzte. Sie wollte seine Unterstützung nicht verlieren, aber sie konnte nicht zulassen, dass er ihre Integrität untergrub.

Sie ging zu den Frauen zurück, griff nach ihrer Näharbeit und setzte sich still etwas abseits in eine Ecke, wo es unwahrscheinlicher war, dass sie Dinge hörte, die sie in den Brunnen werfen und geheim halten musste.

Cecily gesellte sich zu ihr und musterte sie forschend. »Was gibt es, Kind?«

Joanna führte mehrere kleine, saubere Stiche aus. Das Band zwischen Cecily und Countess Eleanor ließ sie ebenso zögern wie ihr Wissen um Eleanors hochrangige Verbindungen und Freundschaften. Andererseits vertraute sie Cecily, die ihre eigenen Quellen des Wissens und Schweigens hatte. »Mein Bruder hat mich nach Dingen gefragt, die ich in der Kammer der Königin gehört habe«, sagte sie endlich. »Ich weigerte mich, ihm davon zu erzählen, weil das einen Vertrauensbruch bedeutet hätte.«

Cecilys Miene wurde weicher. »Du hast einen klugen Kopf auf sehr jungen Schultern. Es werden dich oft Leute bitten, das Vertrauen zu brechen, und du musst ihnen das immer verwehren – tust du das, wird das deinem guten Ruf dienlich sein. Schäme dich nie dafür.«

Joanna strich ihre Näharbeit glatt. »Er hat mir auch Dinge erzählt – Dinge, die er mitangehört hat.«

»Dann hoffe ich, deine Weigerung, es ihm gleichzutun, wird ihn dazu bringen, nächstes Mal zweimal darüber nachzudenken. Ich bin froh, dass du die Kraft und die Reife hattest, dich ihm zu widersetzen. Am Hof wird ohnehin schon zu viel geredet.«

Joanna dämpfte ihre Stimme zu einem Flüstern. »Er sagte, der Grund, warum Countess Eleanor mich nicht mag, läge darin, dass ich ein Teil der Familie Marshal bin.«

»Unsinn, Kind!«, entgegnete Cecily scharf. »Es ist nicht so, dass die Countess of Leicester dich nicht mag. Tatsächlich kennt sie dich gar nicht. Achte nicht darauf, was andere sagen – vertrau nur auf dein eigenes Urteil.«

Joanna schluckte. Das Problem bestand darin, dass ihr Urteil ihr sagte, dass Eleanor de Montfort sie nicht mochte, und Johan hatte ihr einen Grund dafür geliefert.

Cecily sagte schroff: »An den Hof zurückzukehren erfordert Anpassung seitens der Countess of Leicester. Sie wird sich mit dir abfinden – du wirst schon sehen. Sie mag mit deinem Onkel Gilbert im Streit liegen, aber das sind rechtliche Angelegenheiten, weit außerhalb deines Wirkungskreises und haben nichts mit dir zu tun – ich hoffe, du verstehst das.«

»Ja, Madam«, erwiderte Joanna pflichtschuldig, obwohl sie zum ersten Mal nicht sicher war, ob sie Cecily glaubte.

»Ich passe immer auf dich auf, vergiss das nicht«, sagte Cecily bestimmt. »Jetzt nimm deine Näharbeit zum Sitz am Fenster mit. In dieser kleinen dunklen Ecke kannst du weder genug sehen, noch solltest du dich freiwillig dort verstecken. Such immer das Licht.«

Im Lauf der nächsten Tage kam Johan aus seinem Schmollwinkel hervor, und die angespannte Atmosphäre zwischen Bruder und Schwester lockerte sich allmählich, obwohl Johan durchblicken ließ, dass er absichtlich nicht mehr von Hofangelegenheiten sprach. In den Gemächern der Königin befahl die Countess of Leicester Joanna oft zu sich, damit sie Aufträge für sie ausführe oder ihr beim Tanz aufwarte. Eleanor war selbstherrlich und kurz angebunden, und sie verwies Joanna schroff auf ihren Platz als Untergebene.

Cecily beobachtete alles und sagte nichts, aber sie übertrug Joanna, wann immer es ging, unauffällige Aufgaben, die sie nicht in Eleanors Nähe führten. Sausagez kam in den Genuss von doppelt so vielen Spaziergängen wie sonst.

Wenn sich Joanna in der Nähe der Countess aufhalten musste, verhielt sie sich zurückhaltend und gehorsam, was Eleanors kritische Haltung zu beschwichtigen schien. Als die Countess drei Wochen später auf einem schwarzen spanischen Reitpferd und mit Geschenken des Königs heim zu ihrem kleinen Sohn nach Kenilworth aufbrach, seufzte Joanna erleichtert.

Simon de Montfort blieb jedoch an der Seite des Königs und beherrschte den Hof mit seinen Gefühlsausbrüchen und seinem Charisma. Ihm konnte man leichter aus dem Weg gehen als seiner Frau, und Joanna achtete darauf, das zu tun, und obgleich sie auf der Hut war, kehrte das Leben zu einer angenehmen Routine zurück.

Zu ihren regelmäßigen Pflichten gehörte es, der Königin die Füße zu massieren. »Du hast von allen meinen Frauen die sanftesten Hände«, sagte Alienor und lehnte sich in ihre Kissen zurück. »Du erinnerst mich an meine kleine Schwester Sancha – ich vermisse sie so sehr. Dein Haar gleicht ihrem mit den kastanienfarbenen Lichtern im Sonnenschein, und es ist genauso dicht und weich.«

Verlegen konzentrierte sich Joanna auf ihre Aufgabe. Sie hatte manchmal in den Elfenbeinspiegel der Königin gespäht, aber schöne Frauen waren goldhaarig und blauäugig wie ihre Tante Isabelle und die Countess of Leicester. Ihre eigenen Augen waren ebenso wie ihr Haar braun, und sie hatte Sommersprossen.

Die Königin lächelte. »Wenn du erwachsen und verheiratet bist, wirst du immer noch meine Favoritin sein, und ich werde dich bei mir am Hof behalten. Ich werde dafür sorgen, dass der König einen guten und würdigen Mann für dich findet. Wäre das nicht wundervoll?«

Die Worte der Königin glichen der Verlängerung einer der Geschichten, die in Mußestunden laut im Frauengemach vorgelesen wurden, aber Joanna hegte bereits Zweifel. Entscheidungen, die ihr Leben betrafen, wurden immer von anderen getroffen, egal was Cecily sagte. Was, wenn der »würdige Mann« war wie Simon de Montfort oder einer der anderen kraftstrotzenden Barone bei Hof, die voll selbstsicherer Arroganz umherstolzierten? Sie würde bei lebendigem Leib verspeist werden. War er wie der König, wäre es vielleicht nicht ganz so schlimm, denn sie hatte bemerkt, dass Henry großzügig, freundlich und rücksichtsvoll war, aber solche Charakterzüge waren selten und wurden nie in Betracht gezogen, wenn es darum ging, eine Ehe zu arrangieren.

»Ja, Madam«, erwiderte sie unterwürfig. »Danke!« Sie gab die korrekte Antwort, aber ohne Begeisterung.

»Du bist noch sehr jung«, murmelte Alienor, dabei öffnete sie ein Auge. »Mach dir keine Sorgen. Wenn die Zeit kommt, wirst du bereit sein, das verspreche ich dir.«

4

Palast von Westminster in London
Juni 1239

Im Vorraum der Geburtskammer faltete Joanna die Leinentücher und Windeln, damit sie für die Ankunft des neuen Babys bereit waren. Lady Sybil Giffard hatte ihr diese Aufgabe übertragen, um sie zu beschäftigen, während sie warteten. Die Königin lag seit dem Morgengrauen in den Wehen, und jetzt war der Himmel im Westen tiefblau und mit Sternen wie neue silbern schimmernde Nadelköpfe gespickt. Joanna hatte die Kerzen entzündet, als die Dämmerung hereinbrach, und jetzt loderten sie in jedem Wandleuchter und Kerzenhalter.

Joanna betete, während sie arbeitete. Ihre Mutter war bei der Geburt eines totgeborenen Sohnes gestorben, und sie fürchtete um die Sicherheit der Königin, obwohl sie wusste, dass Lady Sybil eine allgemein respektierte und erfahrene Hebamme war. Der König hielt in seiner Privatkapelle eine Gebetswache ab und schickte ständig Diener, um sich zu erkundigen, wie die Dinge standen. Diese erhielten trotz Lady Sybils Ärger über die ewigen Fragen immer dieselbe geduldige Antwort. Alles verlief gut. Die Geburt würde zu gegebener Zeit erfolgen, sie sollten die Frauen nur ihre heilige Arbeit verrichten lassen.

Joanna hielt mit dem Falten der Tücher inne, und ihr

Herz begann zu rasen, als sie aus der inneren Kammer ein langes, gequältes Stöhnen hörte. Dann noch eines, und Lady Sybils ruhige, ermutigende und gleichzeitig drängende Stimme. Und plötzlich noch ein Geräusch – das Greinen eines Babys, das die Ankunft einer neuen Seele in der Welt verkündete. Die anderen Frauen, die zusammen mit Joanna in der Vorkammer warteten, wechselten Blicke, bekreuzigten sich und spähten zur Tür.

Die Schreie wurden lauter. Willelma öffnete die Tür. Ihr von Falten durchzogenes Gesicht strahlte vor Freude und Erleichterung. »Die Königin ist sicher von einem gesunden Sohn entbunden worden.« Trotz etlicher fehlender Zähne war ihr Lächeln breit und schön. »Benachrichtigt den König, damit er sich freuen kann. Preist Gott, ein gesunder Prinz wurde geboren.«

Nur Momente nachdem er die Nachricht erhalten hatte, stürmte Henry mit vor innerem Gefühlsaufruhr geröte- tem Gesicht in die Kammer. Die Frauen knieten bei sei- ner Ankunft nieder, waren aber von dem Verstoß gegen die Etikette aus der Fassung gebracht, denn ein Mann hatte keinen Platz in der Wochenbettkammer, selbst dann nicht, wenn er der König und dies sein erstgeborener Sohn war. »Ladys!« Er maß sie mit einem freudigen Blick, be- vor er das innere Heiligtum betrat und die Tür hinter sich schloss.

Vor Aufregung und leisem Schock über das unziemliche Verhalten des Königs begannen alle durcheinanderzureden. Roberga schenkte Wein ein, und sie brachten einen Toast auf den neuen Prinzen und seine Eltern aus. Joanna hätte am liebsten getanzt und sich gedreht, es kostete sie Anstren- gung, den Anstand zu wahren und die Füße still zu hal- ten. Sie nippte an einem der Weinbecher, die herumgereicht wurden, und fragte sich eifrig, wann sie das neue kleine Menschlein sehen dürfen würde.

Die Glocken der Abtei begannen zu läuten und in jubelnden Klängen, die über den Nachthimmel hinwegzogen, in Joannas Körper widerhallten und ihre Seele berührten, die Geburt des königlichen Erben zu verkünden.

Endlich wurde die Tür der Schlafkammer geöffnet, und der König kam heraus. Tränenspuren glänzten auf seinen Wangen. »Ich habe einen Sohn! Gelobt sei Gott, ich habe einen Sohn! Ladys, ich danke euch allen für eure Fürsorge und Hingabe für die Königin. Ich werde es nicht vergessen. Ihr werdet alle Geschenke erhalten!« Er blickte zu den offenen Fensterläden hinüber. »Hört ihr die Glocken?« Mit verzückter Miene hielt er inne, um zu lauschen, dann lächelte er sie alle an. »An diesen Moment werde ich mich auf ewig erinnern«, sagte er und verließ den Raum, dabei wischte er sich über die Augen.

Joanna trat zum Fenster und beugte sich in die Luft hinaus. Rufe erfüllten den warmen Juniabend, und brennende Fackeln wurden wild geschwenkt, als die Bewohner des Gebäudekomplexes von Westminster die zu Beginn des Mittsommers erfolgte Geburt eines zukünftigen Königs feierten. Er sollte nach einem lange verstorbenen König von England Edward heißen, der ein gottesfürchtiger Mann und ein Heiliger gewesen war. Ein frommer Friedensstifterkönig. Henry wollte dieses Band wie eine goldene Kette erneuern, die Vergangenheit durch einen Sohn, der einen englischen Königsnamen eines alten Vorfahren trug, mit der Gegenwart verknüpfen.

Während sie den Feiernden, den Glocken und den Schreien des Neugeborenen lauschte, füllten sich Joannas Augen mit Freudentränen.

Am Morgen besuchte Joanna mit den anderen Frauen die Messe, bevor sie mit Brot und Käse ihr Fasten brach. Die Kirchenglocken läuteten immer noch, und im Palast herrschte geschäftiges Treiben, als Boten kreuz und quer durch das Land geschickt wurden, um die Nachricht von Prinz Edwards Geburt zu verbreiten. Im Frauengemach wurde von nichts anderem gesprochen.

Joanna nahm ihre Näharbeit zu der hellen Fensterlaibung mit und hielt ab und an mit der Arbeit inne, um den unter einem wolkenlosen Himmel funkelnden Fluss zu beobachten. Handelsschiffe glitten unter Ruder und Segel zwischen den verschiedenen Kais hin und her, und rote Viehherden tranken am gegenüberliegenden Ufer.

Die Tür zur Kammer der Königin wurde geöffnet, und Lady Sybil trat mit einem gewindelten Bündel in den Armen heraus. Augenblicklich durchströmte Wärme Joannas Herz. Sie hatte nie eine Beziehung zu ihrem kleinen Stiefbruder in Swanscombe aufgebaut, weil seine Mutter in ihren Augen eine Usurpatorin war, aber dieses Kind konnte sie mit purer, ungetrübter Freude lieben.

Sybil setzte sich in die sonnendurchflutete Laibung, und die Frauen scharten sich gurrend und schnatternd um sie, um einen ersten Blick auf den Kleinen zu werfen. Joanna kam auf Zehenspitzen näher. Er war von Kopf bis Fuß gewickelt und in eine weiche cremefarbene Decke gehüllt. Sie konnte ein kleines Gesicht sehen, in dem die geschlossenen Lider, zart wie Sandmuscheln, von hellen kupferfarbenen Wimpern gesäumt waren. Gestern war er noch im Leib der Königin verborgen gewesen, aber jetzt war er hier, ohne einen Makel und eine eigene Persönlichkeit, das Gesicht und der kleine Körper sorgsam eingepackt. »Es ist ein Wunder von Gott!«, flüsterte sie.

»In der Tat!« Sybil lächelte sie an. »Du darfst seinen Kopf berühren, weil das Glück bringt, und erinnere dich dein ganzes Leben an diesen Tag.«

Joanna wagte es kaum, leicht die Fingerspitze dort auf die Stirn des Babys zu legen, wo seine weiche Haut auf das Band seiner Kappe traf. Es verzog das Gesicht und öffnete den Mund zu einem zahnlosen Gähnen. »Er ist schön«, flüsterte sie. Eine heftige, beschützende Sehnsucht erfüllte ihr Herz, und in diesem Moment überkam sie eine überwältigende, unwiderrufliche Liebe.

Im Lauf der nächsten Wochen erholte sich die Königin von der Geburt und fand sich in ihre neue Rolle als Mutter hinein. Baby Edward nahm zu und gedieh. Joanna wurde dauerhaft die Aufgabe übertragen, die Tücher zu falten, mit denen seine Windeln gefüttert waren, und sie war sehr stolz darauf. Sie beobachtete alles genau, wenn Sybil oder die Amme Alice die Windeln wechselten und sein Hinterteil mit Rosenwasser wuschen, und sie liebte es, zuzuschauen, wenn er an Alices Brust saugte. Der gesamte Prozess von Edwards Stillen und Pflege bewirkte, dass sie sich gleichfalls vollständig und gestärkt fühlte.

Geschenke für den kleinen Edward strömten nach Westminster – Tuche und Edelsteine, silberne Becher und Teller, juwelenbesetzte Reliquien, Elfenbeinrasseln, Kästchen mit Gewürzen, Kelche und Trinkhörner. Henry überwachte das Überreichen der Geschenke und schätzte mit geübtem Auge den Wert jedes einzelnen ab. Sein Erbe war das Kostbarste auf dieser Welt und verdiente dementsprechende Gaben.

Wenn ein Geschenk seiner strengen Prüfung nicht standhielt, wies Henry es als unwürdig zurück und verlangte ein besseres. Nachdem er einem Pelzhändler einen Umhang zurückgeschickt hatte, weil der Hermelinpelz von minderer Qualität war, hörte Joanna, wie ein Hofbeamter zu seinem Gefährten bemerkte, dass Richard Löwenherz einmal gesagt hatte, er würde London verkaufen, wenn er einen Käufer finden könnte, aber Henry, so schien es, verkaufte seinen Sohn für so viel, wie er herausschlagen konnte.

Joanna unterdrückte den Gedanken, dass Henry undankbar und sogar dumm war. Er hatte sich von seinem Stolz auf seinen Sohn und dem Wunsch, ihn mit dem Besten von allem zu umgeben, hinreißen lassen, das war alles. Er war der König, sie schuldete ihm ihre loyale Dankbarkeit, und es war sicherlich falsch, ihn zu kritisieren.

Die Königin blieb in ihrer Kammer und erholte sich, als sich der Hochsommer über die Stadt legte. Der Fluss schimmerte in der Sonne, und der Gestank der Abtritte und Kais, die das Ufer säumten, erfüllte die Luft. Aber in Westminster gab es Gärten und eingefriedete Ecken, die nach Blumen dufteten und von Bäumen beschattet wurden. Joanna, die Sausagez täglich auf dem Gelände spazieren führte, kannte bald alle Winkel und Ecken.

Ein ständiger Besucherstrom flutete in die Gemächer der Königin und wieder heraus, vor allem Kurzwarenhändler und Näherinnen, die die Gewänder für die Aussegnungszeremonie der Königin schneiderten, wo sie für die Geburt eines gesunden Kindes danken und ihre Rückkehr an den Hof feiern würde. Sie würde auch den König wieder in ihrem Bett willkommen heißen.

Die Hofschneider fertigten Alienor ein prachtvolles Gewand aus gemusterter goldener Seide und einen passenden hermelingesäumten Umhang an. Der König hatte ihr eine zarte juwelenbesetzte, vor Saphiren funkelnde Krone geschenkt. Auch alle Frauen hatten für den Anlass neue Kleider bekommen. Joannas war aus blauer Seide, am Saum mit Goldborte besetzt, die von einem der Gewänder der Königin übrig geblieben war, und sie liebte es. Noch nie hatte sie so ein Kleid besessen. Es bewirkte, dass sie sich wichtig und wertgeschätzt fühlte.

Am Vorabend der Aussegnungszeremonie hielt Henry in seiner geliebten großen bemalten Kammer ein gesellschaftliches Treffen ab. Die Königin befand sich immer noch in ihrer Wochenendkammer, aber Henry hatte den kleinen Edward in seiner Wiege zu sich bringen lassen, zusammen mit seiner Amme Alice und Lady Sybils Mann Hugh Giffard, die auf das Baby achtgaben.

Alienor, die sich zunehmend Sorgen machte, weil Edward vor so vielen Menschen zur Schau gestellt wurde, wies Sybil schließlich an, ihn zurückzubringen. Sybil knickste und rief Joanna, damit sie sie begleitete.

»Eines Tages wirst du selbst junge Frauen ausbilden und ihnen solche Aufträge erteilen«, sagte sie, als sie sich auf den Weg machten, und warf Joanna einen klugen Blick zu. »Dame Cecily hält viel von dir, und ich bin geneigt, ihr zuzustimmen.«

Joanna betrachtete die Menschen, die aus dem Gebäude auf die kiesbestreuten Fußwege strömten, argwöhnisch. Die Stimmung war gesellig, ein bisschen rau, die erhobenen Stimmen und übertriebenen Gesten verrieten, wie reichlich der Wein geflossen war. Es war alles Teil ihrer Erziehung zur Abhärtung, damit sie in jeder Situation wusste, wie sie sich verhalten musste. Sie hoffte, sie würde derartigen Erwartungen gerecht werden.

Sie betraten die bemalte Kammer des Königs durch den verzierten Eingang, über dem in kräftigen schwarzen Buchstaben »ke ne dune, ke ne tine, ne prent ke desire« stand – er, der hat und nicht gibt, wird, wenn er etwas will, es nicht bekommen. Wenn sie unter diesen Worten hinweg in die Kammer trat, wurde Joanna immer von einem Gefühl von Schicksal und Ehrfurcht erfüllt. Sie liebte diesen Raum ebenfalls und wusste, dass er der Stolz und die Freude des Königs war.

Die Wände waren so bemalt, dass sie von Goldringen gehaltenen grünen Vorhängen glichen, und die Arbeit war so kunstvoll ausgeführt, dass sich schwer sagen ließ, ob es sich um Putz oder um Stoff handelte. Am anderen Ende des Raums fanden sich bei dem von Darstellungen von König Salomons bewaffneten Leibwächtern beschützten Bett des Königs dieselben Vorhänge, aber aus richtiger, schwerer, dicker grüner Wolle. Ein Vierpassfenster neben dem Bett gab den Blick in Henrys Privatkapelle frei.

Pagen und Knappen huschten durch die Menge und servierten Wein und kleine Leckerbissen. Ein ungeheures Gewirr gleichzeitig erhobener Stimmen erfüllte ihre Ohren. Männer behaupteten, Frauen wären die größten Klatschbasen, aber diese hauptsächlich aus Männern bestehende Menschenmasse gab sich alle Mühe, das Gegenteil zu beweisen. Eine der lautesten Stimmen gehörte Simon de Montfort, der sich über die beste Weise ausließ, im Kampf eine Lanze zu führen. Männer wurden von de Montforts Charisma angezogen wie Motten von den Kerzenflammen in der Halle. Joanna spürte die Anziehungskraft seiner machtvollen Energie, aber im Gegensatz zu den Motten wusste sie Distanz zu wahren.

Henrys Blick wanderte immer wieder missbilligend zu der ausgelassenen Gruppe von Männern, die seinen Schwager umringten. Dann musterte er Sybil und Joanna scharf, als sie ihm ihre Reverenz erwiesen.

»Sire, die Königin fragt nach Lord Edward«, sagte Sybil. »Kann ich ihn nehmen?«

»Ich bin noch nicht so weit«, erwiderte Henry bockig. »Wenn dem so wäre, hätte ich den Befehl dazu gegeben.«

Joanna hatte Henry noch nie in einer solchen Stimmung erlebt. Seinem geröteten Gesicht nach zu urteilen war er nicht mehr nüchtern.

Sybil bot ihm mit ruhiger Würde die Stirn. »Sire, die Königin wird sich nicht zur Ruhe begeben, bevor Lord Edward wieder bei ihr ist, und ich mache mir nur Sorgen um ihr Wohlergehen und das Eures Erben.«

Henry presste die Lippen zusammen und sah sie weiterhin finster an, aber ihre Worte hatten den Schleier zerrissen, der ihn umgab, und er stieß einen märtyrerhaften Seufzer aus. »Also schön!« Er ließ den Blick durch den Raum wandern, bis er auf seiner Schwester haften blieb, und rief sie mit erhobener Stimme zu sich. »Eleanor, dein Neffe zieht sich in die Kinderstube zurück. Seine Lieblingstante sollte sich von ihm verabschieden, bevor er fortgebracht wird.«

Die Countess, die neben ihrem Mann gestanden hatte, während dieser Hof hielt, löste sich aus der Gruppe und kam zu Henry. Ihr Seidenkleid schimmerte. »Wenn ich seine Lieblingstante bin«, sagte sie, dabei beugte sie sich über die Wiege, »dann ist er mein über alles geliebter Neffe.«

»Es freut mich, das zu hören, Schwester!« Henry entspannte sich ein wenig. »Er wird eines Tages ein großer König sein.«

Edward krähte, als würde er seinem Vater zustimmen. Eine Gruppe von Höflingen folgte der Countess und scharte sich um sie, um das Baby zu bewundern. Simon de Montfort schlenderte zu ihnen hinüber, und Joanna sah, wie sich seine Züge verhärteten, als er beobachtete, wie sich seine Frau über die Wiege beugte.

Er räusperte sich. »Eleanor, wir sollten gleichfalls gehen.«

Sie straffte sich und ging zu ihm, als würde sie an einer unsichtbaren Leine gezogen, dabei kehrte sie Henry wortlos den Rücken zu. Simon ergriff ihre Hand und küsste sie, um seinen Besitzansprüchen Nachdruck zu verleihen. Joanna schnappte nach Luft, schockiert darüber, dass Eleanor sich von Henry abwandte, ohne die angemessenen Höflichkeitsregeln zu beachten.

Henrys Miene verdunkelte sich vor wachsendem Zorn. »Ihr entzieht mir meine Schwester erneut direkt unter meiner Nase, Mylord Leicester, und ohne meine Erlaubnis.«

Der kleine Edward nuckelte an seiner Faust und gab Geräusche zunehmenden Hungers von sich. Sybil, die einen Sturm heraufziehen spürte, wechselte Blicke mit der Amme Alice, die Anstalten machte, sich von ihrem Stuhl zu erheben.

De Montfort hob die Brauen. »Dann bitte ich Euch um Eure Erlaubnis, uns zurückziehen zu dürfen, Sire«, sagte er mit mühsam aufrechterhaltener Höflichkeit und fuhr fort, die Hand seiner Frau fest umklammert zu halten.

»Kommt oder geht, wie es Euch beliebt, denn das scheint ja Eure Gewohnheit zu sein«, erwiderte Henry kurz angebunden.

De Montfort verbeugte sich. »Dann werden wir uns jetzt mit Eurer Zustimmung zurückziehen und Euch nicht weiter behelligen.« Im nächsten Moment verließ er mit Eleanor und seinem Gefolge den Raum.

Henry hob mit zitternder Hand seinen Becher und schluckte ein paarmal. Das Baby, das mit seiner Faust nicht mehr zufrieden war, begann in die betretene Stille hineinzugreinen.

»Wenn ich jetzt Euren Sohn zu der Königin bringen dürfte«, wiederholte Sybil ehrerbietig, aber beharrlich.

»Ja, geht«, schnappte Henry. »Am Ende verlässt mich ja jeder.«

Sybil knickste und bückte sich mit neutraler Miene, um das Baby hochzunehmen. Ihr Mann nahm die Wiege, und Joanna und Alice folgten dem Paar mit gesenkten Köpfen und gefalteten Händen aus der bemalten Kammer. Joanna hatte noch nicht alle Nuancen verstanden, aber die Spannung zwischen dem König und de Montfort war greifbar und Furcht einflößend gewesen.

In den Gemächern der Königin wurde nicht gesprochen. Alice legte sich Edward an die Brust, und Joanna holte frische Tücher und Windeln zum Wechseln. Die Königin, die ein lockeres Gewand trug, saß auf einem Schemel neben dem Bett, während Willelma ihr mit langen, beruhigenden Strichen das Haar kämmte und Rosenwasser auf die Zinken gab. Das Aussegnungskleid lag auf einem langen Tisch, die schwere Seide schimmerte im Kerzenlicht.

Joanna hatte Alice gerade ein Handtuch gereicht, weil Edward ein Milchrinnsal aufgestoßen hatte, als Henry wie ein erregter Wirbelwind in die Kammer stürmte und alle hastig niederknieten. Die Königin erhob sich und sah ihn mit vor Schreck geweiteten Augen an. »Sire, was ist?«, fragte sie.

»Der Mann meiner Schwester!« Henry erstickte fast an seinen Worten. Er schüttelte das Pergamentstück in seiner Faust. »So eine Arroganz und Undankbarkeit ist mir noch nie untergekommen.«

»Kommt, Mylord, setzt Euch.« Alienor küsste ihn auf die Wange und zog ihn zur Bank. »Du solltest dich nicht so aufregen. Willelma, hol dem König etwas Wein.«

»Sollte ich das nicht? Dein Onkel Thomas hat geschrieben und mir mitgeteilt, dass er Geldmittel für seine Pilgerreise in das Heilige Land braucht. De Montfort schuldet ihm fünfhundert Mark und besitzt die Dreistigkeit, ihm zu sagen, dass ich die Schulden aus meinen eigenen Schatztruhen bezahlen werde, obwohl er mir weder von dem Arrangement erzählt noch meine Erlaubnis eingeholt hat. Stattdessen erfahre ich jetzt davon aus diesem Brief!« Er wedelte mit dem Pergament vor ihrer Nase herum. »Nach allem, was ich für diesen Mann getan habe, überträgt er hinter meinem Rücken seine Schulden auf mich, während er mich am Vorabend deiner Aussegnung in meiner eigenen Kammer herablassend behandelt hat.«

Willelma kam mit dem Wein zurück, und Alienor reichte ihn ihm persönlich. »Beruhigt Euch, Sire, Zorn bringt Euch nichts«, sagte sie sanft.

»Ich werde mich nicht auf diese Weise zum Narren machen lassen!« Tränen der Wut glitzerten in seinen Augen. »Simon de Montfort wird meine Gutmütigkeit nicht ausnutzen und so mit mir umgehen. Letzten Endes hat er sich durch Verführung in meine Familie eingeschlichen. Ich habe versucht, ihn als Mann meiner Schwester in die Arme zu schließen. Ich habe ihm Privilegien zugestanden und trotz Zweifeln zu ihm gehalten, und alles, was er sieht, ist die Möglichkeit, noch mehr an sich zu raffen. Du hättest ihn heute Abend sehen sollen, wie er herumstolziert ist und sich in Szene gesetzt hat, ohne mir ein Wort von seinen Schulden zu sagen. Er sollte dieses Motto über meiner Kammertür lesen und es auf sich selbst beziehen!«

Joanna zog sich vor Furcht vor der Wut des Königs in den Schatten zurück. Sie blickte Cecily Trost suchend an, aber deren Lippen waren fest zusammengepresst.

»Du darfst nicht zulassen, dass dich solche Dinge so aufregen«, beschwichtigte ihn Alienor, dabei küsste sie ihn auf die Wange. »Du solltest das diplomatisch regeln. Ich hoffe, du nimmst es Onkel Thomas nicht übel.«

Henry schüttelte den Kopf und rieb sich die Augen. »Nein! Er hat sich einer heiligen Sache verschrieben, und ihm wird tatsächlich dieses Geld geschuldet. Nicht er hat mich beleidigt.« Er stellte seinen Becher abrupt beiseite und stand auf. »Simon de Montford wird lernen, dass er mich nicht rücksichtslos übergehen kann, ohne die Konsequenzen zu tragen.« Er zog Alienors Hände an seine Lippen. »Dich zu sehen bewirkt, dass es mir besser geht, aber ich sollte nicht hier sein.«

»Nein, das solltest du nicht«, erwiderte sie lächelnd. »Du solltest zu Bett gehen, Mylord – morgen wird alles anders aussehen.«

»Ich weiß, wo ich gern schlafen würde«, sagte Henry, was dazu führte, dass Alienor errötete. »Ich weiß, wo ich meinen Kopf liegen haben möchte.«

Sie warf ihm einen schüchternen Blick zu. »Auch das muss bis morgen warten. Du bist wirklich nicht wütend auf meinen Onkel?«

»Wirklich nicht, mein Missfallen geht in eine andere Richtung.« Er ging zu Edward, der jetzt satt und schläfrig in seiner Wiege lag. »Perfekter kleiner Mann. Ich werde dir die Welt zu Füßen legen.« Er bückte sich, um das Baby auf die Stirn zu küssen, dann ging er.

Alienor seufzte. »Ich dachte, zwischen ihnen wäre alles geklärt, aber wie es aussieht, hat der Earl of Leicester seine Grenzen erneut überschritten – wahrscheinlich waren beide betrunken. Ich werde versuchen, eine Lösung zu finden, aber sie sind vollkommen gegensätzliche Männer. Sie voneinander fernzuhalten wäre besser, als Nähe zu fördern.«

Der Haushalt bereitete sich darauf vor, zu Bett zu gehen. Joanna, die sich daran erinnerte, was sie in der Halle gesehen hatte, erschauerte. Der Hof war ein Ort der Schönheit und Anmut, aber er konnte auch dunkel und gefährlich sein. Wie ein Wald voller sonnendurchfluteter Täler und dichtem Unterholz.

Als sie neben ihrem Bett niederkniete, um ihre Gebete zu sprechen, berührte Cecily ihre Schulter. »Vertrau auf Gott, Kind!«, murmelte sie. »Was dich auch bedrückt, Er wird dir immer antworten.«

»Aber was, wenn Er das nicht tut?«

»Dann hast du nicht genau genug hingehört.« Cecily strich sacht Joannas Haar glatt. »Gott antwortet immer. Manchmal gibt Er dir nicht die Antwort, die du dir wünschst, und dann lehnst du sie ab, aber Er ist immer da.«

Sowohl von Cecilys Stimme als auch von ihren Worten getröstet, beendete Joanna ihre Gebete und versprach Gott, dass sie fortan angestrengter zuhören würde. Sie legte sich neben Mabel ins Bett und sah zu, wie Roberga die Kerzen eine nach der anderen löschte und nur eine einzige Lampe brennen ließ – ein Licht im Dunkeln.

Zusammen mit den anderen von Cecily beaufsichtigten Mädchen aus dem Haushalt der Königin stand Joanna in der Nähe des Altars in der Abteikirche. Sie hielt eine lange, noch nicht entzündete Kerze in den Händen. Goldenes Morgenlicht strömte in das Kathedralenschiff und beleuchtete die Drapierungen und Dekorationen, die der König für die Aussegnung der Königin angeordnet hatte. Joanna fühlte sich sehr erwachsen. Der Besatz ihres neuen

Kleides funkelte in den Sonnenstrahlen, und Mabel hatte ihr das Haar zu einem kunstvollen Zopf geflochten und darüber mit kleinen goldenen Nadeln einen Schleier befestigt.

König Henry, der am Altar auf das Eintreffen der Königin wartete, wirkte angespannt und erschöpft. Joanna dachte, dass er wahrscheinlich Kopfschmerzen hatte. Sein jüngerer Bruder Richard, Earl of Cornwall, stand an seiner Seite – hochgewachsen, hellhaarig und gut aussehend, mit einem vorspringenden Kiefer und härteren Zügen als Henry. Seine Frau war Joannas Tante mütterlicherseits, obwohl Joanna sie kaum kannte. Countess Isabelle war eine Schönheit mit glänzendem flachsfarbenem, unter einem Kopfputz zusammengedrehtem Haar. Ihre Hand ruhte schützend auf ihrem von einer weiteren Schwangerschaft gerundeten Bauch. Ihr Bruder, Joannas Onkel Gilbert, stand neben ihr, das Sonnenlicht glitzerte auf seiner Kopfhaut unter dem schütter werdenden Haar. Johan, der eine grüne und goldene Tunika trug, war als Teil seines Gefolges bei ihm. Es waren so viele von Joannas Marshal-Verwandten da, dass sie kaum alle ausmachen konnte.

Ein plötzlicher Windstoß im hinteren Teil der Kirche kündigte die späte Ankunft von Simon und Eleanor de Montfort an. Ihre zueinanderpassenden scharlachroten und goldenen Gewänder und die Art ihres Auftritts mit Verspätung und in all dieser Pracht glich dem Erscheinen des königlichen Paares im Herzen des Ereignisses.

Joanna blickte Cecily ratsuchend an, aber ihre Lehrerin schüttelte kaum merklich mit zusammengekniffenen Lippen den Kopf.

Angespannte Grübchen vertieften sich in Henrys Wangen, und seine Miene verfinsterte sich vor Wut, als sich die de Montforts einen Weg zum Altar bahnten. »Wie könnt

Ihr es wagen, Euch in den Vordergrund zu drängen, als wäre dies Euer Fest, wenn nichts weiter von der Wahrheit entfernt sein könnte!« Er knirschte fast mit den Zähnen. »Eure schlechten Manieren und Eure Arroganz sind bei der Aussegnung der Königin nicht erwünscht.«

De Montfort machte Anstalten, die Hände zu öffnen, um eine Erklärung abzugeben, doch Henry gab ihm keine Gelegenheit dazu.

»Ihr!«, er stach mit einem Finger, der nur ein winziges Stück vor de Montforts Brust innehielt, anklagend in die Luft. »Ihr! Lasst alle die Wahrheit hören, so wie sie ist, da Euch so nach trauriger Berühmtheit und Bekanntheit dürstet! Lasst jedermann Zeuge der Tatsache sein, dass Ihr meine Schwester mir und dem Herzen ihrer Familie entrissen habt. Ihr habt ihr in schandhafter Heimlichkeit nachgestellt, sodass sie ihr heiliges Gelübde der Keuschheit gebrochen hat. Ihr habt sie um Eures üblen Ehrgeizes willen entehrt, nachdem andere Eure Werbung zurückgewiesen haben. Ihr habt meine Schwester beeinflusst, so dass sie ihre leibliche Familie – ihren eigenen Bruder nicht mehr ehrt! Ihr habt meine Schätze unter meiner Nase weggestohlen und mir geschworen, zu Schulden zu stehen, die Eure sind, nicht meine. Ihr seid die Wurzel all dieses Unheils. Geht, denn ich will Euer Gesicht nicht mehr sehen!«

Ein kollektives entsetztes Raunen lief durch die Menge, und Joanna schlug erschrocken eine Hand vor den Mund. Richard of Cornwall streckte eine Hand nach Henry aus, doch dieser schüttelte ihn unwirsch ab.

De Montfort erwiderte nichts, sondern blieb still und aufrecht stehen. Dann verbeugte er sich und wandte sich zum Gehen.

Eleanor wollte ihm folgen, aber Henry umschloss ihren

Arm mit einem eisernen Griff. »Nein, Schwester, du bleibst! Er hätte dich nie bekommen sollen. Ich war dumm genug, die Augen davor zu verschließen und dir sogar noch Glück zu wünschen, aber ich habe mich nie mehr geirrt.«

Sie machte sich los. Röte flammte unter dem weißen Puder auf ihren Wangen auf. »Du bist nicht bei dir, Bruder, und weißt nicht, was du sagst. Ich bin legal verheiratet, eine Mutter wie deine eigene Frau und in der Obhut und Fürsorge meines Mannes.« Sie wandte sich ab und suchte unter Simons ausgestrecktem Arm Schutz. »Lieber Gott, du tust mir leid.«

»Wir werden gehen, wie Ihr es wünscht«, sagte de Montfort. Sein Tonfall war stählern. »Wir sind beide betrübt über die Art, wie Ihr uns behandelt, aber wir werden nicht bleiben, um zu streiten.«

»Tut das!«, erwiderte Henry. Seine Stimme hob sich und wurde schrill. »Ich werde mit keinem von euch wieder sprechen, bis Ihr Euch gebessert habt.«

Richard of Cornwall versuchte erneut, einzugreifen, doch Henry fuhr auf ihn los. »Du hast dich damals über diese Ehe beklagt, und ich habe dich beschwichtigt, aber du hattest recht, Bruder, und nichts, was du jetzt sagst und tust, wird meine Meinung ändern, denn er hat die Aussegnung meiner Frau besudelt.« Er schloss die Augen und holte zittrig Atem. »Die Angelegenheit ist erledigt. Ich werde nicht dulden, dass er die Feier weiter ruiniert.«

Sowohl de Montforts anmaßender Auftritt als auch die Reaktion des Königs verursachte Joanna Übelkeit. Es war, als würde sie zusehen, wie ein Elternteil zum Kind wurde. Wo war der gütige, freundliche Mann, der ihren Kopf streichelte, ihre Lernfortschritte lobte und für ihr Wohlergehen sorgte?

»Ganz ruhig.« Cecily berührte Joannas Schulter. »Wir

befinden uns anlässlich der Aussegnung der Königin im Antlitz Gottes, wie der König sagt, und darauf müssen wir jetzt unsere Aufmerksamkeit richten. Lass dir das eine Lehre sein, wie man sich benimmt und wie nicht.«

Joanna nahm sich zusammen und straffte sich, gestärkt durch Cecilys Anleitung. Die Königin betrat mit einer brennenden Kerze die Kirche, mit ruhiger, gelassener Miene und gemessenen Schritten. Joanna bewunderte sie, denn sie musste wissen, was soeben geschehen war, trotzdem spielte sie ihre Rolle mit konzentrierter Würde. Henry, blass und angespannt, erfüllte seinen Teil und widmete seiner Frau und der Zeremonie seine volle Aufmerksamkeit wie ein Mann, der versucht, einen schlechten Geschmack loszuwerden, indem er den Mund mit süßem Wein spült.

Doch in dem Moment, wo sie die Kirche verließen, befahl Henry seinen Rittern, die de Montforts des Palastes des Bischofs von Winchester zu verweisen, wo sie untergebracht waren.

»Ist das klug, Bruder?«, fragte Richard. »Einige Leute könnten dich beschuldigen, rachsüchtig zu sein.«

»Lass ›einige Leute‹ sagen, was sie wollen«, gab Henry immer noch vor Wut schäumend zurück. »Der Earl of Leicester ist zu weit gegangen, also lass mich ihn noch ein Stück weiterschicken – und meine Schwester wird ihre Lektion gleichfalls lernen. Ich will sie nicht hier haben. Sollen sie im Exil eine Weile über ihre Manieren nachdenken.« Er sah seinen Bruder kopfschüttelnd an. »Ich bin mehr als nur ein wenig geneigt, Simon de Montfort in den Tower zu werfen, um ihm genau zu zeigen, wo sein Platz ist, aber das Exil mag als mildere Strafe genügen. Sie haben mich und die Königin auf unverzeihliche Weise beleidigt. Sollen sie ernten, was sie gesät haben.«

In dieser Nacht schlief der König mit fest verschlossener Tür zu den Dienern in der Vorkammer im Bett der Königin. Die schwere Sommerluft roch nach Donner, und die Atmosphäre erfasste den gesamten Haushalt. Die Frauen warfen sich Blicke zu, aber keine schnitt das Thema der Vorfälle während der Aussegnungszeremonie an, weil das Ausmaß der Bedeutung zu gewaltig war.

Joanna kniete mit Cecily nieder, um zu beten. Die Art, wie sie ihren Rosenkranz so fest zwischen ihre gefalteten Hände presste, sodass kleine runde Abdrücke in ihrer Haut zurückblieben, verriet ihr, dass ihre Lehrerin aufgewühlt war. Joanna senkte den Kopf und bat Gott um Frieden im Haushalt – und, wenn es ihm gefiel, die de Montforts für immer im Exil zu halten.

Cecily seufzte und hob den Kopf. »Bald wird für dich die Zeit kommen, zu heiraten«, sagte sie zu Joanna. »Du bist jetzt neun, und viele Mädchen sind mit zwölf Bräute und müssen nach dem Willen ihrer Familien und ihrer Herrscher die Ehe eingehen.«

»Ja, Dame Cecily«, erwiderte Joanna pflichtschuldig. Ihr Vater bezahlte dafür, dass sie am Hof erzogen und ausgebildet wurde, damit sie mit den der Familie zur Verfügung stehenden Mitteln die bestmögliche Partie machen konnte.

»Manche werden vielleicht Bräute Christi, wenn sie eine Berufung verspüren und ihre Familien zustimmen, und ein paar bleiben unvermählt in den Diensten des Hofes, aber für die meisten liegt die Zukunft in der Ehe.« Cecily nahm Joannas Hand. »Ich hatte nie Mädchen, nur Söhne, aber ich habe die Töchter vieler Männer großgezogen und gut unterrichtet. Die Countess of Leicester war meine Schülerin. Ich habe sie erzogen und beschützt, so gut ich konnte, aber ich war kein Gegner für den Wolf, als er auf der Suche nach dem saftigsten meiner Lämmer um den Pferch schlich.«

Joanna musterte Cecily überrascht, denn für gewöhnlich äußerte sie ihre Meinung nicht so offen.

»Was heute geschehen ist, war respektlos dem König gegenüber und eine Schande für alle«, sagte Cecily. »Eine Frau sollte ihrem Mann gehorchen, aber es ist auch ihre Pflicht, zu versuchen, ihn von Torheiten und unehrenhaftem Verhalten abzuhalten, denn ein ehrloser Mann schadet dem Ruf seiner Frau. Selbst wenn es nicht ihre Schuld ist, fällt die Schande auf sie zurück.«

Joanna senkte ernst den Kopf, ließ die Lektion einsinken und empfand Furcht. Es musste fürchterlich sein, die Frau eines Mannes zu sein, der nicht zur Vernunft zu bringen war.

»Es tut mir leid für die Countess«, fuhr Cecily fort. »Manche Männer wollen nicht hören und sind schwer zu lenken. Es wäre nicht passiert, wenn sie meinem Rat gefolgt und ihrem Keuschheitsgelübde treu geblieben wäre, aber sie hat übereilt gehandelt, wie ich leider sagen muss, und sich von Schmeicheleien und Lust blenden lassen. Ich verstehe ihren Wunsch nach Kindern und einem Familienleben, und ich werde sie immer lieben – sie war so lange in meiner Obhut, dass ich sie nicht leicht gehen lassen konnte. Aber ich mache mir Sorgen um ihr Wohlergehen.« Cecily tätschelte Joannas Arm. »Du bist ein vernünftiges Mädchen. Ich möchte, dass du über das nachdenkst, was heute geschehen ist, und nie von deinem Weg abkommst, egal welchen Versuchungen du ausgesetzt bist. Hör nie auf Schmeicheleien der Männer und vertrau auf dein Herz. Versprich mir, dass du das tun wirst.«

»Ja, ich verspreche es«, erwiderte Joanna inbrünstig. Sie

konnte sich nicht vorstellen, mit irgendjemandem verheiratet zu sein. Das war ein fernes Land, was immer Cecily auch sagen mochte. Sie kannte mehrere Mädchen ihres Alters, die schon verlobt waren, aber das würde ihr nicht passieren. Ihre Mitgift war bescheiden, und sie war keine große Erbin, die in dem Moment verheiratet wurde, wo sie volljährig war. Wenn ihr Leben am Hof in den Diensten des Königs und der Königin weiterging, reichte ihr das für den Rest ihrer Tage.

5

Palast von Westminster
Januar 1241

Früh am Tag war Schnee gefallen und hatte den Boden
mit weißer Smokarbeit bedeckt, und noch immer schweb-
ten Flocken durch die frühe Winterdunkelheit, milderten
Kanten ab und schmolzen im tiefen Glitzern der Themse.
Die von Lampen, Kerzen und Feuerschein erleuchteten Gebäude glühten in der Dämmerung.

In Westminsters großer Halle brannten abgelagerte Holz-
scheite, außen dunkel und innen gesprungen und rotbäu-
chig, in den Kaminen. Die Menschen trugen zum Schutz vor
der Kälte pelzgefütterte Umhänge, darunter schimmerten zu
Ehren des Festes des heiligen Edward des Bekenners, den
Henry von Herzen liebte, goldbestickte Seide und Schleier.

Joanna trug ihr bestes blaues Kleid und die Silberbrosche, die der König ihr vor zwei Jahren geschenkt hatte.
Früh am Tag hatte der Hof dem Schnee getrotzt und sich
in die Abtei gedrängt, um den Heiligen zu ehren und dann
zuzusehen, wie der König etliche Lords, Barone und junge
Männer zum Ritter schlug, unter ihnen auch den Onkel der
Königin, Peter von Savoyen, der eingetroffen war, um seinen Platz am Hof einzunehmen und den lebenslangen Titel
Earl of Richmond zuerkannt zu bekommen.

Zwischen den immergrünen Ranken, die die große Halle

schmückten, zeugten die Schilde der teilnehmenden Barone von den Stammbäumen der Familie. Die Löwen der Marshals und Bigods, das blau und golden karierte Muster der de Warennes, die Hufeisen der Ferrers, die kühnen roten Sparren der de Clares. Viele Verwandte ihrer Mutter waren hier, von denen sie den größten Teil nicht kannte, auch wenn ihr ihre mächtigen, vom Feuer beleuchteten Wappen vertraut waren.

Ihr Vater war aus Swanscombe gekommen und unterhielt sich mit Johan und ihrem Onkel Gilbert. Joanna hatte kaum mit ihm gesprochen, weil er mit »wichtigen« Angelegenheiten, wie er sagte, beschäftigt gewesen war. Er hatte einen gefüllten Geldbeutel für ihren Unterhalt mitgebracht und sich nach ihrem Befinden erkundigt, aber mit dem Gebaren eines Fremden, der eine Pflicht erfüllt.

»Du siehst deiner Mutter so ähnlich, als sie ein Mädchen war.«

Joanna drehte sich um und knickste vor der Frau, die gesprochen hatte. Ihre Tante Mahelt war eine gutaussehende Frau mit hohen Wangenknochen, einem festen Kiefer und wachsamen dunklen Augen. Ihr Mund wies eine verbitterte Krümmung auf, die sich an das Leben im Allgemeinen richtete. Sie war die Witwe des Earl of Surrey und Warenne und Gräfinwitwe von Norfolk. Joannas Mutter war ihre jüngste Schwester gewesen. Ihr zweiter Mann, dreißig Jahre älter als sie, war vor Kurzem gestorben und sie zum Hof gekommen, um die Frage ihrer Mitgift und der Zukunft ihrer Kinder zu klären.

»Das sagt man mir oft, Madam«, erwiderte Joanna. Sie wusste nicht, was sie von ihrer Tante Mahelt und ihrem rasiermesserscharfen Blick halten sollte, der alles und jeden erbarmungslos abschätzte.

»Aber du bist auch du selbst, Kind, vergiss das nicht. Du genießt das Privileg, am Hof erzogen zu werden, obwohl ich von dem wegen des hier herrschenden Irrsinns und der Falschheit nie viel gehalten habe.« Ihre Tante lächelte boshaft. »Du hast die Augen deiner Mutter, denn sie würde genauso aussehen – pflichtbewusst, aber ohne ihre Gedanken erkennen zu lassen. Dein Verstand ist lebhaft und wach, Kind, und das muss er auch sein.«

»Kanntet Ihr meine Mutter gut?«, wagte Joanna in der Hoffnung auf ein paar Krumen einen Vorstoß.

Ihre Tante hielt einem vorübergehenden Diener ihren Becher hin, um ihn nachfüllen zu lassen. »Ich war schon vor ihrer Geburt verheiratet und schwanger, aber ich habe sie manchmal gesehen, und ich lernte sie besser kennen, als unser Vater starb. Wir sangen ihm vor, deine Mutter und ich. Sie war jung und schüchtern, aber er hatte große Freude daran, und es war in seinem Leiden ein Moment des Lichts und der Gnade für ihn.« Ein Schatten flog über ihr Gesicht. »Unsere Mutter starb weniger als ein Jahr später, und ich kümmerte mich um deine Mutter, bis sie heiratete. Deswegen sage ich, du bist wie sie, denn ich kannte sie gut, als sie so alt war wie du jetzt. Ich vermisse sie. Ich vermisse alle meine Schwestern. Ich bin die letzte. Keine ist sehr alt geworden.«

»Das tut mir leid, Madam«, sagte Joanna. Ihre Tante Isabelle, Mahelts Schwester, war bei der Geburt des Kindes gestorben, das sie bei der Aussegnung der Königin erwartet hatte – ein totgeborener Sohn. Ihr Mann Richard, der Bruder des Königs, war danach mit Simon de Montfort, der sein Exil gut nutzte, zu einem Kreuzzug aufgebrochen. »Auch der Verlust Eures Mannes tut mir leid.«

»Ihn vermisse ich nicht«, sagte ihre Tante brüsk. »Die

Ehe ist ein Handel, und du machst das Beste aus den Umständen. Wenn du Glück hast, bekommst du Söhne und Töchter, um sie aufzuziehen und zu formen. Sie werden dein Trost sein und dich stolz machen.«

Sie winkte einem jüngeren Knappen, der dem frisch zum Ritter geschlagenen Peter von Savoyen aufwartete.

Der Junge kam zu ihnen und verbeugte sich. Joanna betrachtete ihn neugierig. Er hatte schimmerndes Haar von der Farbe von Krähenflügeln und dunkelbraune Augen unter schrägen Brauen. Er musste ungefähr so alt sein wie sie, und sie erkannte seine zurückhaltende Miene von sich selbst her wieder. Ihre Tante stellte ihn als ihren Sohn vor, John de Warenne, der als Knappe und Mündel in den Haushalt des kürzlich zu Ritterwürden gelangtem Peter von Savoyen aufgenommen und dort zum Ritter ausgebildet werden würde.

Der Junge verbeugte sich erneut und warf Joanna einen abschätzenden, leicht argwöhnischen Blick zu. Sie konnte ihm förmlich ansehen, wie er die Stacheln aufstellte wie ein Igel in Verteidigungshaltung. Sie verstand seine innere Anspannung, denn sie hatte genauso reagiert, als sie neu am Hof angekommen war.

»Ich werde mich freuen, einen weiteren Vetter zum Reden zu haben«, sagte sie.

Er neigte den Kopf und war offensichtlich erleichtert, als Cecily Joanna zu sich rief, damit sie ihr half, die Kammer der Königin für ihren Rückzug vorzubereiten.

Ihre Tante Mahelt gab ihr einen kühlen, trockenen Kuss auf die Wange. »Du machst deiner Mutter Ehre, und ich bin froh, an sie erinnert zu werden«, sagte sie mit fast wehmütiger Miene.

Joanna knickste pflichtbewusst. Ihr Vetter John verbeugte sich und warf ihr unter seinen Stirnfransen hervor einen weiteren Blick zu.

Joanna setzte den kleinen Edward auf ihr Knie und fütterte ihn mit kleinen Quadraten Rosenwasserkonfekt von einer silbernen Platte. Der junge Thronerbe genoss dies sichtlich, beugte sich vor, um jeden Würfel mit dem Mund aufzufangen und packte ihre Hand, um sie zu sich hinzuziehen. »Mehr«, krähte er, »mehr!« und strampelte mit seinen pummeligen Beinchen. Sie gab ihm ein weiteres Stück und aß selbst eines. Die nach Rosen schmeckende Süße explodierte auf ihrer Zunge. Edward schlang die Arme um ihren Hals und drückte ihr einen klebrigen Kuss auf die Wange. Joanna drehte ihn um, um ihm mit einem feuchten Tuch den Mund abzuwischen. »Du kleiner Tyrann!« Lachend umarmte sie ihn.

Er rutschte von ihrem Knie und stürmte zu der Wiege, um seine Schwester Margaret zu betrachten, die im September, ein Jahr nach der dramatischen Aussegnungszeremonie der Königin, zur Welt gekommen war. Sie war goldhaarig und blauäugig wie Edward, aber ein entzückendes kleines Ding statt einer Naturgewalt.

Joanna inspizierte bedauernd die klebrigen Fingerabdrücke auf ihrem Kleid, aber sie lächelte, denn Edward war so liebenswert, und zwischen ihnen bestand eine gegenseitige starke Bindung. Sie hatte seine Windeln gefaltet und seine Wiege geschaukelt, hatte seinen heißen Gaumen gekühlt, als er zahnte, und ihm geholfen, seine ersten Worte zu formen. Sie hatte seine wackeligen Beine gestützt, als er laufen lernte. Die Frauen nannten sie neckend seine kleine Mutter.

Sie säuberte gerade ihr Kleid, als ein Page erschien, um

ihr auszurichten, dass ihr Vater im Aufbruch begriffen war und sich von ihr zu verabschieden wünschte. Augenblicklich zog sich Joannas Magen vor Anspannung zusammen. Cecily erhob sich, um sie zu begleiten, und drückte aufmunternd ihre Hand, als sie zu der großen Halle hinter der bemalten Kammer des Königs gingen.

Warin de Munchensy, bereits in Umhang und Stiefeln, um nach Swanscombe zurückzukehren, strahlte eine Aura der Ungeduld aus. Ein weicher Wanst quoll über seinen Gürtel und rundete sich unter seiner Tunika.

Joanna trat auf ihn zu und knickste tief. »Mylord, mein Vater.«

Er zog sie auf die Füße und küsste sie auf die Wange, dann wich er zurück und verzog leicht das Gesicht, als er sich über die Lippen wischte. Als sie die Hand gegen ihr Gesicht legte, spürte Joanna zu ihrer Bestürzung einen Rest von Edwards klebrigem Kuss: Ihr Vater musste ja denken, sie hätte sich im Frauengemach mit Süßigkeiten vollgestopft.

Abgesehen von ihrer kurzen Begegnung gestern hatten sie kaum miteinander gesprochen, und nun brach er auf. Johan war bereits mit Gilbert Marshal abgereist, daher hatte er sich selbst schon früher verabschiedet.

»Du bist gewachsen, Tochter«, sagte er mit gezwungener Freundlichkeit. »Du bist jetzt eine richtige Lady, ja?«

»Joanna ist ein geschätztes Mitglied des Haushalts der Königin«, mischte sich Cecily ein. »Lord Edward vergöttert sie, und sie ist eine große Hilfe für Lady Willelma, die Kinderfrau der Königin, deren Hüften jetzt so steif geworden sind. Sie ist ein gewissenhaftes Mädchen und versäumt nie ihren Unterricht.«

Joanna errötete, und ihr Vater räusperte sich. »Ich würde von meiner Tochter nichts anderes erwarten.« Er musterte sie von Kopf bis Fuß, als würde er die Vorzüge eines Pferdes abschätzen. »Ich mag ja nicht oft zu Besuch kommen, aber deine Stiefmutter und ich werden über deine Fortschritte auf dem Laufenden gehalten, und wir sind sehr erfreut.«

Joanna senkte angesichts dieser leeren Plattitüde den Kopf. Das Interesse ihrer Eltern an ihr beruhte einzig und allein auf den Verbindungen, die sie bei Hof knüpfte. »Ich bete jeden Tag für euch beide und meinen Stiefbruder«, erwiderte sie. Das stimmte. Cecily hatte sie alles über Christenpflicht gelehrt, aber manchmal betete sie mit zusammengebissenen Zähnen.

Cecily berührte ihren Ärmel. »Joanna, geh und hol die Arbeit, die du für deinen Vater angefertigt hast. Ich denke, du bist inzwischen damit fertig.«

Ihr Vater räusperte sich ungeduldig.

»Es wird nur einen Moment dauern, Mylord«, sagte Cecily. »Ich weiß, dass Ihr es eilig habt.« Sie scheuchte Joanna weg. »Rasch, Kind!«

Joanna nickte und eilte zu der Kammer der Königin zurück, dabei wischte sie sich über die Wange. Sie wusste, dass Cecily unter vier Augen mit ihrem Vater sprechen wollte und hoffte, dass sich alles zum Guten wenden würde.

»Ich habe nicht erwartet, dass meine Tochter so gut und erwachsen aussieht«, sagte Warin zu Cecily. »Sie ist schon fast im heiratsfähigen Alter.«

Cecily musterte ihn scharf.

»Als ihr Vater muss ich über solche Dinge nachdenken.« Er rückte mit amtlicher Miene seinen Gürtel zurecht.

»Sie ist immer noch sehr jung«, entgegnete Cecily mit ruhiger Gelassenheit. »Es wäre sehr vorteilhaft für sie, ihre Erziehung am Hof fortzusetzen.«

»Ja, im Moment noch, aber die Zeit wird kommen.«

»In der Tat, Mylord, und die Bande, die sie im Haushalt der Königin knüpft, werden ihr gut zustattenkommen.« Von seinen gelegentlichen Besuchen bei Hof hatte Cecily den Eindruck gewonnen, dass seine Tochter für ihn ein loser Faden war, der an einer nützlichen Stelle in den Wandbehang der Familie eingewoben werden sollte, aber ein Faden ohne große Bedeutung – ein Mädchen mit einer hochrangigen Blutlinie mütterlicherseits, jedoch ohne Landbesitz, der dieses Erbe begleitete. »Joanna wird eine gute Ehefrau abgeben, und ich bin sicher, dass sich zu gegebener Zeit ein würdiger Mann für sie finden wird«, fügte sie diplomatisch hinzu. »Es sei denn, sie ist für die Kirche bestimmt.«

Warin schüttelte den Kopf. »Im Moment nicht.«

»Nun, dann lasst sie erst einmal hier. Sie ist vertrauenswürdig und ein Liebling der Königin, und ihre Fähigkeiten werden sich im Rahmen ihrer weiteren Ausbildung noch steigern. Es braucht vier Jahre, um aus einem Pagen einen Knappen zu machen, und sieben weitere Jahre, bis er zum Ritter geschlagen werden kann. Joanna lernt schnell und ist vernünftig für ihr Alter, aber sie ist noch keine Frau. Es ist noch Zeit, Mylord.«

»In der Tat, in der Tat«, brummte er barsch. »Es freut mich zu hören, dass sie so große Fortschritte macht, und ich bin Euch und dem König und der Königin dankbar für Eure Bemühungen.«

»Ihr solltet sehr stolz auf Eure Tochter sein. Ich habe selten eine so vielversprechende Schülerin unterrichtet. Oh, da ist sie ja.«

Cecily drehte sich um, als Joanna mit geröteten Wangen und ein wenig außer Atem zurückkam. Mit einem Knicks überreichte sie ihrem Vater ein in Leinen gewickeltes kleines Paket.

»Was ist das?« Er löste das Band, das es zusammenhielt, und öffnete das Päckchen. Ein mit einem weißen, auf drei blauen Wellen dahingleitendem Schwan bestickter Beutel kam zum Vorschein.

Joanna lief flammendrot an. »Ich habe ihn für Euch gemacht, Sire.«

Er sah erst sie erstaunt an, dann Cecily. »Das ist deine eigene Arbeit?«

»Ja, Sire.«

»Das ist es, was ich bezüglich der Fähigkeiten Eurer Tochter meinte«, betonte Cecily ihren Standpunkt. »Nicht lange, und sie wird eine der besten Näherinnen am Hof sein.«

Warins Gesicht rötete sich vor Freude und Hochmut. »Ich schätze mich glücklich, dass mein Samen eine so geschickte Tochter hervorgebracht hat.«

Joannas Herz schwoll vor Freude über sein Lob, die jedoch von einem Hauch von Enttäuschung getrübt wurde. Er hatte ihr den Glanz des Augenblicks geraubt, indem er den Ruhm für sich als ihr Erzeuger beanspruchte. Sie hatte viele Stunden für diesen kleinen Beutel aufgewendet, und er würde nie über die Sorgfalt und Aufmerksamkeit nachdenken, die in dieser Arbeit steckte.

Er befestigte das Geschenk an seinem Gürtel und küsste sie erneut auf die Wange, diesmal auf die andere Seite. »Mach für mich so weiter, Tochter«, sagte er. »Ich werde darauf warten, mehr von deinen Leistungen zu hören.« Und dann lief er fort, eilte aus der Halle und rief seine Knappen für die Rückkehr nach Swanscombe zusammen.

»Du kannst stolz auf dich sein, Kind.« Cecily schloss sie

in eine kurze, mütterliche Umarmung. »Du bist eine Dame des Hofes, und dein Vater versteht jetzt, wie sehr du geschätzt wirst und über welche Fähigkeiten du verfügst.«

Joanna hob das Kinn und versuchte sich zu benehmen, als wäre alles gut und normal, aber tief in ihrem Inneren kauerte ein unsicheres kleines Mädchen, dessen Mutter tot war und dem das Pflichtbewusstsein, jedoch nicht die Liebe seines Vaters galt.

Sechs Monate später saß Joanna bei ihrer Näharbeit, ein Auge auf ihre Nadel gerichtet, während sie mit dem anderen Lord Edward und seine Gefährten beaufsichtigte, die in der bemalten Kammer seines Vaters spielten. Edward galoppierte auf einem Steckenpferd herum. Sein Haar glich einem flachsfarbenen Heiligenschein, seine Gewandtheit und Balance waren erstaunlich für sein Alter. Seine Kinderfrauen lachten über seine Possen, als er sein Pferd mit schrillen Kommandos zu einem immer schnelleren Tempo antrieb. Seine beiden kleinen Freunde galoppierten an seiner Seite – ungefähr gleichaltrige Jungen, die Söhne von zwei Garnisonssoldaten. Später würde ihr Rang sie trennen, aber vorerst waren sie nur kleine Kinder, die gemeinsam tobten.

Am anderen Ende der Kammer saßen ein Maler sowie seine Lehrlinge und Arbeiter auf den Planken eines hohen Gerüsts, wo sie an einem Fries aus königlichen goldenen Löwen arbeiteten. Elf Fuß hatten sie bereits fertiggestellt und machten jetzt wie auf einer Stange hockende, alles überblickende Falken eine Mittagspause, um Brot und Käse zu verzehren. Joanna kam oft her, um ihnen zuzuschauen.

Der König sprach angeregt mit einem Fliesenleger, den er

mit dem Belag für den Fußboden der Kammer beauftragt hatte. Die Dekoration dieses Raumes, in dem er so viel Zeit verbrachte, wenn er sich in Westminster aufhielt, war seine Leidenschaft und seine Freude.

Johan kam mit John de Warenne herein, der eine bis zum Rand mit Kirschen gefüllte Schale trug, und setzte sich zu ihr an das Fenster. Joanna legte sofort ihre Näharbeit beiseite, denn Kirschen waren ihre Schwäche, und sie wollte keine Saftflecken auf dem Stoff. Die Obstgärten, die bis zum Fluss hinunter verliefen, waren jetzt mit diesen Früchten beladen.

»Ich hoffe, ihr hattet eine Erlaubnis«, sagte sie.

Johan grinste. »Natürlich hatten wir die. Wir haben gesagt, wir wären von einer der Frauen der Königin geschickt worden.«

Sie maß ihn mit einem tadelnden Blick.

»Wir haben nur vorhergesehen, was du dir wünschst, und außerdem bleibt so weniger für die Tauben übrig.« Johan hielt ihr die Schale hin. Joanna vergaß ihre Missbilligung, nahm sich vorsichtig vier der glänzenden Früchte, deren Rot so dunkel war, dass es sie an das schimmernde Fell eines der Pferde des Königs erinnerte.

Ihr Bruder und ihr Vetter John hatten sich angefreundet, und obwohl sie verschiedene Lords und Pflichten hatten, suchten sie die Gesellschaft des jeweils anderen, wenn sie gemeinsam am Hof waren. Sie waren Reit- und Ringkampfpartner – freundschaftlich verbundene konkurrierende Rivalen – und Kameraden bei jedem Unfug. Der nach außen hin schweigsame John kam nach und nach aus seinem Schneckenhaus.

Joanna schob sich eine Kirsche in den Mund und schloss die Zähne um den Kern, dann spuckte sie ihn behutsam in ihre gewölbte Hand. Die Jungen wetteiferten miteinander, wie weit sie ihre eigenen Kerne spucken konnten. Sie wirkten heute vergnügt und schienen das schreckliche Erlebnis vor einem Monat, als sie den Tod ihres Onkels Gilbert Marshal bei einem Turnier in Hertford mitansehen mussten, unbeschadet überstanden zu haben.

Die Waffenprobe zwischen den englischen Baronen und den savoyardischen Verwandten der Königin war eher als freundschaftliche Versammlung denn als Turnier gedacht gewesen, um die neuen Pferde zu testen und Kampfgeschick unter Beweis zu stellen, weil der König wegen des hochexplosiven und gefährlichen Potenzials solcher Zusammenkünfte, die oft in echte Kämpfe und Aufruhr ausarteten, tief besorgt war. Aber jeder hatte gewusst, dass es sich um ein verkapptes Turnier handelte. Ihr Onkel Gilbert war zum Anführer der Barone, Peter von Savoyen zu dem der ausländischen Lords gewählt worden, daher hatten sowohl Johan als auch John ihren Dienst versehen.

Onkel Gilbert hatte die Gangarten seines temperamentvollen lombardischen Hengstes vorgeführt, ihn auf und ab getrieben, als die Zügel des Pferdes plötzlich gerissen waren und Gilbert abgeworfen worden war. Sein Fuß hatte sich im Steigbügel verfangen, und er war einige Minuten über den harten, trockenen Boden geschleift worden, bis jemand es schaffte, das Pferd einzufangen. Zu diesem Zeitpunkt starb ihr Onkel bereits langsam an seinen Verletzungen. Sein Leichnam war nach London zurückgebracht worden, wo er neben seinem Vater und Bruder in der Templerkirche bestattet werden sollte.

Der König war so wütend gewesen, als er von Gilberts Tod erfuhr, dass er sich geweigert hatte, Walter, Gilberts Bruder und Nachfolger, sein Erbe zuzugestehen, obwohl

Joanna damit rechnete, dass er es im Lauf der Zeit doch noch tun würde – für einen Preis. Johan war vorerst in Henrys Gefolge aufgenommen worden.

Sie betete jeden Tag für die Seele ihres Onkels und erinnerte sich jedes Mal an ihn, wenn sie Arian ritt. Sie hatte ihn nicht gut gekannt, aber er war immer freundlich zu ihr gewesen, und der Gedanke, dass sie ihn nie wiedersehen würde, stimmte sie traurig. Sogar der König hatte trotz seines Zorns getrauert. »Wir hatten unsere Differenzen«, sagte er, »aber er war ein robuster Baum im Wald, und nun, wo er fort ist, kann ich nicht mehr auf seinen Schutz und seine Unterstützung bauen.«

John spuckte den letzten Kirschkern aus und erklärte sich zum Sieger, woraufhin Johan protestierte, was zu einer Rauferei mit Ellbogenstößen und halbherzigen Schlägen führte und Joanna veranlasste, sich zu fragen, warum Jungen und Männer sich so benehmen mussten. Sie seufzte leise und richtete den Blick wieder auf die Maler, die ihre Mahlzeit verzehrt hatten und ihre Arbeit wieder aufnahmen. Ein Mann arbeitete unterhalb des Frieses und umriss mit geschickten Kohlestrichen die Figuren Glaube, Hoffnung, und Nächstenliebe.

John wurde von einem älteren Knappen weggerufen, weil der Earl of Surrey einen Auftrag für ihn hatte.

»Du hast Kirschenflecken rund um den Mund«, sagte Joanna zu ihm und reichte ihm mit einem hilfsbereiten Lächeln einen Leinenrest aus ihrem Nähkorb.

»Ha, Kirschenlippen«, spottete Johan. Er bezog sich auf die gängige Bezeichnung für eine Lady von zweifelhaftem Ruf, deren Gunst leicht zu haben war.

John versetzte ihm einen freundschaftlichen Stoß, dann wischte er sich den Mund mit dem Tuch ab und ging, dabei winkte er auf Johans ihm nachgerufene Einladung, später zu würfeln, zustimmend über seine Schulter.

Als sein Freund fort war, verschränkte Johan die Arme und sah Joanna an. »Man munkelt, Onkel Gilbert wäre ermordet worden«, sagte er.

Joanna blickte sich hastig um, aber niemand befand sich in Hörweite. »Wer behauptet das?«, flüsterte sie.

Johan zuckte mit den Achseln. »Leute. Dienstboten, die in den Ecken tuscheln.«

»Warum sollten sie so etwas sagen?«

»Weil Onkel Gilbert immer von Ausländern gesprochen hat, die sich in die Hofkreise hineindrängen und viel zu viel Einfluss haben. Er hatte viele Feinde.«

Joanna senkte den Blick. Johan hatte immer noch nicht gelernt, Zurückhaltung walten zu lassen, und würde es vielleicht auch nie lernen, aber sie konnte ihn nur bis zu einem gewissen Grad tadeln.

»Das Pferd war ein neuer lombardischer Hengst und schwer zu kontrollieren, also wäre es vielleicht ohnehin passiert, aber jemand muss die Zügel angeschnitten haben, denn so von sich aus reißen sie nicht.« Johan hob das Kinn. »Er war ein Marshal – er wusste, wie wichtig es ist, seine Ausrüstung in Ordnung zu halten.«

»Glaubst du das?«

»Es kann einfach nur ein Diener mit einem Groll gewesen sein – aber du weißt nie, wer hinter der nächsten Ecke lauert, nicht wahr?« Er erschauerte. »Ich glaube, ich werde nie den Anblick vergessen, wie er mit dem Fuß im Steigbügel über den Boden geschleift wurde.«

Sie legte ihm die Hand auf den Arm, um ihn zu beruhigen, und er lächelte ihr schwach zu und erhob sich abrupt. »Ich sollte auch gehen«, meinte er.

»Danke für die Kirschen.«

Er lächelte. »Ich habe am weitesten gespuckt, egal was John sagt«, behauptete er und ging davon.

Joanna bemerkte, dass er die Schale dagelassen hatte, die in die Küche zurückgebracht werden musste. Sie dachte an den Irrsinnigen in Woodstock und wie sie jetzt alle mit Gittern vor den Fenstern lebten. Sie war froh, dass sie keinen hohen Rang in der Welt bekleidete. Es war besser, eine Figur am Rande oder überhaupt nicht auf dem Spielbrett zu sein.

6

Palast von Westminster
Mai 1242

Unter Willelmas wachsamem Blick faltete Joanna sorgfältig eines der Gewänder der Königin zusammen und legte es in eine mit süß duftenden Kräutern ausgelegte Reisetruhe. Die blaue Seidenrobe war lose geschnitten und leicht, für einen heißen südlichen Sommer und die letzten Monate der Schwangerschaft bestens geeignet. Der Hof wurde in die Gascogne verlegt, weil der König mit den Franzosen Streitigkeiten beizulegen und andere Geschäfte abzuwickeln hatte. Die Königin begleitete ihn, weil sie beide wollten, dass ihr Kind in der Gascogne geboren wurde, um ihren Anspruch auf das Land zu festigen. Edward und seine kleine Schwester blieben mit Sybil Giffard und ihrem Mann zurück.

Joanna hatte fast damit gerechnet, ebenfalls bleiben zu müssen, aber die Königin wünschte, dass sie für die weniger beweglichen Frauen Aufgaben übernahm und Aufträge ausführte. »Niemand faltet Sachen so schnell und ordentlich wie du«, hatte sie gesagt.

»Du hast noch nie den Kanal überquert und die Länder Frankreichs gesehen, oder, Joanna?«, fragte die Königin. Sie nippte an einem Tee und hatte die Füße auf Kissen hochgelegt.

»Nein, Madam.«

»Dann wird das ein richtiges Abenteuer für dich werden.« Alienors Augen funkelten schelmisch. »Cecily ist eine gute Lehrerin, aber sie kann dir nicht alles beibringen, was du über das Frausein wissen musst.«

Joannas Wangen brannten. Die Königin genoss es, andere zu verkuppeln, und liebte Geschichten von tapferen Rittern und tugendhaften Ladys. Von verstecktem Lächeln und dem Rascheln eines Seidengewandes über eine Türschwelle. Von großen Taten und höfischem Vergnügen.

»Was dir gesagt wird, ist gut und schön«, fuhr Alienor fort, »aber du brauchst auch praktische Erfahrung.«

Sie machte Willelma ein Zeichen, woraufhin diese steifbeinig zu ihr kam und dabei ihre schmerzende Hüfte rieb. Sie war gute zehn Jahre älter als Cecily, und auf ihrem Kinn sprossen Büschel silberner Haare. Aber ihr Scharfsinn hatte nicht gelitten, und ihr entging nichts, was sich in den Gemächern der Königin abspielte, auch wenn sie nicht mehr gut genug sehen konnte, um eine Nadel zu handhaben. Sich um die Königin zu kümmern war ihr einziger Lebensinhalt, und sie hatte eine beschützende Ader, hielt immer ein Auge auf die anderen Frauen in der Kammer, um sicherzugehen, dass sie ihre Pflichten nicht vernachlässigten. Sie war zuständig für die Schlüssel der Truhen des Haushalts, sie hingen ständig an ihrem Gürtel, sowie für die Leinenpresse, das Gewürzkästchen und die Schmuckschatulle der Königin.

»Jetzt«, sagte Alienor zu Joanna, »habe ich beschlossen, dir einige meiner Schlüssel anzuvertrauen. Ich habe Duplikate von denen, die für Dame Willelma gemacht wurden. Wenn eine der Frauen also Leinen aus der Stoffpresse oder Nadel und Faden braucht, muss sie Willelma nicht behelligen, wenn sie beschäftigt ist, sondern kann zu dir kommen.

Ich erwarte, dass du notierst, wer fragt und was genommen wurde, diese Pflicht obliegt dir. Ich verlasse mich darauf, dass du sie gut und ehrlich erfüllst.«

Erfreute Überraschung breitete sich in Joanna aus, und sie versank in einen tiefen Knicks. »Danke, Madam! Ich werde mein Bestes tun!«

»Das weiß ich, und deswegen erkenne ich deine Dienste auch an und belohne sie.« Die Königin griff nach einem beschlagenen Ledergürtel, an dem der Ring einer Kastellanin mit drei neuen, glänzenden Schlüsseln hing. »Mach deine Sache gut, und du wirst zu gegebener Zeit noch mehr Autorität erhalten. Du wirst dich Dame Willelma gegenüber verantworten. Tu, was sie dir sagt, und frag, wenn du dir über irgendetwas im Zweifel bist.«

Bemüht, nicht verwirrt zu wirken, und sich der Schärfe unter der Oberfläche von Willelmas Lächeln nur allzu bewusst, nahm Joanna den Gürtel entgegen und knickste erneut. Sie akzeptierte ihre neuen Pflichten mit einem Gefühl tiefen Ernstes, der an etwas Heiliges grenzte.

Joanna war in den nächsten paar Tagen stark beschäftigt, als das Packen immer schneller voranging und sie überall zugleich sein musste – Kleidungsstücke falten, Kisten und Gepäck überprüfen, Dienstboten beaufsichtigen, Aufträge ausführen und Fragen beantworten. Etliche Frauen kamen zu ihr und baten um Zugang zu der Stofftruhe und dem Leinenschrank, und sie musste Willelma gewissenhaft Bericht erstatten. Sie vermutete, dass die ersten paar Anliegen absichtliche Tests ihrer Fähigkeit waren, sich der Aufgabe gewachsen zu zeigen, aber sie erfüllte ihre Pflicht gut, was ihr das Selbstvertrauen verlieh, energischer aufzutreten.

Der Hof und Truppenkontingente trafen in Portsmouth ein, um das Meer zu überqueren, und sie musste noch mehr Dinge im Auge behalten, als die Diener das Gepäck auf die vor Anker liegenden Schiffe verluden. Joanna betrachtete die Banner an den Masten der vertäuten kleinen Flotte, als die Seeleute Packen und Fässer an Bord wuchteten. Ihr Magen zog sich vor Beklommenheit zusammen, wenn sie auf die weite Wasserfläche blickte, die sich in der Sonne glitzernd bis zum Horizont erstreckte, aber gleichzeitig stieg Aufregung in ihr auf. Die Themse bei Westminster brachte oft den Salzgeruch des Meeres mit sich, und das Heim ihrer Kindheit in Swanscombe lag an der Flussmündung, aber auf einem Schiff meilenweit über den Ozean zu reisen war eine neue Erfahrung für sie.

Alienor von Aquitanien, die berühmte Großmutter des Königs, war mit einer Armee nach Jerusalem geritten und hatte als alte Frau mächtige Bergketten überquert. Die junge Königin selbst war in Joannas Alter gewesen, als sie ihre Heimat verlassen hatte, um zu heiraten, und Joanna trug ihren Geist im Herzen, als das Schiff ablegte. Sie umklammerte die Schlüssel an ihrem Gürtel und heftete den Blick nicht auf die kleiner werdende Küstenlinie von England, sondern auf den glitzernden Seeweg zur Gascogne.

Das heiße Maiwetter glich eher der Mitte des Julis, als Königin Alienor auf ihrem Bett in der Kammer des königlichen Lagers in Paris ruhte, während sich der König mit Baronen des Lusignan traf, um über französische Übergriffe auf Interessen der englischen Krone zu diskutieren und damit fertigzuwerden. Krieg, so schien es, war unvermeidbar.

Joanna, die Alienors geschwollene Knöchel und Füße mit einer Lavendelsalbe einrieb, blickte auf, als ein Knappe eintraf, um zu verkünden, dass die Mutter des Königs und die Countess of Leicester inoffiziell zu Besuch gekommen waren.

Überrumpelt bat Alienor Joanna hastig, ihre Füße abzuwischen und zu trocknen und ihr zu helfen, ihre bestickten Schuhe anzuziehen. Roberga beeilte sich, Erfrischungen zu bringen, und eine andere Dienerin klopfte die Kissen auf und strich Decken glatt. Die Musiker wurden herbeibeordert. Joanna zog sich mit ihrer Näharbeit in den Hintergrund zurück, hielt sich bereit, gleichfalls gerufen zu werden, hoffte aber, jetzt, wo sie an den Hof zurückgekehrt war, nicht die Aufmerksamkeit der Countess of Leicester auf sich zu ziehen.

Seit ihrer Rückkehr von dem Kreuzzug hatten Simon de Montfort und seine Frau beim Grafen von Burgund Quartier bezogen. Henry, dringend auf militärische Erfahrung angewiesen, hatte de Montfort zu sich bestellt, und dieser hatte eingewilligt, dem Ruf zu folgen – gegen eine Zahlung von sechshundert Mark, die er mit der Ungerechtigkeit des Königs ihm gegenüber in der Vergangenheit und seiner eigenen schwierigen Finanzlage begründete. Henry hatte nachgegeben, und sie hatten ihren Streit beigelegt, da sie einander im Moment gegenseitig brauchten.

Isabel, die Mutter des Königs, einst Königin von England und jetzt Countess of La Marche, straffte sich, als der Herold sie ankündigte, und betrat dann Alienors Kammer in so königlicher Haltung, als trüge sie immer noch eine Krone. Als sie sich aus ihrem Knicks erhob, sah Joanna eine langgliedrige, schlanke Frau mit dem locker gerundeten Bauch von jemandem, der zahlreiche Kinder geboren hatte. Sie hatte feine Züge mit hohen Wangenknochen und schräg stehenden dunkelblauen Augen. Linien der Erschöpfung und Anstrengung durchzogen ihr Gesicht und verliehen ihm eine harte Note, obgleich ihre Schönheit immer noch durchschimmerte. Joanna bemerkte die starke Ähnlichkeit zwischen ihr und Eleanor de Montfort, die sie klar als Mutter und Tochter auswies.

Isabel winkte ab, als Alienor Anstalten machte, zu knicksen. »Nein, meine Liebe, setz dich und ruh dich aus. Ich weiß, wie es ist, in den letzten Wochen der Schwangerschaft ein Kind zu tragen – obschon mein jüngstes jetzt dreizehn ist.«

Alienor entspannte sich auf dem Bett, und Willelma klopfte die Kissen in ihrem Rücken auf. Für ihre Besucherinnen wurden neben dem Bett gepolsterte Stühle und Bänke aufgestellt.

Isabel stellte ihre Zofen sowie eine kleine geschmeidige Frau mit prachtvollem, zu einem langen Zopf geflochtenem bronzefarbenem Haar vor. »Meine Tochter Aliza«, sagte sie.

Das Mädchen knickste sittsam vor Alienor, aber ihr lebhaftes Lächeln deutete auf versteckten Mutwillen hin.

Joanna und Roberga servierten der Königin und ihren Gästen Wein und kleine Pasteten. Die Atmosphäre war leicht angespannt, denn die Frauen waren Fremde, mit denen sie nur Henry verband, der seit seiner Kindheit keinen Kontakt zu seiner Mutter gehabt hatte. Isabel hatte sich kurz nach dem Tod von Henrys Vater König John in den Limousin zurückgezogen, Hugh de Lusignan, den Grafen von La Marche, geheiratet und ihm zusätzlich zu den fünf, die sie schon aus erster Ehe hatte, neun weitere Kinder geboren.

Die jüngeren Frauen wurden in einen anderen Teil der Kammer, außerhalb der Hörweite, entlassen, während die Königin mit Henrys Mutter und Schwester sprach. Joanna setzte sich neben Aliza de Lusignan.

»Wie lange stehst du schon in den Diensten der Königin?«, wollte Aliza wissen.

»Seit vier Jahren«, erwiderte Joanna. »Mein Bruder ist auch am Hof und ein königliches Mündel. Unsere Mutter starb, und unser Vater hat wieder geheiratet und hat einen zweiten Sohn, aber ich sehe sie nicht oft.« Sie staunte über sich selbst, denn für gewöhnlich war sie zurückhaltender, aber sie hatte sofort eine instinktive Verbindung zu Aliza verspürt.

Aliza bohrte nicht weiter nach, sondern lieferte im Gegenzug selbst Informationen. »Wir sind hier, weil meine Mutter den dringenden Wunsch hatte, ihre andere Familie wiederzusehen. Sie hatte Henry, Richard und meine Schwestern zurücklassen müssen, als sie nach Angoulême zurückkehrte, und das hat sie immer belastet. Vier meiner Brüder sind mit den Männern ebenfalls hier.«

Joanna schüttelte den Kopf. »Du hast viele Brüder und Schwestern.«

»Manchmal ist es, als würde man in einem Wurf Welpen leben! Da ist auch noch Aymer, aber er ist zu Hause.« Sie verdrehte die Augen. »Meine Brüder glauben, sie wissen alles, aber Frauen sind viel aufgeweckter. Ich liebe sie über alles, aber ich werde nie zulassen, dass sie für mich denken.« Sie blickte zu ihrer Mutter, die tief in eine Unterhaltung mit Alienor verstrickt war, und wurde ernster. »Es war schwierig für Mama. Sie musste England nach König Johns Tod verlassen – es gab dort keine Rolle für sie, keinen Lebenszweck und keine Akzeptanz. Manche Wunden heilen nicht, auch wenn ein Neuanfang gemacht wurde.«

»Wie wahr!« Joanna dachte an ihre eigene Mutter und wie sehr sie sie vermisste. »Wie lange bleibst du?«

»Nur ein paar Tage. Ein Truppenappell ist nicht der beste

Ort für ein Treffen, und wir wären nicht gekommen, wenn wir nicht unsere Verwandten hätten sehen wollen. Und du?«

»Wir reisen Richtung Süden nach La Reole und dann zur Geburt des Babys nach Bordeaux weiter. Das hängt von der Gesundheit der Königin ab.«

Aliza nickte. »Für meinen Halbbruder ist es von Vorteil, ein in der Gascogne geborenes Kind zu haben«, meinte sie. »Aber erzähl mir von England. Wie ist es da?«

An diesem Abend präsidierte der König stolz über die Familienversammlung. Die Feindseligkeiten mit den de Montforts waren beiseitegeschoben, wenn auch nicht vergessen, der Riss vorerst gekittet. Toasts wurden ausgebracht und bis zum Rand gefüllte Becher herumgereicht. Alienor saß rechts von Henry, seine Mutter zu seiner Linken, daneben Henrys Bruder Richard, überströmend vor Gutmütigkeit. Die Arrangements für seine Verbindung mit Alienors jüngerer Schwester Sancha waren fast abgeschlossen, und bald würde er wieder ein verheirateter Mann sein.

Joanna beobachtete Henrys Halbbrüder unauffällig. Sie erinnerte sich, was Aliza über einen Wurf Welpen gesagt hatte, aber ihrer Meinung nach ähnelte sie mehr schlanken jungen Wölfen. Hugh, der älteste, war ein großgewachsener, kräftiger erwachsener Mann. Guy und Geoffrey hatten noch nicht das volle Mannesalter erreicht, standen aber kurz davor – draufgängerische, selbstsichere junge Burschen. William, der jüngste, stand noch auf der Schwelle zum Heranwachsenden. Er hatte einen dichten Schopf kleiner brauner Locken, in denen Gold aufblitzte, und intelligente, wie grauer Achat gefleckte Augen. Ihm und Aliza war dasselbe sonnige Lächeln gemein.

Später gab es formelle Unterhaltung und Musik, Tische wurden aufgestellt, damit Schach und Mühle gespielt und gewürfelt werden konnte. Joanna stellte Aliza ihrem Bruder und ihrem Vetter John de Warenne vor.

»Ich hätte nie gedacht, dass ihr verwandt seid«, sagte Aliza zu den Jugendlichen. »Einer so hell und einer so dunkel. Wer ist der Ältere?« Ihr Blick ruhte kurz auf John.

»Ich.« Johan blähte die Brust. »Ich bin vierzehn.«

Aliza lächelte. »Mein jüngster Bruder ist fast so alt wie du.« Ihr Blick schweifte über die Menge, und sie winkte, um die Aufmerksamkeit des lockenköpfigen Jungen auf sich zu lenken, der seine Gefährten allein ließ und zu ihnen kam. »Das ist William«, sagte sie, als sie einander vorgestellt wurden. »Ich versuche, ihn davon abzuhalten, Unfug zu treiben, aber es gelingt mir nicht immer.«

Der Junge verdrehte die Augen. »Glaub ihr kein Wort – normalerweise ist es genau andersherum.«

Aliza lachte. »Nun, dann kennen wir unsere Missetaten gut genug, um unschuldig auszusehen und zu versprechen, nichts zu verraten.«

Er neigte den Kopf. »Wenn du das sagst, Schwester ...«

»Ich muss gehen.« Zur Antwort auf einen Wink von Peter von Savoyen erhob sich John und verbarg eine Grimasse. »Wir brechen beim ersten Tageslicht in die Provence auf, und das Gepäck muss bereit sein, sonst wird man mir die Schuld geben.« Er nickte William zu und verbeugte sich vor Aliza. »Wir treffen uns wieder.«

»Das hoffe ich. Gute Reise und eine erfolgreiche Mission«, sagte Aliza freundlich.

Da ihm ein Partner fehlte, lud Johan William de Valence zu einer Partie Schach ein, und die beiden gingen zusammen davon, um einen Tisch und ein Brett zu finden.

»Ich liebe William«, sagte Aliza. »Er wird nie sehr wohlhabend sein, wenn er nicht eine reiche Erbin heiratet, aber er wird ein paar Burgen erben, und unsere Brüder werden sich um ihn kümmern und dafür sorgen, dass er Arbeit hat.« Sie blickte hinüber, wo William und Johan jetzt über ein Schachbrett gebeugt saßen und die Figuren aufstellten. William sagte etwas, was Johan zum Lachen brachte. »Er ist bei allem, was er tut, mit ganzem Herzen dabei. Er möchte alles gut machen, er will dazugehören. Wenn du ihn ständig ärgerst, wird er auf dich losgehen, aber meistens hat er gute Manieren – außer wenn er etwas im Schilde führt.«

Joanna hob die Brauen, und Aliza lachte. »Ich erinnere mich, wie er in einem Baum gesessen und mit grünen Äpfeln nach den Leuten geworfen hat, die vorbeikamen, unter anderem nach einem Bischof. Unsere Mutter war so böse auf ihn! Wenn er nicht ständig beschäftigt ist, sorgt er für Ärger, aber so wie wir zu Hause sind, beginnt er mit seiner vollen Ausbildung, und dann hat er keine Zeit mehr für dumme Streiche.«

Joanna schüttelte den Kopf und wunderte sich über die Neigung der Männer, sich so albern zu benehmen. Ihr wäre es nie in den Sinn gekommen, etwas Derartiges zu tun.

»Ich wünschte, wir könnten mehr Zeit miteinander verbringen«, sagte Aliza. »Aber wir reisen am Morgen ab. Ich hoffe wirklich, dich wiederzusehen.«

»Das hoffe ich auch«, erwiderte Joanna, weil Aliza de Lusignan ihr ans Herz gewachsen war und es ihr so vorkam, als würde sie sie schon viel länger kennen als einen Tag. »Vielleicht könnten wir uns schreiben.«

Aliza bedachte sie mit einem breiten Lächeln. »Ja, das würde ich gern tun.«

Die Nachmittagssonne brannte so heiß, dass der Himmel weiß war und schimmernde Wellen vom Land aufstiegen, obwohl die Mauern des Ombrière-Palasts in Bordeaux die sengende Hitze in Schach hielten. Joanna hielt inne, um sich die Stirn abzuwischen, und trug dann eine frische Schale mit Rosenwasser in die Geburtskammer, wo Alienor seit der Morgendämmerung in den Wehen lag. Sie waren seit einem Monat in Bordeaux, und die mittsommerliche Hitze hatte das Gras in eine Art Ruhezustand versetzt. Der König befand sich in Begleitung seines Bruders Richard, seines Lusignan-Stiefvaters und Simons de Montfort auf einem Feldzug gegen die Franzosen.

Joanna betrat die Kammer, als die Königin ein entkräftetes angestrengtes Stöhnen von sich gab, und kam gerade rechtzeitig, um zu sehen, wie Sybil Giffard ein blutverschmiertes Baby zwischen Alienors gespreizten Beinen hochhob, das mit einer sich schlängelnden bläulichen Schnur mit ihr verbunden war. »Ein prächtiges Mädchen!« Sybil lachte, als das Baby zu schreien begann. »Hört Euch nur ihre Lungen an!«

Joannas Herz schwoll vor Erleichterung und Glück. Sie hatte große Angst um Alienor und das Baby ausgestanden, weil es Alienor nicht gut gegangen war und sie gezwungen gewesen waren, rasch von La Reole nach Bordeaux umzusiedeln, als der Krieg ihr Refugium bedroht hatte.

Lady Giffard durchtrennte die Schnur mit einer kleinen Schere und trug das Baby weg, damit es gesäubert und gebadet wurde.

»Joanna, steh nicht nur dumm herum, sondern bring das Rosenwasser«, keifte Eleanor de Montfort.

Joanna verbarg einen Anflug von Groll und brachte die Schale zum Bett. Die Countess nahm sie ihr ab, wrang das

Tuch aus und tupfte der Königin die Stirn ab. »Du kannst gehen«, befahl sie gebieterisch.

Joanna zog sich zurück, um zuzusehen, wie das Baby gewaschen und dann behutsam abgetrocknet wurde, bevor die kleinen Gliedmaßen mit duftender Salbe eingerieben wurden. Sie hatte ein Büschel goldener Haare und ähnelte ihrem Vater bereits in der Art, wie sie die Lippen schürzte. Sauber und gewickelt wurde die neue Prinzessin zu ihrer Mutter gebracht, die sie voll tränenreicher Freude entgegennahm.

Joanna machte aufmerksam und lächelnd im Hintergrund Ordnung. Sie hatte jetzt dreimal einer königlichen Geburt beigewohnt, und trotzdem bezauberten sie die Neuheit und das Wunder jedes Mal. Ein neues Leben, ein neuer kleiner Mensch. Sie beschloss, heute Aliza zurückzuschreiben und ihr ein besticktes Tuch und die freudige Nachricht von der Geburt des Babys zu schicken. Letzte Woche war ein Brief von Aliza eingetroffen, zusammen mit einem hübschen geflochtenen Gürtel, und diese Neuigkeiten waren ein guter Weg, sich erkenntlich zu zeigen.

Joanna reichte Johan einen Becher mit Wein, der mit Wasser versetzt war, und sah zu, wie er ihn mit wenigen raschen Schlucken leerte, wobei die Flüssigkeit aus seinen Mundwinkeln rann. In dem Monat, wo er an dem Feldzug teilgenommen hatte, war er erneut gewachsen, und sein Hals wies den schwellenden Adamsapfel eines erwachsenen Mannes auf.

Er keuchte und gab ihr mit einem dankenden Lächeln den Becher zurück, damit sie ihn erneut füllte. In der großen Halle des Schattenpalastes herrschte das hektische Treiben einer zurückkehrenden Armee. Der beißende Geruch des

Schweißes von Männern, die in der Sommerhitze hart geritten waren, erfüllte den Raum. Unter ihnen befanden sich auch Verwundete. Die am schwersten Betroffenen wurden in einem anderen Teil des Gebäudekomplexes behandelt, aber unter den in der Halle Versammelten gab es auch viele mit leichten Verletzungen. Der König hatte sich direkt in die Gemächer der Königin begeben, wohl um das neue Baby zu sehen und mit seiner Frau zu sprechen, aber auch um dem lärmenden Getümmel zu entkommen.

Die Königin, die nach der Geburt noch immer im Wochenbett lag, hatte etliche ihrer Frauen, darunter auch Joanna, geschickt, um zu helfen, wo sie konnten. Joanna hatte das Wesentliche von dem, was geschehen war, von den Herolden gehört, die vor den staubbedeckten Truppen hergeritten waren.

Der Feldzug gegen die Franzosen war eine Katastrophe gewesen, und sie hatten ausgedehnte Landflächen verloren, auch die, die sie eigentlich hatten schützen wollen. Der Stiefvater des Königs, Hugh, Graf von La Marche, dessentwegen sie hier waren, war davongelaufen, als er unter Druck geraten war, und hatte sich den Franzosen ergeben, um seine Haut zu retten. Die Engländer waren dem kompletten Desaster nur entgangen, weil unter den französischen Truppen die Ruhr gewütet und sie sich zurückgezogen hatten, weil sie wenig Lust verspürten, Henry die ganze Strecke bis Bordeaux zu verfolgen.

»Der König versprach Earl Richard die Gascogne, wenn es ihm gelänge, einen Waffenstillstand zwischen uns und den Franzosen auszuhandeln«, sagte Johan. »Earl Richard ging zum König von Frankreich und bat ihn, uns Zeit zuzugestehen, um uns zurückzuziehen. Aber der Earl kann die Gascogne nicht bekommen, weil die Ländereien Lord

Edwards Erbteil sind, also weiß niemand, was jetzt geschehen wird.« Er verzog das Gesicht. »Der Earl of Leicester hat vor Wut getobt, als wir fliehen mussten. Er ist hinter uns, aber nicht weit – er wird bald hier eintreffen.« Er warf ihr einen warnenden Blick zu. »Das ist nicht gut für den König. Er hat eine schwere Niederlage erlitten, und das Beste, was wir tun können, ist, über einen besseren Waffenstillstand zu verhandeln als den, der uns nur den Rückzug zusichert.« Er gab ihr den Becher zurück. »Ich muss gehen, ich habe Pflichten.«

»Ich bin froh, dass du in Sicherheit bist«, sagte sie.

»Ich auch.« Er küsste sie in einer seltenen Geste der Zuneigung auf die Wange. »Nach dem Tempo, in dem wir reiten mussten, werde ich tagelang wundgescheuert sein.«

Als er fort war, huschte Joanna in der Menge umher, servierte mehr mit Wasser versetzten Wein, sorgte dafür, dass die Krüge aufgefüllt wurden, und gab den Dienern Anweisungen. Dann kam Simon de Montfort, stolzierte in den Raum und stieß mit Gewittermiene andere Leute zur Seite. Seine Kleider starrten vor Staub und Schmutz von der Schlacht, darunter auch unheilvolle rotbraune Flecken auf seinem Überwurf. Er rauschte wie eine mächtige Windbö durch die Halle und verschwand in Richtung der Kammer, die für ihn vorbereitet worden war.

Als Joanna zu den Gemächern der Königin zurückkehrte, musste sie zur Seite treten, um Eleanor de Montfort, die zu ihrem Mann eilte, Platz zu machen. Sie ignorierte Joanna und nahm ihren Knicks als ihr gebührend hin.

In der Kammer saß Henry auf einer Bank und bedeckte das Gesicht mit den Händen. Die in ein loses Leinengewand gekleidete Königin beugte sich ruhig, aber mit zusammengepressten Lippen über ihn.

»Du hast unter schwierigen Umständen dein Bestes getan«, sagte sie. »Es ist nicht deine Schuld, dass andere dich im Stich gelassen haben und desertiert sind. Du bist jetzt in Sicherheit, und wir werden die Angelegenheit unter uns regeln. Es ist noch nicht alles verloren. Du hättest Richard nicht die Gascogne zusichern sollen, aber du hast diese Entscheidung aus den Erfordernissen des Augenblicks heraus getroffen, und wir können sie umstoßen. Wenn er meine Schwester heiraten soll, wird er einwilligen, die Ländereien aufzugeben, auch wenn er sich beklagt.«

Henry hob den Kopf und maß sie mit einem schuldbewussten, erleichterten Blick. »Ich wünschte, ich hätte dich zu dieser Zeit an meiner Seite gehabt, um mir zu raten.«

»Ich wünschte auch, ich hätte dort sein können.« Alienor wirkte aufgebracht.

Henry ging davon, um mit seinen Höflingen zu sprechen, aber Alienor wollte wissen, was gesagt wurde, und da sie noch im Wochenbett lag, schickte sie Joanna und zwei andere Frauen, um im Hintergrund Posten zu beziehen und zuzuhören. Joanna fand einen unauffälligen Platz an der Seite der Kammer in der Nähe der Tür und blieb dort still und mit gesenktem Kopf stehen.

Simon de Montfort erschien, als sich die letzten Höflinge in der Kammer versammelten. Er hatte seine mit Flecken übersäte Rüstung gegen eine dunkelbraune Tunika getauscht und trug weiche Lederschuhe und einen schlichten Gürtel. Seit der König ihn bei der Aussegnung der Königin scharf getadelt hatte, kleidete er sich längst nicht mehr so auffällig wie früher, obwohl seine Frau an ihrem Seidengewändern und ihrer Schminke festhielt.

Mit versteinertem Gesicht verbeugte er sich leicht vor Henry. »Sire«, sagte er. »Wir haben dem Kampf ohne Ruhm und Ehre den Rücken gekehrt. Wir haben Saintes verloren. Wir sind von den Franzosen von jedem Ort zurückgedrängt worden, den wir halten und sichern sollten. Alles ist verloren, und die Feinde würden jetzt vor unserer Tür stehen, wenn die Ruhr sie nicht niedergestreckt und wenn der Earl of Cornwall nicht um einen Waffenstillstand gebeten hätte. Hugh de Lusignan ist zum Verräter geworden und hat sich den Franzosen ergeben wie der Wurm, der er ist. Wir werden von den Karten ausradiert, wo es vorher schon kaum Platz für uns gab. Es ist die verheerendste Niederlage, die wir je erlebt haben.«

De Montforts Worte glichen Fausthieben, und Joanna hielt die Augen auf den Boden gerichtet, weil sie Angst hatte, dieser nackten Wut zu begegnen. Seine anmaßende, kraftvolle Stimme und die Art, wie er beim Sprechen sein Publikum anstarrte, ließen seine Rede wie einen persönlichen Angriff klingen, obgleich sie an alle gerichtet war. Seine schlichte Kleidung bildete einen starken Kontrast zu dem König mit seinem goldenen Kranz und seinen grünen Seidengewändern, dennoch hatte es den Anschein, als sollte de Montfort an Henrys Stelle sitzen.

Sein Gesicht rötete sich, als der König nichts erwiderte. »Was ist uns noch geblieben?«, wollte er wissen. »Diese Schande wurde über den gesamten englischen Hof gebracht, indem wir diesem Mann gefolgt sind.«

Henry richtete sich auf. »Wie könnt Ihr es wagen, so mit mir zu sprechen!«

De Montforts Oberlippe kräuselte sich. »Wie ich das wagen kann? Wenn ich sehe, was wir wegen Eures törichten Unternehmens verloren haben? Wenn ich sehe, dass Euch Eure angeblichen Lusignan-Verbündeten im Stich gelassen haben? Ihr Respekt für Euch zeigte sich in ihren Taten, aber ich höre Euch nicht sagen: ›Wie können sie es wagen!‹ In Christi Namen, Ihr solltet mit Gitterstäben an den Fenstern weggesperrt werden wie Charles der Einfältige. Ich frage mich, ob Ihr nicht ›Henry der Einfältige‹ seid, denn Ihr hättet diese Sache nicht zu Euren Gunsten entschieden, selbst wenn Ihr es versucht hättet!«

Joanna schnappte angesichts dieser offenen Respektlosigkeit, die an Verrat grenzte, nach Luft. De Montfort blickte sich um, suchte und erwartete Zustimmung. Die Leute murmelten und wechselten verlegene Blicke. Hier und da gab es auch ein mürrisches Lächeln, aber niemand unterstützte ihn, denn die Beschuldigung war zu schwerwiegend.

»Dieser Mann ist nicht besser als einer von euch, und ihm sollte nicht gestattet werden, unsere Niederlage vorherzubestimmen.« De Montfort knirschte fast mit den Zähnen.

»Ihr vergesst Euch schon wieder, Mylord Leicester«, gab Henry mit bebender Stimme zurück. »Ich hätte nichts anderes tun können. Es wäre nicht anders ausgegangen, und wenn Ihr etwas anderes behauptet, dann denkt daran, dass ich nur ein einzelner Mann bin. Ich muss mich nach dem richten, was meine Berater und meine Soldaten sagen. Ihr hättet Eure Weisheit mit mir teilen sollen, bevor wir in diese Lage kamen, statt Euch mit solch einem höhnischen Gesicht an mich zu wenden, mich zu kritisieren und so eine weitere Spaltung des Hofes herbeizuführen. Wie hilft uns das, Mylord?« Henry winkte mit der Hand. »Ihr seid entlassen. Seid sehr vorsichtig mit dem, was Ihr zu mir sagt, oder es könnte passieren, dass Ihr durch das Gitter einer Gefängniszelle blickt, ob Ihr nun mit meiner Schwester verheiratet seid oder nicht.«

»Dies ist noch lange nicht zu Ende.« De Montfort verschluckte sich fast an den Worten, und nach einer schroffen Verbeugung stürmte er aus dem Raum.

Henry holte so angestrengt Atem wie ein Ertrinkender, der nach Luft ringt. »Ich bin der König!« Seine Stimme zitterte vor Anspannung. »Ich bin Gottes Gesalbter, und ich verlange, dass man diese Position respektiert.«

Joanna biss sich auf die Lippe. Der König sollte energischer auftreten. Er hatte falsche Entscheidungen getroffen und auch Pech gehabt, aber de Montforts Ausbruch hatte seine Autorität vor den Augen aller untergraben, und das nicht zum ersten Mal.

Obwohl er sichtlich erschüttert war, rang Henry um Fassung und maß seine Barone mit einem gebieterischen Blick. »Jetzt ist nicht die Zeit für Diskussionen, Mylords. Wir werden die Angelegenheiten morgen klären, wenn wir uns ausgeruht haben. Gentlemen, Ihr könnt gehen.«

Als Henry zu der Königin zurückkehrte, hatten Joanna und die anderen Frauen ihr bereits Bericht erstattet, und Alienor war über die Situation im Bilde.

»Dieser Mann ist unverschämt!«, stieß Henry unter Tränen hervor und ging zu ihr, als wäre sie die Mutter und er das Kind. »Hast du ihn gehört? Wenn er dachte, alles besser machen zu können, warum hat er mich dann nicht beraten? Er ist derjenige, der seine Pflicht gegenüber seinem König nicht erfüllt hat.«

»Ich weiß, ich weiß«, beruhigte ihn Alienor und legte die Arme um ihn. »Keine Sorge, wir werden eine Lösung finden. Lass die, die Kampfgeschick haben, kämpfen und die mit diplomatischen Fähigkeiten ihre Fäden spinnen. Ich werde meiner Schwester schreiben, und sie wird mit Louis sprechen. Frauen sind schließlich die Friedensstifterinnen.«

Sie strich ihm über das Haar, beschwichtigte und tröstete ihn. »Der Earl of Leicester hätte nie so sprechen dürfen, wie er es getan hat, aber das ist seine Art, und sie wirft kein gutes Licht auf ihn. Morgen, wenn sich der aufgewirbelte Staub gelegt hat, werden wir sehen, was das ist. Vielleicht glaubt er, weil er dein Schwager ist, hat er das Recht, sich so unverblümt zu äußern, und es gibt sogar Zeiten, wo so etwas nützlich ist. Du bist sein König. Er schuldet dir Lehenstreue und Respekt, aber enteigne ihn nicht wegen seines Benehmens, auch wenn das dein erster Impuls ist.«

Henry hob den Kopf und sah sie mit großen Augen an.

»Wenn er seine Faust in einen Soldatenhandschuh schieben will, dann lass ihn«, sagte Alienor. »Warum sollte ein Mann sich einen Wachhund halten und selbst bellen? Wenn er militärische Ratschläge hat, nur zu, aber keine Kritik, wenn alles vorbei ist. Hat er Erfolg, belohne ihn. Wenn nicht, ist es sein Fehler, nicht deiner.«

Henry entspannte sich ein wenig und küsste sie auf die Wange. »Du bist über deine Jahre hinaus weise, meine Liebe.«

»Ich schaue hin, höre zu und lerne.« Sie bedeutete Joanna, zu kommen und Wein einzuschenken. »Du bist der König. Lass dich nicht von Männern benutzen, es sei denn, es ist zu deinem Vorteil.«

Joanna knickste, nachdem sie ihnen die gefüllten Becher überreicht hatte. »Sire, Madam, ich werde Euch immer treu dienen«, sagte sie, da sie dazu beitragen wollte, die Wunden zu heilen, die geschlagen worden waren, und berührte die Silberbrosche am Halsausschnitt ihres Kleides.

Der König schenkte ihr über den Rand seines Bechers hinweg ein gequältes Lächeln. »Du bist ein wahrer Schatz, meine Liebe. Was auch immer geschieht, ich weiß, du wirst standfest bleiben.«

7

Windsor Castle Berkshir
Dezember 1245

Über Nacht hatte es geschneit, zum ersten Mal in diesem
Jahr ausgiebig, und die Kinder aus der königlichen Kinderstube lieferten sich eine erbitterte Schneeballschlacht. Der
sechsjährige Edward, dessen Wangen und Lippen vor Kälte
scharlachrot leuchteten, war entschlossen, zu gewinnen.
Seine Stimme schrillte, als er zielte, warf und Joannas Bruder seitlich an seinem Umhang traf. Johan lachte und zahlte
es ihm mit gleicher Münze heim, doch Edward duckte sich,
so dass der Ball an der Wand zerbarst.

Joanna und Edwards kleine Schwester Margaret hatten
sich in das Gewühl gestürzt und schleuderten Schneebälle
auf die Jungen. Pudrige weiße Flecken übersäten Joannas
Umhang, weil sie das kleine Mädchen vor den ausgelassenen Attacken der Jungen geschützt hatte. Margaret war entschlossen, mitzuhalten, obwohl sie schlecht zielen konnte,
und Joanna musste es ausbaden. Ihr dicker brauner Zopf
hatte sich gelöst, und sie war atemlos vor Lachen. Ihr Vetter
John de Warenne nahm Edward huckepack, und Johan tat
dasselbe mit einem anderen ihrer Vettern, Henry of Almain.
Die Jungen stürzten sich in ein Schneeturnier, rangen vor
Anstrengung grunzend miteinander und rempelten sich an.
Sausagez tanzte bellend um sie herum. Er mochte schon

älter sein und eine grau gesprenkelte Schnauze haben, aber seine Terrierbegeisterung war ungebrochen.

Joanna schaufelte erneut Schnee in ihren Fausthandschuh, hielt aber inne, bevor sie warf, als Bruder Thomas, einer der Kapläne des Königs, auf die Gruppe zukam. Sie ließ das Wurfgeschoss fallen und klopfte ihre Hände ab, und die Jungen hörten auf zu toben.

Der Mönch musterte sie unter buschigen silbernen Brauen, bevor er sich an Johan wandte, der Schnee von seiner Tunika bürstete. »Master Munchensy, der König wünscht, Euch und Eure Schwester zu sehen, und Euch auch«, fügte er an John de Warenne hinzu. Er drehte sich um, um Joanna mit seinem Blick zu umfassen, woraufhin sie hastig ihr Haar unter ihre Kappe zurückschob und sich fragte, was passiert war oder was sie getan hatten. »Kommt«, sagte der Mönch ernst. »Wir sollten den König nicht warten lassen. Er hat wichtige Neuigkeiten.«

Henry saß in einem mit Eichhörnchenpelz gefütterten Mantel und von Geistlichen, Baronen und Verwaltern umringt an seinem Kamin. Er war eifrig damit beschäftigt, etwas zu diktieren, blickte aber auf, als Joanna und die beiden Jungen in den Raum geführt wurden. Eine Geste und ein Wort entließen alle um ihn herum, Simon de Montfort miteingeschlossen, der die drei Halbwüchsigen mit bösen Augen anfunkelte. Er und Henry hatten ihre Differenzen erneut beigelegt und die in der Gascogne gewechselten Worte ruhen lassen, aber sie mochten sich nicht, verharrten aber, da sie durch Heirat verwandt waren, in einem von ihren Frauen unterstützten unbehaglichen Waffenstillstand.

Joannas eiskalte Finger begannen zu kribbeln, als sie in der Nähe des Feuers stand, und ihr Magen brannte vor Anspannung, weil Henry so ernst wirkte. Alle anderen im

Raum hatten sich zurückgezogen, nur die Sekretäre warteten noch weit genug von ihnen entfernt, um ihnen Privatsphäre zu gewähren, aber nah genug, um jederzeit herbeibeordert werden zu können. Der ihnen am nächsten stehende umklammerte einen Stapel Pergamentbögen, an denen Siegel baumelten.

»Ich fürchte, ich habe traurige und ernste Neuigkeiten für euch alle.« Henry fixierte sie mit einem bekümmerten Blick. »Es tut mir leid, euch mitteilen zu müssen, dass euer Onkel Ancel in Striguil gestorben ist. Er kam zum Fest des heiligen Edward zum Hof, um die Grafschaft Pembroke übertragen zu bekommen, ist dann aber seiner Krankheit erlegen.«

Joanna bekreuzigte sich erschrocken. Letzten Monat war ihr Onkel Walter an der Ruhr gestorben, und jetzt war sein einziger noch lebender Bruder ebenfalls tot. Eine ganze Generation ihrer männlichen Marshal-Verwandten war ausgelöscht. Es war, als stünde man zwischen schützenden Bäumen, die plötzlich von einem Sturm umgeknickt wurden.

»Ich werde in der Kapelle des heiligen Edward Gebete für seine Seele sprechen lassen«, sagte Henry, »und natürlich dafür sorgen, dass sämtliche Geschäfte der Grafschaft weitergeführt werden wie immer.« Er musterte sie mit ehrlichem Kummer. »Ich kannte euren Onkel Ancel, als wir Jungen waren, und wir haben zusammengespielt, so wie ihr heute. Wir standen uns schon lange nicht mehr nah, aber die Erinnerungen bleiben.«

Viele betrachteten die Sensibilität des Königs als Makel, aber Joanna sah sie als Zeichen seiner Güte und Aufrichtigkeit, und sie liebte ihn dafür. Dennoch traf sie das enorme Ausmaß der Neuigkeiten, als er weitersprach.

»Das wird jetzt bezüglich deines Erbes einen Unterschied ausmachen, mein Junge«, teilte er Johan mit. »Es werden Anwälte für euch eingesetzt werden, denn jetzt, wo eure Onkel ohne Nachkommen gestorben sind, geht das Land an ihre Schwestern und die Erben ihrer Schwestern. Da du der männliche Erbe deiner Mutter bist, wirst du ihren Anteil erhalten, wenn du volljährig bist. Andere wissen in allen Einzelheiten, was das alles einschließt, aber es ist beträchtlich.«

Johan stammelte eine verwirrte Antwort, die Henry mit einem mitfühlenden Lächeln erwiderte. »Der Tod eures Onkels ist ein schreckliches Ereignis, ich weiß, und an eure veränderten Lebensumstände müsst ihr euch erst gewöhnen. Geht und setzt euch in die Fensterlaibung, und ich lasse euch von einem Diener Wein bringen. Dann werden in der Kapelle Kerzen angezündet, und ihr werdet für die Seele eures Onkels beten.« Er hob eine Hand. »Ihr alle gemeinsam. Tröstet und unterstützt euch gegenseitig. Ich werde später wieder mit euch sprechen, wenn ich meine anderen Geschäfte abgewickelt habe.«

Joanna saß, von der Hitze eines Kohlebeckens gewärmt, in der Laibung, schloss die Hände um einen Becher heißen, gewürzten Wein und sah Johan an. Er hatte gerötete Wangen und leuchtende Augen, denn jetzt würde er statt des Erbes Swanscombe Burgen und Ländereien bekommen, die seinen Status gewaltig erhöhen würden.

»Alle unsere Marshal-Onkel sind tot«, sagte John de Warenne. »Es gibt keinen Earl of Pembroke mehr, es sei denn, der König verleiht dir den Titel.« Er stieß Johan an. Ancel war auch Johns Onkel, aber er hatte noch lebende ältere Brüder, die zu gegebener Zeit den Anteil ihrer

Mutter an den Marshal-Ländereien erben würden, daher waren die Neuigkeiten für ihn nicht von so großer Bedeutung.

Johan schüttelte gedankenverloren den Kopf. »Ich weiß nicht, was ich sagen soll. Wer hätte gedacht, dass meine Marshal-Onkel sterben würden, ohne Erben gezeugt zu haben? Ich wünschte, mein Onkel Ancel würde noch leben, obwohl ich ihn kaum gekannt habe. Ich möchte um ihn trauern, aber ich kann keinen Kummer empfinden.«

»Ich habe meinen Vater nie gekannt«, gab John mit einer Grimasse zu. »Ich habe ihn nie gesehen, und er und meine Mutter waren ...« Er zögerte. »Sie standen sich nicht nah. Aber als er starb, wollte ich ihn zurückhaben, und ich war wütend, dass er mich und meine Mutter ohne Schutz zurückgelassen hat.« Seine Augen waren dunkel vor Schmerz. »Ich werde ihm nie als erwachsener Mann gegenübertreten und ihm meinen Wert beweisen können. Er hat mich im Stich gelassen. Ich ehre meine Blutlinie, aber ich will nicht wie er sein.« Er warf Johan einen gerissenen, zynischen Blick zu, der über seine sechzehn Jahre hinausging. »Du bist jetzt wichtig. Deine Ländereien werden einen Verwalter bekommen, und für dich wird eine vorteilhafte Heirat arrangiert werden.«

Wieder schüttelte Johan den Kopf. Das alles war zu viel, um es auf einmal zu verarbeiten.

»Es bedeutet auch eine bessere Heirat für dich«, sagte John zu Joanna.

Sie gab seinen Blick ruhig zurück, obwohl sie innerlich alles andere als ruhig war. Sie verkraftete Veränderungen dieser Tage besser, aber diese neue Änderung ihres Status beunruhigte sie, weil das hieß, in den Vordergrund zu rücken, statt hinter den Vorhängen zu dienen. »Vielleicht«, meinte sie. »Wer kann das schon sagen? Wir sollten für die Seele unseres Onkels beten.«

Alle zogen sich in die prächtige, vor Gold, Ornamenten und Juwelen schimmernde Privatkapelle des Königs zurück, wo die Luft nach Weihrauch duftete. Johan wirkte verwirrt, und Joanna drückte tröstend seine Hand. Er antwortete mit einem angespannten Lächeln und einem leichten Kopfschütteln.

Joanna stieß in einer Wolke kalten Dampfes den Atem aus, senkte den Kopf und betete pflichtschuldig für die Seele ihres Onkels, die ihrer Mutter, die derer, die diese Welt verlassen hatten und bei Jesus waren und die, die immer noch auf dieser Erde wandelten, und bat darum, dass sie Beistand und Heilung fanden. Und – mit Gedanken an sich und Johan – dass sie die Kraft fanden, sich allem zu stellen, was hinter dem Horizont liegen mochte.

8

Abtei Fontevraud in Frankreich
Mai 1246

Nur mit Leinenhosen bekleidet reckte sich William de Valence und sog die Morgenluft, die durch das offene Fenster des Gästehauses der Abtei wehte, tief in seine Lungen. Der Duft frischen, taufeuchten Grases versprach ihm alle Verheißungen des Frühlings. Er war achtzehn Jahre alt, sprühte vor Leben, und trotz aller Widrigkeiten konnte nichts seine natürliche Reaktion auf die Jahreszeit unterdrücken.

Die Vögel hatten angefangen zu singen, bevor die Sterne untergegangen waren, und klangen jetzt wie ein Chor in der Kathedrale. Amseln und Rotkehlchen, Stare, Spatzen und Drosseln. Er trat zu dem Krug und der Schüssel, die unter dem Fenster standen, goss Wasser hinein, wusch sein Gesicht, den Oberkörper und die Hände und trocknete letztere ab, indem er damit durch seine dichten Locken fuhr und sein Haar halbwegs ordentlich glättete. Sowie er damit fertig war, nahm er ein sauberes Hemd aus seinem Gepäck. Die Ärmel waren für seine langen Handgelenke ein wenig zu kurz, denn er war seit dem Winter erneut gewachsen und überragte seine anderen Brüder jetzt um Haupteslänge. Tatsächlich amüsierte und freute es ihn, dass er größer war als Geoffrey, obgleich Geoffrey darauf beharrte, dass nur

Williams widerspenstiger Haarschopf den Unterschied aus-
machte.

Sein Magen knurrte, aber er wusste, dass er beten sollte,
bevor er sein Fasten brach. Von seinem Diener Elias war
nichts zu sehen, er vermutete, dass er sich um die Pferde
kümmerte. Seine Brüder waren ebenfalls nicht da. William
brannte darauf, sein Pferd draußen in dem herrlichen Morgen über sonnenfleckige Waldwege leicht galoppieren zu
lassen, aber derartige angenehme Vergnügungen waren
nicht der Grund, weshalb sie hier in Fontevraud waren,
fünf Tagesritte von zu Hause entfernt.

Die sonnendurchflutete Tür verdunkelte sich, als sein
Bruder Aymer den Raum betrat. »Mylady, unsere Mutter,
fragt nach dir«, sagte er. Aymer war zwei Jahre älter als er
und studierte für das Priesteramt.

»Wie geht es ihr heute Morgen?« William befestigte sein
Messer an seinem Gürtel.

»Sie fühlt sich schwach, aber sie hat ein bisschen Brot
mit Milch gegessen und ist bei klarem Verstand.« Aymer
drückte Williams Schulter. »Sie möchte dich sehen.«

William zog seine Tunika zurecht. Sein Magen krampfte
sich zusammen, und seine Freude versank unter einer
Schicht dumpfer Angst. Nach der demütigenden Niederlage ihrer Familie durch die Franzosen und nachdem ihr
Vater sich in das Unvermeidliche ergeben hatte, hatte seine
Mutter ihre Ehe und ihr Leben als Countess of La Marche
aufgegeben und sich in die Abtei Fontevraud zurückgezogen. Sie hatte ihm einen liebevollen Abschiedskuss gegeben
und ihn gebeten, ein Mann zu werden, auf den sie stolz sein
konnte. Jetzt lag sie im Sterben und stand im Begriff, den
Schleier zu nehmen.

Er ging durch den blätterüberwucherten Frühlingsmorgen zu der Zelle, wo sie auf einem schlichten Holzbett mit einem rauen Leinenlaken und einer ungefärbten Decke lag. An der kahlen weißen Wand gegenüber ihrem Bett hing ein Kruzifix. Nichts an der abgemagerten, hohlwangigen Frau unter der dünnen Decke erinnerte daran, dass sie einst Königin von England und Frau von König John gewesen und immer noch die Mutter des regierenden Königs war. Ihr Leben war von Gerüchten, Verleumdungen und Skandalen erfüllt gewesen, die Feinde und Kritiker in die Welt gesetzt hatten, aber was auch immer die Welt über sie sagte, sie war seine Mutter, er war ihr jüngster Sohn, und er hatte nur Liebe von ihr erfahren. Seine Schwester Aliza saß neben ihr und hielt ihre Hand, aber als er eintrat, räumte sie ihren Platz und berührte im Vorbeigehen seinen Arm, als sie den Raum verließ.

William kniete – aufgrund seiner Schlaksigkeit recht ungelenk – neben dem Bett nieder. »Mylady, meine Mutter«, sagte er, nahm ihre Hand und küsste ihre trockene, fiebrige Wange.

Sie drehte den Kopf auf dem Kissen und lächelte ihn an. Eine schlichte Leinenkappe bedeckte ihr Haar, und ihr weißes Hemd betonte die gelbliche Tönung ihrer Haut. Ihr Atem roch säuerlich. »Mein William«, sagte sie, »so sehr schon ein Mann.«

Seine schöne Mutter so ausgezehrt und schwach zu sehen erfüllte ihn mit Kummer. Er erinnerte sich, wie sie mit ihm gescherzt hatte, als er klein war, an die Art, wie sie ihn geneckt hatte, als er vierzehn war und vor einem Fest ein großes Gewese um seine äußere Erscheinung gemacht hatte und wie sie behutsam eine Brosche im richtigen Winkel an seinem Hut befestigt und ihn auf die Wange geküsst hatte.

»Ich habe oft an dich gedacht«, flüsterte sie. »Einige

sagen, ich hätte nicht nach Fontevraud kommen sollen, aber außer dem Reinigen meiner Seele ist mir nichts geblieben.« Sie deutete auf den Becher neben ihrem Bett, und er flößte ihr einen Schluck abgekochtes Quellwasser ein. »Ich bin müde«, wisperte sie. »So furchtbar müde.«

»Ich werde für deine Genesung und gute Gesundheit beten, Mutter.«

Sie schüttelte den Kopf, und eine ungeduldige Furche erschien zwischen ihren Brauen. »In diesem Leben wird es für mich keine gute Gesundheit mehr geben. Bete für meine Seele, ich bitte dich, denn mir bleibt nicht mehr viel Zeit.«

William zuckte zusammen. Er wollte nicht glauben, dass sie sterben würde, obwohl er den Beweis dafür vor Augen hatte. »Ja, von ganzem Herzen.«

»Du und deine Geschwister, ihr müsst euch gegenseitig Mut machen und Kraft geben«, bat sie. »Haltet in allem, was ihr tut, zusammen. Vergesst eure Pflichten euch gegenüber und anderen nicht.« Sie drückte seine Hand und berührte mit der anderen segnend seine Stirn. »Mein lockenköpfiger schöner Junge, jetzt musst du in allem, was du sagst, tust und denkst, ein Mann sein – frage dich, was man von dir sagen wird, wenn du deinen Weg gehst.«

Sie hielt inne und deutete auf den Becher, und William half ihr, ein paar Schlucke zu trinken, bis sie die Hand hob, um ihm zu verstehen zu geben, dass es genug war.

»Es gibt Dinge im Leben, die mir aufgezwungen wurden, und andere, die ich getan und zutiefst bereut habe«, fuhr sie mit matter Stimme fort. »Aber es gibt auch Dinge, die mich stolz machen, selbst wenn Stolz eine Sünde ist, und eines davon sind meine Kinder. Ihr seid der Teil von mir, der bleibt, und im Gegenzug werdet ihr selbst zu Vorfahren anderer werden, wenn ihr eigene Nachkommen habt.«

William senkte den Kopf. Das Gewicht der Verantwortung und ihrer Erwartungen an ihn machte ihn benommen.

»Ich habe euren Bruder in England gebeten, euch allen zu helfen. Ihr habt hier einen kleinen Anteil an Landbesitz, aber Henry sitzt auf einem Thron, und ihr seid demselben Schoß entsprungen. Ich habe mich von der Welt verabschiedet, aber ich kann mich immer noch bemühen, meinen Kindern das zu verschaffen, wozu ihr Vater nicht imstande ist.«

William erwiderte nichts darauf. Sein Vater war eine ferne Figur. Er hatte ihm Schutz und eine Erziehung zugesichert und ihn mit Pferden, Dienern und Ausbildern versorgt. Aber William war stets das Kind in seinem Kielwasser gewesen, der letzte Sohn, der mit den schlechtesten Aussichten. Hauptsächlich hatten seine älteren Brüder ihn, den jüngsten Welpen in der Meute, großgezogen. Er mochte in der Hierarchie ganz unten stehen, aber sie hatten sich um ihn gekümmert. Er war sich der Liebe seiner Mutter immer sicher gewesen, sogar in den dunklen Tagen, der seines Vaters als letztgeborener Sohn allerdings weit weniger.

»Du bist mein«, sagte sie, als könne sie seine Gedanken lesen. »Mein Leib hat dem König von England ebenso das Leben geschenkt wie dir und deinen Brüdern und Schwestern.« Sie schloss kurz die Augen. »Ich habe dich nicht hergegeben, um dich in solche Dinge zu verstricken. Ich habe in Gang gesetzt, was notwendig ist. Jetzt musst du jede sich dir bietende Gelegenheit beim Schopf ergreifen und gut zuhören. Dein Vater war oft taub, und diese Eigenschaft wünsche ich mir für dich nicht.«

»Nein, Mama!« Er zog ihre Hand an die Lippen und küsste die vogelartig zarten Knochen.

»Dann ist das abgemacht. Wegen meiner zahlreichen Sünden habe ich verfügt, dass ich außerhalb der Kirche begraben werde. Ich verdiene es nicht, im Inneren zu liegen. Ich werde den Schleier nehmen und beten, dass sich Gott meiner Seele erbarmt – ich bin froh, dich wiedergesehen zu haben, und ich gebe dir meinen Segen. Lebe dein Leben gut, und wenn Gott dir Land und eine Familie schenkt, sorge im Gedenken an mich mit Fleiß und Ehre für sie …, mein geliebter Junge.« Wieder berührte sie sein Haar.

»Mama …«

»Sei nicht traurig!«, sagte sie mit plötzlicher Schärfe. »Sondern froh. Das ist ein Befehl.«

Er schluckte mannhaft, obwohl der Kloß in seiner Kehle ihm riesig erschien. Dann verließ er die kühle, karge Zelle und trat in den warmen Maisonnenschein hinaus, musste sich aber gegen eine Wand lehnen und die verhassten Tränen an seinem Gesicht hinunterströmen lassen.

Aliza erhob sich von der Bank, wo sie gewartet hatte, und kam zu ihm, um die Arme um ihn zu legen. »Ich weiß«, sagte sie tröstend. »Ich weiß.«

Williams Schultern bebten vor stummem Schluchzen, aber er nahm sich zusammen und schob seine Schwester behutsam weg. »Ich weine nicht wegen unserer Mutter«, sagte er. »Sie bat mich, das nicht zu tun. Ich weine meinetwegen, weil sie kein Teil meiner Welt mehr ist. Selbst als wir getrennt waren, wusste ich, dass sie da war und ich mich an sie wenden konnte, wenn ich sie brauchte.«

»Sie wird immer noch für uns da sein«, beschwichtigte Aliza. »Wir können immer noch mit ihr sprechen und ihr Dinge anvertrauen, und wir haben immer noch uns.«

»Sie sagt, sie möchte außerhalb der Kirche begraben werden, hat sie dir das erzählt?« Er zwinkerte die Tränen heftig weg.

»Ja, das hat sie«, erwiderte Aliza mit etwas gedämpfterer

Stimme. »Ich würde es mir für sie nicht wünschen, aber es ist ihre Entscheidung.«

»Ich weiß, dass sie zu Jesus in den Himmel kommt«, gab William heftig zurück.

»Ja, das wird sie – für alles, was sie in diesem Leben erdulden musste.«

»Sie sagte, sie hätte an unseren Bruder in England geschrieben.«

»Ja, das hat sie mir auch erzählt. Ich glaube, das hatte Mama schon lange für uns vor. Sie hat nie vergessen, dass sie Englands Königin war, selbst dann nicht, als sie gehen musste. Ich bin sicher, dass sie es Henry gegenüber erwähnt hat, als sie ihn in Pons traf.«

»Was hältst du davon, dorthin zu gehen?«

»Warum nicht?«, erwiderte sie heiter. »Es wird ein Abenteuer und interessant sein, das Land zu sehen, in dem sie Königin war. Wir sind Henrys nahe Verwandte und können ihm nützlich sein. Er besitzt Land hier, und das macht uns für seine Herrschaft in der Gascogne wertvoll. Seine Frau hat alle ihre Verwandten am Hof und in hochrangigen Positionen untergebracht, da ist es nur gerecht, dass unser Bruder als König seine in seiner Nähe hat.« Sie warf ihm einen vielsagenden Blick zu. »Seine Familie bedeutet ihm viel – und sie sollte uns ebenfalls viel bedeuten.«

William kehrte in das Gästehaus zurück. Sein Kopf schwirrte von all den Veränderungen, die ihm bevorstanden, ganz zu schweigen von dem Wissen, dass er seine Mutter verlieren würde. Ein anderes Leben in England. Wie würde es sein?

Elias war mit dem Versorgen der Pferde fertig und brach sein Fasten mit einem Laib warmem Brot und einem Stück Käse. Er war ein sympathischer, dunkelhaariger junger Mann, genauso alt wie sein Herr. Seine Mutter war Williams Amme gewesen, und die Jungen waren zusammen aufgewachsen, obwohl Elias aufgrund seines gesellschaftlichen Status ein einfacher Kämpfer und Leibdiener bleiben und nicht zum Ritter geschlagen werden würde.

»Ich habe Jasper gesattelt«, sagte er. »Ich dachte, Ihr würdet ihn reiten wollen.«

William warf ihm einen dankbaren Blick zu. »Ja!«, nickte er. »Danke!«

Elias servierte ihm Brot und Käse und goss ihm einen Becher Buttermilch ein. William nahm die Mahlzeit mit zu seinem Pferd hinaus und aß und trank, während er das Zaumzeug zurechtrückte. Jasper war ein Geschenk von seiner Mutter, bevor sie sich nach Fontevraud zurückgezogen hatte, ebenso wie Geschirr und Ausrüstung. Der fuchsfarbene Wallach war Williams Stolz und Freude. Er war gutmütig und leicht zu lenken und für ein Reitpferd groß und kräftig. William konnte ihn für leichte Kampfübungen mit seinen Brüdern benutzen und so tun, als wäre Jasper ein Schlachtross.

Er ließ seinen leeren Becher auf einem Baumstumpf stehen, klopfte sich Krümel von den Händen, schob einen Fuß in den Steigbügel und schwang sich in den Sattel. Er konnte auf einem Pferderücken oder wenn er sonst in Bewegung war stets besser denken. Wenn der Anlass es erforderte, zum Beispiel bei einer Kirche oder bei formellen Gelegenheiten in Gegenwart seiner Vorgesetzen, vermochte er zwar stillzusitzen, aber diese Disziplin war hart erworben.

Eine Weile vertiefte er sich darin, mit einem Stab von

der Länge und Dicke einer Lanze, aber ohne Spitze zu trainieren. Er hatte mit vierzehn begonnen, Turnierkämpfen zu lernen, und brachte es durch tägliche Praxis zu einiger Geschicklichkeit. Er drehte den Stab hierhin und dorthin, manövrierte, hielt die Balance und nutzte seinen Körper, um das Pferd zu lenken. Alles lief geschmeidig und kontrolliert ab.

Er wollte seinen Wert und seine Männlichkeit unter Beweis stellen, aber alles Training der Welt konnte ihn nicht auf den Schock eines wirklichen Turniers vorbereiten, und er verlangte mit jeder Faser seines Körpers danach, dies zu erleben und hinter sich zu bringen, so wie den Verlust seiner Unberührtheit. Die Erinnerung daran bewirkte immer noch, dass ihm heiß vor Scham wurde, dämpfte aber seine Begeisterung nicht im Geringsten. Wenn man etwas zum ersten Mal getan hatte, wurde es das zweite Mal leichter und das dritte noch besser, weil die Angst verflogen war.

Wenn sie nach England beordert wurden, dann sollte es so sein. Er würde am Hof seines Halbbruders seinen Weg machen, ein Engländer werden und seine Mutter mit Stolz erfüllen.

Zwei Tage später starb seine Mutter, nachdem sie in ihren letzten Stunden den Schleier genommen hatte und Nonne von Fontevraud geworden war. Sie wurde so, wie sie es sich ausbedungen hatte, außerhalb des Kirchengeländes begraben, um für ihre Sünden zu büßen. William war tief bekümmert und verstand ihre Entscheidung nicht, denn an ihr war mehr gesündigt worden, als dass sie selbst gesündigt hatte. Er hatte die Abbilder von Henrys Großeltern und Onkel, von Königin Eleanor, König Henry II. und König Richard in all ihrer Pracht und Vergoldung im Inneren der

Abtei gesehen, und er fand es schrecklich, dass seiner Mutter nicht dieselbe Ehre zuteilwurde, auch wenn sie sich dieses Begräbnis außerhalb der Kirche gewünscht hatte. Sie hatte nicht mehr Sünden auf sich geladen als die, die in vollem Staat vor dem Altarraum lagen.

Sein Bruder legte William die Hand auf die Schulter. »Es ist ein Ende und ein Anfang«, sagte er. »Ich bin sicher, dass unser Bruder in England uns bald an seine Seite ruft.« Guy bereitete sich darauf vor, das Kreuz zu nehmen und sich auf eine militärische Pilgerreise in das Heilige Land zu begeben, wo ihr Vorfahre einst König von Jerusalem gewesen war. William wusste, dass Guy hoffte, ihr königlicher Halbbruder würde seine Reisekosten übernehmen.

Geoffrey gesellte sich zu ihnen. Die Sonne, die ihm in die Augen fiel, vergoldete ihr warmes Braun mit gelblichen Lichtern. »Das wollen wir hoffen.«

William schluckte und betrachtete den Hügel frisch umgegrabener Erde, der das Grab bedeckte. Ein Wurm wand sich auf der krümeligen braunen Oberfläche. Dieses Ende stand jedem bevor. Alle Bemühungen, alle Hoffnungen, Ängste und Freuden waren dann dahin, verstummt und in Würmer verwandelt.

Aliza berührte seinen Arm. »Wir haben uns. Mama sagte, wir sollen unser Leben leben, um sie zu ehren, und das müssen wir nun tun. Das ist der beste Grabschmuck, den sie je haben könnte.«

9

Joanna hob den Schlüsselring an ihrem Gürtel an und ging zum Juwelenschrank der Königin. Ihr war aufgetragen worden, Alienors Lieblingsrubinbrosche zu holen. Joanna musste dieser Tage mehr Schlüssel verwalten als früher, denn mit fast siebzehn Jahren war sie ein vollwertiges Mitglied des Haushalts mit vielen Pflichten und Verantwortungen. Sie hatte selbst Mädchen unter sich, die sie ausbildete, und man erwartete von ihr, dass sie ihre Arbeit tat, ohne scharf überwacht werden zu müssen.

Joanna schloss den Schrank auf und griff nach einem aus wunderschönen blauen und goldenen Emailleplättchen gefertigten Kästchen, das eine Sommerszene zeigte: einen Loft und eine Lady, die ihre Falken fliegen ließen. Joanna streichelte das kleine Kästchen, weil sie es so liebte. Darin lagen zahlreiche hauptsächlich aus Gold gearbeitete Broschen, aber auch ein paar mit kostbaren Steinen besetzte oder mit Gravuren versehene aus Silber. Die rautenförmige Rubinbrosche war eines der vielen Geschenke des Königs aus der Zeit der Aussegnung der Königin nach der Geburt ihres zweiten Sohnes Edmund vor zwei Jahren. Joanna legte sie sorgfältig auf ein kleines Seidenkissen, verschloss das Kästchen und ging zu der Königin zurück.

Alienor dankte ihr warm und beugte sich vor, damit Joanna das Schmuckstück an ihrem Gewand befestigen konnte. »Du kennst die genaue Stelle.« Liebevoll strich sie Joanna über die Wange, und Joanna, die sich stolz und wertgeschätzt fühlte, lächelte.

Da ihr noch etwas Zeit blieb, bis der Koch zum Essen rief, nutzte sie die Gelegenheit, um den Brief von Aliza zu lesen, den ein Bote an diesem Morgen aus dem Limousin gebracht hatte. Aliza berichtete, dass sie und ihre Halbbrüder die letzten Vorkehrungen trafen, um nach England zu kommen, und dass sie noch vor Mittsommer dort eintreffen und sich dem Hof in Woodstock anschließen würden. Bei dem Gedanken, ihre Freundin wiederzusehen und mehr Zeit mit ihr zu verbringen, als das Lesen eines Briefes erforderte, wurde Joanna warm ums Herz. Wie immer hatte Aliza auch ein Geschenk mitgeschickt, diesmal einige kleine emaillierte Kleiderverzierungen. Joanna berührte die schönen kleinen Schmuckstücke und beschloss, sie um die Ärmelaufschläge ihres neuen blauen Hofgewandes zu nähen.

Alle versammelten sich zum Mittagsmahl in der großen Halle. Am unteren Ende hatten sich ungefähr hundert Leute an schlichteren Tischen zusammengefunden, um als Almosen von dem König Brot und Eintopf entgegenzunehmen. Joanna arbeitete oft mit Cecily und servierte den Menschen als Akt der Demut und christlichen Nächstenliebe ihr Essen, aber heute half sie den königlichen Kinderfrauen und hatte Lady Beatrice in ihrer Obhut, ein fast fünfjähriges entzückendes kleine Mädchen mit goldbraunen Ringellöckchen und großen blauen Augen.

An der hohen Tafel kam Johan seinen Dienerpflichten

nach. Über einer Schulter lag ein besticktes Tuch, als er eine Schale und einen Krug mit Rosenwasser brachte, damit sich die Gäste zwischen den Gängen die Hände waschen und abtrocknen konnten. Die königlichen Kinder saßen von ihren Eltern getrennt an einem Tisch in der Nähe, wurden von Dienstboten bedient und lernten, von den Erwachsenen beobachtet, aber ohne zu stören, gute Manieren.

Joanna half Beatrice bei ihrem Essen und ließ dabei den Blick besitzergreifend über die anderen Kinder schweifen. Edward, fast acht, war sich seiner Stellung als goldener Prinz und Thronerbe sehr bewusst. Er konnte selbstherrlich und fordernd sein, aber Joanna liebte ihn trotzdem bedingungslos. Er verfügte über einen enormen Charme und pflegte sie oft spontan zu umarmen und ihr einen Kuss zu geben. Letztes Jahr war er bei der Weihung der Abtei Beaulieu ernsthaft an einem Fieber erkrankt, hatte sich aber endlich wieder vollständig erholt. Trotzdem hatte die Angst, die er allen eingejagt hatte, ihn noch kostbarer für sie gemacht.

Beatrice zappelte auf der Bank herum, und als Joanna ihren Arm berührte, um sie zur Ruhe zu bringen, flüsterte Beatrice ihr etwas zu und zappelte noch stärker. Ohne großes Gewese zu machen, nahm Joanna ihre Hand und führte sie aus der Kammer zu der nächstgelegenen Latrine. Sie half ihr, ihre Röcke zu heben, und setzte sie auf den hölzernen Sitz über dem Loch. Beatrice ließ die Beine baumeln, summte vor sich hin und rümpfte dann die Nase. »Hier drinnen riecht es schlecht«, sagte sie.

Es wäre ein Wunder, wenn es das nicht täte, dachte Joanna, aber Beatrice war in diesen Dingen genauso empfindlich wie ihr Vater – Henry beklagte sich ständig über die widerlichen Abtritte.

Beatrice war fertig, und als sie vom Sitz hüpfte, stürmte

Joannas Bruder an ihnen vorbei, riss sich hastig die Hose herunter, warf sich über das Latrinenloch und entleerte explosionsartig seine Eingeweide. Wenn es vorher schon ekelerregend gerochen hatte, war der Gestank jetzt kaum noch auszuhalten. Johan beugte sich vor und erbrach eine Pfütze vor seine Füße.

Alarmiert brachte Joanna Beatrice eilig in die Halle zurück, übergab sie Robergas Obhut, entschuldigte sich und lief zu ihrem Bruder zurück. Er saß noch immer stöhnend auf dem Sitz.

»Johan?«

Er hob den Kopf, um sie anzusehen. Sein Gesicht war hochrot, er schwitzte und hatte glasige Augen.

»Was hast du gegessen?«, wollte Joanna wissen.

»Nichts. Ich hatte heute Morgen keinen Hunger. Gestern Abend hatte ich eine Hühnerpastete von einem Pastetenverkäufer.«

Sie blickte gen Himmel. Hungrige junge Männer kauften oft Pasteten und Ähnliches von den Händlern und Opportunisten, die am Hof herumlungerten, manchmal mit verheerenden Folgen. »Leg dich auf deine Pritsche, und ich komme zu dir, sobald ich kann«, wies sie ihn an.

»Ich kann nicht. Ich muss bei Tisch servieren.«

»In diesem Zustand kannst du das nicht! Ich werde es dem König erklären.«

Er machte Anstalten, von dem Sitz aufzustehen, musste sich aber wieder setzen, als ihn ein weiterer Darmkrampf schüttelte. Der Gestank ließ Joanna würgen.

»Ich werde einen Arzt holen.«

Sie floh aus der Latrine. Bevor sie in die Halle zurückkehrte, wusch sie sich Hände und Gesicht, um jeden möglicherweise an ihr haftenden Gifthauch zu vertreiben. Sie ließ dem König die Nachricht von Johans Krankheit überbringen und bat die Königin um die Erlaubnis, zu ihm zu gehen und ihn zu pflegen.

»Natürlich«, entgegnete Alienor besorgt. »Geh zu deinem Bruder. Du hast meine Erlaubnis, und ich werde dir meinen Arzt schicken.« Sie sandte einen ängstlichen Blick in Richtung ihrer Kinder, denn jede Krankheit brachte sie in Gefahr.

Joanna rannte zu Johan zurück, der auf dem Latrinenboden zusammengebrochen war. Sie fand zwei Kammerdiener, die ihn aufhoben und in sein Bett trugen, und befahl ihnen, ihn bis auf sein Unterhemd auszukleiden. Seine beschmutzte Hose und Unterhose schob sie mit einem Tritt zur Seite, damit die Wäschemagd sie mitnahm, bevor sie eine Schale Lavendelwasser und ein Tuch holte.

Johan stöhnte und umklammerte seine Magengegend. Seine Haut glühte unter ihrer Hand wie ein Ofen, aber seine Zähne klapperten. Sie wrang das Tuch aus und legte es ihm auf die Stirn. Er sah sie furchterfüllt an.

»Du wirst schon wieder gesund«, beruhigte sie ihn. »Siehst du, hier ist der Arzt. Das wird dich lehren, Pasteten von fliegenden Händlern zu kaufen, egal wie hungrig du bist.«

Master Peter, der Arzt, war ein kleiner Mann mit hellen Augen und raschen Bewegungen, der trotzdem nicht hektisch wirkte. Er untersuchte Johan sorgfältig und ließ ihn in ein Glasgefäß urinieren. Dann ließ er die dunkelgelbe Flüssigkeit im Glas kreisen und presste die Lippen zusammen. »Deine Schwester hat recht.« Er sah Johan streng an. »Keine Hühnerpasteten mehr, junger Mann.« Er verschrieb abgekochtes Wasser, das aus einem Silberbecher zu trinken war.

Johan trank die erste Dosis, sowie ein Becher gefunden war, erbrach sie aber bald wieder. Joanna bereitete ihm mehr zu und achtete diesmal darauf, dass er kleine Schlucke nahm, und das Wasser blieb in seinem Magen. Danach fiel er in einen unruhigen, fiebrigen Schlaf.

»Ich komme später wieder«, sagte sie und strich mit der Hand sacht sein feuchtes Haar glatt.

Er nickte schwach, ohne die Augen zu öffnen.

Als Joanna in die Frauengemächer zurückkehrte, kam Cecily sofort auf sie zu. »Wie geht es Johan?«, fragte sie. »Wir haben alle gehört, dass er sich nicht wohl fühlt.«

»Er ist krank«, erwiderte Joanna wie betäubt. »Glüht und zittert vor Fieber und gibt den Inhalt seines Magens und seiner Eingeweide von sich. Wahrscheinlich eine verdorbene Hühnerpastete. Gestern ging es ihm gut – er hat mich am Zopf gezogen und mich geärgert, weil ich es eilig hatte und er mich nicht vorbeilassen wollte, und ich habe ihn eine Landplage genannt. Das hätte ich nicht tun sollen.«

»Fang nicht an, dir die Schuld zu geben, mein Mädchen«, mahnte Cecily. »Ich habe dich besser erzogen.«

Joanna biss sich zerknirscht auf die Lippe, und Cecily umarmte sie.

»Du solltest ihn kühl halten und seinen Durst stillen«, sagte Sybil Giffard. »Junge Männer in diesem Alter haben oft zu viel Galle in ihren Körpersäften. Ich werde selbst nach ihm sehen, wenn das hilft.«

»Das wäre schön«, sagte Joanna mit von Herzen kommender Dankbarkeit. »Ich würde auf Eure Meinung großen Wert legen.«

Als die Frauen an Johans Bett traten, war er aufgewacht, hatte sich aber erneut übergeben müssen, und das Fieber tobte in ihm. Cecily und Sybil wechselten Blicke, und Joannas Herz zog sich vor nackter Angst zusammen.

»Ich fürchte, es geht ihm sehr schlecht, dem armen Jungen«, sagte Sybil. »Aber wir müssen tun, was wir können, um es ihm bequem zu machen. Und für ihn beten. Gebete haben immer eine große Macht.«

Joanna saß den Rest des Tages und die ganze Nacht bei Johan. Zuerst fuhr er fort, seinen Darm zu entleeren und zu schwitzen, doch dann ebbte der Schweißfluss ab, und sein Mund wurde strohtrocken. Er verlor sein Sprachvermögen, und sie wiegte ihn in den Armen und flehte Gott verzweifelt an, sein Leben zu verschonen, wohl wissend, dass Gott zwar immer zuhörte, es aber manchmal nicht Teil Seines Planes war, den inbrünstigen Wunsch eines Bittstellers zu erfüllen.

Sie strich ihrem Bruder über das schlaffe Haar und lauschte auf seine rasselnden Atemzüge. »Verlass mich nicht«, flüsterte sie, »bitte, bitte, geh nicht.«

»Wie geht es ihm?«

Sie drehte sich um und begegnete dem besorgten Blick ihres Vetters John de Warenne, Johans engstem Freund am Hof. Sie schüttelte den Kopf und schluckte.

John kauerte sich neben das Bett und nahm Johans Hand in seine. »Vetter, komm zurück zu uns«, bat er. »Wer soll denn mit mir ausreiten oder mich zum Ringkampf herausfordern, wenn du nicht da bist? Du darfst nicht gehen.«

Johan stieß einen tiefen, zitternden Seufzer aus. »Zu weit«, flüsterte er durch aufgesprungene Lippen.

Joanna erzählte ihm von der Pastete, und John verzog das Gesicht. »Ich wollte mir selbst eine kaufen, aber ich habe meine Meinung geändert. Ich wünschte, ich hätte ihn auch davon abgehalten ...« Er blickte zu Joanna auf, und sie sahen sich einen langen Moment lang an.

Er brach den Blickkontakt abrupt ab, floh fast im Laufschritt aus der Kammer und ließ Joanna verwirrt und ein bisschen verletzt darüber zurück, dass er sie in einem so extremen Moment im Stich ließ. Vielleicht konnte er mit Kranken nicht umgehen. Manche Menschen, sogar erwachsene Männer, waren da zimperlich.

Kurze Zeit später kam er jedoch mit Bruder Adam zurück, einem Mönch, der den königlichen Haushalt oft besuchte und ein Vertrauter sowohl des Königs als auch der Königin war. Bruder Adam beugte sich über Johan, legte ihm die Handfläche auf die Stirn und sprach ein paar Trostworte, dann nickte er John zu, der Joannas Hand ergriff.

»Er muss die Absolution erteilt bekommen«, erklärte John. »Wir sollten es dem guten Bruder überlassen, ihm die Beichte abzunehmen.«

»Er wird nicht sterben«, widersprach Joanna zitternd. »Er kann nicht sterben. Ich werde es nicht zulassen.«

»Nein, natürlich nicht, es ist nur ein Trost.« Johns Miene strafte seine Worte Lügen. »Wenn Bruder Adam fertig ist, werden wir bei Johan wachen.«

Er zog sie aus der Kammer und drückte sie draußen auf eine Bank, dann holte er einen Becher Wein, den sie sich schweigend teilten, denn es gab nichts zu sagen.

Im tiefsten Teil der Nacht tat Johan in Joannas Armen seinen letzten Atemzug, ohne noch einmal so weit zu sich zu kommen, dass er wusste, wer er war, obwohl sie ihn ein paar Minuten zuvor »Mama« hatte flüstern hören. Joanna stockte der Atem, als sie begriff, dass seine Brust sich nicht mehr hob und senkte. »Johan, wach auf!« Sie küsste seine Stirn und tätschelte seine Wange.

Bruder Adam berührte sacht ihre Schulter. »Komm, Kind, seine Seele ist in Gottes Hand. Er hat es überwunden.«

»Aber er kann nicht tot sein, er kann nicht!« Panikerfüllt sprang sie auf. »Er ist mein Bruder! Er kann nicht sterben!«

»Joanna, er ist tot«, sagte John weich. »Gott hat Seinen Willen kundgetan. Komm ...«

Sie stieß einen Klagelaut aus, und John zog sie in seine Arme und hielt sie fest. Sie wehrte ihn ab, gab dann auf, packte die weiche Wolle seiner Tunika und presste das Gesicht gegen seine Brust. Es konnte nicht wahr sein, sie würde es nicht zulassen. Sie wollte nicht darüber nachdenken, ganz allein auf der Welt zu sein, weil ein weiterer Baum im Wald gefällt worden war.

John brachte sie zu Cecily, die sich ihrer annahm, Joanna in ihre Kammer führte und sie vor den Kamin setzte, während sie einen heißen, mit Honig gesüßten Trank zubereitete.

»Warum er?«, wollte Joanna wissen, dabei hob sie die verzweifelten Augen zu Cecily. »Warum nicht ich? Ich hätte mein Leben für seines gegeben.«

»Das weiß ich.« Cecily kam zu ihr und umarmte sie. »Aber das ist nicht das, was Gott für dich im Sinn hatte. Du verbleibst erst einmal unter den Lebenden, und du musst dich mit Seinem Willen abfinden. Es ist nicht leicht, aber du bist stark, und du hast gegenüber deinem Bruder und deinen lebenden wie auch toten Verwandten die Pflicht, deinen Weg weiterzugehen und das Beste aus deinem Leben zu machen. Es ist richtig, dass du trauerst, aber ertrink nicht in deinem Kummer, denn das ist eine Sünde.«

Joanna hörte kaum, was Cecily sagte, denn sie befand sich bereits unter Wasser.

Joanna arbeitete mit zierlichen Stichen an dem Altartuch, das sie zu Johans Ehren bestickte. Sie hatte schon einige Wochen vor seinem Tod mit dem Werk begonnen, aber seine ursprüngliche Bestimmung geändert, und beim Sticken ließ sie ihre Gedanken und Erinnerungen einfließen. Der König und die Königin waren nach Johans Tod sehr mitfühlend und um sie besorgt gewesen und hatten mit ihr zusammen geweint, aber es hatte sich auch eine leichte Befangenheit eingeschlichen. Mit einem Schlag war Joanna das Mündel des Königs und eine Frau mit einem beträchtlichen Vermögen geworden, mit einem Erbe, das ausgedehnte Ländereien in England, Irland und Wales einschloss. Plötzlich liefen Dörfer, Mühlen und Burgen auf ihren Namen, ebenso wertvoll wie verschiedenartig. Höflinge, die sie vorher kaum eines Blickes gewürdigt hatten, betrachteten sie jetzt mit anderen Augen. Sie hatte an der Tafel einen höheren Platz und verfügte über kostbare Kleider, und mit der Situation fertigzuwerden überwältigte sie manchmal.

Sie presste die Lippen zusammen, und eine Träne fiel auf das Leinen. Cecily, der wie immer nichts entging, kam rasch zu ihr und legte ihr sanft einen Arm auf die Schulter. »Was ist, mein Liebes?«

Joanna schüttelte den Kopf. »Johan hätte nicht sterben sollen«, sagte sie kläglich. »Ich habe es in den Augen meines Vaters gesehen, als er am Grab stand. Er wünschte, ich wäre an seiner Stelle gestorben. Es ist alles meine Schuld.«

Cecily schüttelte sie kurz. »Schluss mit diesem Gerede! Gott hat beschlossen, dass du eine Frau sein sollst, und das ist eine Ehre, kein Makel. Straff den Rücken und stell dich der Zukunft. Ich will von diesem Unsinn nichts mehr hören! Gott hat dich für diese Rolle ausgewählt, genau wie Er beschlossen hat, deinen Bruder in Sein Reich zu holen.

Du musst den Platz deines Bruders einnehmen und das tun, was er getan hätte.«

Joanna nickte ernüchtert und wischte sich mit dem Ärmel über die Augen.

»Du bist vielleicht kein Krieger mit Schwert und Schild, aber du hast Verstand«, fuhr Cecily fort. »Ich hoffe, ich habe dich viel gelehrt, und deine Zeit am Hof war nicht vergeudet. Mit dem, was dir zugefallen ist, kannst du viel Nützliches tun – es ist in der Tat eine großartige Gelegenheit. Nur wenigen wird ein solches Privileg zuteil, und du kannst viel Gutes bewirken. Sorge dafür, dass du in Gottes Augen würdig bist. Verstehst du mich?«

Joanna hatte Mühe, Cecilys Blick, der vor wilder Leidenschaft loderte, standzuhalten, aber sie versuchte es. »Ja, Madam.« Sie hob das Kinn, um zu zeigen, dass sie sich zusammennahm.

»Ich bin froh, das zu hören. Deine Zukunft muss erst noch geschrieben werden, und wenn du die kluge junge Frau bist, für die ich dich halte, dann schreibst du daran mit.«

Cecily hielt mit ihrer Predigt inne, als Edward mit einem zappelnden Beutel, den er an den Zugschnüren hielt, zu ihnen kam.

»Ich möchte nicht, dass du traurig bist«, sagte er zu Joanna. Seine blauen Augen funkelten schelmisch. »Daher habe ich dir ein Geschenk mitgebracht.«

Cecily musterte ihn mit hochgezogenen Brauen, während Joannas Argwohn geweckt war. »Das ist sehr freundlich von Euch, Sire.« Sie betrachtete den Beutel misstrauisch und fragte sich, was er diesmal im Schilde führte.

Wie ein Cherub lächelnd löste er die Schnüre und förderte ein fauchendes goldgetigertes Kätzchen mit vier weißen Pfoten zutage. »Der Stallknecht wollte ihn ertränken«, sagte er. »Dieses Frühjahr sind schon zu viele geboren worden.«

Joanna starrte das Tierchen an, das jetzt bis zu der Fensterlaibung zurückgewichen war und wild mit dem buschigen ingwerfarbenen Schwanz peitschte. Seine Augen waren immer noch blau, aber es war keine neugeborene Katze, denn die Ohren waren aufgestellt, und sie stand auf ihren Pfoten. Joannas Herz schmolz beim Anblick des kleinen Tieres, das selbst in seiner Wut absolut entzückend war. Edward hatte nicht den sensiblen Charakter seines Vaters; sie wusste, dass er dem Stallknecht bereitwillig dabei geholfen hätte, die überzähligen Katzen loszuwerden, und das als eine praktische und sogar interessante Tätigkeit betrachtet hätte. Daher war es ein wohlüberlegtes, aufmerksames Geschenk, und wenn sie das Kätzchen nicht annahm, würde es wahrscheinlich dasselbe Schicksal erleiden wie seine Geschwister. Sausagez war im Winter an Altersschwäche gestorben, und ihr Herz war verwundbar und brauchte dringend Trost.

»Das ist wirklich ein fürsorglicher Gedanke.« Sie war schon wieder den Tränen nah. »Ich werde ihm ein Halsband machen und ihm einen Namen geben.«

Edward strahlte vor Freude. »Er heißt Weazel.«

Joanna zog angesichts des Namens die Brauen hoch, denn das war die gängige Bezeichnung für einen törichten Burschen, konnte sich aber auch auf die schnellen, geschmeidigen kleinen Raubtiere beziehen, die wie Katzen Ratten und Mäuse jagten. »Warum nennt Ihr ihn so?«

Edward zuckte die Achseln. »Weil der Stallknecht sagte, er müsste selbst ein Dummkopf sein, weil er ihn mir überlassen hat.«

Joanna griff vorsichtig nach dem Kätzchen, das sich beruhigt hatte und eifrig damit beschäftigt war, sein zerzaustes Fell zu putzen. »Weazel.« Sie ließ den Namen auf der Zunge zergehen. Es hielt mit dem Putzen inne und rieb den Kopf an ihrer Hand, und von irgendwo tief in seiner Brust erklang ein leises Schnurren.

»Er mag dich«, stellte Edward fest. »Ich hoffe, du magst ihn auch, denn dann habe ich sein Leben gerettet und deines besser gemacht.«

Joanna lächelte ihn an. »Ich danke Euch für Eure Güte«, sagte sie, dabei fragte sie sich, was sie mit ihrem unverhofften neuen Schutzbefohlenen anfangen sollte.

Edward strahlte sie an und rannte davon, um jetzt, wo seine gute Tat vollbracht und das Kätzchen sicher untergebracht war, mit Henry of Almain zu spielen.

Weazel kletterte auf Joannas Schoß, fuhr fort, sich zu putzen und strich mit seiner rauen rosa Zunge über seine Schultern. Joanna blickte Cecily, deren Augen belustigt funkelten, hilflos an. »Für diesen Fall habe ich keine weisen Worte für dich«, sagte diese. »Aber es war klug von dir, Lord Edwards Geschenk anzunehmen. Die Dinge geschehen immer aus einem bestimmten Grund.«

Joanna schüttelte den Kopf. »Er wird über meine Nähseide herfallen und an den Wandbehängen hochklettern.« Sie kraulte den Kater unter dem Kinn.

»Er wird Mäuse und Ratten fangen«, versetzte Cecily gleichmütig. »Und er wird bald für sich selbst sorgen, wenn er ausgewachsen ist. Du musst nur eine kurze Zeit seine Mutter sein.«

Das Kätzchen rollte sich auf Joannas Knie zu einem Ball zusammen, schloss immer noch schnurrend die Augen und eroberte dabei ein kleines Stück ihres Herzens.

William stand an Deck des Schiffes und sah zu, wie der Hafen von Royan zu einer Ansammlung von Miniaturgebäuden schrumpfte, als der Streifen zwischen Land und Meer von einem schmalen blauen Saum zu einer breiten Borte und dann zu einem sich kräuselnden blauen Tuch wurde. Er hatte sein ganzes Leben lang im Wasser des Tarn und der Garonne gebadet und war darauf gesegelt, aber er war noch nie auf dem Meer gewesen, und die Dünung unter dem Rumpf erschien ihm wie die Muskeln einer riesigen Kreatur und erfüllte ihn mit Heiterkeit und Furcht zugleich. Er leckte sich über die Lippen, schmeckte Salz und lauschte den Schreien der Möwen im Wind.

Sein Bruder Aymer gesellte sich zu ihm an den Bug und klopfte ihm auf die Schulter. »Nun«, sagte er, »es ist vollbracht. Ich werde Bischof werden und du ein Ritter.« Fältchen legten sich um Aymers Augenwinkel, als er lächelte. Er war intelligent, hatte eine rasche Auffassungsgabe und eine Vorliebe für weltliche Dinge, aber auch eine spirituelle Seite, musste allerdings erst noch geweiht werden.

William, der darauf brannte, die Attribute der Männlichkeit zu erlangen, die der Ritterschlag mit sich bringen würde, gab das Lächeln zurück. Vor seinem geistigen Auge entstanden Bilder von schnellen Pferden und glitzernden Rüstungen, von der Ritterwürde und davon, wie er unter Männern seine Fähigkeiten unter Beweis stellte.

»Natürlich werden einige Gruppierungen am Hof unseres Bruders nicht gerade erfreut sein«, sagte Aymer. »Henry hat uns nicht aus reiner Herzensgüte eingeladen, auch wenn er sich großzügig zeigen mag.«

Das Schiff überwand eine Welle, Gischt spritzte über die Planken und ließ die Brüder zusammenzucken. Aymer lachte. »Von einer Meerjungfrau geküsst«, sagte er. »Das muss Glück bedeuten. Er will seine Familie um sich haben. Seine Königin hat ihre Onkel und Protegés gefördert, und Henry muss einen Ausgleich schaffen. Vergiss nur nicht, dass das, was er uns gibt, anderen weggenommen wird, die uns deswegen grollen werden.«

William runzelte die Stirn, denn über diesen Punkt hatte er noch nicht nachgedacht.

Aymer zuckte mit den Achseln. »Ich warne dich im Voraus. Kein Mann zieht ohne seine Rüstung in den Kampf. Finde deine Freunde und pflege diese Freundschaften, und sei vor deinen Rivalen auf der Hut. Andere werden zu unserem Nachteil Druck auf den König ausüben, aber wenn wir durch dick und dünn loyal bleiben, wird er uns im Gegenzug schützen.«

»Aymer, hör auf, dem Jungen Vorträge zu halten, und lass ihn in Ruhe.« Guy, der älteste der nach England eingeladenen Brüder, trat zu ihnen. Sein hellbraunes Haar, das in starkem Kontrast zu dem von William stand, fiel ihm in die Stirn. Ein Pilgerkreuz war gut sichtbar auf seinen Umhang aufgestickt, es symbolisierte seinen Eid, an einem Feldzug in das Heilige Land teilzunehmen – die Expedition, von der er hoffte, dass ihr königlicher Halbbruder sie mitfinanzieren würde. »Lass uns hoffen, dass sein Charme sowohl unseren königlichen Bruder als auch eine reiche Erbin bestrickt.« Er schlug William ebenfalls auf die Schulter. »Geoffrey und ich zählen darauf, dass du und Aymer uns über Wasser haltet – der Kirchenmann und der Höfling.« Er duckte sich, als sich eine weitere Gischtwolke über die Planken ergoss.

William betupfte sein nasses Gesicht. Die Erwartungen, die ihm aufgebürdet wurden, erschreckten ihn. Er schielte zu Geoffrey, der sich in einen Eimer übergab. Er vertrug die Überfahrt nicht – erstaunlich für jemanden, der an Land so kühn und selbstsicher war. Er erhoffte sich gleichfalls Geld von ihrem königlichen Bruder – um seine Interessen im Limousin zu fördern, nicht um sich für immer in England niederzulassen.

Sie waren alle angespannt und reagierten auf unterschiedliche Weise. Aymer verbarg seine Besorgnis, indem er zu viel redete, Guy, indem er den Belehrenden belehrte. Geoffrey wäre wie ein gefangener Löwe auf dem Deck auf und ab getigert, wenn es ihm nicht so schlecht gehen würde. Und William war in seinen Gedanken gefangen, die sich wie ein Glücksrad drehten, aufgeregt und verängstigt, hinauf und hinunter und wieder hinauf, während sie sich anschickten, das größte Spiel ihres Lebens zu spielen.

Er ließ seine Brüder stehen und ging zu Aliza, die von einer Segeltuchmarkise vor Wind und Gischt geschützt auf einer Bank saß. Sie knabberte kandierten Ingwer, um ihren Magen zu beruhigen, und wirkte stiller als sonst.

»Geht es dir gut?«, erkundigte er sich.

Sie bot ihm ein Stück von dem Ingwer an, und er nahm es, weil er Ingwer mochte, nicht um die Seekrankheit zu lindern. »Mir ist ein bisschen übel«, sagte sie, »aber nicht halb so sehr wie Geoffrey.« Sie warf ihm einen Seitenblick zu. »England wird eine ganz andere Welt sein – ein anderes Leben.«

»Ja.«

»Wenn wir zurückkehren – falls wir das tun – werden wir uns verändert haben, selbst wenn das Land dasselbe geblieben ist.«

William verstand seine Schwester nicht immer, ihre Gedanken waren manchmal verwickelt und gingen tief. »Möchtest du denn nicht gehen? Du weißt, dass wir uns alle um dich kümmern und dich beschützen werden.«

»Das weiß ich.« Sie seufzte nachdenklich. »Nach Mamas Tod habe ich erwogen, die Gelübde abzulegen und bei ihr in Fontevraud zu bleiben. Das Klosterleben ist so geordnet und sicher.«

William sah sie schief an. »Ich weiß nicht, wie gut du darin wärst, Befehle entgegenzunehmen. Du hast den Willen, aber ich bezweifle, dass du die Geduld hast, Ordenstracht zu tragen.«

Sie kniff ihn, so dass er aufjaulte.

»Da siehst du es! Würde eine Nonne so etwas tun?«

»Natürlich würde sie das, wenn sie von einem Teufel herausgefordert wird«, gab sie lachend zurück, dann verschränkte sie in einer Geste des Selbsttrostes die Arme vor dem Bauch. »Ich mag dich kneifen und du mich piesacken, aber ich weiß, dass ich dir und den anderen mein Leben anvertrauen kann. Doch in England wird der König unser Hüter und Gönner sein. Ich kenne ihn nicht und weiß nicht, was uns erwartet – außer der Ehe, und das ist ein weit größeres Risiko als die Gelübde abzulegen und eine Braut Christi zu werden.«

»Das stimmt, aber es bietet auch große Möglichkeiten. Denk an all die Bewerber um deine Hand, die du haben wirst!«

»Und als was für ein zweifelhaftes Glück sich das entpuppen kann!«

»Möchtest du nicht gehen?«

Sie verzog das Gesicht. »Das habe ich nicht gesagt. Ich bin mir der Ehre und der Möglichkeiten, die uns geboten werden, sehr bewusst. Ich freue mich auch, wieder mit Joanna zusammen sein zu können. Es ist nur so, dass nichts mehr so sein wird, wie es war.«

»England ist nicht so weit weg«, versuchte er sie aus

ihrer eigenartigen, grüblerischen Stimmung zu reißen. »Wer weiß, vielleicht kehren wir zurück und haben unser Glück gemacht – und vielleicht sogar mit ein paar kleinen Lusignanern, die die Familie verstärken.« Er wackelte anzüglich mit den Brauen.

Aliza versetzte ihm einen Stoß. »Ach, du!«, sagte sie schroff, obwohl ihre Augen vor Belustigung funkelten. »Für dich ist das alles ein Spiel, nicht wahr, Will? Ein großes, glanzvolles Turnier, und du bist der strahlende Ritter.«

»Ich weiß, dass das Leben nicht so ist.« Seiner Würde wegen lenkte er ein wenig ein. »Aber es schadet doch nichts, sich zu bemühen, oder?«

Sie stieß vernehmlich den Atem aus, doch dann wurde ihre Miene weicher. »Nein!« Sie berührte sacht sein Haar. »Nein, das tut es nicht. Ich würde England freudig umarmen, aber du und deine Brüder, ihr solltet euch besser benehmen.«

»Natürlich tun wir das! Warum solltest du etwas anderes erwarten?«

»Ja, warum?« Sie verdrehte die Augen gen Himmel.

10

Königlicher Palast von Woodstock
Mai 1247

Die Damen des Hofes hatten ihre Näharbeiten in den Palastgarten mit hinausgenommen, um das herrliche Maiwetter zu genießen. Joanna war dankbar für den milden Frühlingstag, an dem die Sonne warm auf ihre Schultern fiel und das Tageslicht so angenehm zum Nähen war. Das Altartuch näherte sich der Vollendung.

»Du machst immer so säuberliche Stiche«, lobte die Königin. »Ich habe dich beim Arbeiten beobachtet, als du ein Kind warst, und über das Geschick eines so jungen Mädchens gestaunt.«

Joanna errötete vor Freude und versuchte, nicht zu viel Stolz zu empfinden.

»Wie geht es dir dieser Tage?«, fragte Alienor sanft.

»Gut, Madam«, erwiderte Joanna, ohne aufzublicken.

Ihr Herz schmerzte, wenn sie an Johan dachte. Die Saat war aufgegangen, die Bäume trugen Laub, die Tiere hatten alle Junge, während er in seinem Grab verrottete. Einer der Musiker der Königin sang im Hintergrund ein fröhliches Frühlingslied, und sie musste mit dem Nähen innehalten, weil sich ihre Augen vor Kummer mit Tränen gefüllt hatten. Alienor berührte sie mitfühlend am Arm.

Die jüngeren königlichen Kinder Margaret, Beatrice und

Edmund spielten zu den Füßen ihrer Kinderfrauen, aber Edward war weitergelaufen und eifrig mit einem Blumenbeet in der Ecke des Gartens beschäftigt.

»Geh nachsehen, was mein Sohn treibt, und bring ihn zu mir«, sagte Alienor, um sie abzulenken. »Ich fürchte, er stellt irgendwelchen Unfug an – wie immer.« Ihr Seufzen klang ärgerlich, aber nachsichtig.

Joanna ließ ihre Näharbeit im Stich und ging zu Edward, dabei wischte sie sich, über ihre plötzliche Gefühlsaufwallung verdrossen, mit der Hand über die Augen. Die Gärtner hatten Setzlinge in Wappenmustern in die Beete gepflanzt und mit kleinen Stöcken saubere Quadrate markiert. Edward benutzte einen der Stöcke, um die anderen wegzuschlagen, und die jungen Pflanzen waren niedergetrampelt, ausgerissen und verstreut worden.

»Sire, was habt Ihr getan!« Joanna war bestürzt. »Jetzt werden wir später im Jahr keine Freude an Blumen haben.«

Edward warf ihr aus lebhaften blauen Augen einen Blick zu. »Ich verwirre den Feind, und ich habe die Schlacht gewonnen.«

»Aber das ist nicht der Feind«, wandte Joanna ein. »Es sind Setzlinge, die zu wachsen versuchen.«

Er fegte absichtlich mit der Hand über das Beet, verwüstete die Erde noch mehr. »Da! Ich bin der Sieger!«

»Eure Mutter wünscht Euch zu sehen.« Edward konnte manchmal ein Tyrann sein, und seit sich sein achter Geburtstag näherte, wurde er trotz seines unleugbaren Charmes unglaublich schwierig. Sie griff nach ihm, und er wich zurück.

»Ich bin zu groß, um bei den Frauen und kleinen Kindern zu sitzen«, schnaubte er aufsässig und stapfte auf das Gartentor zu.

Joanna lief ihm nach und fing ihn ein, als er den Riegel anhob. »Ihr könnt nicht dort hinausgehen.« Sie versuchte, seine Hand zu ergreifen.

»Ich kann hingehen, wo ich will!« Edward stieß sie weg. »Ich bin der Sohn des Königs!«

»Umso mehr Grund, sich so zu benehmen, wie ein König es sollte«, gab Joanna zurück, als er sich gegen sie zur Wehr setzte.

Cecily hatte den Zwischenfall bemerkt und kam zu Hilfe. »Kommt jetzt, Sire«, sagte sie fest. »Ihr solltet nicht so widerspenstig sein. Ihr wollt doch nicht wegen eines Gallenanfalls zur Ader gelassen werden. Ein König muss lernen, sich zu beherrschen, damit er über andere herrschen kann.«

Edward kniff die in seinem hochroten Gesicht blau leuchtenden Augen zusammen, hörte aber auf, sich zu wehren.

Hinter dem Gartentor erscholl eine Trompetenfanfare, die die Ankunft einer Gruppe von Edelleuten und Dienern mit Falken, Hunden und mit Gepäck beladenen Packpferden ankündigte. Voller Freude erkannte Joanna Aliza de Lusignan und dann ihre Brüder, keine Jugendlichen mehr, sondern erwachsene Männer. Einer hatte ein Pilgerkreuz auf seinem Umhang, ein anderer trug die Gewänder eines Geistlichen, und ein gut aussehender Mann mit einem breitkrempigen Hut mit Pfauenfedern, den sie von ihrer Erinnerung her für William hielt, ritt an seiner Seite.

»Die Verwandten Eures Vaters sind eingetroffen«, sagte Joanna.

Edwards Röte war verblasst, und er musterte die Neuankömmlinge interessiert.

»Kommt, wir müssen es Eurer Mutter sagen und dann all diese Erde abwaschen.«

Sie nahm seine Hand, und jetzt kapitulierte Edward, weil

es etwas Neues und Interessantes gab, und die einzige Möglichkeit, daran teilzuhaben, bestand darin, sich zu fügen.

Nachdem sie die Nachricht erhalten hatte, rief Alienor ihre Frauen zusammen. »Ich habe nicht damit gerechnet, dass sie so bald hier sein würden!« Obwohl sie lächelte, bildete sich eine ärgerliche Furche auf ihrer Stirn. »Nun gut, soll der König sie begrüßen, während wir uns fertigmachen – vor allem du, junger Mann.« Sie kniff Edward in die Wange. »Ich werde wissen, wen die Schuld trifft, wenn keine Blumen in meinem Garten blühen.«

»Aber ich werde dich beschützen, Mama«, erwiderte Edward sachlich. »Blumen können das nicht.«

Alienor lachte und schüttelte den Kopf. »Dein Vater hat dich nach einem friedliebenden König benannt, der nicht wusste, wie ein Schwert aussieht, aber du kannst dich Gottes Willen nicht widersetzen.«

Sie sprach kurz mit dem Gärtner, gab ihm Anweisungen bezüglich der ruinierten Blumenbeete und einen kleinen Beutel mit Münzen, um den Schaden zu beheben und die Aufregung zu lindern.

Der grollende Edward wurde gründlich abgeschrubbt und dazu gebracht, eine saubere Tunika anzuziehen. Die Königin kleidete sich in ein prachtvolles Gewand aus goldener Seide, rief nach ihren Juwelen und wählte einige Rubinringe, eine kunstvoll gearbeitete Goldbrosche und ihren bevorzugten bestickten Gürtel aus. Sowie Alienor zufrieden war, begab sich ihr Haushalt in die große Halle und wurde mit einer weiteren Trompetenfanfare angekündigt. Der König beeilte sich, seine Frau zu begrüßen und sie zu ihrem Stuhl auf dem Podest zu geleiten. Joanna setzte sich still zu den anderen Frauen an die Seite des Raums und faltete sittsam die Hände vor sich. Aber sie hob den Kopf, um zu der Gruppe hinüberzusehen, die darauf wartete, vorgestellt zu werden, kurz fing sie Alizas Blick auf, und sie tauschten ein Lächeln.

Guy und Geoffrey, die beiden ältesten Lusignan-Brüder, knieten als Erste vor der Königin nieder – kräftige, breitschultrige Männer in den Zwanzigern mit dem Gebaren von Kriegern. Dann Aymer, der Priester in der Ausbildung, der weichere Züge, aber wache, intelligente Augen hatte, denen nichts entging. Henry hatte ein Bistum für ihn im Sinn, und Joanna hatte Murren darüber gehört, dass der Halbbruder des Königs viel zu jung und nicht die richtige Wahl für ein Amt war, das eine ernsthafte akademische Ausbildung erforderte. William, der jüngste Bruder, stand jetzt auf der Schwelle zum Mannesalter. Sein Haar war immer noch die Masse schimmernder kleiner Locken, an die sie sich erinnerte, und wenn das Licht in seine Augen fiel, leuchteten sie in dem Braungold von Feldfeuersteinen. Er hatte hohe Wangenknochen, die seine Augen leicht schräg wirken ließen, eine gemeißelte, scharfe Nase und ein breites Lächeln. Seinen Federhut hatte er sorgfältig gefaltet durch seinen Gürtel geschoben, und jetzt kniete er vor Alienor nieder.

Sie streckte die Hand aus. »Der König hat oft davon gesprochen, dass Ihr zu uns kommen und bei uns leben sollt, und ich freue mich, Euch am Hof willkommen zu heißen«, sagte sie zu William.

»Ich freue mich, so warm empfangen zu werden, Madam«, erwiderte er mit einer jugendlichen Stimme, die jedoch klangvolle Tiefe verhieß, und beugte sich über ihre Hand. Dann richtete er sich auf, drehte sich um und streckte den Arm nach Aliza aus, um sie zur Königin zu führen, vor der sie knickste. Diese küsste sie auf beide Wangen, begrüßte sie als Schwester und bedeutete ihr, auf einem Stuhl an ihrer Seite Platz zu nehmen. Bevor sie der Aufforderung folgte, überreichte Aliza Alienor Süßigkeiten in einem erlesenen Emaillekästchen in den Edelsteinfarben, für die der Limousin so berühmt war.

Alienors Gesicht leuchtete vor Freude auf. »Wie aufmerksam von Euch, und wie schön.« Sie reichte das Kästchen Joanna zur Aufbewahrung, dann stellte sie Edward seinen Tanten und Onkeln vor, die er mit kritischem Interesse betrachtete.

»Mein Lehnsherr!« William verneigte sich mit einem Zwinkern in den Augen tief vor Edward. »Ich freue mich darauf, Euch zu Diensten zu sein. Wir haben auch ein Geschenk für Euch.« Er überreichte dem Jungen einen verzierten roten Ledergürtel, an dem ein kleines Messer mit Elfenbeingriff hing.

Edward strahlte, als er den Gürtel entgegennahm, das Messer aus der gemusterten Scheide zog, um die stabile kleine Klinge zu inspizieren, und dankte seinem Onkel dann begeistert.

»Du hast den Weg zum Herzen meines Sohnes gefunden«, sagte Henry belustigt. »Er ist schon ein echter kleiner Ritter.«

»Ich habe mit der Ausbildung begonnen.« Edward schob das Kinn vor.

»Dann hoffe ich, zu gegebener Zeit an Eurer Seite reiten zu dürfen, Sire«, entgegnete William ernst.

Edward trat zurück, bestand aber darauf, den Gürtel zu tragen, statt ihn einem Diener zu geben. Seine Hand schloss sich besitzergreifend um die Messerscheide.

Nachdem die formelle Begrüßung vorüber war, servierten Diener den Anwesenden Wein, und die Königin schickte Joanna fort, um das kleine Emaillekästchen in ihre Kammer zu bringen. Joanna liebte die Verzierung aus winzigen juwelenfarbenen Cloisonnéblumen, und das darin enthaltene Konfekt duftete wundervoll nach Rosen und Gewürzen. Sie schloss die Schmucktruhe der Königin auf und verstaute das kleine Kästchen darin, dabei dachte sie, dass es ein klug durchdachtes Geschenk war und die Idee wahrscheinlich von Aliza stammte. Sie war so froh, dass die Freundin mit ihren Brüdern zum Hof gekommen war.

Sie kehrte in die Halle zurück und ging direkt zu Aliza, die sich mit Cecily und Sybil Giffard unterhielt. Alizas Augen leuchteten bei Joannas Anblick auf, und sie umarmte sie sofort. »Ich freue mich ja so, dich wiederzusehen.«

»Ich freue mich auch. Hoffentlich hattest du eine gute Reise.«

Alizas Haar duftete nach Muskat und Rosen, und ihr Kleid aus tiefrosa Seide verlieh ihren Wangen eine leichte Röte. Etliche der jüngeren Höflinge beäugten sie verstohlen.

Aliza lachte. »Von der Seereise war ich nicht so angetan, aber zumindest ging es mir nicht so wie Geoffrey – er war die ganze Zeit sterbenskrank. Ich bin dem König und der Königin so dankbar, dass sie uns an den Hof eingeladen haben. Ich hoffe, du zeigst mir, was ich tun muss.«

»Ja, natürlich.« Joanna war entzückt, Aliza als Gesellschaft zu haben – und vielleicht ein bisschen überwältigt.

Die jungen Frauen ließen Cecily und Sybil alleine und gingen zu einer Fensterlaibung zurück, um ungestört reden zu können.

»Es hat mir leidgetan, als du mir das von Johan geschrieben hast.« Aliza berührte Joannas Hand. »Wenn ich mir vorstelle, ich würde einen meiner Brüder verlieren … ich weiß, es wäre schrecklich, aber wissen ist nicht dasselbe, wie den Schmerz im Herzen zu fühlen.«

»Nein.« Joanna schluckte. »Ich trauere sehr um ihn. Er hatte sein Leben noch vor sich – und jetzt ist alles vorbei.« Sie blickte einen Moment zu Boden und sammelte sich, dann hob sie den Kopf, begegnete Alizas besorgtem, mitfühlendem Blick und rang sich ein zittriges Lächeln ab. »Und jetzt hat sich alles auf eine Weise geändert, von der es kein Zurück gibt – tatsächlich für beide von uns, da du einen so langen Weg bis zum Hof gekommen bist.«

»Ich hatte erwogen, den Schleier zu nehmen«, sagte Aliza. »Vielleicht in Fontevraud, wie meine Mutter.«

Joanna musterte sie überrascht. »Ich kann mir nicht vorstellen, dass du die Tracht einer Nonne trägst, es sei denn, es wäre die einer Äbtissin, wenn du alt bist.«

Aliza lachte trocken auf. »Das ist fast genau das, was William zu mir sagte. Braut Christi oder Braut eines Mannes. Ich dachte, ich könnte meiner Familie am besten dienen, wenn ich den zweiten Weg einschlage – deswegen bin ich auch hier.« Sie lächelte Joanna strahlend an, um ihre Angst zu verbergen. »Ich hoffe, unser Halbbruder wählt meinen Mann gut aus.«

»Der König ist immer freundlich und meint es gut«, versicherte Joanna ihr. »Er hat vor allem aus persönlicher Freude eurer Ankunft entgegengefiebert, und das ist die Wahrheit.«

»Ich glaube, ich werde ihn sehr liebgewinnen«, meinte Aliza, »aber ich weiß, dass es Pläne gibt.« Sie blickte quer durch den Raum. »William scheint schon einen Freund gefunden zu haben.«

Joanna folgte Alizas Blick zu den beiden jungen Männern hinüber, die bei ihrem Wein saßen und sich unterhielten. »Das ist mein Vetter John de Warenne, der zukünftige Earl of Surrey – du hast ihn kurz in der Gascogne getroffen.«

»Ja, ich erinnere mich.« Aliza wirkte nachdenklich. »William muss Freunde in England gewinnen. Es ist schwierig, wenn man ein Außenseiter ist, aber mit Gottes Hilfe und durch eigene Anstrengung werden wir Erfolg haben.«

Als sie am nächsten Morgen aus ihrer Schlafkammer kam, traf Aliza auf William, der zielstrebig Richtung Hof ging. Er trug lederne Reithosen und hatte ein Paar Handschuhe in seinen Gürtel gesteckt.

»Wo willst du denn so früh hin?«, fragte sie lächelnd.

»John de Warenne hat mich eingeladen, mit ihm auszureiten, und mir angeboten, mir ein Pferd zu leihen, während sich meines von der Reise erholt«, erwiderte er. Seine Augen leuchteten vor Begeisterung.

»Ich bin froh, dass du so schnell Freunde findest.«

Er zuckte mit den Achseln. »Wir scheinen viel gemeinsam zu haben. Wie ergeht es dir denn so?«

»Gut genug. Alle waren sehr nett, vor allem Joanna de Munchensy. Letzte Nacht habe ich bei den Kammerfrauen der Königin geschlafen, aber ich weiß, dass wir sozusagen auf die Probe gestellt werden.«

Er schenkte ihr sein entwaffnendes Grinsen. »Ist das deine Art, mich zu warnen, mein bestes Benehmen an den Tag zu legen?«

»Was denkst du denn?«

»Das tue ich immer, das weißt du doch.« Er zwinkerte ihr zu und schlenderte pfeifend davon.

Aliza verdrehte die Augen, lächelte ihm aber hinterher. Sie liebte ihren jüngsten Bruder auf eine fast schmerzhafte Weise, und ein Teil davon war Angst um ihrer aller Zukunft. Sie standen als Neuankömmlinge in einer Arena voller Rivalen und würden wahrscheinlich ebenso willkommen geheißen wie angefeindet werden, außer von Henry. Sie mussten vorsichtig sein, und sie fürchtete um ihre Brüder, vor allem um William. Loyal und tapfer mochte er ja sein, aber auch ungestüm und unerfahren. Der König hatte ihn »mein Junge« genannt, und William musste um seiner selbst willen ein Mann werden, und zwar rasch.

Als er bei den Ställen ankam, stellte William fest, dass John de Warenne bereits wartete und ein Pferd mit kohlefarbenen Flecken auf Rumpf und Schultern streichelte.

»Was für eine Schönheit«, sagte William bewundernd.

John schenkte ihm ein Lächeln. »Das ist Neddy.«

William hob die Brauen. »Neddy?«

Johns Grinsen wurde sardonisch. »Männer geben ihren Pferden immer ruhmreiche und kriegerische Namen, aber ich habe mich anders entschieden.«

William errötete, denn sein Instinkt hätte ihm zu Ersterem geraten. Er fand es ein bisschen herabsetzend, einem so guten Pferd einen gewöhnlichen Namen zu geben, aber er schwieg.

»Er stammt aus einer von einer spanischen Stute, die Kaiserin Matilda dem Großvater meiner Mutter geschenkt hat, gezüchteten Linie. Es sind alles Graue. Ich habe ihn, seit er zur Welt kam. Wenn er zehn ist, wird er fast weiß sein.«

William untersuchte das Pferd, tätschelte seinen Hals, fuhr mit den Händen an seinen Schultern hinunter und prüfte seine Beine. Er war sich bewusst, dass John de Warenne ihn seinerseits genauso abschätzte. Letzte Nacht hatte sich eine zaghafte Freundschaft zwischen ihnen angesponnen. Aliza hielt ihn für naiv, aber er war nicht ganz grün hinter den Ohren.

Er entschied im Zweifel zugunsten anderer, aber er

konnte sich behaupten, wenn sich dies als falsch erwies. Er vermutete, dass Johns Freundschaftsangebot im Moment auf eigennützigen Interessen beruhte. Der König hatte deutlich durchblicken lassen, dass er beabsichtigte, seine neuen Verwandten mit Gunstbezeugungen zu überhäufen, also war es der Zukunft des Earl of Surrey dienlich, eine freundliche Hand auszustrecken. Doch ungeachtet möglicher Motive mochte William John de Warenne instinktiv und war bereit zu sehen, wie sich die Dinge entwickeln würden.

John reichte ihm die Zügel. »Hier, sieh selbst, was du von ihm hältst.«

»Du reitest ihn nicht selbst?«, fragte William überrascht.

John schüttelte lächelnd den Kopf. »Ich kann Ned jederzeit reiten, und du bist der Gast. Ich habe ein gutes Zweitpferd.« Er gab dem Stallknecht ein Zeichen, woraufhin dieser einen schimmernden Kastanienbraunen mit einem breiten Streifen von der Stirn bis zum Maul herbeiführte. »Das ist Blaze.« John klopfte dem Pferd auf den Hals.

William versuchte, nicht beeindruckt zu wirken, obwohl beide Tiere prachtvoll und er und John de Warenne ungefähr gleichaltrig waren. Sein Gefährte teilte ganz eindeutig seine Leidenschaft und verfügte über die Mittel, sie auszuleben.

»England ist ein gutes Land für Pferdezucht«, erklärte John. »Die Weiden sind üppig, und es gibt keine Wetterextreme.«

William nahm die Zügel und schwang sich auf den Rücken des Grauen. Neddy blieb stillstehen, seine Ohren zuckten. Er rieb das Tier dem Hals und sagte ihm, was für ein Prachtbursche er war.

»Ich werde mein Bestes tun, um mit dir mitzuhalten, aber vielleicht schaffe ich es nicht, dicht bei dir zu bleiben.« John stieg auf und griff nach den Zügeln. »Neddy kennt das Gebiet von Woodstock gut und wird dich selbstständig die Wege entlangtragen. Lass ihm seinen Willen, dann bringt er dich sicher zurück.«

Der Graue warf den Kopf hoch, als wolle er ihm zustimmen, und scharrte ungeduldig mit den Hufen.

William registrierte Johns amüsierten, leicht überheblichen Gesichtsausdruck, und die darin liegende Herausforderung ärgerte ihn, obwohl er sich mahnte, dass er ein Gast auf einem geliehenen Tier war und die Gebote der Höflichkeit wahren musste.

Sie ritten durch das offene Tor in den Park. Der Morgennebel lichtete sich vor ihnen. Der Graue bewegte sich geschmeidig, und William stellte anerkennend fest, wie ausgeglichen und kraftvoll das Spiel seiner Muskeln war und wie prompt er auf seine Führung reagierte. Er ließ ihn in einen leichten Trab fallen und setzte Beinkommandos ein, um ihn hierhin und dorthin zu lenken und tänzeln und Seitenschritte vollführen zu lassen.

Sie erreichten eine offene grasbewachsene Fläche, und William gab dem Pferd den Kopf frei. Der Graue verfiel in einen den Boden verschlingenden Galopp, der so flüssig wie Wasser blieb, auch als sich das Tempo steigerte und William zu fliegen meinte. Er konnte den Kastanienbraunen hinter sich herdonnern hören, aber Neddy streckte sich weiter und hielt einige Längen Vorsprung. Als das freie Feld endete und sie ein Haselwäldchen erreichten, zügelte und wendete William ihn. Er war so begeistert, dass er am liebsten einen Freudenschrei ausgestoßen hätte.

»Was für ein herrliches Pferd!«, verkündete er, als John ihn einholte.

Johns Augen leuchteten vor Freude, aber auf seinem

Gesicht lag ein Ausdruck respektvoller Neubewertung. Er hatte nicht erwartet, dass der Halbbruder des Königs über ein solches Geschick im Sattel verfügte – er war der geborene Reiter, im Gegensatz zum König, den man bestenfalls als durchschnittlich bezeichnen konnte. »Du reitest aber auch sehr gut.«

William errötete angesichts des Kompliments. »Wir wurden alle schon auf Pferde gesetzt, sobald wir aus den Windeln heraus waren«, sagte er. »Aber ich vermute, das war auch bei dir der Fall.«

John neigte den Kopf. »Schon als ich noch im Mutterleib war«, erwiderte er mit sardonischem Humor.

Eine Weile ritten die jungen Männer kameradschaftlich nebeneinanderher, vertieften ihre Bekanntschaft und erzählten sich die Geschichte ihrer jeweiligen Hintergründe, Williams im Limousin, Johns in Norfolk und Surrey.

»Ich vermute, du wirst die meiste Zeit im königlichen Haushalt leben«, sagte John, als sie durch das Wäldchen trabten, sich zwischen den beschnittenen Bäumen hindurchschlängelten und den Biegungen eines Flusses folgten. »Selbst wenn der König dir Land zuspricht, wird er Wert auf deine Gegenwart und Unterstützung legen.«

»Vermutlich«, antwortete William.

»Der König wird froh sein, seine Familie um sich zu haben. Die Königin hat ihre in ihrer Nähe – ihre Onkel und ihre Schwester. Ich glaube, der König meint manchmal, es würde ihm an Unterstützern mangeln.«

William nahm eine leise Schärfe in Johns Ton wahr. »Ist die Königin nicht seine Verbündete?«

»Doch, natürlich, aber ihre Verwandtschaft ist nur angeheiratet, nicht mit dem König blutsverwandt. Du bist durch deine Mutter ein Bindeglied zu seiner Vergangenheit, und du bewahrst jetzt, wo sie zu Gott gegangen ist, dieses Band für ihn«, bemerkte John scharfsinnig. »Du nimmst sozusagen ihren Platz ein.«

»Ja, wenn du es so ausdrücken willst«, erwiderte William. »Er hat uns an den Hof eingeladen und möchte, dass wir England zu unserer Heimat machen, aber wir können unseren Lebensunterhalt nur von dem bestreiten, was er uns zubilligt, und keiner von uns weiß bislang, wie viel das sein wird. Er hat nichts davon gesagt.«

»Nein, aber es wird ein Handel zum Vorteil beider Seiten sein«, sagte John mit einem Zynismus, der über seine Jahre hinausging. »Der König wird eine reiche Heirat für dich arrangieren, um dir die nötigen Mittel zur Verfügung zu stellen.«

William lächelte John an. »Kannst du jemanden empfehlen?«

»Ich würde mich nicht erdreisten, dem König vorzugreifen«, erwiderte John neutral. »Ich bin sicher, wen immer er auch wählt, er wird gut zu dir passen.«

»Aber du musst doch eine Ahnung haben.«

John schüttelte den Kopf; weigerte sich, sich aus der Reserve locken zu lassen, wofür William ihn respektierte. Bei dem Gedanken, eine unbekannte Erbin zu heiraten, zog sich seine Brust zusammen, und er musste Neddy erneut galoppieren lassen, um seine Anspannung abzubauen.

Die Angehörigen des Hofes versammelten sich, um in den Gemächern der Königin zu speisen, und würzige Düfte erfüllten den Raum, als Diener mit Brot, Fleischgerichten mit Sauce, Eintopf, Kaninchen und Lachs aus den Küchen geeilt kamen. Joanna hatte einem müden und widerspenstigen Edmund gut zugeredet. Seine Kinderfrau hatte eine schwere

Erkältung, und Joanna und Cecily hatten sich an diesem Tag um ihn gekümmert.

William de Valence durchquerte den Raum und schwenkte ab, um für sie und Cecily eine Bank heranzuziehen, damit sie am Tisch Platz nehmen konnten. »Ladys«, sagte er mit einer Verbeugung und einem Lächeln. »Wer ist denn der kleine Mann?«

»Lord Edmund«, entgegnete Joanna, »der jüngste Sohn des Königs. Seine Kinderfrau ist krank, und ich passe heute auf ihn auf.«

»Das ist also mein jüngster Neffe?« William streichelte Edmunds Wange. »Ich kann meine Mutter in ihm erkennen, und er hat das Kinn unserer Familie.«

»Ich bin sicher, dass er sehr erfreut sein wird, wenn das der Fall ist«, versetzte Joanna höflich.

Er verbeugte sich und ging weiter.

»Ein interessanter junger Mann«, bemerkte Cecily. Es war nicht nur ein Kompliment.

»Warum sagt Ihr das?« Joanna beschäftigte sich mit Edmund, um ihre Anspannung zu lockern.

»Er ist der Bruder des Königs und sieht gewiss gut aus. Sein Lächeln ist sehr anziehend, er hat gute Manieren und versteht sich auf leichte Konversation.«

»Ihr mögt ihn nicht?« Joanna blickte zur Tafel des Königs hinüber, wo William Henry in ein Gespräch verstrickt hatte. Beide Männer lächelten.

Cecily schüttelte den Kopf. »Ich kenne ihn nicht, aber was auf der Oberfläche zu sehen ist, ist nicht immer dasselbe wie das, was darunter liegt, wie du inzwischen wissen solltest, wenn du auf irgendetwas gehört hast, was ich dir beigebracht habe. Ich behalte mir mein Urteil vor. Er ist fast noch ein Junge. Mädchen werden schneller erwachsen, was mich erinnert ... Hat dieser Beamte vom Gericht heute mit dir über die Aufteilung des Landes deines Onkels unter den Erben gesprochen?«

Joanna nickte. »Ja, die Dokumente sind in der Schatzkammer, und er spricht später mit meinen Anwälten.« Sie verzog das Gesicht. »Ein Erbe zu regeln, kommt mir vor, wie einen großen Knoten Stickgarn zu entwirren, wo immer mehr Fäden hinzugefügt und festgezogen werden. Und ich muss dem Verwalter von Goodrich wegen des Wollertrags schreiben und mithilfe seines Rates entscheiden, wie viel behalten und wie viel verkauft werden soll.«

»Du hast aus der Lektion über die Verwaltung eines Besitzes gelernt«, sagte Cecily gleichmütig. »Jetzt ist es Zeit, alles in die Praxis umzusetzen.«

»Ja.« Obwohl sie ängstlich war, empfand Joanna bei der Vorstellung, Entscheidungen bezüglich ihres Besitzes zu treffen, einen Anflug von Erregung. Es war ein Ausstrecken der Hand, ein Erwachen von Macht.

Nach dem Mahl wurde getanzt. Joanna sah zu und hielt einen schläfrigen Edmund auf dem Schoß. Alle Lusignan-Brüder waren gute Tänzer, sogar Aymer, der Bischof in Ausbildung. Vor allem William besaß die Anmut einer Katze. Aliza schimmerte wie ein Juwel und zog die Blicke vieler junger Männer auf sich.

»Geh zu ihnen«, sagte Sybil Giffard und nahm Joanna Edmund ab. »Wir werden uns um ihn kümmern.«

Fast widerstrebend überließ Joanna Edmund Sybil, denn sein warmes Gewicht stellte eine Sicherheit dar, die sie am schützenden Ufer verankerte, statt sie der Strömung zu überlassen.

Als sie Anstalten machte, aufzustehen, schoss eine lachende Aliza auf sie zu, griff nach ihrer Hand und zog sie zu der Tanzfläche, wo gerade ein neuer Reigen begann. »Du solltest immer tanzen, wenn du die Gelegenheit dazu hast«, rief sie. »Im Schatten kannst du sitzen, wenn du eine alte Frau bist und deine Beine dir nicht länger gehorchen.«

»Ich dachte, du hättest erwogen, eine Nonne zu werden«, erwiderte Joanna belustigt.

»Glaubst du nicht, dass Nonnen auch tanzen?« Aliza warf den Kopf zurück und zog Joanna in den Kreis.

Sowie sie sich in den Bewegungen verlor, einen Teil von Ketten und Mustern bildete und sich drehte, begann Joanna, Spaß daran zu finden. Sie tanzte um den König herum, der sie anlächelte, und dann um die Königin, die wie ein Mädchen lachte. Als Nächstes kam ihr Vetter John an die Reihe, gefolgt von Aliza und dann William de Valence. Sie verbeugten sich und fluteten mit einem flüchtigen Moment Blickkontakt, einem halben Lächeln und einem raschen Händedruck vor und zurück. Es wurde kein Wort gesprochen, aber Joanna verspürte einen kurzen Schauer, als sich ihre Finger berührten.

Als der Tanz zu Ende war, zogen sich William und John an einen Tisch zurück, um eine Partie Dame zu spielen. Edward gesellte sich zu ihnen und lehnte sich auf Williams Schulter, um die Züge zu verfolgen. William sagte etwas und zerzauste liebevoll Edwards dichtes blondes Haar. Joanna beobachtete alles zusammen mit den anderen Frauen von ihrer Bank aus und dachte, dass die Anwesenheit der Lusignans den Hof eindeutig belebt und aufgefrischt hatte.

Am nächsten Tag machte der gesamte Hof mit Falken und Hunden einen Reitausflug in den Park. William hatte immer noch kein Pferd zur Verfügung, aber Henry gab ihm aus den königlichen Ställen ein schönes schwarzes Tier mit einem weißen Stern auf der Stirn. »Ich weiß, dass du deine eigenen Pferde aussuchen willst«, sagte er milde, »aber Nuit hier wird erst einmal für dich reichen, und dann kannst du ihn behalten oder verkaufen, ganz wie du willst.«

»Danke, Sire«, erwiderte William über sein Glück hocherfreut. »Eure Großzügigkeit ehrt mich.«

»Du bist mein Bruder«, versetzte Henry. »Allein deine Anwesenheit tut mir mehr gut, als du wissen kannst – du heilst meine Familie und mein Herz.«

William war nicht sicher, was er darauf antworten sollte, als er einen Tränenschimmer in Henrys Augen bemerkte. »Sire, wir sind alle dankbar, hier zu sein«, sagte er linkisch. »Wir hätten nie auf ein Willkommen gehofft, wie Ihr es uns bereitet habt.«

Henry wedelte abwinkend mit der Hand. »Unsere Mutter hätte gewollt, dass wir ein enges Verhältnis zueinander haben, und indem ich mich um euch kümmere, respektiere ich ihr Andenken. Das könnte ich ohne euch nicht tun.«

Edward trabte auf seinem Pony heran. William entging nicht, dass er für sein Alter bemerkenswert gut ritt. Henry saß nicht schlecht im Sattel, aber ihm fehlte der Enthusiasmus des geborenen Reiters. Ihm bereitete das Vergnügen anderer eindeutig große Freude, aber für ihn war dieser Ausflug von geringem Interesse. Edward jedoch setzte sich in Szene, ließ sein Pferd immer wieder galoppieren und beobachtete William aufmerksam. Dieser verstand den Hinweis, lieferte sich mit Edward ein kleines Rennen, ließ den Jungen die Führung übernehmen, spornte ihn an und hielt sein Pferd zurück – weiter, weiter! – und jagte dann plötzlich an ihm vorbei, bevor er langsamer wurde und den Schwarzen zurückhielt, so dass Edward jetzt neben seinem Vater ritt.

Henry sah William spöttisch an.

»Ich weiß, wie es ist, der Jüngste in einer Gruppe zu sein und wie ein Kind von Erwachsenen übersehen zu werden, Sire.«

Henry schnaubte, betrachtete William aber voller Zuneigung. »Edward wird nie übersehen werden, und du von jetzt an auch nicht, aber du bist scharfsichtig, und ich bin froh zu sehen, dass du bereits ein gutes Verhältnis zu meinem Jungen aufgebaut hast.«

»Er ist ein prächtiger junger Ritter«, erwiderte William, in dem bei Henrys Worten freudige Erregung aufkeimte.

Edward warf sich bei dieser Beschreibung in die Brust. Er war außer sich vor Freude darüber, zumindest für eine Zeit gegen seinen wundervollen neuen Onkel gewonnen zu haben. »Bist du ein guter Turnierkämpfer?«, fragte er William eifrig.

»Ich trainiere, wann immer ich kann, Sire«, antwortete William.

»Wirst du auch hier in England trainieren?«

»In einer Weile, wenn ich ein Pferd habe – und es ist am König, das zu entscheiden.« Er warf seinem königlichen Halbbruder, der bei der Erwähnung des Wortes »Turnier« die Lippen zusammengepresst hatte, einen raschen Blick zu.

»Wir werden sehen«, erwiderte Henry in dem Ton eines Elternteils, das etwas hinauszögern will. »Erst gibt es noch viel zu tun. Ich habe Pläne, mein Junge, keine Sorge.«

Nach der Rückkehr von dem Ausritt in den Park von Woodstock suchte Henry die Einsamkeit seiner Privatkapelle. In einer schönen Umgebung mit Gott zu kommunizieren, beruhigte immer sein Herz und seine Seele. Er hatte das Vergnügen der anderen an dem Ausflug genossen, und es freute ihn, anderen eine Freude zu bereiten, er selbst aber konnte sich kaum dafür begeistern. Sein eigenes Ziel war Schönheit. Er liebte es, vor Juwelen strotzende Kulissen und perfekte Momente zu schaffen, wo alles makellos ordentlich und glänzend wie Seide war. Alles im Leben sollte in Schönheit und Würde verlaufen, besonders die Verehrung Gottes.

Seine Halbgeschwister aus dem Limousin zu sich zu holen war für ihn so, als würde er Teile seiner Mutter in die Familie zurückholen. Nach seiner Ausbildung würde Aymer in die Kirche eintreten und Bischof werden. Alienors Onkel Bonifaz war Erzbischof von Canterbury, sie konnte sich also schwerlich beklagen, wenn er Aymers Rang erhöhte. Guy würde Geld und Mittel für seinen Kreuzzug erhalten, Geoffrey würde das Bindeglied zwischen England und dem Limousin sein, und Henry würde ihm Geld für seine Bemühungen zur Verfügung stellen. Für Aliza hatte er eine Heirat zum Vorteil beider Seiten im Sinn, obwohl er die endgültige Entscheidung erst noch treffen musste.

Henry betrachtete seine Hände und drehte einen Ring an seinem Finger. Er hatte sich William bis zuletzt aufgehoben, um den Moment auszukosten. Seinem jüngsten Halbbruder haftete etwas sehr Anziehendes an. Er war an diesem Morgen mit Edward mit einer perfekten Mischung aus gutmütigem Humor und Höflichkeit umgegangen und hatte dabei gleichzeitig die Fähigkeit unter Beweis gestellt, auf Edwards Ebene eine Beziehung aufzubauen.

Henry hegte den tief verwurzelten Wunsch, William zu verhätscheln. Sein leiblicher Bruder Richard war fast so alt wie er, ein kluger, mächtiger Mann. Richard pflegte ihn gereizt anzusehen und die Augen zur Decke zu verdrehen, wenn er Henry für töricht hielt, wohingegen Henry bei William den älteren, gütigen Mentor voller Weisheit, Freundlichkeit und Großzügigkeit herauskehren konnte.

William brauchte eine vorteilhafte Heirat, um sich in seinem Leben einzurichten, und Henry wusste genau, wen er für ihn wählen würde – eine vernünftige, praktisch veranlagt und tüchtige Frau, so wie seine eigene. Sie würde William Halt geben, und William würde für ein so überwältigendes Geschenk dankbar sein und es nicht falsch einsetzen. Es war ziemlich sicher, dass er sich in sie verliebte, denn sie war reizvoll und überdies eine wohlhabende Erbin. William würde sich im wahrsten Sinne des Wortes bereichern und seine Frau durch Heirat ein Teil von Henrys Familie werden.

Mit einem befriedigten Seufzer erhob er sich von seinen Knien, bekreuzigte sich und dankte Gott dafür, dass Er ihm geholfen hatte, die Angelegenheit gründlich zu durchdenken. Es war alles so wundervoll – er fühlte sich wie ein Gärtner, der Saat aussäte.

Mit bis zu den Ellbogen aufgerollten Ärmeln half Joanna den königlichen Kinderfrauen, die Kinder zu waschen, nachdem sie ihr morgendliches Brot mit Milch verzehrt hatten. Edward rannte erwartungsgemäß davon und musste eingefangen werden. Er verzog das Gesicht, als sie ihm mit einem Tuch den Mund abwischte.

»Ich werde nachts nicht schmutzig«, protestierte er. »Ich musste mich waschen, bevor ich zu Bett gegangen bin.«

»Aber es ehrt Gott, sich morgens zu waschen«, entgegnete Joanna fest. »Du bist der Älteste und solltest deinem Bruder und deinen Schwestern mit gutem Beispiel vorangehen. Komm jetzt, du bist fast fertig.«

Edward gab mit finsterer Miene, aber resigniert nach. Er hatte Temperamentsausbrüche, während denen man nicht an ihn herankam, aber meistens hörte er zu, wenn etwas logisch begründet wurde, und verarbeitete zumindest, was gesagt wurde, auch wenn er trotzdem manchmal entschied zu tun, was er wollte.

Sowie sie ihn freigab, stürmte er davon und überließ es ihr, sich um Edmund zu kümmern, der das Gesicht hob und sie ankicherte – ein sonniger, leicht lenkbarer kleiner Junge. Als sie ihre Tätigkeit beendet hatte, rollte Joanna ihre Ärmel herunter und machte sich bereit, sich zur Königin zu begeben, die bei ihrer Näharbeit angeregt mit Cecily und Sybil Giffard plauderte.

Der König traf ein. Seine bestickten Gewänder raschelten und verströmten den Duft von Weihrauch. Abgesehen von zwei Dienern war er allein, obwohl ihm sonst für gewöhnlich eine ganze Truppe von Höflingen folgte. Er ging auf Alienor zu und vollführte eine höfische Verbeugung, bevor er sie zu einer leeren Fensterlaibung führte, wo sie sich niedersetzten, um miteinander zu reden.

Joanna goss das Waschwasser in einen Abfluss am Ende des Raums und räumte fertig auf.

»Joanna, komm her!«, rief die Königin ihr zu.

Joannas Magen hob sich, denn das war ungewöhnlich, und sie fragte sich, ob sie etwas falsch gemacht hatte.

Henry lächelte beruhigend und deutete auf einen mit einem Kissen belegten Stuhl neben der Königin. »Komm, setz dich. Ich möchte mit dir sprechen, meine Liebe.«

Innerlich angespannt rutschte Joanna auf das Kissen und faltete die Hände im Schoß.

Henry räusperte sich. »Ich möchte nicht, dass du denkst, ich hätte mir diese Sache leicht gemacht«, sagte er. »Aber ich habe Gott um Hilfe gebeten, und ich bin zuversichtlich, dass ich die richtige Entscheidung getroffen habe.«

Joannas Magen rebellierte immer noch. Henry studierte

sie mit einer Mischung aus Mutwillen und Vergnügen. Die Königin lächelte, aber ihre Stirn war vor leisem Ärger gefurcht.

Henry schlug ein Bein über das andere und stellte so kunstvoll seine rote Seidenhose und einen weichen bestickten Schuh zur Schau. »Als dein Herrscher und Verantwortlicher für dein Wohlergehen habe ich schon seit einiger Zeit über die Frage einer Heirat für dich nachgedacht, und ich freue mich, dir zu sagen, dass meine Wahl auf meinen lieben Bruder William de Valence gefallen ist. Ich glaube, er wird gut zu dir passen – genau wie ich glaube, dass du zu ihm passen wirst.«

Joanna konnte ihn nur stumm anstarren. Seine Worte hatten ihr vor Schreck den Atem verschlagen, denn obwohl sie gewusst hatte, dass dieser Moment kommen würde, hatte sie sich nicht träumen lassen, dass es so plötzlich geschehen würde wie jetzt. Zwischen dem Hoch- und Herunterkrempeln ihrer Ärmel hatte sich ihr Leben verändert.

Henrys Augen funkelten. »Keine Angst, ich habe klug gewählt. Ich habe dich gekannt, seit du ein Kind warst und der Königin gedient hast. Dein Herzenswunsch soll erfüllt werden, und du wirst meine Schwägerin – ist das nicht eine gute Sache?«

Joannas Verstand war blockiert wie eine Tür mit einem Keil darunter. Der König musterte sie mit freundlicher Belustigung, die Königin mit spöttischem Interesse. »Danke, mein Lehnsherr«, stieß sie mit gepresster Stimme hervor. »Ich …, ich fühle mich geehrt, dass Ihr so pflichtbewusst an mich denkt.« Überwältigt rang sie um Fassung. »Ich bitte um Erlaubnis, gehen zu dürfen …, es tut mir leid.« Sie sprang auf, versuchte einen missglückten Knicks in Henrys Richtung und flüchtete.

Auf der Suche nach einem Zufluchtsort rannte sie in die Ankleidekammer der Königin, schloss die Tür und lehnte sich dagegen. Von kostbaren Stoffen, Pelzen, Taschen und Truhen umgeben barg sie das Gesicht in den Händen und rang nach Atem. Sie hatte seit Johans Tod gewusst, dass sie verheiratet werden würde. Sie war eine reiche Erbin, jetzt siebzehn Jahre alt, also genügend alt für eine Tochter aus dem Adel, um zu heiraten, aber dennoch war sie nicht bereit. Alles drehte und veränderte sich, und sie konnte nichts tun, um es zu verhindern. Sie würde außer bei seltenen Anlässen nicht länger bei den Frauen der Königin schlafen. Sie würde ihren eigenen Haushalt haben und sich an den Geschmack, die Eigenheiten und die Gewohnheiten eines jungen Mannes anpassen müssen, den sie kaum kannte.

William de Valence schien recht angenehm zu sein, aber er war noch nicht einmal zum Ritter geschlagen worden, und sie hatte erwartet, dass der König einen gesetzten, erfahrenen Mann für sie auswählen würde. Wie konnte ein jüngerer Sohn, kaum älter als sie selbst, einen Haushalt und eine Baronie verwalten? Er verfügte über keinerlei Fähigkeiten bezüglich militärischer Angelegenheiten, Diplomatie oder der Leitung von Landsitzen. Wie konnte er ihr Sicherheit bieten und nützlich sein? Aber er war der Bruder des Königs, was hieß, dass er Aussicht auf Privilegien und Bevorzugung hatte. Sie würde in der Nähe der königlichen Familie bleiben, und zweifellos würde sie am Hof leben. Sie würde immer den Schutz des Königs genießen.

Sie würden ein Ehebett teilen. Ihre Gedanken schossen zu dem, was außer Schlafen darin geschah, und sie hätte fast geweint, presste dann aber die Lippen fest zusammen. Das führte zu nichts. Sie musste stark und unverwüstlich sein.

Sie konnte nicht die »kleine Joanna« bleiben, denn dann würde sie nicht überleben.

Es klopfte an der Tür. Joanna schluckte, wischte sich über die Augen, öffnete und versank dann in einem Knicks, als die Königin eintrat, gefolgt von einer Dienerin, die ein Tablett mit einem Krug und Bechern trug, das sie auf eine Truhe stellte, bevor sie sich zurückzog.

»Es tut mir leid, Madam«, sagte Joanna mit erstickter Stimme. »Ich hätte nicht weglaufen sollen – es ist unentschuldbar.«

Die Königin wischte Joannas Entschuldigung beiseite und zog sie auf die Füße. »Ich mache dir keinen Vorwurf. Die Schuld trifft meinen törichten Mann. Ich bin genauso überrascht wie du, denn der König hat mich bis jetzt auch nicht in seine Absichten eingeweiht. Hier lass uns diese Tränen trocknen. Für alle Frauen kommt dieser Moment.« Sie betupfte Joannas Augen mit einem von einem der Tuchregale stibitzten Leinenquadrat und bedeutete ihr, Wein einzuschenken. »Ich weiß, dass diese plötzliche Ankündigung dir einen Schock versetzt haben muss, aber es ist alles nicht so schlimm. Der König hat in bester Absicht gehandelt.«

Joanna schluckte. »Ich möchte weder Euch noch den König verlassen«, sagte sie in der Rolle der »kleinen« Joanna.

Alienor nahm ihr den Becher aus der Hand. »Ah, das wirst du auch nicht, abgesehen von kurzen Zeitspannen. Du wirst immer noch ein Teil der Familie und uns lieb und teuer sein.« Ein belustigtes Glitzern trat in ihre Augen. »Wir werden mehr Kinder haben, die die Kinderstube füllen, und denk nur, wie wundervoll das sein wird.«

Joanna hatte es die Sprache verschlagen. Sie starrte auf ihren Wein hinunter, während ihre Wangen zu brennen begannen.

»Komm«, sagte Alienor. »Was hältst du wirklich von ihm? Er sieht gut aus und ist ein guter Tänzer, nicht wahr? Und er hat kräftige Beine, obwohl er schlank wie ein Windhund ist.«

Joanna nickte stumm, da sie nicht zu antworten vermochte.

»Und was für prachtvolles Haar!«, fuhr Alienor fort, die den Moment auskostete. »Es beweist seine Vitalität. Er wird dir viele robuste und hübsche Kinder schenken, und sie werden dir viel Glück bescheren, so wie mir die meinen.«

Joanna schnappte nach Luft, und die Königin lachte über ihre Verlegenheit. »Warte es nur ab. Natürlich ist er noch sehr jung, und Mädchen reifen schneller zur Frau heran als Jungen zum Mann, aber das macht nichts. Ihr werdet gut miteinander auskommen, da bin ich sicher, und du kannst zu mir kommen und mich alles fragen – wirklich alles.« Sie maß Joanna mit einem vielsagenden Blick.

Joanna schluckte angesichts der Vorstellung, sich mit so intimen Angelegenheiten an die Königin zu wenden. »Weiß er es schon?«

Alienor schüttelte den Kopf. »Der König ist jetzt zu ihm gegangen, um es ihm zu sagen. Er wollte, dass du es zuerst erfährst, und darüber bin ich froh. Frauen sollten viel öfter für ihre Männer an erster Stelle kommen – wir sind wesentlich vernünftiger als sie.« Sie strahlte Joanna an. »Wir müssen eine Hochzeit planen. Trink deinen Wein, und dann wollen wir den anderen Frauen die freudige Nachricht verkünden.«

Joanna tat, wie ihr geheißen, und begleitete die Königin mit hoch erhobenem Haupt, obwohl sie immer noch vor Schock wie betäubt war. Alles hatte sich innerhalb eines Augenblicks verändert, aber sich an die neue Realität zu gewöhnen würde wesentlich länger dauern.

11

Königlicher Palast von Woodstock
Mai 1247

William fühlte Übelkeit in sich aufsteigen, als er vor der Kammer der Königin stand, und wischte die Hände an seiner Tunika ab, da er nicht wollte, dass sie sich klamm anfühlten und er einen schlechten Eindruck machte. Er war kaum eine Woche am Hof, und Henrys rasche Entscheidung, eine reiche Heirat für ihn zu arrangieren, war für ihn vollkommen unerwartet gekommen.

Joanna de Munchensy war eine wohlhabende Erbin, deren Anteil an dem großen Marshal-Vermögen aus Ländereien in England, Wales und Irland bestand. Sie hatten bislang nur ein paar Worte miteinander gewechselt, würden aber im Mittsommer Mann und Frau sein. Er hatte aufgrund ihres Status gewusst, dass sie für Henrys Wahl eine aussichtsreiche Kandidatin sein würde, aber die Neuigkeit zu hören hatte ihn dennoch wie ein Schlag getroffen. Henry hätte ihm leicht als Zwischenlösung Geld und andere Privilegien zugestehen können.

William wandte sich an John de Warenne. »Was soll ich zu ihr sagen?«, wollte er wissen. »Du bist ihr Vetter und kennst sie am besten.«

»Ich würde nicht sagen, dass ich sie am besten kenne – welcher Mann versteht, was in einer Frau vorgeht?«, erwiderte John spöttisch. »Aber sie ist klug, gewissenhaft und pflichtbewusst. Ihre Lehrerin ist Cecily de Sandford, und sie ist wirklich Respekt einflößend.« Er warf William einen mitleidigen Blick zu.

»Soll mich das beruhigen?« Die ältere Frau, die Joanna beaufsichtigte, sah ihn immer auf eine Weise an, die bewirkte, dass er sich klein und unwürdig vorkam.

John lächelte säuerlich. »Gewarnt sein heißt gewappnet sein. Sei einfach ganz offen und erzähl ihr, wie es in deinem Herzen aussieht. Joanna schätzt Wahrheit und Ehrlichkeit über alles, aber sie ist wie alle Frauen empfänglich für Aufmerksamkeiten.«

William hob die Brauen. »Soll heißen?«

John zuckte lässig mit den Achseln. »Mach ihr Komplimente. Es können gar nicht genug sein – aufrichtig vorgebracht, versteht sich. Auf Schmeicheleien wird Joanna nicht hereinfallen. Bring ihr kleine Geschenke und Flitterkram. Frauen legen großen Wert auf solche Dinge.«

William musterte ihn mit schmalen Augen. John war jünger als er, aber entweder hatte er eine ungewöhnlich große Lebenserfahrung, oder er wiederholte, was er von erfahreneren Männern gehört hatte.

John runzelte die Stirn und fuhr etwas ernster fort: »Der König und die Königin lieben Joanna sehr, aber niemand hätte vorhersehen können, dass sie zu solchem Reichtum und hohem Rang gelangt und sich ihr Schicksal dermaßen ändert. Vielleicht tätest du gut daran, sie zu ehren, indem du sie so siehst, wie sie wirklich ist, und sie dafür lobpreist.«

Wieder rieb William die Hände an seiner Tunika ab. »Und was wird sie von mir denken?«

John schenkte ihm ein schiefes Lächeln. »Das, mein

Freund, hängt von dir ab.« Er blickte sich um. »Hier ist der König.«

Warme goldene Lichtstrahlen fielen auf den gefliesten Boden der Vorkammer der Königin. Joanna stand reglos in einem von ihnen, während die Frauen an ihr herumzupften und Falten glatt strichen. Ihr neues Kleid, ein Geschenk der Königin, war aus dunkelrotem Damast und an den Seiten eng geschnürt, um ihre Figur zu betonen. Der weiße Schleier, der ihre aufgerollten Zöpfe bedeckte, wurde von einem zarten Silberreif mit ineinander verflochtenen emaillierten blauen Blumen und grünen Blättern gehalten. Auch ihn hatte die Königin ihr geschenkt. Alienor stürzte sich mit Feuereifer in die Hochzeitsvorbereitungen – nicht so sehr, um dem König, über den sie immer noch ein wenig verärgert war, eine Freude zu bereiten, sondern wegen ihres eigenen Sinnes für Romantik. Sie hatte Joanna mit einer Flut von Ratschlägen überschüttet, die diese kaum zur Kenntnis genommen hatte, weil sie von den Ereignissen zu überwältigt war.

»Es wird alles gut werden«, meinte Aliza. »Es ist so wundervoll, dass du meinen Bruder heiratest und meine Schwester wirst. William sollte sich besser darüber klar sein, was für ein Glück er hat, sonst verpasse ich ihm eine Ohrfeige.«

Joanna lächelte ihrer Freundin schwach zu. Ihr war übel, und sie hatte Angst, sich übergeben zu müssen. Sie hasste es, im Mittelpunkt der allgemeinen Aufmerksamkeit zu stehen, und wollte nur diese öffentliche Zustimmung zu der Heirat hinter sich bringen.

»William ist genauso verunsichert wie du«, sagte Aliza. »Es ist auch für ihn ein großer Moment, und er muss zu dir kommen und dir einen Antrag machen. Du hast die Macht, diesen abzulehnen oder ihn dein Missfallen spüren zu lassen.«

»Aber wenn ich ihn abweisen würde, würde ich mich dem Willen des Königs widersetzen, und meine Position würde unhaltbar werden. Ich habe keine Wahl, obgleich ich ihn nicht abstoßend finde.« Ihre Wangen brannten vor Verlegenheit.

»Ich habe letzte Nacht mit ihm zusammengesessen, und er sagte, er könnte sein Glück kaum fassen und würde fürchten, alles wäre nur ein Traum. Du bist nicht die Einzige, die Zweifel hat.«

Joanna hob die Brauen. »Aber er muss doch gewusst haben, dass der König eine vorteilhafte Ehe für ihn arrangieren würde, damit er hierbleibt.«

»Vielleicht, aber dafür gab es keine Garantie«, erwiderte Aliza. »Wir sind auf Bewährung hier, eigentlich auf Probe, und jede unserer Bewegungen wird am Hof beobachtet und bewertet. Wir haben keine andere Sicherheit als den Willen des Königs.«

Ein Herold traf ein, um zu verkünden, dass der König und sein Bruder William de Valence darauf warteten, eingelassen zu werden. Alienor machte eine zustimmende Geste und legte die Arme auf die Lehne ihres großen Stuhls. Joanna trat zu ihr und stellte sich links neben sie, die anderen Frauen dahinter. Zu Alienors anderer Seite war ein Stuhl für den König aufgestellt worden, und ihr Kaplan, Bruder Thomas, stand als Repräsentant der Kirche daneben, um alles zu bezeugen.

»Bittet Mylord und Seigneur de Valence, einzutreten«, sagte die Königin.

Joanna grub die Fingernägel in ihre Handflächen. Ihr

Magen hatte sich so stark zusammengekrampft, dass sie meinte, er würde an ihrem Rückgrat kleben.

Der König betrat langsam, um dem Anlass Nachdruck zu verleihen, den Raum. William de Valence schritt hinter seiner Schulter her, gefolgt von seinen Brüdern und John de Warenne. Henry ging auf den Stuhl der Königin zu, verneigte sich vor seiner Frau und nahm dann lächelnd den Platz an ihrer Seite ein.

»Dies ist ein glücklicher und vielverheißender Moment«, sagte er und streckte William dann in einer offenen Geste die Hand hin.

William zog schwungvoll den Hut und verbeugte sich tief. »Madam, ich danke Euch für diese Möglichkeit und die Audienz.«

Alienor bedeutete ihm huldvoll, sich zu erheben. »Ihr seid mir als Bruder meines geliebten Lords willkommen«, erwiderte sie. »Und wir freuen uns beide, diesen Moment der Verlobung mit anzusehen und zu bezeugen.« Mit einer anmutigen Geste deutete sie auf Joanna.

William drehte sich zu Joanna um, kniete erneut nieder und senkte den Kopf. Er trug eine Tunika aus feiner dunkelblauer Wolle, eine Hose in einem dunklen Rötlichbraun und knöchelhohe Stiefel mit einem Muster aus goldenen Löwen. Flach atmend versuchte Joanna, all das in sich aufzunehmen und den Augenblick Wirklichkeit werden zu lassen, aber sie fühlte sich, als stünde sie von jemand anderem geschaffen in einem Bild aus einem der Ritterromane der Königin.

Er hob das Gesicht und blickte sie mit seinen verblüffend graugoldenen Augen an. »Mylady, ich hoffe, Ihr werdet mir die größte Ehre erweisen und meinen von meinem Bruder, dem König, geförderten Heiratsantrag annehmen, und ich bitte Euch demütig, meine Werbung wohlwollend zu betrachten.«

Seine Ohren leuchteten scharlachrot, und Joanna wusste, dass es sich mit ihren Wangen ebenso verhielt, denn sie glühten so heiß wie Feuer. Am liebsten hätte sie ihr Gesicht mit ihrem Schleier bedeckt und sich versteckt. »Ihr erweist mir ebenfalls eine große Ehre, Sire«, erwiderte sie formell. Ihre Stimme klang heiser vor Anspannung. »Ich bitte nur darum, dass Ihr ehrlich zu mir seid, dann werde ich dies zu schätzen wissen und Euren Antrag frohen Herzens annehmen.« Sie versuchte zu lächeln, aber es kam dem Versuch gleich, eine zu straffe Bogensehne zu spannen.

Die Königin mahnte sie mit einem Blick und einer Geste, und Joanna erkannte in tödlicher Verlegenheit, dass William noch immer auf den Knien lag. Hastig bedeutete sie ihm, sich zu erheben.

Er stand auf und lächelte sie mit Erleichterung in den Augen an. »Mylady, ich schwöre Euch, dass ich Euch mit all der Ehre, Achtung und dem Respekt behandeln werde, der Euch gebührt. Tatsächlich würde ich auf ewig auf den Knien verharren, wenn Ihr es verlangen würdet.«

Joanna senkte den Blick. »Das wird nicht nötig sein.«

»Da bin ich sehr erleichtert und dankbar für Eure Milde.«

Sie war nervlich zu angespannt, um auf den Anflug von Humor in seiner Stimme zu reagieren, hörte aber ein leises belustigtes Brummen seitens des Königs.

»Ich bitte Euch, diesen Ring als Unterpfand unserer Verlobung anzunehmen«, fuhr er fort und förderte einen zarten, mit einem Plättchen aus exquisitem Limoges-Email, das eine Blume in Blau und Gold zeigte, besetzten Ring zutage. »Ich hoffe, er wird das erste von vielen Schmuckstücken und Geschenken sein, mit denen ich meiner Wertschätzung Ausdruck verleihen will.«

Joannas Eindruck von Unwirklichkeit verstärkte sich. Sie fühlte sich noch mehr wie eine Figur auf einem bebilderten Pergament, als sie flüsternd ihre Zustimmung bekundete und die linke Hand ausstreckte, damit er ihr den Ring an den Finger stecken konnte. Er passte wie angegossen, weshalb sie sich fragte, ob die Königin bezüglich der Größe zurate gezogen worden war. Er zog ihre Hand an die Lippen, küsste den Ring, aber nicht ihre Haut, und trat dann einen Schritt zurück, jedoch ohne ihre Hand loszulassen. Joanna blickte errötend zu Boden.

Es war vollbracht. Die Königin klatschte in die Hände, und wartende Dienstboten brachten Getränke und Erfrischungen für die Gäste. William nahm einen Becher Wein, reichte Joanna einen weiteren, und dann standen sie verlegen nebeneinander, während man ihnen gratulierte und sie feierte. Joanna konnte nicht mehr zählen, wie oft sie geküsst und umarmt wurde, jedoch nicht von ihrem Verlobten, der noch nicht das Recht dazu hatte.

Der Moment kam, wo sie allein beieinanderstanden und Joanna gegen den Drang ankämpfen musste zu fliehen, wie sie es getan hatte, als sie zuerst von der geplanten Heirat erfahren hatte. »Es ist wieder ein schöner Tag«, sagte sie, um die zwischen ihnen herrschende Verlegenheit zu überspielen, und ärgerte sich zutiefst über sich selbst, weil die Bemerkung für einen so bedeutsamen Moment so geistlos war.

»Es ist gewiss ein vielversprechender Tag«, erwiderte er und blickte zum Fenster, dessen Läden offen standen und einen edelsteinblauen Himmel sehen ließen.

Sie warf ihm einen verstohlenen Blick zu, registrierte die

maskulinen Züge, die scharf geschnittene Nase, das lockige Haar. Wie würde es sich unter ihren Fingern anfühlen? Sie erinnerte sich, dass die Königin gesagt hatte, es wäre ein Zeichen von Vitalität, und ein Schauer der Furcht und Vorfreude rann ihr über den Rücken. Sie würde ihr Leben mit diesem Mann teilen und mit ihm intim werden. Er würde der Vater ihrer Kinder sein und sie die Mutter der seinen. Sie hatte immer gewusst, dass sie bezüglich ihrer Heirat keine Wahl hatte und sie akzeptieren musste, wer für sie ausgesucht wurde, aber dies hier war so, als hätte sie einen Bissen Fleisch erwartet und stattdessen einen Teller mit ausgesuchtem Konfekt vorgesetzt bekommen.

»Was ich eben gesagt habe, habe ich ernst gemeint«, sagte er ruhig. »Ich schwöre, dass ich dich ehren und beschützen und mit Respekt behandeln werde.«

Sie neigte den Kopf. »Ich habe auch gemeint, was ich gesagt habe.«

Er zog sie zum Fenster, und sie verkrampfte sich, da sie wusste, wie scharf sie beobachtet wurden. »Willst du mir von deiner Familie erzählen?«, fragte er.

Henry hatte ihn sicherlich über ihre Lebensumstände informiert, aber Williams Bitte und das aufrichtige Interesse in seinen Augen half ihr, ihre Anspannung abzubauen, und es war ein wenig intimer, als über das Wetter zu sprechen. Sie hegte jedoch nicht den Wunsch, sich über ihre Eltern oder den Tod ihres Bruders auszulassen. »Mein Großvater hatte zehn Kinder«, entgegnete sie, »daher habe ich viele Vettern und Basen. Ich kenne nicht alle von ihnen, aber John steht mir sehr nah.« Sie nickte zu John de Warenne hinüber, der sich mit Aliza und der Königin unterhielt.

»John ist schon ein guter Freund geworden«, gab er zurück. »Ich weiß, dass dein Großvater Lord of Pembroke war und er durch seine Frau zu seinem Besitz gekommen ist, so wie es bei mir der Fall sein wird, also folge ich der Tradition. Ich hörte, er stand in dem Ruf, einer der größten Turnierkämpfer seiner Zeit gewesen zu sein.«

»Ich denke schon.« Joanna entging der Glanz in seinen Augen nicht. »Nimmst du auch an Turnieren teil?«

»Wenn ich die Gelegenheit dazu habe. Es würde mir Freude bereiten, dir zu Ehren meine Fähigkeiten unter Beweis zu stellen.«

Sie versuchte, nicht an das zu denken, was ihrem Onkel Gilbert zugestoßen war.

»Warst du jemals in Pembroke?«

Joanna schüttelte den Kopf. »Ich bin in Swanscombe und dann am Hof aufgewachsen. Mein Land und meine Angelegenheiten werden für mich verwaltet, solange ich das Mündel des Königs bin, aber ich würde alles gern selbst sehen.«

Er nickte. »Du solltest nicht nur nach Namen in Kontobüchern wissen, was du besitzt. Du musst wissen, wen du einstellst und dass du dir ihrer Loyalität sicher sein kannst.«

»Ich spreche oft mit meinen Anwälten und Verwaltern«, sagte sie. »Ich möchte nicht, dass du denkst, ich wüsste nicht über meine Ländereien Bescheid. Mir ist bekannt, was mir gehört.«

Wieder liefen seine Ohren rot an. »So etwas würde ich nie denken, aber ich hätte gern, dass wir alles gemeinsam besichtigen, wenn wir die Zeit dazu haben, und uns ein Bild davon machen. Dann wird es real.«

»Das hätte ich auch gern.« Sie sah ihm kurz in die Augen, bevor sie den Blick abwandte. Sie hatten die Farbe von Feldfeuersteinen, waren aber klarer und heller.

»Dann sind wir uns ja einig.«

Kurz darauf musste er sich mit den anderen Männern

verabschieden, denn sowohl der König als auch die Königin hatten andere Termine und Pflichten. William beugte sich erneut über Joannas Hand. »Vielleicht sehe ich dich später in der Halle – mit Erlaubnis der Königin.«

Joanna knickste. »Vielleicht«, erwiderte sie mit einem sittsamen Lächeln.

Er zog sich anmutig zurück und verließ den Raum. Joanna erschauerte, als er fort war, und plötzlich brannten Tränen in ihren Augen, als sie den Gefühlen, die sie bislang zurückgehalten hatte, freien Lauf ließ.

Die Königin kam zu ihr und schloss sie liebevoll in die Arme. »Komm schon, Liebes. Dies ist ein glücklicher Anlass. Du musst dich nicht aufregen.«

Über sich selbst verärgert wischte Joanna die Tränen weg. »Ich rege mich nicht auf, Madam. Es ist nur so, dass sich alles verändert hat. Ich bin an den Hof gekommen, nachdem Ihr und der König meinem Vater nach dem Tod meiner Mutter die Ehre erwiesen habt, mich aufzunehmen. Ich besaß kein Vermögen, und ich habe mir für mich eine ganz andere Zukunft vorgestellt als diese.« Sie schluckte, ihr Hals schmerzte. »Ihr und der König wart meine Familie und mein Trost. Andere Pflichten habe ich nicht. Ich gehe diese Ehe aus freien Stücken und dankbar ein.«

Die Miene der Königin wurde weicher. »Gott segne dich, Kind, und ich hoffe, dies wird sich für euch beide als eine gute Verbindung erweisen. Das ist ein sehr schöner Ring.«

Joanna blickte auf die in Gold gefasste himmelblaue Blume hinab. »Ja«, erwiderte sie.

Alienors Lippen krümmten sich zu einem schelmischen Lächeln. »Gehe ich recht in der Annahme, dass du ihm bereits dein Herz geschenkt hast?«

Darauf wusste sie keine Antwort. Hatte sie ihr Herz verschenkt? War das der Grund für den hohlen Hunger, den sie in sich verspürte? Oder war es Furcht und Beklommenheit?

Die Königin lachte leise. »Ah, du wirst es bald herausfinden. Jeder verschenkt sein Herz auf seine Weise, und du wirst das tun, wie nur du es kannst, mit Mut und Aufrichtigkeit. Ich gebe zu, dass ich mich darauf freue, deinen jungen Mann mit deiner Hilfe in meine Familie aufzunehmen.«

Angesichts der Vorstellung, William de Valence könne »ihr junger Mann« sein, errötete Joanna erneut. »Ich hoffe, ich enttäusche Euch nicht, Madam.«

»Ich weiß, dass du das nicht tun wirst«, sagte die Königin mit einem vielsagenden Lächeln. »Tatsächlich zähle ich auf dich, Joanna.«

William stieß den Atem aus, und seine Anspannung lockerte sich, als sich die Tür der Kammer der Königin hinter ihnen schloss. Er konnte immer noch kaum glauben, dass er die errötende, schöne junge Erbin heiraten würde, vor der er vor kaum einer Stunde auf die Knie gesunken war, und fragte sich voller Selbstzweifel, ob er der Aufgabe gewachsen war. Joanna mochte süß und scheu und liebreizend sein, aber die Frauen, die sie umgaben, stellten eine größere Herausforderung dar. Die formidable Cecily de Sandford hatte ihn wie eine Glucke angestarrt, die ein besonders saftiges Küken vor dem Fuchs beschützt, und seine Halbschwester Eleanor de Montfort hatte ihn fast verächtlich gemustert, als wäre er ein Hochstapler, der geliehene Kleider trug, um Lumpen zu verbergen. Die Königin hatte sich nach außen hin warm und entgegenkommend gezeigt, ihn aber trotzdem scharf gemustert. Sogar seine eigene Schwester hatte jede seiner Bewegungen verfolgt.

»Gut gemacht, mein Junge!«, lobte Henry und umfasste Williams Schulter. Seine Augen leuchteten vor Freude. »Unsere Mutter wäre zufrieden gewesen. Du bist mir ihretwegen sehr teuer, aber auch um deiner selbst willen.«

William war sich nicht sicher, wie er auf Henrys Gefühle reagieren sollte. Seine sanfte Weichheit war eine ständige Überraschung und nicht ganz das, was er sich unter Männlichkeit und Königswürde vorgestellt hatte. »Ich werde mich bemühen, Euch alle meine Tage lang ehrenhaft zu dienen«, erwiderte er diplomatisch.

»Daran hege ich keinerlei Zweifel – und das war einer der Gründe, weshalb ich dich gebeten habe, nach England zu kommen.« Henry lächelte spöttisch. »Verwandtschaftliche Bande sind stärker, wenn Loyalität und Pflicht mit Zuneigung und Blut verbunden sind. Ich bin nicht so leicht lenkbar oder töricht, wie mich manche gerne hätten.«

»Etwas Derartiges würde ich nie denken, Sire«, versicherte William ihm hastig.

»Es freut mich, das zu hören.«

William räusperte sich. »Ich habe mich gefragt, ob Ihr mir wohl erlauben würdet, eine Weile mit Waffen zu trainieren.«

Henry betrachtete ihn mit nachsichtiger Belustigung. »In dir steckt wahrhaftig die Ruhelosigkeit der Jugend. Nun gut, ab mit dir. Wenn ich dich zum Ritter schlagen soll, musst du dich deines Schwertes würdig erweisen.«

Williams Augen wurden groß, und Henry lachte. »Ich habe vor, es beim Fest des heiligen Edward zu tun. Ich besitze eine sehr kostbare Reliquie, die ich seiner Abtei zum Geschenk machen werde, und das wird eine günstige Gelegenheit sein. Natürlich kommt die Hochzeit zuerst, damit müssen wir uns jetzt beschäftigen, und dann muss dir Land übertragen werden, damit du ein Einkommen und einen angemessenen Platz am Hof hast.«

»Danke, Sire!«

Henry entließ ihn mit einer Handbewegung. »Geh, wir sprechen später weiter. Ich habe wenig Interesse an militärischen Künsten, aber wenn du ein Talent dafür hast, dann sieh, dass es sich entwickelt, mein Junge.«

William verbeugte sich und ging davon. Sein Magen brannte vor Aufregung so stark, dass er Luftsprünge machen und jubeln wollte, um das innere Feuer zu löschen. Eine schöne, sittsame junge Frau zu heiraten, eine Erbin, den Liebling des Königs und der Königin, dessen ausgedehnte Ländereien an der Kirchentür in seinen Besitz übergehen würden – das alles war schon ein Fest, aber jetzt sollte er auch noch zum Ritter geschlagen werden, und das am Feiertag des heiligen Edward in Westminster! Sein ganzes Leben lang war er der jüngere Sohn gewesen, der seinen Brüdern folgte; geliebt, aber vergöttert. Aber wenn ein mächtiger Lord aus ihm wurde, würden sie von ihm abhängen, um sich das Wohlwollen und die Großzügigkeit des Königs zu erhalten. Die Aussicht erfüllte ihn mit Vorfreude, einem Anflug von Furcht und einem berauschenden Hochgefühl.

Joanna saß in der warmen Nachmittagsluft am Fenster und streichelte das Kätzchen, das sich neben ihr zusammengerollt hatte, während sie darum kämpfte, sich an die Vorstellung, verheiratet zu sein, zu gewöhnen. Nächstes Jahr um diese Zeit könnte sie schon ein Baby in den Armen halten; nächstes Jahr um diese Zeit könnte sie tot sein. Hastig verdrängte sie diesen Gedanken wieder. Gegen den Willen Gottes ließ sich nichts ausrichten, und was sein würde,

würde sein. Sie würde einen Mann haben, der sie beschützte und ihre Last mit ihr teilte, was vielleicht nicht schlecht war, aber ihr Landbesitz war ein Mittel zum Zweck – so wie ihre Mutter für ihren Vater ein Mittel zum Zweck gewesen war. Gerade bei einem Höfling verschleierten Lächeln und schöne Worte oft die Sprache der Wahrheit, und sie wollte nicht mit falschen Münzen bezahlt werden.

Durch das offene Fenster konnte sie das abschüssige Gelände und die jungen Männer des Haushalts sehen, die dort trainierten. William kam mit John de Warenne, ein paar jungen Rittern und älteren Knappen sowie einem anderen ihrer Vetter dazu, Richard de Clare mit seinem auffallenden schimmernden kastanienroten Haarschopf. Sie sog scharf den Atem ein, und in ihrem Magen setzte ein seltsames, angenehmes Ziehen ein.

William hatte sich ein weiteres der Pferde des Königs geliehen, einen schönen Braunen, und hielt ihm auf der Handfläche Leckerbissen hin. Sein Umgang mit dem Pferd ließ darauf schließen, dass er sich auch gegenüber seiner Frau und seinen Kindern liebevoll verhalten würde, eher jedenfalls als jemand, der zu einem solchen Treffen eine Peitsche mitbrachte.

Er schwang sich mit einer einzigen geschmeidigen Bewegung auf den Braunen, ohne auf den als Aufstiegshilfe dienenden Holzklotz zu achten, nahm die Zügel in seine behandschuhten Hände und ließ das Pferd erst tänzeln und dann steigen. Der Wind trug Rufe zu ihr hinauf – das Lachen und Geplänkel junger Männer. Und sie reagierte auf ihre ausgelassene Freude mit einem Lächeln. William lieferte sich mit seinen Gefährten ein Rennen, wetteiferte mit de Clare und behauptete sich gegen ihn, obwohl de Clare zehn Jahre älter war.

Sowie sie sich aufgewärmt hatten, übten sie sich im Umgang mit der Lanze. William fing an einem Pfahl hängende Ringe mit seiner Waffe auf und hatte jedes Mal Erfolg, selbst als die Lochgröße verringert wurde und obgleich er ein ihm unvertrautes Pferd ritt. Joanna bewunderte seine Zielgenauigkeit, seinen Sitz im Sattel und seine kontrollierte Kraft. Zwar war er nicht übermäßig massiv gebaut, aber kräftig und geschmeidig wie ein guter Bogen.

Er nahm die Ringe noch einmal in Angriff und spießte eine Reihe davon auf das Ende seiner Lanze, bevor er sich zu dem Fenster drehte, von dem aus sie das Geschehen beobachtete. Joanna rang nach Luft und zog sich von dem Fensterflügel zurück, als er die Lanze senkrecht und die Spitze in die Höhe hielt, davor er die Waffe grüßend hob. Dann wendete er sein Pferd und gesellte sich wieder zu seinem Kameraden.

Aliza trat zu ihr ans Fenster. »William ist ganz verrückt nach Turnierkampf«, sagte sie. »Zu Hause hat er bei jeder Gelegenheit trainiert.«

»Er hat großes Talent.« Joanna legte eine Hand auf ihren Magen, um das seltsame Gefühl zu lindern.

»Es ist in seiner Seele verankert. Wenn du ihn zum Mann nimmst, wirst du diesen Sport mitheiraten.«

»Ist das eine Warnung?«

Aliza lachte. »Vielleicht, aber ich meine es nicht bösartig oder kritisch. Ich gebe zu, dass ich keinen Liebling haben sollte, aber ich liebe William von allen meinen Brüdern am meisten – und ich hoffe, du wirst ihn im Laufe der Zeit auch lieben.«

Joanna errötete. »Ich werde es versuchen«, erwiderte sie und dachte, dass das nicht schwer sein würde.

Goldenes Abendlicht wärmte Woodstocks große Halle. Joanna, die nähend mit Cecily in der Fensterlaibung saß, sah William in den Raum huschen und sich suchend umblicken, und ihr Herz machte einen Satz. Sie hatte schon seit einer Weile mit ihm gerechnet und an seiner früheren Aufrichtigkeit zu zweifeln begonnen. Er hielt ein kleines, in purpurrote Seide gewickeltes und mit einem goldenen Band verschnürtes Päckchen in der Hand. Als sich ihre Blicke kreuzten, lächelte er und kam durch den Raum auf sie zu.

»Mylady, es tut mir leid, dass ich mich verspätet habe. Ich hatte nicht gedacht, dass es so lange dauert, und ich bitte Euch um Verzeihung.« Er verbeugte sich korrekt vor Cecily, die eine Braue hochzog, seine Gegenwart aber zur Kenntnis nahm und ihre Näherei zusammenpackte.

»Ich lasse euch kurz allein, damit ihr reden könnt«, sagte sie und ging zu Madam Biset in die nächste Laibung hinüber, nachdem sie William über ihre Schulter hinweg einen warnenden Blick zugeworfen hatte.

William wirkte bedrückt. »Sie denkt nicht allzu gut von mir.«

Joanna schüttelte den Kopf. »Es ist ihre Pflicht, auf mich aufzupassen und mich zu beschützen, bis ich verheiratet bin, und sie ist zu Recht vorsichtig.«

»Und ich muss mich wahrscheinlich erst als würdig erweisen, und sie kennt mich nicht.«

»Ich kenne dich auch nicht …, bist du würdig?« Seine Verspätung hatte sie geärgert.

Er warf ihr einen boshaften Blick zu. »Das möchte ich gern sein. Ich wäre früher hier gewesen, aber ich wollte dir ein Geschenk mitbringen.« Er reichte ihr das kleine Seidenpäckchen.

Sie nahm es entgegen, löste das Band und schlug den

teuren Stoff auseinander. Ein kleines Schmucktöpfchen kam zum Vorschein, wie ihr Ring in sattem Blau und Gold mit kleinen grünen und roten Sprenkeln emailliert. Außen herum liefen zarte herzförmige Kurven zusammen, und es hatte einen Klappdeckel mit einem goldenen Knauf darauf. Sie konnte ihre Ringe darin aufbewahren, ihren Verlobungsring miteingeschlossen, oder sonst irgendetwas, was ihr gerade einfiel.

Es enthielt eine mit Goldschnur zusammengebundene Pergamentrolle, und als sie die Schnur löste und das Pergament entrollte, stand eine in kunstvoller Schrift verfasste Notiz darauf: »Lady, Ihr werdet mich aufrichtig finden, denn von nun an werde ich nur an Euch denken. Dies soll das Symbol meines eroberten Herzens sein, und es bleibt für immer in Eurer Obhut.«

Joanna schluckte zutiefst berührt. Das Geschenk und die Worte waren so schön, dass sie über die Realität und sogar über Träume hinausgingen. »Ich bin tief gerührt von deinem Geschenk und der Ehre, die du mir erweist, aber gib mir solche Dinge nicht übereilt, sondern nur, wenn sie von Herzen kommen und mehr als nur höfische Kleinigkeiten sind.«

Er wirkte verletzt und ein wenig entrüstet. »Ich würde dir nie eine Lüge erzählen. Du hast meinen Eid darauf.«

Sie forschte in seinem offenen, klugen Gesicht. »Ich nehme das, was sich auf der Oberfläche zeigt, nie als das hin, was sich darunter befindet.«

Er lächelte immer noch, jetzt aber etwas angespannt. »Es ist mir eine Ehre. Wenn ich sage, du hast mein Herz erobert, dann meine ich es so, und wenn ich übereifrig oder vermessen bin, dann verzeih mir. Ich kann auf deines warten. Alles, was aus freien Stücken verschenkt wird, sollte geschätzt und genährt werden.«

Joanna erschauerte. Es war, als stünde sie am Rand eines Feuers und bekäme gesagt, sie könnte hindurchgehen, ohne sich zu verbrennen, wo sie doch so viele andere zu Schaden hatte kommen sehen und der Person nicht traute, die sie zu diesem Schritt ermutigte. »Danke!« Sie betrachtete das exquisite kleine Schmucktöpfchen. »Ich werde über das nachdenken, was du gesagt hast, und dein Geschenk in Ehren halten.«

»Das erste von vielen – du kannst mich beim Wort nehmen.«

Sie rang sich ein Lächeln ab. »Ich habe dich vorhin gesehen«, sagte sie, »als du trainiert hast.«

Sein Gesicht leuchtete vor Begeisterung. »Ich hatte gehofft, dass du zuschaust. Die Vorstellung, dass du es tust, hat mich angespornt. Vielleicht kann ich später einmal bei einem richtigen Turnier mitreiten und dir zu Ehren eine Lanze brechen.«

Da sie den Moment nicht verderben wollte, sagte sie nicht, dass der König Turniere auf das Höchste missbilligte.

»Reitest du gerne?«, fragte er.

»Ja, wenn ich die Gelegenheit dazu habe.«

»Dann müssen wir zusammen ausreiten.«

Ein Befehl des Königs, der mit einer Gruppe von Sekretären und Beratern gesprochen hatte, beendete ihr Gespräch, und gemeinsam gingen sie zu ihm hinüber.

»Ah«, sagte Henry augenzwinkernd, als sie sich verbeugten. »Ihr werdet schon Seelengefährten, wie ich sehe.«

Joanna errötete.

»Wir sind beide für Eure Güte sehr dankbar, Sire«, erwiderte William.

Henry lächelte großmütig und winkte mit der Hand. »Kommt, ich möchte mit euch beiden gemeinsam sprechen und genauer auf die Ländereien eingehen, die ihr verwalten werdet, sowie ihr verheiratet seid.« Er deutete auf einen mit Dokumenten und Schriftrollen übersäten Tisch neben ihm und fuhr fort, die Landsitze aufzuzählen, die Joanna rechtmäßig als Erbe zustanden. Pembroke in Südwales, Goodrich im Grenzgebiet zwischen England und Wales, Tenby, Sutton, Brabourne, Wexford, Fearns. Ein Wandbehang aus Herrenhäusern, Burgen und Landsitzen, die sich durch England, Wales und Irland zogen. Dazu kamen die Ländereien, die Henry selbst William zugestehen wollte – Bampton und Swindon, Newton und Wingbourne, mit dem Versprechen, dass mehr folgen würde. Henry berührte die Urkunden und Pergamente, während er sprach, ließ den Blick zwischen Joanna und William hin- und herschweifen und wartete hungrig auf ihre Antwort.

Joanna war kurz nach Johans Tod über ihren Landbesitz ins Bild gesetzt worden, aber dies war anders, weil alles auch ihrem zukünftigen Mann zugutekam. Sie lächelte, um den König zu erfreuen, aber für sie bedeutete diese Übertragung eine immense und ernste Verantwortung. Es war nicht nur ein Tisch voller Pergamente, die für Wohlstand, Besitz und Würdigkeit standen, sondern Erbe, Verpflichtung und Verwaltungsaufgabe. Sie fragte sich, wie viel William von diesen Dingen verstand oder ob sie für ihn nur Schlachtrösser, kostbare Kleider und persönlichen Aufstieg bedeuteten.

»Ich nehme an, dass ihr im Laufe der Zeit einige davon als euer Heim betrachten werdet, obwohl ich mich vorerst einmal über eure Gesellschaft hier an meiner Seite freue«, sagte Henry. »Einige Mitglieder des Haushalts könnten von der Krone in eure Dienste wechseln, aber ihr werdet euch ein persönliches Gefolge aus Geistlichen, Verwaltern und Dienern aufbauen müssen, das sich um euch und eure

Landsitze kümmert – Leute, denen ihr vertraut und die ehrlich und fähig sind.«

Joanna nickte ernst. Die richtigen Leute für diese Aufgabe zu finden war als Untermauerung eines solchen Erbes unerlässlich, denn ohne die richtigen Räder würde sich der Karren nicht von der Stelle bewegen.

William griff nach einem der Pergamentbögen, die sich auf das Land bezogen, das Henry ihm selbst überließ. »Ich hätte gerne in England geborene Männer, denn sie verstehen die Bräuche und Gesetze und können sie besser umsetzen. Wenn ich mich hier niederlassen soll, muss ich so beginnen, wie ich weitermachen will.«

»Bewundernswert, mein Junge.« Henry drückte anerkennend Williams Schulter.

Joanna waren Williams Verwunderung und Freude über das Ausmaß der Großzügigkeit des Königs nicht entgangen, aber sie sah auch, dass sein Verstand fieberhaft arbeitete und er über den anfänglichen Glanz von alldem hinausblickte.

»Ich werde dir natürlich helfen, das, was du hast, auszustatten und zu verbessern«, fügte Henry hinzu. »Und ich werde mich darauf freuen, dich zu gegebener Zeit zu besuchen – und die Nichten und Neffen, die ihr mir schenken werdet.« Seine Augen zwinkerten.

Joanna senkte den Blick, und Williams Ohren liefen rot an.

»So Gott will, Sire«, erwiderte er.

Am Tag vor der Hochzeit probierte Joanna ihr Gewand ein letztes Mal an. Die tiefblaue Seide wurde von einem karminroten, mit blauem und cremefarbenem Eichhörnchenfell gefütterten Umhang betont. Als sie ihre Schleppe betrachtete, fragte sich Joanna, wie sie in all dem gehen und mit dem Stoff fertigwerden sollte, wenn sie an so viel anderes zu denken hatte. Den Tränen nah biss sie sich auf die Lippe, so überwältigt fühlte sie sich. Seit Mai war der Hof von Woodstock nach Clarendon und nach Windsor übergesiedelt, und sie hatte inmitten der Hochzeitsvorbereitungen ständig gepackt und ausgepackt, sodass ihre Nerven zum Zerreißen gespannt waren.

Cecily kam mit einem Strauß Blumen aus dem Garten – Gänseblümchen, Ringelblumen und Levkojen, deren Stängel mit einem grünen Seidenband umwickelt waren.

»Was soll ich nur mit all diesen Stoffmassen machen?«, fragte Joanna, dabei unterdrückte sie ein Schluchzen.

Cecily schnalzte mit der Zunge. Ihre Augen glänzten vor Belustigung und Mitgefühl. »Meine Liebe, du musst auf die Zukunft blicken und darauf achten, wo du hingehst, nicht auf das, was hinter dir liegt, weil Letzteres dir nicht gut tun wird. Lass die, die dir folgen, sich um das kümmern, was dort ist. Verlass dich auf deine Dienerinnen, denn dafür sind sie da, und wenn sie ihre Sache gut machen, kannst du sie hinterher angemessen belohnen.« Sie warf den Frauen einen vielsagenden Blick zu.

»Ihr habt natürlich recht.« Joanna blinzelte heftig. »Es ist nur ...«

»Ich weiß«, erwiderte Cecily mitfühlend. »So viele Veränderungen, so viel zu tun – so viele Erwartungen, wenn du noch unerfahren bist. Du willst, dass alles perfekt ist, und du denkst, nur du kannst tun, was getan werden muss. Aber du musst anderen vertrauen und Arbeiten delegieren. Das weißt du.«

Joanna nickte verdrossen. Sie gestattete den Zofen, das Gewand und die anderen Kleidungsstücke aufzuschnüren und auszuziehen, dann ließ sie sich nur in ein schlichtes Leinenuntergewand gekleidet und mit unbedecktem Haar von Cecily zum Feuer ziehen und auf einen gepolsterten Sitz drücken. Cecily setzte sich neben sie und gab ihr die Blumen.

Joanna sog den zarten taufeuchten Duft ein. »Ihr wisst immer, wann Ihr mir zu Hilfe kommen und mich retten müsst – oft vor mir selbst«, meinte sie. »Was werde ich ohne Euch tun?«

Lachfältchen durchzogen Cecilys Wangen. »Es ist nur eine Frage der Erfahrung, meine Liebe. Du wirst sehr gut allein zurechtkommen, das verspreche ich dir.«

Joanna berührte behutsam die Blütenblätter. »Sie sind sehr schön.« Sie fragte sich, was kommen würde, denn bei Cecily waren Blumen und Bänder nie nur Blumen und Bänder, sondern immer mit einer Lektion verbunden.

»Sie kommen aus dem Garten der Königin, aber du hast sie im Vorbeigehen oft genug in ihrem Beet gesehen.« Cecily zog ein großes Gänseblümchen aus dem Strauß und zupfte die weißen Blütenblätter eines nach dem anderen in ihren Schoß, bis nur noch ein von Pollen staubiges goldenes Herz blieb. »Eine Frau wird zu einem einladenden Bett für ihren Mann, wenn sie entjungfert ist«, erklärte sie. »Sie wird sein Ruheplatz, für ihn allein.«

Neugierig, interessiert und verlegen betrachtete Joanna ihre Lehrerin. Sie brauchte keine Lektion in ehelicher Keuschheit, aber Cecily hatte zu dem Thema eindeutig noch mehr zu sagen.

»Sie wird die Rolle der Vertrauten und Beraterin ausfüllen. Es ist ihre Pflicht, die Familie vor Klatsch zu bewahren und sie stark und prinzipientreu zu halten. Sie wird sich hüten, selbst zu klatschen, und weise sein in allem, was sie sagt und tut, und sie wird sich von niemandem, ob nun Mann oder Frau, zum Narren halten lassen.«

»Natürlich nicht.« Joanna begann sich zu ärgern, denn sie wusste das alles.

»Wenn du dich abgesehen von deinem Mann irgendjemandem anvertrauen musst, dann nur Gott allein.« Cecily maß sie mit einem strengen Blick. »Es gibt solche, die dich verraten, wie die Biene, die auf jeder Blume landet und zur nächsten weiterfliegt. Einige werden es gut mit dir meinen und andere sicherlich nicht.«

»Ich verstehe«, versetzte Joanna steif. »Ich hoffe, ich habe in Euren Diensten und denen der Königin Diskretion gelernt.«

Cecily nickte nachdrücklich. »Das hattest du schon, bevor du zu uns gekommen bist, aber ein Mann ist anders, und du musst vorsichtig sein. Ich weiß, du hältst mich für eine alte Glucke, aber ich bin auch eine weise Glucke, die die Welt kennt. Junge Männer sind oft verantwortungslos, und du musst für euch beide vernünftig sein.«

»Ich weiß, dass Ihr das Beste für mich wollt«, sagte Joanna. »Und ich weiß Euren Rat wirklich zu schätzen …, aber ich mag ihn«, fügte sie trotzig hinzu, denn ihr war nicht entgangen, dass Cecily William angesehen hatte, als hielte sie ihn für nicht gut genug für sie.

»Und das ist gut so«, entgegnete Cecily. »Aber es ist etwas anderes, voller Freude dahinzulaufen und zu stolpern, weil du den Weg unter deinen Füßen nicht gesehen hast. Er ist charmant und sieht gut aus, das gebe ich zu, aber was unter der Vergoldung liegt, wird sich zeigen. Ist er deiner Liebe würdig? Lass dir von keinem Mann den Boden unter den Füßen wegziehen – und schon gar nicht von deinem Mann.«

Joanna erkannte in einem plötzlichen Anflug von Verstehen, dass Cecily wegen des Skandals ihrer letzten wichtigen Schutzbefohlenen, der Schwester des Königs, die Simon de Montfort geheiratet und Aufruhr und Rebellion am Hof ausgelöst hatte, vorsichtig sein musste. »Nein«, sagte sie mit ruhiger Entschlossenheit, »Ihr könnt sicher sein, dass das nicht passieren wird.«

»Es freut mich, das zu hören, aber ich erwarte nichts anderes von dir. Du wirst allem, was sich dir in den Weg stellt, mit Mut begegnen.« Cecily ergriff Joannas Hand. »Ich erinnere mich, wie das war, selbst wenn ich diesen Appetit nicht mehr verspüre und Christus mein Trost ist. Sei in deiner Hochzeitsnacht bereit, deinen Mann auf eine vollständige und fleischliche Weise kennenzulernen, weil auch das ein Teil des Erblühens und der Fraulichkeit und deine Pflicht als Ehefrau ist. Wende dich nicht ab, sondern reagiere ehrenhaft und als Partnerin.«

Joannas Wangen begannen zu brennen, aber sie hielt Cecilys freimütigem, mitfühlendem Blick entschlossen stand. Die Augen ihrer Lehrerin waren von einem verblassten Grau, matt von der Last der Jahre, aber es lag die Weisheit der Welt darin. »Danke«, sagte sie, schlang Cecily impulsiv die Arme um den Hals und küsste ihre weiche, zerfurchte Wange. »Ihr seid die Mutter, die ich nicht mehr habe, um sie solche Dinge zu fragen. Ich bin bereit, eine echte und liebende Frau zu sein – aber ich beherzige Euren Rat und danke Euch dafür.«

12

Windsor Castle
Sommer 1247

Von einem lächelnden Henry eskortiert betrat Joanna an ihrem Hochzeitstag in ihrem blauen Gewand und dem roten, mit Eichhörnchenfell gefütterten Umhang die Kapelle des heiligen Edward des Bekenners des Königs. Ein Kopfputz aus schlichter weißer Seide, gehalten von einem mit Perlen und Saphiren besetztem Goldreif, bedeckte ihr reiches braunes Haar. Die Zofen trugen ihre Schleppe mit geschulter Sorgfalt, und mit Cecilys Worten im Kopf gab sich Joanna entschlossen Mühe, sich nicht umzudrehen, sondern mit hoch erhobenem Haupt vorwärtszuschreiten.

Sie konnte immer noch kaum fassen, dass sie den Bruder des Königs heiraten sollte. Ihr Vater stand ganz vorne in der Menge, die sich an der Kapellentür versammelt hatte, um der Hochzeit beizuwohnen, aber da Henry aus Respekt vor ihrem Marshal-Erbe ihr Vormund war, fiel ihm die Verantwortung zu, sie zu William zu führen, wofür Joanna dankbar war. Sie betrachtete den König als enges Familienmitglied und ihren Vater als entfernten Verwandten.

William, der an der Kapellentür auf sie wartete, trug Blau und Weiß mit auf seiner Tunika aufgestickten juwelenbesetzten roten Verzierungen. Das klare Morgenlicht betonte den Glimmer in seinen Augen und ließ goldene Lichter in seinen Haaren aufblitzen. Seine Brüder standen fast Schulter an Schulter bei ihm, gleichfalls in das Blau und Weiß von Lusignan gekleidet.

Der strahlende Ausdruck auf Williams Gesicht erfüllte Joannas Herz, denn er konzentrierte sich allein auf sie. Nur einmal schweifte sein Blick kurz über die Gemeinde und warnte jeden davor, ihm all dies schließlich wieder wegzunehmen.

Henrys Kaplan führte die Trauungszeremonie durch. Eide bezüglich Stiftungen und Besitz wurden geleistet. Nachdem sie sich das Jawort gegeben hatten, steckte William neben dem Blumenring aus Emaille einen goldenen Ehering an Joannas Finger, und dann begaben sie sich zu einer Hochzeitsmesse und Gebeten in die Kapelle.

Der Kaplan hielt eine Predigt über die Heiligkeit der Ehe – die Pflichten eines guten Mannes und die Willfährigkeit einer pflichtbewussten Frau. Joanna wagte einen verstohlenen Blick zu William, doch seine Miene war unbewegt und verbindlich – von einem leichten, natürlichen Lächeln einmal abgesehen. Es gab keinen Hinweis darauf, wie er über das Ganze dachte.

Der Chor sang »Christus vincit«, und dann verließ die Versammlung gemessen die Kapelle, wo die wartende Menge Braut und Bräutigam mit Weizenkörnern und Blütenblättern überschüttete – Symbolen der Fruchtbarkeit. Henry küsste Joanna und William herzlich. »Ich wünsche euch anhaltendes Glück und viele Kinder, um sie zu ihrem liebenden Onkel zu bringen«, sagte er schelmisch, was Joanna erröten ließ.

»Du bist die schönste Frau, die ich in meinem Leben je gesehen habe«, raunte William ihr zu, als sie, ihren Arm auf seinen gelegt, in die große Halle schritten, wo das Hochzeitsfest stattfand. »Wir sind zwei Hälften eines Ganzen, und ich weiß, welches Glück ich habe. Ich werde dir Tag und Nacht dienen, wie es dir beliebt, das verspreche ich dir.«

Joanna warf ihm einen Seitenblick zu. Er hatte eben geschworen, sie zu beschützen und zu ehren, so wie sie geschworen hatte, ihn zu ehren und ihm zu gehorchen. Aber was das heißen mochte, lag in der Zukunft, und wer konnte sagen, ob es sich als wahr erweisen würde?

»Was ist?«, fragte er mit einem leisen Lächeln.

»Ich dachte gerade, gemeinsam können wir unsere eigene Zukunft schreiben«, erwiderte sie. »Als Kind konnte ich mir nicht vorstellen, dass dieser Tag kommen würde.«

»Was hast du dir denn vorgestellt?«

Sie senkte die Wimpern. »Ganz sicher nicht dies. Und wenn ich das getan hätte und die Wirklichkeit anders aussähe, dann wäre es ein törichter Traum gewesen. Und wenn ich mir weniger vorgestellt hätte, auf wie viel weniger sollte ich mich denn festlegen?« Sie schluckte. Lachen und Tränen waren beide Seiten derselben Medaille, und sie war gefährlich nah an beidem daran.

»Ich werde dir die Wirklichkeit bieten«, sagte er. »Du solltest zu träumen wagen. Das sollten wir beide.«

Als Joanna die Schlafkammer betrat, die für die Hochzeitsnacht vorbereitet worden war, standen dort Henry und die Königin, umgeben von Höflingen. Joanna atmete den Duft von Gewürzen, Rosenwasser und Weihrauch ein. Die gesteppte weiße Bettdecke, ein Geschenk des Königs und der Königin, war mit Rosenblüten bestreut, und luxuriöse passende Vorhänge waren in zwei Bahnen zurückgeschoben. Eine Lampe aus gelblichem Glas hing an zarten Ketten von der Baldachindecke herab, das darin enthaltene Öl war mit Muskat und Weihrauch versetzt. Auf einem mit einem weißen Tuch bedeckten Tisch standen Speisen sowie ein Krug und zierliche Glaskelche. Unter dem Fenster stand eine mit den Wappen von Lusignan und England, der Marshals und der Munchensys verzierte Truhe – alles Geschenke von Henry und Alienor.

Joanna hatte es die Sprache verschlagen, und William sprach mit heiserer Stimme für sie beide. »Sire, Madam, ich weiß nicht, wie ich Euch danken soll, aber unsere Herzen sind voll.«

»Ihr dankt mir allein dadurch, dass ihr hier seid«, erwiderte Henry, in dessen Augen Tränen schimmerten. Er schwankte leicht, was durch zu viel Wein verstärkt wurde. »Meine Familie ist meine größte Freude und sehr wichtig für mich. Ich wünschte, ich könnte euch beiden viel mehr geben – ich schwöre, dass ich das zu gegebener Zeit auch tun werde.«

Die Königin sowie etliche Höflinge hoben die Brauen, und angespannte Blicke wurden gewechselt.

Henry ergriff die Hände der frisch Vermählten, machte sich zum Bindeglied zwischen ihnen und fixierte William mit einem eulenhaften Blick. »Ich wünsche euch das Glück, das mir und der Königin zuteilgeworden ist«, verkündete er. »Du hast eine wahrhafte Prinzessin zur Frau bekommen. Sie ist mir lieb und teuer, und ich erwarte, dass du sie rücksichtsvoll behandelst. Wir wollen morgen früh alle noch Freunde sein.«

In größter Verlegenheit wagte Joanna nicht, William anzusehen. Dieser räusperte und verbeugte sich. »Sire, Ihr habt mein Wort darauf.«

»Dann reicht mir das auch.«

Die Königin trat vor, zog Joanna von Henry weg und schloss sie in eine parfümierte Umarmung. »Dir gilt all meine Liebe, liebe Joanna.« Sie wandte sich an William. »Und genau wie mein Mann erwarte ich nicht weniger von Euch, als dass Ihr sie in dieser Ehe zu einer glücklichen Frau macht – nicht nur heute Nacht.«

»Das liegt in meiner Absicht, Madam«, erwiderte William mit einer weiteren tiefen Verbeugung. Er gab sich weiterhin selbstsicher, obwohl seine Ohren rot angelaufen waren.

Joanna hielt den Blick sittsam gesenkt, als die Zofen ihr Schleppe, Kopfputz und das Hochzeitskleid abnahmen, so dass sie in ihrem Unterkleid aus bestickter cremefarbener Seide dastand.

Williams neuer Kammerdiener, ein Londoner namens Jacomin, half ihm, seinen prächtigen Hochzeitsstaat bis auf Hemd und Hose abzulegen. Der Kaplan legte ihre Hände ineinander, erteilte ihnen seinen Segen und wünschte ihnen Fruchtbarkeit und gesunde, wohlgeratene Kinder, während ein Diener sie mit Wasser aus einem silbernen Weihwasserkessel besprengte. Auch das Bett wurde gründlich bespritzt.

Joanna hatte von ausgelassenen Hochzeitszeremonien voll zotiger Reden gehört, aber obwohl er zu viel getrunken hatte, blieb der König in diesem Punkt fromm und wahrte den Anstand, und nachdem der Segen beendet war, begann er, alle aus dem Raum zu scheuchen. »Kommt, in der Halle gibt es Wein und eine Mahlzeit«, lockte er. »Die besten Musiker aus der Gascogne werden uns unterhalten, während wir speisen. Gönnen wir Braut und Bräutigam Ruhe und Frieden.«

Von trunkener Gutmütigkeit erfüllt legte Williams Bruder Geoffrey ihm schwer die Hand auf die Schulter, während er ihm einen schallenden weinfeuchten Kuss gab. »Viel Glück, kleiner Bruder!«, grölte er. »Blamier dich nicht, uns allen zuliebe. Schlag dich ehrenhaft!«

Aymer und Guy zerrten ihn weg und zur Tür hinaus.

Aliza küsste William und Joanna auf die Wange. »Achtet nicht auf ihn«, sagte sie. »Ich wünsche euch beiden alles Gute und sehe euch morgen.«

Endlich verabschiedete sich der letzte Gast und schloss die Tür, die Dienstboten indes blieben im Raum – Mabel und Nicola, Joannas Zofen, und Williams Diener Elias und Jacomin.

Die Frauen vervollständigten Joannas Toilette, kämmten ihr Haar und zogen ihr das Unterkleid aus, sodass sie nur noch ihr Hemd trug. Jacomin faltete Williams Kleider ordentlich zusammen, kümmerte sich dann um die Erfrischungen und schenkte Wein ein.

»Das ist alles, ihr könnt gehen«, sagte William, zögerte dann und sah Joanna an. »Es sei denn, du brauchst deine Frauen noch?«

Joanna wusste es zu würdigen, dass er sie fragte, statt die Dienerinnen eigenmächtig fortzuschicken. Sie kämpfte ihre Furcht nieder, denn wenn die Dienerschaft sich zurückzog, würden sie und William zum ersten Mal an diesem Tag miteinander allein sein, und das mit der an sie gestellten Erwartung, die Ehe zu vollziehen. Bislang waren sie Darsteller in einem Festspiel gewesen, aber jetzt war die Rolle ganz persönlich geworden. Bald würden sie an einem Akt von äußerster Intimität teilnehmen, während sie immer noch nichts als höfliche Fremde waren. »Ja«, sagte sie und nickte den Frauen zu. »Ihr könnt gehen – und danke!«

Als sich die Tür hinter den Dienstboten schloss, erschauerte Joanna. Nichts, was Cecily sie gelehrt hatte, trotz aller ihrer Ratschläge, ihrem Mann ungezwungen zu begegnen, hatte sie auf diesen Moment vorbereitet. Sie war sich jeder ihrer Bewegungen intensiv bewusst, und Gedanken blitzten schneller als eine flackernde Flamme in ihrem Kopf auf. Sie betrachtete das Bett, die frischen Leinenlaken und Polster, die Kissen, die sie als Teil ihrer Brautausstattung bestickt hatte. Auf welcher Seite er wohl schlafen wollte? Wie würde es sich anfühlen, neben ihm zu liegen?

»Möchtest du etwas Wein?«

Joanna mochte eigentlich keinen, nahm aber taktvoll einen Becher entgegen. Es war Gascogner, mit Zucker gesüßt und leicht gewürzt.

»Ich stehe auf ewig in der Schuld des Königs«, fuhr William fort. »Ich fürchte, dass ich entweder erwachen und feststellen werde, dass alles ein Traum war, oder dass es wahr ist und ich mich der Verantwortung nicht würdig erweise, die ich zu tragen habe. Ich weiß nicht, ob ich das schaffe.« Er trank einen weiteren Schluck Wein, stellte dann aber den Becher beiseite, und Joanna vermutete, dass er eher versuchte, seine Anspannung zu lindern, als wirklich Durst zu stillen. Ein Versuch, etwas normal erscheinen zu lassen, was nicht normal war.

»Ich habe das auch so empfunden«, bestätigte sie. »Der König und die Königin waren so gut zu mir, und ich möchte sie nicht enttäuschen – oder dich. Ich bin nicht für das geboren, was ich jetzt habe. Es ist mir zugefallen, weil Mitglieder meiner Familie vor ihrer Zeit gestorben sind – meine Mutter, mein Bruder, meine Onkel.« Sie holte zittrig Atem. »Ich weiß auch nicht, ob ich das alles schaffe.«

»Dann haben wir etwas gemeinsam.« Das Licht in der Glaslampe flackerte, als eine Motte um die Flamme flatterte, und sein Gesicht und Haar wurden in Gold getaucht.

»Du machst mich zu einem stolzen Mann«, versetzte er heiser, »und zu einem stolzen Ehegatten, und von allem, was ich erhalten habe, bist du das kostbarste Geschenk überhaupt.«

Sie stellte ihren Becher ab und sah ihn an, entschlossen, ihre eigene Macht auch für sich zu beanspruchen. »Dann lass es mehr als Worte sein. Mehr als nur der schöne Schein der Höflinge. Es soll wahr und real und aufrichtig sein. Das ist es, was ich mir mehr als alles andere von dir wünsche.«

»Und ich gebe es dir gerne«, entgegnete er. »Offen und ehrlich.« Er streckte die Hand aus, um eine Strähne ihres Haares zu berühren, die ihr über die Schulter gefallen war. »Ich wusste gar nicht, dass es so viele Schattierungen von Braun gibt – Kastanie und Hasel und Gold.« Er hob die Strähne an sein Gesicht. »Es riecht nach Rosen.« Er fuhr mit dem Finger sanft durch die Flechte, und Joanna stand flach atmend da.

Ihre Frauen kämmten ihr jeden Tag die Haare. Manchmal tat Cecily dies in einem liebevollen, mütterlichen Moment, aber jetzt war es ihr Mann in ihrer Hochzeitsnacht, und die Gefühle und Empfindungen waren ganz anders und heftig. Sie wollte die Geste erwidern und seine dichten, kräftigen Locken berühren, aber sie zögerte, weil das vielleicht zu kühn von ihr war.

Als würde er ihre Gedanken lesen, streichelte er erst ihre Wange und dann ihren Hals mit einer langsamen, wie willenlosen Berührung mit dem Handrücken, und sie erschauerte ob dieser Intimität. »Dein König hat dich mir wegen deines Vermögens und deines Landes zur Frau gegeben, und ich brauche beides, um in diesem Land zu leben, aber er hat uns auch zusammengebracht, weil er dachte, wir würden gut miteinander auskommen. Er schätzt dich, und das werde ich auch tun, als meine teuerste Freundin und Gefährtin und Liebe, und das ist die Wahrheit, das schwöre ich.«

Joanna sah ihn an, nahm seine Worte in sich auf, war aber immer noch unsicher. »Du kennst mich nicht«, flüsterte sie.

Er nahm sie bei den Schultern. »Noch nicht, aber das wenige, das ich in den Wochen seit unserer Verlobung erfahren habe, hat in mir den Wunsch ausgelöst, mehr zu erfahren, und ich weiß, dass ich dich bereits sehr gern habe. Dieses Gefühl kann sich nur vertiefen. Ich hoffe, dass du zumindest auch ein wenig Zuneigung für mich empfindest.«

Sie nickte schüchtern. Ihr war gleichzeitig am ganzen Körper heiß und kalt.

»Wir sind durch unsere Ehegelübde ein Leben lang aneinandergebunden. Ich an dich und du an mich, und ich bete, dass das immer so sein wird, komme, was wolle.«

Er nahm ihre Hände, zog sie an die Lippen, zog Joanna zum Bett hinüber, legte sie darauf, kniete sich über sie und küsste sie, und Joanna erinnerte sich an Cecilys Rat und erwiderte seinen Kuss. Ein erstes Mal für alles, dachte sie, als ihre Sinne sich ihm öffneten und die Gefühle sie über ihre Aufregung und Furcht hinweg durchströmten. Sie hob die Hand, tat, was sie vom ersten Moment an, wo er zum Hof gekommen war, hatte tun wollen, und fuhr mit den Fingern durch sein Haar.

Joanna lag an William geschmiegt da, spürte das Hämmern seines Herzens und lauschte seinen raschen Atemzügen. Sie war überwältigt. Kein Rat, keine Anleitung von Cecily oder den anderen Frauen hätten sie auf dies vorbereiten können. Es war wie die Male, wo sie sich von übermäßigem Weingenuss schwindelig und desorientiert gefühlt hatte. Das wunde Gefühl zwischen ihren Beinen war eine Unannehmlichkeit im Hintergrund, die sich allerdings jetzt, wo die überwältigenden körperlichen Gefühle nachgelassen hatten, stärker bemerkbar machte. Er hatte jeden Zentimeter ihres Körpers gestreichelt. Stellen, die niemand sonst je berührt hatte, Stellen, die sie noch nicht einmal selbst erreichen konnte. Die Erfahrung war neu, berauschend und fremdartig gewesen, aber sie fühlte sich vollständig an ihn gebunden, weil alle Grenzen von dem Erlebnis, das sie geteilt hatten, ausgelöscht worden waren. Niemand sonst würde je diese Stärke spüren, und das nicht nur in körperlicher Hinsicht. Sie hatte noch nie jemanden so nah an sich herangelassen.

Als er sich rührte, tat sie es ihm gleich, da sie den Kontakt nicht verlieren wollte, und er reagierte, indem er den Arm um sie legte, sie an sich zog und die Seite ihres Kopfes küsste. »Jetzt sind wir wirklich Mann und Frau«, sagte er, »und ich könnte nicht glücklicher sein.«

Joanna zögerte, denn ihr Herz zu verschenken machte sie verwundbar, und es zuzugeben sogar noch mehr, aber sie nahm all ihren Mut zusammen. »Ich auch nicht«, erwiderte sie und vergrub das Gesicht an seiner glatten Brust.

Joanna erwachte und stellte fest, dass die Decken zurückgeschlagen waren und William sich ankleidete. Sie murmelte fragend seinen Namen, und als er sich umdrehte und lächelte, machte ihr Herz einen Satz.

»Ich wollte dich nicht wecken«, sagte er. »Es ist noch sehr früh, aber ich stehe immer bei Anbruch der Dämmerung auf.«

»Ich normalerweise auch«, antwortete sie, »aber dieser Morgen ist anders.«

Er befestigte seine Hose an der Unterhose. »In der Tat. Ich bin noch nie mit einer Frau neben mir im Bett aufgewacht. Ich habe dich im Schlaf beobachtet, als die Sonne aufging, und erneut gedacht, welches Glück ich habe.«

»Wo gehst du denn dann hin, wenn das stimmt, was du sagst?«

»Ich will nur sehen, was sich so tut, und dann komme ich zurück, das verspreche ich. Ich werde nicht lange wegbleiben.«

Er beugte sich vor, um sie zu küssen, zog dann rasch seine Schuhe an, verließ den Raum und blieb auf der Schwelle stehen, um über seine Schulter zu blicken und sie anzugrinsen.

Joanna setzte sich auf und faltete die Hände um die angezogenen Knie. Sie befand sich in einer nachdenklichen Stimmung. Ihre Hochzeitsnacht mochte die intimste Erfahrung überhaupt gewesen sein, aber als sie erwacht war, war er im Begriff gewesen, sich davonzustehlen. Sie wollte mit ihm reden und nicht nur ihren Körper, sondern auch ihre Gedanken mit ihm teilen. Dennoch erkannte sie seine ruhelose Energie, sein Bedürfnis, sich zu beschäftigen. Sie musste sich nur sein Haar ansehen, um über seinen Charakter Bescheid zu wissen.

In der Halle stellten die Diener Tische auf, damit die Burgbewohner ihr Fasten brechen konnten, obwohl sich nur wenige eingefunden hatten, weil alle letzte Nacht bis zum Äußersten getrunken und getanzt hatten. William hoffte, unbemerkt etwas zu sich nehmen zu können, aber leider waren seine Brüder Geoffrey und Guy bereits wach – wenn sie überhaupt im Bett gewesen waren – und John de Warenne ebenfalls.

»Kleiner Bruder!« Geoffrey versetzte William einen heftigen Schlag auf die Schulter. »Was hat das zu bedeuten? Schon von deinen Pflichten befreit?«

»Lass ihn in Ruhe«, warf Guy ein. »Nach der Nacht, die er hinter sich hat, ist er mit Sicherheit ausgehungert. Bräutigam zu sein ist wie ein Turnier. Lanzenarbeit fordert einem Mann einiges ab. Er braucht jede Stärkung, die er bekommen kann!«

William bedachte sie mit einem Kopfschütteln, nahm den Spott aber gutmütig hin. Wenn er ehrlich war, wunderte es ihn, dass es letzte Nacht nicht mehr davon gegeben hatte, aber da hatte ja auch der König die Vorgänge beaufsichtigt.

»Danke für eure Sorge um mich«, sagte er. »Ich versichere euch, dass alles gut ist und ich glücklich und sehr hungrig bin. Und meine schöne Frau vernachlässige ich ebenfalls nicht.« Er nahm einem vorübergehenden Diener ein Tablett ab und belud es mit Brot, Käse, einem Tiegel Honig und Scheiben kalten, gerösteten Fleisches. Dann pflückte er von einem Krug mit Blumen, der auf einem der Tische stand, drei Rosen und arrangierte sie auf dem Tablett.

Geoffrey hob die Brauen und schüttelte den Kopf, aber John beobachtete ihn interessiert. »Nette Geste!«, bemerkte er.

»Pass nur auf, dass du nicht liebeskrank wirst, kleiner Bruder«, warnte Geoffrey. »Es ist unklug, den Röcken einer Frau zu verfallen – oder vielmehr dem, was sich unter den Röcken einer Frau verbirgt.«

William zog gleichfalls die Brauen hoch. »Es schadet nichts, an ihrem Hochzeitsmorgen ritterlich zu seiner Frau zu sein. Keine Sorge, ich bin immer noch mein eigener Herr.«

»Ja, und weise dazu.« Aliza kam in den Raum und trat

zu ihren Brüdern. »Eine zufriedene Frau ist eine wertvolle Waffe in der Waffenkammer ihres Mannes.« Sie stellte sich auf die Zehenspitzen, um William auf die Wange zu küssen. »Achte nicht auf sie. Wenn ich frisch verheiratet und dies mein erster Morgen wäre, würde ich dich ewig lieben, wenn du mir Rosen bringen würdest.«

Geoffrey stieß einen gereizten Seufzer aus, und Aliza zwickte ihn so fest, dass er jaulte. John sah ihnen grinsend zu. »Ich würde meiner Frau bestimmt Rosen bringen, wenn ich eine hätte«, sagte er, dabei sah er Aliza an.

»Siehst du«, sagte sie zu Geoffrey, der verwirrt und verärgert mit den Achseln zuckte.

William verabschiedete sich unter lautstarkem Jubel. Am Fuß der Stufen drehte er sich um und verbeugte sich schwungvoll, bevor er nach oben stürmte.

Joanna trug ihr Hemd und Unterkleid, und Mabel kämmte ihr das Haar, als William mit dem Tablett zurückkam. Er war eine Weile fort gewesen, und sie hatte beschlossen, dass sie genauso gut aufstehen konnte, aber jetzt blickte sie auf das Tablett und die Blumen, und ihr Herz schwoll angesichts seiner Fürsorge und Mühe. Sie war auch beschämt, weil sie gedacht hatte, er würde seinen eigenen Interessen nachgehen, statt dieses Frühstück zu bereiten. Er stellte das Tablett in der Fensterlaibung ab, und Joanna entließ ihre Frauen.

»Wie rücksichtsvoll.« Sie bedachte ihn mit einem weichen Blick und griff nach einer der Rosen, um den zarten Duft zu schnuppern, während er Wein einschenkte und das Essen auf einer der versilberten Platten des Königs arrangierte. »Wird das jeden Morgen so sein?« Sie lächelte neckend.

William lachte. »Morgen bist du an der Reihe.« Er schob den räuberischen, neugierigen Kater von der Platte weg. »Ich hoffe, wir werden uns oft so unterhalten. Ich weiß, dass das am Hof schwierig sein wird – dort gibt es immer Leute, die an Schlüssellöchern und hinter Vorhängen lauschen, aber trotzdem werden diese Momente uns gehören und kostbar sein.«

Sie hatte Mühe, nicht ganz dahinzuschmelzen. »Das hoffe ich auch.«

Er nahm ihre Hände. »Mein Respekt und meine Ehrerbietung sind dir auf ewig sicher, und ich werde nichts mit Absicht tun, um dich zu beschämen. So lautet mein Schwur.«

Joannas Augen schwammen in Tränen, denn diese Art der Hochachtung hatte sie in einer Ehe nicht erwartet. Mit schönen Worten und Gesten hofiert zu werden, war ein Geschenk von unschätzbarem Wert, aber sie blieb trotzdem auf der Hut. Schöne Worte und Gesten konnten hübschen Seidenbändern gleichen, die man sich wünschte, bis sie sich um die Gliedmaßen schlingen und den Betreffenden fesseln. All dies musste weit über Worte hinausgehen, bevor sie nachgab. Sie musste ihn unterhalb der Maske des Höflings und Galans kennenlernen, die er mit solchem Geschick trug. Sie musste ihn einschätzen können und herausfinden, wie treu er wirklich zu ihr stand.

»Ich werde dich beim Wort nehmen«, sagte sie. »Und das meine ich ernst.«

»Ich auch.« Er küsste sie erneut. »Komm, wir sollten essen.«

Die junge Katze miaute und strich um seine Beine. Joanna legte etwas Fleisch auf einen kleinen Teller und stellte ihn auf den Boden. William warf ihr einen Seitenblick zu. »Solltest du ihn wirklich auch noch ermutigen?«, fragte er zweifelnd.

»Sein Name ist Weazel.« Sie sah ihn an. »Er war ein persönliches Geschenk von Lord Edward. Ein guter Mäusefänger ist sein Gewicht in Gold wert, und ich hänge sehr an ihm.«

»Dann nehme ich an, dass er bleiben sollte«, sagte er, jedoch ohne große Begeisterung.

»Du wirst ihn schon bald lieben, um meinetwillen, wenn schon aus keinen anderen Gründen«, erwiderte sie mit einem Lächeln.

Er beschrieb eine spöttische Geste. »Ich werde es versuchen, aber versprechen kann ich nichts.«

Sie setzten sich zum Essen. Weazel beendete sein Frühstück und ging davon, um sich in einer Pfütze Sonnenlicht die Pfoten zu putzen.

Joanna und William verbrachten den Morgen damit, ihre Zukunft zu planen. Sie setzten sich genauer über ihre Landsitze ins Bild und diskutierten über vielversprechende Angestellte – Anwälte und Haushofmeister, Schreiber und Sekretäre, Kapläne, Köche und Förster. Nicht alles würde sich an einem Tag oder noch nicht einmal in einer Woche regeln lassen, aber es war ein Anfang. Williams ernsthafte Beschäftigung mit der neuen Aufgabe beeindruckte Joanna. Sie hatte erwartet, dass er schnell das Interesse verlieren würde, aber er blieb konzentriert und klar bei der Sache. Er fuhr fort, darauf zu bestehen, dass die meisten seiner Verwalter Einheimische sein sollten. »Sie kennen sich mit den Geschäften in diesem Land aus und sprechen die Sprache«, meinte er. »Wenn ich hierbleiben soll, sollte ich solche Leute einstellen.«

Beim Mittagsmahl wurden Joanna und William weiterhin als Frischvermählte gefeiert, und ihnen wurde der Ehrenplatz an der hohen Tafel neben dem König und der Königin zugewiesen.

Alienor berührte in einer besorgten Geste Joannas Arm. »Geht es dir gut, meine Liebe?«, fragte sie sanft.

Joanna errötete angesichts dieser verschleierten, aber intimen Frage. »Recht gut, Madam«, erwiderte sie. »Wirklich.«

»Da bin ich froh.« Alienor maß Joanna mit einem bedeutsamen Blick. »Du weißt, dass ich da bin, wenn du mich brauchst.«

»Danke, Madam, Ihr seid sehr freundlich.«

»Du bist eine Angehörige meines Haushalts, und das heißt, dass du für mich zu mir gehörst.« Alienor ließ ihre Hand über Joannas liegen. »Und durch deine Heirat bist du auch meine teure Schwester.« Sie wandte sich an William und schlug einen strengen Tonfall an. »Behandelt Eure Frau gut, Mylord, oder Ihr werdet Euch mir gegenüber verantworten.«

William verbeugte sich vor ihr. »Madam, ich wurde bei meiner Überfahrt über den Kanal nach England viele Male reich beschenkt, aber meine Frau ist mein größter Schatz, und Ihr werdet feststellen, dass ich gewissenhaft für ihr Wohlergehen sorgen werde.« Er nahm Joannas Hand und zog sie an die Lippen.

»Es freut mich, das zu hören.« Alienor entspannte sich, obgleich sie fortfuhr, William und Joanna scharf, aber nachsichtig zu beobachten.

Nach dem Essen nahm William Joanna zu einem nachmittäglichen Bootsausflug auf dem Fluss mit, wo sie weit weg von allen anderen waren. Joanna sah den Mückenschwärmen über dem langsam fließenden Wasser zu, lauschte auf das träge Plätschern gegen die Seiten des Bootes, und ihr Glück floss über und löste in ihr den Wunsch aus, zu weinen, weil sicherlich nichts wieder je so vollkommen sein würde. William lag mit dem Kopf in ihrem Schoß, und sie fuhr mit den Händen durch seine Haare. Sie liebte das Gefühl unter ihren Fingern und die Art, wie sie wellige Spuren darin hinterlassen konnten wie das Kräuseln auf der Wasseroberfläche. Vielleicht hatte sie letzte Nacht ein Kind empfangen, das dieses Haar haben würde, und sie errötete ein wenig. Dann betrachtete sie seine Augenbrauen, die feine Linie seiner Nase und die Bartstoppeln auf seinem Kinn.

»Die Königin scheint sehr auf dein Wohlergehen bedacht«, murmelte er mit geschlossenen Augen. »Mir schien, sie wollte alles über letzte Nacht wissen.«

»Ich war seit meiner Kindheit in ihrem Haushalt, und sie ist sehr besorgt um mich.« Joanna fühlte sich unbehaglich.

»Ja, aber du musst anderen nichts erzählen, wenn du das nicht willst. Was zwischen uns ist, ist nur für uns allein bestimmt. Du magst eine der Kammerfrauen der Königin sein, aber jetzt bist du eine verheiratete Frau, und das ändert die Dinge.«

Joanna runzelte die Stirn. Sie wollte der Königin nicht ausweichen, aber sie wollte auch nicht, dass sie bohrende Fragen bezüglich ihres Intimlebens mit William stellte. Ihre neue Loyalität galt jetzt ihrem Mann, aber gleichzeitig schuldete sie ihre volle Pflichtergebenheit und ihre Dienste der Krone, und sie fühlte sich hin- und hergerissen.

William hatte ein paar in ein Tuch eingewickelte Marzipanbällchen mitgebracht, die sie sich kameradschaftlich teilten. Mit der Leckerei in der einen Hand fuhr Joanna fort, mit der anderen durch sein Haar zu streichen.

»Glaubst du, wir werden Kinder haben?«, fragte sie nach einem Moment, in Gedanken noch bei der letzten Nacht. Ihr Körper war träge von dem Vergnügen, ihn zu berühren und diesen intimen Moment nur mit ihm zu teilen.

»Wenn Gott uns gnädig ist, wüsste ich nicht, warum nicht.«

»Glaubst du, sie werden aussehen wie du oder wie ich?« Seine Lippen krümmten sich zu einem Lächeln. »Wie ich, wenn es Jungen sind, und Mädchen natürlich wie du.«

Sie kniff die Augen zusammen, als sie über die Bemerkung nachdachte. »Meinst du wirklich? Ein kleines Mädchen mit Seidenbändern in deinen Haaren würde bildhübsch aussehen.«

Er maß sie mit einem peinlich berührtem Blick. »Willst du damit sagen, dass ich Haare wie eine Frau habe?«

Sie lachte und schüttelte den Kopf. »Sie wäre ja nicht genau wie du, und ich würde liebend gern Söhne bekommen, die dein Ebenbild sind, aber ich dachte an eine Tochter mit solchen Haarwellen bis zur Taille.«

»Wer weiß, was die Zukunft bringen wird«, meinte er, »aber wir können unser Bestes tun, um den Boden zu bereiten und jede Gelegenheit nutzen, damit es so kommt.«

Er ruderte sie ans Ufer, zu einem grasbewachsenem Hang im schützenden Schatten einer Weide, und dort liebten sie sich in der Nachmittagsluft. Seine männliche Kraft und Schönheit seines schlanken jungen Körpers berauschten sie ebenso wie die Zärtlichkeit seiner Hände und seine Küsse, die nach Marzipan schmeckten, so wie ihre Lippen es tun mussten.

Danach lagen sie, die Finger ineinander verflochten, nebeneinander und lauschten dem Plätschern des Flusses, dem Ruf eines Blässhuhns und dem Piepsen einer Wühlmaus. Sie ließen die Füße im Wasser baumeln. Joanna flocht einen Gänseblümchenkranz, William kaute an einem süßen Grashalm und sah dem Glitzern der Sonnenflecken auf dem Wasser zu.

»Ich nehme an, man wird nach uns suchen«, meinte sie endlich zögernd.

»Ja, wir sollten gehen, aber …« Seufzend langte er nach seinen Schuhen. »Bald werden wir ganz von den Pflichten am Hof und auf unseren Ländereien in Anspruch genommen werden. Aber ich möchte, dass wir immer auch Zeiten wie diese ganz für uns haben. Nur wir, keine Diener, niemand, der uns beobachtet. Und selbst wenn wir Kummer haben, müssen wir uns die Zeit nehmen, ihn beiseitezuschieben, wenn auch nur für einen Moment. So soll es immer sein – bis zum Ende unseres Lebens, komme, was wolle. Versprich mir das!«

Joanna hätte sich vor Ungläubigkeit fast gekniffen. Dies war der Bruder des Königs, vital, gut aussehend und ihr zu Füßen liegend, und er bat sie um eine Zusage. »Wir werden es uns gegenseitig versprechen«, sagte sie. »Wo immer wir auch sind und wie immer auch die Umstände sein mögen.«

Sie küssten einander erneut zärtlich und kehrten zu dem Boot zurück. Jetzt musste er härter rudern, weil sie auf dem Weg zu ihrem ursprünglichen Anlegeplatz die Strömung gegen sich hatten.

»Natürlich werden alle Mutmaßungen darüber anstellen, was wir getan haben«, sagte William reumütig, »aber das ist eine Sache zwischen uns, und wir sind Mann und Frau. Es gibt keinen Grund, sich zu schämen.«

»Nein.«

Belustigung stieg in ihr auf, weil seine Ohren erneut rot leuchteten. Sie ließ die Hand über die Seite hängen und bespritzte ihn leicht mit Wasser. Er duckte sich, und Joanna fühlte sich leicht und golden, weil er ihr gehörte, und sie hätte nie aus so spontanem Wagemut heraus Wasser auf einen anderen Mann gespritzt.

13

Windsor Castle
September 1247

In dem schwülen, gewittrigen Wetter des frühen Septembers war das Training auf dem abschüssigen Gelände harte Arbeit gewesen. Vor Anstrengung erhitzt und verschwitzt entkleidete sich William bis auf die Unterhose und rieb seinen Körper mit einem in kühles, nach Kräutern duftendes Wasser getauchten Tuch ab. Einer von Joannas zahlreichen Vettern, Richard of Gloucester, wollte ein Turnier gegen ihn und seine Brüder organisieren und hatte den König um seine Erlaubnis ersucht. Henry hatte gezögert und noch keine Antwort gegeben, aber William hoffte, dass er einwilligen würde, denn er und John de Warenne sollten nächsten Monat am Fest des heiligen Edward zum Ritter geschlagen werden.

Joanna war an diesem Morgen bei der Königin beschäftigt, aber William würde sie beim Essen in der Halle treffen. Manchmal ärgerte er sich über die Zeit, die Joanna mit der Königin verbrachte, aber er musste selbst Henry oft dienen, und es war wichtig, sich die Gunst und Förderung des Königs zu erhalten. Manchmal bemerkte er, dass der Blick der Königin auf ihm ruhte, wenn er mit Henry zusammen war, und obwohl sie dann lächelte, waren ihre Augen forschend und abschätzend, was bewirkte, dass sich seine Nackenhaare aufstellten.

Joanna half ihm mit den Schnüren seiner Hoftunika, als John de Warenne den Kopf zur Tür hereinsteckte. Vor einer Woche hatte der König sehr zu Williams Freude dem Hof verkündet, dass John und Aliza vermählt werden würden. Er konnte sich keine bessere Verbindung vorstellen, und es würde wundervoll sein, seinen besten Freund auch zum Bruder zu haben. Im königlichen Kreis hatte es ärgerliches Murren darüber gegeben, dass die bedeutendsten englischen Erben mit verschiedenen gierigen Eindringlingen verheiratet wurden, aber William tat diese Klagen als bloßes neidisches Nörgeln ab.

»Ich bin fast fertig.« William grinste John an. »Wir haben uns heute gut geschlagen. Ich hoffe, dass der König einem Turnier zwischen uns und Richard of Gloucester und seinen Männern zustimmt, sowie wir zum Ritter geschlagen worden sind.« Er blickte zu dem rechteckigen Tuchbündel, das unter Johns Arm klemmte. »Was hast du da?«

»Das hier?« John wickelte ein ledergebundenes Buch aus dem Stoff und reichte es William. »Du liest doch ständig, und dies könnte dich interessieren.«

William fuhr mit dem Zeigefinger über die kunstvoll gearbeiteten Messingklammern.

»Es ist die Lebensgeschichte meines Großvaters William des Marshal, der Earl of Pembroke und Regent von England war, als der König ein Junge war«, erklärte John. »Mein Onkel hat Kopien in Auftrag gegeben, damit die Familie am Jahrestag seines Todes seine Geschichte hören kann. Der ist erst im Mai, daher kannst du es über den Winter haben. Niemand konnte ihn bei Turnieren übertreffen – er hat in einem einzigen Kampf fünfhundert Ritter besiegt.«

William pfiff durch die Zähne. Fünfhundert glich dem

Zählen der Bäume in einem Wald und war wahrscheinlich übertrieben, machte ihm aber trotzdem den Mund wässrig.

»Wenn wir Kinder haben, wird sein Blut in ihren Adern fließen«, sagte John. »Ich wünschte, ich hätte ihn gekannt, aber er lag seit zehn Jahren in seinem Grab, als ich geboren wurde. Joannas Mutter hatte eine Kopie, denn sie war damals noch ein Kind, also möchte Joanna die Geschichte vielleicht auch gerne hören.«

»Danke!«, erwiderte William mit aufrichtiger Dankbarkeit. »Ich verspreche, dass ich gut darauf achtgeben werde.« Er ging zu seiner privaten Truhe und schloss das Buch dort zusammen mit seinen Schachfiguren aus Kristall und Jaspis ein. Dann drehte er sich zu John um und lächelte. »Ich bin froh, dass wir durch Heirat miteinander verwandt sein werden, denn ich kann mir niemanden vorstellen, den ich lieber Bruder nennen würde, noch nicht einmal meine eigenen.«

Nach der Abendmahlzeit setzte sich William mit seinen Brüdern und ein paar Kameraden zum Würfeln hin. Aymer brach am nächsten Tag auf, um in Oxford zu studieren. Henry hatte ihm Mittel für seinen Lebensunterhalt zur Verfügung gestellt und zum großen Verdruss vieler, die die Großzügigkeit des Königs gegenüber seinen Geschwistern für verschwenderisch und töricht hielten, ein Bistum zugesagt.

Edward trat zu seinen Onkeln an den Würfeltisch, um zuzuschauen. An dem warmen Septemberabend war sein Haar dunkel vor Schweiß, und seine Lider waren schwer.

William blickte den Jungen an. Edward zerrte an den Fesseln, die seine Mutter ihm angelegt hatte. Er verstand das Bedürfnis des Jungen nach männlicher Kameradschaft und seine leidenschaftliche Neugier auf die Welt des Würfelns und der Unterhaltung – Erfahrungen, die er mit keinem Elternteil machen würde. Eine Schar temperamentvoller junger Onkel war da etwas ganz anderes.

Edward lehnte sich gegen den Tisch, schnippte beiläufig gegen einen Stapel Silbermünzen, bemerkte, dass Williams Blick mit belustigtem Tadel auf ihm ruhte, und stützte seufzend das Kinn auf die Hände. William hielt ihm den Würfelbecher hin. »Hier, würfle für mich!«

Edwards Miene hellte sich augenblicklich auf, er ließ die Würfel in die Tischmitte rollen und erzielte einen Gewinnerwurf. Kichernd strich William die Münzen ein und reichte Edward drei davon. Ein Blick auf die Königin zeigte ihm zusammengekniffene Augen und geschürzte Lippen. Mit einem Anflug von Groll widmete sich William wieder dem Spiel.

Joanna und Aliza saßen in der Nähe der Königin und waren eifrig mit Nähen und ihrer Unterhaltung beschäftigt. Alizas Gedanken konzentrierten sich hauptsächlich auf John de Warenne, den sie in Kürze heiraten würde.

»Welche Farbe würde ihm zu unserer Hochzeit am besten stehen, was meinst du?«, fragte Aliza.

»Ganz sicher dunkelrot«, antwortete Joanna, »mit Goldverzierung. Satte Farben kann er gut tragen.«

»Ja, das stimmt.«

Aliza seufzte leise, und Joanna betrachtete sie voller Zuneigung, denn sie erkannte die Sehnsucht und verspürte sie selbst in ihrem Herzen, Magen und Lenden nach William – obwohl er und die anderen Edward dummerweise an ihrem Würfelspiel teilhaben ließen. Die Königin hatte es bemerkt und war nicht einverstanden.

Plötzlich brach am Spieltisch ein Tumult aus, und Edward

duckte sich mit dem Würfelbecher in der Hand und einem schadenfrohen Freudenschrei von William weg und rannte um einen Tisch herum, wo zwei Schreiber Schach spielten.

»Kannst mich nicht fangen!«, sang Edward mit übermütig funkelnden Augen.

William verfolgte ihn, doch Edward huschte gelenkig wie ein Äffchen zwischen den Tischen umher. Ein Weinbecher fiel um und durchweichte irgendjemands teure Tunika. Ein Hund fiel mit ein, bellte und schnappte nach Knöcheln. Joanna schlug eine Hand vor den Mund. Die Königin setzte sich kerzengerade auf, ihre Kiefermuskeln spannten sich vor Ärger an.

William holte Edward endlich ein, da seine Reichweite größer war, und wand ihm nach einer kurzen Rangelei den Becher aus der Hand. Die Würfel flogen heraus und landeten auf dem Boden.

»Ha!«, krähte Edward. »Zwei Sechsen, ich gewinne, ich gewinne!« Er machte einen Luftsprung und wedelte mit der Faust durch die Luft.

William bückte sich, um die Würfel aufzuheben, und schüttelte den Kopf, obwohl er lachte. »Sire, ich gestehe Euch den Sieg zu, aber ich glaube, Ihr werdet anderswo verlangt.«

Edwards Gesicht wurde lang, als er Walter Dya erblickte, den Lehrmeister des Jungen im königlichen Haushalt. »Sire, die Lady, Eure Mutter, sagt, es ist Zeit, dass Ihr Euch zurückzieht, aber erst möchte sie mit Euch sprechen – mit Euch auch, Sire«, fügte er an William gewandt hinzu.

Joanna beobachtete, wie Edward und William sich dem König und der Königin näherten. Beide wirkten betreten, wechselten aber verschwörerische Seitenblicke. Sie befand sich in tiefer Verlegenheit, denn so hatte sie sich die Art nicht vorgestellt, wie ihr Mann die königliche Aufmerksamkeit auf sich lenkte.

Die Königin fixierte Edward mit einem strengen Blick. »Eines Tages wirst du über all diese Menschen in der Halle herrschen, so wie dein Vater jetzt über sie herrscht, und dieses unziemliche Betragen schickt sich nicht für einen zukünftigen König. Wenn du dich in Gesellschaft nicht wie ein zivilisierter Mensch benehmen kannst, wirst du bei den Kleinen in der Kinderstube bleiben müssen.«

Aufsässigkeit flammte in Edwards Augen auf, wurde aber von Berechnung gezügelt. »Ja, Mylady, meine Mutter«, sagte er. »Es tut mir leid.«

»Das hoffe ich. Jetzt komm, gib mir einen Kuss, es ist Zeit, dass du dich zurückziehst.«

Edward küsste sie pflichtschuldig auf die Wange, tat dasselbe bei seinem Vater und ging mit Master Dya mit, warf aber auf dem Weg William einen Blick über die Schulter zu. »Gehst du morgen mit mir reiten?«, fragte er mit einem nicht zu unterdrückenden Grinsen.

»Wenn Eure Mutter es erlaubt«, erwiderte William mit einer Verbeugung.

Joanna hielt das für höchst unwahrscheinlich.

Die Königin richtete ihre Aufmerksamkeit und ihren Zorn auf William. »Mein Sohn ist acht Jahre alt, und ich erwarte von ihm kein solches Benehmen in der Halle, aber Ihr könnt Euer Verhalten nicht damit entschuldigen, dass er noch ein Kind ist. Wir tun unser Bestes, um einen König aus ihm zu machen, und Ihr ermuntert ihn zu so einem unangemessenen Betragen. Ich werde solche wilden Streiche nicht dulden.«

William verneigte sich erneut. »Ich bitte um Entschuldigung, Madam. Ich habe nicht nachgedacht, oder wenn doch, dann an die Tage meiner Kindheit mit meinen Brüdern. Ich habe es nicht böse gemeint.« Er blickte verstohlen zu Henry, aber der König sagte nichts, war zufrieden, Alienor die Angelegenheit zu überlassen. »Ich hätte zu Euch kommen und Euch bitten sollen, einzugreifen.«

»Das wäre der bessere Plan gewesen«, erwiderte Alienor frostig. »Ich werde aus diesem Zwischenfall meine eigenen Konsequenzen ziehen und ihn in Zukunft von Euren Spielen fernhalten.«

»Ich werde mich bemühen, dass es nie wieder so weit kommt«, versprach William. »Es tut mir aufrichtig leid.« Er warf ihr unter seinen Locken hervor einen flehentlichen Blick zu.

»Seht zu, dass Ihr das tut. Ihr seid ein erwachsener Mann, verheiratet und mit Verantwortung, und sollt bald zum Ritter geschlagen werden. Die Zeit für unangemessenes Betragen ist vorüber.«

»Es ist aus dem Ruder gelaufen«, sagte William zu Joanna, als sie im Bett lagen. »Edward hat sich gelangweilt und sich den Würfelbecher geschnappt. Was hätte ich tun können?«

Joanna schüttelte den Kopf. »Die Königin hat recht. Du hättest überlegen sollen, wie es in den Augen anderer aussieht. Du bist der Bruder des Königs. Die Leute werden in der Ratsversammlung nicht auf dich hören, wenn sie sehen, dass du dich wie ein Kind benimmst.«

Er warf gereizt den Kopf zurück und rollte sich auf den Rücken.

»Es fällt auch auf mich zurück«, fuhr Joanna fort. »Die Leute werden dich als schlechten Einfluss betrachten und mich dafür verantwortlich machen, dass ich dich nicht zur

Vernunft gebracht habe. In Gottes Namen, William, denk nach, bevor du sprichst.«

»Ich brauche keinen Vortrag«, sagte er schmollend, weil er auf Unterstützung gehofft hatte.

»Was brauchst du denn dann?«

»Schlaf.« Er rollte sich weg und zog das Bettzeug mit sich.

Joanna grub die Fingernägel in ihre Handflächen und unterdrückte den Drang, mit ihrem Kissen auf ihn einzuschlagen. Mit Dornen gespicktes Schweigen machte sich zwischen ihnen breit. Er seufzte, setzte sich auf und zog im Schein der Nachtkerze sein Hemd und seine Hose an, schlang seinen Umhang um sich und stapfte aus dem Raum.

Joanna setzte sich zornig und den Tränen nah ebenfalls auf. Er brachte sie dazu, sich wie ein kleinliches, zänkisches Weib zu fühlen. Cecily hatte recht: Junge Männer brauchten lange, um erwachsen zu werden, und heute Nacht hatte sie es mit einem Mann-Kind zu tun, einem, das sie beide in Gefahr brachte.

Sie hoffte, dass er nicht gegangen war, um weiter mit seinen Brüdern und den anderen jungen Hähnen vom Hof zu trinken und zu würfeln oder gar das Bett einer anderen Frau aufzusuchen. Einige Höflinge hatten Mätressen oder benutzten die Huren, obgleich der König ein solches Benehmen missbilligte. Sie schlug auf ihr Kissen, vergrub das Gesicht darin und sagte sich, dass es ihr egal war, wohin er ging, aber das stimmte nicht, sie war todunglücklich.

Weazel sprang auf das Bett und stupste sie an. Sein Schnurren ließ seinen ganzen Körper vibrieren, und sie zog Trost aus seiner warmen, greifbaren Gegenwart. Nach einer Weile ließ sie die Katze allein und setzte sich auf die Bank am Fenster, um nachzudenken. Sie würde Williams

Energie in weniger problematische Kanäle leiten müssen, jedoch ohne ihm das Gefühl zu geben, dass er unter ihrem Pantoffel stand. Vielleicht sollte sie ihn mit ein paar Projekten bezüglich ihrer Ländereien betrauen. Seine Brüder Aymer und Guy würden den Hof bald verlassen, aber da blieb immer noch Geoffrey, um William anzustacheln, von Richard de Clare und John de Warenne ganz zu schweigen.

Immer noch aufgewühlt schritt sie im Raum auf und ab, als William zurückkam. Sie war erleichtert, ihn zu sehen, aber unsicher, ob sie sich kühl oder freundlich verhalten sollte. Und dann fiel ihr sein Gesichtsausdruck auf.

»Edward ist krank«, sagte er. »Ich bin spazieren gegangen und traf Master Dya, der loslief, um den Arzt zu holen.«

Der Schreck fuhr ihr in die Glieder. »Was fehlt ihm denn?«

»Er hat Durchfall, hohes Fieber und schwitzt stark. Vor ein paar Stunden ging es ihm noch gut.« Er sah sie mit einem Anflug von Furcht an. »Der König und die Königin sind beide bei ihm.«

»Nein, bitte nicht Edward!« Sie schüttelte den Kopf. Es hatte Berichte von tödlichem Schweißfieber sowie den Pocken in der Stadt gegeben, die oft fürchterliche Narben hinterließen, selbst wenn die Erkrankten überlebten.

William zog sie in die Arme. »Ich weiß, du denkst, ich benehme mich manchmal töricht, aber das Leben ist zu kurz, um es nicht auszukosten.« Er vergrub das Gesicht in ihrem Haar, und sie spürte, dass er erschauerte. »Wenn er stirbt ...«

»Sag das nicht! Gütiger Christus, tu das nicht!« Sie machte sich los, zeigte ihm ihre eigene Angst. »Er darf nicht sterben!« All das mit dem Tod ihres Bruders verbundene Entsetzen, die Schuldgefühle und die Qual schlugen über ihr zusammen. All der Schmerz des Verlusts. »Wir müssen Kerzen entzünden und für seine Genesung beten.«

William schluckte und nahm sich zusammen. »Darum hat der König gebeten – um Gebete.« Er berührte ihre Wange. »Joanna, verzeih mir ...«

Sie hob die Hand, um sie über seine zu legen. »Mir tut es auch leid«, sagte sie. »Wir sollten nicht streiten.«

Seite an Seite knieten sie vor dem kleinen tragbaren Altar neben dem Bett nieder. Joanna entzündete jede Kerze und Lampe, die sie finden konnte, und versprach ihr Gewicht in Wachs, wenn Gott Edwards Leben verschonte.

»Es tut mir sehr leid, Lord Edward so krank zu sehen«, sagte Joanna, als sie vor der Königin knickste. »Wenn ich irgendetwas tun kann ...«

Sie und William hatten gegen Ende der Nacht noch ein paar Stunden Schlaf bekommen, und an diesem Morgen hatten sie erneut gebetet. Ihre Augen schmerzten, und ihr Kopf war schwer vor Erschöpfung.

Eleanor de Montfort war anwesend, tröstete Alienor und musterte Joanna kalt.

Die Königin blickte von ihrem Platz neben Edwards Bett auf, ihr Gesicht war gequält und verhärmt. »Bete für meinen Jungen«, sagte sie. »Der König hat Nachricht an jede Kirche im Land geschickt, dass sie Gottesdienste für seine Genesung abhalten sollen.«

»Madam, Ihr müsst Euch ausruhen.« Willelma humpelte zum Bett. Ihre Falten waren an diesem Morgen zu tiefen Furchen geworden.

»Ich werde eine Weile bei ihm bleiben«, erbot sich Joanna. »Lasst mich an Eurer Stelle seine Stirn kühlen und auf ihn achtgeben.«

»Es ist alles meine Schuld«, sagte Alienor. »Ich hätte ihn nie zwischen den Männern umherlaufen und an ihren närrischen Spielen teilnehmen lassen sollen.« Sie warf Joanna einen Blick zu, in dem ein an Anklage grenzender Schmerz lag.

Joanna zuckte angesichts dieser ungerechten Anspielung zurück. Edward hatte wahrscheinlich schon vorher Krankheitssymptome gezeigt. Soweit sie wusste, war keiner der Männer, die gewürfelt hatten, krank geworden. »Mit Gottes Willen wird Lord Edward wieder ganz gesund werden, Madam, da bin ich ganz sicher«, entgegnete sie ruhig. »Er ist stark.«

Das Kinn der Königin zitterte. »Ich kann ihn nicht verlieren«, flüsterte sie.

»Nein, Madam. Ich bete, dass es nicht dazu kommt. Bitte lasst mich Euch dienen. Ich möchte die Torheiten meines Mannes wiedergutmachen.«

Alienor biss sich auf die Lippe, nickte dann, stand auf und bedeutete Joanna, ihren Platz einzunehmen, woraus Joanna schloss, dass sie die Gunst der Königin nicht ganz eingebüßt hatte.

Die Countess of Leicester legte Alienor tröstend einen Arm um die Schulter, und Joanna las aufrichtige Sorge in ihren Zügen. Eine Frau fürchtete mit der anderen um das Leben eines kranken Kindes. Die Königin zeigte Joanna Schüssel und Tuch. »Also gut, nur für eine kurze Weile.«

Sie begab sich zu Bett. Joanna tauchte das Tuch in das nach Rosen duftende Wasser, wrang es aus und betupfte sacht Edwards Stirn und Hals. »Kommt, mein kleiner Lord«, sagte sie weich. »Ihr seid stark wie ein Löwe – genauer gesagt wie drei goldene Löwen.«

Edward antwortete mit einem Stöhnen, und seine Lider

flatterten. Sie erinnerte sich daran, wie sie Johan hatte sterben sehen, ohne ihm helfen zu können. Edward durfte nicht dasselbe widerfahren.

»Euch wird es bald besser gehen«, versicherte sie ihm heftig. »Ihr wart seit dem Tag Eurer Geburt ein Kämpfer.« Sie tupfte ihn mit dem Tuch ab und tröstete ihn mit sanften Worten und Gebeten.

Eine neue Kerze im Halter war halb heruntergebrannt, als Eleanor de Montfort zu dem Bett zurückkam. »Die Königin schläft«, sagte sie. »Ich werde jetzt übernehmen.«

Joanna blieb nichts anderes übrig, als ihren Platz für die Countess of Leicester zu räumen.

»Ich weiß, wie es ist, bei einem kranken Kind zu wachen«, sagte Eleanor, als sie das Tuch auf Edwards Stirn legte. »Als mein Sohn letztes Jahr am Fieber erkrankt war, hätte ich mein Leben für seines gegeben. Du kennst diesen Schmerz noch nicht, aber du wirst es herausfinden, sollte Gott dir Kinder schenken.«

»Ich habe meinen Bruder durch Fieber und Blutfluss verloren. Ich weiß, wie sich dieser Schmerz anfühlt«, erwiderte Joanna abwehrend.

»Du kennst einen Teil, nicht das Ganze«, widersprach Eleanor. »Denn ein Kind ist in dir herangewachsen und deinem Körper entsprungen.« Sie maß Joanna mit einem harten Blick. »Ich werde offen mit dir sprechen. Mein erster Mann war dein Onkel, und er starb ebenfalls am Blutfluss. Wäre er am Leben geblieben, wäre ich immer noch die Countess of Pembroke, nicht die Countess of Leicester, und ich besäße das Land, das dir und deiner Familie zugesprochen wurde. Du wurdest nicht mit der Aussicht auf Besitz und einen hohen Rang geboren, und jetzt kämpfen deine Anwälte gegen mich, um mich um meine Witwenrechte zu bringen. Du wirst verstehen, dass wir, wenn du mir diese Rechte nicht abtrittst, niemals Verbündete oder gar Freundinnen sein können. Du nimmst mir, meinem Mann und meinem Sohn das, was eigentlich uns gehört.«

Joannas Mund wurde trocken, aber sie bot der Countess die Stirn. »Das Gesetz wurde gemacht, um solche Dinge zu regeln«, erwiderte sie würdevoll. »Wie Ihr sagt, hatte ich kein Geburtsrecht auf Landbesitz, aber dennoch ist er mir zugefallen – durch den Willen Gottes und das Gesetz dieses Landes. Wir mögen in diesem Punkt verschiedene Ansichten haben, Mylady, aber ich bin nicht Eure Feindin, und ich hoffe, Ihr seid nicht die meine.«

Eleanor schüttelte den Kopf und versetzte mit bitterem Hohn: »Du stehst mir im Weg und siehst mich wie eine verwundete Unschuld an, während du und dein dummer Junge von Ehemann an euch rafft, was mir gehören sollte.«

Joanna kämpfte ein Aufwallen heißer Wut nieder. Zumindest war Eleanor freimütig und ehrlich. Jetzt, wo die Feindseligkeit in Worte gefasst war, konnte sie sehen, wie tief sie ging. »Es tut mir aufrichtig leid, Mylady, dass wir um unser Erbe streiten müssen, aber jetzt ist weder die Zeit noch der Ort dazu. Lord Edward ist sehr krank, und der König und die Königin sind in großer Sorge um ihn. Selbst wenn wir in einem Zwist auf entgegengesetzten Seiten stehen, sollten wir doch sicherlich die Waffen ruhen lassen und unser Bestes tun, um sie zu unterstützen.«

Eleanor errötete und nickte dann knapp. »In der Tat«, sagte sie. »Die Königin schläft, und du hast gewiss anderswo Pflichten zu erfüllen, aber wir wissen jetzt, wo wir stehen.«

Joanna knickste formell vor Eleanor. »Ausgezeichnet«, gab sie zurück und beugte sich vor, um Edwards feuchte

Wange zu berühren. »Ich komme später wieder, Sire, um zu sehen, wie es Euch geht. Denkt daran, was ich gesagt habe. Ihr seid stark wie drei Löwen.«

Sie verließ die Gemächer der Königin, und nachdem sie die Tür hinter sich geschlossen hatte, holte sie tief Atem und presste eine Hand auf ihre Magengrube. Durch ihren Aufenthalt am Hof war sie an Rivalitäten gewöhnt, die sich verbreiteten und die Luft vergifteten. Solche, die Männer zu Intrigen, Streitigkeiten und Kämpfen trieben. Die Gründe dafür, dass Turniere verboten und Schwerter an der Tür zurückgelassen werden mussten. Auch unter Frauen gab es Konkurrenzkämpfe um Dynastien und untergründiges Streben nach Macht und Kontrolle, und die dazu eingesetzten Waffen waren Worte und körperliche Bedrohungen. Der Wortwechsel mit Eleanor de Montfort hatte Joanna Angst eingejagt, aber auch ihre Entschlossenheit verstärkt, ihr Erbe mit Zähnen und Klauen zu verteidigen. Auch sie würde so stark wie drei Löwen sein.

William ging durch den verzierten Bogen des Eingangs der Templerkirche und blieb in dem runden, von nächtlichen Schatten erfüllten Mittelschiff stehen. Lampen und Kerzen spendeten genug Licht, um sehen zu können. Hier lagen unter steinernen Statuen verschiedene Ritter und Würdenträger des Templerordens begraben, darunter auch zwei von Joannas Onkeln und ihr Großvater, alle in Kriegsrüstung und nach ihren Schwertern greifend. William erschauerte, und ein Gefühl der Unwürdigkeit durchströmte ihn – dass er nicht an diesem heiligen Ort sein dürfte, dass er ein Betrüger war.

Ritter und Kapläne des Ordens umringten den auf dem Boden ausgestreckten Henry. William trat zu ihnen vor den

Altar, sank auf die Knie und bekreuzigte sich. Henry blickte auf, nahm ihn zur Kenntnis und lenkte Williams Aufmerksamkeit auf die verzierte Bergkristallvase, die von Kerzen umgeben auf dem Altar stand. »Dies«, erklärte er, »ist eine äußerst kostbare Reliquie, die mir der Patriarch von Jerusalem geschickt hat. Sie enthält Tropfen des Blutes unseres Heilands, wofür ich das Echtheitssiegel des Patriarchen habe. Zum Fest des heiligen Edward werde ich sie der Abtei übergeben, aber jetzt bete ich, dass sie meine Gebete zu Gott trägt und dass Er in Seiner großen Gnade meinen Sohn verschont.«

William blickte das Gefäß ehrfürchtig an, denn hier sah er eine Macht, die größer war als die jedes irdischen Königs. Das kostbare Blut Christi des Erlösers. Seine Gegenwart verschlug ihm die Sprache. Er warf sich neben Henry auf den Boden und betete mit ausgebreiteten Armen inbrünstig darum, dass Edward am Leben bleiben würde.

Eine Meile vom Tempel entfernt kroch das Licht der Morgendämmerung über den Boden der Abtei von Westminster und berührte Joanna, die dort Tag und Nacht gekniet und gebetet hatte, gefangen in einer Traumwelt aus Glitzer und Gold und Staub von den jüngst erfolgten Umbauten in der Kirche. Sie hatte während dieser Zeit weder gegessen noch getrunken, und ihre Lippen fühlten sich rissig und trocken an, als sie versuchte, sie mit der Zunge zu befeuchten. Auch andere hatten an ihrer Seite gebetet, ein Teil einer großen Gemeinde des königlichen Haushalts, die Gott anflehte, Edwards Leben zu verschonen. Im Hintergrund der Gebete war der unaufhörliche Gesang der Mönche zu hören. Das Licht und die Hitze des Kerzenmeers hatten ihre Bittgebete in ihr Hirn eingebrannt. Edward musste leben, weil ihr Bruder gestorben war, ansonsten gab es kein Gleichgewicht in der Welt. Stunde um Stunde flossen die Worte ineinander und wurden sinnlos.

Eine leichte Berührung an ihrer Schulter riss sie aus ihrer Benommenheit, sie rang nach Luft, drehte sich um und sah William. Dunkle Ringe lagen unter seinen Augen, und er wirkte so erschöpft, wie sie sich fühlte. Furcht durchzuckte sie, doch dann sah sie die Erleichterung in seinem Gesicht.

»Lord Edward hat kein Fieber mehr«, sagte er. »Er sitzt aufrecht und verlangt, etwas zu essen und zu trinken. Unsere Gebete sind erhört worden.«

Sie stieß einen kleinen Freudenschrei aus und schwankte dann. »Mir geht es gut«, sagte sie und nahm sich zusammen, als er sie mit einem Ausruf auffing. Ihre Kehle war so trocken, dass sie kaum sprechen konnte. Es gelang ihr, sich aufrecht zu halten, aber sie lehnte sich dankbar für seine Kraft gegen ihn. Gemeinsam entzündeten sie weitere Kerzen, um Gott für Seine große Gnade zu danken, und verließen dann Seite an Seite die Abtei, wobei sich ihre Schultern berührten.

Um ihre Unterkunft im Palast von Westminster zu erreichen, mussten sie Henrys große bemalte Kammer durchqueren. In der anbrechenden Dämmerung hatten die ersten Farben begonnen, sich aus dem Grau herauszuheben. Die gemalten Figuren Glaube, Hoffnung und Nächstenliebe standen in drei bogenförmigen Tafeln, jede trug eine juwelenbesetzte Krone. Glaube hielt ein Kreuz, Hoffnung, in ein lavendelblaues Gewand gekleidet, das einen leichten Seidenglanz aufwies, wandelte unter den Sternen, während sie die Schlange Verzweiflung unter ihren bloßen Füßen zertrat, und Nächstenliebe bückte sich, um einen Bettler mit einem Umhang zu beschenken.

»Das bist du!« William blieb vor der mittleren Figur der Hoffnung stehen. »Du siehst aus wie sie, und du bist meine Hoffnung und meine Liebe.«

Sie schenkte ihm ein erschöpftes Lächeln, hob die Hand, um sein Gesicht zu berühren, und spürte das Kitzeln von Bartstoppeln unter ihren Fingern. »Ich liebe dich!« Sie stellte sich auf die Zehenspitzen, um ihn zu küssen. »Selbst wenn wir streiten.« Sie drehte sich um, um die Figuren zu betrachten. »Ich erinnere mich, wie der Künstler und sein Lehrling sie gemalt haben. Ich habe mich oft dahin geschlichen, um ihnen zuzusehen.«

Zerstreut sah er sie an. »Wie alt warst du?«

Joanna zuckte die Achseln. »Ein Kind, aber ein älteres. Vielleicht elf. Manchmal brachte ich ihnen Essen vom König und der Königin, und wenn ich Dame Willelmas Hund spazieren führte, habe ich sie immer gestreichelt.«

William blickte zwischen ihr und der Figur hin und her und kniff die Augen zusammen. »Ich glaube, der Maler hat dein Gesicht als Inspiration benutzt«, sagte er. »Tatsächlich, ich bin ganz sicher.«

Joanna errötete. Der Gedanke war ihr nie zuvor gekommen, aber sie vermutete, dass William recht hatte. Hoffnung war immer ihre Favoritin gewesen. Schüchtern senkte sie den Blick.

»Was für eine Entdeckung«, sagte William. »Du bist wirklich Hoffnung zwischen den Sternen.«

In ihrer Kammer schlief Weazel, den Bauch voller Fischabfälle, mit denen Jacomin ihn gefüttert hatte, zusammengerollt tief und fest auf ihrem Bett. Brot, Käse und Wein standen für Joanna und William bereit. Sie schlangen das Essen in erschöpftem, hungrigem Schweigen hinunter und blickten sich dabei gelegentlich an. Aufgrund der hinter ihnen liegenden Strapazen und ihrer Erkenntnisse fehlten ihnen die Worte.

Endlich gingen sie zu Bett und kleideten sich bis auf ihre Unterwäsche aus. Die Kirchenglocken läuteten, um Edwards Genesung zu feiern, und Joanna erinnerte sich an ihr freudiges Läuten in der Nacht seiner Geburt. Der Tanz des Lebens konnte so plötzlich mit einem einzigen Fehltritt enden. Sie schmiegte sich an William, suchte seine Lippen und grub die Finger in sein lockiges Haar. Er erwiderte ihren Kuss, rollte sich über sie, und sie liebten sich so ungepflegt, erschöpft und ungewaschen, wie sie waren. Sie feierten den Moment – und hegten Hoffnung für die Zukunft.

14

Palast von Westminster
Oktober 1247

Ein Funkeln von Licht am Ärmelaufschlag seines neuen
Kettenhemdes fiel William ins Auge – ein Schimmern von
Gott, dachte er, und ihm schien, dass sich Sein Ruhm überall zeigte. Seine Sinne waren geschärft – jedes Geräusch,
jede Berührung. Der Geruch nach Weihrauch, Stein und
Heiligkeit. Das Gefühl der kalten Fliesenplatten unter seinen Knien, als er mit John de Warenne und einer Gruppe
anderer junger Männer niederkniete, um vor der anlässlich
des Festes von König Edward dem Bekenner versammelten
riesigen Menge von Geistlichen und Adeligen vom König
den Ritterschlag zu empfangen. Die Übergabe der Phiole
mit dem Blut Christi an die Abteikirche war von einer großen Prozession und dann einem Gottesdienst begleitet worden. Henry, von einer prächtigen seidenen Sänfte geschützt,
hatte ein schlichtes braunes Gewand getragen, um das kostbare Objekt vom Palast von Westminster in die Abtei zu
bringen.

William hatte die vorangegangene Nacht im Gebet vor
dem Hochaltar von Westminster verbracht, weder gegges-
sen noch getrunken und darüber nachgedacht, was es hieß,
ein Ritter zu sein und Gott und dem König zu dienen. Sich
zu bemühen, in allem, was er tat, gerecht, anständig und

ehrenhaft zu sein. Jetzt war er erschöpft und sehr durstig, aber auch in Hochstimmung. An einem solchen Festtag vor so vielen Gleichgestellten zum Ritter geschlagen zu werden war weiter von seinen Träumen entfernt gewesen als die Sterne. Er war zwar ein wenig eingeschüchtert, fühlte sich aber auch geerdet und solide, denn an diesem Tag war er ein Mann geworden.

Neben ihm schob John de Warenne resolut das Kinn vor, das von einem kürzlich gewachsenen kurzen schwarzen Bart bewaldet wurde – er behauptete, er würde sich damit älter fühlen. Vor drei Tagen hatten er und Aliza in der St. Paul's-Kathedrale geheiratet, und er und William waren Schwäger geworden, so wie sie jetzt auch Waffenbrüder werden würden, am selben Tag zum Ritter geschlagen, als Freunde und Kameraden Schulter an Schulter kniend.

Henry schritt feierlich die Stufen von seinem Thron hinab. Ein Diener stand an seiner Seite, er hielt einen emaillierten blauen und goldenen Gürtel mit einer Scheide, in der ein Schwert steckte, in der Hand. Henry nahm ihm alles ab, schnallte den Schwertgurt um Williams Taille und ermahnte ihn, der ritterliche Verteidiger der Schwachen und der Kirche und in all seinen Taten und Pflichten ehrenhaft zu sein. William leistete seinen Eid, und Henry schlug ihm mit seiner behandschuhten Faust auf die Schulter, um ihn an seinen Schwur zu erinnern, bevor er ihm den Friedenskuss gab und ihn fest umarmte. Dieses Ritual setzte sich bei John de Warenne und den anderen jungen Männern fort, als Henry die Reihe abschritt und jedem die Ehre der Ritterwürde verlieh. William war in euphorischer Stimmung. Er war nun ein Ritter und ein erwachsener Mann, im Antlitz Gottes bestätigt und vor dem gesamten Hof vom König geehrt.

»Ich bin so stolz auf dich«, flüsterte Joanna mit in Tränen schwimmenden Augen. Ihr blaues und weißes Gewand passte zu seinem Überwurf und machte sie zu zwei Hälften eines Ganzen – William und Joanna de Valence, Lord und Lady von Pembroke.

Das Fest in der großen Haupthalle von Westminster begann mit Reden und Toasts. Es gab köstliche Fleischgerichte und Pasteten, pikante Saucen, Gascognerwein, so rot wie Rubine, sowie schäumende goldene Weine aus Frankreich. Musiker und Sänger spielten Laute, Harfe und Flöte. Williams eigens für die Zeremonie angefertigter Schild schmückte neben dem Wappen von England die Wand. Bei dem Festmahl hatte William seinen eigenen Platz, und Henry schenkte ihm silbernes Besteck mit dem Streitaxtwappen, das William für den Rest seines Lebens in die Schlacht tragen würde.

Zwischen den einzelnen Gängen blieb Zeit, geselligen Umgang zu pflegen, und Joannas rothaariger Vetter Richard de Clare kam mit gerötetem Gesicht und vor übermäßigem Weingenuss glänzenden Augen zu William, um ihm zu gratulieren. Wenn er wie jetzt betrunken war, schwankte de Clare zwischen Gutmütigkeit und Aggressivität. Er klopfte William auf die Schulter und machte Guy und Geoffrey über den Tisch hinweg ein Zeichen. »Sollen wir uns, wie gestern vereinbart, an den König wenden, Gentlemen?«

Joanna blickte besorgt von einem zum anderen. »William, was soll das?«

»Keine Sorge.« Er küsste sie auf die Wange und erhob sich. »Es ist nur etwas, was wir den König fragen wollen. Ich bin gleich wieder da.«

Joanna biss sich auf die Lippe. Sie verspürte trotzdem leichte Angst, als er sich von ihr abwandte.

Henry hatte sich mit der Königin, ihren Onkeln und

einigen Bischöfen unterhalten, verstummte aber, als die kleine Abordnung näherkam.

»Sire!« William verneigte sich tief. »Ich erbitte für den Tag meines Ritterschlags eine Gunst von Euch.«

Henry lächelte und spreizte in einer großmütigen Geste die Hände. »Nenne sie mir, und ich gewähre sie dir.«

William räusperte sich und blickte sich zu den anderen um. »Ich bitte Euch um die Erlaubnis, ein Turnier zu veranstalten, um Waffengeschick und Tapferkeit unter Beweis zu stellen.«

Henrys Lächeln verblasste. »Ein Turnier?« Das zweite Wort klang wie das Fallen eines Steins.

»Es wäre die Besiegelung meiner Ritterwürde«, erklärte William eifrig. »Es würde gut ankommen, da bin ich sicher.«

»Turniere sind ein gefährlicher Sport.« Henry schüttelte den Kopf. »Ich möchte nicht, dass du dich in Gefahr begibst, wo ich dich gerade erst kennenlerne.«

»Aber es ist ein Übergangsritus«, gab William zu bedenken. »Es wird ordentlich vorbereitet werden, das schwöre ich. Wie können wir uns sonst auf Schlachten vorbereiten?« Er blickte sich zu seinen Kameraden um, die alle zustimmende Geräusche von sich gaben.

»Ich hoffe nicht, dass du in einem so zarten Alter in einer Schlacht wirst kämpfen müssen.« Jetzt lächelte Henry nicht mehr.

»Hoffnung wird nicht für meine Sicherheit sorgen, Übung dagegen schon«, beharrte William. »Seht Euch den Großvater meiner Frau an. Er hat über zehn Jahre lang an Turnieren teilgenommen, ein hohes Alter erreicht und ist in seinem Bett gestorben. Wir sollten alle die Gelegenheit haben, zu beweisen, wie gut wir Euch schützen können.«

Henry seufzte und musterte William mit gequältem

Gesichtsausdruck. »Ich habe nie verstanden, warum junge Männer so wild auf Turniere sind.« Er warf Edward, der sich von seinem Platz weiter unten an der Tafel aus begierig vorbeugte, einen Blick zu. »Sogar mein eigener Sohn zeigt diese Leidenschaft, und er ist erst acht Jahre alt.«

De Clare räusperte sich. »Ich würde die gegnerische Partei anführen, Sire, und dafür sorgen, dass alles ordnungsgemäß abläuft. Der Marschall war auch mein Großvater.« Er berührte seine Brust, um seinen Worten Nachdruck zu verleihen. »Es wäre eine Ehre und eine Gelegenheit für diese jungen Männer, die Ihr heute zum Ritter geschlagen habt, ihren Wert unter Beweis zu stellen. Sie werden viel mehr zu bieten haben, wenn sie älter sind, aber dies wäre jetzt ihr Beitrag, und ich sage mit allem Respekt, dass er nicht zurückgewiesen werden sollte.«

Henry rieb sich das Kinn, stieß endlich den Atem aus und öffnete die Hände. »Was kann ich gegen die Überzeugung der Jugend ausrichten? Ich erteile euch die Erlaubnis, ein Turnier zu veranstalten, aber ich will die Pläne vorher in allen Einzelheiten sehen und billigen.«

»Danke, Sire, danke!« William sank auf ein Knie und küsste Henrys Hand. Die anderen knieten ebenfalls nieder, aber Henry winkte mit einem ärgerlichen Lächeln und einer Furche zwischen den Brauen ab, ganz eindeutig weniger erfreut als die Bittsteller oder sein ältester Sohn, der vor Freude zappelte.

William saß in seiner Kammer vor dem Feuer. Heftiger Regen hatte den Hof gezwungen, sich im Inneren des Palastes aufzuhalten. Heute gab es keine Jagd oder das Abrichten von Falken, und den Stallknechten war aufgetragen worden, die Pferde zu bewegen. William war der Unterhaltung mit seinen Gefährten aus dem Weg gegangen und hatte sich in das Buch über die Lebensgeschichte von Joannas Großvater, dem großen William Marshal, der während der Minderjährigkeit des Königs Regent von England gewesen war, vertieft, das John de Warenne ihm geliehen hatte.

Joanna betrat die Kammer und durchquerte sie, um von hinten die Arme um seinen Hals zu schlingen. »Du steckst seit zwei Tagen unaufhörlich die Nase in dieses Buch«, sagte sie. »Es ist Zeit zum Essen.«

»Dein Großvater war ein großer Mann.« Er wickelte das Buch in das schützende Tuch und legte es weg. »Während seiner Turnierkarriere hat er Lösegeldsummen für fünfhundert Ritter eingestrichen. Und das sind nur die, die ein Sekretär aufgelistet hat. Ich frage mich, wie viel da insgesamt zusammengekommen ist.«

»Meine Mutter hat mir von ihm erzählt, aber sie war noch ein Kind, als er starb, daher stammen die meisten Geschichten von ihren älteren Brüdern und Schwestern.« Wenn sie nie wieder ein Wort über Turniere hörte, wäre sie froh. Doch wenn William nicht las, dann trainierte er, arbeitete Taktiken aus und beschäftigte sich mit der Organisation des Ereignisses, das in vierzehn Tagen am Martinstag in Northampton stattfinden sollte.

Ihr Vetter John war nicht besser. Weder sie noch Aliza konnten ihre wie trunkenen Männer zur Vernunft bringen, zumal sie bei Williams Brüdern, die darauf brannten, ihre militärischen Fähigkeiten unter Beweis zu stellen, Hilfe und Unterstützung fanden. Joanna hoffte, dass es wie ein Fieber seinen Lauf nehmen würde und sie dann wieder zu Vernunft und Alltagsroutine zurückkehren konnten.

Beim Essen war der König still und gedankenverloren, und danach nahm er William und seine Brüder sowie John de Warenne, Richard de Clare und andere hoffnungsvolle junge Männer, die das Turnier mit organisierten, beiseite.

»Ich weiß, dass das für euch alle eine Enttäuschung sein wird«, sagte er, »aber ich habe über das Turnier nachgedacht, und ich glaube, es ist unklug, es gerade jetzt zu veranstalten. Ich habe spontan zugestimmt, als ihr mich in die Enge getrieben habt, aber ich hatte Zeit zum Nachdenken, und der Martinstag ist ein ungünstiger Tag für ein solches Ereignis, da er den Beginn des Schlachtmonats einläutet. Ihr seid junge Männer mit heißem Blut, und ich möchte nicht sehen, dass dieses Blut nur zum Vergnügen vergossen wird.«

William starrte Henry mit wachsender Verwirrung und wütender Enttäuschung an. Er konnte nicht glauben, dass sein Halbbruder ihm alles verdarb. Er besaß bereits die nötige Ausrüstung, die ihn ein hübsches Sümmchen gekostet hatte. »Sire, ich bitte Euch, denkt noch einmal darüber nach«, flehte er.

Henry schüttelte den Kopf. »Es war von Anfang an ein Fehler. Ich hätte nie einwilligen sollen.«

»Aber wir brauchen Übung«, protestierte Guy. »Und William muss seine militärische Erfahrung vertiefen. Er ist unerprobt, und trotzdem habt Ihr ihm Grundbesitz in Wales gegeben, um den er jederzeit kämpfen muss. Wie wird er sich bei den anderen Lords dort Respekt verschaffen, wenn er keinerlei Kampferfahrung hat? Wir brauchen alle etwas Übung.«

»Ich würde es mir nie verzeihen, wenn einer von euch verletzt würde. Turniere schlagen viel zu leicht in Gewalt um. Die Lanzen zerbrechen, und dann werden die Schwerter gezogen.« Henry drehte sich zu William um und öffnete bittend eine Hand. »Du bist jung und ungeduldig und feurig. Ich bin gerade erst dabei, dich kennenzulernen, und ich möchte dich nicht gebrochen und zerschlagen auf dem Schlachtfeld sehen – und auch keinen anderen meiner guten Männer.«

William wollte Gift und Galle spucken. All das Training, all die Zeit, Energie und Anstrengung – umsonst!

»Eure Männer müssen sich für den Krieg üben«, unternahm de Clare einen weiteren Versuch. »Wir brauchen Turniere, um den jungen Burschen zu zeigen, wie sie die Dinge anpacken müssen – das seht Ihr doch sicherlich ein, Sire? Auch in ruhigen Zeiten müssen wir trainieren, tatsächlich besonders dann.«

»Aber dieses Turnier ist mir zu übereilt organisiert worden und soll auch noch an einem Tag des Blutvergießens stattfinden.«

»Also stimmt Ihr zu, wenn wir es auf einen besseren Tag verlegen?«

Henry wich zurück und verzog das Gesicht.

»Wie soll ich vor meinen Gefährten den Kopf hoch erhoben halten?«, wollte William wissen. Tränen der Wut glitzerten in seinen Augen. »Ihr habt mich zum Ritter geschlagen, aber wie soll ich einer werden, wenn man nicht sieht, dass ich darauf hinarbeite? Was nützt es mir, diese ganze Ausrüstung zu besitzen, wenn ich sie nicht benutzen kann?«

Henry seufzte so ärgerlich wie über die Unarten eines quengelnden Kleinkindes. »Ich werde über die Angelegenheit nachdenken«, lenkte er ein, »aber drängt mich nicht. Das Turnier am Martinstag verbiete ich, und ich will nichts mehr davon hören. Ich bin der König, mein Wort ist Gesetz, und ihr werdet tun, was ich sage.«

Er entließ die anderen, bat William aber zu bleiben.

»Ich weiß, dass du schwer enttäuscht bist, mein Junge, und es tut mir leid.« Sein Tonfall wurde weicher.

»Aber Ihr habt gesagt, Ihr werdet darüber nachdenken«, beharrte William. Er war zwar geknickt, hatte aber trotzdem bereits beschlossen, nicht lockerzulassen, bis Henry kapitulierte. Etwas, das es zu haben lohnte, wurde einem oft beim ersten Hindernis verwehrt, und Aufgeben war ein Zeichen von Schwäche.

»Und das werde ich auch tun«, erwiderte Henry. »Sei nicht so niedergeschlagen. Ich habe ein Geschenk für dich im Sinn – die Burg und den Landsitz in Hertford, nur einen Tagesritt von Westminster entfernt. Dazu gehört ein schöner Jagdpark, und du sollst etwas von meinem Wildbestand dafür bekommen. Jagen ist auch ein guter Test für die Reitkünste. Just in diesem Moment legen meine Sekretäre die Einzelheiten fest.«

»Danke, Sire, das ist sehr großzügig«, entgegnete William erfreut, obwohl er sich gleichzeitig so vorkam wie ein Kind, dem man einen Wunsch abgeschlagen hatte und das nun mit Süßigkeiten getröstet wurde. Er wollte jedoch weder undankbar erscheinen noch eine Grenze überschreiten. Eine solche Großzügigkeit konnte versiegen, und er war auf das Wohlwollen seines Halbbruders angewiesen. Henry konnte wahrscheinlich dazu gebracht werden, das Turnier bei einer anderen Gelegenheit zu erlauben, besonders da es galt, noch viele weitere entmutigte, eifrige junge Männer zu beschwichtigen. Wenn die Enttäuschung dann auch noch durch ein Geschenk in Form von Land und Jagdgelände gemildert wurde, war das die Sache fast wert.

»Danke, Sire«, sagte er, diesmal mit wachsender Dankbarkeit, und als Henry ihn umarmte, erwiderte William die Umarmung warm.

»Vielleicht ist es am besten so«, meinte Joanna insgeheim erleichtert, als sie von dem abgesagten Turnier erfuhr. »Ich weiß, wie hart ihr alle gearbeitet habt, aber Henry ist der König, und er hat das Recht, zu entscheiden.« Hertford war ein großzügiges Geschenk und würde William hoffentlich auf andere Gedanken bringen.

»Es ist eine Verschwendung«, gab William zurück. »Die ganzen Vorbereitungen waren umsonst.« Und dann zuckte er mit den Achseln, wie um einen Regenschauer abzuschütteln. »Er hat ja nicht endgültig abgelehnt. Er sagt, er wird darüber nachdenken.«

Joanna verzog das Gesicht. Das war typisch für Henry. Er wollte die Angelegenheit aussitzen und hoffte, die Dinge würden sich selbst regeln, aber sie lauerten nur im Verborgenen und warteten darauf, erneut zum Vorschein zu kommen. Die Männer würden sich während der Wintermonate langweilen. Sie würden natürlich auf die Jagd gehen, aber es würde keine Feldzüge, keinen Krieg geben. Sie mochten sich um ihre Landsitze kümmern, ihre Ausrüstung in Ordnung bringen und Familienangelegenheiten regeln, aber die Verlockung des Turniers glich einer Laterne, die im Dunkel des Winters leuchtete. Allmählich lernte sie ihren Mann ebenso gut kennen, wie sie den König kannte. William verfügte über eine ausgeprägte störrische Zähigkeit, dass jeder Gedanke und jede Herausforderung nicht mehr zu verdrängen waren, sobald sie sich einmal in seinem Kopf festgesetzt hatten.

15

Winchester, Hampshire
Februar 1248

Joanna und Aliza saßen bei ihrer Stickereiarbeit in den Gemächern der Königin. Der Hof war zum Fest Mariä Lichtmess und der jährlichen Diskussion über die Finanzen des Reichs und die Pläne für das vor ihnen liegende Jahr in Winchester eingetroffen. Für gewöhnlich forderte der König Geld, die Barone weigerten sich und verlangten als Gegenleistung Versprechen und Zugeständnisse, und die Atmosphäre wurde angespannt. Die Frauen wurden von diesen Debatten ausgeschlossen, obwohl sie sich später untereinander viel damit beschäftigten.

Aliza suchte in ihren Stickgarnen nach einer neuen Farbe und sagte beiläufig: »Ich bin nicht sicher, aber ich glaube, ich könnte schwanger sein. Ich hatte zwei Monate keine Blutung mehr, und heute Morgen war mir übel.«

Joanna umarmte sie. »Das sind gute Neuigkeiten! Ich freue mich so für dich und John.«

Aliza errötete. »Ich erzähle ihm noch nichts, falls es falscher Alarm ist, aber ich denke, es stimmt. Du bist die Erste, die es erfährt.«

Joanna umarmte sie erneut. Sie freute sich wirklich aufrichtig für Aliza, aber ein leiser Anflug von Angst und sogar Neid setzte sich in ihrem Herzen fest. Ihre eigene Blutung hatte zuletzt zu Weihnachten eingesetzt, und sie hatte zu glauben begonnen, vielleicht eine Ankündigung machen zu können, aber die Hoffnung hatte sich als falsch erwiesen, als sie vierzehn Tage später geblutet hatte und danach noch einmal. Es lag nicht an Mangel an Aufmerksamkeit seitens Williams, und sie machte sich allmählich Sorgen. »Ich verspreche, nichts zu sagen, bis du es selbst tust«, erwiderte sie.

Aliza schnitt eine Grimasse. »Meine Mutter hat meinem Vater neun von uns geboren und davor König John fünf. Jahr für Jahr für Jahr. Es mag meine Pflicht und der Wille Gottes sein, aber ich hege nicht den Wunsch, ihr nachzueifern.«

Joanna erschauerte. Sie hatte gleichfalls nicht den Wunsch, ihrer Mutter nachzueifern, die bei der Geburt ihres dritten Kindes gestorben war. Fruchtbarkeit war eine an Frauen gestellte Erwartung, eine Pflicht und ein Grund zur Freude, aber auch ein Grund für Angst und Schmerz.

»Es gibt allerdings immer Mittel und Wege zur Familienplanung«, sagte Aliza. »Die Königin hat zwei Söhne und zwei Töchter, aber mir ist die Wolle aufgefallen, die sie in diesem Topf neben ihrem Bett für die Besuche des Königs versteckt.«

Joanna starrte Aliza an. »Du weißt davon?«

»Lady Sybil erwähnte es des Öfteren, als ich meine Hochzeit vorbereitete. Hat sie dasselbe zu dir gesagt? Du weichst die Wolle in Essig ein und schiebst sie in dich hinein.«

Joanna blickte sich um, aber es befand sich niemand in Hörweite. »Ja, neben vielen anderen Dingen«, erwiderte sie ruhig. »Aber ist kein Kniff, von dem Männer wissen müssten, und es funktioniert nicht immer.«

»Ich frage mich, ob Männer dieses Mittel nutzen würden, wenn sie diejenigen wären, die die Kinder bekommen müssten. Ich denke aber, sie würden es tun!« Aliza stieß ein kehliges Lachen aus, unterdrückte es aber hastig, als ihre Männer aus der Ratskammer zurückkamen.

Joanna war augenblicklich auf der Hut, denn William wirkte erhitzt und presste die Lippen zusammen, und John machte ein finsteres Gesicht. Doch keiner der Männer ließ sich etwas entlocken, und die Frauen mussten das Thema fallen lassen. Aber später in ihrer Kammer liebte William Joanna mit besitzergreifender Intensität. Sie genoss seine kraftvollen Zuwendungen und reagierte, da sie sich an Cecilys Rat erinnerte, ihrerseits mit Leidenschaft, aber als sie langsam wieder zu Atem kamen, stützte sie sich auf einen Ellbogen, um ihn anzusehen.

»Was ist heute passiert?«, fragte sie.

Er setzte sich auf und schlang die Arme um die Knie. »Es gab Beschwerden darüber, dass der König ständig Fremden größere Gunst gewährt als loyalen englischen Untertanen«, sagte er finster. »Bemerkungen darüber, wie der König englische Erben und Erbinnen herabsetzt, indem er sie mit ausländischen Parasiten verheiratet. Andeutungen, dass meine Verbindung mit dir gegen die Interessen des Landes verstößt, und dasselbe gilt für John und Aliza. Der König hätte diesen Ehen nie zustimmen sollen. Es wurde verlangt, dass Henry schwört, so etwas nie wieder zu tun.«

»Das ist ungeheuerlich! Der König hat zu bestimmen, und die betroffenen Parteien können sich weigern, wenn sie es wollen.«

»Ich habe dasselbe gesagt – dass du vorgeladen werden kannst, um zu sagen, dass du mit der Ehe unzufrieden bist, aber sie wollten natürlich nichts davon hören.« Er sah sie an. Sein Haar fiel ihm in die Stirn. »Ich bin hierhergekommen, um mir hier ein Leben aufzubauen und meinem Bruder zu dienen, aber viele Lords und Prälaten missbilligen unsere Verbindung. Sie hatten kein Recht, so zu sprechen, wie sie es getan haben.«

»Es gibt immer solche, die aus Neid auf andere solche Sachen am Kochen halten«, sagte sie und küsste ihn. »Du musst dein Ziel im Auge behalten und dir Verbündete schaffen, wo immer du kannst – obwohl das leichter gesagt als getan ist.«

»Meine weise Joanna.« Sein Ton war spöttisch, aber liebevoll. Er stieß vernehmlich den Atem aus, um seinem Ärger Luft zu machen, und griff nach ihrer Hand. »Eine gute Neuigkeit gibt es: Der König hat endlich zugestimmt, uns am Aschermittwoch in Newbury ein Turnier veranstalten zu lassen.«

Angesichts dessen, was er ihr eben von der Ratsversammlung erzählt hatte, war Joanna bestürzt, aber sie wusste, dass sie eher einen Berg mit einem Löffel würde versetzen können als William etwas auszureden. Vielleicht war es besser, das Ganze hinter sich zu bringen, statt es immer drohend am Horizont lauern zu lassen.

»Es wird alles gut werden«, sagte er. »Ich verspreche es.«

Der Morgen des Turniers in Newbury brach hell und kalt an. Barone und Ritter aus jedem Winkel Englands hatten sich versammelt, um daran teilzunehmen.

Auf den Weiden rund um das Turnierfeld standen leuchtend bunte Zelte, auf denen Wimpel flatterten. Davor waren an Pfählen Schilde befestigt, auf denen die Wappen der teilnehmenden Lords prangten: Bigod und Clare, Ferrers, de Warenne, Lusignan und Valence.

Gerüstet und bereit, zu seinem Pferd zu gehen, blieb William mit Geoffrey und Guy einen Augenblick in seinem blauen und weißen Zelt stehen. Vorfreude brannte in ihm, er hatte seit seiner Kindheit auf diesen Moment hingearbeitet: die Teilnahme an einem richtigen Turnier. Seine Lanze zu halten und statt seinem Lehrer einem wirklichen Gegner auf dem Feld gegenüberzustehen. Sich nicht zurückhalten zu müssen, sondern hart und entschlossen zuschlagen zu dürfen.

»Pass auf de Clare und Bigod auf«, warnte Guy. »Sie sind erfahren, älter und mächtiger, und sie werden danach trachten, dir und John eine Lektion zu erteilen.« Er blickte zu ihrem neuen Schwager hinüber. »Ich weiß, dass du glaubst, du kannst auf dich selbst aufpassen, aber sei auf der Hut. Selbst wenn dieses Turnier zur Feier deiner Ritterwürde stattfindet, werden einige Leute Ernst machen wollen, vertue dich da nicht. Sie werden versuchen, Lösegeld für dich einzufordern und deinen Stolz in den Staub zu treten.«

Geoffrey nickte zustimmend. Ihre Überlegenheit ärgerte William. Sie waren beide bei Weitem nicht so erfahren im Turnierkampf, um Ratschläge zu erteilen. Sie machten sich nur wichtig, weil sie älter waren.

»Vielleicht machen wir dasselbe mit ihnen.« Er schob das Kinn vor.

»Hoffentlich, kleiner Bruder.« Aus alter Gewohnheit zerzauste Guy Williams Haar, obwohl William mittlerweile größer war als er. »Aber es schadet nichts, einen Rat anzunehmen.«

William wich zurück, und Guy lachte gutmütig.

Die jungen Männer begaben sich zu den Pferden, die von den Stallburschen bereits aufgezäumt worden waren. William hatte sein neues Schlachtross Rous seit Oktober ausgebildet, und sie hatten sich in den letzten vier Monaten recht gut kennengelernt. Er war ein kräftiger Rotbrauner mit gebogenem Hals und einem feurigen Gang. Als Schutz trug er eine gesteppte Schabracke, darüber einen blau-weiß gestreiften Überwurf mit den roten Mauerseglern von Valence. Als er, bereit für das Ereignis, schnaubte und mit den Hufen scharrte, schwoll Williams Herz vor Stolz.

An den Seiten des Hauptfeldes waren für die Zuschauer hölzerne Tribünen errichtet worden. William hielt nach Joanna Ausschau und sah sie mit Aliza in der Nähe des leeren Platzes des Königs sitzen. Er wollte sich unbedingt gut schlagen und ihr beweisen, dass ihre Bedenken unbegründet waren.

John war auf sein Schlachtross gestiegen – einen Dunkelbraunen mit einer Schabracke in dem karierten Blaugold der de Warennes. In der gegnerischen Partei trug Johns Halbbruder Roger Bigod nicht die üblichen Farben des Earl of Norfolk, sondern Grün und Gelb mit den scharlachroten Löwen, die sein Großvater, der Marschall, in ganz England und der Normandie als größter Turnierchampion seiner Zeit berühmt gemacht hatte.

William, der sich weigerte, sich von dieser Herausforderung einschüchtern zu lassen, überprüfte seine Waffen und nahm, entschlossen, sich nur auf seine eigenen Ziele zu konzentrieren, von Elias seine Lanze entgegen.

Eine Fanfare erscholl, als der König eintraf und seinen Platz auf dem großen gepolsterten Stuhl in der Mitte der Zelte einnahm. Henry, der in einen dicken Pelzumhang gehüllt war, wirkte verkniffen und verfroren – ein Mann, der einer Pflicht nachkam, in die Enge getrieben worden war und wünschte, der Wettbewerb wäre vorbei, noch ehe er begonnen hatte.

Das Turnier begann mit Einzelkämpfen zwischen vor Erregung brennenden eifrigen jungen Rittern. William trat gegen einen von Roger Bigods junge Protegés an, machte seine Sache gut, zerbrach seine Lanze am Schild des Gegners und stieß ihn fast aus dem Sattel. Als er Rous wendete, durchströmte ihn eine Welle der Begeisterung. Hierfür war er geboren, und diese Erkenntnis glühte in ihm wie Feuer. Er jubelte seinen Gefährten zu, als sie sich in Zweikämpfen mit einzelnen Gegnern aufwärmten, während die älteren Männer gegen ihre Pferde gelehnt zusahen und Bemerkungen austauschten. John de Warenne stieß unter dem lauten Applaus seiner Bigod-Halbbrüder seinen Gegner rücklings aus dem Sattel, sodass er zu Boden stürzte.

Die nächste Stunde verlief ähnlich. William ritt ein weiteres Mal, zerbrach noch eine Lanze, und seine Zuversicht wuchs. Er nahm an Schwertkämpfen und Ringerwettbewerben am Boden teil und gewann den Preis für letzteren – ein bronzenes Aquamanile, eine Schale in Form eines Schwans, die der König, der inzwischen sogar ein wenig lächelte, ihm überreichte.

Nachdem sich alle erfrischt und neu formiert hatten, wurde der Hauptkampf angekündigt.

Williams Atemzüge kamen abgehackt, als er sich zusammen mit dem Rest seiner Gruppe aufreihte. Rous, der seine Anspannung spürte, tänzelte und stieg. William zügelte ihn, hielt die explosive Kraft des Hengstes zurück und wartete auf das Signal. Vorfreude durchströmte ihn. Er spähte zu Guy rechts vor ihm. Er hielt die Zügel seines Hengstes kurz, die bunten Federn auf seinem Helm wehten im Wind. William überprüfte erneut, ob er sich in der richtigen Position befand. Zu seiner Linken konnte er Geoffrey leise summen hören.

William trieb Rous an und senkte seine Lanze. Der Ruf ertönte, und er gab dem Hengst den Kopf frei. Rous verfiel sofort in einen den Boden verschlingenden Galopp. William spürte die Kraft und Wucht jedes Sprungs unter sich. Eine Hochstimmung erfasste ihn, als die Reihen aufeinandertrafen und seine Lanze am Schild seines Gegners zerbrach. Er zog seinen Knüppel aus dem Gürtel und griff von der Seite mit einer Reihe gut gezielter Hiebe an, die den anderen Mann zwangen, zurückzuweichen und sich zu ergeben.

Von Triumph und Feuer erfüllt, ritt William weiter und sah sich einem erfahrenen Feldkämpfer in Gestalt von Joannas Vetter Roger Bigod, Earl of Norfolk, gegenüber. Bigods Hieb warf William im Sattel zurück, plötzlich war er derjenige, der Mühe hatte, sich zu behaupten. Roger Bigod war fast vierzig Jahre alt, vital und kräftig und kannte alle Tricks. William war noch nie auf eine solche Klasse von Gegner getroffen. Alle jungen Männer, mit denen er Übungskämpfe ausgetragen hatte, waren ihm leistungsmäßig ebenbürtig oder nur wenig überlegen gewesen, und er hatte sich gegen sie zur Wehr setzen und dabei seine Technik und sein Geschick verbessern können. Aber Bigod, auf dessen Wappen der Marshal-Löwe prangte, war ein anderes Kaliber. William hatte mit der Intensität, der Erregung und der Selbstsicherheit der Jugend gekämpft, aber Bigod verfügte über Erfahrung und angeborenes Geschick. Er lenkte sein Schlachtross in den gefährlichen Bereich hinter Williams Rücken, und obwohl es William gelang, sich umzudrehen und ihm entgegenzutreten, belastete der Winkel seine Arme, und statt Hiebe auszuteilen, prasselten sie auf ihn ein, und er hatte Mühe, ernsthafte Verletzungen zu vermeiden.

Ein Schlag traf seine Fingerknöchel, und obgleich er Handschuhe trug, schoss der Schmerz bis zum Ellbogen durch seinen Arm, und er hätte fast seinen Knüppel fallen gelassen. Er versuchte zurückzuweichen, aber er war eingekesselt, konnte weder vor noch zurück und hatte nicht den Raum, um mit seiner Waffe auszuholen. Er trieb Rous vorwärts, doch Bigod vereitelte seine Bemühungen und drang erbarmungslos auf ihn ein. William versuchte, sich mit seinem Schild zu schützen, aber viele Schläge trafen trotzdem ihr Ziel. Seine Arme brannten vor Anstrengung, und seine Kräfte ließen nach. Er blickte sich verzweifelt um, doch seine Brüder befanden sich auf einem anderen Teil des Feldes und bezogen gleichfalls Hiebe von ihren Gegnern.

William erspähte eine Lücke und versuchte, sich wild um sich schlagend in Sicherheit zu bringen, wobei die Verzweiflung ihm Kraft verlieh. Doch die Gegenseite umzingelte ihn und drosch auf ihn ein. Die Rüstung, die ihm anfangs so leicht und vor Aussicht auf Sieg glitzernd vorgekommen war, schien jetzt aus geschmolzenem Blei zu bestehen. Er konnte kaum seinen Schild heben, um die Schläge abzuwehren, geschweige denn sie zurückzugeben, und so krümmte er sich, ertrug die Prügel und betete, dass die endgültige Demütigung, von seinem Pferd gezerrt zu werden, ihm erspart bleiben möge.

Durch das Dröhnen in seinen Ohren hörte er Roger Bigod mit gebieterischer Autorität bellen: »Kommt, kommt, es reicht! Die Lektion ist gelernt. Genug, sage ich, genug! Lasst ihn in Ruhe!«

William wurde bewusst, dass jemand seine Zügel ergriff und er in einem ruckartigen Trab aus der Mitte des Gewühls geführt wurde. Er schwankte, umklammerte aber das Zaumzeug und konzentrierte sich darauf, sich im Sattel zu halten, entschlossen, es zu schaffen, egal was passieren würde.

Ein Ritter der de Clares ritt in die Mitte des Feldes und winkte zum Zeichen des Sieges mit Williams Helmfedern, und die Menge johlte vor Freude darüber, dass der Fremde in ihren Reihen, der privilegierte jüngere Bruder des Königs, die Prügel bezogen hatte, die er so verdiente. Als William zu seinem Zelt gebracht wurde, konnte er hören, dass das Turnier seinen Fortgang nahm. Er sehnte sich verzweifelt danach, zurückzukehren und weiterzukämpfen, aber während sein Verstand vor Entschlossenheit glühte, weigerte sich sein misshandelter Körper, dem Ruf zu folgen.

Er glitt von Rous herunter, und seine Beine gaben fast unter ihm nach. Der Hengst, der den Kopf hängen ließ und vor Schweiß dampfte, wurde weggeführt. Elias beeilte sich, ihm aus seiner Rüstung zu helfen, und Jacomin reichte ihm einen Becher mit gezuckertem Wein. William konnte den Becher kaum halten, weil seine Hände so zitterten.

»Das ist nicht Angst«, fauchte er Jacomin wütend und beschämt zugleich an.

»Nein, Sire«, erwiderte Jacomin. »Ein ängstlicher Mann hätte sich nicht so verhalten wie Ihr auf dem Feld. Ihr wart von der Gewalt des Kampfes überwältigt, das ist alles. Ich hätte solche Schläge nicht so lange aushalten können wie Ihr. Ich war sicher, dass sie Euch umbringen würden.«

Genau das hatte William auch gedacht. Er schaffte es, stehen zu bleiben, während Elias ihm seine Rüstung abnahm und ihm seine Untertunika abstreifte, und dann ließ er sich, während Jacomin Eimer voll Wasser in eine ovale Badewanne leerte, auf eine Bank sinken, weil seine Beine wirklich unter ihm nachgegeben hatten. Er barg den Kopf in den Händen und machte sich bittere Vorwürfe, weil er überlistet, besiegt und beim Reiten geschlagen worden war, und alles war so schnell vorbei gewesen, dass er keine Chance gehabt hatte, neue Kräfte zu sammeln und sich zu rächen. Von Scham erfüllt fürchtete er sich davor, Joanna unter die Augen zu treten, weil er sich so sehr gewünscht hatte, ihr gegenüber seinen Wert unter Beweis zu stellen. Auch der Konfrontation mit Henry musste er sich stellen, und das nach all dem Druck, den er auf ihn ausgeübt hatte, um das Turnier überhaupt erst stattfinden zu lassen.

Er versuchte sich aufzurichten, schnappte aber nach Luft und gab auf, als der Schmerz von den Schlägen durch seinen Körper schoss. Vor allem seine Rippen verursachten ihm dort, wo ihn ein harter Hieb von Roger Bigod getroffen hatte, Höllenqualen.

Jacomin deutete auf die nach Kräutern duftende Badewanne. »Alles ist bereit, Sire. Es wird gegen die Blutergüsse helfen.« Er hob den Tiegel hoch, den er in der rechten Hand hielt. »Und das ist die Ringelblumensalbe meiner Mutter – sie schwört darauf. Sie hat uns immer damit behandelt, als wir klein waren.«

William hatte mit einem Bad nicht gerechnet, aber es würde den Gestank des Kampfes sowie die Schande wegwaschen. Ein Stöhnen unterdrückend entledigte er sich mit Elias' Hilfe des Restes seiner Kleidung und stieg vorsichtig in die Wanne. Rote Flecken auf seinem Körper bildeten eine Spur der heftigsten Schläge. Wenigstens hatte er sich keine Knochen gebrochen und keinen Zahn verloren.

Jacomin schnalzte mitfühlend mit der Zunge. »Mein Bruder hat nach einer Schänkenschlägerei so ausgesehen«, sagte er. »Musste eine Weile im Bett bleiben. Ihr habt Eure Sache gut gemacht, Sire. Es ist nicht Eure Schuld, dass Euch alle als Zielscheibe auserkoren haben.« Der Diener begann, die Verletzungen seines Herrn zu behandeln, was William veranlasste, ein schmerzliches Zischen auszustoßen und die Zähne zusammenzubeißen. »Nächstes Mal werdet Ihr sie besiegen, Sire«, munterte Jacomin ihn fröhlich auf.

»Ja.« William betrachtete seine geschwollenen Knöchel. »Das werde ich in der Tat.«

Als sie sah, wie William von Roger Bigod vom Feld geführt wurde, machte Joanna Anstalten, sich zu erheben. Der konzentrierte Angriff und das Ausmaß der damit verbundenen Feindseligkeit hatte ihr Angst gemacht und sie erschreckt. Und dann noch seine Brüder, die sich vom Kampffieber hatten hinreißen lassen und ihm nicht zu Hilfe gekommen waren! Wenigstens hatten die Bigods besser auf John aufgepasst und ihn beschützt.

Aliza nahm sie am Arm. »Beruhige dich. Er sitzt noch im Sattel, und er wird es dir nicht danken, wenn du ein großes Gewese um ihn machst.«

»Was für eine Ehefrau wäre ich, wenn ich nicht zu ihm gehen würde?« Joanna schüttelte Aliza ab. »Du würdest doch auch zu John gehen!«

»Natürlich würde ich das, aber ich würde ihm eine kleine Verschnaufpause geben. Er wird nicht wollen, dass du ihn so siehst.«

Joanna schluckte und beherrschte sich, denn wenn alle Männer William drangsalierten, dann durften die Frauen des Hofes sich ihre Sorgen nicht anmerken lassen. Aliza hatte recht. Sie setzte sich wieder und verfolgte das Geschehen eine Weile lang lächelnd, ohne etwas zu sehen. Als sie der Meinung war, dass genug Zeit verstrichen war, wandte sie sich erneut an Aliza. »Ich muss zu ihm«, sagte sie. »Koste es, was es wolle. Versuch nicht, mich aufzuhalten.«

Diesmal nickte Aliza. »Soll ich mitkommen?«

»Nein. Wir sehen uns später.«

Mit ihrer Zofe Nicola im Schlepptau machte sich Joanna auf den Weg zu Williams Zelt. Sie ging mit würdevollen, gemessenen Schritten, obwohl sie am liebsten gerannt wäre, aber sie wusste, dass jeder ihrer Schritte beobachtet und beurteilt wurde. Diener trugen Eimer mit Wasser durch die offene Zeltklappe heraus, gefolgt von einer Badewanne. Joanna holte tief Atem und trat voller Furcht vor dem, was sie vielleicht vorfand, ein.

William stand neben seinem Klapptisch. Er trug eine lose Seidentunika, und sein lockiges Haar war feucht und zurückgekämmt. Der Beginn eines blauen Auges schwoll wie eine reifende Pflaume unter seinem rechten Auge an. Unfähig, ihre Fassade noch länger aufrechtzuerhalten, rannte sie zu ihm und schlang ihm die Arme um den Hals. »Ist alles in Ordnung? Großer Gott! Ich dachte, du würdest getötet werden!«

William versteifte sich, als ihr Körper seinen berührte, dann legte er behutsam die Arme um sie. Sie fühlten sich lebendig und kräftig an, was Erleichterung in ihr auslöste, weil sie sich davon überzeugt hatte, dass er nicht schwer verletzt war.

»Lass mich dich ansehen. Was haben sie dir angetan?«

Er trat zurück und breitete die Arme aus, wobei es ihm gelang, nicht das Gesicht zu verziehen. »Siehst du, mir ist nichts passiert. Du wirst mindestens die nächsten dreißig Jahre lang einen Mann haben.«

Joanna schluckte die Tränen hinunter. »Nicht, wenn du so weitermachst.«

Er blickte vielsagend zu den Knappen und Dienern hinüber, die sich immer noch im Zelt zu schaffen machten. »Du musst dich über nichts beklagen. Nächstes Mal wird so etwas nicht passieren, das verspreche ich dir.«

»Nächstes Mal?«

»Wie soll ich meine Leistung sonst steigern?«, fragte er, als würde die Antwort auf der Hand liegen.

Joanna schüttelte den Kopf. Der Gefühlsaufruhr in ihr war so stark, dass sie nicht sprechen konnte. Aliza hatte recht gehabt: Sie hätte nicht kommen sollen.

Bei dem auf das Turnier folgenden Bankett saß Joanna neben William und trug ein gezwungenes Lächeln zur Schau. William spielte seine Rolle perfekt, niemand hätte vermutet, dass seine Rippen unter seiner Tunika bandagiert waren und er starke Schmerzen litt. Den geschwollenen Bluterguss, der sein rechtes Auge fast geschlossen hatte, konnte er jedoch nicht verbergen, aber die meisten Männer aus der gegnerischen Partei hatten auch Verletzungen davongetragen, und seine sichtbaren Blessuren unterschieden sich nicht sehr von denen der anderen. Er brachte Trinksprüche aus, lachte, tat so, als wäre alles in bester Ordnung, und gab sich trotz seiner Niederlage ruhmreich, und Joanna lächelte mühsam dazu und fühlte sich krank und elend.

Als sie sich zurückzogen, fiel er rücklings auf das Bett und war innerhalb weniger Momente noch in seinen Kleidern eingeschlafen. Er hatte entschieden zu viel getrunken, obgleich sie dachte, das könnte ein Segen sein, wenn es ihn unempfindlich gegen die Schmerzen machte. Sie musterte ihn ärgerlich. Er hatte noch nicht einmal seine Stiefel ausgezogen. Sie versuchte, ihn aus ein paar Kleidungsstücken zu schälen, aber er grunzte nur und rollte sich zur Seite, bis sie endlich aufgab und sich angewidert abwandte.

Sie ging zu der Bank am Fenster, setzte sich und griff nach einem Kissen, das sie zu besticken begonnen hatte. Sie presste es an sich und wiegte sich Trost suchend vor und zurück. Warum fanden Männer solchen Gefallen an derartigen Dingen? Sie hatte dasselbe bei ihrem Bruder und ihren

Vettern beobachtet, und ihr eigener Großvater hatte mit diesem Sport Karriere gemacht.

König Henry dagegen war ganz und gar nicht vom Kämpfen besessen, aber deswegen sahen ihn Männer schief an und hielten nicht viel von ihm, weil ihm kriegerische Fähigkeiten vollkommen abgingen. Doch vielleicht war er derjenige, der klar und nüchtern dachte. Was, wenn sie und William Söhne hatten, die auch so wurden? Die Gesellschaft würde sie als echte, gesunde und kräftige Männer betrachten, und William würde stolz auf sie sein. Allmählich begann sie, die Sorgen der Königin um Edward besser zu verstehen.

Sie musterte Williams lang ausgestreckte Gestalt. Mit ihm sprechen konnte sie nicht, weil er in seinem betrunkenen Zustand fest schlief. Von ihr wurde erwartet, dass sie seine Wunden versorgte, ihn bemitleidete und ihn für sein Durchhaltevermögen lobte. Aber was hatte sie davon? Nach all den Vorbereitungen, der ganzen aufgewendeten Energie und den aufgebauten Erwartungen war er gescheitert, und sie musste jetzt anderen in die Augen sehen und für sein Versagen geradestehen. Was würde Cecily sagen? Der Gedanke ließ sie erstarren.

Sie hörte auf, sich hin und her zu wiegen, und legte das Kissen weg. Was auch immer geschah, sie würde sich auf ihre eigene Kraft besinnen müssen, statt sich auf ihn oder irgendjemand sonst zu verlassen. William war, was er war, und zumindest blieb er sich selbst treu. Das musste sie auch tun und das Beste aus dem Leben mit ihm machen, wenn sie überleben wollte.

Sie entfernte sich vom Fenster, zog sich aus, ohne ihre Frauen zu rufen, wusch sich Gesicht und Hände und stieg neben ihm ins Bett. Sie hätte sich für diese Nacht einen anderen Schlafplatz suchen können, aber das wäre der erste Schritt weg von ihm gewesen, und er würde zu einem weiteren und noch einem führen, bis eine Kluft entstand. Aber sie schlug hart auf das Kissen ein, bevor sie den Kopf darauflegte. William stöhnte im Schlaf, rollte sich dann auf die Seite, streckte den Arm aus und griff nach ihr.

»Joanna«, sagte er mit brüchiger Stimme. »Joanna, verlass mich nie. Ich könnte es nicht ertragen.« Seine Hand glitt über ihre Hüfte, und er liebkoste ihren Hals. Sie erschauerte leicht und drehte sich zu ihm, und dann war er über ihr, und trotz all seiner Verletzungen und des Alkohols war er ebenso bereit wie sie. Sie öffnete sich ihm, immer noch zornig, aber auch erleichtert, dass er noch Lebenskraft zeigte und seine Verletzungen nicht so schlimm sein konnten, wenn er dazu imstande und daran interessiert war.

Am Morgen beobachtete Joanna William scharf, als Jacomin ihm in seine Kleider half. Sie machte eine Bestandsaufnahme der verbundenen Rippen, der Schnittwunden und der Kratzer. Sein blaues Auge hatte sich wie in einen tiefvioletten Schmuckstein verwandelt, aber er versuchte, so weiterzumachen wie immer, und zeigte keinerlei Selbstmitleid. Trotz seines törichten Verhaltens bewunderte sie ihn für seine innere Kraft.

Wie am Morgen ihrer Hochzeitsnacht brachen sie gemeinsam das Fasten. William griff über den Tisch hinweg nach ihrer Hand und küsste sie. »Ich weiß, dass ich gesundheitlich in einer schlechten Verfassung bin, und ich weiß, dass du mich für einen Narren hältst, aber ich habe aus den Prügeln gelernt, die ich gestern bezogen habe, und ich habe überlebt. Auf dem Schlachtfeld wäre alles anders gelaufen, also hat sich das Turnier gelohnt. Ich habe aus meinen Fehlern gelernt. Nächstes Mal wird es anders, warte es nur ab.«

»Du bist unbelehrbar!« Joanna schüttelte den Kopf. »Ich liebe dich, aber frage mich nicht, warum, denn meine Kinder könnten nie einen Vater und ich keinen Mann mehr haben, wenn du in diesem Tempo weitermachst, da kannst du noch so lange behaupten, deine Lektion gelernt zu haben.«

Seine Ohren liefen rot an. »Ich kann kein verweichlichtes Leben führen. Das widerspricht allem, was und wer ich bin.«

»Ich weiß, und ich weiß, dass es deine Pflicht ist, eine gute militärische Ausbildung zu durchlaufen, aber du musst auch die Auswirkungen auf mich bedenken«, hielt Joanna fest dagegen. »Du setzt viel aufs Spiel, und die Dinge, von denen du behauptest, dass sie dir so am Herzen liegen, könnten zusammen mit deiner Lanze zerbrechen und nie mehr repariert werden können.«

»Es wird nicht wieder vorkommen, ich verspreche es. Ich werde dir etwas zeigen, worin du Vertrauen haben kannst, und dich nie enttäuschen.« Er beugte sich vor, um sie zu küssen, aber sie wich zurück.

»Dann tu das!«, gab sie zurück. »Schöne Worte und Versprechen sind ohne Taten und echte Absichten nichts wert.« Sie stand vom Tisch auf. »Und mir zuliebe geh jetzt und kau etwas Süßholz, bevor du wieder versuchst, mich zu küssen. Dein Atem riecht wie ein Weinkeller.« Sie nahm ihren Umhang vom Haken und schlang ihn sich um die Schultern. »Ich gehe Aliza besuchen.«

Als sie fort war, sank William stöhnend in sich zusammen. Ein dumpfer Schmerz setzte in seinem Kopf ein. Weazel beobachtete ihn eindringlich. »Frauen«, sagte er angewidert zu dem Kater, während er ihn mit ein paar Resten geräuchertem Hering fütterte, die auf der Platte zurückgeblieben waren. »Das ist der Preis, den du dafür bezahlst, ein Mann zu sein.« Aber endlich suchte er nach einer Süßholzstange, um seine Zähne zu reinigen, und kaute auch noch ein paar Kardamonsamen, denn so sehr er sich auch über Joanna ärgerte, hatte sie doch für gewöhnlich recht, und er wollte sie immer noch küssen.

16

Palast von Westminster
August 1248

William trat von dem Gepäckkarren zurück und wischte
sich den Schweiß von der Stirn. Die Augustsonne brannte
von einem in der Sommerhitze fast weiß glühendem Himmel. Aliza zog sich für die Niederkunft nach Lewes zurück,
und Joanna begleitete sie. Obwohl die Geburt erst in sechs
Wochen erfolgen sollte, hatte Aliza es für ratsam gehalten,
dem täglichen hektischen Treiben am Hof zu entfliehen,
und die Königin hatte Joanna die Erlaubnis erteilt, mitzu-
reisen. Zur Strafe für seine Sünden überwachte William das
Verladen von Joannas Gepäck, zu dem auch Weazel gehörte, der in seinem Reisekorb kauerte, mit dem Schwanz
peitschte, böse knurrte und schlecht gelaunt mit der Pfote
durch die Ritzen hindurch nach jedem schlug, der ihm zu
nahe kam.

Der Hof würde ohne Joanna so leer sein. Ihre Gegenwart beruhigte ihn und half ihm, die Welt zu verstehen. Er
musste sie nur ansehen, und sein Herz schwoll vor Glück.
Einige seiner Kameraden hatten ihre Augenbrauen gehoben
und über das gewitzelt, was er während ihrer Abwesenheit
anstellen konnte. William hatte die Andeutungen mit einem
Lächeln quittiert, aber nichts gesagt, denn so war es zwischen ihm und Joanna nicht. Andere Frauen in sein Bett zu

nehmen wäre ehrlos und würde ihn beim König und der Königin, dem treuesten aller Paare, in ein schlechtes Licht setzen. Außerdem, warum sollte er minderwertigen Wein trinken, wenn er den besten in seinem Keller hatte?

Er würde mehr Zeit für die Jagd, das Kampftraining und die Gesellschaft seiner Freunde haben, die auch Vergnügen wie Würfeln und andere Spiele einschloss, aber das war kein Ersatz dafür, mit dem Kopf in Joannas Schoß dazuliegen, während sie sein Haar streichelte. Getrennt zu sein hieß überdies, dass sie keine Gelegenheit hatten, einen Erben zu zeugen. Sie waren seit einem Jahr verheiratet, ohne dass es Anzeichen für eine Schwangerschaft gegeben hatte, und manchmal fürchtete er, dass er und Joanna Gott erzürnt hatten. Der Druck lastete schwer auf ihnen. Andererseits würde eine Trennung die Erwartungshaltung abmildern.

Mehr Gepäck, das Verladen werden musste, wurde gebracht, und er schnitt eine Grimasse. Wenn das so weiterging, würden sie zusätzliche Pferde brauchen, um die Karren zu ziehen. Als er in die Halle zurückging, um festzustellen, wie viel noch da war, sah er Aliza in der Fensterlaibung sitzen, während ihre Zofen mit dem beschäftigt waren, was in letzter Minute noch zu erledigen war. Ihre Blicke kreuzten sich, sie lächelte und winkte ihn zu sich.

»Ich schwöre, dass ich in meinem ganzen Leben noch nicht so viel Gepäck gesehen habe«, sagte er. »Noch nicht einmal, wenn der König in einen anderen Palast umsiedelt.«

»William, du verstehst die Bedürfnisse einer Frau nicht, die ein Nest baut«, erwiderte sie mit überlegener Belustigung, »aber deine Zeit wird noch kommen.«

Das Sonnenlicht schien auf ihre bronzegoldenen, über den Ohren aufgesteckten und halb von einem dünnen Kopfputz verdeckten Zöpfe. Die Schwangerschaft ließ ihr Gesicht runder und strahlender aussehen. Er hegte den leicht blasphemischen Gedanken, dass seine Schwester einer Madonna glich.

Sie blickte sich um, um sich zu vergewissern, dass niemand sie beobachtete, und steckte ihm verstohlen einen kleinen Beutel mit Zugschnur zu. »Ich möchte, dass du das für mich aufbewahrst.«

Er sah auf das kleine, kunstvoll mit den Wappen von Lusignan und Warenne bestickte Täschchen aus Goldstoff hinunter.

»Du kannst es aufmachen«, sagte sie.

Er schüttete einen kleinen Gegenstand in seine Hand. Unter einem polierten Bergkristalldeckel schimmerte eine mit Golddraht umwundene und drei Perlnadeln gesicherte Locke bronzegoldenen Haares. Er blickte seine Schwester stirnrunzelnd an. »Was ist das?«

Aliza legte eine Hand auf sein Handgelenk und senkte die Stimme. »Wenn mir bei der Geburt dieses Kindes etwas zustößt – wenn ich sie nicht überlebe ...« Sie maß ihn mit einem direkten, machtvollen Blick. »Ich vertraue darauf, dass du es John gibst, so wie ich es dir gebe. Ich möchte, dass du ihm sagst, dass mein Leben durch meine unsterbliche Seele irgendwo weitergeht und er, obwohl er mein Mann ist und ich ihn sehr liebe, nicht trauern, sondern sein Leben frohen Herzens weiterleben soll. Wenn er das tut, werde ich mehr als zufrieden sein. Bewahre es für mich sorgfältig für einen solchen Tag auf.« Sie tätschelte seinen Arm und lächelte.

Verblüfft fragte sich William, wie sie inmitten alltäglicher Angelegenheiten über so etwas nachdenken konnte. Sie war zu tiefgründig für ihn, und einen Moment lang grollte er ihr, denn sie war seine große Schwester und sollte ihm

Trost spenden. Sich der Möglichkeit zu stellen, sie zu verlieren, erfüllte ihn mit Entsetzen. Und dass er John auffordern sollte, sein Leben frohen Herzens weiterzuleben, bewies William, wie wenig sie über die Reaktion ihres Mannes auf Kummer wusste.

»Wenn das dein Wunsch ist, werde ich es für dich aufheben«, erwiderte er widerwillig, »aber ich sollte es besser nicht weitergeben müssen.«

»So Gott will, wirst du das nicht müssen.« Sie warf ihm einen scharfsichtigen Blick zu. »Du würdest doch auch dein Haus in Ordnung bringen, bevor du in den Kampf ziehst. Das hier ist nichts anderes.«

Das traf nun überhaupt nicht zu, aber er verstaute das Andenken mit einem knappen Nicken in das Täschchen.

»Danke. Ich weiß, es ist eine merkwürdige Bitte, aber ich würde sie nicht aussprechen, wenn es nicht für mich und John wichtig wäre. Jetzt ist alles geregelt, und ich muss mir keine Gedanken machen.«

John kam, um Aliza zu der Reisekutsche zu geleiten, und sie warf William einen bedeutsamen Blick zu, als sie sich erhob, um mit ihm zu gehen.

William versuchte sich vorzustellen, wie Joanna John unter ähnlichen Umständen ein solches Andenken übergab, aber es gelang ihm nicht. Obwohl sie sich fast alles anvertrauten, beschloss er, ihr nichts von Alizas Geschenk zu erzählen.

Joanna wiegte ihre kleine Nichte in den Armen und lächelte in das pausbäckige Gesicht des Babys. Sie war die Patin der kleinen Alienor, die fünf Wochen nach Alizas Umzug in Lewes geboren und diplomatisch nach der Königin benannt worden war. Mit drei Monaten war das

Baby entzückend, es hatte Alizas bronzefarbenes Haar und Johns dunkle Augen. John hatte sich nicht einmal beklagt, dass es ein Mädchen und kein Sohn war. Tatsächlich betete er die Kleine an, und Joannas Zuneigung zu ihm war gewachsen.

Als sie ihre Nichte knuddelte, wurde Joanna von der Sehnsucht danach erfüllt, ihr eigenes Kind in den Armen zu halten. Manchmal beneidete sie Aliza darum, so schnell schwanger geworden zu sein und eine so leichte Geburt gehabt zu haben, schämte sich aber immer sofort für diesen Neid. Der Wille Gottes war der Wille Gottes. Jetzt, wo sie nach Westminster zurückgekehrt waren, hatte sie vielleicht im Frühjahr gute Nachrichten zu verkünden. An diesem Morgen hatte sie eine Stunde in der bemalten Kammer des Königs verbracht und stumme Zwiesprache mit der Figur der Hoffnung gehalten.

Aliza sah den Inhalt einer Juwelenschatulle durch, die sie auf dem Bett ausgeleert hatte, nahm einen glatten Saphir an einer Goldkette und ließ ihn vor ihrer Tochter baumeln, die kurzsichtig danach griff. »Er hat Johns Mutter gehört«, sagte sie. »Sie war eine beeindruckende Frau, und es tut mir leid, sie nicht gut gekannt zu haben und dass sie starb, bevor sie die Kleine hier kennenlernen konnte.«

»Sie war wirklich beeindruckend – die letzte meiner Marshal-Tanten und Onkel«, stimmte Joanna zu. Johns Mutter war in der Abtei Tintern neben ihrer Mutter, ihrer Großmutter und ihren beiden jüngsten Brüdern begraben worden. Eine Generation ging dahin wie eine Brise durch ein Weizenfeld. Traurig, aber unausweichlich.

Nach einer Pause seufzte Joanna. »William organisiert ein weiteres Turnier – wieder am Aschermittwoch. Du hast mich gewarnt.«

Aliza schüttelte den Kopf. »Ja, das habe ich. Er verfügt über eine unerschöpfliche Energie, und die muss er abbauen.«

»Ja, aber ich wünschte, er könnte das auf eine andere Art tun.«

»Trotz dem, was letztes Mal passiert ist, hat er Talent. Bis er das nicht unter Beweis gestellt hat, wird er nicht ruhen, und du wirst ihn nicht aufhalten.«

»Ich weiß.« Joanna nagte an der Innenseite ihrer Unterlippe.

»Zwischen Männern entstehen beim Kampftraining Bande. Sie betrinken sich gemeinsam und verbringen ihre Zeit damit, über Pferde und Zaumzeug und Waffen zu reden«, sagte Aliza. »Sie werden sich gegenseitig bedauern, weil ihre Frauen wegen nichts und wieder nichts Theater machen, während sich die Frauen über ihre kindischen, ungestümen Männer beklagen, aber irgendwie schließen wir endlich Kompromisse und treffen uns in der Mitte.«

»Ja«, entgegnete Joanna spöttisch, und Aliza umarmte sie rasch.

»Wir haben Glück, uns zu haben, und Glück, unsere Männer zu haben, auch wenn sie uns zum Wahnsinn treiben.«

»Daran besteht kein Zweifel«, erwiderte Joanna mit einem ärgerlichen Lachen.

Joanna und Aliza überließen die kleine Alienor ihrer Kinderfrau und begaben sich zu der Königin. Unter den Frauen, die bereits den königlichen Stuhl umringten, befand sich auch Eleanor de Montfort, während ihr Mann, der zum Weihnachtsfest gerade aus der Gascogne zurückgekehrt war, vor einer Gruppe von Männern auf der anderen Seite des Raums große Reden schwang. Joanna entdeckte William unter ihnen, der seinen Worten so verzückt lauschte, als wären es Edelsteine, und sie presste die Lippen zusammen.

Simon de Montfort war zum Glück seit ihrer Hochzeit nicht mehr am Hof gewesen, sondern hatte für den König in der Gascogne regiert, war aber zu Weihnachten zurückgekehrt, um Bericht zu erstatten. Er hatte eine kraftvolle, weittragende Stimme und das Charisma, eine Unterhaltung zu dominieren. Der neunjährige Edward betrachtete ihn mit großäugiger Faszination. Auch der König sah zu ihm hinüber, und Joanna bemerkte seine innere Anspannung. Henry verspürte immer Unbehagen, wenn de Montfort am Hof war. Alles, was sie gemeinsam hatten, war Eleanor, die Schwester des einen und Frau des anderen, und sie war eine Quelle des Konflikts, nicht der Einigkeit.

Eleanor de Montfort hatte mit dem König gesprochen, kam aber jetzt zu Joanna und Aliza. »Ich gratuliere dir und deinem Lord zur Geburt einer Tochter«, sagte sie mit einem Lächeln.

»Danke, Schwester«, antwortete Aliza. »Wir haben ihr ihren Namen zur Erinnerung und Anerkennung der vielen berühmten Trägerinnen dieses Namens in unserer Familie gegeben.«

»In der Tat«, erwiderte Eleanor huldvoll. »Ich wünschte, ich hätte auch eine Tochter, aber mein Lord ist stark und vital und hat bislang nur Söhne in meinen Schoß gepflanzt.«

Aliza lächelte. »Ich bin sicher, dass du zu gegebener Zeit eine Tochter bekommen wirst. Mädchen können so ein Trost für eine Mutter sein und eine für die Familie vorteilhafte Partie machen.«

»Du bist weise, meine Schwester«, sagte Eleanor und wandte sich an Joanna. »Deine Zeit wird zweifellos ebenfalls kommen, selbst wenn es etwas länger dauert.« Obwohl sie mit leichter, süßer Stimme sprach, gelang es ihr doch, durchblicken zu lassen, dass sie Joanna und William für ungeeignet zur Produktion von Nachkommen hielt.

»Wenn Gott es so will«, erwiderte Joanna würdevoll. »Schließlich wachsen Eichen auch nur langsam, aber sie sind die stärksten und langlebigsten Bäume des ganzen Waldes.«

Eleanor tätschelte ihren Arm. »Wenn dem so ist, werden deine Söhne sicherlich mächtig werden und ihren Vater übertreffen. Ich erwarte, dass jede der Frauen hier dir nur zu gerne mit Ratschlägen und Mitteln behilflich sein wird, wenn du sie darum bittest.«

Joanna biss die Zähne zusammen und kniff die Lippen aufeinander. Gott sei Dank würden die de Montforts bald in die Gascogne zurückkehren.

»Simon de Montfort ist ein herausragender Soldat«, schwärmte William Joanna später vor. »Wir sollten ihn besser kennenlernen, solange er hier ist. Schließlich ist er mein Schwager.«

Joanna, die sich für das Bett fertig machte, schob das Kinn vor und sagte nichts. Simon de Montfort stolzierte am Hof herum wie der Löwe auf seinem Schild, und sie verstand gut, warum William sich bemühte, einer so starken Persönlichkeit nachzueifern.

»Ich dachte, wir könnten ihn und meine Schwester zum Essen einladen, bevor er in die Gascogne zurückreist. Ich weiß, dass wir wegen des Marshal-Landes mit ihnen im Streit liegen, aber warum überlassen wir das nicht unseren Anwälten und streben eine freundschaftliche Lösung an?«

»Du weißt nicht, wie er ist«, widersprach sie. Weazel sprang auf ihren Schoß und drehte sich zur Vorbereitung dafür, sich zusammenzurollen, um sich selbst. »Du weißt nicht, was er getan hat.« Trost suchend streichelte sie die Katze.

Er sah sie von der Seite an.

»Er und seine Frau sind der Meinung, dass wir auf nichts irgendein Anrecht haben«, fuhr sie bitter fort. »Sie wollen einen größeren Anteil von dem Besitz meines Großvaters als den, der ihnen von Gesetz wegen zusteht, und sie wollen Pembroke. Simon de Montfort verachtet den König, sogar wenn er ihm dient. Du warst nicht dabei, als er Henry ins Gesicht gesagt hat, er wäre ein Schwachkopf und würde hinter Gitter gehören. Du warst nicht dabei, als er mich und meinen Bruder eingeschüchtert hat, weil wir die Erben von dem waren, was er als Erbe seiner Frau betrachtet.«

William musterte sie mit einem verwirrten Stirnrunzeln.

»Er ist stark und mächtig und sucht sich Freunde vom selben Schlag, um seine Sache weiter zu fördern. Du magst der Bruder des Königs sein, aber weder er noch seine Frau werden dich je als Gleichberechtigten behandeln. Ich würde sie nicht an meinem Tisch willkommen heißen, auch wenn ich mit ihnen in der Halle sitzen und höflich sein muss. Das geht einen Schritt zu weit.«

»Ich werde sie nicht einladen, wenn du das nicht willst, aber es ist eine verpasste Gelegenheit.«

»Mit der Zeit wirst du sehen, dass dem nicht so ist.« Es würde die angespannte Atmosphäre bereinigen, wenn sie nachgab, aber selbst für William konnte sie das nicht tun. Die Vorstellung, mit dem Earl of Leicester und seiner Frau an einem Tisch zu sitzen, verursachte ihr nicht nur eine Gänsehaut, sondern machte ihr auch Angst. Sie hatte ihre Kindheitsfurcht unter Kontrolle, aber sie war nie ganz verflogen.

William grübelte immer noch über Joannas Feindseligkeit gegenüber den de Montforts nach, als die Diener am nächsten Tag die bemalte Kammer des Königs für ein Bankett vorbereiteten und die Wände mit frischem Grün dekorierten, das zu den bestickten Bettdecken passte. In dem großen Kamin prasselte ein Feuer, und de Montfort stand davor, wärmte sich den Rücken und blickte sich mit schmalen Augen im Raum um.

William trat zu ihm und streckte die Hände zu der Hitze hin. Er wollte de Montfort besser kennenlernen, verstehen, was die Menschen so zu diesem Mann hinzog und außerdem die Ursache für Joannas Antipathie ergründen. Ganz eindeutig gab es da böses Blut und eine Vergangenheit, von der er nichts wusste. Demnach zu urteilen, was William bislang gesehen hatte, hatte de Montfort ein Rückgrat aus Eisen. Er war starr und unbiegsam, sprach kraftvoll und eindringlich und hatte eine Art, Männer mit Worten auf dieselbe Weise niederzumachen, wie er es mit dem Schwert auf dem Schlachtfeld tat. Doch er verfügte auch über Charisma und militärischen Scharfsinn. Henry schien ihm aus dem Weg zu gehen, bezahlte ihn aber nichtsdestotrotz großzügig, damit er in der Gascogne für Ordnung sorgte.

»Das wird ein großartiges Bankett werden«, sagte William als Einleitung. »Das Grün und Gold ist geradezu überwältigend, findet Ihr nicht? Der König hat ein gutes Auge für solche Dinge.«

De Montfort musterte ihn mit hochgezogenen Brauen und einem überraschten Gesichtsausdruck. »In der Tat«, erwiderte er. Sein Blick schweifte fast ungeduldig über die üppige Vorbereitung. »Vielleicht sollte das seine einzige Berufung im Leben sein.« Er sah William an und schüttelte den Kopf. »Ich frage mich wirklich, was der König in Euch sieht.«

»Sire?« Von der höhnischen Verachtung in de Montforts Augen bestürzt, starrte William ihn an.

»Ihr seid kaum ein Ritter, seid in Eurem Leben nie in eine richtige Schlacht gezogen oder habt die Entscheidung eines Staatsmanns getroffen, und trotzdem sucht er Euren Rat, und Ihr seid ständig an seiner Seite. Gehe ich recht in der Annahme, dass Ihr beide untereinander über Farben und Vorhänge und darüber schwatzt, wo die nächste Münze ausgegeben werden soll, die er nicht besitzt.«

William traute seinen Ohren nicht. »Ich bitte um Verzeihung, Sire. Wie meint Ihr das?«

»Offener kann ich nicht sprechen«, gab de Montfort ungeduldig zurück. »Für mich seid Ihr belanglos. Prahlt mir gegenüber damit, dass Ihr der Bruder des Königs seid. Ihr bekleidet diese Position am Hof nur, weil Eure Frau Euch mit ihrem sich unrechtmäßig erworbenem Reichtum den Weg dazu geebnet hat und der König nur halb bei Verstand ist. Ich habe Besseres zu tun, als über nutzlosen Tand zu schwafeln.« Er machte auf dem Absatz kehrt und stolzierte davon, um sich zu einer Gruppe anderer Männer zu gesellen, dabei ließ er keinen Zweifel daran, dass es nicht erwünscht war, dass William dasselbe tat.

Einen Moment lang war William über die Abfuhr zu erstaunt, um wütend zu sein, und selbst als ihn dieses Gefühl durchströmte, wusste er nicht, wie er damit umgehen sollte. Wie immer war ihm Joanna weit voraus. Er war soeben zurückgewiesen und als Leichtgewicht beleidigt worden. Er erwog, zu de Montfort hinüberzugehen und die Sache auszufechten, aber es erschien ihm unklug, in Gegenwart von de Montforts erheiterten und feindseligen Kumpanen den

Mann noch weiter gegen sich aufzubringen. Er war abgeblitzt worden und wusste jetzt, wo er stand. De Montfort würde bald in die Gascogne zurückkehren, wohingegen er an der Seite des Königs bleiben und dies zu seinem Vorteil ausnutzen würde. Er vermutete, dass es das war, was dem Earl of Leicester wirklich sauer aufstieß.

Er verließ die Halle und ging zu Joanna, um ihr zu erzählen, was passiert war. »Du hattest recht«, sagte er. »Aber selbst, wenn ich so weit gegangen wäre, ihn zum Essen einzuladen, glaube ich nicht, dass er die Einladung angenommen hätte.«

»Du solltest ihn meiden«, erwiderte sie. »Ihr mögt in derselben Ratskammer sitzen, aber diskutiere nicht mit ihm und überlass den Streit um das Land den Anwälten. Seine Habgier kennt keine Grenzen.«

William nickte zustimmend. »Ich dachte, sowie de Montfort fort ist, könnten wir den König um die Erlaubnis bitten, Hertford zu besuchen. Vielleicht in ein paar Monaten, wenn das Frühlingsgras gewachsen ist.«

»Ja«, erwiderte Joanna mit von Herzen kommender Stimme. »Es wird uns guttun, dem Hof für eine Weile zu entkommen.«

17

Hertford Castle, Hertfordshire
April 1249

In der ersten Aprilwoche trafen William und Joanna in dem am Ufer des Flusses Lea gelegenen Hertford ein. Ihr Gepäcktross war schon einen Tag früher aufgebrochen, so dass die Diener alles für ihre Ankunft vorbereiten und William und Joanna die Reise ungehindert genießen konnten. Sie hatten London beim ersten Tageslicht verlassen und waren kurz nach Mittag an ihrem Ziel eingetroffen. Der Himmel leuchtete in einem klaren Frühlingsblau, und sie hatten den ersten Kuckuck des Jahres heiser aus einem Wäldchen rufen hören, als sie den grün gesäumten Feldwegen entlangreisten.

Hertford erfüllte William mit Besitzerstolz, denn es gehörte ihm allein und war nicht an Joannas Marshal-Erbe gebunden. Der König hatte ihnen Rotwild geschenkt, um den Park zu bevölkern, dazu Baumaterial für Reparaturen, Umbauten und Verbesserungen. Als sie sich dem Torhaus mit dem dahinterliegenden Bergfried näherten, trat ein breites Lächeln auf sein Gesicht.

Stallburschen eilten herbei, um die Pferde entgegenzunehmen, und der Haushofmeister geleitete sie in die kleinere der beiden Hallen. Im Kamin der zweiten prasselte ein Feuer, und die Wände waren mit Kalk weiß getüncht. Durch einige Bogenfenster strömte Tageslicht in die Kammer. Williams Schild war über dem Stuhl des Lords an die Wand gehängt worden, und in der Nähe stand ein gedeckter Tisch, mit einem weißen Tuch, Besteck und Geschirr, dessen Versilberung glänzte.

Robert, Joannas Koch, erschien in einer Wolke würziger Düfte. Über seine Tunika hatte er eine Schürze gebunden. Er stellte eine Schüssel mit Brot mit goldfarbener Kruste auf den Tisch und verbeugte sich mit vom Feuer geröteten Wangen vor William und Joanna. »Ich habe gutes Wildbret aus dem Park«, sagte er, »und erstklassigen Lachs und Aale in Kräutersoße aus dem Fluss. Alles ist bereit.«

Joanna lächelte und dankte ihm. Robert war einer der Ersten, den sie eingestellt hatte, nachdem sie ihr Erbe angetreten hatte. Er war ihr von Cecily empfohlen worden, die ihr auch geholfen hatte, ihre wichtigsten Hausangestellten auszuwählen. »Du hast dich selbst übertroffen«, lobte sie.

Seine Brust blähte sich vor Stolz, er vollführte eine schwungvolle Verbeugung und ging wieder an seine Arbeit.

Joanna sah William an, der sich mit großen Augen umblickte und lächelte. »Hast du Hunger?«

»Einen Bärenhunger sogar.« Er drückte ihre Hand. »Das ist ein Fest sowohl für die Augen als auch für den Magen.«

Die Gerichte wurden aufgetragen, üppig und gut gewürzt. William, Joanna und ihr Haushalt aßen, bis sie sich kaum noch bewegen konnten. Die Nachmittagssonne fiel durch die Fenster, und William brachte seinen ersten Toast als Herr von Hertford aus. Seine Augen leuchteten vor Stolz.

Um ihre Mahlzeit wieder abzuarbeiten, machten sie sich daran, den Rest des Bergfrieds zu erkunden. Hinter der Halle lag ein gut ausgestatteter Raum. Am hinteren Ende war ihr Bett aufgestellt worden, daran schloss sich eine

Privatkapelle an. Dahinter gab es zwei Latrinen mit Holzsitzen hinter rot gestrichenen Türen. Joanna trat zum Fenster, um auf den in der Sonne schimmernden Fluss hinauszublicken. »Was für ein herrliches Licht zum Nähen. Ich werde morgen meinen Stickrahmen hier aufstellen lassen.«

Sie inspizierten den Rest ihres Königreichs – die oberen Räume und die Brustwehr, den geräumigen Hof und den intimen Garten mit einem kleinen Obstgarten und einem Wasserlauf. Dahinter erstreckte sich der majestätische weitläufige Jagdpark, der darauf wartete, mit Wild aus den Beständen des Königs bestückt zu werden.

Endlich trennten sie sich. William wollte mit seinen Rittern sprechen, und Joanna begab sich in ihre Kammer, um das Auspacken ihrer restlichen Habseligkeiten zu überwachen.

Sie summte leise vor sich hin, froh, vom Hof fort zu sein. Es konnte das prickelnde Gefühl der Macht sein, aber sie musste sowohl ihretwegen als auch Williams wegen ständig auf der Hut sein. Er hatte inzwischen gelernt, sich etwas zurückhaltender zu geben, lief aber immer noch Gefahr, in Schwierigkeiten zu geraten, und die Zuneigung des Königs machte ihn zu einer Zielscheibe. William neigte dazu, auf Henrys Liebe zu ihm zu bauen, sonnte sich in seiner Gunst und nahm an allem teil, was der Hof zu bieten hatte. Er trank, spielte und ritt mit den anderen jungen Männern aus, und Joanna machte sich Sorgen, denn ihrer Meinung nach musste er verantwortungsbewusster und ernster werden.

Er hatte für Februar ein weiteres Turnier organisiert. Henry hatte ihm die Erlaubnis dazu verweigert, doch William hatte beschlossen, es trotzdem abzuhalten, und den Wettkämpfern versprochen, für alle Schwierigkeiten einzustehen, die sich ergaben. Sie hatte darüber, dass er sich dem

Willen des Königs widersetzte, eine heftige Auseinandersetzung mit ihm gehabt, aber William, entschlossen, seine Männlichkeit und sein Geschick unter Beweis zu stellen, hatte sich gegen sie behauptet. Wie sonst, wollte er wissen, konnte er die nötigen Erfahrungen sammeln? Eines Tages konnte es den Unterschied zwischen Leben und Tod ausmachen.

Alles, woran Joanna denken konnte, waren Cecilys Worte, dass das Benehmen eines Mannes auf seine Frau zurückfiel und man ihr unterstellen könnte, seine Partei zu ergreifen. Der Versuch, ihm zu sagen, dass er den König beschützen sollte und dass eine Weigerung, ihm zu gehorchen, als Rebellion ausgelegt werden könnte, war mit einer steinernen Weigerung, Kompromisse einzugehen, beantwortet worden.

Mit ihrer Weisheit am Ende hatte sie verzweifelt gebetet, das Ereignis möge nicht stattfinden, und Gott hatte ihre Bitte erhört. Am Vorabend des Turniers hatte ein schwerer Schneesturm das Arrangement zunichtegemacht, und all die großartigen Pläne waren im Sande verlaufen. Vor ihrem geistigen Auge konnte sie immer noch die Schneeflocken sehen, die sie umwirbelten, als sie die Kapelle verließ, und die dünne weiße, alles dämpfende Stille spüren.

William hatte geflucht, war auf und ab marschiert, hatte mit Gegenständen um sich geworfen und gebrüllt. Er hatte Briefe verschickt und das Turnier auf einen späteren Zeitpunkt verlegt, der noch nicht festgesetzt war. Im Moment ruhte alles, aber sie wusste, dass er nichts vergessen hatte und seine Entschlossenheit, ein anderes Turnier zu veranstalten, so stark wie eh und je blieb. Er setzte sein Training immer noch bei jeder Gelegenheit fort und erwarb neue Ausrüstungsstücke.

Sie hatten ihren Streit dann beigelegt. Er hatte ihr aufmerksame kleine Geschenke gebracht und war charmant, amüsant und rücksichtsvoll gewesen, doch das hatte die Dinge nicht geändert. Sie erkannte sein Bedürfnis, seine vitale körperliche Energie einzusetzen. Ohne das wurde er mürrisch und bissig, aber wenn diese Seite seines Naturells befriedigt wurde, öffnete sich eine innere Ruhe in ihm, dann gehörte er ihr, und sie lebte für diese Momente.

Joanna zog Schuhe und Strümpfe aus und legte sich auf das Bett, um einen Moment auszuruhen, doch sobald sie die Beine ausstreckte, entdeckte sie eine Spinnwebe am Betthimmel und musste sie entfernen. Sie stellte sich auf die Zehenspitzen, schlug sie weg und zog die Vorhänge vor, um nach weiteren und nach Insektenpuppen zu suchen, die sich in den Falten versteckten. Später würde sie die Dienerinnen ausschelten, aber selbst Hand anzulegen verschaffte ihr große Befriedigung.

Sie hörte William kommen und über seine Schulter hinweg etwas zu Jacomin sagen, und dann trat er ganz in den Raum.

»Joanna?«

Sie erstarrte, als sie ihn auf das Bett zugehen hörte, und dann sprang sie mit dem Ruf: »Ich bin hier!« auf ihn zu. Er musste sich schnell bewegen, um sie aufzufangen, woraufhin sie laut lachte. Er hielt sie für zu gesetzt und vernünftig, und sie war entschlossen, dass sie vergnügt und verspielt sein konnte, wenn sie nicht auf der Hut sein musste.

Er wirbelte sie in den Armen herum, bis ihnen beiden schwindelig war, bevor er sie auf das Bett fallen ließ und sie an sich zog. »Ah, Joanna«, sagte er lachend. »Ich bete dich an!« Er rollte sie herum und ließ sie auf das Bett sinken. »Ich liebe dich vom feinsten Haar auf deinem Kopf bis hin zu deinem kleinen Zeh.« Er küsste ihre Füße, kleine, knabbernde Küsse, und schob ihr Kleid über ihre Knöchel hoch. »Ich liebe deine Füße.« Er rieb sie. »Deine Knöchel, deine Beine.«

Joanna bog sich ihm entgegen und keuchte. Er schob sich über sie, sprach leise auf sie ein, küsste, liebkoste und streichelte sie, während er jedes Körperteil benannte, dann erhob er sich über ihr, und sie zog ihn voller Triumph und Freude, dass er sie mit demselben Hunger wollte wie sie ihn, in sich, schloss die Beine um ihn und ließ die Wonne kommen. In ihrem eigenen Bett und ihrer eigenen Burg an ihrem ersten Tag hier. Es war alles richtig.

Als es vorüber war, lösten sie sich langsam voneinander. William rollte sich auf den Rücken, und Joanna küsste seine Wange.

»Was tust du mit mir?«, sagte er mit einem leisen Kichern. »Ich schwöre, ich verliere alle meine Sinne außer einem.«

»Gib mir nicht die Schuld daran!«, gab sie zurück und zupfte an seinem Haar.

»Was erwartest du denn, wenn du dich barfuß hinter den Bettvorhängen versteckst! Was soll ein Mann denn tun, wenn er dermaßen gereizt wird!«

Joanna bedachte ihn mit einem verschämten Blick. »Ich habe keine Ahnung, wovon du redest.«

»Das weißt du ganz genau. Zieh deine Schuhe an, bevor ich erneut den Verstand verliere. De Bussy ist gekommen, um über die Mitgiftsansprüche deiner Vettern zu berichten. Oh, und der Abt von Dene ist hier und bittet um Gastfreundschaft für diese Nacht.«

Joannas Gesicht begann zu brennen. »Warum hast du mir nichts gesagt?«

»Das habe ich gerade getan«, erwiderte er belustigt.

Sie schlug ihn mit einem Kissen, sprang dann aus dem Bett und lief zum Schrank. »Du schickst mir besser Nicola«, sagte sie. »Ich muss mich herrichten, damit ich vorzeigbar bin.«

William schob das Kissen grinsend zur Seite und stand auf. »Du siehst so, wie du bist, sehr vorzeigbar aus«, meinte er, als er seine Kleidung in Ordnung brachte. »Nur wilde Haare und Lüsternheit.«

Sie warf ihm über die Schulter hinweg einen scheinbar bestürzten Blick zu. »Es mag für meinen Mann in der Schlafkammer angemessen sein, aber schwerlich eine Aufmachung, in der man Anwälte und Äbte begrüßt.«

»Es könnte trotzdem interessant sein«, versetzte er und schlenderte geschmeidig wie Weazel auf der Jagd aus dem Raum.

Nicola erschien, um Joannas Haar zu frisieren und aufzustecken und ihren Schleier zu befestigen, und das alles ohne jeglichen Kommentar. Joanna schob die Füße in ihre Schuhe und lächelte auf eine Art, die den Abt von Dene mit Sicherheit veranlasst hätte, die Brauen hochzuziehen, wenn er es gesehen hätte.

William und Joanna verbrachten den Rest des Frühlings und den frühen Sommer in Hertford, unternahmen gelegentlich Ausflüge zu nahe gelegenen Herrenhäusern, blieben aber nie länger als einen Tag. Sie überprüften mit ihren Verwaltern und Anwälten die Kontobücher und nahmen Bau- und Verschönerungsprojekte in Angriff, wobei ihnen Geschenke in Form von Holz, Baumaterialien und mehr Geld vom König halfen. Gemeinsam gingen sie mit den Falken und Hunden auf die Jagd und erkundeten jeden Winkel ihres Herrschaftsbereichs.

Manchmal kehrte William an den Hof zurück und verbrachte ein paar Tage mit dem König, und ab und an begleitete Joanna ihn, aber dann kamen sie nur zu gerne nach Hertford und ihrer verspäteten Hochzeitsreise zurück.

Eines Morgens Anfang Juni wachte Joanna auf, weil Sonnenlicht durch die offenen Fensterläden auf das Bett fiel. Sie hatte länger als sonst geschlafen und fühlte sich immer noch müde, obwohl der Tag längst angebrochen war. Williams Bettseite war leer, denn er war ein Frühaufsteher und hatte sie schlafen lassen. Als sie sich aufsetzte, schlug eine Welle der Übelkeit über ihr zusammen, und ihre Brüste fühlten sich wund und schwer an. Sie würde es ihm heute sagen müssen. Mehrere Morgen hatte sie darüber nachgedacht, aber geschwiegen, weil sie sich schon einmal geirrt hatte. Sie hatte gehofft und nicht einen Tag zu hoffen gewagt. Sie verließ ihr Bett, begann ihre Haare aufzuflechten und zählte erneut die Wochen seit ihrer letzten Blutung. Bevor sie nach Hertford gekommen waren. Ende März oder Anfang April. Und jetzt hatten sie die zweite Juniwoche.

William stürmte nach frischer Luft und verschwitztem Pferd riechend in die Kammer. Er hatte einen kleinen Brotlaib in einem Tuch und ein großes Stück Käse dabei. Joanna sog die verschiedenen Gerüche ein, und ihr Magen krampfte sich zusammen. Sie presste die Lippen aufeinander und ballte die Fäuste, bis das Gefühl verflog.

»Jeder wird dich Langschläfer nennen«, neckte er sie. »Mach dir keine Gedanken über das Fastenbrechen, das wird dein Dinner sein.«

Joanna schüttelte den Kopf. »Ich habe keinen Hunger.«

Augenblicklich trat ein Anflug von Besorgnis auf sein Gesicht.

»Nun, vielleicht ein bisschen trockenes Brot – keinen

Käse.« Allein das Wort auszusprechen verursachte ihr Übelkeit.

»Bist du krank? Soll ich einen Arzt rufen?«

Sie sah die Furcht in seinen Augen – in dem weniger als einen Tagesritt entfernten London herrschte die Sommerpest. »Nein, aber es wird mir besser gehen, wenn du den Käse wegbringst …, lass nur das Brot hier.«

Er tat, worum sie ihn gebeten hatte, und brachte ihr etwas Wein. Sie nahm einen Schluck, ließ ihn im Mund kreisen und knabberte an dem Brot. Ihr Magen rebellierte immer noch, aber vor Beklommenheit.

»Was würdest du sagen, wenn ich dir mitteile, dass du Vater wirst?«

Er starrte sie an. Und dann lächelte er langsam, breiter und breiter, ein Lächeln voller Hoffnung. Er nahm sie bei den Schultern. »Wirklich?«

Sie senkte ernst den Blick. »Ich glaube, dass eine sehr große Chance besteht und dass wir mit Gottes Hilfe im nächsten Winter einen Sohn haben werden.«

»Das sind die besten Neuigkeiten, die du mir erzählen konntest!« Seine Stimme klang gepresst. »Das ist der Beweis, dass…« Er schüttelte den Kopf, unfähig, weiterzusprechen.

»Dass keiner von uns unfruchtbar ist?«, erwiderte sie zittrig.

»Nun, ja, das auch, aber es ist auch eine Bestätigung. Von uns beiden. Unserer Ehe, egal was die Verleumder sagen. Ich bin so stolz.« Er schlang die Arme um sie. Sie lehnte sich gegen seine Brust, spürte sein Herz fest und regelmäßig schlagen und dachte, dass ihnen Gott endlich seine Gunst erwiesen hatte. Es war wirklich eine Bestätigung, für alle und alles Kommende.

18

Palast von Westminster
November 1249

Joanna, die mit den Frauen in der Kammer der Königin saß, fühlte sich genauso schwer und träge wie die tief hängenden grauen Wolken des Novembernachmittags. Ihre Schwangerschaft, die jetzt den siebten Monat erreicht hatte, war schwierig verlaufen, und ihr war den größten Teil der Zeit übel gewesen. Das wachsende Baby war kräftig und lebhaft, genau wie sein Vater – sie war sicher, dass es ein Junge war. Sybil Giffard hatte sie mit Leberbrei gefüttert und ihr alle Arten von stärkenden Tees und Tränken eingeflößt, und William umsorgte sie mit einer Mischung aus Angst und Stolz, für die sie dankbar war, selbst wenn sie sie fast zum Wahnsinn trieb.

Aliza begleitete sie für die Niederkunft nach Hertford. Ihre Tochter, die kleine Alienor, war etwas über ein Jahr alt, ein hübsches kleines Kind, das schon zu laufen begann, vorausgesetzt, dass sie sich an einer Hand festhalten konnte. Joanna fragte sich, wie es wohl sein würde, einen kleinen Menschen zu haben, einen Teil von ihr und einen von William und ganz Gottes Schöpfung, der in völligem und verletzlichem Vertrauen ihre eigene Hand hielt.

Sie blickte aufgrund von Hektik an der Tür auf, als Bonifaz, der Onkel der Königin und Erzbischof von Canterbury, eintraf. Während des Jahres von Joannas Hochzeit war er in Rom gewesen. Er war groß, von gesunder Gesichtsfarbe, hatte einen messerscharfen Verstand und achtete sehr darauf, seine Macht zu erhalten und die Grenzen der Verwandtschaftsgrade nicht zu überschreiten. Ein emailliertes Kreuz blitzte auf seiner Brust, und er unterstrich seine Schritte mit dem Aufstampfen eines kunstvoll gearbeiteten Krummstabes aus Elfenbein.

Alle sanken ehrerbietig auf die Knie. Durch ihren Umfang war Joanna die Letzte, die das tat, dabei schluckte sie Galle hinunter. Bonifaz begrüßte die Königin warm, und sie kniete nieder, um seinen Amtsring zu küssen. Der Rest der Frauen wurde vorgestellt, und die Königin bedeutete Joanna, sich zu erheben. »Du wirst meine Schwester entschuldigen«, sagte sie. »Sie wird sich bald für die Zeit ihres Wochenbetts zurückziehen.«

»Schwester?« Bonifaz musterte Joanna abschätzend.

»Die Frau des Bruders meines Lords, des Königs, William de Valence.«

Die klugen Augen wurden schmal. »Ich segne dich für deine Kraft und deinen Mut, meine Liebe«, sagte er. »Es tut mir leid, dass ich nicht hier war, um deine Hochzeit zu feiern.«

Joanna spürte einen Anflug von Abscheu in seinem Benehmen, als würde er etwas Beschmutztes und Verdorbenes betrachten. Die Königin blickte mit hochgezogenen Brauen zwischen ihnen hin und her. Die Anspannung war subtil, wie eine Wolke, die über die Sonne hinwegzog, wo Joanna zuvor keine Wolke am Himmel bemerkt hatte.

Bonifaz blieb, um mit der Königin einen Becher Wein zu trinken und über seine verschiedenen Projekte zu sprechen, und Joanna kehrte zu ihrer Näharbeit zurück. Edward erschien, um seine Mutter zu besuchen. Sein helles Haar war zerzaust und sein sommersprossiges Gesicht hochrot vor Anstrengung. Eines seiner Knie lugte aus einem großen Riss in seiner Hose hervor.

»Was hast du gemacht?«, fragte Alienor entsetzt. »Komm und begrüße den Erzbischof, auch wenn du nicht in geeignetem Zustand dafür bist.«

»Onkel William hat mich Talent reiten lassen«, verkündete Edward strahlend, als er vor seinem Großonkel niederkniete, wobei der Riss in seiner Hose noch größer wurde.

Joanna hob den Kopf. Die Augen der Königin wurden groß. Talent war Williams neuestes Schlachtross, ein mächtiger bronzebrauner spanischer Hengst, jung und nervös.

»Was?«

Edward grinste vergnügt. »Er ist schneller als der Wind. Er hat alle anderen geschlagen.«

»Und er hat dich ihn reiten lassen – sogar galoppieren?« Alienors Stimme wurde eine Spur schriller.

»Ja!« Edward senkte den Blick, und Joanna vermutete, dass er die Wahrheit etwas zurechtbog.

»Ist das klug, Nichte?« Bonifaz wandte sich an Alienor. »Mir kommt es eher verantwortungslos vor.«

»Onkel William ist der beste Turnierkämpfer der Welt!«, schwärmte Edward. »Er wird mir beibringen, so zu kämpfen wie er – und dann werde ich der Beste sein. Und morgen gehen wir jagen.«

»Das wird sich finden«, erwiderte Alienor mit zusammengepressten Lippen. »Geh und wechsele deine Hose, und dann komm und setz dich wie ein zivilisierter Mensch zu dem Erzbischof.«

Edward blies verärgert die Wangen auf, verbeugte sich aber und ging.

Bonifaz blickte Alienor streng an. »Es ist nicht gut, deinen Sohn zu Dummheiten zu verleiten. Er ist intelligent und seinem Alter voraus, aber noch nicht so weit, einen temperamentvollen Hengst zu reiten.«

Alienor warf Joanna, die in Williams Abwesenheit der Sündenbock war, einen anklagenden Blick zu.

»Mein Mann liebt Lord Edward sehr und würde nie etwas tun, was ihm schadet, da bin ich sicher«, rechtfertigte sich Joanna.

»Vielleicht nicht absichtlich«, erwiderte Bonifaz. »Aber einen willensstarken Jungen zu ermutigen, Risiken einzugehen, ist töricht. Nach dem, was ich bislang gesehen habe, muss einiges an Übermut gezügelt werden. Edward ist der Thronerbe. Ihn zu ermuntern, ein gefährliches Schlachtross zu reiten, ist der Gipfel des Leichtsinns.« Er sah Joanna an, als wäre es ihre Schuld, nicht zwischen der übereilten Impulsivität ihres Mannes und seiner Vernunft zu vermitteln.

Die Königin meinte: »Der Bruder meines Mannes ist manchmal unachtsam, auch im Übermaß. Aber du kannst sicher sein, dass ich mich um die Angelegenheit kümmern werde.«

Edward kam in sauberen Kleidern, mit gewaschenem Gesicht und gekämmten Haaren zurück, und diesmal verneigte er sich formell, bevor er auf einen Stuhl zu den Füßen seiner Mutter rutschte – ein Bild engelhafter Unschuld. Voller Sorgen entschuldigte Joanna sich. Seit ihrer Rückkehr aus Hertford hatte William an einem weiteren, diesmal erlaubten Turnier teilgenommen, aber ein junger Ritter war schwer verletzt worden, und William hatte die Schuld daran bekommen. Jetzt das. Fast schien es so, als würde er absichtlich versuchen, ihre Stellung am Hof zu ruinieren.

»Was um alles in der Welt hast du dir bei Edward und Talent gedacht?«, wollte sie später in ihrer Kammer von William wissen.

Er schüttelte lachend den Kopf. »Das kleine Äffchen hat ihn schon gesattelt getroffen und war auf seinem Rücken, bevor ich ihn aufhalten konnte. Er hat nur auf diese Gelegenheit gewartet. Ich kann ihm seine Geduld und Schlauheit nicht verübeln.« Williams Augen leuchteten vor Begeisterung. »Er sitzt wirklich gut im Sattel, Joanna, ganz ohne Angst, und seine reiterlichen Fähigkeiten sind exzellent.«

»Nun, jetzt bist du deswegen bei Bonifaz of Canterbury in Ungnade gefallen«, schnappte Joanna. »William, du musst an solche Dinge denken.«

Er schnaubte. »Ha, jeder, der kein Savoyarde ist, ist der Feind des Erzbischofs. Er hat schon klargestellt, dass er mich und meine Brüder als Rivalen um Macht und Einfluss betrachtet. Ich habe gesehen, wie er dem König zugeflüstert hat, ich sei noch nicht ganz trocken hinter den Ohren.«

»Gut, dann gib ihm keine Gründe, sich über dich zu beklagen.«

William schnitt eine Grimasse. »Das war heute Nachmittag pures Pech. Es wird nicht wieder vorkommen. Bonifaz macht nur ein großes Gewese darum.«

»Du musst vorsichtig sein«, beharrte sie. Bald würde sie nicht mehr hier sein, um Williams Exzesse und Missgeschicke auszubügeln.

William zuckte die Achseln. »Es gibt nichts, weswegen du dir Sorgen machen müsstest, und das solltest du auch nicht – es ist nicht gut für dich oder das Kind.«

»Dann gib mir keinen Grund, mir Sorgen zu machen.«

Er seufzte ungeduldig, küsste sie schließlich. »Ich schwöre, dass ich das nicht tun werde.«

»Und sei vorsichtig mit Lord Edward. Wenn er weiter mit zerrissenen Kleidern und wilden Geschichten von Eskapaden mit dir zu seiner Mutter kommt, wird es unserer Sache nicht dienlich sein.«

»Joanna, die Schwarzseherin«, neckte er, dabei presste er den Zeigefinger auf ihre Nasenspitze.

»Schwarzseherin?«

Er grinste sie an. »Es heißt, dass du dir zu viele Sorgen machst.«

»Gibst du mir die Schuld? Das ist kein Spiel, William!«

»Ich weiß, und ich höre dich«, sagte er und küsste sie erneut, aber Joanna vermutete, dass er sie beschwichtigte, ohne wirklich die Absicht zu haben, etwas zu ändern.

Bonifaz stelle seinen Kelch ab und wischte sich über die Lippen. »Die Lusignan-Brüder des Königs haben am Hof viel verändert, seit ich das letzte Mal hier war«, sagte er zu Alienor. »Mir scheint, sie haben einen schädlichen Einfluss auf den König und Lord Edward.«

»Du weißt, wie der König ist«, erwiderte Alienor. »Diese jungen Männer sind seine Halbbrüder. Manchmal denke ich, er liebt sie auf eine geradezu unvernünftige Weise.«

Bonifaz zog die Brauen hoch. »Für mich ist das der Gipfel der Torheit.«

»Ich mag William.« Alienor versuchte, inmitten dieser neu entflammten Feindseligkeit gerecht zu bleiben. »Und ich liebe Joanna sehr. Ich dachte, sie könnte einige der Exzesse ihres Mannes zügeln, aber du hast recht, er ist unvorsichtig und eigenwillig. Ich finde gleichfalls, dass mein Mann ihm zu viele Privilegien zugesteht, und ganz sicher hat er heute mit Edward verantwortungslos gehandelt. Er denkt nicht an die Konsequenzen.«

Bonifaz presste die Fingerspitzen gegeneinander. »Ich würde den Gedanken daran hassen, dass er deinen Platz im Rat des Königs einnimmt. Es ist nicht gut, Übereiltheit gegen Dienste einzutauschen, und wenn dein Mann ihn mit Geld, Landsitzen und Gunstbezeigungen überhäuft, wen schiebt er dann deswegen beiseite?«

Alienor betrachtete die Ringe an ihren Fingern und nickte.

»Du willst nicht, dass er Einfluss auf Lord Edward gewinnt. Heute ist es nur ein Pferd, aber was ist mit der Zukunft? Meine Liebe, du tätest gut daran, die Situation genau im Auge zu behalten und etwas dagegen zu unternehmen. Du brauchst Leute um dich herum, denen deine Interessen am Herzen liegen, nicht ihre eigenen. Alle Brüder des Königs müssen gezügelt werden. Ich habe gehört, dass Aymers Studien mehr mit Wein, Frauen und Spiel zu tun haben als mit ernsthaftem Lernen.«

»Aber da kannst du doch etwas unternehmen?«, sagte sie. »Er gehört zur Geistlichkeit.«

Bonifaz erwiderte angespannt: »Wenn er ein Bistum bekommt, steht er unter meiner Aufsicht, und ich werde ihn unter Beobachtung und unter meiner Knute halten. Der König mag ja die weltlichen Interessen kontrollieren, aber das Wohlergehen der Kirche fällt in meinen Bereich.«

»Danke für deine Unterstützung und deinen Rat, Onkel«, erwiderte Alienor. »Du hast mir viel Stoff zum Nachdenken gegeben. Ich fürchte, ich habe die Dinge schleifen lassen, und du hast mich zu der Einsicht gebracht, dass ich mich darum kümmern muss, bevor es schlimmer wird. Ich werde von jetzt an besser aufpassen.«

Er tätschelte ihr Knie und sprach mit einem gütigen Lächeln, aber seine Augen blickten hart und berechnend.

»Ich bin hier, um dir und unserer Familie zu helfen und Lord Edward zu lenken, damit er ein würdiger König wird und vor unerwünschten Einflüssen bewahrt bleibt.«

William blickte aus dem Fenster in einen kalten Januarmorgen hinaus. Seit der Morgendämmerung hatte es zu schneien gedroht, und jetzt hatten einzelne Flocken zu fallen begonnen, Vorboten einer größeren Last. Er war vor zwei Tagen wegen Joannas Niederkunft vom Hof nach Hertford zurückgekommen. Sybil Giffard kam aus dem einen Tagesritt entfernten Windsor, um Joannas Wehen zu überwachen, aber sie war noch nicht eingetroffen, und jetzt konnte der Schnee ihre Reise behindern.

»Ich glaube, ich gehe und überprüfe die Straßen«, meinte William. »Jetzt schneit es noch nicht so stark, und mein Pferd braucht Bewegung.«

»Du meinst, du brauchst Bewegung«, entgegnete Joanna mit einem kläglichen Lächeln.

William schnitt ihr eine Grimasse. »Du hast mich durchschaut«, gab er zu, aber unter seinem leisen Spott schimmerte Angst durch. Aliza hatte ein Kind geboren, war aber keine Hebamme. Sybil dagegen war Expertin auf diesem Gebiet, und Joanna hatte keine leichte Schwangerschaft gehabt. Sie war von Rückenschmerzen geplagt worden, hatte einige Tage lang Krämpfe verspürt und den größten Teil des gestrigen Abends auf dem Abtritt verbracht und sich übergeben. Wenn er ausritt, dann deshalb, weil er sich so hilflos fühlte, wenn er hier saß und Däumchen drehte.

Als William fort war, setzte sich Joanna hin, legte die Füße hoch und trank einen warmen Kräutertee. Aliza las ihr aus einer von der Königin geborgten Alexanderromanze vor, und Joanna lächelte über die Ironie, denn es wimmelte darin von Turnieren, Kämpfen und Heldentaten und allen Dingen, die am Hof verpönt waren.

Die Rückenschmerzen verstärkten sich ständig, und Joanna konnte keine bequeme Position finden. Draußen schneite es leicht, aber stetig weiter. Aliza breitete eine warme Decke über Joannas Beine und ließ die Dienerinnen mehr Kerzen anzünden. Die Flammen tanzten über eine kleine Statue der heiligen Margaret, der Schutzpatronin kreißender Frauen, die aus dem Bauch des Drachen hervorkroch, der sie verschlungen hatte. Seit sie wusste, dass sie schwanger war, hatte Joanna jeden Tag zu ihr gebetet.

Ein schärferer, stärkerer Schmerz fuhr durch ihren Bauch und ließ wieder nach. Kurz darauf folgte ein weiterer.

»Ich glaube nicht, dass das Baby auf Sybil wartet«, sagte Joanna.

Alizas Augen weiteten sich, aber sie legte das Buch weg und begann praktisch vorzugehen. Sie half Joanna ins Bett, wies die anderen Frauen an, über dem Feuer Wasser heiß zu machen und Tücher und Windeln bereitzuhalten.

»Ich denke, wir haben noch eine ganze Weile vor uns. Als ich Alienor bekam, dauerte das fast einen Tag.«

Joanna verzog das Gesicht. Sie wollte, dass die Wehen schneller vorübergingen, aber es wäre ihr auch lieber, wenn Sybil da wäre.

Einige Stunden später waren die Schmerzen stärker geworden, und die Krämpfe kamen in kurzen, regelmäßigen Intervallen, kräftig und hart. Joanna betete mit aller Inbrunst zu der heiligen Margaret. William sollte inzwischen zurück sein. Was, wenn er im Schnee gestürzt war? Keuchend überstand sie die nächste Wehe und mahnte sich, nicht töricht zu sein. Er hatte seine Männer bei sich, und sie würden aufeinander aufpassen.

Der reißende Schmerz entließ sie aus seinem Griff, und als sie nach Atem ringend zurücksank, öffnete sich die Tür, und Sybil Giffard trat ein. »Mein Pferd hat ein Hufeisen verloren und gelahmt«, erklärte sie atemlos, als sie geschäftsmäßig näher kam. »Euer Mann hat uns gefunden und mich auf das Pferd seines Knappen gesetzt.« Sie nahm ihren von schmelzendem Schnee glitzernden Umhang ab.

Joanna biss sich auf die Lippe und brachte nur ein stummes Nicken zustande, als ein weiterer Krampf ihren Bauch zusammenzog.

Sybil knickste, um die Statue der heiligen Margaret zu ehren, und rollte dann ihre Ärmel hoch. »Kommt«, sagte sie zu Joanna, »vor uns liegt Arbeit.«

Kurz nach Einbruch der Abenddämmerung brachte Joanna ihren Sohn zur Welt, und ein quengeliges Greinen erfüllte den Raum, als er seinen ersten Atemzug ausstieß.

»Ein prächtiger Junge«, verkündete Sybil triumphierend. »Gut gemacht, meine Liebe, wirklich gut gemacht. Ihr habt Eurem Lord einen Sohn und Erben geschenkt.«

Joanna nahm die Worte wie aus weiter Ferne wahr. Ihr Schoß zog sich heftig zusammen, um die Nachgeburt auszustoßen, und sie biss im Kampf gegen den Schmerz die Zähne zusammen, denn sie hasste es, laut zu schreien und die Kontrolle zu verlieren. Aliza strich ihr über die Stirn und beruhigte sie, während Sybil das Baby einer Dienerin übergab und sich um die Plazenta kümmerte. »Jetzt ist es fast überstanden. Ihr wart sehr tapfer.«

Zufrieden, dass es nicht zu übermäßigen Blutungen oder anderen Komplikationen gekommen war, verabreichte Sybil Joanna einen warmen Trank, während eine andere Frau das Baby am Feuer in einer Schüssel mit warmem Wasser wusch. Joanna erholte sich genug, um an dem Getränk zu nippen, aber sie zitterte, und Sybil hüllte sie sofort in warme Pelze. »Alles ist gut!«, sagte sie. »Schaut Euch Euren schönen Sohn an!«

Die Dienerin brachte das gebadete, in eine weiche Decke gehüllte Baby. Seine kleinen Händchen waren zu Fäusten geballt, und seine Augen standen offen – ruhig und nicht überrascht, als würde es die Welt, die es betreten hatte, bereits kennen. Ein Sohn und Erbe für Pembroke und Goodrich. Ein Kind, um es großzuziehen, stolz darauf zu sein und es zu lieben. Joanna stellte den Trank beiseite und nahm ihren Sohn in die Arme. »Sagt es William«, befahl sie. »Überbringt ihm die gute Nachricht.« Sie küsste die runzelige Stirn des Babys.

»Das werde ich übernehmen«, sagte Aliza. »Du ruhst dich jetzt aus.«

Joanna schloss erschöpft die Augen. Sybil überprüfte erneut die weichen Stofffetzen zwischen ihren Beinen, entfernte dann den in ein Tuch gewickelten heißen Stein unter der Bettdecke und ersetzte ihn durch einen neuen.

Joanna, die sich schläfrig fühlte und deren Schmerzen nachließen, reichte das Baby an Aliza weiter, damit sie es William zeigen konnte.

Aliza küsste seine Stirn. »Willkommen, erstgeborener Sohn meines kleinen Bruders.«

William hatte an seinem kleinen Privataltar in seiner Kammer gebetet. Der Raum war dunkel, nur von ein paar flackernden Kerzen erleuchtet, und das Feuer erstarb, aber das hatte er nicht bemerkt, denn er hatte allein sein wollen, um sich auf seine Gebete zu konzentrieren, und daher alle Diener fortgeschickt. Seine Mutter hatte ohne jegliche Schwierigkeiten vierzehn Kinder geboren, aber er kannte das Risiko. Gott hatte ihn großzügig beschenkt, doch er war nicht immer ein guter Mann gewesen, um seinen Teil des Handels zu erfüllen.

Das leise Klopfen an der Tür riss ihn aus seiner Versunkenheit, und er sprang auf. Er hörte Jacomin sprechen und Aliza antworten, und alles in ihm krampfte sich zusammen. Er stolperte zur Tür, öffnete sie und sah seine Schwester mit einem Bündel in den Armen auf der Schwelle stehen.

»Du hast einen Sohn, William«, verkündete sie. »Einen schönen kleinen Jungen.«

William schluckte. »Einen Sohn!«, wiederholte er.

Lächelnd legte sie ihm das Kind in die Arme. Er schlug die Decke auseinander und bestaunte die perfekte Miniaturausgabe eines Menschen darin. Sein Sohn, sein Kind, der Beweis seiner Männlichkeit. »Er hat Joannas Kinn«, sagte er, »und ihre Nase. Ich frage mich, ob sein Haar so werden wird wie ihres oder wie meines und welche Farbe seine Augen haben werden.« Er konnte nicht aufhören zu reden, er plapperte Unsinn, kam aber nicht dagegen an.

Aliza legte ihm leicht eine Hand auf den Arm, um ihn zu beruhigen.

Er wischte sich mit seiner freien Hand über die Augen. »Joanna ...! Wie geht es Joanna?«

»Keine Angst, Lady Giffard kümmert sich gut um sie, aber sie braucht Ruhe. Jetzt muss ich den Kleinen hier in die Kammer zurückbringen, oder ich bekomme Probleme mit Lady Giffard, und du auch.«

»Natürlich.« Er war immer noch benommen und zögerte, seinen Sohn herzugeben. Er stellte sich vor, wie die Zeit kam, wo er als älteres Kind mit ihm Schach spielte oder ausritt.

»Du musst dem König schreiben«, sagte Aliza, als sie das

Baby endlich entgegennahm, »und einen Boten losschicken, sobald es aufgehört hat zu schneien.«

»Das werde ich jetzt gleich tun«, erwiderte er eifrig. »Ohne Verspätung.«

Am Morgen besuchte William Joanna, und der Anblick, wie sie blass und erschöpft im Bett lag, schockte ihn. Ihr zu einem ordentlichen Zopf geflochtenes Haar, der ihr über die Schulter fiel, ließ sie mehr wie ein verletzliches Kind denn als eine junge Mutter erscheinen.

Er berührte ihr Gesicht. »Sie haben mir gesagt, es ginge dir gut, aber wie fühlst du dich wirklich?«

Sie griff nach seiner Hand. »Sie hatten recht, es geht mir gut«, antwortete sie mit einem Lächeln. »Mach dir um mich keine Sorgen.«

»Ich werde es versuchen, aber ich werde dich vermissen. Ich möchte, dass du dich so schnell wie möglich erholst – schneller noch, ehrlich gesagt.«

»Ich tue mein Bestes, aber du kannst nicht erwarten, dass ich sofort wieder zu Kräften komme. Ein Kind zur Welt zu bringen ist harte Arbeit. Du wirst Geduld haben müssen – obwohl ich weiß, dass das nicht deine Stärke ist«, fügte sie mit einem boshaften Lächeln hinzu.

Er verdrehte selbstironisch die Augen, dann sagte er: »Ich habe etwas für dich, bevor ich dich in Frieden lasse.« Er gab ihr eine kleine Bergkristallvase mit Ausguss und eine passende Phiole mit Rosenöl. »Wenn du dein Haar oder dich selbst parfümieren willst«, sagte er.

Joanna betrachtete die exquisiten kleinen Gegenstände und verspürte eine machtvolle Welle der Liebe und des Dankes dafür, dass er an sie persönlich gedacht hatte. »Oh, William!«, sagte sie. »Das ist perfekt.«

»Genau wie du. Ich bin ein sehr glücklicher Mann.«

Das Baby begann in seiner Wiege lauter zu schnaufen und sich zu regen, und William ging zu ihm, um es anzuschauen. »Er soll noch heute getauft werden«, verkündete er. »Aliza wird seine Patin, und er soll nach deinem Bruder Johan genannt werden, zur Erinnerung an ihn.«

Joanna bedachte ihn mit einem tränenfeuchten Blick. »Das ist passend.« Ohne den Tod ihres Bruders hätten William und sie nie geheiratet. Ein heftiger Drang, ihren Mann und ihren hilflosen neugeborenen Sohn zu beschützen, überkam sie. Sie würde sich wie eine Löwin vor sie stellen, um sie zu verteidigen, so wie William es für sie und ihr Kind tun würde. Es war für immer.

19

Swanscombe, Kent
Frühjahr 1250

Joanna schloss ihren Umhang und sog den durch das offene Fenster wehenden Geruch der Flussmündung ein – den bleibenden Duft ihrer Kindheit in Swanscombe. Sie erinnerte sich, wie sie als kleines Mädchen am Flussufer entlanggegangen war, die Hand ihrer Mutter fest umklammert, den Hauch von Salz und Schilf im brackigen Wasser geatmet und die Schwäne beobachtet hatte, die dem Ort seinen Namen gaben und in weißer Majestät auf der Strömung dahinglitten.

Sie war mit einer Barke von Westminster flussabwärts gesegelt, hatte William, der mit den Geschäften des Königs beschäftigt war, zurückgelassen und war gekommen, um ihrem Vater seinen Enkel zu zeigen. Joanna hatte lange und eindringlich darüber nachgedacht, nach Swanscombe zurückzukehren, aber am Ende beschlossen, dass es sein musste. Sie war eine große Lady, ihre eigene Herrin und nominelle Countess of Pembroke. Ihr Mann war der Halbbruder des Königs und ihr Sohn sein Neffe. Was für ein größeres Ansehen konnte es geben? Sie hatte Swanscombe als kleines Mädchen ohne Zukunftsaussichten aus dem Nest gestoßen, verlassen und kam im Triumph zurück, in Seide gekleidet, einen juwelenbesetzten Reif auf dem Kopf und ein Edelsteincollier um den Hals. Das hässliche Entlein war ein Schwan geworden.

Ihr Vater beugte sich über seinen Wanst, um sie mit einem ungeschickten Willkommenskuss zu umarmen. Er war immer übergewichtig, aber kräftig und vital gewesen, aber jetzt hatte die Zeit ihm Hängebacken beschert, und sein Haar wich schneller aus seiner Stirn zurück als die Ebbe einer Springflut. Nach dem Hof und Hertford wirkten die Kammern in Swanscombe klein und schäbig. Die schlichten Wandbehänge und der Mangel an luxuriösen Ausschmückungen bildeten einen starken Kontrast zu der Farbenpracht und Üppigkeit des Hofes, und ihr wurde immer deutlicher, welche Veränderung ihr Leben erfahren hatte. Das Heim ihrer Kindheit war jetzt eine Schale, aus der sie herausgewachsen war.

Ihre Stiefmutter Dionysia hatte vor ihr geknickst, als sie eingetroffen war, und ihren Halbbruder Guillaume nach vorne geschoben, um sie zu begrüßen – dreizehn Jahre alt und mit immer finsterer Miene. Als Joanna ihn das letzte Mal gesehen hatte, war er ein blondes Kleinkind gewesen. Jetzt, an der Schwelle zum Mann, war er der Erbe von Swanscombe. Joanna hatte ohne großen Erfolg versucht, ihre Antipathie hinunterzuschlucken, denn der Grund dafür lag in ihrer Kindheit und dem Groll auf die Frau verwurzelt, die den Platz ihrer Mutter eingenommen hatte.

Joanna ließ Johan bei seiner Kinderfrau und machte sich auf den Weg zur Kirche, um das Grab ihrer Mutter zu besuchen, und als sie niederkniete, erinnerte sie sich, wie sie am Tag, an dem sie zum Hof aufgebrochen war, neben dem Grabstein gebetet hatte – ein trauriges, unglückliches kleines Mädchen, das fortgeschickt wurde, damit Dionysia den Weg für ihren eigenen Kuckuck ebnen konnte. Seitdem hatte sie einen langen Weg zurückgelegt. Ihr Herz schmerzte immer noch, aber sie konnte sich jetzt ein bisschen von allem lösen und es mit größerem Abstand betrachten. Ihr Vater hatte versucht, das Beste für sie zu tun, und ihr Leben am Hof hatte ihre Welt verändert. Welchen anderen Kurs hätte sie wohl eingeschlagen, wenn ihre Mutter nicht gestorben wäre?

Ihre Gedanken wurden von der Ankunft ihres Vaters unterbrochen, der sich zu ihr gesellte und mühsam neben ihr niederkniete.

»Wir haben uns nicht nahegestanden, Tochter, und das tut mir leid.« Seine Stimme klang atemlos, und in seiner Brust pfiff es. »Ich würde es wiedergutmachen, aber ich fürchte, dafür ist es zu spät. Ich möchte dir sagen, dass ich stolz auf dich bin. Ich hätte mir nie träumen lassen, dass du die Schwägerin des Königs und der Königin wirst. Du warst so ein stilles, unscheinbares kleines Ding. Wenn ich meinen Enkel anschaue, weiß ich, dass eine weit größere Zukunft vor ihm liegt, als ich sie mir für irgendeinen meiner Söhne ausmalen könnte.«

Sie sehnte sich verzweifelt danach, allein gelassen zu werden, zwang sich aber, ihm zu antworten. »Verursacht durch Zufälle von Geburt und Tod«, erwiderte sie. »Ich wünschte auch, die Vergangenheit wäre anders verlaufen, aber ich bin hier, um sie hinter mir zu lassen und nach vorne zu schauen.«

»Du bist ein gutes Mädchen. Es tut mir leid, dass dein Mann nicht auch kommen konnte.«

»Er hat beim König zu tun«, gab sie zurück. »Ich bin sicher, dass William ein andermal zu Besuch kommen wird.« Eine weitere Plattitüde. William hielt sie nicht für still und unscheinbar. Und heutzutage kannte sie ihren eigenen Wert – Cecily hatte sie das gelehrt.

Ihr Vater räusperte sich. »Da gibt es etwas, was ich dich fragen möchte.«

»Natürlich!«, versetzte sie steif.

Er zögerte, dann sagte er: »Jetzt, wo du durch deinen Mann am Hof das Ohr des Königs hast …, und ich weiß, dass der König dich mag…«

»Du möchtest, dass ich um eine Gunst bitte?«, beendete sie den Satz für ihn.

Er lief rot an. »Ich hätte es nicht so unverblümt ausgedrückt, Tochter. Was ich sagen würde, ist, dass du in einer Position bist, wo du das Ansehen deiner Familie erhöhen kannst.«

»Du kannst es als gegeben voraussetzen, dass ich immer das Beste für meine Familie tun werde, genau wie mein Mann«, erwiderte sie kühl.

»Dann danke ich dir.« Er rieb sich den Nacken. »Da wäre aber noch etwas … Ich werde nicht jünger. Wenn mir etwas zustößt, bevor dein Halbbruder volljährig ist, bitte ich dich, dich um ihn zu kümmern. Du bist gut in der Lage, die Vormundschaft für ihn zu übernehmen, bis er mündig wird.«

Joanna unterdrückte eine Grimasse, aber es handelte sich um eine Frage von Pflicht gegenüber der Familie, wie er sagte. Außerdem hätten, wenn ihr Vater sterben sollte, bevor Guillaume volljährig wurde, William und sie das Recht, die Landsitze zu verwalten, nicht Dionysia, und das war ein befriedigender Gedanke. »Natürlich«, sagte sie, »aber du musst in deinem Letzten Willen eindeutig klarstellen, dass das dein Wunsch ist, falls andere Einwände erheben.«

»Das wird nicht passieren«, entgegnete er knapp. »Ich bin das Oberhaupt des Haushalts. Aber du hast recht, es muss im Voraus geklärt werden, und ich vertraue darauf, dass du mit dem König sprichst.«

»Dann werde ich das tun.«

Er lachte gezwungen. »Ich habe nicht vor zu sterben, bevor mein Sohn ein Mann ist, aber es ist besser, auf der sicheren Seite zu sein, und ich vertraue dir. Swanscombe mag nicht an den Wert deines Erbes heranreichen, aber es ist immer noch ein wohlhabender Besitz, und ich möchte nicht, dass er von Aaskrähen gefressen wird.«

Joanna blickte auf ihre geballten Fäuste hinab. Sie fühlte sich unbehaglich.

»Nun gut, dann werde ich dich mit deinen Gebeten allein lassen«, sagte er schroff. »Ich weiß, wie viel dir deine Mutter bedeutet hat, und ich bin stolz auf dich, so wie ich auf Johan stolz war.«

Joanna presste die Lippen zusammen.

»Ich habe sie geliebt«, fügte er leise hinzu. »Auch wenn du denkst, das wäre nicht der Fall gewesen. Aber sie war der Fluss, und ich war das Land.«

Er ging, aber sie hörte, wie er an der Kapellentür stehen blieb und mit jemandem sprach. Als sie sich umblickte, sah sie, wie er mit ihrem Halbbruder redete, der ihm ganz offensichtlich gefolgt war und wahrscheinlich ihr Gespräch mit angehört hatte. Er funkelte sie mit schmalen Augen finster an, bevor ihn sein Vater an der Schulter packte, herumdrehte und fortführte. Joanna senkte den Kopf und versuchte, sich auf die Gebete für die Seele ihrer Mutter zu konzentrieren. Es brauchte lange, aber endlich fand sie die nötige Ruhe. Als sie fertig war, wollte sie nur noch nach Hause zu William zurückkehren und eine Familie mit ihm sein.

Joanna sah zu, wie William mit ihrem Sohn spielte und ihn auf seinem Schoß wiegte. Das Baby lachte und tanzte mit seinen stämmigen Beinchen auf Williams Schenkeln, und ihr Herz schwoll vor Liebe an.

Mit seinen neun Monaten hatte der kleine Johan vier Zähne, und zwei weitere brachen durch. Er hatte Williams haselnussbraune Augen mit Glimmer und ihr glattes braunes Haar – ein selbstbewusstes Kind, das immer glücklich zwitscherte. Da er jetzt krabbelte, musste man ständig auf ihn aufpassen, denn Weazels Schwanz faszinierte ihn, obwohl sich die Katze für gewöhnlich außerhalb der Reichweite des Babys hielt und auf dem Büfett schlief.

William hatte kürzlich zu Joannas Entsetzen einen Eid geleistet, sich auf einen Kreuzzug zu begeben. Es war ein allgemeiner Schwur gewesen, den viele Höflinge geleistet hatten, der König miteingeschlossen, aber sie wollte ihn nicht auf Jahre verlieren, wenn nicht für immer. Simon de Montfort mochte seine Frau und seine Kinder auf den halben Weg nach Ägypten mitgenommen haben, aber Joanna hatte nicht die Absicht, quer durch das Christentum zu irren, durch feindliche Länder, und in Lagern zu leben, noch nicht einmal aus Liebe zu ihrem Mann. Sie schwieg und hoffte, dass der Gedanke bei ihm seinen Glanz verlieren würde.

Der König kam, und William machte Anstalten, Johan seiner Kinderfrau zu reichen, aber Joanna nahm ihn stattdessen selbst. Ihren Sohn in den Armen zu halten und das Bild einer idyllischen Familie abzugeben war eine Gelegenheit, die man sich nicht entgehen lassen sollte, wenn es um den König ging.

Henry umarmte William, bevor er sich umdrehte, um Joanna und seinen Neffen zu küssen. »Er ist ein hübscher

Bursche«, sagte er warm. »Ich kann unsere Mutter in ihm erkennen.«

»Er hat ihre Augen«, bestätigte William. »Nicht dieselbe Farbe, das versichere ich Euch, aber sie blicken genauso in die Welt wie ihre.«

»Ja, nicht wahr?« Henry kitzelte Johan unter dem Kinn. »Ich möchte, dass du als einer der Ersten erfährst, dass die Mönche von Winchester Aymer als ihren Bischof akzeptiert haben, wenn er volljährig ist und seine Ausbildung beendet hat. Ich gehe morgen dorthin, um ihre Entscheidung rechtmäßig zu bestätigen.«

»Das sind wundervolle Neuigkeiten, Sire«, entgegnete William.

»Allerdings!« Henry sah ihn freimütig an. »Ich werde dich immer unterstützen. Meine Verwandtschaft ist mein größter Schatz auf Erden, und deine Liebe und Loyalität sind die Münzen, die mir am kostbarsten sind.«

»Und wir werden Euch immer mit dieser Liebe und Loyalität dienen, Sire, nicht wegen Eurer Geschenke, sondern wegen Euch.«

Henrys Augen wurden vor Freude feucht. »Ich wollte es dir nur sagen«, sagte er. »Wir sehen uns später beim Essen.«

»Tja, Aymer als Bischof«, meinte William, als Henry gegangen war. »Ich wusste, dass er irgendwann ein solches Amt bekommen würde, aber das Bistum Winchester ist einflussreich und verfügt über einige schöne Landsitze.« Darunter auch einen Teil von Southwark gegenüber von London auf der anderen Seite des Flusses, wo der Bischof der Besitzer der Garküchen, Badehäuser und Bordelle war, die der Stadt dienten. Es war eine lukrative Einkommensquelle, und wie er Aymer kannte, würde dieser sie gut nutzen.

»Aber er wird noch eine Weile amtierender Bischof bleiben«, gab Joanna reserviert zu bedenken. »Er ist noch nicht alt genug, um geweiht zu werden, auch wenn er einige Pflichten übernimmt.«

»Stimmt, aber er wird in sein Amt hineinwachsen und aus seinen Erfahrungen lernen. Es sind ausgezeichnete Neuigkeiten für ihn und für uns.«

In der großen Halle von Westminster stand Joanna neben Cecily hinter zwei riesigen Kesseln. Essen an die Armen zu verteilen war aufgrund ihres gesellschaftlichen Ranges obligatorisch und ihre demütige Christenpflicht. Nur noch ein Rest von dem Rindfleischeintopf, den sie serviert hatten, und ein Korb mit Broten war übrig. Die Hunderte von Armen, für die der König das Weihnachtsfest ausgerichtet hatte, saßen an langen Holztischen, schlangen ihre Mahlzeit hinunter, tranken ihr Ale und betrachteten mit großen Augen eine andere Welt aus bemalten Wänden, Farbe und Wärme.

»Ich erinnere mich noch, welche Angst ich hatte, als ich Euch das erste Mal hierbei geholfen habe«, sagte Joanna, als sie Eintopf in die Schale eines gebeugten alten Mannes schöpfte. Er hob den Blick kurz zu ihr, nickte zum Dank und schlurfte davon. »Ich dachte, sie könnten mir etwas tun, sie könnten an meinen Händen oder Kleidern zerren, aber Ihr habt mich beruhigt und gesagt, wer Gutes tut, dem wird es mit Gleichem vergolten.«

»Ah, dein Gedächtnis«, sagte Cecily mit einem Lächeln. »Nichts, was je gesagt wurde oder was passiert ist, vergisst du. Waren das wirklich meine Worte?«

»Ja, und wie Ihr gesagt habt, habe ich sie nicht vergessen.«

Cecily füllte Eintopf in das Geschirr einer jungen Frau,

deren Bauch von ihrer Schwangerschaft stark gerundet war. Ihre Kleider waren zerlumpt, und Läuse krabbelten in ihrem Haar. Ein kleines, hohlwangiges, etwa drei Jahre altes Mädchen mit laufender Nase klammerte sich an ihre Röcke. Joanna bückte sich, um dem Kind eine Brotkruste zu geben, und reichte der Mutter zwei Silberpennys. Die Frau blickte die Münzen erstaunt an und schloss dann ihre geröteten Knöchel darum. Würde und Verzweiflung standen in ihren Augen zu lesen. Ihr Gesichtsausdruck schnitt Joanna ins Herz. Aber das war auch bei allen anderen der Fall. Mehr konnte sie ihr nicht geben, weil es ihr gestohlen oder zu den falschen Zwecken ausgegeben werden würde. Die Frau nickte und ging weiter, und dann stand der Nächste in der Reihe vor ihr, um den letzten Rest Eintopf entgegenzunehmen.

In ihrem eigenen Bauch spürte Joanna eine Regung und einen Tritt und legte die Hand darauf. Das Kind bewegte sich jetzt seit einer Woche.

Cecily fragte leise, ob es ihr gut ging, und Joanna nickte. »Sehr gut. Mir war kaum übel. Wenn mein Bauch nicht anschwellen würde, wüsste ich kaum, dass ich wieder ein Kind erwarte. Ich glaube, dieses muss ein gut erzogenes Mädchen sein«, fügte sie lächelnd hinzu.

Cecily tätschelte ihren Arm. »Es ist immer gut, Gleichgewicht im Leben zu haben. Am Anfang hat es etwas gedauert, aber das ist nicht schlimm. Du hast einen schönen Jungen, der im Frühjahr einen Bruder oder eine Schwester bekommt.« Sie winkte einer Dienerin, damit sie das letzte Brot sowie die Reste von den Tischen für etwaige Nachzügler zum Tor brachte. Jeder an den erhöhten Tischen hatte eine Almosenschale für Gaben für diejenigen, die keinen Platz zum Essen ergattert hatten.

Als Joanna und Cecily ihre Schürzen abbanden, schwankte Cecily und wäre beinahe gestürzt, doch ein rasch denkender Diener kam ihr zu Hilfe und stützte sie. »Mir fehlt nichts«, tat Cecily die Sorge der anderen ab, aber Joanna fand, dass sie furchtbar blass aussah. Sie ließ sie in die Kammer der Königin bringen, wo sie ihr half, auf einer gepolsterten Bank Platz zu nehmen und die Füße auf einen Schemel zu legen.

»Pah, meine Liebe!« Cecily winkte in dem Versuch, den Vorfall auf die leichte Schulter zu nehmen, mit der Hand. »Du solltest in deinem Zustand kein so großes Theater um mich machen, sondern selbst die Füße hochlegen.«

»Schwanger zu sein bedeutet nicht gleich, dass ich zu nichts nutze bin«, erwiderte Joanna fest. »Ihr seid diejenige, die Pflege braucht.« Sie zog Cecily die Schuhe aus und begann, ihre Füße zu massieren, als sie bemerkte, wie geschwollen die Knöchel waren.

»Du bist ein gutes Mädchen.«

Cecilys Augen schlossen sich, und innerhalb weniger Momente war sie fest eingeschlafen.

Die Königin, die informiert worden war, kam und runzelte die Stirn. »Ihr ging es in der letzten Zeit nicht gut«, sagte sie, »aber sie tut, was sie will, so wie sie es schon immer getan hat, und sie würde es uns nicht danken, wenn wir sie unterstützen. Wir können nichts anderes tun, als sie zu beobachten und da sein, wenn sie uns braucht.«

Als Joanna in ihre eigene Kammer zurückging, fand sie dort William vor, der sich mit seinem gerade von seinem Kreuzzug zurückgekehrten Bruder Guy unterhielt.

Sie starrte ihn erschrocken und überrascht an. Seine kräftige Gestalt war dürr und hager geworden, seine Haut glich braunem Leder, und ein von der Sonne golden gestreifter Bart säumte seine Kinnlinie.

»Schau, wer hier ist!«, sagte William.

»Schwester! Du blühst wie eine Rose!« Guy begrüßte Joanna mit einem festen Kuss auf die Wange und musterte sie von Kopf bis Fuß.

»Das tue ich wirklich.« Joanna nahm Johan seiner Kinderfrau ab. »Hast du deinen Neffen schon kennengelernt?«

Guy kitzelte das Kind unter dem Kinn. »Allerdings. Lass uns hoffen, dass er Williams Tapferkeit und deinen gesunden Menschenverstand geerbt hat.«

»Hoffentlich, und vielleicht auch die Fähigkeit seines Onkels, Stürme zu überstehen.«

Guy schnaubte mit düsterer Belustigung, als er Johan seiner Kinderfrau zurückgab.

»Wie geht es Cecily?«, fragte William.

»Sie erholt sich«, erwiderte Joanna, die nicht weiter auf das Thema eingehen wollte, während sie einen Gast hatten. »Sie mutet sich zu viel zu.«

Sie zog Guy zum Feuer. Er setzte sich, streckte die Beine aus und seufzte, als er einen Becher Wein entgegennahm.

»Du weißt nicht, wie oft ich daran gedacht habe, als wir in diesem stinkenden Höllenloch Damiette waren«, sagte er. »Kein Mann, der bei klarem Verstand ist, würde dort hingehen.« Er sah William an. »Ich höre, du und Henry habt das Kreuz genommen?«

»Ja«, bestätigte William, »aber ich weiß nicht, wann wir aufbrechen – es muss Geld aufgebracht und Angelegenheiten daheim geregelt werden. Was ist mit dir? Was wirst du jetzt tun?«

Guy zuckte mit den Achseln. »In den Limousin zurückkehren und mich dort und in der Gascogne um Henrys

Geschäfte kümmern. Ich brauche Geld und Ausrüstungsgegenstände, also wird es davon abhängen, wie viel vom Inhalt seiner Schatztruhen unser Bruder entbehren kann. Wahrscheinlich gibt es die üblichen Klagen – dass der König Ausländern auf Kosten wahrer Engländer Reichtümer zuschanzt und Geld verprasst, das er nicht hat.«

»Das ist nicht zum Scherzen.« William warf ihm einen warnenden Blick zu. »Aus gewissen Ecken kommt immer Feindseligkeit.«

Guy trank seinen Wein und sah William über den Kelchrand hinweg an. »Kämpfst du immer noch bei Turnieren?«

»Wenn sie nicht verboten werden.« William blickte zu Joanna, die die Lippen schürzte. »Dort wird ein großer Teil dieser Feindseligkeit zur Schau gestellt, aber davon lasse ich mich nicht abhalten.«

»Ich weiß nicht, wie irgendjemand dich von etwas abhalten könnte«, gab Guy zurück. »Du warst der Jüngste und bist uns immer gefolgt, egal welche Hindernisse wir dir in den Weg gelegt haben. Du hast dich uns mit blutigen Knien und tränenüberströmtem Gesicht gestellt, aber mit Feuer in der Seele die Fäuste gehoben.« Er drehte sich auf der Bank zu Joanna um. »Er gibt nie auf.«

»Das habe ich bemerkt«, erwiderte sie in klagendem Ton.

»Aymer wird Bischof von Winchester – wenn er sein Studium abschließt«, erzählte William.

»Ha! Herr über die Bordelle von Southwark.« Guy kicherte. »Glaubst du, er macht Freunden und Verwandten Sonderpreise in den Badehäusern?«

»Das wirst du ihn fragen müssen.« William beschloss, dass es das Beste war, nicht mehr zu Joanna zu blicken, um zu sehen, wie sie reagierte.

»Das werde ich bei der ersten sich bietenden Gelegenheit

tun.« Guy strich sich über den Bart. »Ich höre, Bonifaz von Canterbury schürt Zwistigkeiten. Sein Name passt nicht zu ihm. ›Sauertopf‹ sollte er heißen.«

»Er hat Klöster besucht und unter Drohungen Geld verlangt«, sagte William. »Eine Reform ist notwendig, aber dem Erzbischof ist es nur wichtig, dass alle Abgaben entrichtet werden und jeder sich seiner Autorität beugt. Ich vermute, er und Aymer werden sich nicht darüber einig werden, wie es weitergehen soll.«

Guy hob die Schultern und trank seinen Wein aus. »Nun, darum gilt es zu spielen. Mein eigener Weg besteht darin, Mittel aufzutreiben und zu den Angelegenheiten im Limousin zurückzukehren. Ich muss auch mit Geoffrey sprechen.« Er erhob sich, um sich zu verabschieden. »Beeil dich nicht, nach Outremer zu reisen, kleiner Bruder. Das Klima, die Landschaft und die Menschen werden ihren Tribut fordern und dich aussaugen. Bleib erst einmal zu Hause und kümmere dich um häusliche Dinge.« Er zwinkerte Joanna zu. »Deine Frau wird dich dafür noch mehr lieben.«

Joanna trug die kleine Agnes zum Fenster und blickte in einen schönen Sommertag hinaus. Die Bäume trugen schwere dunkelgrüne Blätter, und der Himmel war so blau wie die Streifen auf Williams Schild.

Sie war eben von der Aussegnungszeremonie vierzig Tage nach der Geburt ihrer Tochter zurückgekommen. Diesmal waren Schwangerschaft und Entbindung leicht verlaufen, nicht zu vergleichen mit den qualvollen Schmerzen bei Johans Geburt. Bald würde sie Agnes ihrer Kinderfrau übergeben und an den Festlichkeiten teilnehmen, aber sie hatte eine kleine Atempause allein mit ihrer Tochter gewollt.

»Da bist du ja!« William trat in den Raum und kam zu

ihr, um den Arm um ihre jetzt wieder schmale Taille zu legen. Heute Nacht würden sie zum ersten Mal seit Agnes' Geburt wieder ein Bett teilen, und sie schmolz vor Verlangen nach ihm dahin – und seinen Blicken und Berührungen nach zu urteilen, beruhte das auf Gegenseitigkeit.

Er küsste die Seite ihres Halses unter dem Schleier. »Ich wünschte, es wäre schon Abend«, flüsterte er »Aber wir sollten zu unseren Gästen gehen, bevor sie sich auf die Suche nach uns machen – und bevor ich der Versuchung nachgebe.« Behutsam rückte er den emaillierten goldenen Anhänger zurecht, den er ihr zu ihrer Aussegnung geschenkt hatte und der zu ihrem neuen blauen Seidenkleid passte.

»Ich vermute, dass du das tun würdest.« Sie warf ihm einen gespielt verschämten Blick zu und wich zurück, um Agnes ihrer Amme zu geben.

Sie gesellten sich zu ihren Gästen in der großen Halle von Hertford. Joanna saß auf dem Ehrenplatz auf dem Podest unter einem mit den Wappen von Valence und Munchensy bemalten Seidenbaldachin. Williams Bruder Aymer war von Oxford herübergeritten, und auch John de Warenne war mit Aliza da.

Obwohl Aymer mit seinen theologischen Studien in Oxford beschäftigt war, fand er Zeit für weltliche Vergnügungen. Joanna hatte Gerüchte bezüglich seiner Vorliebe für Wein und Glücksspiel gehört, vom Verfassen skurriler Verse über den Erzbischof von Canterbury und einige der Onkel der Königin ganz zu schweigen. Als Bischofselekt von Winchester war er der Eigentümer der Bordelle auf der Southwark-Seite der Themse, und sie wusste, dass Elias, Jacomin und einige von Williams Rittern die Dienste dort in Anspruch genommen und ihr Vergnügen auf die Rechnung des Bischofs hatten setzen lassen.

Trotz ihres Ärgers mochte Joanna Aymer. Ein paar Momente zuvor, bevor Johans Kinderfrau ihn zu Bett gebracht hatte, hatte Aymer seinen kleinen Neffen auf dem Knie geschaukelt, völlig in den Augenblick versunken, verspielt und gutmütig. Jetzt jedoch beäugte er einige der jüngeren Frauen lüstern und hatte gerade einer zugezwinkert und sich dabei mit dem Zeigefinger über die Mundwinkel gestrichen, bevor er Joannas erzürnten Blick bemerkte.

»Aymer, ich vertraue auf deine guten Manieren«, sagte sie.

»Mea culpa.« Er schenkte ihr eines seiner unwiderstehlichen Lächeln. »Ich schwöre, dass ich die Seele der Diskretion bin.«

»Hoffentlich«, entgegnete sie tadelnd und blickte dann zu dem Boten, der durch die Halle zu dem Podest eskortiert wurde. Er brachte einen Brief für Joanna, und als sie ihn las, überkam sie tiefe Bestürzung. »Es ist Cecily.« Sie maß William mit einem betroffenen Blick. »Ich muss zu ihr gehen.«

Cecily lag in der Nähe des Fensters in ihrem Krankenraum. Das Sonnenlicht fiel auf die schlichte Decke, die über ihren zerbrechlichen Körper gebreitet war. Ihre fahle Haut spannte sich straff über ihren Wangenknochen, und ihre Lippen waren blau. Joanna kniete sich neben sie und berührte ihren dünnen Arm. Cecily schlug die Augen auf und drehte den Kopf auf dem Kissen.

»Du bist gekommen«, flüsterte sie. »Ich wusste nicht, ob du es rechtzeitig schaffen würdest.«

»Natürlich bin ich gekommen! Es tut mir so leid, dass es Euch nicht gut geht.«

»Es wird mir bald besser gehen.« Cecilys Ton vermittelte Joanna die klare Bedeutung dieser Worte. »Das Warten ist ermüdend, aber ich bin froh, dass du hier bist. Ich habe etwas für dich.« Sie deutete auf die Truhe neben dem Bett. »Ich möchte, dass du meinen Rosenkranz bekommst. Nimm ihn, und nutze ihn gut.«

Joanna schluckte den Kloß in ihrer Kehle hinunter. Cecily hatte nur wenige Besitztümer, in vielerlei Hinsicht war sie eine weltliche Nonne, und diese abgegriffenen, ganz gewöhnlichen Perlen waren ihr kostbar und durchdrungen von Jahren der Hingabe an Gott. »Danke«, sagte sie. »Ich bin nicht würdig, aber ich werde ihn in Ehren halten und mein Bestes tun, um Euer Vertrauen nicht zu enttäuschen. Ich werde voller Dankbarkeit an all Eure Fürsorge und Euer Pflichtbewusstsein denken und daran, dass Ihr eine Mutter für mich wart, als ich keine Mutter hatte.«

»Ganz genau …« Cecily lächelte und schloss die Augen.

Joanna küsste sie auf die Stirn, blieb bei ihr sitzen, hielt ihre Hand und betete.

Cecily starb kurze Zeit später, als der Sonnenuntergang den Horizont golden erstrahlen ließ, und Joanna weinte nicht. Cecily hätte keine Geduld mit Tränen gehabt, und ihr Ende war eine richtige und natürliche Sache.

Joanna blieb für die Beerdigung in St. Alban's. Sie fand in der Kapelle St. Andrew statt, wo Cecilys in ein Leichentuch gehüllter Körper in einer steinernen Gruft vor dem Altar zur letzten Ruhe gebettet wurde. Eleanor de Montfort war zu ihrem Sterbebett gereist, aber erst am Morgen nach Cecilys Tod eingetroffen und stand jetzt mit zusammengepressten Lippen und vor Kummer umschatteten Augen inmitten der Trauernden. Ein Ausdruck von Abscheu huschte über ihr Gesicht, als sie Joanna sah, und als sie den Rosenkranz bemerkte, färbten sich ihre Wangen rot vor Wut.

»Es ist sehr traurig, aber auch ein großes Glück, dass unsere Lehrerin und Mentorin zu Gott gegangen ist«, sagte Joanna höflich zu Eleanor.

»Und du warst da und ich nicht«, entgegnete Eleanor steif.

»Ich weiß, dass Ihr da gewesen wärt, wenn es Euch möglich gewesen wäre.« Joanna versuchte, sich versöhnlich zu geben.

»Bilde dir nicht ein, irgendetwas über mich zu wissen«, schnappte Eleanor. »Du würdest dich irren, und du weißt nichts.«

»Ich weiß, was ich von Cecily gelernt habe, und ich werde ihr in meinem Leben und meinen Gebeten immer dafür danken und versuchen, ihrem Beispiel zu folgen.«

Eleanor maß sie mit einem verächtlichen, finsteren Blick und rauschte davon. Joanna verharrte stumm im Gebet, bis sie ihr inneres Gleichgewicht wiedergefunden hatte. Als sie die Kirche verließ, erfüllte sie Frieden, und Eleanor war fort.

20

York
Ende Dezember 1251

Joanna schloss Henrys Tochter Margaret in eine warme Umarmung. »Du siehst sehr hübsch aus«, sagte sie. »Eine perfekte Braut.« Es erschien ihr kaum möglich, dass Margaret, deren Geburt sie vor elf Jahren in Bordeaux miterlebt hatte, den neunjährigen Alexander von Schottland heiraten sollte, mit dem sie verlobt war, seit sie vier war. Alexanders Vater war im Juli gestorben, und Henry wollte die Verbindung sichern, auch wenn das junge Paar noch minderjährig war und noch viele Jahre lang nicht herrschen würde.

Bemüht, sich ihre Traurigkeit nicht anmerken zu lassen, lächelte Joanna Margaret zu, die aufgeregt war, weil sie im Mittelpunkt der Aufmerksamkeit stand und ihr schönes goldfarbenes Kleid und die bestickten Schuhe liebte. Joanna hoffte, dass das Kind freundlich und liebevoll behandelt werden würde, wenn es von seiner Familie fort war, und dass es sich mit seinem jungen Bräutigam verstehen würde. Mit Glück würden sie zusammen aufwachsen und erst Freunde und später intime Gefährten werden, aber ein solcher Ausgang war keineswegs sicher. Die anstehende Hochzeit von so jungen Erben hatte Joanna beunruhigt, obwohl sie wusste, dass Henry und Alienor besorgte Eltern waren. Die bevorstehende Trennung hatte den Schlamm aus ihrer Vergangenheit aufgewühlt – sie an all die schmerzlichen Trennungen in ihrem Leben erinnert. Ihre Mutter, ihr Bruder, ihre Onkel und Cecily. Und mit jedem Abschied änderte sich alles.

»Sei nicht traurig, Tante.« Margaret tätschelte ihre Schulter.

»Es tut mir leid, dich verlassen zu müssen, das ist alles«, sagte Joanna. Lieber Gott, das Kind tröstete sie, wo es doch genau umgekehrt sein sollte. »Du wirst eine große Königin werden, so wie deine Mama.«

Die königliche Gruppe begab sich zu der Kapelle, eine kleine, elitäre Schar enger Verwandter und eigennütziger Parteien, die das junge königliche Paar umringten. Margaret und Alexander spielten ihre Rollen perfekt. Sie wurden gesehen, wie sie sich anlächelten, was jeder als gutes Zeichen für die Zukunft wertete.

In dieser Nacht, als sich alle zurückgezogen hatten und die Frischvermählten in ihren jeweiligen Haushalten untergebracht waren, faltete Joanna Kleidungsstücke zusammen, um ihre Hände zu beschäftigen. Sie fühlte sich gereizt und nicht ganz auf der Höhe. Bei dem Hochzeitsfest war viel von Vormundschaften und Bündnissen gesprochen worden, und viel heimliche Kuppelei war betrieben worden.

»Ich würde nie erwägen, unsere Tochter mit elf Jahren zu verheiraten.« Die Worte kamen so kraftvoll heraus wie Dampf unter einem Kesseldeckel hervor. »Ich hoffe, dass du auch nie daran denken wirst.«

William, der sich einen letzten Becher Wein einschenkte, blickte auf. »Wie kommst du darauf?«, fragte er argwöhnisch.

»Weil ich dem Gerede gelauscht und all die Feilscherei gehört habe. Vormundschaften werden für das Land und die Profite und das Recht, die dazugehörigen Erben zu heiraten, gekauft und verkauft. Ich war selbst ein Mündel, aber ich war siebzehn, als ich dich geheiratet habe. Unsere Söhne und Töchter sollen keine Kinder sein, wenn sie heiraten, denn das ist nicht gut.«

William goss einen zweiten Becher Wein ein und brachte ihn ihr. »Für den König und die Königin ist es anders. Wegen der Wichtigkeit für das Reich haben sie nicht die Muße, zu warten.«

»Dann bin ich sehr froh, dass wir nicht dem höchsten Königshaus angehören.«

»Es gibt eine Klausel, dass die Ehe vier Jahre nicht vollzogen werden darf, und in dieser Zeit werden sie sich kennenlernen«, gab William mit vernünftiger Stimme zu bedenken. »Der König und die Königin werden sie scharf im Auge behalten. Sie sind hingebungsvolle Eltern.«

Joanna schüttelte den Kopf. Hingebungsvolle Eltern oder nicht, die Sache stieß ihr sauer auf. »Versprich mir, dass du, was unsere Söhne und Töchter betrifft, keine Händel abschließt.« Sie bedachte ihn mit einem harten Blick.

Er trank und erwiderte nichts darauf.

»Versprich es mir«, wiederholte sie heftig. »Und versprich mir, dass du ohne meine Zustimmung keine Vereinbarungen triffst, auch keine lockeren.«

Er ließ seinen Becher sinken und seufzte schwer. »Also schön, ich verspreche es, weil ich weiß, dass du mit Zähnen und Klauen gegen mich kämpfen würdest, wenn ich es nicht täte, und ich hätte dich lieber an meiner Seite, statt dass du mir einen Dolch hineinrammst – aber du musst akzeptieren, dass viele ihre Angelegenheiten auf diese Art abwickeln.«

»Aber es muss mir nicht gefallen«, gab sie zurück, »und ich muss ihrem Beispiel nicht folgen.«

Simon de Montfort war aus der Gascogne zurückgekehrt, um an Margarets Hochzeit teilzunehmen. William war es gelungen, ihm während der Trauungszeremonie aus dem Weg zu gehen, aber am nächsten Tag stand er an Henrys Seite, als Simon auf sie zukam, um mit dem König zu sprechen.

Williams Magen zog sich zusammen, und er ballte die Fäuste, aber seine Miene blieb ausdruckslos. Bevor sie zu der Hochzeit gen Norden gereist waren, war eine Abordnung gascognischer Lords am Hof eingetroffen, um sich über die harte Hand zu beschweren, mit der de Montfort herrschte, und hatte bis in alle Einzelheiten die Ungerechtigkeiten, Prügelstrafen und Foltern geschildert, die die Menschen unter seinem strengen Regime erlitten hatten. Henry hatte erschrocken und entsetzt auf die Berichte reagiert und versprochen, die Situation zu klären und die Wahrheit herauszufinden.

Die Atmosphäre knisterte vor Spannung, und William spürte Henrys Beklommenheit. Sein Halbbruder hasste es, sich mit de Montfort auseinandersetzen zu müssen, der entschlossen war, ihn in ein schlechtes Licht zu rücken.

De Montfort kniete nieder und erwies ihm seine Reverenz, wobei William jedoch an einen Löwen mit peitschendem Schwanz denken musste.

»Sire«, begann de Montfort, »ich wünsche Euch über die Lage in der Gascogne in Kenntnis zu setzen. Die Leute dort rebellieren. Sie brennen ständig meine Lager nieder und zetteln Aufstände an. Ich musste weit mehr ausgeben als erwartet, um alles wieder unter Kontrolle zu bringen. Wenn es einen friedlichen und problemlosen Machtwechsel geben soll, wenn Lord Edward volljährig ist und das Land erbt, dann brauche ich mehr Geldmittel von Euch, um diese Leute dauerhaft in ihre Schranken zu weisen.«

Henry runzelte die Stirn. »Das sagt Ihr. Mir liegen jedoch Berichte von meinen eigenen loyalen Lehnsmännern vor, dass sie zu Unrecht unter Eurem übermäßigen Eifer leiden, jeglichen Aufruhr niederzuschlagen.«

Ein Ausdruck ärgerlicher Verblüffung huschte über de Montforts Gesicht. »Sire, ich rotte Eure Feinde aus, wo ich sie finde. Ich weiß von vielen kleinen Verraten, und sie können nicht mit Nachsicht behandelt werden. In dieser Region hat das Schwert den größten Wert. Ihr versteht die Situation nicht.«

Henrys Hände zuckten auf den Lehnen seines Stuhls. »Ich verstehe, dass, wenn das so weitergeht, mein Sohn nur verbranntes Land und Leichen erben wird. Ihr müsst unterscheiden, wen Ihr bestraft, und gerecht mit denen umgehen, die nicht beteiligt sind. Ich werde nicht zulassen, dass Ihr eine allgemeine Zerstörung anrichtet. Viele dieser Leute sind Freunde und Verbündete. Ihr werdet ab jetzt von Eurer Politik des scharfen Durchgreifens Abstand nehmen und lernen, Unterschiede zu machen.«

De Montfort fixierte Henry mit einem verächtlichen Blick. »Sire, Ihr habt keine Ahnung von militärischen Angelegenheiten. Was schon oft unter Beweis gestellt wurde. Deswegen habt Ihr mich angeheuert, um diese Arbeit zu erledigen.«

»Ich habe Euch nicht angeheuert, um alles in Eurem Weg zu vernichten«, fauchte Henry. »Ihr werdet vorerst am Hof bleiben, während ich entscheide, wie es weitergeht.«

De Montforts Lippen kräuselten sich, und er legte die Maske der Diplomatie vollständig ab. »Ihr seid eine Parodie dessen, was ein König sein sollte. Ihr versteht nicht mehr vom Regieren als dieser Käfer, der über den Boden läuft.«

Henry starrte ihn mit wutentbranntem Erstaunen an.

»Ihr sprecht die Worte eines Verräters. Es steht Euch jederzeit frei, unsere Abmachung zu kündigen und die Konsequenzen zu tragen. Ihr könnt mich nicht beleidigen. Wir werden sehen, wer hier herrscht. Ich denke, Ihr werdet feststellen, dass ich es bin. Ihr seid entlassen!«

De Montfort vollführte eine spöttische Verbeugung und rauschte aus dem Raum. Seine Schritte glichen Hammerschlägen.

William verfolgte seinen Abgang mit offenem Mund. Er war bereit gewesen, sein Schwert zu ziehen, um Henry zu schützen. De Montfort hatte eindeutig alle Brücken hinter sich verbrannt und dem König mit seiner Beleidigung einen Grund gegeben, zu handeln.

»Ihr habt das Richtige getan, Sire«, sagte er.

»Es ist nicht das erste Mal, dass er sich mir gegenüber respektlos gezeigt hat«, erwiderte Henry. »Er mag der Mann meiner Schwester sein, aber Verwandtschaftsbande kann man so überdehnen, dass sie reißen.«

»Ihr könnt ihn nicht in die Gascogne zurückkehren und dort weiter Unheil anrichten lassen, oder Lord Edward wird kein Herrschaftsgebiet mehr haben.«

»Das weiß ich«, versetzte Henry knapp. »Behandle du mich nicht auch noch wie einen Narren.«

»Sire, das würde ich nie tun.«

William brachte Henry einen Becher Wein und goss sich auch selbst ein, statt einen Diener zu rufen.

»Vielleicht solltet Ihr eine Gruppe vertrauenswürdiger Berater in die Gascogne schicken, um herauszufinden, was dort wirklich passiert ist, und den Erzbischof von Bordeaux bitten, alles zu überwachen. Unser Bruder Guy könnte auch von Nutzen sein, da er sich ganz in der Nähe im Limousin aufhält.«

Henry trank, ließ den Becher sinken und seufzte. »Diese Sache muss gründlich untersucht werden. Ich wollte, dass der Earl of Leicester in der Gascogne regiert, nicht dass er sie schlachtet.«

»Den Geschichten nach zu urteilen, die mir zu Ohren gekommen sind, war sein Vater vom selben Schlag«, entgegnete William. »Es ist, als wäre er mit Schwertstahl als Rückgrat geboren, und er kennt keinen anderen Weg als Krieg. Sein Vater hegte keine Liebe für die Gascogner. Er starb im Süden bei dem Versuch, die dortigen Barone gefügig zu machen. Vielleicht ist das für den Earl of Leicester eine noch nicht zu Ende gebrachte Sache.«

Henry hob seinen Becher erneut. »Es ist etwas Wahres in dem, was du sagst, aber bin ich wie mein Vater? Bist du wie deiner?« Er schüttelte nachdenklich den Kopf. »Der Großvater deiner Frau hat mich auf dem Totenbett gewarnt, dass er mir, falls ich, wenn ich aufwachse, wie mein Erzeuger werde, einen frühen Tod wünschen würde.«

William fiel keine kluge Antwort ein, und eine Plattitüde wäre fehl am Platz gewesen. Es war eine Frage für einen Kaplan. »Sire, dazu ist es definitiv nicht gekommen.«

Henry verzog das Gesicht. »Diese Abordnung ..., ich werde mit der Königin und anderen sprechen müssen und die ausgewählten Männer losschicken, so schnell es sich einrichten lässt. Ich werde auch an deinen Bruder schreiben. Er ist nicht direkt in die Angelegenheit verstrickt, aber trotzdem ein Nachbar.«

»Auch ich könnte gehen«, erbot sich William. »Ich kenne die Gascogne gut.«

»Nein. Ich will dich hier bei mir haben. Du bist die enge Familie, und ich vertraue dir mehr als jedem anderen. Es gibt andere, die es übernehmen können, die Wahrheit herauszufinden.« Ein gehetzter Ausdruck lag auf seinem Gesicht. »Alles, was ich will, ist Frieden, und alles, was ich bekomme, ist Krieg und Streit und Unstimmigkeiten.«

Die Anklagepunkte der Abordnung gegen Simon de Montfort waren erdrückend, aber in den drei Monaten, die de Montfort in England verbracht hatte, hatte er sich sowohl in der Geistlichkeit als auch unter den Baronen, die den König für schwach hielten und die gascognische Deputation als ausländische Unruhestifter betrachteten – verschlagene, hinterlistige Lügner, die verdienten, was sie bekamen –, eine beachtliche Anhängerschar geschaffen. De Montfort war in ihren Augen ein Mann, der unter schwierigen Umständen sein Bestes tat. Die Erkenntnisse und Zeugnisse seiner Ankläger beruhten auf Hörensagen, und wer traute einem Gascogner schon zu, die Wahrheit zu sprechen?

Außerdem hatte jede Geschichte zwei Seiten. Jedem Bericht von Gräueltaten stand einer von Aufstand und Rebellion gegenüber. De Montforts Redekunst, sein Rang und sein beispielhafter militärischer Ruf verschafften ihm einen Vorteil. Die Behauptungen der Gascogner wurden als gerissenes Gefasel abgetan. Viele glaubten, der König hege einen Groll gegen de Montfort und würde ihn deshalb schlecht behandeln.

»Warum sollte ich nicht so handeln, wie ich es getan habe?«, wollte de Montfort wissen, als er, diesmal in Westminster, erneut vor dem König stand. »Der König hat mir vertraglich die Herrschaft über die Gascogne für sechs Jahre zugesichert. Er befahl mir, Aufstände niederzuschlagen und rebellische Vasallen unschädlich zu machen. Er wollte mir Hilfe und Unterstützung zukommen lassen, aber nichts davon habe ich erhalten.« Er sah den König verächlich an. »Haltet Euer Versprechen mir gegenüber und haltet Euch an die Abmachung, oder zahlt mir all das Geld zurück, das ich in Euren Diensten ausgegeben und dabei meine Landsitze habe verarmen lassen.«

»Ich mache keine Geschäfte mit Verrätern«, erwiderte Henry wütend. »Ich weiß sehr wohl, dass Ihr meine Autorität untergrabt. Es ist durchaus erlaubt, dass ein Mann seinen Vertrag mit einem falschen Partner bricht, der Schande über beide bringt.«

De Montfort trat einen Schritt auf ihn zu. »Wärt Ihr nicht der König, würde ich Euch für das zermalmen, was Ihr gerade zu mir gesagt habt.«

»Und ich werde Euch hierfür in den Tower werfen!«

Henry blickte sich um, um seinen Leibwächtern Befehle zu erteilen. William schickte sich an, erneut vorzutreten, aber Richard, der Bruder des Königs, griff ein und packte Henrys Schulter. »Bruder, wenn du das tust, gibt es kein Zurück mehr. Ich rate zur Vorsicht. Lasst uns alle ruhig bleiben.« Er warf William einen warnenden Blick zu, woraufhin dieser zurückwich.

Henry funkelte de Montfort finster an. »Ihr sprecht von der Falschheit von Ausländern am Hof, aber ich hätte Euch vor all diesen Jahren nie erlauben sollen, England zu betreten oder Euch Land, Ehre und meine Schwester zur Frau zu geben. Ich will nichts mehr hören!« Mit vor Zorn weißem Gesicht stürmte Henry aus der Versammlung und dem Raum.

»Ich schwöre, dass ich ihn in den Tower werfe, ich schwöre es!«, brüllte Henry Richard und William zu, während er in seiner Kammer umherstapfte, Dinge in die Hand nahm und sie wieder wegstellte.

»Es würde dir nichts bringen und das Königreich nur in einen Krieg stürzen«, sagte Richard gereizt. »De Montfort hat zu viele Anhänger, als dass du so etwas tun könntest.« Er hob die Hand, als William Anstalten machte, Einwände zu erheben. »Das Urteil wird zu seinen Gunsten ausfallen. Das kann ich dir jetzt schon sagen, und du wirst mir zustimmen müssen. Du hast ihn gebeten, die Gascogne zu regieren. Er hat das auf seine Weise getan. Es mag nicht deine Weise sein, und er mag seine Grenzen überschritten haben, aber er war nicht so treulos, wie du sagst. Es liegt daran, dass er dich einschüchtert. Es liegt daran, dass ihr beide sehr verschieden seid. Und trotzdem seid ihr Schwäger.«

»Ich wünschte, es wäre nie dazu gekommen«, versetzte Henry bitter.

»Du hast zugestimmt«, betonte Richard.

»Nur weil er meine Schwester verführt und in sein Bett genommen hat, und weil die Liebe, die sie für ihn empfand, mein Herz gerührt hat. Ich gebe zu, dass ich ein Narr war.«

»Und jetzt hast du ihn am Hals.«

Henry tigerte durch den Raum und nagte an seinem Daumen. »Welche Möglichkeiten habe ich denn?«

»Nun, in den Tower von London kannst du ihn nicht werfen, so viel steht fest. Du könntest ihn auszahlen.«

»Geld?« Henry hob aufgebracht die Hände. »Es geht immer um Geld, besonders bei dem Earl of Leicester. Meine Schatzkammern sind nicht unerschöpflich. Tatsächlich sind sie die Hälfte der Zeit leer.«

»Man könnte sagen, das kommt daher, dass du zu viel Geld für Luxus und die Verschönerung von Kathedralen ausgibst.«

»Besser, als es für Krieg und Kampf auszugeben«, fauchte Henry.

Richard zuckte die Achseln. »Du hast gefragt, was für Möglichkeiten du hast. Du kannst ihn bezahlen und in die Gascogne zurückschicken, oder du kannst seinen Vertrag beenden, aber dazu musst du ihn auch bezahlen. Was du nicht tun kannst, ist, ihn in den Tower zu werfen.«

Henry grunzte und ging weiter auf und ab. »Ich werde selbst in die Gascogne reisen.« Er sah William bedeutungsvoll an. »Ich habe loyale Männer, die meinen Befehlen bereitwillig folgen werden. Edward wird schnell erwachsen. Es ist ja nur so lange, bis er so weit ist, seine Rolle auszufüllen.«

»Aber wenn du diesen Weg einschlägst, wirst du trotzdem Geld brauchen, und es könnte schwierig werden, die Lords dazu zu bringen, dafür zu zahlen.«

Henry blieb immer noch nicht stehen. Für gewöhnlich dachte er in Ruhe beim Beten nach. Diese nervöse Unruhe war eine andere Bestie, ausgelöst durch die Intensität der Umstände. »Trotzdem«, beharrte er störrisch, »muss es getan werden.«

Joanna stand neben William auf der Mauer des Tower von London und blickte über den Fluss hinweg. Die Flut spülte brackiges grünes Wasser die Flussmündung hoch. Ihr zweijähriger Sohn saß auf Williams Schultern und hüpfte vor Aufregung auf und ab. Eine Menge Schaulustiger hatte sich versammelt, um zu sehen, wie der weiße Bär des Königs nach Lachsen fischte. Der Wärter hatte dem Tier ein Geschirr angelegt, um zu verhindern, dass es entkam, während es in dem bewegten Wasser schwamm, sich erfrischte und in plötzlich aufblitzenden Silberstrahlen Fische fing.

»Schau, Papa, schau!«, rief Johan, als der Bär mit seiner letzten Beute an das kiesige Ufer schwamm und sie verschlang. Wasser strömte aus seinem Pelz und ließ die Umrisse verschwimmen, bevor der Bär sich schüttelte und einen Tropfenregen versprühte.

Joanna lächelte über die lebhafte Erregung ihres Sohnes. Der Bär war ein Geschenk des Königs von Norwegen an Henry gewesen. Sie bestaunte seine riesigen Tatzen und den großen Kopf. John und Aliza hatten sie begleitet, um sich das Schauspiel zusammen mit ihrer Tochter Alienor anzusehen. Joanna hatte die kleine Agnes bei ihrer Kinderfrau gelassen.

»Was für eine Kreatur«, sagte Aliza. »Henry ist sehr stolz auf sie, aber es ist mehr ein Schauspiel für die Leute als für ihn. Er hat es ein- oder zweimal gesehen, das war alles.«

»Ich nehme an, er ist mit anderen Dingen beschäftigt«, erwiderte Joanna.

Aliza nickte. »Ich weiß nicht, ob ich mich freuen oder mir Sorgen machen soll, dass Simon de Montfort in die Gascogne zurückkehrt.«

Der fest in seinem Geschirr hängende Bär stürzte sich wieder in den Fluss.

»Wer weiß, was er dort tun wird – oder vielleicht wissen wir es sehr gut, und nichts wird ihn aufhalten.«

Joanna verzog das Gesicht. Nur der Tod würde Simon de Montfort aufhalten. Der Mann war der geborene Schwertkämpfer und gnadenlos bei der Verteidigung und Verfolgung seiner ehrgeizigen Ziele. Gott sei Dank ging er in die Gascogne zurück. Zumindest würde sie seine einschüchternde Gegenwart am Hof nicht weiter ertragen müssen.

»Was sagt William dazu?«

»Er ist ganz dafür, dass Henry persönlich die Gascogne besucht, statt am Hof darüber zu debattieren.« Henry hatte seine Absicht verkündet, einen Waffenstillstand bezüglich jeglicher militärischen Aktivität in der Provinz auszuhandeln, einen Aufseher einzusetzen und so bald wie möglich selbst zu kommen, aber Joanna glaubte nicht, dass das einfach sein würde, auch wenn William darauf brannte.

»John sagt dasselbe. Er denkt, der König wird de Montfort letztendlich auszahlen. Das ist es ja, worauf de Montfort hofft – es sei denn, er wird getötet, versteht sich.«

Die Frauen wechselten Blicke, aber keine verlieh der Hoffnung hinter der Bemerkung Ausdruck.

De Montfort hatte gefordert, in die Gascogne zurückkehren zu dürfen, um seine Angelegenheiten zu regeln, während ein Aufseher gesucht wurde. Henry hatte kalt erwidert, er solle zurückgehen und tun, was ihm beliebte, und er würde für seine Anstrengungen hoffentlich die gleiche Bezahlung erhalten wie einst sein Vater. Simon de Montforts Vater war gestorben, während er Toulouse belagerte, ein von einem Katapult abgeschossener Stein hatte seinen Schädel zerschmettert. Es war ein unheilvoller Abschied gewesen. De Montfort hatte verkündet, er werde die Feinde des Königs unterwerfen und zu seinen Füßen kriechen lassen, und war abgereist. Seine Familie, seine schwangere Frau miteingeschlossen, hatte er zurückgelassen, sodass sich Joanna immer noch gegen Eleanor de Montforts Einfluss und den ständigen Druck ihrer Anwälte bezüglich der Wiedergutmachung für die Marshal-Ländereien behaupten musste. Aber Joanna war ebenso entschlossen wie Eleanor. Sie würde eher zugrunde gehen, als zuzulassen, dass ihr Erbe an die Söhne von Simon de Montfort fiel.

Sie sahen zu, wie der Bär noch einige weitere Fische fing, und kehrten dann nach Westminster zurück. Da de Montfort weg war, hatte sich die Atmosphäre in der großen bemalten Kammer des Königs gelockert. Henry war reizbar

und nicht er selbst, doch Joanna glaubte, das würde vorbeigehen wie eine unvernünftigerweise verzehrte schwere
Mahlzeit, die verdaut werden musste.

Wie immer, wenn sie die Kammer betrat, ging sie zu den
Wandgemälden und berührte den goldenen Schuh der Hoffnung. Als sie in ihre weitblickenden braunen Augen sah,
wünschte Joanna, ihr sterbliches Selbst würde auch über
eine solche Weitsicht und Weisheit verfügen.

21

Hertford Castle
August 1252

Joanna zügelte ihre Stute und tätschelte ihren verschwitzten Hals. Griselle schnaubte und warf den Kopf hoch. Ihre Ohren zuckten. Sie waren mit ihren Gästen, einer ausgelassenen Gruppe von Männern und Frauen, kurz nach Anbruch der Morgendämmerung zur Jagd aufgebrochen. Das Ganze war ebenso sehr eine gesellschaftliche Angelegenheit wie eine ernsthafte Jagd.

Am frühen Nachmittag waren sie quer über den Besitz geritten und einige Meilen von daheim entfernt. Die Männer waren davongaloppiert, um einen Hirsch zu verfolgen, aber er war auf das Gelände ihres Nachbarn, des Bischofs von Ely, entkommen. Die Hunde hatten die Witterung verloren, und die Männer kamen nach und nach zu der Grenze zwischen den Landsitzen zurück, wo die Frauen warteten.

Der Himmel war strahlend blau gewesen, als sie aufgebrochen waren, hatte sich aber stetig bedrohlich verdunkelt. Wind pfiff durch das Gras und die Bäume, während Donner unbehaglich nah grollte.

»Wir werden nass werden«, meinte Aliza.

Joanna schnitt ein Gesicht. Sie hegte kein Verlangen danach, Meilen von zu Hause entfernt in ein Gewitter zu geraten.

»Wir werden Hertford nicht rechtzeitig erreichen«, sagte sie zu William, als er sein Pferd wendete. »Wenn wir uns nicht unter einem sicheren Dach befinden, wenn sich die Schleusen dieser Wolken öffnen, werden wir alle nass bis auf die Haut. Und einige der Pferde werden durchgehen, da bin ich sicher.«

Er blinzelte zu dem zornigen Himmel empor. »Du hast recht. Hatfield ist ganz in der Nähe. Wir werden hinüberreiten und dort Schutz suchen.« Er ritt los, um dem Rest der Gruppe das neue Ziel zu verkünden. Alle waren nur allzu bereit, einen Abstecher zum Herrenhaus des Bischofs von Ely zu machen.

Einzelne Regentropfen begannen zu fallen, dick und schwer, und der Donner kam, von Blitzen begleitet, näher. Die Gruppe ritt in schnellerem Tempo Richtung Hatfield, als der Regen zu einem silbergrauen Vorhang wurde. Der Trab verwandelte sich in einen leichten und dann in einen rasanten Galopp, wobei die Männer miteinander wetteiferten, die Spitze zu übernehmen, vor allem William und seine Brüder Aymer und Geoffrey. Selbst Joanna schlug jegliche Vorsicht in den Wind, trieb Griselle an und beugte sich über ihren Hals, um Alizas Braunen einzuholen, als sie durch das Tor und in den Hof des Bischofs jagten, wo der ältere Pförtner sie mit offenem Mund erstaunt und leicht entsetzt anstarrte.

Dampfwolken stiegen von den Pferden auf, und gutmütige Rempeleien fanden statt, als alle sich unter den schützenden Dachtraufen und Überhängen drängten. Das Herrenhaus war wesentlich kleiner als die Burg von Hertford, und es gab zu wenig Platz. Die Diener des Bischofs waren angelaufen gekommen, um nach dem Grund für den Tumult zu sehen, und waren von der unverhofften Ankunft der Besucher überwältigt.

William versuchte, sie zur Ordnung zu rufen, aber sie glichen einer aufgeregten Geflügelschar. Endlich befahl er seinen missmutigen Knappen, mit den Pferden zu helfen, und betrat die Halle. Ein paar der Sergeanten des Bischofs, die zum Schutz des Hauses zurückgelassen worden waren, kamen herbei und rückten mit feindseliger Miene ihre Gürtel zurecht.

Joanna kannte diesen Typ Mann. Sie hatten nicht den Rang, selbst Herrenhäuser zu besitzen, und wurden selten als reguläre Soldaten eingesetzt, daher blieb ihnen nur, Wache zu halten und weltliche Dienste zu verrichten, und sie wurden träge und abgestumpft, wenn sie nicht streng überwacht wurden.

»Der Bischof ist nicht hier, Sire«, knurrte der vorderste Sergeant, dabei faltete er die Fäuste über seinem Gürtel.

William hob die Brauen. »Euer Lord würde seine Nachbarn aufnehmen, wenn er wüsste, dass sie in ein Gewitter geraten sind«, sagte er. »Wenn er hier wäre, würde er uns fraglos willkommen heißen, so wie es mein eigener Haushalt tun würde, wenn ein Fremder in einem Unwetter an meine Tür käme.«

Die Männer sahen sich an und scharrten mit den Füßen. »Wir haben nicht mit Gästen gerechnet«, sagte der Erste.

Aymer drängte sich vor und stellte sich neben William. »Ich bin der Bischofselekt von Winchester«, sagte er kurz und streifte seine Handschuhe ab. »Wir erwarten Gastfreundschaft – jetzt. Hier gibt es doch sicher auch in Abwesenheit des Bischofs zu essen und zu trinken, während wir warten, bis der Sturm abflaut.«

Das Geräusch des Regens verstärkte sich, er prasselte auf die Dachschindeln aus Eichenholz und hallte von ihnen wider.

»In Abwesenheit des Bischofs gibt es hier nur sehr wenige Vorräte.« Die Augen des Sergeanten schossen hin und her, aber er trat zur Seite. »Die Diener werden Euch bringen, was wir haben.« Er deutete mit dem Zeigefinger auf einen älteren Mann und einen pickeligen Jugendlichen. »Bringt ihnen Erfrischungen, und zwar schnell.«

Der alte Mann und der Junge schlurften davon, und die Jagdgesellschaft drängte sich um den schäbigen Kamin und schüttelte die nassen Kleider aus, während das Gewitter grollte und tobte wie ein wildes Tier. Die Diener kamen schließlich mit Krügen und einer bunt zusammengewürfelten Sammlung von irdenen Bechern zurück.

Geoffrey nahm einen der Becher, kostete die Flüssigkeit, verschluckte sich und sprühte sie auf den Boden. »Gott im Himmel, was ist denn das für eine Katzenpisse!«

Joanna konnte selbst dort, wo sie stand, das saure Getränk riechen. Auch andere spuckten es aus. Aliza hustete und presste den Handrücken auf den Mund.

Aymer lief vor Zorn und Kränkung rot an. »Das mag einmal Ale gewesen sein, aber jetzt würde ich es noch nicht mal in den Schweinetrog schütten. Gibt es keinen Wein?«

»Nein, Sire, den gibt es nicht.« Der Diener leckte sich über die Lippen.

Aymer schüttelte den Kopf. »Das kann ich von einem Bischof nicht glauben. Was ist in den Kellern?«

Der alte Mann begann die Hände zu ringen. »Sire, es ist uns nicht gestattet, die Keller zu öffnen, nicht in Abwesenheit des Bischofs.«

William, der sich seiner Pflicht gegenüber seinen Gästen intensiv bewusst war, denn er hatte vorgeschlagen, hier Zuflucht zu suchen, glühte vor Scham über die Art, wie sie empfangen wurden. »Wenn der Bischof in meinem Haus

Schutz suchen würde, würden meine Diener ihm auch in meiner Abwesenheit Gastfreundschaft gewähren, ohne darüber zu zetern«, sagte er knapp. »Ich würde mich schämen, wenn einer meiner Männer das nicht täte, und ich bin sicher, der Bischof würde euer Benehmen nicht billigen.«

Geoffrey hakte die Finger in seinen Gürtel. »Ich werde selbst gehen und sehen, was in den Kellern lagert«, verkündete er. »Überlasst alles mir.« Er stapfte mit Aymer und ein paar Knappen davon.

Über ihnen ertönte ein lauter Donner, der das Gebäude erzittern ließ, und Regen begann durch das Dach zu tropfen. Die Leute duckten sich und riefen durcheinander.

»Wir sollten das nicht tun«, sagte Joanna kopfschüttelnd zu William. »Der Sturm wird schnell genug vorüber sein, und wir können einfach wieder gehen.«

Williams Kiefermuskeln spannten sich an. »Ich werde es hinterher beim Bischof wiedergutmachen.«

»Du musst beim Bischof nichts wiedergutmachen, wenn du jetzt nicht zu weit gehst«, erwiderte sie aufgebracht.

Unter ihren Füßen ertönte ein ohrenbetäubendes Krachen und dann splitternde Geräusche. Joanna schnappte nach Luft und sah Aliza an, die ihre Unterlippe zwischen die Zähne nahm.

Aymer, Geoffrey und die Knappen kamen mit zwei Weinfässern aus dem Keller zurück. Geoffrey schlug den Zapfen heraus und füllte die jetzt leeren Alekrüge, und alle machten sich daran, die Beute zu teilen, tranken sich mit den irdenen Bechern zu, teils auch aus Rache dafür, nicht angemessen willkommen geheißen worden zu sein.

Die Unterhaltung nahm an Lautstärke zu, und das Gelächter wurde immer ausgelassener. Jemand begann mit kleinen Broten zu jonglieren. Ein anderer hatte den Hut des Haushofmeisters gestohlen und begann, ihn mit seinen Kumpanen hin und her zu werfen. Aymer hatte ein attraktives rothaariges Dienstmädchen in eine Ecke gedrängt und setzte ihr auseinander, welch wundervolle Arbeitsmöglichkeiten es für sie in seiner Diözese Southwark gab.

Joanna packte William am Arm. »Tu etwas!«, sagte sie heftig. »Wie willst du das dem Bischof erklären? Es ist nicht richtig. Genau genommen ist es unehrenhaft.«

Der Regen begann nachzulassen, als der Sturm sich in die Ferne verzog. William nahm Joanna zur Seite und wandte sich an die johlende Gesellschaft. Die Sergeanten und Diener des Bischofs hatten sich rar gemacht. Wahrscheinlich waren sie losgeritten, um über die Ereignisse Bericht zu erstatten. William klatschte laut in die Hände. »Der Sturm zieht weiter. Wir sollten nach Hertford zurückkehren. Jacomin, Elias, geht und sorgt dafür, dass die Pferde bereit gemacht werden.«

»Es besteht kein Grund zur Eile, kleiner Bruder«, sagte Geoffrey laut und versuchte William einen weiteren Becher Wein zu reichen. »Trink noch etwas. Wo das herkommt, ist noch viel mehr.«

»Nein«, schnappte William. »Das tut es nicht, und es wird Zeit, dass wir gehen.«

Er verließ den Raum, ging in den Keller und betrachtete die Türen, die in trunkenen Winkeln in ihren Angeln hingen. Ein dunkler Fleck tropfte wie Blut aus dem ihm am nächsten stehenden Fass. Er bückte sich und drehte den Hahn zu.

Joanna, die ihm gefolgt war, rang vor Entsetzen nach Luft. »Großer Gott, das ist ja furchtbar. Das hättest du nicht zulassen dürfen. Warum hast du sie nicht aufgehalten?«

»Wie hätte ich sie denn aufhalten sollen?«, fragte er wütend, dann vergrub er das Gesicht in den Händen.

»Sie sind deine Brüder und die Rädelsführer. Nur weil sie älter sind als du und Aymer meint, er könnte sich auf seinen Status als Geistlicher berufen, heißt das noch lange nicht, dass du ihnen das durchgehen lassen solltest!«

»Es ist zu schnell aus dem Ruder gelaufen. Ich werde dem Bischof schreiben und Wiedergutmachung leisten – und ich werde mit meinen Brüdern sprechen.«

»Sieh zu, dass du das tust, das hier ist zu weit gegangen. Deine Gegner werden das Ganze nach Kräften aufbauschen. Du musst in der Tat an den Bischof schreiben, und an den König, und zwar sofort, bevor es jemand anderes tut, oder wir werden das nicht überleben. Unser Ruf am Hof wäre ruiniert.«

»Ja, ja«, fauchte er. »Ich werde mich darum kümmern, also hör auf zu nörgeln. Du machst aus einer Mücke einen Elefanten. Ich werde mich beim Bischof entschuldigen und Henry alles erzählen, und alles wird gut werden.«

»Du verstehst nicht, William. Du sagst, ich mache mir zu viele Gedanken, aber das Ganze ist wie ein Feuer. Es beginnt mit einem brennenden Zweig, und bevor du dich versiehst, steht der ganze Wald in Flammen. Willst du wirklich mit so einem Benehmen leben wie heute Nachmittag? Willst du das? William, das muss aufhören!«

Er blies die Wangen auf. »Was passiert ist, ist passiert, aber ich verstehe, was du meinst. Du musst nicht so darauf herumreiten. Wir werden die Sache in Ordnung bringen und nach vorne schauen.« Er machte auf dem Absatz kehrt und marschierte in die Halle zurück.

Joanna schluckte und schloss die Augen. Die scheußliche Situation bewirkte, dass ihr Magen brannte. Sie konnte

Cecily klar und deutlich sagen hören, dass das Handeln eines Mannes auf seine Frau zurückfiel. Nicht, dass sie nur William die Schuld geben konnte, aber seine Brüder hatten es zu bunt getrieben, und das konnte so nicht weitergehen. Ihre Diener würden Gäste niemals abweisen oder auf so eine Art behandeln, aber sie würde auch nicht erwarten, dass diese Gäste sich wie ungehobelte Klötze ohne Manieren benahmen.

Ein Streifen grellen Sonnenlichts verdrängte den Sturm und glitzerte auf den nassen Dachschindeln und den Pfützen im Hof. John de Warenne half William, die Leute hinauszuscheuchen. Seine Miene wirkte leicht schuldbewusst. Aymer musste von dem rothaarigen Mädchen weggezerrt werden, aber nicht, bevor er ihr einen Ring in die Hand gedrückt und ihre Finger darum geschlossen hatte. Der alte Diener hob seinen Hut vom Boden auf und klopfte ihn ab. Seine Züge waren starr, und sein Kiefer mahlte.

Jacomin half Joanna auf Griselle. Obwohl alle anderen beste Laune hatten, fühlte sie sich den Tränen nah.

Aliza beugte sich über ihr Pferd, um sie am Arm zu berühren. »Alles wird gut«, sagte sie tröstend.

Joanna schüttelte den Kopf. »Das wird es nicht. Mein Ruf steht genauso auf dem Spiel wie Williams.« Nicht nur der König würde von der Sache erfahren, sondern auch die Königin, und Alienor stand William und seinen Brüdern zunehmend schmallippig und missbilligend gegenüber.

Die Gruppe kehrte in dem funkelnden, vom Regen reingewaschenen Nachmittag nach Hertford zurück. Williams Diener kümmerten sich umgehend um die Pferde, und jeder Gast wurde mit unauffälliger Tüchtigkeit versorgt. Joanna ging in ihre Kammer, um sich umzuziehen, ließ sich dann aber auf das Bett fallen und krümmte sich. Weazel sprang zu ihr hoch und rieb sich schnurrend an ihr, und sie vergrub das Gesicht in seinem warmen goldenen Fell und versuchte, nicht zu weinen.

22

Hertford Castle
November 1252

Johan saß auf dem Rücken des Ponys, das William für ihn auf dem Pferdemarkt von Smithfield gekauft hatte – ein fassähnliches kleines Tier von einem hellen Kastanienbraun, mit stämmigen Beinen und einem weißen Fleck auf der Nase. William hatte Johan auf ein Pferd gesetzt, seit er aufrecht sitzen konnte, und seine Schwester ebenfalls, aber jetzt war die Zeit für Fortschritte gekommen – die Zügel zu halten und sein eigenes Pferd zu kontrollieren, wenn auch unter strenger Beobachtung.

»Kann ich galoppieren?«, fragte Johan.

Joanna verdrehte die Augen. »Oh, er ist genau wie du.«

»Er ist überhaupt nicht wie ich. Wenn er das wäre, würde er fragen, wann er Turnierkampf lernen kann!« William nahm das Pony grinsend an die Longe. »Sehr bald«, sagte er. »Nur noch ein paar Unterrichtsstunden für dich und Ginger, damit ihr euch aneinander gewöhnt.«

Er wies Johan an, in langsamen Kreisen zu reiten, um Gleichgewichtssinn zu entwickeln, und schon bald ließ der kleine Junge die Zügel los und streckte furchtlos die Arme aus, als William ihn dazu ermutigte.

Als sie Vater und Sohn beobachtete, wurde Joanna vor Stolz warm ums Herz. Johan war so gutmütig, so furchtlos, und doch ernst und darauf erpicht, das Richtige zu tun – und schon der Mann, der er einmal sein würde, obgleich er erst nach Weihnachten drei Jahre alt wurde.

Das Leben am Hof war unangenehm, der Zwischenfall im Haus des Bischofs von Ely hatte die Beziehungen beträchtlich abkühlen lassen. Wie Joanna befürchtet hatte, hatte Williams und Aymers Ruf großen Schaden genommen – und Geoffreys ebenfalls. Die Geschichte, die im Umlauf war, lautete, dass William und seine Gruppe absichtlich in das Haus des Bischofs eingebrochen waren, nachdem sie unbefugt sein Land betreten hatten, um sein Wild zu jagen. Dass sie Schutz vor dem Sturm gesucht und keinerlei Gastfreundschaft erfahren hatten, blieb unerwähnt. Stattdessen hatte sich alles auf das rüpelhafte Verhalten der Jagdgesellschaft, die aufgebrochenen Kellertüren und den gestohlenen Wein konzentriert. Sie vermutete, dass die Gefolgsleute des Bischofs die von dem Jagdtrupp hinterlassene Verwüstung stark übertrieben geschildert und sich wahrscheinlich selbst an einem Krug oder zwei bedient hatten, bevor sie Bericht erstatteten. Dazu kam noch, dass eine der Milchmägde davongelaufen war und ihre Mutter zu glauben schien, dass sie, ermutigt von dem Bischofselekt von Winchester, in London ein Leben voller Ausschweifungen führte.

William hatte sich ausgiebig bei dem Bischof von Ely entschuldigt und angeboten, den Wein zu ersetzen. Der ältere Geistliche hatte mit dem milden Tadel reagiert, er fände es bedauerlich, dass William und seine Gäste es für nötig erachtet hatten, in seine Keller einzubrechen und ein Chaos anzurichten. Er hätte ihnen bereitwillig Zutritt gewährt, wenn sie nur gefragt hätten. Seine sanfte, untertriebene Rüge hatte die Situation nur verschlimmert. Henry hatte William, Aymer und Geoffrey ins Gebet genommen, aber die Höflinge, die den Lusignans feindlich gegenüberstanden, hatten den Tadel als unzureichende Strafe und als Zeichen für Bevorzugung und Schwäche statt als christliche Nachsicht betrachtet. Die Königin gab sich betont kühl, und Joanna hatte ihren Platz als eine ihrer Lieblingskammerfrauen verloren, obwohl Alienor eisig höflich blieb.

Dann war da noch Simon de Montfort. Er war nach seiner Entlassung im Frühjahr in die Gascogne zurückgekehrt und fuhr damit fort, die Gascogner zu hetzen und zu schikanieren, die sich ihrerseits mit bitterer Entschlossenheit rächten. Letzten Monat hatte Henry Simon schließlich mit siebentausend Mark ausbezahlt, was Williams Meinung nach vollkommen überzogen war. Edward sollte die Gascogne bekommen, und Henry beabsichtigte, im nächsten Sommer dorthin zu reisen und die Angelegenheit zu klären, wenn bis dahin ein Waffenstillstand ausgehandelt war. Henrys Beziehung zu de Montfort blieb angespannt, aber die Königin hatte ihr Band zu Eleanor de Montfort erneuert und behandelte sie wie eine Busenfreundin. Joanna vermutete, dass zwischen den Frauen private Diskussionen stattfanden, die darauf abzielten, Henry und Simon einander näher zu bringen, während sie William und seine Brüder dem königlichen Einfluss entzogen.

Als die Reitstunde vorbei war, hob William Johan auf seine Schultern. Johan hüpfte auf und ab und griff in sein Haar.

»Ha, wenn du so reitest, ist dein Pferd erschöpft, bevor du überhaupt losgeritten bist«, scherzte William.

Sie setzten sich zu gewürztem Wein und süßen Waffeln vor das Feuer, Johan bekam Buttermilch. William ließ ihn einen winzigen Schluck aus seinem Becher trinken und lachte, als das Kind das Gesicht verzog. »Das wird sich ändern, glaub mir«, sagte er und blickte dann auf, als ein Bote mit einem Pergament eintraf, das Aymers Siegel trug.

Joanna wurde das Herz schwer, denn im Moment hatte sie genug von Aymer. Seine Briefe bedeuteten für gewöhnlich Schwierigkeiten irgendwelcher Art, so wie sie jetzt dieser Bote überbrachte, der staubig und schmutzbespritzt war und nach erhitztem Pferd stank.

»Ich bin von London hart hierher geritten, Sire, aber es wird früh dunkel. Ich war zwei Tage unterwegs.«

William las, was Aymer geschrieben hatte. »Richte ihm aus, ich komme, so schnell ich kann.« Er warf dem Boten eine Münze zu. »Hol dir ein frisches Pferd aus den Ställen und iss und trink, bevor du zurückreitest. Dir bleiben noch ein paar Stunden Tageslicht.«

»Was gibt es denn jetzt schon wieder?«, wollte Joanna wissen.

»Bonifaz!«, erwiderte William, dabei verzog er das Gesicht, als wäre schon das Wort allein mit Schleim behaftet. »Ich muss zu Aymer.« Er reichte ihr den Brief.

Joanna überflog ihn rasch. Der Prior des Hospitals St. Thomas in Southwark war gestorben, und das Recht, einen neuen Prior zu wählen, gebührte Aymer, denn St. Thomas unterlag der Gerichtsbarkeit des Bischofs von Winchester. Aymer hatte den Priester, den er für das Amt wollte, sorgfältig ausgewählt, aber Bonifaz' Repräsentant Eustace de Lenn hatte sich Aymers Wahl widersetzt, Aymers Mann auf der Stelle exkommuniziert und in Bonifaz' Kerker in Maidstone werfen lassen.

»Das ist unerhört«, keuchte Joanna.

»Das ist es allerdings«, bestätigte William grimmig, als er

nach seinem Umhang griff. »Aymer möchte die Sache mit mir besprechen und entscheiden, wie er reagieren soll. Ich muss zu ihm gehen. Bonifaz hat seine Grenzen weit überschritten.«

»Sei vorsichtig. Bonifaz ist ein gefährlicher Mann, wenn man sich ihm in den Weg stellt.«

»Das ist ein Teil des Problems. Er spielt seine Macht aus und erwartet, dass die Leute kuschen, aber das geht einen Schritt zu weit.«

William befahl, sein Pferd und sein Packpferd zu satteln.

Joanna verschränkte die Arme. »Ich hasse es, dass du in all das verstrickt wirst.«

»Aymer ist mein Bruder. Ich würde meine Familie nie im Stich lassen.« Er sah sie ernst an. »Ich habe meinen Vater das tun sehen, und ich habe geschworen, nie so wie er zu werden. Mein Wort gilt, und ich werde Aymer schützen, so wie er mich schützen würde. Keine Angst, ich komme so schnell wie möglich zurück.«

»Natürlich habe ich Angst. Sieh zu, dass du nicht exkommuniziert wirst!«

»Nun, wenn das passiert, wird die Hölle bezahlen«, entgegnete William düster.

»Mach keine Witze!« Joanna war entsetzt.

»Ich mache keine Witze, und es ist Bonifaz, der bezahlen wird.« Er küsste sie hart und rauschte aus dem Raum.

Aymer kaute an seinem Daumennagel und sah William an. »Was soll ich tun? Ich habe das Recht, meinen eigenen Priester für St. Thomas zu ernennen. Bonifaz und sein Mann glauben, sie können mit dem davonkommen, was sie getan haben, weil sie den Schutz der Königin genießen, aber ich kann das nicht hinnehmen.«

William verzog das Gesicht. Er wusste, was er tun würde,

aber Joanna würde entsetzt sein, und es würde ihre Position angreifbar machen, wenn sie nicht ohnehin schon nur noch eine zweifelhafte Gunst genossen. Aymers Mann war zu Unrecht eingekerkert worden, und sie mussten sich unmissverständlich zur Wehr setzen. »Du hast recht«, sagte er. »Nimm ein paar Ritter, geh nach Maidstone und befreie deinen Mann. Dann finde die Beamten von Bonifaz und zahle es ihm mit gleicher Münze heim.«

Aymer starrte William an, und William gab den Blick unverwandt zurück, bestätigte, dass sie eine Grenze überschritten hatten.

»Tu es«, sagte Aymer.

»Ich brauche Männer«, entgegnete William. Ein Kirchengebäude anzugreifen war eine ernste Angelegenheit, aber Aymers Mann konnte nicht auf Gedeih und Verderb den Soldaten des Erzbischofs überlassen bleiben. »Verlässlich, schnell, loyal. Aber ich wage nicht, sie zu begleiten. Wenn es gilt, sich vor dem König zu verantworten, muss ich so unschuldig sein wie eine Lilie.«

»Ich habe etliche vertrauenswürdige Ritter.«

William nickte. »Ich werde Roger d'Aguillon und seine Männer schicken, aber keiner darf Wappen oder sonst etwas tragen, anhand dessen man ihn identifizieren könnte. Schlichte Überwürfe und Livreen sind angesagt.« Rasch begann er, einen Plan zu entwerfen, wie eine Gruppe von Rittern und Sergeanten Aymers Priester retten sollte, zusammen mit Instruktionen, Eustace of Lenn, den Handlanger von Bonifaz, festzunehmen. Er wusste, dass es Vergeltungsmaßnahmen geben würde, vor allem, wenn die Königin von der Sache erfuhr, denn sie würde den Erzbischof mit Zähnen und Klauen verteidigen, aber er würde mit dem König sprechen und sein Bestes tun.

Am darauffolgenden Abend saßen William und Aymer im Bischofspalast in Southwark am Feuer, als die Ritter von ihrer Mission zurückkehrten. Roger d'Aguillon, der einen von Schmutz starrenden Geistlichen vor sich herstieß, erstattete ihnen Bericht. Der Priester war mit Blutergüssen übersät und hatte ein blaues Auge. Dort, wo er gefesselt gewesen war, verliefen wunde Striemen um seine Handgelenke. Er lief auf Aymer zu und warf sich vor ihm zu Boden. »Danke, Mylord, danke!«, schluchzte er. »Ihr habt mir das Leben gerettet!« Ein starker Gestank nach Exkrementen entströmte seiner Kleidung.

»Schon gut, schon gut.« Aymer tätschelte seine Schulter und riss dann rasch seine Hand zurück. Seine Nasenflügel bebten. »Nehmt Euch zusammen, Mann, und setzt Euch.« Er bedeutete einem Diener, Wein zu bringen.

»Wir haben ihn in Maidstone gefunden«, sagte d'Aguillon. »Verschnürt wie ein Huhn, wie Ihr an seinen Handgelenken sehen könnt. Kein Umhang, kein Essen oder Wasser, und er musste auf den Boden pissen und scheißen. Seine Gewänder sind schmutzig und stinken, weil sie ihn im Hof mit Tritten traktiert haben.« D'Aguillon kräuselte die Lippe. »Wir haben erwogen, den ganzen Ort in Brand zu stecken, aber dann beschlossen, dass das zu weit gehen würde, doch wir haben uns ein gutes Pferd ausgeborgt, um Euren Mann zu Euch zu bringen.«

»Habt Ihr Eustace de Lenn gefunden?«, wollte Aymer wissen. Seine Augen loderten vor Wut.

D'Aguillon grinste. »Ja. Er lungerte im Palast des Erzbischofs in Lambeth herum. Wir haben ihm auf dem Rückweg einen Besuch abgestattet und ihn in seiner Unterkunft beim Essen angetroffen, aber wir haben ihn überredet, seine Mahlzeit im Stich zu lassen und uns zu begleiten.« Er bewegte ruckartig den Kopf. »Er ist gefesselt und mit verbundenen Augen in Eurem Privatgemach.« Er sah William an. »Ich dachte, Ihr wolltet vielleicht nicht gesehen werden, Sire.«

William schürzte die Lippen. Er hatte nicht in die ganze Sache verstrickt werden wollen, aber nun, da es geschehen war, stieg ein Gefühl von Abenteuerlust und dunkler Belustigung in ihm auf, von dem Wunsch nach Gerechtigkeit ganz zu schweigen. »Er hat die Augen verbunden, sagt Ihr?«

»Ja, Sire – dicker, dunkler Stoff, er kann nichts sehen. Und wir haben ihm außerdem einen Sack über den Kopf gezogen und ihn um seinen Hals herum festgebunden – aber er kann noch atmen.«

William und Aymer gingen zu dem Raum, in den d'Aguillon Eustace de Lenn gesperrt hatte. Von drinnen ertönte wildes Grunzen und Hämmern. Als Aymer die Tür öffnete, kroch Eustace zurück.

»Wenn mein Herr hiervon erfährt, werdet ihr exkommuniziert und in den tiefsten Schlund der Hölle geworfen«, kreischte er durch die Sackleinwand. »Ihr werdet vom Teufel verschlungen, und alle aus eurer Linie werden bis in alle Ewigkeit verdammt sein! Söhne von Lüstlingen und Huren! Ihr werdet ...«

Seine Stimme erstarb in einem erstickten Krächzen, als William auf ihn losging und ihn am Hals packte. »Vielleicht solltet Ihr auf Eure Worte achten, es könnten Eure letzten auf Erden sein.«

»Seine Worte haben keine Macht«, meinte Aymer achselzuckend. »Nichts weiter als das Fauchen einer Katze.«

Sie schleiften den fluchenden, sich heftig zur Wehr setzenden Eustace in den Hof, stießen ihn auf ein Pferd und fesselten seine Hände an den Sattelknauf. William befestigte einen Leitzügel.

»Tut das Schlimmste!«, spie Eustace. »Ich werde gerächt werden. Tötet mich und hackt meinen Leichnam in tausend Stücke!«

»Ich bin sicher, Ihr würdet liebend gern ein Märtyrer wie Thomas Becket«, erwiderte Aymer, »aber ich bin nicht geneigt, Euch diesen Wunsch zu erfüllen.«

Sie brachen in den frühen Morgenstunden auf, mit der ursprünglichen Absicht, Eustace de Lenn in den Kerker des Bergfrieds des Bischofs von Winchester in Farnham zu bringen. Nach einer Weile ließ William jedoch haltmachen. Hinter ihnen gab Eustace laute, unartikulierte Protestlaute von sich.

»Wir sind mit dieser traurigen Karikatur eines Geistlichen weit genug gegangen«, sagte er zu Aymer. »Ich möchte nicht noch mehr Zeit mit ihm verschwenden. Wir sollten ihn gehen lassen, allerdings sehe ich keinen Grund, dabei ein gutes Pferd zu verlieren.«

Aymer überlegte kurz und nickte dann. Er stieg ab, ging zu Eustace, zog ihn aus dem Sattel, warf ihn auf den Boden, beugte sich über ihn und durchtrennte seine Handfesseln. »Ich bin sicher, Ihr findet von hier aus den Weg zu Eurem Herrn«, sagte er. »Aber wenn Ihr je wieder Eure Autorität überschreitet, werdet Ihr nicht am Leben bleiben, und das ist ein Versprechen.«

William und Aymer ritten davon und ließen Eustace, der sich abmühte, den Sack von seinem Hals zu zerren, mitten auf der Straße zurück.

Joanna hatte zwei Tage ohne Nachricht gewartet – keine Boten, keine Geschichten von vorbeikommenden Reisenden, nichts. Jetzt hörte sie plötzlich die Hunde warnend und begrüßend wild bellen.

»Papa ist da!«, brüllte Johan und stürmte auf ihn zu.

William bückte sich, um seinen Sohn aufzuheben, und schwang ihn in seinen Armen herum.

Joanna musterte William besorgt; suchte nach Zeichen dafür, dass er gekämpft hatte. »Bist du in Ordnung?« Sie küsste ihn, dabei tastete sie ihn verstohlen ab und wartete darauf, dass er zusammenzuckte.

»Ja, ja«, wehrte er ungeduldig ab. »Es ist alles geklärt.«

»Was ist passiert?« Sie führte ihn ins Haus und rief Diener, um ihm Hut und Umhang abzunehmen und Wein zu bringen.

Er ließ sich seufzend auf die Bank am Feuer fallen. »Ich sagte doch, die Sache ist erledigt. Mach dir keine Sorgen.«

Joanna funkelte ihn finster an. Williams »die Sache ist erledigt« konnte alles Mögliche, meistens Katastrophales bedeuten. »Erzähl mir, was passiert ist«, verlangte sie erneut, wobei ihr Ton keinerlei Ausflüchte duldete, und winkte der Kinderfrau, die Kinder aus dem Raum zu bringen. Dann kniete sie nieder, um ihm die Stiefel auszuziehen. »Das hier wird zu einer Angelegenheit für den König werden.«

»Ja, allerdings, und zu Recht. Ich musste Aymer zu Hilfe kommen. Ich hatte keine andere Wahl – du hast mir da zugestimmt. Je weniger du weißt, desto besser. Ich bin zu Hause, ich habe nicht gekämpft, und ich bin auch nicht nach Maidstone gegangen. Und all das ist die reine Wahrheit.«

Mit unverkennbaren Unterlassungssünden. Sie presste die Lippen zusammen. Wenigstens war er in Sicherheit.

»Ich muss dafür sorgen, dass der König unsere Partei ergreift«, fuhr er fort, »weil der Erzbischof die Unterstützung der Königin suchen und aus einer Mücke einen Elefanten machen wird.«

»Du musst mir sagen, was geschehen ist. Nichts zu wissen ist auch gefährlich!«

Er rieb sich mit den Handflächen über das Gesicht, und nach einem Moment erzählte er ihr alles.

Sie sah ihn entsetzt an.

»Er kann nichts beweisen, und wir waren vollkommen im Recht. Bonifaz von Savoyen ist für alles verantwortlich – oder vielmehr sein Repräsentant, aber Bonifaz wird ihm Rückendeckung geben. Genau wie die Königin, weil Bonifaz ihr Onkel ist.«

»Du musst dem König die Wahrheit sagen und auch mit der Königin sprechen, ohne es zu einer Konfrontation kommen zu lassen.« Joannas Gedanken überschlugen sich. »Gib Eustace die Schuld an dem, was passiert ist. Wir haben alle Diener, die unverantwortlich handeln könnten. Mach der Kirche ein Geschenk. Ich habe einen silbernen Becher, den wir überreichen können, wo es den größten Einfluss haben wird. So kann es nicht weitergehen, William, wirklich nicht.«

»Es war wohl kaum Aymers Fehler«, protestierte er.

»Er hat vielleicht nicht damit angefangen, aber jedes Mal, wenn etwas passiert, verschärft sich die Situation, und Aymer ist für gewöhnlich irgendwie darin verstrickt.«

Sie holte seine Hausschuhe.

Jacomin erschien mit Platten mit heißem geröstetem Huhn und Brot.

»Ich verspreche, dass ich mein Bestes tun werde«, sagte William. »Alles wird gut.«

Er machte sich über das Essen her. Joanna hatte keinen Appetit. Es wäre ein Wunder, wenn alles gut werden würde.

»Einen Mann Gottes so zu behandeln!«, rief Henry erschrocken und mit rechtschaffenem Zorn, als er erfuhr, was mit Aymers Mann geschehen war. »Eine Respektlosigkeit gegenüber meinem Bruder! Diese Dinge sind tatsächlich entschieden zu weit gegangen!« Er blickte die Königin finster an. Zwischen ihnen hatte es schon Unstimmigkeiten wegen einer kürzlich erfolgten kirchlichen Ernennung gegeben, wo sie gegensätzlicher Meinung gewesen waren.

Aymer blähte selbstgerecht die Brust auf. »Wie Ihr Euch vorstellen könnt, hielt ich es für notwendig, meinen Priester unverzüglich zu retten. Ich hatte keine Zeit, die Erlaubnis dazu einzuholen, weil sein Leben in Gefahr war, aber ich weiß, dass ich das Richtige getan habe.«

»Ich dachte, Ihr würdet unser Handeln nachträglich billigen, Sire«, sagte William. »Ich meinte zu Aymer, Ihr würdet das tun, und ich entschuldige mich, wenn ich voreilig war oder mich geirrt habe.«

Henry schnalzte gereizt mit der Zunge. »Du hättest zuerst zu mir kommen sollen. Das ist eine Angelegenheit des Klerus. Du hattest keinen Grund, dich daran zu beteiligen, obwohl ich deinen Wunsch verstehe, deinem Bruder zu helfen.«

»In der Tat, Sire, und es tut mir leid, dass wir Euch mit dieser Sache behelligen mussten. Ich hoffe, es wird nicht wieder vorkommen.«

»Das hoffe ich auch«, erwiderte Henry düster. »Für uns alle.«

Zwei Tage später traf ein Bote am Hof ein und erzählte die Geschichte aus der Sicht von Eustace de Lenn. Aymer war da schon nach Oxford zurückgekehrt, sodass William die volle Wucht von Henrys Zorn traf, als er hörte, wie Eustace entführt, misshandelt und mitten in der Nacht gefesselt und geknebelt auf der Straße zurückgelassen worden war. Erzbischof Bonifaz verlangte, dass jeder Bischof die Verantwortlichen mit Exkommunikation bestrafte.

Während Henry zuhörte, erstarrte er so sehr, dass sein Kopf zu zittern begann. Hektische Zornesflecken loderten auf den Wangen der Königin.

»Jetzt kennen wir die Wahrheit bezüglich dieser Angelegenheit«, sagte sie, dann fuhr sie auf ihren Mann los. »Wie oft habe ich dich wegen deiner Unruhe stiftenden Familie gewarnt? Sie reißen alles an sich, stiften alle Arten von Unheil und lügen, dass sich die Balken biegen. Wie kann dein Emporkömmling von Bruder es wagen, das Gesetz in seine eigenen Hände zu nehmen und sich dem Erzbischof von Canterbury zu widersetzen!« Sie wandte sich an William. »Ich weiß, dass Ihr daran beteiligt wart. Ihr und Eure Verwandten halten zusammen wie Pech und Schwefel. Wo einer hingeht, gehen alle hin! Es wird Zeit, dass an diesem Hof wieder Ordnung und Anstand herrschen und gewisse Leute in ihre Schranken gewiesen werden.«

»Ich stimme Euch voll und ganz zu, Madam.« William verbeugte sich und drehte sich zu einem verwirrten, beunruhigten Henry um. »Mein Bruder hat sein Recht in Anspruch genommen, in seiner eigenen Diözese den Mann seiner Wahl zu ernennen, und der Repräsentant des Erzbischofs hat ihm dieses Recht verweigert. Er hat Aymers Mann festgenommen und eingesperrt, ihn geschlagen und gedemütigt. Aymer blieb nichts anderes übrig, als zu handeln. Ich weiß nicht, was alles genau geschehen ist, aber ich bin sicher, dass die Einzelheiten aufgebauscht wurden, wie es ja so oft der Fall ist.«

Alienor holte tief Atem, um sich für den Kampf zu

wappnen. »Glaubt nicht alles, was man Euch erzählt, Sire«, schnappte sie. »Aymer ist noch nicht alt genug, um Bischof zu sein, und er befindet sich noch in der Ausbildung. Der Diener des Erzbischofs wurde auch geschlagen und misshandelt und gezwungen, gefesselt und geknebelt wie ein Bettler die Straße hinunterzugehen. Das ist nicht hinnehmbar. Ihr entschuldigt ein großes Unrecht. Das Oberhaupt der Kirche von England ist Euer ernannter Prälat, und alle Geistlichen müssen sich seiner Autorität beugen. Es ist sein Vorrecht, Entscheidungen zu treffen, nicht das eines halb ausgebildeten Wüstlings, der zufällig Euer Bruder ist.«

Henry starrte sie mit offenem Mund an.

Hochrot vor Ärger schimpfte sie weiter. »Wenn dein Bruder vorher deine Zustimmung für seine Wahl eingeholt hätte, dann wäre es erst gar nicht zu diesem schändlichen Streit gekommen. Ich werde Euch sagen, wo das Problem liegt, Sire. Zu viele Finger rühren in einst klarem Wasser herum und verschmutzen es. Diese Finger müssen abgehackt werden, bevor noch mehr Schaden angerichtet wird.«

Mit geradezu unmenschlicher Anstrengung schluckte William seine Wut hinunter und erwiderte mit vernünftiger Neutralität: »Ich bitte um Erlaubnis, Sire, zu sagen, dass mein Bruder die anerkannte Gerichtshoheit über die Mitglieder der Gemeinde von St. Thomas hat und somit berechtigt ist, seinen eigenen Repräsentanten ohne vorherige Rücksprache zu ernennen. Er hatte das Recht dazu, und dieses Recht wurde verletzt.«

»Aber er hat nicht das Recht, zum Schaden der Kirche und der Autorität des Oberhauptes der Kirche zu handeln!«, gab die Königin zurück.

»Ihr kennt den Mann nicht, den mein Bruder ernannt

hat, Madam, daher sehe ich nicht, wie Ihr so etwas wissen könnt.«

»Ich werde nicht dulden, dass man so mit mir spricht«, brachte Alienor mit Mühe hervor.

Henry beugte sich zu ihr. »Beruhigt Euch, Madam. Dies ist wahrlich eine unschöne Situation, ich höre zwei verschiedene Geschichten und sitze zwischen zwei Stühlen. Mein Urteil lautet, dass Aymers Mann seinen Posten behalten sollte, aber dass dem Erzbischof Wiedergutmachung für den an seinem Besitz und seinem Gefolgsmann angerichteten Schaden geleistet werden soll. Lassen wir uns eine freundschaftliche Lösung finden, und damit hat die Sache ein Ende.«

Alienor war nicht besänftigt. »Das geht gegen seinen eigenen Erzbischof von Canterbury!«, zischte sie. »Deine Brüder haben dir dermaßen den Kopf verdreht, dass dir jegliche Vernunft zu den Ohren heraustropft. Du ergreifst ihre Partei und lässt sie mit Mord davonkommen, während sie hinter deinem Rücken über dich lachen! Deine Autorität wird dir unter den Füßen weggezogen, als hätten sie dir deinen Umhang gestohlen. Je eher du wieder zu dir kommst, desto besser, und dich wieder deiner Königin und Partnerin zuwendest, deren Meinung du zu deren Gunsten in den Wind geschlagen hast!«

»Was glaubt Ihr, was ich für Euch tue, Madam?«, wollte Henry wissen. Er zitterte vor Wut und Kummer. »Mehr könnte ich nicht tun! Ich habe es alles satt. Wie ich gesagt habe, Eustace de Lenn sollte getadelt werden und Aymer Wiedergutmachung leisten, und damit ist die Sache erledigt.«

Alienor schlug auf die Lehne ihres Stuhls. »Warum sollte Eustace denn für seine Loyalität gegenüber seinem Lord,

dem Erzbischof, getadelt werden? Warum soll Aymer ungestraft davonkommen? Du bist eine Marionette in den Händen deiner Lusignan-Verwandten. Allmählich fange ich an
zu glauben, dass sie wie Läuse auf dem Rücken eines Hun-
des sind!«

William erstarrte angesichts des von Alienor verspritz-
ten Gifts.

Henry sprang auf und sah die Königin an. Sein Kinn zitterte vor Schmerz und Zorn. »Es reicht, Madam! Wenn
Ihr Euch meiner Autorität nicht beugen wollt, bleibt mir
nichts anderes übrig, als Euch zu befehlen, zu gehen. Ihr
werdet den Hof verlassen und Euch nach Winchester begeben, zu dem Sitz des Bistums meines Bruders, um dort über
Eure Loyalitäten nachzudenken.« Dann ging er auf William los. »Und du! Du beteuerst deine Unschuld und ver-
teidigst das, was geschehen ist, aber dies ist ein Teil einer
langen Kette von Ereignissen, an denen du scheinbar nie die
Schuld trägst, aber trotzdem bist du immer irgendwie daran beteiligt. Ich werde deine Mittel kürzen und dich an die
Kandare nehmen, denn ich kann dir eindeutig nicht trauen!
Wenn ich dir Geld gebe, erwarte ich nicht, dass du es ausgibst, um gegen die Kirche zu kämpfen oder Streitigkeiten
mit der Familie der Königin auszutragen! Was ich dir gebe,
kommt von Herzen, und wenn du es zu falschen Zwecken
gebrauchst, kann ich es genauso gut auch behalten. Wenn
du ein wertvolles Geschenk nicht respektieren kannst, dann
ist das eine schändliche Respektlosigkeit mir gegenüber.«

Alienor ließ ein zufriedenes Schniefen hören, doch Henry
fuhr erneut zu ihr herum. »Und Ihr, Madam, werdet Euch
nicht in meine Angelegenheiten mischen! Schickt mir Eure
Geldbörse, bevor Ihr aufbrecht. Wir sprechen weiter, wenn
Ihr Zeit gehabt habt, Euer Tun zu überdenken. Das ist alles,

was ich zu sagen habe, denn ihr habt mich beide bis ins Mark getroffen und solltet euch schämen.«

Henry erhob sich von seinem Stuhl und stolzierte hinaus. Die Königin bedachte William mit einem bitterbösen Blick, bevor sie gleichfalls aus dem Raum rauschte.

Joanna starrte William entsetzt an, als er sich in ihrer Kammer auf eine Bank setzte und das Gesicht in den Händen barg, nachdem er ihr soeben berichtet hatte, was während der Audienz mit Henry und der Königin geschehen war. Sie wollte ihn anschreien und mit Dingen nach ihm werfen, aber sie beherrschte sich, indem sie so tat, als befänden sie sich an einem öffentlichen Ort. Ihn traf nicht die alleinige Schuld, und auf seine Weise hatte er sich tapfer verteidigt, aber so, dass er noch mehr mit dem Rücken gegen die Wand gedrängt wurde – und sie folglich ebenfalls, denn sie schuldete allen betroffenen Parteien Loyalität.

»Du musst dich mit ihnen aussöhnen«, sagte sie, als sie sich neben ihn setzte.

»Ich wüsste nicht, warum.« Er hob den Kopf. Ein Muskel zuckte in seiner Wange. »Aymer traf keine Schuld, und die Königin hat sich dem König bereits in der Frage der Wahl eines Priesters für eine bestimmte Entscheidung widersetzt.«

»Mag sein, aber wir können es uns nicht leisten, uns den König oder die Königin zu Feinden zu machen. Sie sind unsere Familie und sorgen für unseren Lebensunterhalt. Du musst auch nicht für Aymer sprechen. Lass ihn für sich selbst sprechen, er hat seine eigene Stimme. Warum solltest du das auf deine Schultern laden?«

William schüttelte den Kopf. »Ich musste unsere Ehre verteidigen, und Aymer war nicht da ... Wenn du gehört hättest ...« Er brach ab. »Es ist passiert«, sagte er dann,

»und selbst wenn ich weiß, dass ich mich versöhnen muss, kann ich es nicht heute tun.«

Joanna seufzte schwer. »Von allen sind Worte gesprochen worden, die nicht mehr zurückgenommen werden können, aber zumindest sind sie jetzt heraus, statt weiterhin zu schwären«, sagte sie, während sie versuchte, einen Weg aus dem Morast zu finden. »Der König hat dich nicht vom Hof verbannt, also wirst du ihm beweisen können, dass du dir seine Worte zu Herzen genommen hast. Ich muss zu ihrer Niederkunft zu Aliza reisen, aber ich werde mich vorher respektvoll vom König und auch von der Königin verabschieden, denn ich möchte keinen von beiden zum Feind haben.«

»Du hast natürlich recht«, gab er widerstrebend zu. »In der Zwischenzeit werden wir sehen müssen, was wir verkaufen können, ohne es zu vermissen, denn ich weiß nicht, wie lange der König mir kein Geld mehr geben wird. Ich habe ihn noch nie so wütend erlebt.«

»Er hat der Königin gleichfalls seine Unterstützung entzogen«, erwiderte Joanna praktisch. »Ich glaube nicht, dass das lange anhalten wird.«

Er warf ihr einen zerknirschten Blick zu. »Ich weiß nicht, was ich hätte tun können, ohne in irgendeiner Weise Schande über mich zu bringen. Es tut mir leid.«

Joanna lehnte den Kopf gegen seinen Arm. »Es ist, wie es ist, und wir werden damit fertigwerden.« Sie würde sich gemeinsam mit ihm gegen die Welt und die Königin stellen, wenn es sein musste, aber sie betete inbrünstig, dass es nicht so weit kommen würde.

Joanna traf die Königin beim Packen für ihre Abreise an. Diener warfen Gegenstände in Gepäcktruhen und Säcke und nahmen Juwelen und Seide aus dem Schrank, während Alienor auf dem Bett saß und Tränen der Wut über ihr Gesicht strömten.

»Madam, das alles tut mir sehr leid«, sagte Joanna, als sie knickste.

Viele der anderen Kammerfrauen ignorierten sie. Einige kehrten ihr sogar den Rücken zu.

»Mir tut es auch leid«, fauchte Alienor. »Leid, dass ich je mit der Idee meines Mannes einverstanden war, dich mit William de Valence zu verheiraten.«

Die Zurückweisung und Ungerechtigkeit trieben Joanna die Tränen in die Augen. »Wenn ich es in Ordnung bringen könnte, würde ich es tun«, sagte sie.

»Oh, fang nicht an zu schniefen.«

»Das tue ich nicht, Madam.«

Alienor seufzte und hielt ihre Hand. »Oh, in Gottes Namen, es ist nicht wirklich deine Schuld, abgesehen davon, dass du dir mehr Mühe hättest geben sollen, deinen Mann zur Räson zu bringen, wie ich es dir nahegelegt habe, als du ihn geheiratet hast. Ich hatte mehr von dir erwartet als das. Aber mach dir nichts daraus. Ich möchte, dass du ab jetzt sehr vorsichtig bist, was du zu ihm sagst. Ich wünsche nicht, dass ihm jedes Gespräch, das in meiner Kammer stattfindet, zugetragen wird. Verstehst du?«

Die Worte der Königin verblüfften Joanna, trockneten aber auch ihre Tränen. »Ja, Madam«, erwiderte sie mit steifer Würde. »Ich verstehe, aber ich möchte, dass Ihr wisst, dass ich Eure Gespräche nie an meinen Mann weitergegeben habe und das auch nie tun würde. Habe ich jetzt Eure Erlaubnis, zum Wochenbett meiner Schwägerin abzureisen?«

»Ja«, entgegnete Alienor frostig. »Für dich gibt es in meinem Haushalt schließlich nichts mehr zu tun. Ich halte es für das Beste.«

Joanna knickste und ging. Sie hatte getan, was sie konnte, aber in ihrem Magen hatte sich vor Kummer ein Kloß gebildet, und sie war zutiefst unglücklich.

Die Königin verließ innerhalb der nächsten Stunde mit ihrem Gepäcktross den Hof, und der König blieb in seiner Kammer und verabschiedete sich nicht von ihr. Joanna machte sich mit schwerem Herzen auf den Weg nach Lewes.

»Sei sehr vorsichtig«, sagte sie zu William. »Es ist nicht gut, die Königin gegen sich zu haben. Bring sie nicht noch weiter gegen dich auf, denn es steht nicht nur dein Kopf auf dem Spiel, sondern auch meiner.«

»Natürlich«, erwiderte er für ihren Geschmack viel zu obenhin.

»Ich meine es ernst, William.«

»Ich werde tun, was für uns alle das Richtige ist«, gab er mit erzwungener Geduld zurück. »Ich werde nicht sagen, mach dir keine Sorgen, weil das sinnlos ist, aber ich werde dich nicht im Stich lassen ... Ich verspreche es, Joanna.«

Er versprach immer etwas, aber sie hatte gelernt, dass man sich auf seine Versprechen nicht verlassen konnte, wenn die Umstände zu schwierig waren, selbst wenn er sie in dem Moment, wo er sie gab, ernst meinte. Sie verkniff sich bittere Worte, weil sie die Situation nur verschlimmern würden.

Er küsste die Kinder und hob sie in die Kutsche. »Sei brav und hör auf deine Mutter«, sagte er zu Johan. »Wir sehen uns bald, wenn ihr zu Weihnachten zurückkommt.«

Die Kutsche fuhr mit einem Ruck an, und Joanna winkte William zum Abschied zu, ehe sie sich gegen die Kissen zurücklehnte und die Augen schloss. Sie presste eine Hand auf ihren Bauch. Ihre Blutung war diesen Monat ausgeblieben, und sie ahnte, dass ihre unterschwellige Übelkeit und Lethargie nicht nur eine Reaktion auf die jüngsten Aufregungen waren.

Ende Dezember kehrte Joanna an den Hof zurück. Aliza hatte eine zweite Tochter zur Welt gebracht, die nach Alizas Mutter und anderen Frauen in Johns Familie Isabelle getauft worden war. In den in der Wochenbettkammer eingeschlossenen Wochen hatten die Frauen nur Neuigkeitsfetzen von der Außenwelt erhalten, als sich ein Dezemberfrost über das Land gelegt und die schlammigen Schlaglöcher in der Straße verhärtet hatte. Die vom Hof verbannte Königin war gezwungen gewesen, Henry um Geld zu bitten, weil sie ihren Notgroschen verbraucht hatte. Erzbischof Bonifaz hatte in Oxford, wo Aymer studierte, eine Predigt über den Kirchenbann gehalten, und der darauffolgende Disput hatte mehrere Wochen geschwelt. Doch als Weihnachten näher rückte, hatte ein leichtes Tauwetter eingesetzt, und es sah aus, als könnte eine Versöhnung möglich sein.

William half Joanna aus der Reisekutsche, schwang sie herum und küsste sie. »Ich habe dich vermisst! Lass dich anschauen! Ha, du bist eine größere Augenweide als alles Gold in jedem Schrein Englands.«

»Schmeichler!«, sagte sie lachend, denn ihre Abwesenheit hatte ihr Herz weicher werden lassen. »Du siehst auch sehr gut aus.« Er trug seinen Hochzeitsstaat, der ihm immer noch gut passte, wenn er auch um die Schultern herum etwas eng geworden war, was aber seine Größe und Kraft noch betonte. Am Zeigefinger seiner linken Hand glitzerte ein einzelner Saphirring, wo früher für gewöhnlich mehrere gefunkelt hatten. Seine Augen blickten, von neuem Wissen erfüllt, wachsam, und seine Wangen waren hohler als früher.

»Ich fühle mich gar nicht so gut«, erwiderte er, als er seinen Sohn in die Arme zog. »Ich schwöre, dass du schon wieder gewachsen bist, kleiner Mann! Und du auch, junge Dame.« Er beugte sich vor, um Agnes in den Armen ihrer Kinderfrau zu küssen.

»Wie entwickeln sich die Dinge?«, erkundigte sich Joanna, als sie ihre Unterkunft betraten.

Er zuckte die Achseln. »Ich habe noch nicht allen Schmuck versetzen müssen, und der König und die Königin sprechen zumindest wieder miteinander. Bald wird wieder Frieden herrschen.« Ihm fiel die Art auf, wie sie sich umblickte. »Ich musste die Limoges-Kerzenleuchter verkaufen, um eine Schuld zu begleichen, und auch ein paar Schmuckstücke, aber wir können schönere kaufen, sobald alles wieder seinen normalen Gang geht.« Er nahm ihre Hand. »Ich habe mein Möglichstes getan, um meinen Ruf beim König und der Königin wiederherzustellen, und Aymer ebenfalls. Auch wenn du es nicht glaubst, ich lerne aus meinen Fehlern und versuche, sie nicht zu wiederholen.«

»Aber du eilst immer gleich deinen Brüdern zu Hilfe«, gab sie zu bedenken.

»So wie sie mir zu Hilfe eilen, dafür ist die Familie da. Henry gehört auch zu meiner Familie, und ich weiß, dass er in einer schwierigen Lage ist. Die Königin verübelt unseren Einfluss auf ihn und vor allem auf Lord Edward. Ich bin nicht blind.« Er sah sie ernst an. »Die Königin ist nicht zu unterschätzen, und ihre Macht ist nicht nur ein Mühlstein, sondern die Mühle, die den Stein dreht. Sie ist eine gefährliche Frau.«

Joanna wollte dagegenhalten, dass die Königin in der Vergangenheit immer freundlich zu ihr gewesen war, aber damals war Alienor noch keine erwachsene Frau und Joanna ein kleines Mädchen mit begrenzten Zukunftsaussichten gewesen. Alienor hatte ihr Broschen und Bänder geschenkt und sie geliebt wie ein Haustier. Als Joanna unerwarteterweise eine Erbin geworden war und den Bruder des Königs geheiratet hatte, hatte sich die Königin für sie gefreut und die Verbindung gebilligt. Aber jetzt lagen die Dinge anders. Alienor war reifer geworden und hatte begonnen, die Krone ebenso für sich selbst wie für Edwards Zukunft zu tragen wie für Henry. William und seine Brüder stellten eine Gefahr für ihre Macht dar. Wenigstens hatte William die Gefahr jetzt erkannt.

»Ja, in der Tat«, bestätigte sie. »Du solltest sie nicht gegen dich aufbringen.«

»Selbst wenn sie ernstzunehmen ist, kann sie ohne den König nicht herrschen, und er ist die Quelle, aus der sie ihre Macht zieht«, entgegnete William. »Sie muss sich seine Gunst erhalten. Sie wird sich mit ihm versöhnen, weil ihr nichts anderes übrig bleibt. Aymer wird ihr zum Fest der Beschneidung Christi eine silberne Platte zum Geschenk machen, und sie wird sich mit Geschenken für uns erkenntlich zeigen.«

»Zumindest ist das ein Zeichen für eine Lösung des Problems«, sagte sie, dachte aber, dass es eher ein Spachteln von Lehm über Risse war, statt sie zu reparieren. Der Kampf um Macht würde weiter anhalten und bot viel Potenzial, sich erneut zu verschärfen.

William zuckte ganz sachlich die Achseln. »Der König muss sich als Nächstes um die Gascogne kümmern und kann keinen gespaltenen Hof zurücklassen. Er und die Königin müssen eine Einheit bilden. Sie wird während seiner Abwesenheit dafür verantwortlich sein, England zu regieren, und sie weiß, dass meine Brüder und ich für jedweden Feldzug in der Gascogne von entscheidender Bedeutung sind, besonders jetzt, wo de Montfort nicht länger der Statthalter ist.«

Joanna nickte weise. William hatte eindeutig darüber nachgedacht, wie es weitergehen sollte und was geschehen würde.

»Ich hatte doch gesagt, alles wird gut.«

»Vielleicht, aber es ist eine Warnung, vorsichtig vorzugehen und weder der Königin noch Bonifaz in die Quere zu kommen. Sie können immer noch Schaden anrichten.«

»Ich weiß, und ich werde Vorsicht walten lassen.«

Joanna nahm seine Hand und legte sie auf ihren Bauch. »Das musst du auch, denn im Frühsommer wirst du eine noch größere Verantwortung als Vater haben.«

Er musterte sie von Kopf bis Fuß und begann zu lächeln. »Das sind wundervolle Neuigkeiten.«

»Und so Gott will, wird das neue Kind in ein Leben von Frieden und Stabilität hineingeboren werden«, sagte sie mit Nachdruck.

Joanna kniete vor dem Stuhl der Königin nieder und senkte den Kopf. »Ich bin vom Wochenbett der Countess de Warenne zurückgekehrt«, sagte sie, »und ich hoffe, Euch zu dienen, während ich am Hof bin.«

Alienor erhob sich und gab Joanna den Friedenskuss. »Und ich freue mich, dass du wieder da bist«, sagte sie zurückhaltend, aber zumindest mit etwas Wärme in den Augen. »Und ich bin froh, dich in meinen Diensten zu haben. Wir wollen das, was vorgefallen ist, hinter uns lassen.«

»Ja, Madam, darüber wäre ich sehr froh.«

»Gut, dann ist das geklärt. Komm und massier mir die Füße, wie du es früher getan hast.«

Joanna gehorchte, holte einen Schemel und kniete mit einem kleinen Tiegel Rosenöl vor den Füßen der Königin nieder.

Vor drei Tagen, am Dreikönigsfest, hatte die Königin William und Aymer zwei juwelenbesetzte Gürtel überreicht, und sie hatten sich mit einer schönen Silberplatte und Kerzenleuchtern für ihre Kammer revanchiert. Im Moment herrschte ein unsicherer Frieden. Das königliche Paar selbst hatte seinen Streit beigelegt und glich zwei Turteltauben. Sich zu versöhnen hatte ihr romantisches Interesse aneinander neu entfacht.

Für Joanna hatte sich die Landschaft jedoch verändert. Sie stand Alienor misstrauisch gegenüber, denn sie hatte gesehen, wie leicht sie zu Feinden werden konnten, und die Grundursache waren William und seine Brüder. William und Aymer waren charmante junge Burschen gewesen, als sie am Hof eingetroffen waren, und hatten keine Bedrohung für die Macht der Königin dargestellt. Jetzt waren sie erwachsene, erfahrene Männer. Edward blickte auf eine Weise zu William auf, wie er zu seinem Vater nicht aufblickte, und als er heranwuchs, entfernte er sich von seinen Eltern und wandte sich seinen schneidigen Lusignan-Onkeln zu. Die auf den Streit folgende Neuannäherung sollte ein Neuanfang werden, aber er erschien Joanna dünn und wenig vertrauenswürdig. Sie mochte der Königin mit einem Lächeln die Füße massieren und andere Pflichten erfüllen, aber sie war nicht mehr mit ganzem Herzen bei der Sache.

23

Portsmouth, Hampshire
August 1253

Henrys Flotte lag vor Anker und wartete auf die Morgenflut, um in die Gascogne zu segeln. Heute Abend funkelten die Sterne wie Nadelspitzen in der Dämmerung, und eine kalte Brise kräuselte die Oberfläche des Meeres, das gegen die Planken der versammelten Koggen und Galeeren plätscherte.

Bei einer Mahlzeit in ihrer Unterkunft betrachtete Joanna William eindringlich und versuchte, seine Züge in ihr Gedächtnis einzubrennen, da sie wusste, dass sie mehrere Monate getrennt sein würden. Unter diesem Bewusstsein lag ein dunkleres Wissen, dass er in die Gascogne in den Krieg zog. Henry hatte Pläne für einen dauerhaften Frieden und arrangierte eine Heirat zwischen Edward und der Halbschwester ihres Rivalen um die Provinz, Alfonso, König von Kastilien, aber über die Details wurde noch verhandelt. Ferner galt es eine Rebellion niederzuschlagen und Fundamente zu legen.

Joanna blieb zurück, da sie erst kürzlich nach der Geburt ihrer zweiten Tochter Margaret ausgesegnet worden war. Auch Königin Alienor blieb mit der Hilfe und dem Rat des Bruders des Königs, Richard of Cornwall, als amtierende Regentin im Land. Sie erwartete im Spätherbst ein Kind, das Resultat der Versöhnung zwischen ihr und Henry, hatte aber nicht vor, sich davon vom Regieren abhalten zu lassen.

Joanna beabsichtigte, für den Rest des Sommers und den Herbst ihre Ländereien im Grenzgebiet um Goodrich zu besuchen. Sie musste Bauarbeiten beaufsichtigen und wollte einige Zeit fern vom Hof verbringen.

Als sie ihre Mahlzeit beendet hatten, begaben sich Joanna und William zu Bett. Morgen würden sie sich offiziell voneinander verabschieden, aber diese Nacht war für einen privaten Abschied bestimmt.

»Ich werde dich vermissen«, sagte William, als er ihr Kleid aufschnürte.

»So wie ich dich vermissen werde.« Die Worte auszusprechen, schwemmte Joannas Gefühle an die Oberfläche, und sie musste die Tränen zurückzwinkern.

»Ich werde dir schreiben, ich verspreche es.«

Sie strich mit den Händen über seine Brust. »Ich werde dir auch schreiben, aber das ist nicht dasselbe. Es ist wie das Segeln auf einem krängenden Schiff, und ich werde immer über die Seite blicken und nach dir Ausschau halten. Komm gesund und unversehrt zu mir zurück, versprich mir das.«

»Ich verspreche es, so Gott will.« Er schob ihr das Hemd von den Schultern. »Du und die Kinder geben mir einen überwältigenden Grund dazu.«

Sie schlang die Arme um seinen Hals, und sie gingen ins Bett und liebten sich voller Zärtlichkeit. Danach stieg Joanna, während William schlief, geräuschlos aus dem Bett, ging zu dem in ihrer Kammer aufgestellten tragbaren Altar, um zu beten, und flehte Gott an, ihn zu beschützen und davor zu bewahren, Schaden zu nehmen.

Joanna und die Kinder trafen an einem warmen Tag Mitte August in der Burg Goodrich ein. Joanna atmete die frische Luft tief ein, und das Gefühl von Beengung begann von ihr abzufallen. Wächter salutierten, als die geschlossene Kutsche durch die großen Tore auf den Hof rollte. Die Diener waren vorausgereist, um alles für ihre Ankunft vorzubereiten.

Sie stieg aus der Kutsche, sah sich dem großen rechteckigen, von hölzernen Nebengebäuden flankierten Bergfried gegenüber und lächelte, als sie den massiven Steinturm und das mit Zickzackleisten verzierte höchste bogenförmige Fenster betrachtete. »Schau«, sagte sie zu Johan und ergriff seine Hand. »Deine Urgroßmutter hat dort gelebt. Ihr Name war Aoife, und sie kam von weit her, aus Irland. Wir werden heute Nacht geborgen und sicher dort schlafen.«

Mit den Kinderfrauen im Schlepptau stieg Joanna zusammen mit den Kindern den großen Turm hoch, höher und höher, blieb auf den keilförmigen Treppenstufen stehen und spähte in die Kammern mit ihren gefegten Fußböden und leeren Kaminen. Sie kamen zu dem Raum, wo Joannas Urgroßmutter, die Countess Aoife, die Tage ihrer Witwenschaft verbracht hatte.

Ein Feuer war entzündet worden, daneben stand ein kleiner Kessel bereit, um Eintopf zu kochen. Joannas Waschschüssel aus Messing stand auf einer Truhe neben dem Bett, und der Boden war mit geflochtenen Binsenmatten und Schaffellläufern bedeckt. In einer der Fensterlaibungen stand ein Krug mit Rosen und Ringelblumen aus dem kleinen Burggarten. Die Betten waren mit frischer Leinenwäsche bezogen. Joanna blickte sich um, holte tief Atem und roch staubige Luft und Blumenblüten. Es musste viel getan werden, aber die Aussicht erfüllte sie eher mit Vorfreude als mit Bestürzung. Dieser Raum war ein Heim, eine Zufluchtsstätte, ein Plan. Die innere Verbundenheit war in dem Moment in ihr aufgeflammt, als die Kutsche durch das Tor rumpelte.

Am anderen Ende der Kammer gab es eine Latrine und eine weitere, halb offene Tür, durch die ein kalter Luftzug in den Raum wehte. Johan rannte darauf zu und spähte nach oben, dann begann er flink wie ein Äffchen zu klettern. Joanna eilte ihm nach, und Momente später traten sie auf die Brustwehr hinaus, wo sich hinter den Lücken zwischen den Zinnen der Ausblick auf Wälder und sanft abfallende Felder begrüßte. Ein seltsames Gefühl stieg in ihr auf – des Wissens, des Willkommens. Sie hob das Gesicht zu dem kühlen Wind und spürte, wie er sie umfloss, wie er eine Umarmung und Energie in ihren Körper strömen ließ.

Joanna verbrachte mit den Kindern drei Monate in Goodrich, machte eine Bestandsaufnahme von allem und erholte sich vom Leben am Hof. Dennoch vergrub sie sich nicht in der Isolation und bewirtete oft Gäste auf ihren Reisen durch das Grenzland. Trotzdem war das Tempo wesentlich gemächlicher, und sie war erleichtert, nicht ständig auf der Hut sein zu müssen. Sie besuchte die Abtei Dene, eine acht Meilen entfernte Zisterzienserstiftung, die Bauernhöfe von Goodrich gepachtet hatte, und freundete sich mit dem Abt Osmund an. Sie pflegte einmal pro Woche mit ihm zu speisen, und sie besprachen geschäftliche Angelegenheiten und alles, was mit den Landsitzen zusammenhing. Osmund, der schon älter, aber lebhaft und rüstig war, hatte ein besonderes Interesse an der Astronomie und fand Freude daran, Joanna über die Sternkonstellationen zu belehren.

An klaren Abenden kletterten sie auf die Spitze des Bergfrieds und betrachteten die Sternbilder – Steinbock, Fische, Stier und Orion. Das Wissen, dass William in der Gascogne dieselben Sterne sah, bescherte ihr sowohl Trost als auch Sehnsucht. Sie stellte sich sein Gesicht vor, malte sich aus, wie sie mit den Fingern durch seine dichten Locken fuhr, und verspürte den nagenden Schmerz der Einsamkeit. Zwar genoss sie es, das Bett in der Sommerhitze für sich allein zu haben und ihre Zehen in die kühlsten Ecken krallen zu können, aber sie vermisste die beruhigende Sicherheit seines Körpers und die Freuden, die sie aneinander fanden. Aber parallel dazu verdrängte sie diese Sehnsucht, weil sie wusste, dass sie in seiner Abwesenheit sowohl Lord als auch Lady sein musste.

Nach ein paar Wochen hatten Briefe begonnen, aus der Gascogne einzutreffen, oft von der langen Reise abgenutzt und an den Ecken aufgerollt, manchmal salzfleckig und nach Holzrauch riechend, aber wenigstens hatte William sein Versprechen, ihr zu schreiben, nicht vergessen. Er berichtete ihr, dass er in einige Auseinandersetzungen verstrickt gewesen war, Kämpfe gesehen und manchmal als Kommandant die Truppe angeführt hatte, aber er hatte auch als Diplomat eine Rolle gespielt und war eifrig damit beschäftigt, den König zu beraten und Dokumente zu bezeugen. Er rechnete damit, noch einige Zeit fort zu sein, hoffte aber, sie im Frühjahr zu sehen – in Bordeaux, wenn sie kommen würde.

Sie beantwortete seine Briefe, erzählte ihm von ihrem Leben in Goodrich, der täglichen Verwaltung des Landsitzes und davon, was für gute Fortschritte die Kinder bei ihren Unterrichtsstunden machten. Sie schrieb auch über die Sternguckerei, aber nicht ausführlich, denn sie wollte dies erst mit ihm teilen, sobald sie wieder vereint waren.

Der Sommer wich dem Herbst mit goldenen Weizenernten. Die Gänseschar der Burg streifte über die Felder und wurde fett von dem Korn, das zwischen den Stoppeln zurückgeblieben war. Äpfel wurden gepresst, um Cidre zu machen, und die Schweine wurden in die Wälder getrieben, um sich mit Bucheckern und Eicheln zu mästen. Die Tage wurden kürzer, und Morgennebel flutete in schleierartigen Schichten über das Gras. Die Feuer wurden früher angezündet, und der Geruch von Holzrauch hing in der Luft. Joanna harrte immer noch in Goodrich aus und genoss die letzten Tage, während sie das Wetter beobachtete.

Die Nachricht, dass die Königin ein gesundes Mädchen zur Welt gebracht hatte, das Katharine getauft worden war, war der Katalysator, der Joanna veranlasste, Karren mit ihren Habseligkeiten zu beladen, die Burg abzuschließen und der Obhut einer kleinen Garnison und den notwendigen Dienern zurückzulassen. Sie blickte über ihre Schulter, als die Kutsche davonrumpelte, und schwor sich, zurückzukommen und die Burg prächtig herzurichten.

In Westminster hieß die Königin Joanna mit herzlicher, aber formeller Höflichkeit am Hof willkommen. Die früheren Differenzen, obwohl beigelegt, hatten ihre Narben hinterlassen. Joanna war nicht länger Teil des inneren Kreises der Königin, obwohl ihr der Respekt entgegengebracht wurde, der ihr als Familienmitglied durch Heirat gebührte. Bei dem Fest zur Feier von Alienors Aussegnung wurde ihr ein Ehrenplatz zugewiesen, aber der Unterhaltung mangelte die alte Wärme und Intimität, was Joanna traurig stimmte, auch wenn ihr klar war, dass die Zeiten sich geändert hatten und es galt, nach vorne zu schauen.

Edward war erneut gewachsen, und der Stimmbruch

hatte seine Stimme kraftvoll und wohlklingend gemacht. Er überragte viele der erwachsenen männlichen Höflinge und erinnerte Joanna an einen kraftstrotzenden jungen Löwen, der in seinem Territorium umherstreifte.

»Tante Joanna!« Er küsste sie auf die Wange, bevor er sie in die Arme zog und durch die Luft schwang. »Ha! Das hast du mit mir gemacht, als ich klein war, aber jetzt kann ich es mit dir machen.«

»Das heißt nicht, dass Ihr das tun solltet, Edward«, tadelte sie, lachte aber dabei. »Erinnert Euch nur daran, wenn Ihr König seid.«

Er setzte sie schwungvoll ab. »Onkel William sagt immer, wie klug du bist.«

»Es freut mich, das zu hören. Ein vernünftiger Mann sollte immer auf seine Frau hören, denn sie weiß es am besten.«

»Also nicht auf seine Mutter?«, fragte er mit einem vielsagenden Lächeln und einem Blick in Alienors Richtung.

»Ihr solltet Eure Mutter immer respektieren, und sie hat Euch dazu erzogen«, antwortete Joanna diplomatisch. »Aber die endgültige Verantwortung liegt bei Euch. Wir erhoffen uns alle große Dinge von Euch, mein Neffe.«

Sein Lächeln war entwaffnend. »Ist das so?«

Sie maß ihn mit einem ruhigen Blick. »Ja, in der Tat!«

Er gab den Blick zurück. »Ich soll verheiratet werden, um Frieden in der Gascogne zu schaffen – mit der Halbschwester von Alfonso von Kastilien, wenn alles nach Plan verläuft. Ihr Name ist Leonora.«

Joanna berührte seinen Arm. »Seid gut zu ihr, und ihr werdet gut miteinander auskommen.«

»Ich werde mich so ritterlich verhalten wie Onkel William dir gegenüber«, erwiderte er galant. »Wenn meine

Braut nach England kommt, werde ich sie zu dir bringen, denn sie wird jemanden brauchen, der ihr rät und ihr eine Freundin ist. Meine Mutter wird sie als Tochter lieben, aber sie wird immer noch meine Mutter sein.« Joanna verstand seinen bedeutsamen Blick. Alienor würde sich stets als die wichtigste Frau in Edwards Leben betrachten, und die neue Braut würde eine Schwiegertochter sein, keine Tochter.

Edward ging beschwingten Schrittes davon, um sich zu seinen Kameraden zu gesellen, und Joanna betrachtete das neue Baby Katharine in den Armen seiner Amme. Sie hatte rosige Wangen und dunkelblaue Augen. Joanna hatte ihr eine Elfenbeinrassel als Geschenk mitgebracht, aber als sie sie vor Katharine schüttelte, schenkte das Kind dem keinerlei Beachtung, obwohl es seine Kinderfrau strahlend anlächelte.

»Was für ein hübsches Kind«, sagte Joanna. Sie schüttelte die Rassel erneut, aber das Baby blickte immer noch nicht in die Richtung des Geräuschs. Joanna legte das Spielzeug auf ein Kissen neben der Kinderfrau. »Vielleicht gefällt es ihr später«, meinte sie und verabschiedete sich, um an einiger Korrespondenz bezüglich ihrer Landsitze zu arbeiten, obwohl sie sich vorher in die bemalte Kammer des Königs begab, um die Figur der Hoffnung zu besuchen und behutsam ihren goldfarbenen Schuh zu berühren.

24

Bordeaux, Frankreich
Juni 1254

Die Sonne brannte heiß auf Joannas Kopf, als sie im Hof
der Residenz der Königin in Bordeaux eintraf. Alienor war
von ihrer Regentschaft in England hierhergereist und hatte
Edward mitgebracht, damit er seine Hochzeit in Kastilien
vorantreiben konnte. Nachdem sie Henry begrüßt hatten,
hatte es eine große Eingangsparade gegeben, und gemeinsam hatte die königliche Familie den drei großen Kirchen
der Stadt Goldstoffe zum Geschenk gemacht.

Als Joanna Bordeaux das letzte Mal besucht hatte, war
sie ein Kind gewesen, ein Kammermädchen mit geringen
Zukunftsaussichten. Jetzt kam sie als Herrin großer Landsitze zurück, mit dem Bruder des Königs verheiratet und
Mutter dreier Kinder. Sie hatte William mehrmals inmitten
der Menge erspäht, aber die Formalitäten bedeuteten, dass
sie erst später miteinander reden konnten. Er sah verändert
aus, schlank und abgehärtet und von der Zeit, die er unter
einer heißeren Sonne als der Englands verbracht hatte, tief-
braun gebrannt. Während sie ihn beobachtete, setzte in
ihrem Magen ein Flattern des Verlangens ein, gemischt mit
leiser Furcht, denn es kam ihr so vor, als würde sie einen
Fremden ansehen, und vielleicht würde es sich auch so anfühlen, als würde sie einen Fremden umarmen.

Joli, ihr Stallbursche, war ihr beim Absteigen behilflich, und sie strich ihr Kleid glatt.

»Joanna?«, hörte sie William.

Sie holte kurz Atem und drehte sich zu ihm, hielt sich so steif und gerade, dass es die gegenteilige Wirkung hatte und sie zu zittern begann. Er zog sie an sich, woraufhin sie Erleichterung durchströmte, denn statt allein dazustehen, hatte sie jetzt einen Partner, und er war real, aus Fleisch und Blut, nicht nur der salzfleckige Brief eines Schreibers. Ihre Knie gaben fast unter ihr nach, aber sie nahm sich zusammen und richtete sich wieder auf.

»Was ist denn?« Er sah sie besorgt an.

Sie schüttelte den Kopf. »Nichts. Ich freue mich so, dich zu sehen, aber die Zeit war viel zu lang.«

»Ja, das war sie, und ich habe dich so vermisst.«

Sie war während ihrer Trennung auf einer anderen Strömung dahingetrieben, um wieder ein Teil des größeren Flusses zu werden und eine innige Beziehung einzugehen, das glich dem Manövrieren durch Stromschnellen. Sie spürte seinen Körper an ihrem – den Körper, der ihr die Kinder geschenkt hatte, die unter Schmerzen und Wehen aus ihrem gekommen waren. Sie waren jeder die Hälfte eines Ganzen, und so wurden sie auch von den Menschen wahrgenommen, die angesichts ihrer zärtlichen Umarmung lächelten. Sie drehte sich in Williams Armen um, um sich den äußerlichen Dingen zu stellen und alles zu tun, was man von jemandem in ihrer Position erwartete, und beschloss, den Rest auf später zu verschieben und sich erst mit dem zu befassen, was an der Oberfläche lag.

Nach einem Bankett, das der König gab, und Unterhaltung zog sich Edward in seine Unterkunft zurück. In ein paar

Tagen würde er nach Las Huelgas reiten, um die dreizehnjährige Leonora von Kastilien zu heiraten. Der König und die Königin verbrachten die Nacht zusammen, sodass Joanna frei war, um zu dem Haus zu gehen, das William in der Nähe des Ombrière-Palasts gemietet hatte – ein schönes Kaufmannshaus mit kühlen, gefliesten Böden, einem Hof und einem Springbrunnen. Im oberen Stock standen die Fenster in der vom Mondschein erleuchteten Sommernacht offen, und der Himmel war so tiefblau wie indigofarbene Seide.

Joanna entließ ihre Zofen, und als sie die Tür hinter sich schlossen, war es, als hätten sie sämtliche Luft mit sich genommen, denn plötzlich konnte sie kaum atmen. William saß, die Füße auf das Fensterbrett gelegt, in der Laibung und schnürte langsam seine Stiefel auf. Als gute Ehefrau sollte sie zu ihm gehen und ihm helfen, aber sie fühlte sich so unsicher und angespannt wie in ihrer Hochzeitsnacht. Er widmete seiner Tätigkeit seine ganze Aufmerksamkeit, konzentrierte sich nur auf seine Finger.

Sie nahm langsam ihren Schleier ab und löste ihre Zöpfe, dabei beobachtete sie ihn verstohlen. Sie waren zwei Fremde, und die Spannung zwischen ihnen war das Greifbarste im Raum. Sie war vollständig von all dem erfüllt, was sie ihm sagen wollte, aber sie brachte keinen Ton heraus.

Sie trödelte herum, zog gemächlich ihre Schuhe und ihr Kleid aus. Er streifte seine Tunika ab, stand in seinem losen Leinenhemd und seiner Hose da, stützte den Arm auf das Fensterbrett und beugte sich vor, um in die Dunkelheit hinauszublicken.

Joanna nahm all ihren Mut zusammen, trat zu ihm und berührte zaghaft seine Schulter, und mehr bedurfte es nicht, um die Spannung zu lockern.

Er drehte sich um und fasste sie um die Taille. »Ich habe

dich so vermisst«, sagte er und vergrub das Gesicht in ihrer Halsgrube. »Du weißt gar nicht, wie sehr. Fast zu sehr, um die Trennung zu überwinden.«

»Ich weiß«, erwiderte sie atemlos. »Ach Gott, William!« Und dann küssten sie sich und zerrten wild an ihren verbleibenden Kleidungsstücken; jegliche frühere Vorsicht und Zurückhaltung waren in den Wind geschlagen, als die Flüsse miteinander verschmolzen und zu einer gewaltigen Flut wurden.

Danach lagen sie träge nebeneinander, und Joanna machte sich von Neuem mit seinem Gesicht, seinem Körper und dem Gefühl seiner Haut vertraut. Sein Haar war unter der südlichen Sonne heller geworden, und Goldlichter schimmerten im Kerzenschein. Sie fuhr mit den Fingern durch seine Locken und empfand dabei eine so überwältigende Wonne, dass es fast schmerzte.

»Ich habe dich neben mir vermisst«, sagte er. »Nicht nur dein Körper, sondern du bist mein Trost. Ich kann dir Dinge anvertrauen, die ich niemals einem anderen sagen würde, noch nicht einmal John, denn er würde nicht verstehen. Ich ertappe mich immer dabei, dass ich mich frage: Was würde Joanna tun? Oder: Was würde Joanna denken? Dann stelle ich mir dein Gesicht und deine Stimme vor, und ich habe meine Antwort.«

Sie lachte und zupfte an seinem Brusthaar. »Du hast immer über meine Ratschläge geseufzt und mich Schwarzseherin genannt, wenn ich mich recht erinnere.«

»Schon, aber das heißt nicht, dass alles, was du sagst, bei mir auf taube Ohren stößt. Es ist beruhigend, dich bei mir in der Kammer zu haben, und ich weiß, dass ich dir mein Leben und das unserer Kinder anvertrauen kann und du mich nie im Stich lässt.«

Ihre Augen brannten vor innerem Gefühlsaufruhr. Während sie getrennt waren, hatte sie auf eigenen Füßen stehen müssen. Sie hatte Cecilys Rat beherzigt und sich hauptsächlich auf sich selbst verlassen, aber William würde sie lieben, beschützen und mit aller Kraft verteidigen. Er sah sie so, wie sie war.

Sie stieg aus dem Bett, um Wein und eine Platte mit Käsepasteten zu bringen, die sie sich teilten, während sie sich berichteten, was in ihren jeweiligen Leben inzwischen geschehen war. Bei dem Bankett hatte die Anspannung ihr den Appetit verschlagen, aber jetzt war sie ausgehungert und machte sich über das Essen her.

»Wir haben einige Kämpfe gesehen«, sagte er zwischen einzelnen Bissen, »aber ich bin keine unnötigen Risiken eingegangen, und wir waren erfolgreich.« Seine Augen funkelten. »Henry hat mir das militärische Kommando der Feldzüge anvertraut, und alles verlief zu unserem Vorteil. Mir sind auch diplomatische und verwaltungstechnische Aufgaben übertragen worden. Die Männer vertrauen mir.«

Sie erkannte sein Bedürfnis nach Lob und seinen Wunsch, dass sie an seine Fähigkeiten glaubte. Was sie auch tatsächlich tat. Seit seinem Streit mit der Königin war er reifer geworden und hatte ein paar harte Lektionen gelernt. An der Art, wie Henry ihn bei dem Bankett ausgezeichnet und andere ihn voller Ehrerbietung behandelt hatten, hatte sie gesehen, dass er sich während des Feldzugs Respekt verschafft hatte.

»Ich bin stolz auf dich«, sagte sie. »Du hast deine Sache gut gemacht.«

Sie küssten sich erneut zärtlich, bevor sie ihre Mahlzeit fortsetzten.

»Ich wünschte, ich hätte die Kinder zu dir bringen können«, sagte sie, »aber wir wussten nicht, was wir hier vorfinden würden, daher war es besser, sie in Windsor bei ihren Vettern und Basen zurückzulassen. Ich wünschte, du könntest sehen, wie sehr sie gewachsen sind. Margaret hat deine Locken, Agnes kann das gesamte Glaubensbekenntnis aufsagen, und Johan lernt lesen.«

»Ich freue mich darauf, sie zu sehen«, erwiderte er, »obwohl sie noch mehr gewachsen sein werden, bis das geschieht. Aber ich bin froh, wenigstens meine Frau hier zu haben.«

Er hob seinen Becher zum Toast, und sie erwiderte die Geste.

»Was hältst du von der Hochzeit von Lord Edward mit der Schwester von Alfonso von Kastilien?«, fragte sie.

»Es scheint mir eine gute Lösung zu sein.« Er griff nach einer weiteren Pastete. »So wird der Disput um die Gascogne vermieden, und unsere Grenzen werden gesichert. Die Prinzessin ist unter Männern von militärischem Rang aufgewachsen, und sie ist gut erzogen und passt altersmäßig zu Edward. Wie wir werden sie, wenn Gott gnädig ist, die Möglichkeit haben, ihre Kinder großzuziehen und zusammen alt zu werden.«

»Edward scheint von der Idee angetan zu sein – tatsächlich ist er ganz erpicht darauf.«

»Nun, dann ist er frei von seiner Mutter, nicht wahr?«

Sie maß ihn mit einem scharfen Blick. »Du musst auch weiterhin mit der Königin auf freundschaftlichem Fuß stehen.«

Er zuckte mit den Achseln. »Wir werden nie Busenfreunde werden, auch wenn wir unsere Differenzen momentan beigelegt haben, aber ich wollte sie nicht beleidigen. Edward hat immer sein eigener Herr sein wollen. Durch diese Ehe wird er von seiner Leine loskommen, mit einer neuen jungen Frau an seiner Seite. Seine Mutter mag ihn im Hintergrund unterstützen, aber sie ist ein Teil seiner Vergangenheit – selbst, wenn sie das nicht glaubt.« Er aß die Pastete auf und goss sich einen weiteren Becher Wein ein.

Joanna stand auf und ging zum Fenster. Die Sommerbrise bauschte ihr Hemd leicht. »Was ist mit dem Vorschlag des Papstes, Edwards Bruder zum König von Sizilien zu machen? Die Königin und ihre Onkel sind sehr dafür, und ich glaube, Henry wird sich auch interessiert zeigen.«

William erhob sich und trat zu ihr. »Es wird eine großartige Sache sein, wenn es arrangiert werden kann, aber es wird auch viel Geld kosten, und das zusätzlich zu allen anderen Ausgaben – und die schließen die Zahlungen an de Montfort ein, damit er aus seinem Gascogne-Vertrag aussteigt. Es könnte sich lohnen, das Ganze voranzutreiben, aber dabei geht es hauptsächlich um den Vorteil für die Onkel der Königin. Hier ist ihr Einfluss zu spüren.«

Joanna erschauerte. Sie wollte in keine weiteren Zwistigkeiten rund um die Königin und ihre Parteien verstrickt werden.

»Was ist mit de Montfort?«

William kräuselte die Lippe. »Wir sind sehr gut ohne ihn zurechtgekommen. Natürlich fordert er immer noch unter Drohungen Geld, aber er kann auf bessere Zeiten warten.« Er legte ihr den Arm um die Taille und wechselte das Thema. »So, was hast du mir denn jetzt über Goodrich und die Sterne geschrieben?«

In der Abtei Fontevraud verlieh die klar scheinende Sonne dem herbstlichen Laub eine zusätzliche Goldpatina, und die klare Oktoberluft war mild genug, dass man die Umhänge nicht schließen musste. Joanna hatte die Abtei, die die königlichen Grabstätten von Henrys Dynastie – und Williams – beherbergte, nie zuvor besucht. Henry hatte dafür gesorgt, dass der Leichnam ihrer Mutter von seinem ursprünglichen Begräbnisplatz vor der Abtei in ein Grab im Altarraum überführt wurde.

Auf dem Nonnenfriedhof hatten zwei Laienbrüder das Grab geöffnet und auf der Seite einen Berg Erde aufgehäuft wie einen riesigen Maulwurfshügel. Auf der anderen Seite stand der versiegelte Bleisarg von Isabel of Angoulême, der einstigen Königin von England und Countess of La Marche.

Joanna konnte an Williams angespannter Miene erkennen, wie berührt er war, als der Priester die Erde wegwischte und den Sarg mit einer Bahn purpurroter Seide und einer weiteren aus Goldstoff bedeckte.

Der Sarg wurde auf eine Bahre gestellt, und jeder von Isabels Söhnen ergriff einen Tragegriff. Mit William und Henry an der Spitze und Geoffrey und Guy hinten trugen sie die sterblichen Überreste ihrer Mutter für einen Begräbnisgottesdienst in die Abteikirche, auf den eine neuerliche Bestattung vor dem Altar folgte. Henry hatte eine hölzerne Statue in Auftrag gegeben, die zu den bereits vorhandenen Figuren passen sollte, und der Schnitzer hatte sich selbst übertroffen und eine elegante, in ein blaues Gewand gekleidete Frau geschaffen, deren Umhang sich modisch um ihren Körper bauschte. Ihre Hände waren auf der Brust gefaltet, und eine juwelenbesetzte Krone hielt ihren weißen Schleier an seinem Platz. Die Augen der Statue waren geschlossen, als würde sie nur einen Moment statt bis in alle Ewigkeit ausruhen. Von der Schönheit und Anmut der Figur sowie dem aufrüttelnden heiligen Gesang der Messe bewegt, begann Joanna zu weinen und ließ die Musik in ihr

Herz fließen, sie gestattete es, dass sie auch für ihre Mutter gesungen wurde, und fand heilenden Trost darin.

In der klaren Nacht mit den wie Salzkristalle am Himmel verstreuten Sternen gingen Joanna und William Hand in Hand vom Gästehaus, wo sie mit dem König bei dem Gedenkfest gespeist hatten, zu ihrem Pavillon zurück.

»Ich denke, deine Mutter hat ihren Frieden gefunden«, sagte Joanna.

»Mehr als in ihrem Leben, hoffe ich.«

»Es ist ein stiller und heiliger Ort.« Sie verlangsamte ihre Schritte. »Ich habe Neuigkeiten für dich. Ich glaube, ich bin wieder schwanger.«

Er legte ihr den Arm um die Taille. »So bald schon wieder?«

Sie lachte kläglich. »Als ich dich heiratete, dachte ich, ich wäre unfruchtbar, aber jetzt musst du mich nur anschauen, und schon erwarte ich wieder ein Kind.«

»Ich würde dich nie zu einer Zuchtstute machen wollen«, sagte er ernst, »auch wenn es gute Neuigkeiten sind.«

Sie schüttelte den Kopf. »Das tust du nicht, und wir wissen beide, dass es Mittel und Wege gibt, vorsichtig zu sein. Wir brauchen noch einen Sohn – einen, der nach seinem Vater benannt wird.« Sie berührte sein Gesicht und lächelte. »Ich wollte es dir jetzt sagen, in Fontevraud. Wenn es ein Mädchen ist, werden wir sie Isabelle nennen, und ein Junge wird deinen Namen tragen.«

Von Fontevraud reiste der Hof nach Chartres, wo Henry und Alienor von Louis von Frankreich und seiner Königin Marguerite, Alienors Schwester, begrüßt wurden. Auch Alienors jüngere Schwester Sancha, die mit Henrys Bruder

Richard verheiratet war, und Beatrice, die Frau des Königs von Navarra, trafen in Chartres ein. Die vier Schwestern, alle mit Angehörigen von Königshäusern vermählt, hatten sich zu einem Wiedersehen zusammengefunden. Joanna glaubte, alle Pracht des englischen Königshofes bereits gesehen zu haben, aber diese Versammlung übertraf all ihre bisherigen Erfahrungen.

Als sie in Paris einritten, wurden sie von den jubelnden und winkenden Bürgern begrüßt. Die Studenten der Universität begleiten die königliche Prozession mit Lauten-, Gamben- und Gitarrenmusik und eskortieren sie in die Stadt, zu dem Höhepunkt christlicher Verehrung in die prächtige Kirche St. Chapelle, die wie ein Reliquienschrein in Edelsteinfarben erstrahlte. Das Gold und Silber und das filigrane Licht schmückten die Reliquie der heiligen Dornenkrone, die die Stirn Christi durchbohrt hatte. Bis er in Leidenschaft zu ertrinken schien, weinte Henry über dem Artefakt.

Der englische Hof verbrachte seine erste Nacht in Paris in den einem Labyrinth ähnlichen Gebäuden und Gängen des Alten Tempels, zog aber am nächsten Tag in Unterkünfte im Königspalast um. Henry ernährte aus seiner eigenen Börse zahlreiche der Pariser Armen und machte allen, die an seiner Tafel speisten, üppige Geschenke. Er war entschlossen, seine Großzügigkeit unter Beweis zu stellen und sich dafür preisen zu lassen, auch wenn es kein offizieller Wettbewerb war, zu entscheiden, welcher Monarch sich am großmütigsten zeigte.

Es war auch ein Familientreffen, und selbst wenn Gastgeber und Gäste oft Rivalen und manchmal Feinde waren, hatten sie doch viel gemeinsam. Henry und Louis respektierten eheliche Verwandtschaftsbande, und geteilte Erfahrungen, Meinungen und Gefühle erkannten sie an. Wie die Feuer, die zur allgemeinen Bequemlichkeit in der Winterzeit in den großen Kaminen brannten, spendete das Ereignis Wärme und Freundschaft.

Als sich Henry an einem frostigen Morgen darauf vorbereitete, nach England zurückzukehren, unternahm König Louis einen Ausflug zu einer Jagdhütte außerhalb der Stadt. Mit funkelnden Augen und bester Laune führte er seine Gäste zu einer großen geschlossenen Scheune. Joanna konnte etwas Großes darin herumstapfen hören und griff schutzsuchend nach Williams Arm.

Auf eine Geste von Louis zogen zwei seiner Ritter die schweren Holzbalken weg, die die Türen verschlossen, und öffneten sie. Das Wintertageslicht strömte in die Scheune und gab den Blick auf das seltsamste Geschöpf frei, das Joanna je gesehen hatte. Es war zweimal so groß wie ein Pferd, hatte faltige graue Haut, große flatternde Ohren und eine lange schlangenähnliche Nase. Seine Füße waren so groß wie riesige Trommeln, und zwei enorme elfenbeinerne Stoßzähne ragten zu beiden Seiten seines Mauls auf. Die Füße des Tieres waren mit schweren Ketten gesichert, und es hatte einen Wärter, der einen festen, sich verdickenden Stab in der Hand hielt. Joanna hatte von Elefanten in Bestiarien gelesen und Geschichten von Kaufleuten gehört, die sie auf ihren Reisen gesehen hatten, aber die Realität verschlug ihr den Atem.

Louis reichte Henry einen Korb mit Äpfeln und deutete auf das Tier. Henry wirkte zutiefst entsetzt.

»Er ist ganz harmlos, das verspreche ich Euch.« Louis lächelte breit.

Steif vor Anspannung ging Henry auf den Elefanten zu und streckte ihm den Korb hin. Der Rüssel wurde fragend vorgeschoben, hob vorsichtig einen Apfel hoch und schob ihn in ein sein Maul. Dann noch einmal und noch einmal. Kühner geworden hielt Henry einen Apfel in der Hand, und der Elefant nahm ihn mit behutsamem Geschick. Fasziniert lachte Henry laut auf. Der Elefant hob seinen Rüssel und trompetete so laut, dass alle die Hände gegen die Ohren pressten.

»Ich wusste, dass er Euch gefallen würde«, sagte Louis. »Und wer in Eurem Land hat so ein Tier schon einmal gesehen? Ihr habt viel Erstaunliches in Eurem Tower in London. Löwen, wie ich hörte, und einen großen weißen Bären, der im Fluss fischt.«

»Ja, in der Tat«, sagte Henry lächelnd, aber auch mit Zweifel.

»Dann ist es nur angemessen, dass ich Euch dieses Tier zum Abschied schenke, damit es eine weitere Attraktion in Eurer Sammlung wird.«

Ein verwirrter Ausdruck huschte über Henrys Gesicht und wurde rasch unterdrückt. »Das ist sehr freundlich und großzügig von Euch, mein Bruder.«

Louis neigte den Kopf. »Ich kann mir keinen würdigeren Empfänger vorstellen.«

Henry rieb sich das Kinn. »Ich dachte an Hannibal und daran, wie er mit vielen dieser für den Kampf gerüsteten Tiere die Alpen überquerte. Es muss ein außerordentlicher Anblick gewesen sein.«

Der Elefant leerte den Korb mit den Äpfeln und hielt nach mehr Ausschau.

»Edward und Edmund werden ihn lieben«, bemerkte William zu John de Warenne, der den Kopf schüttelte.

»Wie will er so ein Ungetüm über den Kanal schaffen?«

»Ruhiges Wetter und ein großes Schiff?«

John verschränkte die Arme. »Es ist gut gemeint von Louis, ihm dieses Tier zum Geschenk zu machen. Es ist so prachtvoll und einzigartig, dass es nur von einem Einhorn übertroffen werden könnte, aber gleichzeitig schiebt er die Verantwortung, es unterzubringen und zu füttern, auf Henry ab.«

»Ja, aber denk an all das Elfenbein, wenn es stirbt.«

»Das sieht dir ähnlich.« John verdrehte die Augen.

»Der König wird auch daran denken. Er wird sich schon damit beschäftigen, was man aus den Stoßzähnen schnitzen kann, glaub mir. Ich hätte nichts dagegen, auf ihm zu reiten. Ich frage mich, wie das ist.«

Joanna schüttelte seinen Arm. »Nein, ich verbiete es, ich verbiete es ganz entschieden!«

John und William wechselten belustigte Blicke.

»Ich habe es immer besser gefunden, zu tun, was meine Frau sagt«, bemerkte John nonchalant. »Es erspart einem letztendlich viel Ärger.«

25

Windsor Castle
April 1255

Aliza und Joanna saßen zusammen in der Kinderstube in Windsor, nähten, unterhielten sich und behielten die wegen des heftigen Regens in die Innenräume verbannte Menagerie spielender Kinder im Auge. Joanna lächelte, als sie die Kinder beobachtete, alle in ihre Spiele vertieft und sich der Intrigen der Welt weitgehend nicht bewusst. Vettern, Basen, Brüder und Schwestern. Auch die Garnisonskinder tobten mit den königlichen.

Johan und seine Schwester Agnes spielten mit einem Holzelefanten, den Jacomin zusammen mit einem Miniaturstall geschnitzt hatte. Sie hatten auch noch einen Bären und drei Löwen und beschäftigten sich ununterbrochen damit. Der Elefant hatte ihre Fantasie beflügelt, als sie im Februar zugeschaut hatten, wie er aus Frankreich eingetroffen und auf einem eigens gebauten Schiff die Themse hoch zu seiner neuen Behausung im Tower von London gebracht worden war. Johan bettelte ständig darum, das Tier zu besuchen.

Joannas Jüngste, Margaret, achtzehn Monate alt, war von ihrer Kinderfrau weggebracht worden, um einen Mittagsschlaf zu halten, und Joanna beschloss, sich bald zurückzuziehen, um dasselbe zu tun. Der siebte Monat ihrer

Schwangerschaft war weit fortgeschritten, sie war schwerfällig und ständig müde.

Katharine, die jüngste Tochter der Königin, lag auf einem kleinen Bett in einer Ecke und wurde von ihrer Kinderfrau versorgt. Sie lächelte andere Menschen an, strahlte immer ihren Vater an und reckte die Hände, um hochgehoben zu werden, aber irgendetwas stimmte ganz und gar nicht mit ihr. Sie drehte sich nie zu dem Geräusch von Stimmen um und reagierte noch nicht einmal auf lautes Klatschen oder Glockenläuten. Sie war ein hübsches Kind mit hellen Locken, zarten Zügen und großen blauen Augen, aber sie war nicht von dieser Welt.

Henry und Alienor waren extrem fürsorglich, und niemand wagte von der Seltsamkeit des Kindes zu sprechen. Henry sagte, die kleine Katharine sei ein kostbares Gottesgeschenk, eben weil sie einen Makel hatte. Sie waren alle Gottes Kinder, und jeder sollte vor Ihm demütig sein, vom Bauern bis zum König.

Aliza sagte: »Ich frage mich, wann wir Lord Edward und seine neue Frau sehen werden.«

»William sagt, Anfang Herbst«, erwiderte Joanna. »Edward soll nach Irland gehen, und Leonora kommt nach Westminster.« Joanna warf Aliza einen raschen Blick zu. »William erzählte mir, sie hätten die Ehe vollzogen.«

Aliza runzelte die Stirn. »Das ist gefährlich. Fünfzehnjährige Jungen lassen sich von ihrer Lust leiten, und sogar dreizehnjährige Mädchen, aber es ist nicht klug. Ich würde das für keine meiner Töchter wollen.«

Joanna beugte sich näher zu ihr, damit sie nicht belauscht werden konnten. »William sagt, sie erwartet ein Kind. Sie ruht sich in Bordeaux aus und wartet auf die Geburt, während Edward die Gascogne verwaltet.«

Aliza schüttelte den Kopf. »Oh, das ist gar nicht gut!«

Joanna nickte. »Sie ist wahrlich zu jung, um ein Baby zu bekommen.«

»Armes Mädchen«, meinte Aliza. »Es ist schon schwierig genug, so jung in die Ehe zu gehen, ohne auch noch damit zu kämpfen zu haben.«

»In der Tat, und keine meiner Töchter wird heiraten, bevor sie alt genug für Kinder ist. Ich werde Kerzen für Edwards Frau und Edward anzünden«, sagte Joanna. »Und für ihr Baby.« Sie legte eine Hand auf ihren eigenen Bauch und zog Trost aus dem Flackern von Leben darin.

Joanna wiegte ihren sechs Wochen alten Sohn in den Armen und streichelte seine weiche Wange. Er war in einer heißen Augustnacht empfangen worden, kräftig und gesund und saugte heftig an der Brust seiner Amme. Er war William getauft worden. Joanna war froh, dass jetzt alles im Gleichgewicht war – zwei Jungen und zwei Mädchen. Sie hatten gehört, dass Edwards junge kastilische Frau im Mai ein drei Monate zu früh geborenes Mädchen verloren hatte. Zwar war es tragisch für das junge Paar, aber Joanna hielt es für einen heimlichen Segen, denn wenn Leonora das Kind vollständig ausgetragen hätte, hätte sie sterben oder einen bleibenden Schaden davontragen können.

Joanna legte den kleinen Will in seine Wiege, stieß sie sacht mit dem Fuß an und sah zu, wie seine Lider schwer wurden und dann zufielen. Lächelnd wandte sie sich wieder ihrer Näharbeit zu, hielt aber inne, als ein Bote in der Livree von Swanscombe von ihrem Kaplan Vater Guydo quer durch den Raum zu ihr geführt wurde.

»Madam«, sagte Guydo, »es gibt schlechte Nachrichten aus Swanscombe.« Er trat zur Seite, sodass der Bote vor Joanna niederknien und ihr seinen Brief überreichen konnte.

»Madam, es tut mir leid, Euch mitteilen zu müssen, dass Euer Lord Vater vor zwei Tagen in Swanscombe an einem Anfall gestorben ist«, verkündete der Bote mit gesenktem Kopf.

Joanna nahm den versiegelten Brief entgegen. Die Worte hallten in ihren Ohren wider. Angesichts des Gesundheitszustands ihres Vaters war sie darauf vorbereitet gewesen, aber mit der Nachricht zu rechnen war nicht die Realität. Sie dankte dem Mann steif und wies ihn an, sich bereit zu halten, mit einer Antwort zurückzureiten.

»Es ist Gottes Wille«, sagte Guydo, als der Bote davonging.

»Ja«, erwiderte sie äußerlich gefasst und sah den Pergamentbogen an. »Ich werde Messen für ihn lesen lassen.« All die ungelösten Probleme verknäuelten sich in ihr wie Fäden, die darauf warteten, in einen Wandbehang eingewoben zu werden, aber jetzt fehlte ihr eine Nadel, und die Fäden wehten lose im Wind. »Eines Tages« war zu »nie« geworden.

William kam mit raschen Schritten herbei. »Ach, Joanna, es tut mir so leid.« Er nahm sie in die Arme, sie lehnte sich an ihn und umfasste fest seine Arme.

Er rief nach einem belebenden Getränk, und Mabel brachte ihr heißen Wein mit Zucker.

»Ich komme mit nach Swanscombe«, sagte er.

Joanna schluckte und nickte dankbar. »Mein Halbbruder ist noch nicht alt genug, um zu erben, und das heißt, dass ein Vormund eingesetzt werden muss. Ich will nicht, dass der Besitz meiner Stiefmutter in seine Hände fällt.« Sie erschauerte vor körperlichem Abscheu. Ihre Augen waren nass, aber sie wusste nicht, wo die Tränen hergekommen waren.

»Wir werden mit dem König sprechen und alle Arrangements treffen«, beschwichtigte William sie, dabei streichelte er ihren Rücken.

Joanna biss sich auf die Lippe. Immer wenn sie sich um Angelegenheiten kümmern musste, die ihre Eltern betrafen, kehrte sie unweigerlich zu den Erinnerungen an ihre Mutter in ihrem Grab, die rasche Wiederheirat ihres Vaters und das Ende ihrer Kindheit zurück. »Nein, das werde ich selbst tun.« Sie machte sich los. »Es ist meine Pflicht, solange mein Halbbruder noch nicht volljährig ist. Ich bin das älteste Kind, und er fällt unter meine Verantwortung, so wie es mein Vater gewünscht hat.«

»Dein Halbbruder ist im Knappenalter. Ich werde tun, was ich kann, um zu helfen – ihn in meinen Haushalt aufnehmen, wenn du willst.«

»Ja«, sagte sie, dankbar für seine Kraft und seine praktische Art. »Ich glaube, das wäre eine gute Idee.«

Als Joanna in Swanscombe eintraf, war ihr Vater wegen des schwülen Sommerwetters bereits begraben. In den Grabstein, der neben dem ihrer Mutter lag, war ein mit Blattwerk verziertes Kreuz eingemeißelt. Er stammte aus dem Lager des Steinmetzes, statt eigens für ihren Vater angefertigt worden zu sein, aber er konnte später durch einen kunstvolleren ersetzt werden. Joanna kniete auf dem kalten Steinboden, um mit William und ihren beiden ältesten Kindern an ihrer Seite ihre Pflicht zu tun und ihm die letzte Ehre zu erweisen. Margaret und das Baby waren mit ihren Kinderfrauen im Herrenhaus. Joannas Stiefmutter war Gott sei Dank schon zu einem ihrer Witwensitze abgereist und würde nicht zurückkehren.

Ihr Halbbruder war bei den Rittern und Dienern des

Haushalts. Mit achtzehn war Guillaume ein mürrischer junger Bursche mit schlechtem, öligem Teint, schlaffen hellen Haaren und feindseligen grauen Augen.

Als Joanna ihm später das Schreiben des Königs zeigte, in dem dieser ihr und William die Vormundschaft für ihn übertrug, bis er einundzwanzig war, schäumte er vor Wut. »Ich bin alt genug, um in Swanscombe zu herrschen! Wenn der Sohn des Königs über die Gascogne herrschen kann, dann kann ich auch die Verantwortung für meine eigenen Ländereien übernehmen!«

»Das ist etwas ganz anderes«, beschied Joanna ihn knapp.

»Ha, das ist es nicht! Mein Vater hat mich seit meiner Geburt dazu erzogen, mich um diesen Landsitz zu kümmern. Ich weiß, dass du ihn immer haben wolltest – du kannst nicht anerkennen, dass ich der Erbe bin und nicht du!«

Joanna zuckte zurück, als hätte er sie geschlagen, was aber zum Teil von dem Wissen herrührte, dass ein vergifteter Splitter dieser Anschuldigung der Wahrheit entsprach und sie sich schämte.

»Das reicht!«, warnte William. »Deiner Schwester liegt dein Wohlergehen am Herzen, und mir auch. Wenn nicht uns, dann wäre die Aufgabe, deine Interessen zu wahren, jemand anderem zugefallen.«

»Dann wäre mir jeder andere lieber!«

»Der dein Land rücksichtslos melken würde«, entgegnete William. »Ihr habt denselben Vater, und die Mutter deiner Schwester liegt hier begraben. Sie wird es zum Besten aller und mit dem Wohlwollen des Königs verwalten, und wir sorgen dafür, dass du deine Ausbildung beendest und am Hof Verbindungen aufbaust.«

»Ihr glaubt, ich sollte Schlangen dankbar sein?«, brüllte Guillaume außer sich vor Zorn. »Ihr wollt alles für Euch selbst. Jeder weiß, dass Ihr ein gieriger, räuberischer Dieb seid!«

William packte eine Faust mit der Tunika des Jungen, hob ihn fast vom Boden an und stieß das Gesicht in das von Guillaume. »Wenn meine Frau oder ich das wollten, dann würden wir es uns nehmen, und es gäbe nichts, was du dagegen tun könntest, glaub mir. Vielleicht ist alles, was du weißt, weil jeder es sagt, ja wahr. Vielleicht sollten wir dich uns vom Hals schaffen, dann wäre alles sehr einfach!« Er gab den Jungen mit einem verächtlichen Stoß frei. »Du bist noch drei Jahre lang minderjährig, und es muss ein Vormund eingesetzt werden. Besser deine Familie, die dem König nahesteht, als irgendjemand anderes. Du hast die Wahl. Nutz deine Zeit gewinnbringend oder verbring sie mürrisch und aggressiv. Das interessiert weder mich noch deine Schwester. Jetzt geh und pack deine Sachen!«

Mit schneeweißem Gesicht funkelte Guillaume ihn an und stürmte dann davon, wobei er den Türvorhang von seinen Ringen riss.

William stieß vernehmlich den Atem aus und fuhr sich mit den Händen durch die Haare. »Ich hätte nicht die Beherrschung verlieren dürfen. Wenn er mich jetzt schon so reizt, wie viel schwieriger wird er dann erst werden, wenn er mein Mündel ist?«

Joanna blickte zu Boden. »In gewisser Hinsicht hat er recht. Ich habe das Gefühl, alles sollte mir gehören. Es ist hart zu wissen, dass es sein Besitz ist, aber ich frage mich, was Cecily sagen würde und was sie mir raten würde. Vielleicht wird er sich ändern. Jungen in seinem Alter sind oft mürrisch und widerspenstig.«

William hob zweifelnd eine Braue. »Vielleicht, aber ich bezweifle es. Ich werde mein Bestes versuchen.«

Sie verließen Swanscombe mit Guillaume, dessen Gesicht immer noch einer Gewitterwolke glich, in ihrem Gefolge. Wenigstens konnte sie Swanscombe vorerst verwalten, dachte Joanna, und ein Auge auf ihren Halbbruder haben, obgleich sie vermutete, dass William recht hatte, wenn er bezweifelte, dass sie ihn ändern konnten.

26

Tower von London
Herbst 1255

Als sich die Herbstabenddämmerung über London legte und Nebel in Dampfschwaden vom Fluss aufstieg, betrat Joanna die Kammer, die der König für die neue junge Frau seines Sohnes vorbereitet hatte. Kerzen und Lampen tauchten den Raum in ein weiches goldenes Licht, und im Kamin prasselte ein Feuer. Auf dem weißen Kaminschirm prangte ein Bild des als alter Mann mit schwerem Umhang dargestellten Winters, das eine gewisse Ähnlichkeit mit Henry aufwies – ein absichtlicher Scherz auf Kosten des Königs, wie Joanna vermutete.

Rote und goldene Läufer mit geometrischen Mustern lagen über den Binsenmatten auf dem Boden. Joanna hatte solche Läufer in Bordeaux gesehen, für gewöhnlich über Möbel gebreitet oder auf dem Podest unter dem Stuhl des Königs, aber nie dazu bestimmt, dass über sie hinweggegangen wurde, denn sie waren zu selten und kostbar. Henry hatte jedoch keine Ausgaben gescheut, um diese Kammer zu Ehren der Frau seines Sohnes herzurichten.

Begleitet von einer ankündigenden Trompetenfanfare schritt Joanna auf die königlichen Stühle auf dem Podest zu und beugte das Knie. Henry saß in der Mitte, mit der Königin auf einer Seite und seiner neuen Schwiegertochter auf der anderen. Henry erhob sich und beugte sich vor, um ihr den Friedenskuss zu geben, bevor er ihre Hand nahm und sie Leonora von Kastilien vorstellte.

Joanna knickste erneut, und Leonora bat sie in fließendem Französisch mit einem leichten exotischen Akzent, sich zu erheben. Ein unauffällig besticktes Gewand aus olivbronzener Seide schmiegte sich um ihre schlanke Figur. Leonoras Augen waren braun mit einem bernsteinfarbenen Schimmer um die Pupillen herum, und Joanna gewann den Eindruck von Intelligenz und Reife, aber andererseits hatte das Mädchen, wenn die Gerüchte stimmten, mit vierzehn schon etliche Erfahrungen gesammelt.

»Madam, ich heiße Euch in England willkommen«, sagte Joanna. »Wenn ich Euch in irgendeiner Hinsicht behilflich sein kann, werde ich Euch gern ehren und Euch dienen.« Sie überreichte Leonora ein mit kleinen Weihrauchstücken gefülltes geschnitztes Elfenbeinkästchen.

Leonoras Augen leuchteten vor Freude. »Ihr seid sehr aufmerksam, Mylady. Mein Mann hat mir von Euch und seinem Onkel erzählt und seine Zuneigung zu Euch betont. Ich freue mich, Euch kennenzulernen, und ich bin sicher, es gibt vieles, worüber wir später sprechen können.«

Joanna knickste und trat zur Seite, während andere näher kamen, um Edwards junge Braut zu begrüßen. Da sie Alienors Blick auf sich spürte, beschloss Joanna, diskret vorzugehen, wenn sie sich mit dieser neuen, zukünftigen Königin von England anfreundete. Noch war Alienor die dominante Löwin und Leonora das Kätzchen, auch wenn sich das im Laufe der Zeit ändern würde.

Im Laufe der nächsten zwei Monate lernte Joanna Leonora besser kennen und stellte fest, dass sie eine interessante und angenehme junge Frau war. Sie war tatsächlich kätzchenhaft und verspielt, aber sie hatte auch eine ernsthafte Seite und verfügte über den Intellekt und das Verständnis, große Mengen an Einzelheiten in verschiedenen Strängen gleichzeitig aufzunehmen. Sie liebte es, im Freien zu sein, und Joanna ging oft mit ihr um den Palast herum und durch seine Umgebung oder begleitete sie zu Pferd oder in der königlichen Barke. Sie spazierten durch die winterlichen Gärten, zwischen Beeten dunkler Erde, in denen alles schlief, und den bis auf die immergrünen fast kahlen Bäume.

»Ich liebe Gärten«, sagte Leonora wehmütig. »In Kastilien haben wir viele sehr schöne mit Springbrunnen und Blumen. Ich hätte meine ganzen Tage dort verbracht, wenn ich gekonnt hätte. Sie heben meine Lebensgeister.«

Joanna nickte zustimmend. »Es macht große Freude, Pflanzen zu pflegen und zu sehen, wie sie wachsen und blühen.« Sie berührte Leonoras Arm. »England muss jetzt im Winter feucht und trostlos wirken, aber wartet, bis Ihr seht, wie grün es im Frühjahr ist.«

»Edward hat mir davon erzählt«, sagte Leonora. »Er wurde von anderen Angelegenheiten in der Gascogne aufgehalten, aber er wird sehr bald hier sein. Sein Vater will, dass er als Nächstes nach Irland geht, aber er kommt stattdessen nach England – zu mir.«

Joanna, die nicht indiskret sein wollte, erwiderte nichts darauf. Wenn Henry erwartete, dass Edward nach Irland ging, und Edward sich ihm widersetzte, indem er hierherkam, dann ließ der junge Löwe tatsächlich seine Muskeln spielen und nahm die Dinge selbst in die Hand.

Leonora blieb vor einem kahlen Blumenbeet stehen und warf Joanna aus ihren schönen braunen Augen einen Seitenblick zu. »Als wir geheiratet haben, haben wir die Ehe vollzogen«, sagte sie.

»Ja«, erwiderte Joanna sanft. »Ich weiß.«

»Er hat mich nicht gezwungen. Ich möchte, dass Ihr das wisst. Wir haben die Entscheidung gemeinsam getroffen, denn sowie wir die Ehe vollzogen hatten, konnte sie nicht mehr aufgelöst werden. Es gibt selbst jetzt noch Probleme zwischen meinem Bruder und Edwards Vater, aber was auch passiert, die Ehe kann nicht mehr annulliert werden.« Rosige Flecken erschienen auf ihren Wangen. »Als ich Edward das erste Mal gesehen habe, wusste ich, dass ich auf den Rest meines Lebens blicke, und Edward ging es mit mir genauso. Die Leute sagen, wir sind zu jung, um das zu verstehen, aber wir sind seit unserer Geburt dazu erzogen worden zu wissen, wer wir sind.«

Joannas Herz flog dem Mädchen zu. »Das verstehe ich. Ich war ein wenig älter als Ihr, aber ich habe für meinen Mann dasselbe empfunden. Eine Verbindung, wo Pflicht und Zusammenpassen sich vermischen, ist wirklich ein Geschenk Gottes.«

Leonoras Röte vertiefte sich. »Wir haben beieinander gelegen, um dieses Band zu besiegeln, aber auch, weil wir es wollten. Meine Blutungen haben ein halbes Jahr vor der Hochzeit eingesetzt, aber wir dachten nicht, dass ich so schnell schwanger werden würde.« Sie begann weiterzugehen. »Als es passierte, hat uns das erschreckt – haben uns aber auch gefreut. Ich habe meine Tochter bis zum sechsten Monat ausgetragen, aber sie kam zu früh in diese Welt. Die Leute sagten, ich wäre gestorben, wenn ich sie neun Monate lang getragen hätte, weil meine Hüften nicht breit genug waren, aber ich trauere trotzdem um sie. Sie war die Vereinigung von meinem und Edwards Fleisch.«

»Es tut mir leid«, sagte Joanna. »Es muss schrecklich für Euch gewesen sein.«

Leonora wischte eine Träne auf der Seite ihrer Hand weg und holte tief Atem, um sich zu beruhigen. »Das war es, aber ich muss nach vorne schauen. Edward und ich wissen, dass wir warten müssen. Wenn er zurückkommt, werden wir nicht noch einmal so beieinanderliegen, bis die Zeit reif ist. Wir brauchen keine Anstandsdamen und ständige Überwachung.« Ihr Kiefer spannte sich an. »Wenn wir alt genug sind, um verheiratet zu werden und mit dem Verlust eines Kindes fertig zu werden, dann sind wir auch alt genug, um in der Welt zurechtzukommen.«

In Joanna stieg Bewunderung für diese vierzehnjährige junge Frau auf, fast noch ein Kind, aber bereits eine zukünftige Königin, die der Welt mutig entgegentrat. »Wenn Ihr eine Freundin und Vertraute braucht, ich bin Eure angeheiratete Tante, und ich schwöre, dass niemand sonst erfährt, was Ihr zu mir sagt.«

Leonora schenkte ihr ein süßes, aufrichtiges Lächeln und berührte ihren Ärmel. »Danke, und ich werde gut und freundschaftlich darüber nachdenken, Tante.«

»Obwohl ich fürchte, dass ich den Hof bald für eine Weile verlassen werde«, sagte Joanna, als sie ihren Spaziergang fortsetzten. »Meine Schwägerin, die Countess de Warenne, erwartet in Kürze ihr drittes Kind, und ich reise zu der Geburt zu ihr.«

»Dann wünsche ich ihr alles Gute«, entgegnete Leonora, »und ich hoffe, sie nach ihrer Aussegnung kennenzulernen.«

»Welche Fortschritte macht dein Halbbruder denn?«, erkundigte sich Aliza.

Joanna blickte von dem Brief auf, den William ihr vom

Hof geschickt hatte und den sie im Kerzenlicht in der Fensterlaibung von Alizas Wochenbettkammer in Lewes las.

Gestern hatte Aliza einen gesunden Jungen zur Welt gebracht, der brüllte wie ein junger Bulle. Heute Morgen hatte sein stolzer, glücklicher Vater ihn in die Kapelle getragen, wo er zu Ehren aller Williams in seiner Blutlinie William getauft worden war. Joanna war seine Patin. Er hatte vor Kurzem kräftig an der Brust seiner Amme gesaugt und schlief jetzt in seiner Wiege neben dem Bett.

Joanna verzog das Gesicht. »Er hat einen raschen Verstand, aber er nutzt ihn nicht, außer um mürrisch zu sein und alles zu tun, was er kann, um Williams Bemühungen zu vereiteln, ihn auszubilden. Was ihn betrifft, wurde ihm das alles aufgezwungen, und er hält sich für absolut imstande, seine Landsitze zu verwalten, ohne einen Vormund zu brauchen.« Sie seufzte und schüttelte den Kopf. »Mit mir spricht er nur, wenn er muss. Zu Weihnachten hat er seine gesamte Zeit am Hof mit Simon de Montfort und seinen Söhnen verbracht.«

»Ist das Absicht – weil er weiß, dass du Simon de Montfort keinerlei Liebe entgegenbringst und mit ihm um die Witwenländereien seiner Frau streitest?«, fragte Aliza scharfsinnig.

»Höchstwahrscheinlich. Er würfelt mit Leicesters Knappen und gibt sich viel mit ihnen ab, und sie ermutigen ihn. Ich bin sicher, dass er Gerüchte und Klatsch über mich und William verbreitet, aber er verwischt seine Spuren gut. Je mehr wir ihn ins Gebet nehmen, desto mehr rebelliert er. William versucht es mit ihm – du weißt, wie sehr er es hasst, aufzugeben –, aber ich vermute, dass mein Halbbruder diesen speziellen Kampf gewinnen wird.«

»William war in diesem Alter auch schwierig«, sagte

Aliza. »Wenn meine Brüder ihn verprügelten, steigerte das seinen Groll noch und lehrte ihn, klüger vorzugehen. Er ließ sich immer besser mit Liebe lenken, aber demnach zu urteilen, was ich gehört habe, glaube ich nicht, dass das bei deinem Halbbruder fruchtet.«

»Nein«, gab Joanna zu. Sie konnte keine Liebe für ihn empfinden, und das verstärkte ihren Verdruss und ihre Schuldgefühle noch.

Aliza verzog das Gesicht und rieb ihren Bauch, was sofort Joannas Aufmerksamkeit erregte. »Es ist nichts«, beruhigte Aliza sie. »Nur Nachwehen.«

»Ich werde dir von der Hebamme einen Tee machen lassen«, sagte Joanna mitfühlend. »Ich weiß, wie schmerzhaft sie sein können.«

Am nächsten Tag waren Alizas Krämpfe schlimmer. Die Flüssigkeit, die aus ihrem Schoß austrat, war rot und reichlich. Sie hatte heftige Kopfschmerzen und Fieber. Sie erbrach die Getränke, die die besorgte Hebamme ihr einflößte, und als der Tag verstrich, verschlechterte sich ihr Zustand.

Joanna wusch Alizas Gesicht und Hände mit Rosenwasser, während das Baby genüsslich bei seiner Amme trank.

John kam in die Wochenbettkammer und sah seine Frau voller Angst an. »Du musst gesund werden«, sagte er. »Für mich, für unsere Kinder.«

Aliza drehte sich zu ihm. Ihr Haar war schweißgetränkt. »Ich tue mein Bestes.« Ihre Stimme klang schwach und heiser. »Gott wird tun, was Er für richtig hält.«

»Dann werde ich Gott herausfordern!«

Joanna schnappte ob der Blasphemie nach Luft und biss sich auf die Lippe.

»Still«, flüsterte Aliza. »Sprich nicht so, John. Du musst wissen, dass ich dich liebe und immer lieben werde.«

Er wandte sich ab, dabei wischte er sich Tränen aus den Augen. Joanna streckte die Hand nach ihm aus, doch er schob sie weg und ging um das Bett herum, um sich zu Alizas anderer Seite zu setzen.

Stumm rieb Joanna Alizas Körper ab und ordnete und flocht ihr Haar.

John nahm die Hand seiner Frau, und Aliza fiel in einen unruhigen Schlummer. Ihre Augen bewegten sich rasch unter ihren Lidern und öffneten sich ab und zu, aber sie waren verdreht und weiß. Als der Kaplan erschien, um die Sterbesakramente zu spenden, erwachte sie kaum aus ihrem zunehmenden Delirium. John sprang auf und verließ den Raum, und Joanna eilte ihm hinterher.

»Ich werde einen Boten zu William schicken und ihn bitten, sofort zu kommen«, sagte sie. »Er ist weniger als einen Tagesritt entfernt.«

John nickte knapp. »Tu das«, sagte er und schluckte. »Joanna, ich kann es nicht ertragen.«

»Ich weiß …, ich weiß.«

»Ich lasse sie nicht sterben.« Er warf ihr einen Blick voller Qual zu, den Joanna unverwandt zurückgab.

»Ich werde jetzt an William schreiben.« Sie berührte seinen Arm und hastete davon, um sich darum zu kümmern.

An einem Pult am Fenster sitzend verfasste sie den Brief ohne einen Schreiber, wischte sich dabei über die Augen, damit die Tränen die Tinte nicht verwischten, und es war das Schwerste, was sie je hatte tun müssen – ihren Mann zum Sterbebett seiner Schwester zu rufen.

Der Bote war seit etwas mehr als zwei Stunden fort, und der Abend hatte das Licht verdunkelt, als Aliza erschauerte und aufhörte zu atmen.

»Nein!« John starrte Aliza ungläubig an. Ihre gefalteten Hände umklammerten ein Kreuz, geweihtes Salböl glänzte auf ihrer Stirn. Erst vor zwei Tagen hatten sie zusammen gelacht und sich über den Triumph der Geburt eines gesunden kleinen Jungen gefreut, und jetzt war ihr Leben ausgelöscht worden wie eine ausgeblasene Kerze.

»Ich werde in meinem Leben nie wieder etwas so Schönes finden«, schluchzte John über den Leichnam gebeugt. »Du hast mein Leben mit dir mitgenommen, mir bleibt nichts mehr!«

Joanna versuchte mit ihm zu sprechen, aber sein Schmerz war für sie beide wie eine Wand aus Dornen, und als sie versuchte, die Arme um ihn zu legen, stieß er sie mit solcher Wucht weg, dass sie taumelte und fast stürzte, aber er entschuldigte sich nicht, denn er war außer sich und nicht zu erreichen.

Sie überließ ihn der Obhut des Priesters und seiner älteren Ritter, verdrängte ihre eigene Qual und machte sich daran, den Haushalt zu organisieren. Weitere Briefe mussten jetzt abgeschickt und Anweisungen erteilt werden. Der König und die Königin mussten informiert werden. Jemand musste sich um diese Dinge kümmern, und sich mit praktischen Angelegenheiten zu beschäftigen war ein Weg, mit allem fertigzuwerden. Sie musste auf Gott vertrauen, selbst wenn John Ihn verleugnete. Als Sterbliche konnten sie die Muster Seiner unendlichen Weisheit nicht sehen. William würde wissen, was zu tun war, wenn er kam. Wenn überhaupt jemand, würde er als Johns engster Freund und Schwager die richtigen Worte finden und vielleicht sogar Trost spenden können.

William ritt auf einem schwitzenden, hart herangenomme-nen Pferd in Lewes ein. Er hatte die Nachricht von Vor-reitern erfahren, die ihn gesucht hatten, und konnte nicht glauben, dass Aliza tot war. Hatte sie vor all diesen Jahren eine Vorahnung gehabt, als sie mit ihrem ersten Kind hoch-schwanger gewesen war? Das Andenken, das sie ihm ge-geben hatte, hatte er nach einigem Suchen auf dem Boden seiner Truhe gefunden, und er war krank vor Kummer und vor Furcht, nicht die richtigen Worte zu finden, die er zu John sagen konnte.

Er stieg ab, warf einem Stallburschen die Zügel zu und eilte in den Burgfried. Joanna rannte zur Begrüßung auf ihn zu und warf sich schluchzend in seine Arme. Voller Dank-barkeit, dass er noch eine Frau hatte, und Trauer, dass er seine schöne Schwester nicht mehr hatte, zog er sie an sich.

»Es tut mir so leid«, sagte Joanna mit brechender Stimme. »Sie bekam Kindbettfieber, und wir waren machtlos. Sie war überglücklich, einen Sohn zu haben, und durch Gottes Gnade entwickelt er sich gut, aber John weigert sich, das Kind anzusehen. Du musst wissen, was du zu ihm sagen musst. Auf mich hört er nicht.«

William wischte ihre Tränen mit dem Daumen weg und küsste ihre nassen Wangen. »Ich werde zu ihm gehen«, sagte er. »Wo ist er?«

»In ihrer Kammer.«

Er küsste sie erneut, wandte sich dann ab, steuerte auf die Treppe zu und hielt kurz inne, um Atem zu holen, bevor er sie emporstieg.

Das Bett war ordentlich mit den bestickten Seidenvor-hängen gemacht, die Aliza letztes Jahr bestellt hatte, von der Bank aus Eichenholz stieg der Geruch von Bienenwachs-politur auf, und das Licht ließ das Gold in der Bettdecke funkeln. Ein schöner Raum, aber bereits eine leere Hülse. John saß auf einem Stuhl neben der leeren Betthälfte, mit gesenktem Kopf, in die Stirn fallendem schwarzem Haar und fleckiger, unordentlicher Kleidung. Voller Mitleid trat William zu ihm und berührte seine Schulter.

»John, ich bin hier. Ich habe die Nachricht gehört ... Lieber Gott!« Er zog sich einen Stuhl heran und setzte sich so, dass er in das verhärmte, mit Bartstoppeln übersäte Gesicht seines Freundes blicken konnte. »Es wird nie wieder jemanden wie Aliza geben. Sie war meine geliebte Schwester. Ich werde ihren Verlust als Teil meines Schicksals betrachten. Ich trauere, aber Gott braucht sie für sich selbst, und sich mit Gottes Willen abzufinden ist nie einfach.«

John kräuselte die Lippe, und seine dunklen Augen flammten vor Wut auf. »Lass mich mit dem Geschwätz von Gottes Willen in Ruhe«, schnarrte er. »Wie kann es Gottes Wille sein, dass sie stirbt? Ich sage, dass Gott nicht existiert!«

Es war Blasphemie, aber William verstand das Ausmaß von Johns Verzweiflung. »Ich muss dir etwas geben«, sagte er und legte die von Bergkristall umschlossene Haarlocke in Johns Hand. »Aliza hat mir das vor vielen Jahren gegeben, als sie ihr erstes Kind erwartete, und mich gebeten, es an dich weiterzugeben, falls sie sterben sollte. Ich wollte es nicht nehmen, aber sie ließ nicht zu, dass ich mich weigerte – du weißt, wie entschlossen sie war. Sie sagte, ich müsste dir sagen, ihr Leben würde durch ihre unsterbliche Seele irgendwo weitergehen, und du sollst nicht um sie trauern, sondern dein Leben in Freude weiterleben. Sie sagte, wenn du das könntest, um ihr Andenken zu ehren, wäre sie zufrieden.«

John gab einen erstickten Laut von sich und schloss die Faust um das Erinnerungsstück. »Sie verlangt das Einzige, was ich nicht tun kann.«

»Schon damals hat sie an dich gedacht und das, was passieren könnte. Ich habe das zu dieser Zeit nicht verstanden, ich dachte, sie wäre überspannt, aber sie verfügte über echte Weisheit.«

John wiegte sich mit dem an seine Brust gepressten Andenken vor und zurück, und William schloss die Arme so fest um ihn, als würde er ein Kleinkind halten.

Joanna kam mit einem Krug Wein und ein paar Wildpasteten in den Raum. Sie sah William wortlos an, schenkte beiden Männern Wein ein und zog sich geräuschlos zurück.

»Aliza würde nicht wollen, dass du so trauerst, aber ich weiß, dass du es tun wirst.« William gab ihn frei, um die Weinbecher zu bringen. »Trink!«, sagte er.

»Ich werde nie wieder lieben«, meinte John trostlos. »Mein Herz ist zu Staub zerfallen. Nichts ist diesen Schmerz wert – nichts! Ich hätte lieber nie einen Sohn gehabt, als Aliza zu verlieren. Ich hätte lieber den Rest meines Lebens im Zölibat gelebt als das.« Er griff nach seinem Becher, leerte ihn in einem Zug und hielt ihn William hin, um ihn erneut füllen zu lassen.

Die Worte versetzten William einen Schreck, aber er wusste, dass sie tiefem Schmerz entsprangen und John nicht ganz bei Sinnen war. Im Moment brauchte er jemanden, der bei ihm saß, während er Vergessen fand. William schenkte ihm erneut ein und nippte an seinem Wein, während er zuließ, dass John für sie beide trank und, Alizas Erinnerungsstück noch immer umklammernd, in Betäubung erstarrte. Als er endlich in sich zusammensackte, trug William ihn ins Bett und deckte ihn zu, blieb bei ihm sitzen und lauschte seinen abgehackten Atemzügen, während Tränen an seinem eigenen Gesicht hinunterrollten.

Endlich überließ er John der Obhut seines Kaplans und

machte sich auf die Suche nach Joanna. Er fand sie auf den Knien vor einem kleinen tragbaren Altar wachend in einer Kammer abseits der großen Halle. Als er auf ihren gesenkten Kopf blickte, versuchte er sich vorzustellen, wie es wäre, ohne sie zu leben. Würde er sich wünschen, ihre vier prächtigen Kinder wären nie geboren worden, wenn das ihr Leben kostete?

Er kniete sich neben sie und faltete die Hände. »Es ist furchtbar, wie schnell das Rad sich drehen und ein Mann vor dem Nichts stehen kann«, sagte er. »Vor dem Willen Gottes sind wir machtlos. Aliza hat sich bestmöglich auf diesen Fall vorbereitet. Sie war immer weise ..., und jetzt ist sie fort. Ich hoffe und bete, dass sie bei unserer Mutter im Himmel ist. Gewiss könnte sie nirgendwo anders sein, meine liebe, süße Schwester.«

»William ...« Joanna sah ihn mit tränenfeuchten, traurigen Augen an.

Er nahm sie in die Arme. »Ich weiß nicht, was uns das Morgen bringt, und ich schwöre, dass ich jeden Moment mit dir schätzen werde. Selbst wenn wir uns trennen müssen, werde ich mir bewusst machen, was ich habe und was ich so leicht verlieren könnte.« Er küsste sie, und der Kuss wurde leidenschaftlich vor Schmerz und aus diesem Schmerz geborenem Verlangen.

Sie gingen zu Bett und liebten einander voller Verzweiflung, aber im letzten Moment zog William sich zurück, denn selbst wenn sie im Lauf der Zeit noch weitere Kinder bekamen, war jetzt nicht der Moment, sie zu zeugen. Als er neben ihr lag und ihr Haar streichelte, stimmte es ihn schuldbewusst und bekümmert, dass John diesen Trost nie mehr finden – und das Aliza nie etwas erfahren würde.

27

Palast von Westminster
Mai 1257

Joanna schluckte die Tränen hinunter, als sie ein Bündel Stoff aus dem Wandschrank nahm und in eine offene Truhe in der Kammer der Königin legte. Sie versuchte, eine unbeteiligte Miene zu wahren, damit ihr niemand ihren Kummer anmerkte. Die Frauen warfen ihr ständig Blicke zu, manche rasch und mitfühlend, andere abwägend, und eine oder zwei voll boshafter Befriedigung.

Alienor hatte Joanna soeben öffentlich aufgefordert, die Schlüssel zu den Truhen, in denen die Gürtel und Juwelen der Königin aufbewahrt wurden, zurückzugeben, und sie stattdessen einer Kammerfrau ausgehändigt, die zu den Protégés von Eleanor de Montfort gehörte. Alienor hatte Joanna aufgetragen, die gewöhnlichen Stoffe und Stoffreste aus den Schränken zu räumen – eine Aufgabe, die Joanna als unbedeutende Angehörige des Hofes übernommen hatte.

»Das kann ich dir anvertrauen«, hatte Alienor gesagt. »Du solltest dich daran erinnern, wo du in meinem Haushalt angefangen hast, als du nichts hattest.«

»Madam, ich bin immer Eure loyale Dienerin«, hatte Joanna erwidert und dabei den Kopf gesenkt.

»Wenn du das sagst. Nun, dann lass Worten Taten folgen«, sagte Alienor, bevor sie sich abwandte, um sich mit anderen Dingen zu befassen.

Die Frauen der Königin packten deren Sachen für eine Reise von Westminster nach Windsor. Alienor brannte darauf, ihre Töchter zu besuchen und der Stadt sowie dem kürzlich erfolgten Ausbruch von Schweißfieber zu entkommen. Etliche Leute waren der Meinung, die Krankheit wäre von dem ungewöhnlich kalten Wetter für diese Jahreszeit ausgelöst worden. Es hatte seit dem späten Februar nicht aufgehört zu regnen, ungefähr um die Zeit herum, wo der Elefant des Königs erkrankt und gestorben war. Johan war außer sich vor Kummer gewesen, aber der König hatte ihm einen seiner Zähne als Andenken geschenkt, der jetzt in einer Wandnische in ihrer Kammer in Westminster lag.

Der Himmel war grau verhangen, und Regentropfen peitschten im Wind. Joanna hoffte, das Wetter würde sich für die Reise flussaufwärts in der Barke der Königin bessern. Sie hatte erwogen, den Hof zu verlassen und sich zu einem ihrer Landsitze zu begeben, aber das hätte noch mehr Gesichtsverlust und Einbuße ihres Einflusses bedeutet. Außerdem vermutete sie, dass die Königin sie nicht gehen lassen würde. Alienor ließ sie im Ungewissen, um zu verdeutlichen, wer die Macht in den Händen hielt.

Leonora, die der Königin den Rücken zukehrte, bedachte sie mit einem mitfühlenden Blick. Sie musste Frieden mit Edwards Mutter halten und wählte klug, gegen wen sie kämpfte.

Joanna kniete neben der Truhe und legte die Stoffe sorgfältig gefaltet hinein, während sie vorgab, nicht zu bemerken, dass die neue Frau der Königin einen Gürtel brachte. Sie wusste genau, warum sie ausgeschlossen wurde. William stand hoch in der Gunst von Henry und des eigenwilligen jungen Edward, und Alienor fürchtete, in Fragen von Gönnerschaft und Politik ihren Einfluss und ihre Macht zu verlieren.

Die Waliser hatten vor Kurzem sehr erfolgreiche Raubzüge in Edwards Herrschaftsgebiet unternommen, und als Edward versuchte, sie zu unterwerfen, hatte er schnell festgestellt, dass es eine neue und schwierige Erfahrung war, gegen die entschlossenen und kriegsgestählten Waliser zu kämpfen. Da er in finanziellen Schwierigkeiten war, war er gezwungen, sich Geld zu leihen.

Alienor hatte ihm welches gegeben, aber nicht genug, und Edward hatte sich wegen eines Kredits an William und Joanna gewandt und als Sicherheit Hypotheken auf einige Grundbesitze angeboten – Grundbesitze, die Teil von Leonoras Mitgift waren und mit deren Einverständnis er handelte. Sie hatten eingewilligt, ebenso wie Aymer, als dasselbe Anliegen an ihn gestellt wurde. Der Vertrag war freundschaftlich abgefasst, in gegenseitigem Einvernehmen. Dennoch ärgerte es Alienor, dass ihr ältester Sohn Schulden und Verpflichtungen gegenüber seinen Lusignan-Onkeln anhäufte. Henry hatte nichts Schlimmes darin gesehen und, da er mit anderen Schwierigkeiten zu kämpfen hatte, die Beschwerden mit einem unwilligen Abwinken abgetan.

Auf der Suche nach anderen Verbündeten hatte sich Alienor an die de Montforts gewandt, die ihre eigenen Streitigkeiten mit dem Haus Lusignan austrugen, nicht zuletzt den andauernden Disput bezüglich der Marshal-Witwensitze. Als der König fortfuhr, William zu begünstigen und die Beziehung zwischen Letzterem und Edward sogar noch enger wurde, hatte die Königin begonnen, Joanna zunehmend steif und frostig zu behandeln.

Joanna hatte Alienor einst geliebt und schuldete ihr von den früheren Jahren her immer noch Dankbarkeit, und wegen dieser Schuld blieb sie loyal. Sie würde nicht diejenige sein, die das Band zerschnitt, aber ihre Geduld war fast am Ende.

Sie ging von der Truhe zum Schrank, um einen weiteren Stoffstapel zu holen. Die obersten Stücke, glatte Seide, kamen ins Rutschen. Leonora eilte ihr zu Hilfe und drückte verstohlen ihre Hand. Die Freundlichkeit trieb Joanna die Tränen in die Augen.

»Danke, Madam.«

»Gern geschehen, Tante«, erwiderte Leonora. »Schließlich müssen wir uns alle gegenseitig helfen.« Mit niedergeschlagenen Augen ging sie bescheiden weiter.

Von der ruhigen Unterstützung gestärkt, kehrte Joanna zu der Truhe zurück, um den Stoff zu verstauen.

Peter von Savoyen, der Onkel der Königin, kam von einem Morgen in der Ratsversammlung zurück. Als er an Joanna vorbeiging, warf er ihr einen scharfen, alles andere als freundlichen Blick zu und gesellte sich zu der Königin.

»So ein unziemliches Benehmen habe ich am Hof noch nie erlebt«, sagte er voller Abscheu. »Der Earl of Leicester und William de Valence sind aneinandergeraten, aber ich nehme an, das war nur eine Frage der Zeit. Ich dachte, der Earl of Leicester würde einen Mord begehen und der König müsste eingreifen.«

Joannas Hände blieben still auf dem Stoff liegen, und ihr Herz begann zu hämmern. Die neben der Königin stehende Eleanor de Montfort war erstarrt, ihre Augen weiteten sich.

»Ich bin sicher, der König wird es Euch selbst erzählen«,

fuhr Peter fort, »allerdings vielleicht nicht die ganze Geschichte.«

»Damit rechne ich nicht«, erwiderte Alienor verkniffen.
»Aber ich weiß, dass du es tun wirst. Was ist passiert?«

»Es ging um die Raubzüge in Wales.« Peter schüttelte
den Kopf. »De Valence brachte eine absurde Beschwerde
vor, dass der Earl of Leicester Wertgegenstände aus einem
seiner Herrenhäuser gestohlen und weggeschaut hat, während die Waliser nach Belieben geraubt und geplündert
haben. Earl Simon behauptete, genau das Gegenteil wäre
der Fall gewesen, woraufhin de Valence ihn einen Thronver-
räter nannte, nur auf seinen eigenen Gewinn bedacht, und
dann gingen sie aufeinander los. Der König musste eingreifen, um eine tätliche Auseinandersetzung zu vermeiden. Es
ist gut, dass kein Mann in Gegenwart des Königs Waffen
tragen darf, sonst wäre einer von ihnen tot – vermutlich de
Valence.« Er strich über seinen Schnurrbart, als wäre ihm
die Vorstellung nicht unangenehm.

Joanna schlug die Hand vor den Mund. Ihr war übel.
Großer Gott, William!

»Wie unschicklich«, sagte Alienor angewidert. »An dieser Art von Schwierigkeiten sind immer dieselben Leute beteiligt.« Sie warf Eleanor einen beruhigenden Blick zu, um
zu zeigen, dass ihr Zorn sich nicht gegen ihren Mann richtete. »Sprich weiter!«

»Der König und die Diener mussten sie trennen. Ich bezweifle, dass es Entschuldigungen geben wird. Offen gestanden, Madam, da brennt ein Feuer unter dem Kessel,
und dieser wird wahrscheinlich erneut überkochen.«

»Ich werde mit dem König über den Vorfall sprechen, bevor ich abreise«, sagte Alienor. »Danke, dass du mich darauf aufmerksam gemacht hast, Onkel.«

Joanna erhob sich und knickste. »Madam, ich bitte Euch um die Erlaubnis, zu meinem Mann zu gehen. Wenn Frauen die Friedensstifterinnen sind, ist es an mir, jetzt zu tun, was ich kann.«

Alienor zog die Brauen hoch. »Deinen Optimismus in allen Ehren, aber bislang scheinst du nicht viel Erfolg damit gehabt zu haben.«

Joanna errötete, und Alienor winkte ungeduldig ab. »Ja, geh! Jemand anders kann deine Arbeit zu Ende bringen.« Sie wandte sich an Eleanor de Montfort. »Du solltest auch zu deinem Mann gehen. Sag ihm, dass ich mit ihm sprechen will.«

»Ja, Madam.«

Joanna hegte keinen Zweifel daran, dass Eleanor mit Billigung der Königin entlassen wurde, sie selbst jedoch unter noch ungeklärten Umständen.

Sie suchte William und fand ihn in den Ställen, aschfahl vor Wut, während er darauf wartete, dass sein Stallbursche sein Pferd sattelte. Er presste ungeduldig die Lippen zusammen, als er sie sah.

»Peter von Savoyen hat gerade die Königin besucht«, sagte sie. »Du und Simon de Montfort seid in der Ratskammer heftig aneinandergeraten? Du hast ihn einen Verräter genannt?« Ihr fiel ein roter Kratzer entlang seiner Kieferlinie auf.

Er zog seinen Hut aus seinem Gürtel und stülpte ihn über seine Locken. »Er ist ja auch einer«, schnappte er. »Er dient nicht dem König oder Edward, sondern nur sich selbst. Was soll ich denn tun, wenn er meine Ländereien ausraubt und sich mit unserem Vieh davonmacht?« Seine Augen waren hell und kieselhart.

»Er sagt, es wäre sein Vieh.«

»Soll ich meinem Verwalter glauben oder seinem?«, begehrte er auf. »Er macht Probleme, weil er heranwachsende Söhne hat und sie mit Land und Geld füttern muss – aber das wird nicht auf unsere Kosten geschehen, das verspreche ich dir.«

Joanna biss sich auf die Lippe. »Am Hof herrscht eine aufgeheizte Stimmung, du solltest die Wogen glätten, statt sie aufzuwühlen.«

»Ich habe nicht damit angefangen«, erwiderte er knapp und bedeutete dem Stallburschen, sich zu beeilen. »Ich muss meinen Gegnern die Stirn bieten, wenn ich nicht will, dass die Geier mir alles nehmen.«

Seine Verletztheit und sein Zorn kamen direkt aus seinem Herzen – sowohl zu seinem Vorteil als auch zur Beschleunigung seines Untergangs.

»Sei sehr vorsichtig, wenn du dich gegen de Montfort und seine Anhänger stellst«, warnte sie.

Er grunzte und machte Anstalten, die Zügel seines Pferdes zu ergreifen.

Sie nahm seine Hand. »Mir zuliebe!«

Er drückte flüchtig ihre Finger. »Ich werde tun, was ich tun muss. Geh du und tu du, was du tun musst.« Er nahm die Zügel.

Joanna sah zu, wie er in den windigen Mainachmittag hinausritt. Schwaden von Pfirsichblüten bedeckten den Boden und rieselten in den stahlgrauen Fluss. Sie rieb ihre Arme und erschauerte. So einen Mai wie diesen hatte sie noch nie erlebt.

Als sie zu der Königin zurückkehrte, traf sie auf Simon de Montfort, der mit grimmiger Miene auf sie zustapfte. Einige Ritter seines Gefolges folgten ihm dicht auf den Fersen. Auch ihre Vettern Richard de Clare und Roger und Hugh Bigod waren bei ihm. Joanna trat mit klopfendem Herzen und trockenem Mund zur Seite, um sie vorbeizulassen. De Montfort blieb stehen und durchbohrte sie mit seinem Blick.

»Der Tag der Abrechnung wird kommen«, schnaubte er. »Wir haben Ungerechtigkeit zu lange geduldet. Sagt Eurem Mann, dass niemand mich ungestraft einen Verräter nennt, egal welchen Schutz des Königs er seiner Meinung nach genießt.«

Joannas Beine zitterten, aber sie hielt de Montforts Blick stand. »Sire, das ist eine Sache zwischen Euch und meinem Mann. Ich glaube nicht, dass es eine glorreiche Tat ist, eine Frau vor all diesen edlen Lords einzuschüchtern. Und ganz sicher ist der König Euer Obersouverän, und Ihr schuldet ihm Lehenstreue.«

De Montfort kniff die Augen zusammen. »Madam, Ihr und Euer Mann seid zwei von einem Schlag.« Er ging weiter. Roger Bigod folgte ihm mit gesenktem Kopf. Sein Bruder Hugh, ein warmherzigerer Charakter, warf ihr einen Seitenblick zu und schüttelte warnend den Kopf.

Als sie fort waren, lehnte sich Joanna gegen die Wand. Sie fühlte sich krank und verängstigt, kochte aber auch vor Wut. Entschlossen, sich nicht einschüchtern zu lassen, ballte sie die Fäuste.

In de Montforts Schlepptau folgte eine Gruppe von Knappen und jüngeren Männern, darunter auch zwei von de Montforts Söhnen, die ungefähr im selben Alter wie Edward standen. Sie stolzierten an ihr vorbei und ignorierten sie, als wäre sie von keiner größeren Bedeutung als eine Dienerin. Ihr Halbbruder war auch dabei und feixte. Sie befahl ihn scharf zu sich.

»Guillaume, warum bist du nicht bei den Angehörigen von Lord Williams Haushalt?«

Er sah sie an, während er den anderen winkte, weiterzugehen. »Mein Pferd hat ein Hufeisen verloren, und ich konnte nicht ausreiten.« Sein Ton war unverschämt.

Sein Pferd verlor andauernd Hufeisen – Joanna verdächtigte ihn, sie absichtlich zu lockern, um lästig zu sein. »Schön, dann kannst du kommen und mir helfen, mein Gepäck zu verladen, und ich habe auch noch ein paar andere Arbeiten für dich.«

Er schniefte und schob das Kinn vor. »Ich bin dein Bruder und dein Mündel, aber nicht dein Lakai.«

»Du bist auch ein Knappe, der in unserem Haushalt ausgebildet wird, und das sind Aufgaben, die jedem adeligen jungen Mann übertragen würden.«

»Mein Lord sagte, ich sollte mein Pferd beschlagen lassen«, erwiderte er trotzig.

»Nun, es sah nicht so aus, als wolltest du das gerade tun«, gab Joanna zurück. »Geh und tu, was dir gesagt wurde, und wenn dein Lord dann noch nicht zurück ist, melde dich bei mir.«

Er vollführte eine spöttische Verbeugung und schlenderte davon. Joanna sah ihm wutentbrannt nach.

»Er ist ein nervtötender Bursche«, sagte John de Warenne, der zu ihr trat und den Blick auf Guillaumes sich entfernenden Rücken heftete.

»Glaubst du, dass sein Pferd schon wieder ein Hufeisen verloren hat?«

John schnaubte. »Tatsächlich? William sagte mir, er trage sich mit dem Gedanken, ihm ein anderes Pferd zu geben – eines, das ihn nicht in die Nähe seiner Hufen lässt, um dort irgendwelches Unheil anzurichten.«

»Warst du früher am Hof?«

»Ja.« Er bedachte sie mit einem gequälten Blick. »Es braut sich Unzufriedenheit zusammen, und nicht immer ganz zu Unrecht, das gebe ich zu. Es braucht Reformen, und der König hat nicht immer diskret und mit gesundem Menschenverstand gehandelt. William ist ein Bollwerk zwischen ihm und den Baronen, also begünstigt der König ihn, und die Situation verschärft sich erneut. Aber heute war es eine Frage persönlicher Ansprüche an die Territorien, und wie du mir, so ich dir. De Montfort hätte es nicht zu weit treiben sollen, und William ...« John verzog das Gesicht.

»William was?«

»Hätte nicht nach dem Köder schnappen sollen.« Er schüttelte den Kopf. »Er nannte de Montfort einen Verräter.«

»Ich habe es gehört«, versetzte Joanna mit steinerner Miene.

»Es war wegen der Gascogne – wegen dem, was de Montfort dort getan hat und sein Vater vor ihm. Viele Opfer sind Verbündete der de Lusignans und Nachbarn.«

»Und auch deshalb, weil de Montfort unsere Ländereien will«, erwiderte Joanna. »William vermutet, dass nicht alle Überfälle auf Pembroke von Walisern verübt wurden.«

John verschränkte die Arme. »Möglich, aber er muss vorsichtiger sein.«

Joanna berührte seinen Arm. »Pass auf ihn auf, John. Es gibt so wenige am Hof, denen ich trauen kann, und du bist sein bester Freund – und unser Bruder.«

»Du weißt, dass sich das von selbst versteht!« Er wirkte fast gekränkt. »Ich habe nicht die Absicht, mich in de Montforts Anhängerschaft einzureihen. Er hat auch meiner Mutter wegen des Marshal-Erbes zugesetzt, und wenn sie nicht so entschlossen gewesen wäre, hätte er sie vielleicht einschüchtern können. Das wird er mir oder meinen Kindern niemals antun, das schwöre ich.«

»Ich werde mich ebenfalls gegen ihn behaupten«, sagte sie stolz. »Obwohl ich Angst habe, werde ich mich von einem solchen Mann nicht zurückdrängen lassen. Cecily hat mich, was meinen eigenen Wert betrifft, einiges gelehrt.«

Er lächelte spöttisch. »Da ich Dame Cecily kannte, bin ich mir da ganz sicher.«

»Ich denke oft an dich, John«, sagte sie nach einem Moment. »Kommst du auch weiterhin einigermaßen zurecht?«

Er zuckte die Achseln. »Bei Tageslicht schaffe ich es, aber ich habe keinen Schutzschild gegen meine Träume oder gegen das Erwachen daraus. Ich werde nie wieder ein vollständiges Ganzes sein, aber irgendwie geht es, und ich muss meine Kinder schützen und für sie sorgen.« Er zupfte seinen Umhang zurecht. »Ich werde jetzt gehen und dafür sorgen, dass der junge Guillaume de Munchensy sein Pferd richtig beschlagen lässt, und dann werde ich auf William warten.« Er küsste sie auf die Wange und war verschwunden.

Mit einem tiefen Seufzer ging Joanna in die Gemächer der Königin zurück, um mit dem Packen fortzufahren.

Als sie in Windsor ankamen, umarmte Joanna ihre Kinder, die sie einige Wochen lang nicht gesehen hatte. Johan war erneut gewachsen und hielt sich mit seinen sieben Jahren schon sehr für einen Mann. Agnes bedachte ihre Mutter mit ihrem üblichen süßen Lächeln und einer Umarmung. Margarets goldbraunes Haar, sprühend vor Leben und genau wie das ihres Vaters, war mit einer Girlande aus blauen Seidenblumen aus ihrem Gesicht zurückgebunden, und der kleine William lief bereits.

»Oh, ich habe euch alle so vermisst!«, rief Joanna und schwor sich inbrünstig, mehr Zeit mit ihnen zu verbringen. Aller Reichtum und Einfluss der Welt war nicht so kostbar wie ihre Kinder. Sie umarmte und küsste die Töchter und den Sohn ihres Vetters John: Alienor mit ihren bronzefarbenen Haaren wie die ihrer Mutter, Isabelle dunkel wie John und Baby William ein pummeliges rotwangiges Kleinkind in den Armen seiner Kinderfrau.

Die Königin ging sofort zu der kleinen Katharine, die ihrer Kinderfrau Anlass zur Sorge gab. Sie hatte im vergangenen Monat an einem Fieber gelitten, sich nicht vollständig erholt und war teilnahmslos und still geblieben. Obgleich sie schon entwöhnt war, war erneut eine Amme eingestellt worden, um ihren schmächtigen kleinen Körper aufzupäppeln, und endlich konnte sie dazu gebracht werden, Trost suchend zu saugen. Der Anblick des kleinen Mädchens im Vergleich zu den anderen lebhaften Kindern in der königlichen Kinderstube rührte Joanna zu Tränen. Gut, dass der König ein silbernes Abbild von Katharine hatte anfertigen lassen, um Gottes Hilfe zu erflehen. Sie war immer ein todgeweihtes Geisterkind gewesen, nie ganz von dieser Welt, und jetzt wurde ihre Gegenwart darin zunehmend ausgelöscht.

Am Morgen nach ihrer Ankunft bekam Katharine verheerendes Fieber und einen würgenden Husten, und am nächsten Abend starb sie trotz aller Gebete, Bitten und Heilmittel in den Armen der Königin, während der in einem Halbkreis um ihr Bett versammelte Haushalt betete. Der Kummer schnürte Joannas Brust zu, gepaart mit Angst, weil das Leben eines Kindes erlöschen konnte wie durch einen Windstoß, der ein Löwenzahnbällchen auseinanderstieben ließ.

In dieser Nacht kniete Joanna zur Totenwache mit der Königin in der Kapelle von Windsor, wo Katharine vor dem Altar ruhte, umgeben von Hunderten von Kerzen, die so hell brannten, dass der Leichnam des Kindes in dem wächsernen Lichterwald kaum noch zu sehen war. Alienor betete, die Hände um ihre Rosenkranzperlen gekrallt, die Stimme zu einem schmerzgetränkten Flüstern erstorben.

Die hinter Alienor kniende Joanna spürte die Hitze der Kerzen auf ihrem Gesicht und den kalten Frühlingsabend in ihrem Rücken. Inzwischen würde ein Bote Henry in Westminster mit der furchtbaren Nachricht erreicht haben.

Die Morgendämmerung schickte sanfte Finger durch die Kirchenfenster, rauchig vor Weihrauch und trüb, weil es wieder regnete – ein langer, stetiger Guss, der Joanna an nicht enden wollende Tränen erinnerte. Die Königin weigerte sich, die Totenbahre ihrer Tochter zu verlassen, aber sie hatte seit ihrer Wache an Katharines Bett weder gegessen noch getrunken, und obwohl sie sich dagegen sträubte, ihren Platz aufzugeben, konnte sie nicht länger durchhalten, brach zusammen und musste halb bewusstlos in ihre Kammer zurückgetragen werden. Ihr Arzt brachte ihr einen Trank, aber sie weigerte sich, ihn anzurühren, und drehte das Gesicht zur Wand.

Gegen Mittag traf eine Barke aus London ein, und die Geistlichen kamen, um Katharines Leichnam zum Begräbnis nach Westminster zu bringen. Joanna hatte die unruhig schlafende Königin allein gelassen und war in die Halle gegangen, wo sie William in Umhang und Stiefeln mit dem Haushofmeister der Königin sprechend vorgefunden hatte.

Da sie sich in der Öffentlichkeit befanden, trat sie formell auf ihn zu. Er nahm ihre Hände und neigte sich darüber. »Der König hat mich als weltliche Eskorte hergesandt, um dafür zu sorgen, dass alles Angemessene für Lady Katharine in die Wege geleitet wird«, sagte er und berührte Joannas Gesicht. »Du siehst müde aus.«

»Ich habe nicht geschlafen, und die Königin ist krank«, erwiderte sie.

Er legte erschöpft das Gesicht in die Handflächen. »Ich war dabei, als er die Nachricht erhalten hat – es war wie das Ende der Welt. Er hat es schlecht aufgenommen, war von Kummer überwältigt und hat geweint, aber ich glaube, das war ein Ventil für viele andere Dinge.«

»Der Königin geht es genauso«, sagte Joanna. »Sie gibt sich die Schuld, aber es gab nichts, was irgendjemand hätte tun können, und das arme Kind war schon seit einiger Zeit kränklich.« Ihre Stimme zitterte. »Ich muss gehen, unsere Kinder in die Arme nehmen, sie küssen und ihnen sagen, wie sehr ich sie liebe, aber nicht bevor ich mir den Tod vom Körper gewaschen habe.« Sie erschauerte.

William vergaß alle Etikette, zog sie an sich und rieb ihr den Rücken. »Schschttt, es ist alles gut.«

Es kam zu einem plötzlichen Aufruhr, als die Königin aufgelöst und außer sich in die Halle taumelte. Sie trug immer noch ihr Hemd, darüber nur einen Umhang mit lose über den Rücken fallenden zerzausten Haaren. »Ihr!«, kreischte sie, als wäre William ihr Todfeind. »Was tut Ihr hier?«

Joanna schnappte angesichts des Gifts in der Stimme der Königin nach Luft.

William nahm zu eisiger Höflichkeit Zuflucht. »Madam, ich befolge nur die Befehle des Königs. Er hat mich geschickt, um Lady Katharine zur Beerdigung nach Westminster zurückzubringen – oder zumindest, um die Prozession zu begleiten. Er befindet sich in tiefer Trauer, so wie wir alle. Ich bedaure, dass Ihr es für unpassend haltet, dass ich hier bin, aber ich bin ein loyaler Diener, und Lady Katharine ist meine Verwandte.«

Alienor schwankte auf der Stelle. »Warum musstet Ihr es sein? Warum konnte er nicht einen anderen schicken?«

»Weil der König mir vertraut«, erwiderte William. »Ich habe genau das getan, was er mir befohlen hat, und ich werde dieses Vertrauen ehren. Er war nicht in der Verfassung herzukommen, was mir sehr leidtut.«

Alienor zitterte am ganzen Körper. Sie stieß einen langen, klagenden Jammerlaut aus, brach auf dem Boden zusammen und riss an ihren Haaren.

William wich mit aufgerissenen Augen zurück. Joanna eilte an Alienors Seite. Der Arzt kam angerannt, und sie wurde in ihre Kammer zurückgetragen. Joanna warf William einen verängstigten Blick zu, bevor sie die Königin begleitete. Als ihre Frauen Alienor in ein frisches Hemd kleideten, registrierten sie, dass sie vor Fieber glühte. Der Arzt ließ sie unverzüglich zur Ader, um ihre Körpersäfte auszugleichen, und schüttelte ob ihres Zustands den Kopf.

Joanna ging zu William zurück und fand ihn von Kindern, darunter auch ihre eigenen, umringt vor. Die kleine Margaret saß mit wippenden Locken auf seinen Schultern. Er fütterte die Kleinen mit Süßigkeiten aus seinem Beutel wie ein Falkner, der hungrige junge Falken zähmt.

»Die Königin ist zu krank, um zu reisen«, teilte Joanna ihm mit. »Sie hat Fieber, und der Arzt macht sich Sorgen um ihre Gesundheit.«

William hob Margaret von seinen Schultern und setzte sie ab. »Es ist wahrscheinlich am besten so«, sagte er. »Ich sollte gehen. Der König wartet in Westminster, und wie die Königin ist er nicht er selbst.« Er sah sie und die Kinder an.

»Wenn die Königin sich erholt hat, schlage ich vor, dass du den Hof eine Weile verlässt. Mir geht es besser, wenn ich weiß, dass du und die Kinder in Sicherheit seid. Ich vertraue darauf, dass du tust, was notwendig ist, und ich werde beim König bleiben, solange er mich braucht.«

Joanna nickte. »Ja«, erwiderte sie. »Ich verstehe, aber sei vorsichtig.«

Joanna beobachtete, wie der Leichenzug, der Katharines Bahre begleitete, auf der königlichen Barke von Windsor ablegte und die Themse hinunterglitt. Der kleine Leichnam war in Seidentücher gehüllt und lag auf einer von einer Segeltuchmarkise vor dem Regen, der das Wasser kräuselte, geschützten erhöhten Plattform in der Mitte der Barke. Alienor, in Pelze gewickelt und in einer Sänfte getragen, hatte darauf bestanden, zum Kai zu kommen, um die Barke fortsegeln zu sehen. Als das Schiff ablegte, gab sie einen Laut von sich, der dem eines verwundeten Tieres glich, und streckte die Hände nach der Barke aus. Der Regen wurde stärker, als diese stromabwärts glitt und außer Sicht geriet. Der Arzt ging neben der Sänfte her, als die herzzerreißend schluchzende Alienor in ihre Kammer zurückgebracht wurde.

Joanna wandte sich vom Fluss ab. Der Saum ihrer Röcke war schwer vom Wasser auf dem Gras. Das Letzte, was sie von William sah, war eine im Regen verschwommen wirkende Gestalt. Sie barg Johan und Agnes unter ihrem Umhang, um sie wieder ins Haus zu bringen.

Johan blickte zu ihr auf. »Mein Hals tut weh, Mama«, klagte er.

Die Wochen vergingen wie im Nebel, als eine Seuche die Bewohner von Windsor heimsuchte. Einige schrieben die Krankheit dem ständigen Regen zu, denn es verging kaum ein Tag ohne einen kräftigen Guss, und der kleinste Fleck Blau am Himmel, der sich zeigte, war ein Anlass, um staunend darauf zu zeigen. Die Sonne, der Mond, die Sterne, alles verschwand tagelang hinter schweren Wolken, und es wehte ein schneidender bitterkalter Wind. Die Kornaussaat keimte nicht, und Schafe und Rinder wurden von Viehseuche und Fußfäule befallen.

Alle Kinder erkrankten, und Joanna verbrachte eine schlaflose Nacht nach der anderen damit, erst Johan und dann Agnes, Margaret und den kleinen William zu pflegen. Der Geruch nach Krankheit und Heilmitteln verpestete die Kinderstube. Zu einer Zeit, wo die Kamine für gewöhnlich für den Sommer gefegt wurden, brannten die Feuer weiter, und jeder, der gesund genug war, um nicht im Bett liegen zu müssen, drängte sich hustend und niesend davor. Eine ältere Dienstmagd starb, der Sohn eines Garnisonssoldaten ebenfalls.

Während andere sich langsam erholten, blieb die Königin gefährlich krank, lehnte Nahrung ab und schlief gegen einen Kissenberg gestützt. Ihre Rippen knackten bei jedem Atemzug, und endlich erreichte sie einen Zustand, wo es ihr weder besser noch schlechter ging, sondern Tag für Tag immer gleich.

Joanna pflegte ihre Kinder, bis sie über den Berg waren, doch als sie zu genesen begannen, wurde sie selbst krank und verbrachte erschöpft, keuchend und schniefend zwei Wochen im Bett.

Endlich klarte das Wetter für ein paar Tage auf, und die Königin verließ das Bett und saß in Pelze gehüllt am Fenster. Sie war bis auf die Knochen abgemagert, unter ihren Wangenknochen lagen tiefe Höhlen, und ihre Augen waren trüb vor Elend.

Die Hände auf ihre vom Husten schmerzenden Rippen gepresst, erbat sich Joanna die Erlaubnis, die Kinder nach Hertford bringen zu dürfen.

Alienor winkte mit der Hand. »Tu, was du willst!«, sagte sie gleichgültig, starrte aus dem Fenster und umklammerte dabei ihren Rosenkranz wie ein ertrinkender Seemann, der sich an einem ihm vom Ufer aus zugeworfenen Seil festkrallt.

Joanna zögerte auf der Türschwelle, doch die Königin sagte nur, ohne sich umzudrehen: »Worauf wartest du noch? Ich sagte, du kannst gehen.«

Joanna knickste und ging. Innerlich fühlte sie sich hohl und leer. All die nährende Wärme von Loyalität und Vertrauen zwischen ihnen war zu einer unfruchtbaren Wüste geworden.

28

Bischofspalast Southwark, London
Herbst 1257

William lehnte sich von dem Spielbrett zurück und reichte Jacomin einen Beutel mit Münzen. »Geh und hol von Albrichts Laden drei Pasteten«, sagte er. »Die mit Rindfleisch und Mark.«

»Sire!« Jacomin steckte das Geld ein und griff nach seinem Umhang.

»Und trödel nicht im Badehaus herum.«

»Nein, Sire!« Jacomin wirkte so gekränkt, als wäre ihm so ein Gedanke nie in den Sinn gekommen.

Aymer lehnte sich in seinem Stuhl zurück, als sich die Tür hinter Jacomin schloss. »Ich hätte schon früher Pasteten holen lassen können, wenn du etwas gesagt hättest.«

William zuckte die Achseln. »Ach was, Jacomin wird sie bringen. Die von Albricht sind die besten. Keine Knorpel oder Knochensplitter unter der Kruste. Du solltest ihn in deine Dienste nehmen.«

»Ich werde darüber nachdenken«, erwiderte Aymer. »Wie geht es Joanna?«

»Gut«, sagte William. »Ich reite nach Hertford hinüber, um ein paar Tage bei ihr zu bleiben. Sie wird zu Weihnachten am Hof sein, also wirst du sie dort sehen.«

Aymer nickte, und seine Augen wanderten zu der rothaarigen jungen Frau, die den Weinkrug erneut füllte. Eine kunstvoll gearbeitete Brosche aus Gold und Edelsteinen schloss ihr Kleid am Hals. Williams Blick folgte Aymers, aber er sagte nichts, bis sie sich entfernt hatte, um John de Warenne zu bedienen.

»Ist das nicht die Brosche, die die Königin dir letztes Jahr geschenkt hat?«

Aymer zuckte mit den Achseln. »Sie steht Emma besser als mir, und ich mache ihr gern eine Freude, da sie mir Freude bereitet.« Einer seiner Mundwinkel hob sich.

William schüttelte den Kopf und unterdrückte ein Lachen. Aymer war absolut unverbesserlich. In ihren Pelzen und mit Juwelen war Emma nicht mehr als das Dienstmädchen aus dem Haus des Bischofs in Heartfield zu erkennen. Sie lernte schnell und arbeitete hart, um sich ihre Position als Mätresse eines zukünftigen Bischofs mit guten Beziehungen zu erhalten. Aymer, den immer noch eine erbitterte Feindschaft mit Erzbischof Bonifaz verband, erklärte, dass er im Gegensatz zu gewissen anderen Angehörigen der Geistlichkeit kein Heuchler sei, der seine Sünden unter den Teppich kehrte und so tat, als würden sie nicht existieren.

»Keine Sorge, ich werde Emma nicht an den Hof bringen. Ich weiß, dass unser Ruf umso tiefer im Sumpf versinkt, je höher unser Stern steigt.«

»Und umso mehr Feinde und Rivalen machen wir uns. Die Königin ist wütend darüber, dass wir Edward finanziell unterstützen und der König uns noch immer begünstigt.«

»Wir sind Rivalen um Gönnerschaft und Macht«, sagte Aymer. »Und darauf haben wir auch jedes Anrecht.«

John kam mit dem Becher in der Hand vom Fenster her herübergeschlendert. »Wir sollten trotzdem vorsichtig vorgehen. Ich habe heute eine Warnung von meinen Brüdern erhalten – eine freundliche, aber dennoch eine Warnung.«

William musterte ihn scharf. »Wovor?«

»Sie raten mir, weniger Zeit in eurer Gesellschaft zu verbringen. Roger sagte, ich sollte mit ehrlichen Männern trinken, statt mich mit ›diesem poitevanischen Pack‹ herumzutreiben.«

William hob die Brauen. »Ich bin mit deinem ältesten Halbbruder nicht immer einer Meinung, aber ich verstehe nicht, warum er so gegen uns hetzt.«

»Es ärgert ihn zu sehen, wie dir und deinen Brüdern Privilegien zugeschanzt werden, während anderen eine solche Bevorzugung verwehrt bleibt. Er ist immer aus dem goldenen Hofkreis ausgeschlossen geblieben. Vielleicht ist er neidisch auf mich, weil wir uns so nahestehen. Ich nenne dich Bruder und stehe auf vertrauterem Fuß mit dir als mit meinem eigenen Fleisch und Blut. Er findet, du hast zu viel Macht und Einfluss. Roger lässt sich nicht leicht lenken, aber er ist empfänglich für einen dauerhaften Rachefeldzug.«

»Ha, angestachelt von der Königin und de Montfort!«, schnaubte Aymer verächtlich. »Sie hassen uns beide.«

William warf ihm einen warnenden Blick zu. »Die Königin war sehr krank und in tiefer Trauer. Sie ist fast gestorben, nachdem sie ihre Tochter verloren hat. Kummer löst seltsame Dinge in Menschen aus. Das sollten wir bedenken.«

»Vielleicht«, meinte Aymer, »aber ich halte es nicht für merkwürdig, dass sie ein Bündnis mit den de Montforts anstrebt. Für mich riecht das nach einem politischen Manöver.«

Knöchel hämmerten gegen die Tür, und Emma ging vor

sich hinsummend, um zu öffnen. William rechnete mit Jacomins Rückkehr mit den Pasteten, und sein Magen begann zu knurren. Dann schrie Emma laut auf. William sprang auf und stürmte nach unten. Sie stand, die Fäuste gegen den Mund gepresst, an der Tür. Albricht, der Besitzer des Pastetenladens, und sein Sohn standen mit Jacomins leblosem, blutüberströmtem Körper auf einem Gitter draußen.

William starrte sie an, nahm die Szene in sich auf, traute aber seinen Augen nicht.

Albrichts Arbeitsschürze und Hände waren blutverschmiert, seine Fingernägel wiesen dunkle Ränder auf. »Ein Mob ist auf der Straße über ihn hergefallen, Sire. Er hat erbittert gekämpft, aber es waren zu viele. Ich konnte ihn nicht da liegen lassen wie einen Hund – ich hatte ihn erst einen Moment zuvor bedient.«

William trat zur Seite und bedeutete ihnen, Jacomin in die Kammer hochzutragen. Emma schluchzte immer noch.

»Wer hat das getan?«, wollte William wutentbrannt wissen. »Erzähl mir, was passiert ist!«

Albricht spreizte seine roten Hände. »Sie kamen aus dem Mermaid-Badehaus, Sire, fingen an, ihn zu provozieren und beschuldigten ihn, für den poitevanischen Abschaum zu arbeiten – bitte um Verzeihung, Sire. Als Jaco erwiderte, er wäre so englisch wie sie selbst, sagten sie, in diesem Fall wäre es sogar noch schlimmer, und gingen auf ihn los. Und dann wurden die Messer gezückt, und es gab nichts, was wir tun konnten.«

»Wie viele?«, fragte John grimmig.

»Ungefähr sieben oder acht. Sie erkannten das Abzeichen an seinem Ärmel und begannen, ihn wegen Euch zu verhöhnen, und als er Euch verteidigte, griffen sie ihn an.«

William starrte den Leichnam seines Leibdieners an. Der treue, loyale Jacomin. Die Feindseligkeiten hatten sich verstärkt, als die Ernten ausblieben und die Leute Schuldige suchten, vor allem angesichts der Kosten für den walisischen Krieg und Henrys Außenpolitik. Auch wenn William darauf geachtet hatte, englische Ritter und Diener einzustellen, betrachteten sie ihn immer noch als Ausländer, wenn andere zu ihren eigenen Zwecken Hass schürten. Und jetzt hatte Jacomin den Preis dafür bezahlt.

Er kniete nieder und legte die Hände über Jacomins, die dort, wo er versucht hatte, sich zu verteidigen, bis auf die Knochen aufgeschlitzt waren. »Ich werde herausfinden, wer das getan hat«, schwor er. »Ich werde es herausfinden, und sie werden dafür bezahlen.«

John dankte dem Pastetenverkäufer und seinem Sohn leise dafür, dass sie Jacomin zu ihnen gebracht hatten, gab ihnen Silber für ihre Mühe und schickte sie mit einer bewaffneten Eskorte nach Hause.

Aymer hatte Jacomin in seine private Kapelle bringen lassen. Emma, die sich beruhigt hatte, holte eine Schüssel mit Rosenwasser und ein Tuch, um den Toten zu waschen und für das Leichentuch fertig zu machen. Als die Mahnwachkerzen entzündet wurden, kämpfte William seinen Schmerz, seine Verzweiflung und seine Wut nieder. Er wollte sein Schwert nehmen, die Schuldigen finden und sie töten, aber sie waren inzwischen längst verschwunden. Eine Untersuchung des Falls wäre sinnlos, weil niemand mitmachen würde, auch wenn er darauf bestünde. Sie würden zusammenhalten und behaupten, nichts zu wissen.

»Er hat etwas Besseres verdient als das«, sagte er und schluckte. »Er war ein treuer, loyaler Diener.«

Während sie beobachtete, wie die Leute am anderen Ende der großen Halle wässrigen Eintopf und Salzfisch verzehrten, sorgte sich Joanna darum, wie lange sie diese Leute noch ernähren konnte. Obwohl es fast April war, lag noch Schnee, und der bitterkalte Wind passte besser zum Januar als in den Frühling. Inzwischen hätte die Aussaat erfolgt sein sollen, aber die Erde war zu hart, und heute Morgen hatte es erneut geschneit. Wenigstens hatten sie Vorräte an Stockfisch, selbst wenn er widerlich schmeckte, aber die Getreidevorräte waren fast aufgebraucht, und die Versorgung mit Brot und Ale war ein Quell ständiger Sorge. Nach den ruinierten Ernten des letzten Jahres hatte Hunger eingesetzt, und dieses Jahr war das Wetter genauso schlecht. Sie konnte sich an keine Zeit wie diese erinnern, und sie fürchtete, Gott hätte sich von den Menschen abgewandt.

Weihnachten war sie am Hof gewesen, und der König hatte sie herzlich willkommen geheißen, obwohl sich frische Sorgenfalten in seine Züge gegraben hatten und er kaum noch Ähnlichkeit mit dem lebhaften, gütigen Herrscher ihrer frühen Jahre am Hof hatte. Jetzt konnte sie die Schatten auf ihm sehen, obwohl er sich alle Mühe gegeben hatte, die Weihnachtszeit und das Fest seines geliebten heiligen Edward zu feiern.

Auch die Königin hatte sich verändert. All das Weinen, die Hysterie und der Schmerz über den Tod ihrer Tochter hatten ihr Wesen ausgelöscht, geblieben war nur nackter, scharfer Stahl. Ihre Feindseligkeit gegenüber William hatte nicht nachgelassen, und Joanna hätte das Leben am Hof unerträglich gefunden, wäre da nicht die subtile Unterstützung von Edwards junger Frau Leonora gewesen. Joanna saß oft mit ihr zusammen, und sie unterhielten sich über Literatur, Musik, die Falknerei und die Verwaltung von Landsitzen. Leonora legte Wert darauf, ihren Besitz zu pflegen und zu vermehren und suchte oft Joannas Rat in diesen Fragen.

William seinerseits hatte ein ausgezeichnetes Verhältnis zu Edward. Viele Adelige strebten danach, sich Zutritt zu Edwards goldenem Kreis zu verschaffen, aber William war als entscheidender Teil darin verankert, obgleich Edward dieser Tage völlig sein eigener Herr war. William mochte sein Onkel sein, doch der junge Prinz betrachtete ihn in keiner Hinsicht als älter und überlegener. Er hörte sich Williams Rat an und filterte ihn durch seine eigenen Wünsche, aber er neigte dazu, mehr auf William zu hören als auf seine Mutter und ihre Verwandtschaft. Weniger erfreulich war, dass er auch aufmerksam auf das lauschte, was Simon de Montfort zu sagen hatte, und Joanna war sich des Pochens auf Einfluss aus dieser Ecke nur allzu bewusst. Edward teilte Williams Antipathie gegen de Montfort in keiner Weise.

Sie kaute an einer harten Scheibe Fisch herum, als ein Bote eintraf – einer von Williams Männern, der die Nachricht brachte, dass sein Lord samt Gefolge vor dem Gebet hier sein würden.

Joanna dankte ihm ruhig, während sie innerlich in Panik geriet. Wie sollte sie so viele weitere Mäuler stopfen? Es würde ewig dauern, mehr Stockfisch zu kochen, und sie hatte als Abendmahlzeit einfach nur Brot und Käse mit ein paar verschrumpelten Äpfeln und Nüssen aus der Vorratskammer geplant. »Wie viele?«, fragte sie.

»Mein Lord mit seinen Rittern und seinem Haushalt«, erhielt sie zur Antwort.

Joannas Herz wurde noch schwerer. Fünfzehn Ritter, ihre Diener und Knappen, zwei Kapläne, ein Stallknecht, verschiedene Kammerdiener und Küchenjungen. Was in Gottes Namen tat William in Hertford, wenn er am Hof im Warmen sitzen konnte und zu essen bekam? Es herrschte schwerlich Reisewetter, da der Boden noch mit Schnee bedeckt und die Schlaglöcher und Furchen mit Matsch gefüllt waren. Was, wenn es im königlichen Haushalt ein weiteres Unglück gegeben hatte? Dann fühlte sie sich wegen ihres Ärgers schuldig. Der Hof war unbeständiger als sonst, und William brütete noch über Jacomins schrecklichen Tod. Niemand war für den Mord an ihm zur Rechenschaft gezogen worden, obwohl Henry eine gründliche Untersuchung durch die städtischen Beamten angeordnet hatte, aber es hatte wenig Interesse an Jacomins Schicksal gegeben, tatsächlich eher einen Anflug schadenfroher Befriedigung in einigen Ecken.

Joanna beendete ihre Mahlzeit und brachte die aufgeregten Kinder dazu, dasselbe zu tun. Sie schickte nach Robert, ihrem Koch, der die Augen gen Himmel verdrehte, und sie ließ die Diener Schlafkammern vorbereiten und Strohsäcke mit frischem Stroh ausstopfen. Mit allem anderen mussten sie irgendwie zurechtkommen.

Hertfords Tore öffneten sich, um Williams Truppe und einige mit schwerer Sackleinwand bedeckte Gepäckkarren einzulassen. Agnes stürzte auf ihn zu, sodass ihre braunen Zöpfe flogen. Er hob sie hoch, schwang sie herum, küsste sie und tat dann dasselbe mit Margaret. Für Johan gab es einen Klaps auf den Rücken und ein Zausen der Haare.

Joanna stand mit Baby William in den Armen bei der Tür und sah ihn ärgerlich an. »Was hat das alles zu bedeuten?«

»Weizen.« Er küsste erst sie und dann das Kleinkind. »Der Bruder des Königs hat einige Schiffe mit Korn nach

London geschickt, und dies ist ein Teil unseres Anteils, um uns und unsere Leute bis zur Erntezeit zu ernähren. Ich habe die Karren selbst begleitet, weil die Straßen nicht sicher sind, und Korn ist jetzt kostbarer als Gold – sechzehn Schilling pro Hohlmaß.«

»Ich fürchte, viele werden verhungern.« Joanna reichte den kleinen William seiner Kinderfrau. »Die Halle ist jeden Tag voll, und noch mehr kommen zu den Toren.«

»In Westminster ist es genauso. Es gibt nichts zu essen außer Fisch aus dem Fluss. Alle Wildvögel sind gefangen und gegessen worden, und sogar Hunde, Katzen und Ratten. Ich kann nur einen Tag bleiben, ich muss zum Parlament wieder am Hof sein, aber ich wollte mich vergewissern, dass du und die Kinder sicher seid und es euch gut geht.«

»Das tut es.« Sie sorgte dafür, dass das Korn unter Bewachung zu einer Scheune geschafft wurde. »Ich kann dir nur Brot und Käse anbieten«, sagte sie, »und auch davon wenig genug, aber wir haben etwas Wein.«

»Das wird reichen. Du findest auch noch andere Vorräte in den Karren – ein paar Eier und Fässer mit Hering.«

Sie gingen in ihre private Kammer, und William setzte sich vor den Kamin, um seine Stiefel und die Socken auszuziehen. Seine Füße waren vor Kälte weiß und verkrampft, und es hatten sich rote, geschwollene Frostbeulen gebildet. Joanna brachte eine Schüssel warmes, duftendes Wasser, um die Füße darin einzuweichen, und gab ihm einen Becher heißen Wein mit Gewürzen. Er legte die Hände um den Becher und blies auf die Oberfläche. Weazel rieb sich an seinem Stuhl und schnurrte eine Begrüßung. Er streichelte die Katze und strich mit der Hand sacht über ihren buschigen Schwanz.

»Ich frage mich allmählich, ob der Frühling je kommen wird. Wir haben jetzt fast April und frieren immer noch wie im Januar. Man sagt, es ist Gottes Strafe für das Königreich und den König.«

»Wer sagt das?«

William zuckte mit den Achseln. »Die Gerüchte kommen von überallher. Es ist immer irgendjemands Diener, der es von einem anderen Diener hört. Aber es gibt Unzufriedenheit unter den Baronen. Alles wird sich zuspitzen, wenn das Parlament zusammenkommt, denn der König wird Geld verlangen, und niemand wird es ihm geben. Jeder wird zum Militärdienst gegen die Waliser eingezogen werden, und dann haben wir da ja noch die Sache mit dem französischen Waffenstillstand. Es ist ein Vipernnest, in dem sich so viele Schlangen tummeln, dass man nicht weiß, wo man anfangen soll, die Köpfe abzuschlagen, und du weißt, dass du gebissen wirst, bevor du damit fertig bist – aber du musst es trotzdem versuchen.«

»Ich könnte zum Hof zurückkehren«, erbot sich Joanna.

William schüttelte den Kopf. »Später vielleicht. Erst möchte ich, dass du einiges aus unserem Besitz anderswo hinschaffst – sowohl Wertsachen als auch Münzen.«

Plötzlich auf der Hut starrte Joanna ihn an.

»Es ist nur eine Vorsichtsmaßnahme«, sagte er rasch. »In diesen Zeiten empfiehlt es sich, einige Mittel gut versteckt zu halten. Ich werde einiges an Geld bei den Mönchen in der Abtei Waltham und einiges im Tempel deponieren, und in Winchester und in Southwark. Besser, es getrennt aufzubewahren und Summen zu besitzen, von denen nur wir wissen. Ich habe schon eine Weile darüber nachgedacht – seit ..., nun, seit einer Weile.«

Seit Jacomins Tod. Sie musste nicht scharf nachdenken,

um seinen Gedankengängen zu folgen. Obwohl sie beunruhigt war, konnte sie den Sinn in dem sehen, was er sagte. »Da ist die Abtei Dene«, sagte sie. »Sie ist nicht weit von Goodrich entfernt, und der Abt ist ein guter Nachbar. Er wird helfen, und niemand wird daran denken, dort nachzusehen.«

»Das ist eine gute Idee.« William nickte zustimmend. »Und einige der Herrenhäuser – Bampton und Sutton vielleicht.«

»Keine Sorge, ich werde mich darum kümmern.«

Sie trocknete seine Füße und rieb sein Gesicht mit einer aromatischen Salbe ein. William stöhnte. »Oh, das tut gut. Joanna, du bist eine Frau wie keine zweite.«

»Ich weiß«, erwiderte sie belustigt. Als sie an seinem Körper hochblickte, sah sie den eindeutigen Beweis dafür, wie gut es ihm tat.

Er löste ihren Schleier, zog die goldenen Nadeln heraus und streichelte ihr Haar. »So weich«, murmelte er. »Und es duftet immer nach Rosen. Ich träume von deinem Haar, und wenn ich das tue, wache ich auf und will dich so sehr, dass es wehtut.«

Schwere, schmelzende Hitze breitete sich in Joannas Becken aus. Sie fuhr fort, seine Füße zu massieren, bewunderte ihre Form, den feinen, blassen Bogen. Dann streichelte sie die Haare auf seinen Schienbeinen. »Ich frage mich, warum deine Haare hier nicht so lockig sind wie die auf deinem Kopf«, flüsterte sie.

»Ich weiß es nicht, denn sie sind überall sonst lockig.« Er nahm ihre Hand und zog sie zu seinen Leisten. »Warum sind deine eigenen Haare auf deinem Kopf glatt und sonst nicht?«

Sie gingen zum Bett und liebten sich voller Dringlichkeit,

Lust und Wonne. Sie spürte, wie er sich voll und hart in ihr bewegte, und sie wurde so ein Teil von ihm, wie er ein Teil von ihr wurde. Auf dem Höhepunkt keuchte er ihren Namen, und sie umfasste seine Schultern und klammerte sich an ihn. Und dann wurde sie wieder zu Joanna und kehrte in die Welt zurück, während sein Schweiß und ihrer auf ihrer Haut kühlte. Er zog die Decke über ihre Schultern und flüsterte sanfte Liebesworte, und sie schmiegte sich an ihn. Es gab Zeiten, wo sie es genoss, das Bett für sich allein zu haben – für gewöhnlich, wenn sie lange zusammen gewesen waren und Raum an Wert gewann –, aber jetzt sehnte sie sich nach Nähe.

Plötzlich landete ein weiches Gewicht in der Lücke zwischen ihnen, begleitet von leisen Knurrlauten und dann rhythmischen knetenden Bewegungen auf der Bettdecke. »Ich nehme an, du lässt dieses Tier im Bett schlafen, wenn ich nicht da bin«, bemerkte William spöttisch.

Joanna deutete ein Achselzucken an. »Es liegen schon Pelze auf dem Bett, was zählt da einer mehr? Er hat den Vorteil, warm zu sein.«

»Du brauchst ihn nicht, wenn ich hier bin, um dich zu wärmen.« Er hob die Katze hoch und setzte sie auf den Boden. »Husch, lauf und fang Mäuse.«

Weazel stolzierte äußerst verstimmt davon, um sich auf Williams achtlos weggeworfenes Hemd zu setzen und sein Fell zu putzen, während William sich an Joannas Körper schmiegte und die Augen schloss.

Am Morgen hatte es aufgehört zu regnen, obgleich die tief hängenden grauen Wolken einen weiteren heftigen Schauer verhießen. Etwas von dem Korn war in der Mühle gemahlen worden, und Joanna und William saßen in ihrer Kammer, um ihr Fasten mit frischem warmem Brot und Honig zu brechen. Joanna hatte ihr Haar geflochten, trug aber keinen Schleier, und William warf ihr ständig bewundernde Blicke zu.

»Ich werde heute Morgen anfangen, mich um das zu kümmern, was wir besprochen haben«, sagte sie, als er sich endlich erhob und Krümel von seiner Tunika klopfte. Elias erschien, um ihm zu helfen, für die Reise eine dickere Tunika anzulegen, und brachte dann seinen Umhang und Hut.

»Gut. Meine Verwalter sollen dir schreiben.«

»Ich werde auch die Verteilung des Korns überwachen«, sagte sie, »und dafür sorgen, dass die Landsitze mit den wenigsten Vorräten etwas bekommen.«

Er schloss seinen Gürtel und zog sie an sich, um sie zu küssen. »Ich wünschte, ich könnte bleiben. Ich werde jeden Tag an dich denken und oft Botschaften schicken.«

»Und ich werde an dich denken und dir auch schreiben.«

William schob den Fuß in den Steigbügel, als ein Bote in scharfem Galopp eintraf, sein Pferd zügelte und abstieg, bevor es vollständig zum Stehen gekommen war. »Sire.« Er reichte William einen Brief. William blickte auf die in das Siegel gedrückte Wachsfigur und verzog das Gesicht.

»Was ist?«, erkundigte sich Joanna.

»Ich weiß es nicht, er ist von Aymer.«

Joanna verdrehte die Augen.

Williams Lippen wurden schmal, als er den Brief las. »Es ist zu einer Auseinandersetzung gekommen, und ein Haushofmeister der Bigods wurde getötet. Aymer hat sich ein paar meiner Männer ausgeliehen, die ich in London zurückgelassen habe, um ihn im Kampf zu unterstützen.«

Joanna starrte ihn an. Ihr Zorn schlug in Entsetzen um,

als ihr das Ausmaß der Folgen bewusst wurde. Das Letzte, was sie brauchen konnten, war, in eine Streitigkeit hineingezogen zu werden, die zu einem Todesfall geführt hatte und die nicht ihr Kampf war. Stumm verwünschte sie Aymer und seine Neigung, William in Schwierigkeiten zu bringen.

»Ich muss jetzt nach London reiten.« William stopfte den Brief in seine Satteltasche und stieg auf sein Pferd.

Joanna biss sich auf die Lippe. »Vielleicht solltest du bleiben.«

Er schüttelte den Kopf. »Nein. Ich muss zu Henry. Das Ganze wird schwer im Zaum zu halten sein. Ich schreibe dir, wenn ich mehr weiß.« Er stieß dem Pferd die Fersen in die Flanken und ritt in einem schnellen Trab platschend durch die Eispfützen.

William stand hinter Henrys Stuhl in der großen bemalten Kammer im Gebäudekomplex von Westminster. Die Sonne war schließlich durch die Wolken gebrochen, aber der Tag war kühl, und im Kamin prasselte ein Feuer. Henry, der in einen pelzgefütterten Umhang gehüllt war und an dessen Nasenspitze ein Tropfen hing, hatte eine Erkältung und miserable Laune.

Das Parlament war zusammengekommen, um über die Finanzen des Reichs zu diskutieren, aber die Sitzung des heutigen Tages musste noch beginnen, und William fühlte sich äußerst unbehaglich. Nachdem er von dem Mord an Geoffreys Haushofmeister erfahren hatte, war Henry wütend auf William und Aymer gewesen und hatte wissen wollen, warum sie ihre Männer nicht besser unter Kontrolle halten konnten. Warum musste es immer zu Gewalt kommen? Sie mussten einen Teil der Verantwortung übernehmen. In der Öffentlichkeit hatte er den Zwischenfall abgetan und gesagt, er hätte Wichtigeres zu tun und keine Zeit, sich mit belanglosen Disputen zu befassen, was nicht gut angekommen war – und das war nicht das einzige Problem.

Vor drei Tagen hatte Henry seine Barone um Geld gebeten, doch diese hatten gezögert, es ihm zu geben. Sie hatten schließlich versprochen, ihm heute zur dritten Stunde nach Sonnenaufgang ihre Antwort zukommen zu lassen. Jetzt war die dritte Stunde, und bislang hatte nur unheilvolles Schweigen geherrscht.

Henry schnalzte ungeduldig mit der Zunge, wischte sich den Tropfen von der Nase und befahl einem Diener, ihm einen frischen Becher Wein einzuschenken. Doch bevor der junge Mann den Krug gereicht hatte, hörten sie eine Reihe lauter krachender Geräusche vor den Türen, die wie das Klirren von Waffen klangen. Williams Hand schoss zu dem Essensmesser an seinem Gürtel.

Die Türen der Halle flogen auf, und eine Gruppe von Baronen und Rittern trat ein. Sie hatten ihre Schwerter im Vorraum deponiert, daher die Geräuschkakophonie, aber alle trugen Kettenhemden mit ihren Wappen auf ihren Überwürfen, und das Geräusch, als sie sich Henry auf seinem Stuhl auf dem Podest näherten, glich dem auf einem Schlachtfeld. Die Diener und Türhüter waren auffälligerweise nicht zu sehen, aber sie standen geschlossen hinter dem Marschall, und augenblicklich war der Marschall Roger Bigod, Earl of Norfolk, der die führende Gestalt der kettenhemdbewehrten Gruppe war und jetzt mit seinem Bruder Hugh an seiner Seite durch die Halle schritt.

William blickte sich rasch im Raum um, suchte nach einer Fluchtmöglichkeit, falls es notwendig sein sollte, und wappnete sich dafür, Henry mit seinem Leben zu verteidigen. Er hoffte inbrünstig, dass Edward sicher war. John de

Warenne, der in seiner Nähe stand, rückte näher an Henrys Stuhl heran. Unter den Edelleuten, die ihnen entgegentraten, sah William Joannas Halbbruder, der vor höhnischer Freude grinste.

»Was soll das hießen?«, verlangte Henry zu wissen. Seine Stimme zitterte leicht.

Roger Bigod bedeutete den Männern hinter ihm, Halt zu machen, trat vor und sank auf ein Knie. Mit der rechten Faust umklammerte er einen Pergamentbogen mit zahlreichen Siegeln, die an langen Bändern baumelten. »Sire, Mylord König, wir sind als Eure demütigen und treuen Diener gekommen«, sagte er.

Henry riss die Augen vor Verwunderung auf. »Wenn dem so ist, warum tragt Ihr dann in meiner Gegenwart Rüstung? Bin ich Euer Gefangener?«

»Sire, das seid Ihr natürlich nicht!« Bigod wirkte angesichts dieser Unterstellung sichtlich gekränkt. »Wir kommen in unserer Rüstung zu Euch, um zu zeigen, dass wir Eure loyalen Barone und willens sind, Euch zu dienen – wir haben unsere Schwerter in der Vorkammer gelassen.«

»Nun gut.« Henry lehnte sich in seinem Stuhl zurück. »Habt Ihr bezüglich der Angelegenheit, die wir bei unserer letzten Versammlung besprochen haben, eine Antwort für mich? Wenn Ihr als loyale Diener kommt, was wollt Ihr mir dann sagen?«

Roger Bigod fixierte William mit einem stählernen Blick. »Wir sind gekommen, um Euch aufzufordern, diese elenden und unerträglichen Poitevaner und andere ausländische Parasiten loszuwerden, die diesem Hof das Lebensblut aussaugen. Wir haben ihre Kränkungen und Beleidigungen entschieden zu lange ertragen. Sie haben Ländereien an sich gerissen, den guten englischen Männern gehören, und sich

Besitztümer, Vormundschaften und Erbinnen angeeignet, auf die sie kein Recht haben. Sie sind gewaltbereite Unruhestifter und Störer des Friedens, wie sie kürzlich wieder bewiesen haben, und wir bitten Euch, sie unverzüglich aus Eurer Nähe zu entfernen.«

Wut brodelte in Williams Brust. »Ausländische Parasiten?« Er erstickte fast an den Worten. »Sehe ich nicht Männer, die älter sind als ich und selbst Ausländer, die große Reichtümer von dem König erhalten und ihm trotzdem nicht die Treue gehalten haben? Ha! Ihr würdet nie erleben, dass ich in Rüstung zu meinem Herrscher marschiere und schändliche Forderungen stelle.« Sein Blick heftete sich auf Simon de Montfort, der ziemlich vorne bei den versammelten Baronen stand, sich aber damit zufriedengab, Roger Bigod vorpreschen zu lassen.

»Es steht dem König zu, zu sprechen, nicht Euch, Mylord«, gab Bigod zurück. »Ihr seid zu gerne bereit, für ihn zu antworten, obwohl Ihr nicht das Recht dazu habt.«

»Ich habe so sehr das Recht wie jeder von Euch, tatsächlich noch mehr, denn ich stehe nicht in Rüstung vor meinem König und bedrohe ihn wie ein Verräter.« William warf den anderen einen Blick zu und sah das gierige Glitzern von Jägern, die eine Beute wittern. Während es ihn nicht überraschte, Simon de Montfort zu sehen, bereitete ihm der Anblick von de Clare Sorgen, weil er ihn als Verbündeten betrachtet hatte und sein Sohn mit Williams Nichte verheiratet war. Aber andererseits hatte de Clare schon immer mit Nachdruck seine persönlichen Interessen verfolgt und kochte mehrere eigene Süppchen – darunter auch, wie de Montfort, Streitigkeiten um walisische Grenzländereien.

»Ich weiß, warum Ihr hier seid.« William konzentrierte sich auf de Montfort. »Ihr, Mylord Leicester, wollt mein

Land in Wales, und Ihr steht in heimlichem Einverständnis mit den Walisern selbst, lasst sie nach Herzenslust rauben und mich die Kosten tragen. Ihr seid ein Verräter und der Sohn eines Verräters.«

»Ich bin nichts von dem, was Ihr behauptet!«, schrie de Montfort vor Wut schäumend. »In diesem Punkt waren unsere Väter sich ganz und gar nicht ähnlich!« Er stürzte sich mit erhobener Faust auf William, bereit, zuzuschlagen, doch Henry schoss wie von einer Feder geschnellt auf die Füße und schob sich zwischen sie.

»Genug!« Seine Stimme brach vor Panik. »Ihr vergesst Euch in Gegenwart Eures Königs!«

»Nein, ich erinnere mich an alles, Sire«, schnarrte de Montfort, trat aber mit sich hebenden und senkenden Schultern einen Schritt zurück. »Ich erinnere mich an jeden Moment, jede Beleidigung, jede nicht erfolgte Zahlung aus der Mitgift meiner Frau und ihrer Ansprüche, was ihr beides in gutem Glauben von Euch zugesprochen wurde. Ich erinnere mich an jeden fehlgeschlagenen Feldzug, jedes Hohnlächeln, jede Pose und jede Lüge! So wird Euch gedient, so dient Ihr, und wir haben es satt. Es wird eine Reform geben.«

Roger hielt Henry das vor Siegeln strotzende Dokument hin. »Dies sind unsere Forderungen zum gemeinsamen Wohl des Reiches. Wir möchten, dass Ihr vierundzwanzig vernünftige, besonnene Männer an Euren Beratungstisch ladet, die über politische Belange diskutieren und Euch beraten werden. Zwölf von unseren Baronen und im gleichen Maße zwölf von Euch gewählte Männer, die die Interessen des Reiches vertreten, Interessen, die durch die Übergriffe von Ausländern zertreten werden. Zehn Jahre lang haben wir ihre Tyrannei ertragen. Wir bitten Euch, ihren Plünderungen ein Ende zu setzen und sie in ihre eigenen Länder zurückzuschicken, damit alle Euren Namen und Eure Herrschaft preisen. Wir bitten Euch, dieses Dokument zu akzeptieren und zu tun, was wir verlangen, damit wir unseren Weg weitergehen und über die Frage von Geld für Wales und Sizilien sprechen können.«

William ballte die Fäuste, bis die Knöchel schmerzten. Er wollte das Dokument an sich reißen und es ins Feuer werfen. Henry nahm es mit zitternden Fingern entgegen und sah ihn an, und ein Erschrecken durchzuckte William, als ihm klar wurde, dass Henry auch vor ihm Angst hatte.

»Ich kann hier und jetzt nicht darauf antworten«, sagte Henry heiser. »Ihr werdet einsehen, dass es rationalen Gedanken nicht dienlich ist, von meinen Baronen in Kriegsrüstung aufgesucht zu werden und Forderungen gestellt zu bekommen. Ich werde dieses Dokument genau durchlesen und Euch zu gegebener Zeit meine Entscheidung wissen lassen.«

»Das sollte nicht länger als einen Tag dauern«, erwiderte Roger Bigod.

Henry hielt sich kerzengerade. Seine Verleumder beschuldigten ihn oft der Schwäche, aber er besaß einen Kern aus Stahl. »Es wird so lange dauern, wie es dauert«, erwiderte er, »und Ihr werdet mir den Zeitraum nicht vorschreiben. Ich erkenne, dass dies eine schwerwiegende Angelegenheit ist, aber ich werde Euch nicht länger als drei Tage auf meine Antwort warten lassen. Ihr habt Euch ganz eindeutig abgesprochen und seid aus eigener Entscheidung hergekommen, und ich bin sicher, Ihr habt nicht länger als eine Mahlzeit gebraucht, um Euch in dieser Sache einig zu werden, deswegen werdet Ihr mir dieselbe Höflichkeit erweisen. Geht und verhelft Euch zu Essen und Trinken. Meine Köche werden

Euch mit allem versorgen. Und jetzt, wo Ihr gesagt habt, was Ihr sagen wolltet, könnt Ihr Eure Rüstung ablegen. Wir wissen, wo wir stehen. Meine Herren, ich wünsche, dass Ihr Euch zurückzieht, während ich überlege.«

Die Lords wechselten Blicke. »Dann also drei Tage, Sire«, sagte Roger Bigod und verbeugte sich knapp. Die Gruppe verließ geschlossen den Raum. Draußen ertönten erneut die klirrenden Geräusche, als sie ihre Schwerter wieder an sich nahmen.

Henry barg den Kopf in den Händen und sackte in sich zusammen.

»Ihr solltet Euch ihnen nicht beugen«, riet William hitzig. »Sie haben keinerlei Rechte, und sie sind nur auf ihren eigenen Profit aus. Wenn sie Ausländer loswerden wollen, dann ist der Earl of Leicester ebenso einer wie ich, und Peter von Savoyen und der Erzbischof von Canterbury ebenfalls.«

Henry erwiderte tonlos: »Es wäre das Beste, wenn du und deine Brüder den Hof für ein paar Wochen verlassen würdet, bis dieser Sturm abgeflaut ist.«

William war erschreckt, dass Henry überhaupt erwog, ihn fortzuschicken. »Wenn wir das tun, wird es uns unmöglich sein, zurückzukommen, und was werdet Ihr dann tun? Das ist ein Komplott, um uns loszuwerden, weil wir Euch gegenüber Loyalität wahren. Es wäre so, als würdet Ihr Euch einen Arm abhacken. Was würde ohne uns mit Euch geschehen?«

Henry schüttelte den Kopf. »Was soll ich denn dann tun?«

William streckte eine Hand aus. »Darf ich?«

Henry reichte ihm das Dokument, und William trat damit an das Fenster, um es im Licht sorgfältig durchzulesen.

Dabei kam er an der Figur der Hoffnung vorbei, die unter den Sternen wandelte und die Verzweiflung zertrat. Er betrachtete die zahlreichen Siegel, die am unteren Rand des Pergamentbogens hingen – diese Bedrohung war real und ernst.

Als er sich an das höhnische Grinsen auf Guillaume de Munchensys Gesicht erinnerte, zog sich sein Magen zusammen. »Es ist ein Versuch, die Macht des herrschenden Königs einzuschränken«, sagte er angewidert. »Und ihre eigenen Ziele und Wünsche durchzusetzen.« Am liebsten hätte er das Dokument in Fetzen gerissen. »Da Ihr aufgefordert seid, zwölf Berater zu ernennen, schlage ich vor, dass Ihr mich und meine Brüder wählt. Und Lord de Warenne, weil die Bigods seine Verwandten sind und es ein Ausgleich zu ihrem Einfluss wäre. Vielleicht noch den Erzbischof von Canterbury – besser, er steht auf unserer Seite als auf ihrer, und er ist ein erfahrener Unterhändler, auch wenn es in der Vergangenheit zwischen ihm und uns Unstimmigkeiten gab. Wählt Männer, die mit diesen aufsässigen Lords fertigwerden.«

Henry zupfte wiederholt an seinem Bart. »Sie werden über die Liste, die du da aufgestellt hast, nicht sonderlich glücklich sein.«

»Was ist die Alternative? Wer sonst wird Euch treu dienen?« William studierte die Liste erneut. »De Montfort will Geld, Land und Macht. De Clare rafft wie immer an sich, was er bekommen kann. Peter von Savoyen will nicht an Einfluss verlieren. Ich liege mit Roger Bigod wegen mehrerer Vormundschaften und dem toten Haushofmeister im Streit, obwohl ich nicht an der Sache beteiligt bin. Sie sagen, sie wollen Ausländer loswerden, aber ihre Forderungen grenzen an Verrat.«

»Ich denke, wir sollten einwilligen, uns ihre Bedingungen ansehen und sie abwägen, während wir entscheiden, was zu tun ist«, meinte John stirnrunzelnd. »Diese Sache verfliegt nicht wie Spreu im Wind. Erweckt zumindest den Anschein, ihnen zuzuhören.«

»Und was ist mit ihrer Forderung, sich von allen Ausländern zu befreien?«, wollte William wissen.

»Zuhören heißt nicht handeln«, versetzte John. »Ihr gebt in ein paar Punkten nach und bleibt bei dem Rest standhaft. Sie bilden bezüglich ihrer Beschwerden eine Einheit, aber sie werden nicht lange eine Einheit bleiben. Sagt ihnen, Ihr braucht mehr Zeit, um über das nachzudenken, was gesagt wurde, und beruft für später im Jahr eine Versammlung ein, vorzugsweise mit Lord Edward als Teilnehmer. Wir müssen nichts in drei Tagen entscheiden, außer mehr Zeit herauszuschinden.«

Henry nickte. »Ihr habt recht«, sagte er. »Das ist ein guter Rat.« Er sah William an. »Was meinst du?«

»Es scheint vorerst ein Ausweg aus dieser Situation zu sein«, stimmte William zu.

Er bezweifelte, dass Henry einen in die Länge gezogenen Kampf durchhalten würde. Edward schon, aber Edward war vielschichtig, und seine Beziehung zu William war zwar freundschaftlich, dennoch stand er einen Schritt von ihm entfernt. Er war ein Neffe, kein Bruder, und er war zugleich der zukünftige König. Kälte breitete sich in seinem Magen aus, denn ihm wurde klar, dass diese Herausforderung leicht zu einem Kampf auf Leben und Tod werden konnte.

29

Landsitz Bampton, Oxfordshire
Juni 1258

Joanna beugte sich über Williams Reisegepäck, das darauf wartete, auf die Packpferde geladen zu werden, und überprüfte, ob sein neuer Leibdiener James sein neues Hemd statt des geliebten alten, fadenscheinigen eingepackt hatte. Sie weilten auf ihrem Landgut in Bampton, da William sich darauf vorbereitete, zu einer Versammlung des Hofes nach Oxford zu reisen, bevor Henry eine Armee nach Wales schickte, um die dortigen aufsässigen Prinzen zu unterwerfen.

Seit der Konfrontation mit den Baronen im April war William aufbrausend und besorgt gewesen, denn de Montfort und einige der von der Gegenseite ausgewählten Barone hatten als Teil einer Delegation, die über einen Waffenstillstand mit König Louis verhandelte, längere Zeit in Frankreich ausgeharrt. Jetzt waren alle zurückgekehrt, und es musste über die Angelegenheiten in Wales und die von den Baronen angestrebte Reform gesprochen werden. De Montfort setzte alles daran, die Mitgiftländereien seiner Frau zu seinen Gunsten neu bewerten zu lassen. Er musste väterliche Erbteile für vier Söhne bereitstellen – hungrige junge Adler mit aufgerissenen Schnäbeln. Es gab so viel gegen William gerichtete Feindseligkeit, dass Joanna um sein Leben fürchtete.

Er trat zu ihr und setzte seinen Lieblingshut mit der Pfauenfeder im Band auf.

»Sei vorsichtig«, sagte sie. »Und Gott schütze dich!«

»Dich auch«, erwiderte er mit einem raschen Lächeln. »Ich werde dir Nachrichten schicken.« Er küsste sie zärtlich auf die Wange, aber sie wusste, dass er in Gedanken bereits auf der Straße war.

Sie sah ihm nach, als er fortritt, und kehrte dann seufzend zu ihren Kontobüchern zurück. Obgleich die Knappheit des letzten Jahres etwas nachgelassen hatte, gab es immer noch nicht ausreichend Lebensmittel, und die Vorräte aufzutreiben, um einen Haushalt zu versorgen, blieb ein ständiger Grund zur Sorge.

Weazel kam und rollte sich zum Schlafen neben ihr zusammen, und dann brachte die siebenjährige Agnes ein paar rote Seidentroddeln, die sie für die Schnüre ihres Umhangs anfertigte.

»Wie schnell und sauber du arbeitest«, lobte Joanna, als Agnes die erste fertigstellte und ausschüttelte. Als sie das Stirnrunzeln ihrer Tochter bemerkte, legte sie ihr den Arm um die Schulter. »Was ist denn, Püppchen?«

Agnes blickte mit hellen haselnussbraunen Augen zu ihr hoch. »Wenn ich groß bin, werde ich dann so sein wie du?«

Joanna streichelte Agnes' glatten honigbraunen Zopf. »Vielleicht, denn du bist so wie ich, als ich ein Kind war.«

»Warst du ein gutes Mädchen?«

Joanna lachte. »Nun, ich habe mir große Mühe gegeben, denn sonst hätte der König mich fortgeschickt, und das wollte ich nicht.« Ein Schauer lief durch ihren Körper, als sie sich an ihre Furcht davor erinnerte, nicht zu genügen und ausgegrenzt und bestraft zu werden. Nichts davon war geschehen. Sie hatte warten müssen, bis sie älter war, um diese Albträume als solche zu erkennen.

Agnes schlang die Arme um sie. »Ich möchte nicht, dass mir das passiert.«

»Das wird es auch nicht, mein Liebling. Der König ist dein Onkel, und er liebt dich sehr. Außerdem bist du mein Kind, nicht seines, und ich würde dich nie wegschicken. Du wirst immer zu mir gehören, auch wenn du verheiratet bist und selbst Kinder hast.« Sie umarmte sie fest.

Agnes spielte einen Moment lang mit der Troddel. »Mama, ich habe Angst«, sagte sie mit kläglicher Stimme.

Joannas Magen krampfte sich zusammen, denn sie hatte auch Angst. »Aber, aber, wovor denn?«

Agnes schüttelte den Kopf. »Ich höre dich und Papa sprechen, aber damit hört ihr auf, wenn ihr denkt, ich höre zu, und dann weiß ich, dass etwas nicht stimmt, oder ich denke, dass ich etwas angestellt habe.«

»Oh, nicht doch, Kind!« Joanna war zutiefst beschämt, dass Agnes solche Ängste hegte, und küsste sie auf die Wange. »Wir lieben dich über alles, und wenn wir mit dir schimpfen müssen, würden wir das ganz offen tun, nicht heimlich. Hab keine Angst. Dein Vater und ich werden uns um alle Probleme kümmern, die auftauchen, und unser Bestes tun, um dich zu beschützen, denn du kommst für uns an erster Stelle. Alles, was passiert, ist von Streitigkeiten der Erwachsenen ausgelöst worden. Es hat nichts mit dir oder deinen Brüdern und Schwestern zu tun.«

»Wenn du nicht hier wärst, wüsste ich nicht, was ich täte.« Agnes schniefte ein wenig.

»Ich bin aber hier«, erwiderte Joanna bestimmt, »und ich werde immer für dich da sein – jetzt und wenn du eine erwachsene Frau bist. Ich verspreche, dass du mit mir kommst, wo immer ich hingehe. Jetzt trockne deine Tränen.« Sie wischte Agnes' Gesicht mit einem Stück Leinen ab und hoffte, dass sie dieses Versprechen halten konnte. Alle ihre Kinder waren kostbare Schätze, aber sie hegte besondere Zärtlichkeit für ihre älteste Tochter, die rasch begann, Dinge zu begreifen, die über die Kinderstube hinausgingen. Der über ein Jahr ältere Johan war wesentlich unverwüstlicher. »Komm«, sagte sie. »Hol deinen Umhang, und wir nähen diese hübsche Troddel an.«

In Oxford war die Sonne endlich zwischen den Wolken hervorgekommen, und es regnete einmal nicht, obwohl es für Juni immer noch kalt war. William saß auf einer Eichenholzbank in der kürzlich errichteten Dominikanerpriorei, wo sich die Barone versammelt hatten, um die Diskussionen fortzusetzen, die sich aus der Auseinandersetzung im April ergeben hatten. Sie nutzten die Versammlung zugleich als Appell für den Marsch nach Wales, um sich mit der Bedrohung durch Prinz Llewelyn auseinanderzusetzen, obwohl William wusste, dass Letzteres nur ein Vorwand für die Männer war, ihre Gefolge und Waffen zu dem Treffen mitzubringen.

Die Atmosphäre in der Stadt knisterte vor Spannung wie die Luft vor einem Gewitter. William hatte sich angewöhnt, ein leichtes Kettenhemd unter seiner Tunika zu tragen. Es herrschte weit verbreitete Unzufriedenheit über Henrys Herrschaft – seine Unfähigkeit, die Finanzen zu kontrollieren und mit fester Hand zu regieren, seine verschwenderische Art und seine Neigung, Freunde und Verwandte zu begünstigen. Einige machten ihn sogar für die schlechten Ernten verantwortlich, als wäre er ein Blitzableiter für das gesamte Unheil im Land.

Die reformwilligen Barone waren entschlossen, Henrys Macht zu beschneiden, und glichen in ihrem Eifer wild losstürmenden Pferden, aber William wusste, dass die Rädelsführer nur auf ihren eigenen Profit aus waren, auch wenn sie dies als Feldzug für die Gerechtigkeit tarnten. Ein neues Dokument war für die Durchsicht der vierundzwanzig Berater des Königs aufgesetzt worden. Es enthielt nichts als Beschwerden und Forderungen. Hugh Bigod war die Rolle des Justiziars zugewiesen worden, er sollte auf eine Gerichtsrundreise gehen, um sich die Bitten und Klagen anzuhören und sich darum zu kümmern. Die vierundzwanzig waren auf fünfzehn beschränkt worden, die ermächtigt waren, in Henrys Namen zu herrschen. William, seine Brüder und John de Warenne waren von diesen fünfzehn ausgeschlossen worden.

Keine Kanzleischrift von irgendwelcher Bedeutung konnte ohne die Zustimmung der Fünfzehn ratifiziert werden, und alle Burgen und königlichen Besitztümer mussten der Krone zurückgegeben werden. Auch alle größeren Zuwendungen mussten von den fünfzehn Männern geprüft werden. Schon waren die Konnetabels von mehr als zwanzig von Henrys Burgen durch Günstlinge von Simon de Montfort ersetzt worden. Henry wurde wirkungsvoll seiner Macht beraubt.

Die Forderung nach Rückgabe der Burgen stellte einen direkten Angriff auf William dar. Hertford, Pembroke und Goodrich standen alle auf der Liste. Jetzt verlangten die fünfzehn, dass jeder Baron, der bei dieser Parlamentsversammlung anwesend war, einen Eid schwor, an den Bestimmungen festzuhalten und seine Burgen an die Krone zurückzugeben. Jeder, der sich weigerte, würde als Todfeind betrachtet und als solcher behandelt werden.

William öffnete die geballten Fäuste. Er stieß langsam den Atem aus, aber seine Anspannung blieb. Henry hatte ihn gebeten, den Eid zu leisten, um den Frieden zu bewahren und seine Haut zu retten, aber er konnte es nicht über sich bringen. Selbst Henrys Versprechen, dass er ihm die Burgen zurückgeben würde, nachdem er den Eid geschworen hatte, hatte nicht ausgereicht, denn er glaubte ihm nicht.

Er blickte auf, als John de Warenne zu ihm kam. »Ich kann nicht schwören, das zu tun, John«, sagte er. »Meinetwegen und Henrys und Edwards wegen nicht. Sie nehmen uns unsere ganze Manneswürde.«

»Ich kann auch nicht zustimmen«, sagte John. Er verzog den Mund, als hätte er einen Schluck Essig getrunken. »Meine Brüder sind natürlich alle dafür, obwohl Hugh es als eine Reform des Gesetzes ansieht. Roger möchte dich dafür bestrafen, dass du mit ihm um Landsitze streitest, und er ist wütend auf den König. Tatsächlich sind viele wütend auf den König, und ich verstehe, warum, aber vieles von der ganzen Sache zielt darauf ab, zu Macht und Reichtum zu gelangen. Edward sagt, er wird sich weigern, den Eid zu leisten, weil die Monarchie schwächt, und was wird ihm dann noch bleiben, wenn er an die Reihe kommt, zu herrschen?«

William stieß vernehmlich den Atem aus. »Wir blicken auf König Simon de Montfort. Sein Ehrgeiz kennt keine Grenzen.«

Er stand auf, und gemeinsam gingen sie in die Priorei, wo sich bereits eine Menschenmenge versammelt hatte. Henry thronte auf einem Podest über seinen Baronen. Sein Gesicht war so blass, dass es fast wächsern wirkte. Er trug eine seiner vielen Kronen und ein mit Goldstoff gesäumtes

Gewand. Mit der rechten Hand umklammerte er einen juwelenbesetzten Staatsstab.

Da er die Solidarität von Verwandtschaft spüren musste, durchquerte William den Raum und gesellte sich zu seinen Brüdern Guy, Aymer und Geoffrey. Edward und sein Vetter Henry of Almain kamen zu den Lusignans hinüber.

»Sie werden verlangen, dass wir den geforderten Bestimmungen zustimmen«, sagte Edward.

William nickte grimmig. »Ich weiß, Sire.«

»Du entscheidest, ob du es tust oder nicht.« Edward maß ihn mit einem abschätzigen Blick.

»Ich habe nicht die leiseste Absicht, diesen Bedingungen mit einem Schwur zuzustimmen«, erwiderte William voller Abscheu. »Meine Ländereien wurden mir durch die Hand Eures Vaters übereignet, meines Herrschers und eigenen Bruders. Ich diene ihm, nicht Simon de Montfort, Roger Bigod oder Richard de Clare.«

»Mein Vater hat vielleicht keine andere Wahl, als den Bestimmungen zuzustimmen«, sagte Edward ruhig. »Jedenfalls im Moment nicht.«

»Das mag sein, aber ich werde mich von Männern vom Schlag Simon de Montforts zu nichts zwingen lassen.«

»Ich habe ihm gesagt, dass ich es nicht tun werde, und mein Vetter ebenfalls nicht.« Edward deutete auf Henry of Almain, der bekräftigend nickte.

Einer nach dem anderen schworen die versammelten Barone vor Henry, sich an die in dem Reformdokument aufgeführten Bestimmungen zu halten. Einige bekundeten ihre Zustimmung mit fester Stimme, andere mit weniger Begeisterung, aber dennoch bereitwillig. Die regierenden Fünfzehn, darunter de Montfort, die Brüder Bigod und Richard de

Clare, hefteten alle ohne Zögern ihre Siegel an das Dokument und schworen mit klaren, weittragenden Stimmen, sich an die Bedingungen zu halten. Der junge Guillaume de Munchensy, der noch nicht lange volljährig war, lächelte breit, als er den Eid leistete, und warf William einen Blick voll triumphierender Herausforderung zu.

Als William an der Reihe war, vor Henry zu treten, zögerte er und blickte in die Runde der versammelten Edelleute. Einige Männer sahen ihn offen an, aber viele wandten den Blick ab. »Ich weigere mich, meinen Namen unter ein Dokument zu setzen, das einen Verrat am König darstellt und mir alles nimmt, was er mir in gerechter Aufrichtigkeit zukommen ließ«, verkündete er mit hallender Stimme. »Ich werde mich diesen schändlichen Bedingungen nicht beugen und die Burgen, Vormundschaften und Ländereien aufgeben, die mir und meiner Familie gehören.«

»Mylord, Ihr seid gezwungen, das zu tun, oder Ihr werdet als Verräter betrachtet werden und den Preis für Verrat zahlen.« De Montfort zeigte mit befriedigt gekräuselten Lippen auf das Dokument.

»Ich bin hier nicht der Verräter«, erwiderte William mit höhnischer Verachtung, »aber ich kann viele andere in dieser Kammer sehen, die ihren König gern in Fesseln sehen würden.«

De Montfort senkte die Brauen. »Ihr habt eine ganz klare Wahl. Entweder gebt Ihr Eure Burgen auf, oder Ihr verliert Euren Kopf. Wir sind bereit, für beides zu sorgen.«

Eine kurze, angespannte Pause wie ein Pfeil an der Sehne kurz vor dem Losschnellen entstand zwischen ihnen, und dann explodierte der Moment, und die Luft war erfüllt vom Gebrüll der Männer, die Williams Kopf verlangten und die Fäuste schüttelten. Henry wich mit aschfahlem Gesicht zurück, entsetzt – und machtlos. William machte auf dem Absatz kehrt und stapfte aus der Kammer. Sein Herz hämmerte, denn er rechnete jeden Augenblick damit, dass eine verbale Attacke in eine körperliche umschlug. Sein feines Kettenhemd mochte ihn vor einer einzelnen Stichwunde schützen, aber nicht vor einer Vielzahl davon. Seine Brüder eilten mit ihm hinaus, und John de Warenne, der etliche Männer zur Seite stieß und sich einen Weg durch die Menge bahnte, folgte ihnen.

In seiner Kammer starrte William auf seine Hände hinunter, die zu zittern begonnen hatten wie die von Henry. Ihm war übel vor Enttäuschung, Wut und Furcht, denn Simon de Montfort hatte jedes Wort ernst gemeint und würde seine Drohungen in die Tat umsetzen, wenn er die Gelegenheit dazu bekam.

»Wir können nicht hierbleiben.« Aymer atmete schnell. »Es ist zu gefährlich, und es ist ihr Territorium. Es wird unmöglich sein, über etwas anderes zu verhandeln als unseren Untergang.«

»Was schlägst du dann vor, was wir tun? Ich besitze keine Festungen hier, nur Herrenhäuser, und wenn wir uns in eines zurückziehen, werden wir sie nur anstacheln.«

»Mein Bischofspalast in Wolvesey liegt nur einen halben Tagesritt entfernt, und sie werden es sich zweimal überlegen, ein kirchliches Gebäude anzugreifen. Wir können heute Abend dort sein. Wenn wir hierbleiben, müssen wir entweder schwören, alles aufzugeben, oder wir werden getötet.«

»Ich werde euch begleiten«, sagte John. »Sie werden es nicht wagen, mich anzugreifen, und ich habe ganz bestimmt nicht die Absicht, ihren unverschämten Forderungen nachzugeben.«

»Ich komme auch mit«, verkündete Edward von der Tür

her. »Sie werden mir keine Vorschriften machen, ich bin nicht ihr Lakai.« Er betrat die Kammer. Seine Miene spiegelte Entschlossenheit wider, aber es war auch eine Spur von Genugtuung darin zu lesen. »Mein Vater hatte keine andere Wahl, denn er wurde in eine Ecke gedrängt, und er verfügt nicht über die Kraft, ihnen die Stirn zu bieten, aber sie sollen nicht behaupten dürfen, dass die Monarchie unendlich geworden ist, und ich werde meine Onkel auch nicht den Wölfen zum Fraß vorwerfen.«

»Dafür bin ich dankbar, Sire«, erwiderte William, »aber diese Angelegenheit wird nicht gut ausgehen, egal was passiert. Was, wenn sie uns in Wolvesey belagern? Wo sollen wir von dort aus hingehen?«

Edward maß ihn mit einem abschätzenden Blick. »Du wirst England eine Weile verlassen müssen – die Opposition ist zu stark. Aber hier kannst du nicht verhandeln, weil du sterben würdest. Geht lieber, solange eure Köpfe noch auf euren Schultern sitzen, und kommt in Wolvesey zusammen. Mit mir, de Warenne und meinem Vetter Almain als Eskorte werdet ihr einen für alle sicheren Ausgang der Sache aushandeln können.«

»Einen Ausgang, der beinhaltet, dass mir meine Burgen und Ländereien genommen werden«, versetzte William steif.

»Spiel auf Zeit«, erwiderte Edward. »Wenn dir der Wind ins Gesicht bläst, warte, bis er dreht, und nutze die Zeit bis dahin, um dich vorzubereiten.«

Als William seinem Neffen in die Augen blickte, sah er keinen neunzehnjährigen jungen Mann, der ihn anstarrte, sondern einen König. Rücksichtslos und zu praktischem Handeln abgehärtet. Die unausgesprochene Energie in der Antwort überzeugte ihn, und er nickte wortlos.

»Pack zusammen, was du kannst, ohne die Aufmerksamkeit auf dich zu lenken. Die Aufforderung, dich zum Dinner einzufinden, wird bald erfolgen. Verbreite, dass du zu Tisch kommst und über deine Antwort nachdenkst. Ich werde Befehl geben, die Pferde zu satteln, für Gepäckkarren ist keine Zeit. Wir werden schnell reiten müssen. Wenn du temperamentvolle, kräftige Pferde hast, bring sie her. Du kannst Botschaften verschicken und alles andere tun, was nötig ist, sobald wir von hier fort sind.«

William nickte knapp. »Der Graue und der Kastanienbraune haben kräftige Beine. Ich werde mein Schlachtross reiten und mein Zweitpferd mitnehmen.«

»Ich sehe dich dann dort unten«, sagte Edward und verabschiedete sich.

William barg das Gesicht in den Händen. Was würde Joanna und den Kindern zustoßen, wenn er nicht da war, um sie zu beschützen? Er stand zwischen dem Feuer und dem Klippenrand. Es war unumgänglich notwendig, Oxford zu verlassen und sich dem Zugriff der feindlichen Barone zu entziehen.

Er kleidete sich in seine kostbarsten Gewänder – ein rotseidenes Untergewand und eine prachtvolle blau-weiße Tunika. Später konnte er die Juwelen und die Goldfäden von den Kleidungsstücken verkaufen, wenn es sein musste. Er befahl seinen Rittern, zu mehreren zu den Ställen zu gehen, schickte seinen neuen Leibdiener James in die Halle, um seinen Becher auf den Tisch zu stellen und zu verkünden, dass sein Lord in Kürze zum Essen erscheinen würde. Dann wandte er sich an Johan, der vor Kurzem als Page in John de Warennes Haushalt aufgenommen war und der die Vorgänge mit großen Augen verfolgt hatte. Sie mussten scharf reiten, und wenn sie verfolgt wurden, konnte niemand wissen, was passieren würde. Besser, er schickte den Jungen zu Joanna und betete, dass Henry immer noch über genug Einfluss verfügte, um sie zu beschützen.

»Johan, du musst mit Elias zu deiner Mutter gehen.« Er wandte sich an seinen Sergeanten, der grimmig das Gesicht verzogen hatte. »Bring meinen Sohn sicher zu Mylady nach Bampton und berichte ihr, was geschehen ist. Ich werde ihr später schreiben. Du musst das tun, und mach deine Sache gut.«

»Ihr könnt Euch auf mich verlassen, Sire«, antwortete Elias mit fester Stimme. »Ich schwöre bei meinem Leben, für ihre Sicherheit zu sorgen.«

William legte die Hand auf Johans schmale Schulter. »Du bist mein Erbe. Du bist der Mann im Haus. Pass auf deine Mutter und deinen Bruder und seine Schwestern auf und tu, was deine Mutter dir sagt. Ich bin stolz auf dich, und ich vertraue dir bis zu meiner Rückkehr.«

»Ja, Sire.« Johan warf sich in die Brust, gab sich tapfer, aber mit einem furchtsamen Glitzern in den Augen. »Wann ...« Er schluckte. »Wann wird das sein?«

William wechselte einen Blick von Mann zu Mann mit ihm, obwohl sein Herz einen Satz beschrieb. »Ich weiß es nicht, aber es wird sich alles sehr bald klären. Ich muss nur für eine Weile weg.«

»Ich hasse Simon de Montfort.« Johan ballte die Fäuste.

»Da bist du nicht der Einzige«, erwiderte William trocken. »Aber sei sehr vorsichtig, was du sagst und tust, weil immer andere lauschen, und das Leben deiner Familie könnte von deiner Diskretion abhängen. Denk immer nach, bevor du sprichst. Dein Herz zu kennen ist nicht immer dasselbe wie auszusprechen, was in deinem Herzen ist. Und jetzt mach schnell, geh mit Elias und hole deine Sachen.« Er umarmte Johan, küsste die weiche Wange des Kindes, das er ermahnte, ein Mann zu sein, und sah ihm nach, wie er mit Elias den Raum verließ. Dann drehte er sich am ganzen Körper verkrampft vor Anspannung um und nickte den noch im Raum verbliebenen Männern knapp zu.

Im Stallhof waren Williams Schlachtrösser Talent und Rous gesattelt und aufgezäumt und sein Reitpferd sowie ein Packtier mit Leitzügeln versehen worden. Die meisten Leute saßen in der Halle beim Essen, aber es waren noch Diener in der Nähe, um die Botschaft auszurichten, dass die Lusignan-Truppe aufbrach. William stieg auf Talent und lenkte ihn auf die Tore der Priorei zu. Edward, der auf seinem Grauen saß, lächelte. William hatte schon zuvor den König in ihm gesehen, aber der junge Mann mit der Vorliebe für wilde Abenteuer wetteiferte noch um eine feste Position.

»Ich wette, dass wir ihnen zuvorkommen«, sagte Edward. »Ich habe meinen Stallburschen alles Zaumzeug verstecken und die Zügel und Gurte durchschneiden lassen. Es wird eine Weile dauern, bis sie die Verfolgung aufnehmen können,«

Williams Unterkiefer sank nach unten.

Edward grinste, »Ich habe herausgefunden, dass Gott dazu neigt, denen zu helfen, die sich selbst helfen, Onkel.«

Sie ritten los, um die Meilen zurückzulegen, und blickten dabei ständig über ihre Schultern, um nach Verfolgern Ausschau zu halten, aber wie es aussah, hatte Edwards List gewirkt. William hatte sein Schwert umgeschnallt, doch wenn sie angegriffen wurden, würde es nutzlos sein, denn die Gegner waren bei Weitem in der Überzahl. Ihr bester Schutz war Edwards Gegenwart – noch nicht einmal de Montfort würde es wagen, ihm etwas anzutun –, aber sie steckten trotzdem in der Klemme, und William wusste, dass er tatsächlich alles verlieren konnte. Der Gedanke, Joanna und den Kindern entgegenzutreten und ihnen mitzuteilen, dass sie als mittellose Verbannte leben würden müssen, bewirkte, dass er sich krank vor Scham fühlte, und er verdrängte ihn sofort. Er und seine Brüder brauchten eine Strategie, und diese Strategie hing von Edward und dem König ab. De Montfort und seine Verbündeten mochten momentan die Oberhand haben, aber das würde nicht immer so bleiben.

Sowie sie in Wolvesey eintrafen, wurden die Tore augenblicklich hinter ihnen verbarrikadiert, während Wächter auf die Brustwehr liefen. William sorgte dafür, dass alle Fensterläden geschlossen und die Fenster verriegelt waren. Als er in der Halle stehen blieb, während die Lampen entzündet wurden, holte er zittrig Atem und wünschte, er könnte aus diesem Albtraum erwachen.

John de Warenne packte ihn bei der Schulter. »Beruhige dich.«

William schüttelte den Kopf. »Mir geht es gut«, sagte er, »aber wir sind nicht am richtigen Ort oder in der Lage, um einen Gegenangriff zu führen und Widerstand zu leisten, wenn sie uns geschlossen angreifen.«

»Nein«, versetzte John ruhig. »Aber wir können verhandeln.«

»Und das habe ich dir und Lord Edward zu verdanken. Aber was ist mit dem König und meiner Familie? Wie soll ich sie schützen?«

»Ich werde mich um Joanna und die Kinder kümmern«, sagte John. »Keine Angst, ich werde für ihre Sicherheit sorgen. Du bist mein teuerstes Familienmitglied, und du hast mir zur Seite gestanden, als ich dich brauchte. Ich werde sie mit meinem Leben verteidigen, obwohl ich nicht glaube, dass es dazu kommen wird.«

»Nicht? Ich bin da nicht so sicher«, entgegnete William finster.

In dieser Nacht versuchte William, statt in eine Decke in seinen Umhang gerollt Schlaf zu finden, aber ohne Erfolg. Er erhob sich von seiner Pritsche, lief im Raum umher und überprüfte ruhelos vor Anspannung Eingänge und Ausgänge. Er hasste es, machtlos zu sein und in der Falle zu sitzen. Indem sie nach Wolvesey gekommen waren, hatten sie sich nur Zeit und die Möglichkeit erkauft, Bedingungen auszuhandeln, die ihm und seinen Brüdern das Überleben ermöglichten, aber er würde seinen Wohlstand und seinen Einfluss verlieren – und sein Heim. Die einzige Lösung war, ins Exil zu gehen und sich dort neu aufzustellen. Henry würde, wie er vermutete, nicht imstande sein, etwas für ihn zu tun, und die Königin steckte mit de Montfort und seinen Anhängern unter einer Decke. Er wagte nicht, an Joanna und die Kinder zu denken.

Endlich legte er sich hin und döste unruhig, schrak aber bei jedem Geräusch hoch, und endlich gestand er sich seine Niederlage ein und stand auf, um den Nachttopf zu benutzen. Ein schöner Sommermorgen brach an und färbte den Himmel rosa und golden. Er liebte die englischen Morgen- und Abenddämmerungen. Tatsächlich liebte er England und hatte sich an die wechselnden Jahreszeiten und das Klima gewöhnt, daran, dass es hier kühler und grüner war als in seinem Geburtsland. Und jetzt wurde er gezwungen, sich ins Exil zu begeben.

Als das Licht heller wurde, machte er sich auf die Suche nach etwas zu essen, aber ein Wachposten hielt ihn auf und berichtete atemlos, dass Simon de Montfort und seine Söhne, die Bigods und andere Edelleute von der Versammlung in Oxford an den Toren von Wolvesey eingetroffen waren und verlangten, dass er und seine Brüder herauskamen. Sie hatten eindeutig nicht lange gebraucht, um neues Sattelzeug für ihre Pferde zu finden.

Edward kam, befestigte die Unterhose an der Hose und scheuchte die Diener weg, die versuchten, ihm beim Ankleiden zu helfen. Sein Haar war schlafzerzaust, aber seine Augen blickten wach und scharf. »Sag ihnen, wir werden verhandeln«, sagte er, »aber sie müssen zu uns hineinkommen, und wir werden uns anhören, was sie zu sagen haben. Und wenn sie entschieden haben, wer ihre Sprecher sein sollen, werden diese ihre Waffen abgeben, bevor sie vor unser Angesicht treten.« Er drehte sich zu William. »Ich werde tun, was ich kann, aber erwarte keine Wunder. Bereite dich darauf vor, England zu verlassen. Es wird nur für kurze Zeit sein, aber es ist wie beim Schachspiel. Um zu gewinnen, muss man manchmal auf Zeit setzen und Opfer bringen.«

William nickte steif. »Zu dem Schluss bin ich auch gekommen, Sire. Ich bitte Euch, für Eure Tante Joanna und Eure Vetter und Basen zu tun, was in Eurer Macht steht. Beschützt sie, wenn Ihr dazu imstande seid, und vergesst sie nicht.«

»Das tue ich, ich verspreche es dir«, erwiderte Edward jetzt ernst. »Und ich verspreche dir auch, dass du zurückkehren wirst.«

Joanna nähte mit Agnes, als Elias in ihre Kammer geführt wurde. Er schützte Johan unter seinem Umhang unter seinem Arm. Ihr Sohn war blass vor Erschöpfung, seine Augen weit aufgerissen, als hätten sie das Entsetzen dieser Welt gesehen, aber er hielt sich wie ein Mann.

Ihr Herz machte einen Satz, als sie aufstand und die beiden ansah. »Was ist passiert?«, wollte sie wissen. »Wo ist dein Lord?«

Elias kam zu ihr, sank auf ein Knie und reichte ihr ein versiegeltes Pergament. »Madam, er ist zu der Burg des Bischofs von Winchester in Wolvesey geritten. Er bittet Euch, Ruhe zu bewahren und zu tun, was Ihr könnt.«

Joanna öffnete den Brief und las die hastig hingekritzelten Buchstaben. Sie waren verschmiert, weil die Botschaft versiegelt worden war, bevor die Tinte getrocknet war. Elias' Worte trugen nicht dazu bei, sie zu beruhigen.

»Simon de Montfort hat gesagt, er würde Papa den Kopf abhacken, wenn er nicht auf seine Bedingungen eingeht«, piepste Johan.

Agnes begann zu weinen.

»Sei still!«, fuhr Joanna Johan an. »Du machst deiner Schwester Angst.« Sie wandte sich an Agnes. »Und es gibt keinen Grund für Tränen. Dein Vater ist am Leben und gesund. Geh jetzt mit Mabel, und ich spreche später mit dir.« Sie machte der Zofe ein Zeichen, die Agnes an die Hand nahm und aus dem Raum führte. Johan versteifte sich, um sich zu weigern, doch Joanna bedeutete ihm, zu bleiben. »Sag mir, was du weißt!«, befahl sie Elias.

Kurz und knapp umriss er, was geschehen war. Während Joanna lauschte, wuchs ihre Besorgnis, denn de Montfort würde jetzt auf ihre Landsitze abzielen. Gottseidank hatten sie die Voraussicht besessen, ihre Wertsachen zu verstecken.

»Was ist mit dem König?«

»Er steht vorerst unter der Herrschaft der Barone«, gab Elias zurück. »Ich glaube, das, was passiert ist, hat ihn zutiefst erschreckt. Lord Edward ist bei meinem Herrn, genau wie der Earl of Surrey.«

»Ich möchte, dass du mich allein lässt, damit ich nachdenken kann«, sagte Joanna. Ihr Magen schien sich gegen ihr Rückgrat zu pressen. Sie brauchte etwas unbeobachtete Zeit, um diese furchtbaren Neuigkeiten zu verdauen, sie brauchte William, aber er war nicht hier, und sie konnte sich nur auf sich selbst verlassen.

Als Elias gegangen war und Johan mitgenommen hatte, setzte sie sich hin und las den Brief erneut. Die knappen, verschmierten Worte glichen Steinen, die sie zermalmten, und sie zerknüllte das Pergament und gestattete sich zu weinen – raue, gequälte Schluchzer. Wenn sie jetzt alle ihre Tränen vergoss, würden keine mehr übrig sein, um sie vor den Angehörigen ihres Haushalts zu verraten, wenn sie stark sein musste.

Endlich wischte sie sich über die Augen und hob das Kinn. Ihr Großvater, der große William Marshal, hatte sich größeren Schwierigkeiten gestellt, als er mitten in einem Bürgerkrieg zum Regenten von England gemacht worden war und einen neunjährigen König beschützen musste. Sie hatte dieses Erbe, um all das durchzustehen – Blut und Knochen und Willen.

William rückte seinen Schwertgurt zurecht und zupfte seinen Überwurf glatt. Er trug ein anderes Wappen, die Löwen von England statt seinen üblichen roten Mauerseglern. Er hatte es vermieden, seine volle Rüstung anzulegen, um ins Exil zu gehen, obwohl er es erwogen hatte, weil er, um aufzubrechen, an einer Gruppe feindseliger Barone vorbeireiten musste, zu der auch der Earl of Leicester gehörte. Edward hatte mit ihren Gegnern einen Waffenstillstand und freies Geleit ausgehandelt, und sie würden in Gegenwart von Letzterem nicht wagen, ihn anzugreifen, aber er blieb auf der Hut.

Die Barone hatten verkündet, dass Guy und Geoffrey das Land für immer verlassen mussten, William und Aymer jedoch unter Hausarrest in England bleiben konnten, während die Barone über ihren künftigen Status nachdachten. Da Hausarrest schnell zu Gefangenschaft und gar Hinrichtung führen konnte, hatten sie beschlossen, abzureisen. Solange die Fünfzehn als Richter und Jury eingesetzt waren, würde das Ganze nie zu ihren Gunsten ausgehen. Edward hatte Guy und Geoffrey Land und Geld zugebilligt, damit sie davon leben konnten, aber ob sie es auch erhielten, würde sich zeigen, da Edward selbst nur wenig erübrigen konnte.

William schloss seinen Umhang und ging zu seinen Brüdern, die ähnliche Reisevorkehrungen getroffen hatten. »Seid ihr bereit?«

Guy und Geoffrey nickten gleichzeitig. Aymer griff nach seinem Krummstab und rückte das Granatkreuz auf seiner Brust zurecht. »Je eher, desto besser.«

Im Hof saßen Edward und John bereits auf ihren Pferden. Unter einem leichten Nieselregen entfernte ein Stallbursche die Reisedecke vom Sattel, als William zu seinem Pferd kam. Edward wendete sein Tier und wandte sich kurz an ihn und seine Brüder. »Ich wünsche euch eine gute Reise und glücklichen Wind bis zur Normandie«, sagte er. »Ich hoffe, dass wir alle bald unter besseren Umständen wieder vereint sind.«

Die Tore wurden geöffnet, und mit Edwards Herolden, die mit Friedensfahnen und anderen mit den Löwen von England den Anfang bildeten, verließ die Truppe die Sicherheit von Wolveseys Mauern. William sah die hinter dem Graben wartenden Barone an und fühlte sich, als würde eine kalte Schwertklinge gegen sein Rückgrat gepresst.

Edward zügelte sein Pferd und richtete mit voller, hallender Stimme ohne jedes Zeichen von Stimmbruch das Wort an sie. »Mylords«, sagte er, »sollen wir jetzt, wo wir uns auf einen gemeinsamen Kurs geeinigt haben, nach Oxford zurückkehren und meine Onkel unter einem Waffenstillstandsbanner ziehen lassen?«

Die Feindschaft, die William von den versammelten Edelleuten entgegenschlug, machte die Bedrohung furchtbar, obgleich man sich darauf geeinigt hatte, dass er und seine Brüder in ihr Exil eskortiert wurden. Die beiden ältesten Söhne de Montforts funkelten ihn und seine Brüder mit über den Griffen ihrer Schwerter schwebenden Händen finster an. Ihr Vater blickte in ihre Richtung, tadelte sie aber nicht. Joannas Bruder befand sich in de Montforts Gefolge und feixte höhnisch. William maß ihn mit einem Blick voll äußerster Verachtung. Wenn der junge Narr sich einbildete, Gunstbeweise und Prestige herausschlagen zu können, indem er sich an den Schwanz von de Montforts Pferd hängte, unterlag er einem traurigen Irrtum. Es war wesentlich wahrscheinlicher, dass er mit Brosamen abgespeist werden würde.

William grüßte die Barone und verbeugte sich im Sattel vor Edward. »Bis wir uns wiedersehen«, sagte er und zog an den Zügeln.

»Ich kann nicht glauben, dass du sie wegreiten lässt«, hörte William de Montforts ältesten Sohn protestieren. »Es ist zu gefährlich! Sie werden hinter unseren Rücken nichts als Komplotte schmieden.«

»Friede«, grollte sein Vater. »Wir werden später darüber sprechen. Jetzt ist nicht die Zeit dazu. Ich habe mein Wort gegeben.«

»Ha, aber wir unseres nicht!«

»Friede, habe ich gesagt!«

William ritt außer Hörweite. Der Regen fiel wie Spinnweben aus tief hängenden Wolken. »Wir sollten an Tempo zulegen«, sagte er. Er fühlte sich zunehmend wie in einen Sack geschnürt, an einem dunklen, enorm engen Ort gefangen, von dem es kein Entrinnen gab.

Sie brauchten zwei Tage, um Pevensey zu erreichen. William hielt ständig nach Verfolgern Ausschau, aber die Straße blieb leer. Er hatte Pevensey gewählt statt eines anderen Hafens an der Südküste, weil der Lord dort ein Verbündeter und mit John de Warenne verwandt war. Hätten sie sich für Dover entschieden, wären sie durchsucht worden und hätten alles von Wert verloren, was sie bei sich trugen. Aymer hatte alle Platten und alles Silber aus Wolvesey mitgenommen, um ihre Reise zu bezahlen, und sie besaßen mehrere Beutel mit Münzen, darunter auch Gold. Edward mochte Guy und Geoffrey Geld versprochen haben, aber William hatte nur das, was er aus Oxford mitgebracht hatte, obwohl ihm als Teil der Verhandlungen die Summe Bargeld versprochen worden war, die ihm gehörte und die er in der Abtei Waltham deponiert hatte. Er hoffte, dass Joanna ihre anderen Mittel in Sicherheit gebracht hatte, denn de Montfort würde nicht zögern, alles zu beschlagnahmen, was er finden konnte.

William starrte das kaltgrüne Meer mit den Gischtkronen an. Eine kräftige Brise ließ die Segel der Schiffe flattern, die sie gemietet hatten, um sie, ihre Habe und ihre Pferde über das Wasser zu bringen.

John griff nach seiner Hand. »Gute Reise. Ich werde für deine schnelle Rückkehr beten.« Er reichte William einen prall mit Münzen gefüllten großen Lederbeutel. »Zwanzig Mark, um deine unmittelbaren Kosten zu decken. Es ist alles, was ich in so kurzer Zeit beschaffen konnte. Ich schicke mehr, sobald ich kann.«

»Du bist ein guter Freund!«

»Du bist mein Bruder«, antwortete John, dabei lief er rot an. »Offen gesagt stehst du mir näher als meine eigenen Blutsverwandten.«

William blinzelte heftig gegen den peitschenden Wind und ein tiefer gehendes Gefühl an. »Kümmere dich für mich um Joanna und die Kinder«, sagte er. »Sie werden deine Hilfe brauchen.«

»Ich verspreche es«, erwiderte John. »Und ich schicke Nachrichten, sobald ich kann.«

»Danke!« William musste schlucken.

»Lass mich dich nicht auch noch verlieren«, sagte John. »Aliza würde mir nie vergeben, und ich würde es mir auch nie verzeihen.«

»Du wirst mich nicht verlieren«, erwiderte William heftig. »Ich habe einen Rückschlag erlitten, aber das ist nicht das Ende und wird es nie sein, solange ich noch atme. De Montfort und seine Anhänger mögen oben auf Fortunas Rad sein, aber von dort kann man nur einen Weg gehen, wie ich wohl weiß, und als Nächste sind sie an der Reihe.«

Joanna blickte sich aufbruchsbereit in ihrer leeren, gefegten Kammer in Bampton um. Sie hatte alles von Wert zusammengepackt, die Wandbehänge, die Stoffe, die Truhen und ihre Inhalte. Geld und Juwelen waren in Umhänge, Gewänder und Gürtel eingenäht. Ballen kostbarer Stoffe und die Dokumententruhen waren auf den Gepäckkarren geladen worden und wurden scharf bewacht. Sie hatte weitere Münzen und Edelsteine in den Hohlräumen der Spielzeugkisten ihrer Kinder versteckt. Das Steckenpferd des kleinen

Will hatte einen mit Silbermünzen gefüllten Stab, und sie hatte den geschnitzten Kopf mit Edelsteinen gefüllt. Selbst Weazels neues Halsband war aus Goldfäden gewoben und mit Perlen und Saphiren bestickt. Der Abt von Dene hatte eingewilligt, ein paar Wertgegenstände für sie aufzubewahren, und sie hatte auch noch einige Sachen an Orten vergraben, die nur sie und Elias kannten.

Sie hatte erfahren, dass William und seine Brüder für die vorhersehbare Zukunft ins Exil verbannt worden waren, es sei denn, sie fügten sich den Bestimmungen von Oxford, was hieß, dass ihnen ihr Land und ihre Besitztümer ohnehin genommen werden würden. Auch ihr Erbe war unter diese Bestimmungen gefallen, weil es als Teil von Williams Machtbasis angesehen wurde. All ihr Besitz sollte eingefroren und ihr nur widerwillig unter wachsendem Groll ausgehändigt werden, weil gefürchtet wurde, dass sie, wenn sie Zugang zu Geld und Werten hatte, diese über das Meer schicken würde, um William zu helfen, Söldner anzuheuern.

Johan kam in seinen Umhang nebst Kapuze gekleidet in den Raum. »Alle sind bereit, Mama.« Er sah sie mit Williams graubraunen, scharfen Augen an.

»Ja, ich komme.« Sie erwiderte seinen Blick. »Pass gut auf, was du sagst, wenn wir zum Hof gehen. Denk nach, bevor du sprichst, und glaub nichts, was dir irgendjemand erzählt, sondern komm damit erst zu mir.«

Er nickte mit vernünftiger Miene. »Ja, Mama.«

»Ich möchte diese Bürde nicht auf deine Schultern laden, aber ich muss es tun. Und du musst Agnes helfen, alles zu verstehen. Du bist der Mann im Haus, bis dein Vater wiederkommt oder wir zu ihm gehen können.«

»Ich werde dich nicht enttäuschen, Mama«, versprach er tapfer.

Er sah so jung, so verletzlich und so entschlossen aus, dass sie die Tränen hinunterschlucken musste. Sie bückte sich und umarmte ihn rasch. »Dann komm, lass uns gehen.« Sie blickte sich ein letztes Mal in dem Raum um, bevor sie die Tür schloss.

Dass ihr all das genommen wurde, was ihr rechtmäßig gehörte, ließ sie vor Zorn kochen. In der Woche, seit sie geweint hatte, war sie stählern und entschlossen geworden, über ihre Feinde zu triumphieren. Was auch immer erforderlich war, sie würde es tun, und sie würden siegen.

30

Palast von Westminster
Sommer 1258

Joanna strich mit den Händen über die blauen Röcke ihres Hofgewandes und versuchte, einen ruhigen, kühlen Kopf zu bewahren. Ihr und ihrem Haushalt war Wohnraum in Westminster zugewiesen worden – nicht in ihren üblichen Kammern, sondern in kleineren, schäbigeren Unterkünften auf der anderen Seite der Halle des Königs. Der Raum roch nach staubigem Stein und hatte einen schlecht ziehenden Kamin zum Heizen und Kochen. Alle Betten waren zusammengeschoben, obgleich das von Joanna für ein Minimum an Privatsphäre mit Vorhängen umgeben war.

Ihre Bitte um eine Audienz beim König war unbeantwortet geblieben, obwohl sie seit über einer Woche hier war. Offizielle Boten hatten verschiedene Entschuldigungen gebracht. Dem König ging es nicht gut, oder er war zu beschäftigt, um sie zu empfangen, oder er war den Tag über nicht da. Sie würde warten müssen. Endlich hatte die Königin sie rufen lassen, was Joanna beklommen machte, denn dieser Tage war die Königin nicht ihre Verbündete.

Von Nicola begleitet machte sie sich auf den Weg zu der Halle der Königin. Als sie durch einen schattigen Eingang ging, hörte sie ihren Namen, drehte sich um und sah John de Warenne sie zu sich winken. Sein Umhang war mit

Staub von der Straße bedeckt. Joanna stieß erleichtert seinen Namen hervor und lief zu ihm. Sie wollte die Arme um ihn schlingen und schluchzen, aber wenn sie einmal damit angefangen hatte, wusste sie, dass sie nicht mehr aufhören würde. Ihr Kinn zitterte vor Anstrengung, nicht in Tränen auszubrechen.

»Ich bin so froh, dich zu sehen – ein freundliches Gesicht zu sehen! Sie haben mir eine Audienz beim König verweigert, aber jetzt hat mich die Königin zu sich bestellt.«

»Ich werde dich nicht lange aufhalten«, sagte John. »William ist sicher. Ich habe ihn selbst auf das Schiff gebracht, und entweder wird er zurückkommen, oder ich werde es arrangieren, dass du und die Kinder zu ihm könnt.«

Trotz all ihrer Bemühungen füllten sich ihre Augen mit Tränen, und sie wischte sie heftig mit ihrem Ärmelaufschlag weg. »Ich bin so erleichtert, dich zu sehen und wenigstens einen Verbündeten am Hof zu haben. Alle gehen mir aus dem Weg, als wäre ich verflucht.«

John nahm ihre Hände. »Nicht doch. Ich muss dich warnen. Simon de Montfort hat jetzt hier das Sagen. Lass dir ihm und seinen Unterstützern gegenüber keine Wut oder Bosheit anmerken, und beschwere dich nicht beim König über ihn. Sprich leise und halte den Blick gesenkt. Sag Johan, er soll dasselbe tun, weil euer Leben und eure Freiheit davon abhängen könnten.«

Joanna schluckte. »Ja, ich weiß«, sagte sie, »aber der König ...«

»Du musst verstehen, dass der König nicht mehr so ist, wie er einmal war, und du kannst nicht von ihm erwarten, dass er für dich eintritt, weil das zu gefährlich für ihn wäre«, sagte John weich, aber mit Nachdruck. »Williams Situation bereitet ihm große Sorgen, aber er kann offen nichts für ihn tun. Wende dich nicht von dir aus an ihn, das würde nur noch mehr Verdacht und Feindseligkeit schaffen, als jetzt schon herrschen. Wir müssen ein raffiniertes Spiel spielen. Ich bin für dich da, auch wenn es vorsichtig geschehen muss. Ich werde tun, was ich kann. Du wirst Geld brauchen. Nimm erst einmal meinen Beutel.« Er löste einen Geldbeutel von seinem Gürtel und drückte ihn ihr in die Hand. »Es ist mir gelungen, William zwanzig Mark zuzustecken, bevor er losgesegelt ist.«

Sie umarmte ihn kurz und fest. »Gott segne dich, John, von ganzem Herzen. Was würde ich ohne dich tun?«

»Du hast mir beigestanden, als ich Hilfe brauchte«, erwiderte er, als sie sich voneinander lösten. »Du bist meine Schwägerin, und ich werde alles tun, was in meiner Macht steht, um für deine Sicherheit zu sorgen, und dich besuchen, wenn ich kann.« Er verbeugte sich und ging die Eingangshalle hinunter.

Joanna ließ den Beutel in ihr Kleid fallen, so dass er an ihrem Gürtel ruhte, wo der Stoff sich bauschte und niemand etwas bemerken würde.

In der Halle der Königin herrschte geschäftiges Treiben, es wimmelte von Leuten, die Joanna entweder nicht kannte oder zu denen sie keinen Bezug hatte. Ein Diener führte sie zu dem Podest, damit sie der dort sitzenden Königin ihre Reverenz erweisen konnte.

Alienor betrachtete Joanna unbeteiligt, sprach aber höflich genug. »Joanna, meine Schwester. Es ist gut, dich wieder am Hof zu sehen, und wir werden dich für die Dauer deines Aufenthalts bewirten, wie lange er auch andauern mag.«

»Danke, Madam«, erwiderte Joanna mit gedämpfter Stimme. »Das ist sehr freundlich von Euch.«

»Es entspricht weder meinem Herzen noch meiner christlichen Nächstenliebe, dich abzuweisen«, sagte Alienor. »Du kannst dich meinen Frauen anschließen, wenn du möchtest.«

Von tiefem Unbehagen erfüllt und mit brennenden Wangen knickste Joanna und trat von dem Stuhl der Königin zurück. Die Frauen waren am Fenster versammelt und nähten, und die gierigen Blicke, die sie ihr zuwarfen, als sie zu ihnen kam, erinnerten sie an Weazel auf Mäusejagd. Eine lächelte und rückte zur Seite, um Platz für sie zu machen. Joanna war sofort dankbar für die Freundlichkeit, doch die Frau ließ ihr Motiv schnell durchblicken.

»Wie geht es Eurem Mann?«, fragte sie. Ihre Stimme klang zuckersüß, aber zugleich eisig wie ein scharfes Messer.

»Man sagte mir, es geht ihm gut«, erwiderte Joanna misstrauisch.

Das wissende Lächeln auf dem Gesicht der anderen verriet ihr, dass die Frau, statt ihr Gutes zu wünschen, nur Platz gemacht hatte, um sie zu ködern.

»Oh«, sagte sie mit großen Augen. »Ich habe nur gefragt, weil ich gehört habe, dass er und seine Brüder in Boulogne von den Söhnen des Earl of Leicester belagert werden.«

Ein kalter Schauer lief über Joannas Rücken, aber sie weigerte sich, dieser Frau und ihrer kleinen Gruppe von Klatschbasen das Vergnügen zu gönnen, eine Reaktion von ihr zu sehen. »Davon weiß ich nichts, Mylady«, entgegnete sie. »Ihr mögt recht haben, aber wenn dem so ist, bin ich sicher, dass die Situation sehr schnell geklärt werden wird. Der Earl of Leicester wird seine Söhne nicht in Gefahr bringen wollen.«

»Oh, ich glaube nicht, dass die Söhne des Earl of Leicester irgendwie in Gefahr sind.« Die Frau lächelte.

Joanna hob das Kinn und erwiderte nichts darauf. Die

Vorstellung, dass William in Frankreich angegriffen wurde, war furchtbar.

Die Frauen unterhielten sich miteinander und ignorierten sie größtenteils, und wenn sie sie ansprachen, geschah das knapp und auf ein Minimum beschränkt, was dazu führte, dass Joanna sich ausgeschlossen fühlte und den Tränen nah war.

Leonora erschien, um ihre Schwiegermutter zu besuchen, und verbrachte einige Zeit bei Wein und Waffeln mit ihr. Ihr Blick wanderte zu der Gruppe Kammerfrauen. Als sie sich verabschiedete, blieb sie stehen, um mit ihnen zu sprechen, nach ihren Familien zu fragen und die Näharbeiten zu bewundern. Dann berührte sie leicht Joannas Schulter und sagte lächelnd: »Ich freue mich, Euch wieder am Hof zu sehen, Tante.«

»Ich glaube, da seid Ihr die Einzige«, erwiderte Joanna wehmütig.

Leonoras Berührung wurde zu einer Umarmung. »Ihr müsst morgen kommen und mit mir und meinen Frauen etwas Konfekt essen. Bringt die Kinder mit. Ich möchte sie gern sehen.« Dann setzte sie ihren Weg fort.

Joanna hätte angesichts von Leonoras Freundlichkeit am liebsten geweint, aber sie blieb ruhig mit niedergeschlagenen Augen sitzen. Die Frauen fuhren fort, sie nicht zu beachten, aber die Atmosphäre schlug um, und die Krallen wurden eingezogen, weil niemand etwas Falsches zu der Frau des Thronerben sagen wollte.

Am nächsten Tag ging Joanna, um Leonoras Haushalt einen Besuch abzustatten, und wurde sofort mit Wein und klebrigen spanischen Süßigkeiten willkommen geheißen.

Leonoras Kreis junger Frauen machte ein großes Gewesen um die Kinder, vor allem um den kleinen William mit seinem Lockenkopf und dem Engelsgesicht.

Nach der ersten warmen Begrüßung fanden sie einen Platz für sie, wo sie sich setzen und gleichfalls nähen konnte. Die Frauen unterhielten sich leise miteinander, während Leonoras Musiker im Hintergrund Laute und Harfe spielten. Die Frauen bezogen Joanna in das Gespräch mit ein. Sie konnte zuhören und sich sogar ein wenig entspannen, obwohl sie wusste, dass dies eine Probe war – als würde man einen streunenden Hund beobachten, um zu entscheiden, ob er auf Dauer einen Platz am Kamin bekommen sollte. Leonora war freundlich, aber auf der Hut, was Joanna verstand. Sie war erst sechzehn, und der Königin würde über ihr Benehmen und ihren Umgang Bericht erstattet werden. Sie musste sich selbst schützen.

Als Joanna sich erhob, um sich zu verabschieden, dankte sie Leonora für ihre Gastfreundschaft.

»Ihr seid willkommen, wann immer Ihr kommen wollt«, antwortete Leonora huldvoll. »Ich weiß, dass Ihr Euch um Eure eigenen Angelegenheiten kümmern müsst und ich nicht damit rechnen kann, Euch morgen schon zu sehen, aber kommt in zwei Tagen wieder. Egal was passiert ist, Ihr seid immer noch die teure Tante meines Mannes und meine Freundin. Nichts kann etwas daran ändern.«

»Danke!« Joanna musste Tränen hinunterschlucken. »Es gibt da eine Gunst, die ich erbitten würde, wenn es denn möglich ist.«

Leonora blickte zu ihren miteinander schwatzenden Frauen und dann zu den Sekretären, die mit ihren Pergamenten und Schreibfeder beschäftigt waren. »Wenn ich kann«, sagte sie vorsichtig.

»Ich habe Geschenke für den König und Lord Edward. Ich würde sie gern selbst übergeben, und ich frage mich, ob Ihr Euch für mich einsetzen könntet. Schließlich bin ich die Schwägerin des Königs. Ich werde nichts Unziemliches tun, aber ich würde sie beide sehr gerne sehen ... Ich muss Euch um Geld bitten, um meinen Haushalt und meine Pferde zu versorgen.«

»Ich werde sehen, was ich tun kann«, sagte Leonora, »aber Ihr müsst Euch auf eine Enttäuschung gefasst machen. Die Barone wissen um Eure Loyalität Eurem Mann gegenüber, und sie glauben, alle Mittel, die Ihr erhaltet, würden direkt an ihn weitergeleitet werden.«

Joanna errötete, weil sie das in der Tat tun würde, und mehr. Sie musste vorsichtig zu Werke gehen, auch bei Leuten, die ihr Mitgefühl entgegenbrachten. »Ich brauche nur genug, um uns durchzubringen.« Sie biss sich auf die Lippe. »Einige der Frauen der Königin erzählten mir, dass die Söhne von Simon de Montfort William und seine Brüder in der Boulogne belagern. Das kann doch gewiss nicht gestattet werden, wenn sie freies Geleit hatten, das Land zu verlassen.«

Leonora schüttelte den Kopf. »Ich halte das nur für einen belanglosen Einschüchterungsversuch des Earl of Leicester, so als würdet Ihr Euren kleinen Hund dazu bringen, nach jemands Fersen zu schnappen. Seine Söhne werden bald genug zurückkommen. Macht Euch deswegen keine Sorgen. Konzentriert Euch auf das, was Ihr tun müsst, und ich werde Euch helfen, so gut ich es innerhalb meiner Grenzen kann.«

Leonoras Petition war erfolgreich, und eine Woche später erschien Joanna vor dem König und Edward. Sie hatte sich für den Anlass sehr sorgfältig gekleidet. Nicht zu kostbar und prunkvoll, damit sie nicht dachten, sie hätte Geld zum Verprassen übrig. Sie hatte ein Kleid aus weicher brauner Wolle mit ein wenig Stickerei gewählt, und ihr Schleier aus schlichtem weißem Leinen umrahmte streng ihr Gesicht. Cecilys Rosenkranz hing an ihrem Gürtel, und an den Fingern trug sie außer ihrem Ehering keinen Schmuck. Sie hatte die kleine Silberbrosche, die Henry ihr als Kind geschenkt hatte, an die Brust ihres Kleides gesteckt. Mit Johan, Agnes und Margaret, die gleichfalls schlicht gekleidet waren und ihr bestes Benehmen an den Tag legten, stand sie still hinter Leonoras Frauen. William war bei der Kinderfrau gelassen worden.

Simon de Montfort stand nah beim König mit breiter Brust und geschürzten Lippen und verfolgte aufmerksam alles, was geschah. Auch ihre Bigod-Vettern und Richard de Clare waren da, John de Warenne ebenso, aber im Hintergrund und ohne Aufmerksamkeit auf sich zu lenken.

Ein Diener rief Joanna und die Kinder nach vorne, um vor Henrys Stuhl niederzuknien. Sie war erschrocken, wie sehr er in so kurzer Zeit gealtert war. Die feinen Linien zwischen Nase und Mund hatten sich vertieft, und ein Augenlid hing tief herunter.

»Eine Augenweide, meine Schwester.« Er schenkte ihr ein zittriges Lächeln. »Und mein Neffe und meine Nichten sind auch so gewachsen. Ich hoffe, ihr seid alle bei guter Gesundheit.«

»Ja, Sire«, erwiderte Joanna. »Das sind wir allerdings, und sehr froh, am Hof zu sein.« Weil wir nirgendwo anders hingehen können, sagten ihre Gedanken. Sie versuchte, weiterhin zu lächeln. »Ich bin gekommen, um Euch meine Loyalität zu bekunden, mein Lehnsherr und König. Ich bitte

Euch, meine Treue zu akzeptieren, und ich möchte Euch zum Zeichen meiner Wertschätzung dieses Geschenk überreichen.« Sie drehte sich zu Johan, und ihr Sohn reichte dem König mit einer sehr korrekten Verbeugung ein Kästchen, das eine kleine juwelenbesetzte Kugel enthielt, um sie auf den Griff eines Stabs zu stecken.

Henry lachte vor Freude wie ein Kind, als er die Kugel ins Licht hielt, um die kunstvolle Arbeit zu bewundern. Er warf de Montfort einen Blick zu, fast wie um seine Erlaubnis einzuholen, sie zu behalten, und dann legte er sie neben sich, so dass der Earl of Leicester sie nicht genauer in Augenschein nehmen konnte. »Das ist ein sehr schönes Geschenk, Schwester. Ich werde es in Ehren halten.«

Dann wandte sich Joanna an Edward. »Und für Euch habe ich dies, Sire.« Wieder verneigte Johan sich und gab Edward einen schmalen Kasten mit einem Paar Jagdpfeilen mit in den Schaft eingeschnitzten winzigen Löwen. Edwards Gesicht hellte sich auf, und er beugte sich vor, um Joannas Wangen zu küssen. »Meinen Dank, Tante, sie sind sehr schön. Ich werde an dich denken, wenn ich auf der Jagd bin. Du bist wirklich sehr aufmerksam.«

Joanna knickste vor ihm und Henry und dann vor de Montfort, weil ihr keine andere Wahl blieb.

»Ich weiß, dass an deiner Loyalität kein Zweifel besteht, Tante«, fügte Edward hinzu und weitete so seinen Schutz für sie aus.

Mit brennendem Magen zog sich Joanna in die Sicherheit inmitten von Leonoras Frauen zurück, aber sie triumphierte, weil sie Henry und Edward erfolgreich dazu gebracht hatte, ihre Gegenwart und ihre Pflicht ihr gegenüber zur Kenntnis zu nehmen. Sie befanden sich in einer Klemme, wie sie jetzt begriff. Sie musste ihre eigenen Pläne machen und sicheres Geleit erreichen, um zu William zu reisen – aber jetzt noch nicht. Zuerst brauchte er finanzielle Mittel.

William und Aymer waren in ihrer Unterkunft damit beschäftigt, einem Schreiber Briefe zu diktieren, als Guy und Geoffrey aus der Schänke zurückkehrten.

»Du hättest mitkommen sollen!« Geoffrey klopfte sich auf seinen Bauch. »Die beste Muschelsuppe, die ich je gegessen habe, guter Wein und eine Schankmagd mit Brüsten wie Kissen.« Er wandte sich grinsend an Aymer. »Wenn du Southwark zurückbekommst, wird sie dir gutes Geld einbringen.«

Aymer schüttelte nur den Kopf über sie.

William erwiderte kurz: »Während ihr unterwegs wart, um euch zu amüsieren, haben Aymer und ich mit einer Bitte um Geleitbriefe vom König von Frankreich gearbeitet.«

Guy ließ sich auf die gepolsterte Bank vor dem Kamin fallen und rülpste. »Du könntest trotzdem mit uns mitkommen. Geleitbriefe werden sich einfach genug beschaffen lassen. Ich weiß nicht, warum ihr euch so den Kopf zerbrecht.«

»Weil die Königin von Frankreich Königin Alienors Schwester ist«, schnappte William. »Es kann sogar euch nicht entgangen sein, dass Alienor entzückt war, dass wir ins Exil geschickt und unsre Ländereien beschlagnahmt wurden. Wir sind der Feind, und sie wird ihre Schwester dahingehend beeinflussen. Dieser Brief muss mit diplomatischem Geschick verfasst und nicht mit Anmaßung dahingekritzelt werden. Wenn wir jetzt ohne Geleitbrief in den Limousin aufbrechen, würden wir nicht weiter als fünfzehn Meilen von Boulogne wegkommen, bevor wir angegriffen werden würden.« Erschöpft und gereizt rieb sich William über das Gesicht. »Wir brauchen einen Plan, und wir brauchen Geld. Aymer schreibt an die französische Geistlichkeit, damit sie eingreift, und hoffentlich können wir Ende der Woche hier fort.«

»Ah«, sagte Geoffrey, »nun, deswegen hat der Besuch einer Schänke seine Vorteile. Ich habe mit einem Kaufmann, der zwischen hier und Dover hin- und herreist, vereinbart, dass er uns gegen eine Zahlung von Silber sicher dorthin bringt.«

William hob die Brauen. »Über Dover?«, sagte er. »Wie viel?«

»Fünfhundert Mark.« Geoffrey ging zu dem Krug auf dem Tisch und schenkte die letzten Tropfen in einen Becher.

»Dann sind das fünfhundert Mark, die wir nie wiedersehen werden. Sie werden jede Gruppe und jede Ladung festsetzen und durchsuchen, die in den Hafen kommt oder das Meer überquert.«

»Hast du eine bessere Idee?«

»Joanna hat alles in der Hand.«

»Sie ist eine Frau«, schnaubte Geoffrey. »Ich weiß, dass du glaubst, die Sonne scheint aus jedem Teil von ihr, aber wie soll sie das schaffen? Vorgeben, dass sie ein Kind erwartet und einen Sack Geld unter ihr Kleid stopfen?«

William warf ihm einen bösen Blick zu. »Ich habe aus gutem Grund jegliches Vertrauen in Joanna«, fauchte er. »Wenn sie sagt, sie wird etwas erreichen, dann tut sie das auch.« Er erhob sich. »Zuerst müssen wir unsere eigenen Ländereien sicher erreichen, und das heißt, keine Risiken einzugehen. Wir müssen nicht nur dem Namen nach Brüder sein.«

Geoffrey blies die Wangen auf, nickte aber und kam

zu William, um ihn in eine nach Wein und Knoblauch riechende Umarmung zu ziehen. »Aye«, sagte er. »Brüder bis zum Ende. Also gut, lasst uns diese Bittbriefe schreiben. Je eher das passiert, desto eher können wir diesen gottverlassenen Ort hinter uns lassen.«

»Auf dem Fensterbrett steht ein frischer Weinkrug«, sagte William versöhnlich. »Du hättest etwas von dieser Muschelsuppe mitbringen sollen.«

Einer von Aymers Sekretären erschien und brachte einige frische Pergamentrollen und Kerzen. Er war auch in der Stadt gewesen und atmete schwer, weil er den ganzen Weg zurück zu ihrer Unterkunft gerannt war. »Sires«, sagte er. »Es sind Soldaten in der Stadt, frisch von einem englischen Schiff. Söldner, die das Wappen von de Montfort tragen, mit de Montforts zwei ältesten Söhnen an der Spitze. Sie haben herumgefragt, wo Ihr Euch aufhaltet.«

»Jetzt seht ihr, warum wir nicht in der Stadt trinken sollten«, sagte William. »Ich wusste, dass das passieren würde. Sie lassen uns gehen, und dann folgen sie uns mit Mordgedanken im Sinn. Jetzt sehen wir, was das Wort von Simon de Montfort wert ist.« Sein Magen zog sich vor Furcht zusammen, auch wenn er sich nach außen hin weiterhin wütend zeigte. Wenn sie gewillt waren, ihn bis zu seinem Ende zu verfolgen, was würden sie dann seiner Frau und seinen Kindern antun? Unwillkürlich legte er die Hand an seinen Schwertgriff.

Aymer legte beruhigend die Hand auf seine Hand. »Wir kennen die ganze Geschichte noch nicht. Simon de Montforts Söhne sind nicht de Montfort selbst. Es könnte sich einfach nur um eine Gruppe unreifer Jugendlicher handeln, die es darauf abgesehen haben, ein bisschen Männlichkeit unter Beweis zu stellen. Tatsächlich können sie uns sogar einen Gefallen getan haben. Es wird leichter sein, unsere Geleitbriefe zu bekommen, jetzt, wo uns diese erbärmlichen Ratten bis Boulogne verfolgt haben. Der König von Frankreich wird nicht wollen, dass feindliche englische Parteien sein Land für ihre Auseinandersetzungen benutzen.«

Geoffrey holte sein in der Scheide steckendes Schwert, das er gegen die Wand gelehnt hatte. »Ich würde sie nach Hause schicken«, knurrte er, »aber nicht mit eingezogenen Schwänzen. Die werden sie hierlassen, an die Türen dieses Turms genagelt.«

»Nein«, warnte Aymer. »Wenn wir auf ihre Herausforderung reagieren, schmälert das unsere Chancen, freies Geleit zugesichert zu bekommen.«

»Und wenn wir es nicht tun, werden wir schwach erscheinen«, gab Geoffrey zurück. »Seit wann hat die Vorsicht deine Hand zurückgehalten, Bruder?«

»Aymer hat recht.« William setzte sich wieder und fuhr sich mit den Händen über das Haar. »Ich brenne genauso darauf wie ihr, Henry de Montfort und seinem Bruder ein Schwert durch den Leib zu rammen, aber wenn wir hier in Boulogne Blut vergießen, was glaubst du, wo das enden wird? Um unser Leben zu retten, müssen wir uns an die Gesetze halten. König Louis' Missfallen wird sich gegen de Montforts Söhne richten, nicht gegen uns.«

»Ha, also sitzen wir hier wie Geflügel in einem Hühnerstall und sehen zu, wie zwei Füchse vor dem Riegel geifern?« Geoffrey warf sein Schwert auf den Tisch.

»Ich werde an Henry und Edward schreiben«, sagte William.

»Ja, ich bin sicher, dass das eine große Wirkung zeigen wird«, höhnte Geoffrey.

»Mehr, als du denkst. Einige am Hof werden es nicht gut

aufnehmen, dass de Montforts Söhne das Versprechen des sicheren Geleits gebrochen haben. Ich werde Henry bitten, sich bei König Louis für uns einzusetzen, und ich werde John und seinen Bigod-Brüdern schreiben.«

»Briefe!« Geoffrey winkte geringschätzig ab.

»Nichts kann uns davon abhalten, uns zu verteidigen, aber wir sollten nicht selbst angreifen«, beharrte William.

Guy stand auf und rollte seine breiten Schultern. »Es gab eine Zeit, da konnten wir dich aus handgreiflichen Streitigkeiten gar nicht heraushalten, kleiner Bruder«, sagte er säuerlich.

»Vielleicht bin ich erwachsen geworden«, sagte William. »Ich bin kein Feigling, das wisst ihr, aber wenn wir kämpfen, werden wir alles nur noch schlimmer machen, und der Preis ist jetzt schon zu hoch.«

Guy holte sein eigenes Schwert, ließ es aber in der Scheide. »Wir werden uns einer schweren Herausforderung stellen müssen«, sagte er, dabei rieb er sein Kinn, »aber ich bin geneigt, dir zuzustimmen.« Er sah Geoffrey an. »Bewahr vorerst einen kühlen Kopf, abgesehen davon, dass wir dafür sorgen müssen, dass wir gut ausgerüstet sind, um ihnen Widerstand zu leisten, und schreibt inzwischen die Briefe. De Montforts Söhne sind unerfahrene Welpen. Wir sollten nicht zu selbstgefällig sein, aber ich bezweifle, dass sie mit Geld und Belagerungsgeräten kommen werden, und ganz sicher wird niemand in Boulogne ihnen helfen.«

Der Sekretär räusperte sich. »Sire«, wandte er sich an William, »Ihr solltet wissen, dass der Bruder Eurer Frau bei ihnen ist.«

William schnaubte verächtlich. »Ha, das wundert mich nicht. Er hat sich seit Monaten wie ein junger Streuner an ihre Fersen geheftet und nach Krumen geschnappt.«

Eine Stunde später kamen Simon de Montforts Söhne zusammen mit einem kleinen Gefolge von Soldaten an dem befestigten Turmhaus an, wo William und seine Brüder untergebracht waren.

»Kommt heraus, wenn Ihr es wagt, und stellt Euch uns!«, donnerte Henry de Montfort, dabei hämmerte er mit vor selbstgerechter Wut hochrotem Gesicht gegen die verbarrikadierte Tür. »Kommt und verantwortet Euch vor uns für die Verbrechen, die Ihr begangen habt, und die Erbgüter, die Ihr gestohlen habt! Feiglinge und Diebe! Kommt jetzt heraus!«

Geoffrey grollte verhalten und umfasste sein Schwert.

Etliche Briefe waren bereits losgeschickt worden, und die Schreiber verfassten wie wild weitere, dabei lauschten sie auf den Lärm draußen. Aymer stieg ganz oben auf den Turm und öffnete das Fenster, um zu ihnen hinunterzubellen, sie sollten nach Hause gehen und aufhören, den Frieden des Königs von Frankreich zu stören. Seine Belohnung bestand in Hohnrufen und einer Steinsalve von den Schleudern.

»Die de Montfort-Jungen verfügen nicht über ausreichend Männer, um einen ernsthaften Angriff zu wagen«, meinte Geoffrey. »Aber wir könnten in Schwierigkeiten geraten, wenn es ihnen gelingt, andere zu ihrer Fahne zu rufen oder den Torhüter zu bestechen.«

»Ich bezweifle, dass jemand töricht genug sein wird, sich ihnen anzuschließen«, gab William zurück, »aber um sicherzugehen, sollten wir es den Dienern schmackhaft machen, loyal zu bleiben. Wir haben vielleicht nur Geld für das Notwendigste, aber ich würde dies als absolut notwendig bezeichnen.« Er schwor sich stumm, dass de Montfort und seine Söhne bezahlen würden. Er würde keinem seiner Söhne je gestatten, sich so unehrenhaft, respektlos und ohne jegliche Disziplin zu verhalten. Das galt auch für Joannas Bruder. Der junge Guillaume de Munchensy musste eine Lektion erteilt bekommen.

Joanna war ebenfalls damit beschäftigt, den Sekretär Briefe schreiben zu lassen und ihre Mittel abzuschätzen. Sie hatte drei Seidengewänder und ihren zweitbesten Gürtel verkauft, war aber vorsichtig. Die Grenze zwischen sparsam zu sein und schäbig zu wirken war schmal. Sie hatte einige ihrer Diener entlassen und nur einen loyalen Kern behalten. Alles, was sie über von ihren Mitteln abgezogenem Geld ausgab, wollte sie zu William bringen, wenn sie zu ihm reiste.

Der von den feindselig gesonnenen Baronen überwachte Verwaltungsapparat des Königs machte es schwierig, neue Einkommensquellen aufzutun und einen Haushalt zu führen, ohne auf die Mittel Zugriff zu haben, die sie nach London gebracht hatte, das stellte eine Herausforderung an ihre Findigkeit dar. Sie speiste mit den Gefolgsleuten des Königs am Hof, wann immer sie konnte, und versuchte, es nicht zu sehr aussehen zu lassen, als würde sie Wohltätigkeit annehmen. Statt sich demoralisieren zu lassen, leitete sie ihre Frustration und ihre Furcht in die Suche nach Wegen, die sich um ihre Lage herumschlängelten.

Ihr Kaplan Nicolas kam leise in ihre Kammer und bückte sich, um ihr ins Ohr zu flüstern: »Madam, der König wünscht, dass Ihr mit ihm in seiner Privatkapelle betet.«

Nicolas verbrachte oft Zeit mit Henrys Kaplanen und hielt am Hof die Ohren offen. Joanna verstand die Botschaft sofort als Befehl zu einem Treffen, dessen Gründe über Gebete hinausgingen, auch wenn diese eine Rolle spielen würden.

»Ich komme sofort«, sagte sie und überließ es ihrem Sekretär, sich mit der Buchführung zu befassen.

Henry wartete in seiner Kapelle, die sich an die große bemalte Kammer anschloss, auf sie. Joanna trat leise auf den Altar zu, wo er mit geschlossenen Augen kniete, ließ sich neben ihm nieder und senkte den Kopf. Weihrauchduft erfüllte jeden Atemzug, den sie tat, und die Kerzen flackerten in ihren vergoldeten Haltern. Es war, als wäre man in einem dunkel glühenden Edelstein eingeschlossen.

Eine Weile beteten sie stumm. Joanna flehte zu Gott, die Heilige Jungfrau und jeden Heiligen, den sie kannte, William zu beschützen, zählte ihre Namen an jeder Rosenkranzperle ab und bat um ihre Hilfe und ihre Gnade.

Endlich flüsterte Henry ein kaum hörbares »Amen«, hob den Kopf, sah Joanna mit traurigen Augen an und ergriff ihre Hände. »Ach, mein liebes Mädchen, es tut mir so leid, was dir und William widerfahren ist. Ich würde das alles ändern, wenn ich könnte.«

Joanna schluckte ihre Gefühle hinunter. »Sire, es tut mir auch sehr leid. Ich mache mir große Gedanken wegen dem, was mir und William und den Kindern zustoßen wird. Mein Mann wurde ins Exil gezwungen. Feindliche Fremde besetzen meine Landsitze und Burgen, und wer weiß, wohin die Einnahmen gehen – gewiss nicht in meine Truhen.« Sie hob den Blick und sah ihn flehentlich an. »Wie soll ich leben und meinen Haushalt und meine Kinder ernähren, wenn ich nichts habe?«

»Aber es liegt Geld für dich in der Templerkirche.« Henry wirkte betrübt. »Du hast ein Einkommen.«

»Es mag tatsächlich Geld für mich in dem Tempel aufbewahrt werden, aber ich habe nichts davon erhalten. Nicht mehr lange, und Ihr werdet mich und meine Kinder an der Armentafel in Eurer Halle durchfüttern.«

»Niemals!« Henrys Augen weiteten sich entsetzt. »Das

würde ich nie zulassen. Es wird etwas geschehen, das verspreche ich dir.«

»Danke!«, sagte Joanna ohne große Zuversicht. »Es sind überdies alle übereingekommen, dass William nur eine Zeit lang ins Exil geht. Jetzt höre ich, dass die Söhne von Simon de Montfort ihn und seine Brüder – Eure Brüder – bis nach Boulogne verfolgt haben, um sie zu quälen.«

»Ich weiß, denn ich habe einen Brief von William bekommen«, sagte er, »und ich habe an König Louis geschrieben und ihn gebeten, einzugreifen.« Sein Gesicht verzerrte sich ängstlich. »Ich habe auch mit meiner Schwester und dem Earl of Leicester gesprochen, und die betreffenden jungen Männer wurden zurückbeordert. Ein Bote ist vor der Abenddämmerung mit dem Befehl aufgebrochen. Zum Teil habe ich dich deswegen herbestellt – um es dir zu sagen.« Er dämpfte seine Stimme. »Wir werden die Oberhand gewinnen, und zu gegebener Zeit wird William zurückkehren, das verspreche ich dir.«

Joannas Erleichterung über Henrys Eingreifen wurde von dem Wissen gemindert, dass William nicht sicher sein würde, bis der Bote die Briefe ablieferte. Sie hegte auch Zweifel bezüglich dessen, was Henrys Vorstellung von Oberhand gewinnen wirklich bedeutete, wenn er es mit einem so charismatischen und dominanten Gegner wie Simon de Montfort zu tun hatte.

»Danke, Sire!« Trotz ihrer Bedenken war sie dankbar, weil wenigstens ein Stein ins Rollen gekommen war. »Ich hoffe, zu meinem Mann zu reisen, sowie er im Limousin ist. Ich stehe zwar am Hof unter Eurem Schutz, aber es ist dennoch eine schwierige Situation für mich.«

Henry küsste sie sacht auf die Stirn. »Ich weiß, meine Liebe, und ich werde mein Möglichstes tun, um dir ein sicheres Geleit zu meinem Bruder zu verschaffen. Mir blieb nichts anderes übrig, als ihn fortzuschicken – es war nie mein Wunsch, das zu tun.«

Joanna nickte, dabei nagte sie an der Innenseite ihrer Lippe.

»Dies hier könnte euch beiden helfen.« Er nahm ihre Hand, drehte die Handfläche nach oben und drückte einen Schlüssel hinein. »Der gehört zu der Truhe, die ich in der Kapelle auf dem Altarregal aufbewahre. Ich vertraue ihn dir an und erteile dir die Erlaubnis, dir daraus zu nehmen, was du brauchst. Es handelt sich um persönliche Gegenstände von mir, und es ist allein meine Sache, was ich damit mache. Du kannst ein paar Sachen nehmen und verkaufen, um für dich und die Kinder zu sorgen und William zu helfen. Ich zähle auf deine absolute Diskretion. Mein Kaplan weiß, dass du den Schlüssel hast, und ich vertraue darauf, dass er schweigt, aber erzähl es niemandem – schon gar nicht der Königin, denn sie würde es nicht verstehen. Nimm, was du willst, und nutze es klug.«

Joanna spürte das kühle, solide Messing in ihrer Hand, als Henry sie hinter den Altar zog und ihr die lange, verzierte, mit Schlössern gesicherte Truhe zeigte.

»Es soll jeder wissen, dass ich dir die besondere Erlaubnis erteilt habe, jederzeit meine Kapelle zu benutzen, wenn dir nach Frieden und Gebeten ist.«

»Danke, Sire!« Joannas Stimme klang gepresst vor überwältigenden Gefühlen. »Ich kann nicht in Worte fassen, was in meinem Herzen ist.«

»Ich auch nicht«, erwiderte Henry, dabei wischte er sich über die Augen. »Ich helfe dir auf die einzige Weise, auf die ich es im Moment kann, und ich erwarte, dass du es voll und ganz ausnutzt.«

Er nahm ihr den Schlüssel ab, schloss die Truhe auf und klappte den Deckel zurück. Joanna blickte auf den Glanz von Gold und Silber, auf farbenprächtige Emaille aus dem Limousin und das Funkeln von Edelsteinen. Auch das Pfauengeschirr, das ihm der König von Frankreich als Abschiedsgeschenk gegeben hatte. Er nahm einen kleinen Lederbeutel heraus, der vier schwere Goldringe mit kostbaren Steinen enthielt. »Befestige das an deinem Gürtel«, sagte er, bevor er erneut in die Truhe griff wie ein Kind, das in einer Spielzeugkiste wühlt. Obwohl er Joanna die Erlaubnis gegeben hatte, galt die Übereinkunft ebenso für ihn selbst. Sie registrierte, wie seine Hand über bestimmten Gegenständen schwebte, bevor sie weiterwanderte, und sie beschloss, diese Dinge nicht anzurühren, da sie eindeutig kostbar für ihn waren.

»Was auch immer ich nehme, ich werde es ersetzen«, versprach sie. »Ich weiß, was die Sachen Euch bedeuten.«

Er sah sie an und lächelte. »Heißt es nicht über der Tür in der großen Kammer, dass er, der hat und nicht gibt, nichts bekommen wird? Und ich gebe bereitwillig und gerne.« Er schloss die Truhe und richtete sich auf. »Wir werden das überstehen. Wir müssen nur den Schlamm am Boden des Teiches eine Weile ertragen.«

Joanna verließ die Kapelle mit dem Beutel mit den Ringen an ihrem Gürtel, zwei vergoldeten silbernen Kerzenleuchtern und einer kleinen Reliquie mit einem Fragment von Maria Magdalenas Fingerknochen. Es kam ihr eigenartig und fast falsch vor, Schätze aus der Privatsammlung des Königs an sich zu nehmen, auch wenn er es ihr gestattet hatte, aber sie war Henry dankbar, und das Wissen, dass er sie und William nicht im Stich gelassen hatte, rührte sie fast zu Tränen.

Als sie durch die große Kammer huschte, blieb sie vor der Figur der Hoffnung stehen, die die Verzweiflung zertrampelt, und erneuerte ihre Bekanntschaft mit einem Teil ihrer eigenen Ähnlichkeit. In einem stummen Zwiegespräch bat sie die Figur um den Segen ihrer Gesellschaft in den Tagen, die kommen würden, denn ohne Hoffnung zu reisen war furchtbar, und es gab Zeiten, wo sie stattdessen der Verzweiflung gefährlich nahe kam. Heute Abend jedoch hielt sie die Sterne in der Hand.

31

Boulogne, Frankreich
Sommer 1258

»Sie ziehen ab«, verkündete Guy, als er in den Raum stürmte.

William legte das Stück Pferdegeschirr weg, das er geflickt hatte, und trat zum Fenster, um hinauszublicken. Die de Montfort-Söhne und ihre Anhänger, Joannas Bruder miteingeschlossen, hatten ihre Ausrüstung zusammengepackt und zeigten Anzeichen dafür, ihre pompöse, aber wirkungslose Belagerung des Wachturms aufzugeben.

»Ich habe es euch ja gesagt«, kam es von Aymer. »Es sieht so aus, als hätten unsere Briefe Wirkung gezeigt.«

Während die de Montfort-Truppe noch mit ihrem Gepäck beschäftigt war, traf ein Bote vom französischen Königshof ein, und nachdem er eingelassen worden war, überreichte er William und seinen Brüdern die Briefe, die ihnen sicheres Geleit zusicherten, in Form von Pergamenten mit dem königlichen Siegel. William wurde ebenfalls aufgefordert, König Louis aufzusuchen, bevor er Richtung Süden aufbrach, um ihm persönlich zu berichten, was geschehen war.

»Ich habe mit Euren Gästen gesprochen, als sie abzogen.« Der Bote musterte sie neugierig. »Ihr habt ein paar üble Feinde in England.«

»Es gibt immer welche, die mit anderen Streit anfangen,

um ihre eigene Unfähigkeit zu überspielen«, antwortete er grimmig. »Ich bin froh, dass der König von Frankreich gütig zu uns war und über so kleinlicher Bosheit stand.«

»Er liebt den Frieden ebenso sehr wie die meisten anderen Menschen«, erwiderte der Bote mit unverbindlicher Diplomatie.

William und seine Brüder packten rasch ihre Habseligkeiten zusammen, verließen eine Stunde vor Mittag ihr Refugium und traten in die heiße, nach Meer riechende Luft hinaus. William rechnete fast mit einem Hinterhalt in letzter Minute seitens ihrer Peiniger, aber sie waren fort und hatten nur vom Wind verwehte Asche sowie eine zerbrochene Leiter hinterlassen. Es war fast eine Enttäuschung, die Anspannung aus sich herausströmen zu lassen wie Luft, die aus einer Schweinsblase entweicht.

William straffte die Schultern und trat zu seinem gesattelten Pferd. Jetzt, wo sie ihre Geleitbriefe hatten, konnten sie beginnen, zurückzuschlagen.

John de Warenne saß vor dem Kohlebecken in Joannas Kammer und nahm den Becher gewürzten Wein entgegen, den sie ihm reichte. Es regnete in Strömen, und das Gurgeln des Wassers in den Rinnsteinen erfüllte den Raum. Die Wand rund um die schlecht schließenden Fensterläden glänzte vor Feuchtigkeit.

»Das ist der Rest Muskat«, sagte sie bedauernd, »aber zumindest ist der Wein trinkbar. Der König hat mir gestern einen Krug und eine Wildkeule geschickt.«

»Er ist sehr gut«, erwiderte er, nachdem er einen Schluck genommen hatte, und dann blickte er sie über den Becherrand hinweg an. »Wie kommst du zurecht?«

Sie seufzte. »Ich tue mein Bestes, den Haushalt mit dem,

was ich habe, zu versorgen. Der König tut, was er kann, und Lady Leonora ist sehr freundlich zu mir. Aber wenn ich versuche, das zu bekommen, was mir gehört, werde ich plötzlich unsichtbar. Ich weiß, warum, aber es ist nicht die Gerechtigkeit, von der die aus dem Kreis um den König so hochnäsig sprechen. Mein Landbesitz ist mir genommen worden – gestohlen.«

»Es tut mir leid.« John wirkte peinlich berührt und räusperte sich. »Ich habe dir etwas mitgebracht, was dir vielleicht ein wenig hilft.« Er gab ihr einen kleinen Lederbeutel. »Es sind nur fünf Mark, aber es wird eine Weile für Essen und Feuerholz für deinen Haushalt reichen.«

»Danke!« Sie nahm das Geld, weil sie sich Stolz beim besten Willen nicht leisten konnte.

»Wenn es sonst noch etwas gibt, was ich tun kann, musst du es nur sagen – ich meine es ernst.«

»Da gibt es einige Dinge. Ich weiß nicht, ob du es bewerkstelligen können wirst, aber ...«

»Sag es mir, und wir werden sehen.«

Sie sah ihn fest an. »Das Erste betrifft meine fehlenden Geldmittel. Du könntest mit deinen Brüdern sprechen, da sie zu der Beratergruppe des Königs gehören. Vor allem mit Hugh. Er könnte Mitgefühl aufbringen und seinen Einfluss geltend machen. Ich habe überhaupt nichts bekommen, obwohl mir versprochen wurde, dass ich Geld erhalten würde, um meinen Haushalt zu versorgen. In der Templerkirche lagern mehr als genug Münzen.«

Weazel strich um Johns Beine, und er kraulte ihn sacht zwischen den Ohren. »Ich werde den richtigen Moment abwarten müssen, aber ich kann es versuchen. Es ist in der Tat ratsam, sich an Hugh zu wenden, nicht an Roger.« Er verzog das Gesicht.

»Ich bin dir dankbar«, sagte sie.

»Und die andere Angelegenheit?«

Joanna senkte die Stimme. »Der König hat mir den Schlüssel zu seiner persönlichen Schatztruhe gegeben und mich aufgefordert, zu nehmen und zu verkaufen, was immer ich brauche.«

Johns Augen wurden groß, und er hörte auf, Weazel zu streicheln.

Joanna holte die kleine juwelenbesetzte Reliquie, um sie ihm zu zeigen. »Ich muss hierfür den besten Preis erzielen, den ich bekommen kann.« Sie drückte ihm die Reliquie in die Hand. »Ich kann sie nicht selbst verkaufen, weil zu viele Fragen gestellt würden, aber ich muss sie in Münzen umwandeln, und ich frage mich, ob du das für mich übernehmen würdest.«

John blickte auf den kunstvoll gearbeitete schönen Gegenstand hinunter und schloss dann die Hand fester darum. »Ja, natürlich, aber es könnte ein paar Tage dauern, einen Käufer zu finden. Ich komme so schnell zu dir zurück, wie ich kann.« Er blickte sie verwundert und mit aufkeimendem Argwohn an – als hätte sich eine Katze plötzlich in einen Löwen verwandelt.

»Gott segne dich, John! Da ist noch mehr, aber wir müssen sehr vorsichtig sein. Ich will nicht, dass einer von uns ertappt wird.«

»Natürlich nicht.« Er verstaute die Reliquie in seinem Beutel. »Ich kenne einige Geistliche, die dies hier nur allzu gern ihren Sammlungen einverleiben und nicht zu viele Fragen stellen werden.«

Sie nickte. »Ich habe die Absicht, mit den Kindern England zu verlassen und zu William zu gehen, aber nicht in Armut. Es wird sehr schwierig werden, Zugang zu unseren

Schätzen in Waltham und der Templerkirche zu bekommen, aber ich habe andere Quellen, und ohnehin erreichen nicht alle Einnahmen aus meinen Landgütern den Tempel.«

John blinzelte sie an. »Wohin gehen sie denn dann?«

Joanna nahm ihren Umhang von der Rückenlehne ihres Stuhls. »Komm mit!«

Er sah sie schief an, stand aber auf, legte seinen Umhang an und setzte seinen Hut auf.

»Ich mache mir Sorgen um meine Stute, und ich würde deine Meinung zu schätzen wissen. Ich bin nicht sicher, aber ich glaube, dass sie auf dem Hinterbein zu lahmen beginnt.«

»Ich gehe davon aus, dass das eine tiefere Bedeutung hat.«

»O ja! Ich wäre um vieles glücklicher, wenn du mir sagen würdest, was du denkst.«

»Dann geh um Himmels willen vor.« Er vollführte eine Geste.

Sie führte ihn zu den Palastställen, wo sie für den Unterhalt einiger Pferde bezahlte – ihre graue Stute, die Reittiere ihrer Kinder und vier gute weitere Pferde. »Ihre Versorgung belastet meine Finanzen sehr«, sagte sie, »aber ich möchte sie nicht verkaufen, wenn es nicht sein muss.«

Joanna betrat den Stall der Stute, der am Ende lag und groß genug war, um ein paar Fässern mit Futter, auf denen einige gefaltete Pferdedecken und Wollsäcke lagen, Platz zu bieten. Sie deutete auf die Fässer. »Wenn du ungefähr einen Fuß tief unter den Hafer gräbst, würdest du Silber und Gold finden. Unter dem Boden ebenfalls. Ich habe einige Karrenladungen mit Wolle von der Schur von etlichen meiner Landsitze, die darauf warten, dass meine Frauen sie zu Garn spinnen, um es zu verkaufen. Die Wollsäcke werden sortiert werden, und jeder wird eine Hülle aus Wolle und ein Herz aus Wertsachen haben. Wenn alles bereit ist, werde ich zu meinem Mann reisen.«

John starrte sie mit offenem Mund an, dann schüttelte er den Kopf. »Das ist ein sehr gefährliches Spiel, das du da spielst.«

»Es ist kein Spiel«, erwiderte Joanna mit kaltem Feuer. »Mir war in meinem ganzen Leben noch nie etwas so ernst. Sie wollen mir alles nehmen, und das werde ich nicht zulassen.«

»Aber was, wenn du entdeckt wirst?«

»Das Risiko gehe ich ein. William würde das auch tun, wenn er hier wäre, das weißt du.«

John machte eine Geste des Zugeständnisses. »Du bist eine mutige und entschlossene Frau«, sagte er mit einer Mischung aus Bewunderung und Zweifel.

»Ich habe keine andere Wahl.« Sie erschauerte. »Ich habe furchtbare Angst, John – nicht nur um mich, sondern um die Kinder und um William. Wenn ihm etwas zustößt, weiß ich, dass ich aus selbstsüchtigen Zwecken wieder verheiratet werde und meine Kinder Gott weiß wo unter Vormundschaft gestellt werden – ich weiß genau, wie solche Dinge aus Gewinnsucht gedeichselt werden. Beim ersten Mal hatte ich Glück, aber jetzt bin ich am Boden des Glücksrades angekommen und kann den Saum meines Kleides kaum über dem Schlamm halten.«

»Ich werde nicht dulden, dass dir oder meinen Nichten und Neffen das zustößt«, sagte John hitzig, »und meine Brüder auch nicht. Blut ist immer noch dicker als Wasser.« Er küsste sie auf die Wange und tat dann um des äußeren Scheins wegen so, als würde er das Bein der Stute untersuchen. »Das musst du wirklich im Auge behalten. Ich bin froh, dass du zu mir gekommen bist. Ich habe etliche Heilmittel, die helfen könnten.«

»Es freut mich, das zu hören«, entgegnete Joanna. »Ich habe mir solche Sorgen um sie gemacht.«

»Überlass alles mir. Ich komme in ein paar Tagen zu dir, wenn ich mich um die Angelegenheit gekümmert habe, und in der Zwischenzeit werde ich sehen, was ich tun kann, um dir auf weniger heimlichen Wegen Geldmittel für deinen Haushalt zu verschaffen.«

Im Lauf der folgenden Wochen, als der Herbst Einzug hielt, fuhr Joanna mit ihren Vorbereitungen dafür fort, England zu verlassen und zu William ins Exil zu gehen. Sie ließ ihre Dienerinnen etwas von der Wolle aus den Vliessäcken spinnen, die von ihren Landsitzen eingetroffen waren, und verkaufte die gesponnene Wolle, um von dem Erlös ihren Lebensunterhalt zu bestreiten. Still und heimlich wurden in einigen Wollsäcken in der Mitte Beutel mit Geld versteckt, dick umwickelt, damit sie nicht verrutschten oder klirrten. John verkaufte die Reliquie, die Kerzenleuchter und die Ringe. Sie verwendete einen kleinen Teil des Geldes, um davon zu leben, und verbarg den Rest in den Wollballen.

Von dem Geld, das ihr zugesagt worden war, hatte sie noch immer nichts gesehen, und einmal mehr wappnete sich Joanna dafür, sich dem Hof zu stellen und ihr Recht einzufordern. Sie hatte den Tag sorgfältig gewählt – einen, an dem Simon de Montfort nicht da war, aber ihre Bigod-Vettern anwesend waren. John hatte bei ihnen bereits den Weg für dieses Treffen geebnet.

Wieder trat Joanna als Bittstellerin in die Halle und kniete vor dem König nieder. Er bedeutete ihr, sich zu erheben, und hieß sie mit unbeteiligter Miene, aber mit wissenden Augen willkommen.

Joanna straffte die Schultern. »Sire, Ihr kennt mich, seit ich als Kind zum Hof gekommen bin, und ich war Euch immer treu ergeben und habe Euch gehorcht. Jetzt ist mir ohne meine eigene Schuld der Zugriff auf jede Art finanzieller Mittel verwehrt worden, mittels derer ich meinen Haushalt am Laufen halten kann. Ich bin darauf zurückgeworfen worden, Schulden anzuhäufen und Freunde zu bitten, mir aus Mitleid und Güte Geld zu leihen. Meine Frauen spinnen für ein paar Pennys Wolle, aber das sollte nicht sein. Ich habe während der Abwesenheit meines Mannes ein Anrecht auf die Einnahmen aus meinen Landsitzen.«

Sie hielt inne, um sich zu sammeln und ihr wild klopfendes Herz zu beruhigen.

»Mir sind Gerüchte zu Ohren gekommen, dass man mir nicht trauen kann und dass ich alles, was mir gegeben wird, meinem Mann schicken würde, aber wie sollte ich das tun? Ich wüsste nicht, wo ich anfangen sollte. Alles, was ich von diesem Rat erbitte, sind die nötigen Mittel, um meinen Lebensunterhalt zu bestreiten und den Armen Almosen zu geben, so wie ich es immer getan habe. Ihr wisst, dass meine Loyalität Euch gilt, Sire.«

»Das weiß ich allerdings«, sagte Henry und sah den unbeteiligt wirkenden Hugh Bigod an.

»Welche Bedrohung stelle ich denn für irgendjemanden dar?«, fuhr Joanna fort. »Ich möchte Euch nur unterstützen. Ich verlange die vollständige Rückgabe meiner Ländereien und Einkommen, die mir durch die Hände meiner Mutter und meine Vorfahren zugefallen sind, deren Blutlinie Euch gut und ohne dass es etwas auszusetzen gab, gedient hat. Würden sie mich an Eurem Hof um Gerechtigkeit betteln sehen wollen?« Ihre Stimme gewann an Kraft. »Ich habe die Dokumente und Urkunden, die mein gesetzliches Anrecht auf meine Ländereien beweisen. Ich verlange, dass dieses Recht umgesetzt und als vorrangig anerkannt wird, damit meine Kinder morgen etwas zu essen haben. Ich bitte im Namen Gottes darum, dass dieses Unrecht durch Euren Befehl wiedergutgemacht wird, Mylord König.«

Joanna war nicht bewusst gewesen, wie viel sich in ihr angestaut hatte, bis sie es Henry auseinandersetzte, doch trotz des Gefühlsausbruchs kamen ihr keine Tränen. Sie holte tief Atem und kniete erneut zu seinen Füßen nieder. Seine Haut fühlte sich unter ihren Lippen trocken und kalt an, als sie seine Hand küsste, und seine Ringe saßen locker.

Henry berührte sacht ihre Schulter. »Wenn du ein Mann wärst, würde ich dich für diese Rede zu einem meiner Minister machen, meine teuerste Schwester«, sagte er, dabei blinzelte er Feuchtigkeit aus seinen Augen fort. »Wir werden sehen, was getan werden kann, um diese Missstände unverzüglich abzustellen.« Er wandte sich an Hugh Bigod. »Was sagt Ihr, Mylord?«

Joanna sah ihren Vetter an, konnte aber seine Gedanken nicht ergründen. Sie hoffte, John hatte recht gehabt, als er gesagt hatte, Hugh würde ihr helfen und die Familie käme an erster Stelle.

»Ich würde es in der Tat hassen, dich völlig verarmt zu sehen, Base«, erwiderte Hugh stirnrunzelnd. »Vielleicht ist irgendein Versehen passiert. Ich werde gründlich prüfen, ob das der Fall ist, und in der Zwischenzeit ist hier Geld für deine unmittelbaren Bedürfnisse.«

Er reichte ihr einen Beutel mit Silber, zufriedenstellend groß und schwer. Sein Gewicht verriet ihr, dass sie mit dem Inhalt ihren Haushalt ein paar Wochen versorgen konnte, aber es war immer noch viel weniger als die Summe, die ihr zustand. Sie dankte ihm erleichtert, aber zugleich spöttisch. Zumindest bedeutete der Geldbeutel, dass sie ihre anderen Quellen nicht anzapfen musste.

Henry sagte: »Wenn du wieder in Schwierigkeiten gerätst, dann sag es, und wir werden sehen, wie Abhilfe geschaffen werden kann.«

»Danke, Sire. Ich bin Euch sehr dankbar.« Sie knickste erneut und zog sich mit dem Beutel zurück, fühlte sich elend und besudelt, weil sie dies hatte tun müssen. Sie würde froh sein zu gehen, wenn die Zeit reif war.

Auf dem Weg zu ihrer Kammer traf sie ihren Halbbruder, der auf sie zu stolzierte. Er kreuzte absichtlich ihren Weg, zwang sie, stehen zu bleiben, und bedachte sie mit einem dünnen Lächeln voller Spott. Sie hatte gehört, dass er im Sommer mit Simon de Montforts Söhnen in Boulogne gewesen war, um William zu quälen.

»Schwester, wie geht es dir?«, fragte er. »Ich habe dich kaum gesehen, seit wir beide an den Hof zurückgekehrt sind.«

»Gut genug«, antwortete sie kurz und versuchte, weiterzugehen, doch er ging mit ihr, versperrte ihr den Weg und deutete auf den Beutel in ihrer Hand. »Ich bin froh, zu sehen, dass du ein paar Verbündete hast, die dich vor Armut bewahren. Du musst wissen, dass ich für dein Wohlergehen sorgen werde, falls deinem Mann etwas zustößt.«

Joanna biss die Zähne zusammen.

Sein Lächeln vertiefte sich, als er den Beutel an seinem Gürtel öffnete und ihm fünf Silberpennys entnahm. »Das ist alles, was ich habe, aber es wird für etwas Feuerholz und Suppe reichen.«

Ihr erster Impuls bestand darin, ihm das Geld aus der

Hand zu schlagen und ihn zu ohrfeigen, aber sie beherrschte sich. Für die Münzen würde sie tatsächlich kaufen können, was er sagte. Sie nahm sie und sah ihm in die Augen. »Ich werde es dir zurückzahlen«, sagte sie mit ruhiger Bestimmtheit. »Da kannst du sicher sein.«

Sie machte einen Bogen um ihn, und diesmal ließ er sie gehen. In ihrer Kammer warf sie die Pennys in einen kleinen Holzkasten neben ihrem Bett. Und dann wusch sie sich die Hände.

Vierzehn Tage später war Joanna in den Ställen, vorgeblich, um nach ihrem Pferd zu sehen, aber in Wahrheit, um dafür zu sorgen, dass eine Lieferung aus einem ihrer geheimen Lager gut versteckt war. Sie war fast so weit, um die Erlaubnis zu ersuchen, mit ihren Wollkarren nach Frankreich zu William zu reisen, und dies war die letzte Ladung. Zufrieden verließ sie die Ställe, als eine Reitertruppe eintraf. Als sie Simon de Montfort absteigen sah, wurde sie wieder ein kleines Mädchen, das ihn in Woodstock in den Hof reiten sah. Ihr Magen hob sich, als sie sich vorstellte, wie er die Ställe durchsuchte und die in Säcken unter dem Boden versteckten mehrere hundert Mark fand.

»Mylady de Valence«, sagte er, als er sie bemerkte. »Was streift Ihr wieder in den Ställen herum?«

»Ich bin nicht herumgestreift, Sire«, erwiderte sie, ihre Furcht mit eisiger Würde überspielend. »Ich bin gekommen, um nach meinen Pferden zu sehen und mit meinem Stallburschen zu sprechen, oder ist mir das dieser Tage nicht erlaubt?«

»Das kleine Mäuschen des Königs«, sagte er mit belustigter Verachtung. Er ließ den Blick über die Fässer mit Hafer und die Heuballen im hinteren Teil des Stalls der Stute schweifen. »Mir scheint, dass Ihr unter Euren beschränkten Lebensumständen Euch die Kosten dafür sparen solltet, so viele Tiere zu füttern. Ihr könntet Euer Geld gewinnbringender verwenden.«

»Pferde sind ebenso sehr ein Teil meines Haushalts wie alles andere auch«, entgegnete Joanna kalt. »Keines davon ist ein Schlachtross, also könnt Ihr mich nicht beschuldigen, ich würde sie halten, damit mein Mann sie benutzen kann. Da ist meine Stute, und vier Pferde für meine Diener. Und dort sind die Tiere meiner Kinder, zwei Kutschpferde und zwei Packpferde. Ich halte die Zahl nicht für übertrieben, wenn man sie mit der Anzahl der Pferde gewisser anderer Ladys vergleicht.« Ärger stieg in ihr auf, weil Simon de Montfort trotz all seiner Anprangerungen von Verschwendungssucht ein wesentlich größeres Gefolge unterhielt als William.

De Montfort blickte sich, die Hände in die Hüften gestemmt, um. »Mir kommt es trotzdem extravagant vor. Ihr könnt leicht Tiere mieten, wenn Ihr sie braucht. Um die Futtermenge zu verringern, die Ihr für diesen Winter bezahlen müsst, solltet Ihr zwei dieser Pferde und die Packpferde verkaufen. Die Diener können im Karren mitfahren. Warum müssen Diener reiten? Ihr könnt mir auch die Geschirre verkaufen. Ich werde das schwarze und das kastanienbraune Pferd nehmen, und Ihr werdet mir dafür danken, dass Ihr sie nicht mehr füttern müsst. Ich werde Euch einen fairen Preis zahlen, um Euch über Eure Notlage hinwegzuhelfen.«

Es wäre töricht, sich zu weigern, und sie wollte nicht, dass er länger in den Ställen blieb als nötig. Er beobachtete sie mit einem Glitzern in den Augen, um zu sehen, wie sie reagieren würde.

»Ihr habt recht, Sire«, sagte sie. »Ich hoffe auf die Erlaubnis, mit meinen Kindern zu Weihnachten zu meinem Mann zu reisen. Meint Ihr, das könnte möglich sein? Ich kann sonst nirgendwohin gehen.«

Er maß sie mit einem berechnenden Blick. »Ich werde mit dem König darüber sprechen, und in der Zwischenzeit werde ich meinen Stallknecht schicken, um die Pferde zu holen, und einen meiner Sekretäre die Bezahlung in Eure Kammer bringen lassen.« Er neigte den Kopf und ging davon.

Joannas Stallbursche Joli räusperte sich. »Verzeiht mir, aber hat er sich eben zwei von Euren Pferden angeeignet, Madam?«

»Ja«, bestätigte sie. »Er weiß, dass ich nicht widersprechen kann. Er will mich nicht am Hof haben, wo ich den Leuten Gewissensbisse verursache und lästig bin, und er wird es mir schwer machen, zu bleiben. Es macht nichts. Besser die Pferde als ...« Sie nickte zum hinteren Teil des Stalles hinüber, und Joli berührte seine Stirnlocke. Er gehörte zu den wenigen, die wussten, was dort versteckt war.

Als sie in ihre Kammer zurückging, schwor sich Joanna, ihr Möglichstes zu tun, um Simon de Montfort aus dem Weg zu gehen. Sie würde die Ställe nur noch aufsuchen, wenn es unbedingt nötig war, und je eher sie aufbrachen, desto besser.

John lehnte sich vom Tisch zurück und wischte sich mit einem Mundtuch die Lippen ab. »Für eine verarmte Frau unterhältst du eine ausgezeichnete Tafel«, sagte er. »Ich muss meinen Gürtel lockern.« Er verrückte das Leder um ein paar Löcher.

Joanna lächelte. »Der Geflügelknecht des Königs hat mir

eine Henne gebracht. Sie hat nicht mehr gelegt, und mein Koch hat das perfekte Rezept dafür, sie mit Zwiebeln und Pilzen in Wein zu schmoren.«

»Nun, mein Kompliment an ihn«, sagte John, als sie seinen Becher erneut füllte.

»Hast du mir …«

»Ja.« Er legte mit einem vernehmlichen Klirren einen Beutel mit Geld auf den Tisch.

»Das ist für den Gürtel mit Perlen und Saphiren. Du schmuggelst das alles in Wollkarren aus dem Land?«

»Es ist die Wollschur von verschiedenen meiner Landgüter«, erklärte sie. »Hugh Bigod hat mir die Erlaubnis erteilt, die Vliese mitzunehmen, wenn ich abreise. Es ist die Arbeit von Frauen, und ob gesponnen oder nicht gesponnen, sie bringen nicht annähernd so viel Geld, wie William für eine Invasion brauchen würde.«

»Und wenn du in Dover aufgehalten wirst?«

»Wenn der Karren durchsucht wird, werden sie nichts finden.« Sie tupfte mit der Fingerspitze die Brotkrümel auf ihrem Teller auf. »Ich gedenke, als Edelfrau mit beschränkten Mitteln zu reisen, ohne Seide oder kostbare Besätze – vielleicht ein bisschen Stickerei und eine gute Brosche, aber nichts, was im Licht glitzert.« Sie erwärmte sich für das Thema. »Meine Ausstattung wird von guter Qualität sein, aber mit Abnutzungsspuren. Mein persönliches Gepäck wird in einem einzelnen schlichten Karren befördert, ohne Silberglöckchen am Pferdegeschirr.« Sie blickte John ernst an. »Wenn ich stolz und hochmütig das Land verlasse, wird das sie ermutigen, mich zu durchsuchen. Sie sollen eine würdevolle, bescheidene Matrone sehen, die aus Pflichtbewusstsein zu ihrem Mann reist. Wenn sie wegen der Wolle Fragen stellen – nun ja, ich muss ja von irgendetwas leben. Ich bin eine Frau, die man gelehrt hat, wo ihr Platz in der Welt ist.«

John starrte sie an. »Ich glaube, sowohl William als auch ich haben dich unterschätzt. Meine Mutter wäre sehr angetan von dir.«

Joanna bedachte ihn mit einem fast überheblichen Lächeln.

»Ich glaube, auch Simon de Montfort hat dich gewaltig unterschätzt«, fügte er ruhig hinzu.

Sie erschauerte bei der Erwähnung seines Namens. »Wir wollen es hoffen.«

»De Montfort wird irgendwann einen Schritt zu weit gehen. Er kann die rebellischen Barone nicht bei der Stange halten. Sie verfolgen ihre eigenen Interessen, vor allem Richard de Clare. Er wird de Montfort nicht gestatten, ihm Vorschriften zu machen. Meine Brüder haben sich von de Montfort mitreißen lassen, aber das wird nicht mehr lange dauern. Die Königin wird feststellen, dass sie in das falsche Bett geklettert ist.«

Joanna wandte schmallippig den Blick ab. Ihr eigenes Band mit der Königin war so beschädigt, dass es nicht mehr repariert werden konnte. Sie vertraute ihr nicht mehr und hatte den Platz in ihren Diensten verloren. Ihre Loyalität galt jetzt Leonora. Ihre Zuneigung zu ihr war im selben Maß gewachsen, wie ihre Liebe zu Alienor geschwunden war. Sie würde ihr vorbehaltlos dienen. »Ja«, bestätigte sie. »Ihr wird das klar werden, wenn es zu spät ist.«

»Edward ist ein Mann, mit dem man rechnen muss«, fuhr John fort. »Im Moment spielt er ein vorsichtiges Spiel und beschwichtigt die Rebellen mit Lächeln und versöhnlichen Worten, aber seine Krallen sind nur eingezogen. Er wird William helfen, denk an meine Worte.« Er trank seinen Wein aus und erhob sich. »Ich sollte gehen.«

Joanna stand ebenfalls auf. »Danke für alles, was du getan hast. Du bist ein wahrer Freund. Wir stehen so tief in deiner Schuld, dass wir sie nie zurückzahlen können.«

»Sprich nicht von Schuld.« John küsste sie auf die Wange. »Sonst gäbe es zu viel, was ich dir und William schulde. Je eher du wieder deinen rechtmäßigen Platz einnimmst, desto schneller wird die Welt wieder in Ordnung sein.«

Joanna kniete vor der Königin, um sich zu verabschieden, dabei kam sie sich vor, als würde sie vor einem Haufen kalter Asche stehen, der einst ein warmes Feuer gewesen war.

Alienor bat sie, sich zu erheben, dann zog sie mit einem tiefen Seufzer einen Ring mit einem Rubinstein von ihrem Finger. »Du denkst, ich bin gegen dich, aber das stimmt wirklich nicht, meine Liebe. Wenn du je meine Hilfe brauchst, dann schick mir den Ring hier, und ich werde antworten. Wer weiß, was die Zukunft in so unsicheren Zeiten bringt.«

Joanna las die Bedeutung hinter den Worten ohne Mühe. Wenn William sterben oder sie nützliche Informationen weitergeben wollte, dann würde die Königin sie willkommen heißen – zu einem Preis. »Danke, Madam! Ich bin Euch für Eure Unterstützung dankbar.« Sie sprach mit steifer Höflichkeit, aber sie war zu klug, um die Figuren vom Brett zu fegen. Es kam vielleicht eine Zeit, wo sie den Ring zu ihrem Vorteil nutzen konnte.

Sie drehte sich um, um sich von Leonora zu verabschieden, die ihr ein Stück so feiner Seide gab, dass man sie durch den Goldring ziehen konnte, um den sie gewickelt war. »Dies ist mein Abschiedsgeschenk für Euch«, sagte sie. »Ihr müsst mir schreiben, wenn Ihr das Bedürfnis dazu habt. Ich habe Euren Rat und Eure Gesellschaft geschätzt, meine liebe Tante.« Sie küsste Joanna sacht auf die Wange.

Joanna knickste und wahrte eine formelle Haltung. Es wäre unklug, Leonora in Gegenwart der Königin zu viel Zuneigung zu bekunden. Leonora hatte sich schon in Gefahr gebracht, indem sie Joanna im Lauf der letzten Wochen in ihre Gemächer eingeladen hatte. »Danke«, erwiderte sie würdevoll. »Ihr seid sehr freundlich zu mir.«

Die Kinder und Joannas verkleinerter Haushalt warteten mit dem einzelnen Gepäckkarren und denen mit Wolle im Hof. Auch John de Warenne war mit einem kleinen Gefolge von Rittern da, um sie bis nach Dover zu begleiten.

Joanna griff nach den Zügeln, als Hugh Bigod dazukam. Ihr Magen zog sich zusammen, aber er grüßte sie höflich.

»Ich wollte dir eine gute Reise wünschen, Base«, sagte er. »Ich will dir nichts Böses, obgleich ich weiß, dass du vielleicht anders darüber denkst.«

Joanna schüttelte den Kopf. »Ich hege keinen Groll, Hugh. Was auch immer geschehen ist, es geht auf dein Gewissen, nicht auf meines, aber ich hoffe, dich nie meinen Feind nennen zu müssen.«

»Niemals!«, erwiderte er mit rotem Gesicht und reichte ihr ein Pergamentstück. »Das ist ein zusätzlicher Geleitbrief mit meinem Siegel als Justiziar. Ich weiß, dass du einen vom König hast, aber er ist eine weitere Absicherung.«

Er war tatsächlich wertvoll und nichts, womit sie gerechnet hatte. »Danke!«, sagte sie mit mehr Wärme in der Stimme.

Hugh berührte seine Hutkrempe. »Ich hoffe, dich unter besseren Umständen wiederzusehen, Base.« Sein Blick wanderte über die Wollkarren. »Du willst Handel treiben?«

»Ich muss«, erwiderte sie. »Das ist Wolle von meinen eigenen Schafen, und meine Frauen werden sie zu Garn spinnen, das verkauft wird. Es wird den Wolf noch etwas länger von meiner Tür fernhalten.«

Hugh maß sie mit einem scharfsinnigen Blick. »Du weißt, dass die Karren in Dover vielleicht durchsucht werden?«

»Sollen sie«, gab sie achselzuckend zurück. »Ich habe nichts zu verbergen. Wie du weißt, habe ich kein Geld.«

»In der Tat, Base, und mein Geleitbrief kann dir gut zu einer sicheren Überfahrt verhelfen.« Er verbeugte sich vor ihnen und ging.

Joanna sah John an. »Wie viel weiß er?«, fragte sie mit gedämpfter Stimme.

»Ich habe keine Ahnung«, antwortete John, »aber ich würde Hugh nie unterschätzen. Er mag ein stiller Mensch sein, aber er hat einen messerscharfen Verstand. Außerdem hat er seine eigenen Prinzipien und ist Verwandten gegenüber loyal. Ich würde sagen, er versucht, dir zu helfen, und er kann schweigen.«

Beruhigt, aber immer noch angespannt, verstaute Joanna den Geleitbrief in ihrer Tasche, und sie brachen nach Dover auf.

Sie trafen am nächsten Tag dort ein, kurz bevor die Gezeiten wechselten. John hatte ein Handelsschiff mit Ziel Royan aufgetrieben, das sie mitnahm. Es lag vor Anker und wartete auf Joannas Ankunft. Joanna wies dem Konnetabel von Dover, dem Oberfeldherrn des französischen Königs, ihre Geleitbriefe vor und stand ruhig da, während die Dokumente geprüft wurden.

Einige der Sergeanten des Konnetabels stachen ihre Speere in die Wollsäcke, aber sie hatte das Geld sorgfältig verpackt, und sie wurden ihrer Suche bald müde, vor allem wenn sie unter dem harten Blick des Earl of Surrey stattfand, der zwar auf der Seite der de Lusignans stehen mochte, dessen Brüder aber zu der de Montfort-Partei gehörten. Der Schiffskapitän war erpicht darauf, mit der Flut zu segeln, und nach einer flüchtigen Zurschaustellung von Amtlichkeit wurden die Karren zusammen mit den Pferden und Passagieren an Bord gelassen.

Joanna scheuchte die Kinder auf das Schiff. »Bald werden wir euren Vater sehen«, sagte sie und blickte über die unruhigen grünen Wellen hinweg. Der schneidende Wind trieb ihr die Tränen in die Augen. Wenigstens würde es dort, wo sie hingingen, etwas wärmer sein.

Sie drehte sich um, um sich von John zu verabschieden, und umarmte ihn mit aufrichtiger Herzlichkeit. Der einzige Mensch, dem sie in den letzten schrecklichen paar Monaten blind vertraut hatte, und der Einzige, der bereit gewesen war, sich wegen ihr in Schwierigkeiten zu verstricken.

»Du hast mir das Leben gerettet«, sagte sie.

»Oh, komm schon.« Er rieb ihr mit der flachen Hand über den Rücken. »Wir helfen uns gegenseitig, das ist alles.« Er umarmte sie ein letztes Mal und trat dann ans Ufer. »Sag William, ich freue mich darauf, sehr bald Wein mit ihm zu trinken.«

Das Schiff legte ab, und die Wellen zischten unter dem Kiel. Als das Land hinter einer Wand aus Meer verschwand, schwoll Joannas Herz vor Freude darüber, Simon de Montfort überlistet zu haben, und weil sie die vollständige Summe ihrer Schätze zu ihrem Mann brachte. Sein Geld, seine Kinder – sie selbst. Die letzteren beiden waren vorgreifende emotionale Freuden, aber die erste war so glorreich und instinktiv verwurzelt, dass sie es fast schmecken konnte. Was eine Niederlage gewesen war, war jetzt in einen Sieg umgeschlagen, und wenn sie einmal triumphiert hatte, konnte sie es wieder tun.

32

Royan, Gascogne
Dezember 1258

Der Sturm war Richtung Norden abgezogen, und als Joannas Schiff in den Hafen von Royan einlief, funkelte die Sonne zwischen den Wolken hervor und tauchte die Häuser in ein blassgoldenes Winterlicht.

Die Reise war unruhig verlaufen, aber niemand war, abgesehen von leichter Übelkeit, krank geworden. Die Hauptschwierigkeit hatte darin bestanden, die Kinder zu kontrollieren, die angesichts der Aussicht darauf, ihren Vater wiederzusehen, vor Aufregung übersprudelten und von der puren Freude an einem Abenteuer erfüllt waren. Sie hatte sie mehrfach ermahnt, weil sie wie Äffchen auf dem Deck herumkletterten, aber sie verstand ihren Überschwang. Sie verspürte selbst den Drang, herumzuspringen und zu schreien, um ihre Anspannung abzubauen, aber sie war kein Kind. Sie war die Nabe in der Mitte des Rades, die alles zusammenhielt.

Joanna suchte den Hafen nach William ab, konnte ihn aber nirgendwo entdecken, und ihr Magen hob sich, wie er es auf dem Meer getan hatte. Sie hatte Botschaften vorausgeschickt, um ihre Ankunft anzukündigen, wusste aber angesichts der unvorhersehbaren Schwierigkeiten der Reise nicht, ob er sie erhalten würde.

Die Taue waren festgemacht und die Gangplanke herab-
gelassen worden. Joanna holte tief Atem, um sich zu beruhigen, besann sich auf ihre Würde und schob ihre Kinder
vor sich auf das Dock. Das solide Gefühl des Landes ihres
Exils unter ihren Füßen schickte wie eine Bugwelle eine uner-
wartete Gefühlsaufwallung durch ihren Körper. Sie stolperte,
und Robert, ihr Koch, nahm sie rasch am Arm und half ihr
zu dem Stuhl eines Netzflickers. Joanna wischte seine Besorgnis rasch beiseite. »Ich tausche nur meine Seemannsbeine
gegen solche für das Festland ein«, scherzte sie mit einem
tapferen Lächeln. »In einem Moment geht es mir wieder
gut.« Sie trank einen Schluck aus der kleinen Weinflasche,
die er ihr anbot, und als sie aufblickte, sah sie William, der
sich durch das Gewühl auf dem Dock zu ihr durchdrängte.

Sie gab Robert die Flasche zurück und stand auf. »William, Gott sei Dank, Gott sei Dank!« Sie warf sich in seine
Arme, ohne auf ihre Würde zu achten, weil es darauf in
diesem Augenblick nicht ankam. Er lebte und war gesund,
und sie konnte ihn berühren. »Ich dachte, ich würde dich
nie wiedersehen!«

»Ach was!« Er umarmte sie. »Wie du siehst, bin ich noch
immer vollständig und unversehrt – aber ich habe dich und
die Kinder furchtbar vermisst. Meine größte Angst war,
dich und sie nicht beschützen zu können.«

Er gab sie frei und drehte sich zu ihren Kindern um. »Gut
gemacht!« Er fasste Johan bei den Schultern. »Du hast alle
sicher hierhergebracht, und wie du gewachsen bist! Ich
schaue einen Mann an!«

Johan errötete vor Stolz und warf sich in die Brust.

»Und ihr, meine kleinen Mistresses, ihr seid ja schon richtige Ladys!« Er bückte sich, um Agnes und Margaret zu
küssen.

Endlich hob er den lockenköpfigen William hoch und setzte ihn auf seine Schultern. »Und du bist der Größte von allen!«, sagte er lachend, dann drehte er sich wieder zu der den Tränen nahen Joanna um. »Ich habe für heute Nacht eine Unterkunft außerhalb der Stadt gefunden – es ist nur ein kurzer Ritt. Am Morgen brechen wir dann nach Cognac auf.« Er gab William seiner Kinderfrau zurück und ließ die Pferde bringen.

Joanna beharrte entschieden darauf, dass die Wollkarren unter Bewachung mit ihnen kamen.

William sah sie von der Seite an. »Sie können doch sicher warten und direkt zu einer der Scheunen von Cognac gebracht werden.«

Joanna hatte weder die Absicht, die Karren aus den Augen zu lassen, noch ihr Geheimnis hier auf dem Dock preiszugeben. Sie wollte für das, was sie Blut und Wasser schwitzend erreicht hatte, gebührend gelobt werden. »Es ist beste englische Wolle, und sie ist sehr wertvoll. Tu mir den Gefallen, mein Mann!«

Er hob die Brauen, lächelte aber. »Wenn das dein Wunsch ist – du weißt, dass ich dir nie einen Wunsch abschlagen würde.«

Die Herberge in den Außenbezirken von Rayon gehörte einem von Williams Kindheitsfreunden – ein befestigtes Haus aus warmem cremefarbenem Stein. Der Besitzer war abwesend, aber der Diener führte Joanna zu einer gut ausgestatteten Kammer mit einem prasselnden Feuer und einem bequemen Bett. Ein angrenzender Raum war für die Kinderfrauen und die Kinder vorbereitet. Nachdem Joanna sich flüchtig umgeblickt hatte, bestand sie darauf, dafür zu sorgen, dass die Wollkarren sicher in den Ställen untergebracht waren und ein Wachposten bei ihnen blieb.

William überlegte, welche Entbehrungen sie wohl hatte erdulden müssen, dass sie so ängstlich geworden war. Ihre Kleider und die der Kinder verrieten ihm, dass sie hatte sparen müssen, und Schuldgefühle durchzuckten ihn, dass seine stolze, schöne Frau so weit getrieben worden war, dass sie sich Sorgen um etwas Belangloses wie eine Ladung Wolle machte.

Joanna kam von ihrer Mission zurück und verlor kein Wort mehr über die Karren. Sie öffnete ihr Gepäck und vertauschte ihr Kleid mit einem weitaus weniger schäbigen aus rosenfarbener Seide mit Goldstickerei. Als sie bei Wild in Pfeffersoße saßen, erzählte sie ihm alle Neuigkeiten aus England, und er beschrieb ihr im Gegenzug, wie es gewesen war, in Boulogne belagert zu werden. Er berichtete ihr auch, dass er abgesehen davon, dass er seine Kontakte in der Gascogne aufgefrischt und diplomatische Kanäle in Paris offen gehalten hatte, mit Edward in Verbindung getreten war.

»Henry mag in die Enge getrieben sein«, sagte er, »aber er und der König von Frankreich sind gute Bekannte und verstehen einander auch in Zeiten von Zwistigkeiten auf diplomatischer Ebene. Und sie sind verwandt. Manchmal ist die angemessene Geste im richtigen Moment tausend Schwerter wert.« Er zuckte mit den Achseln. »Manchmal verhält es sich auch genau andersherum, aber die Zukunft gehört Edward, nicht de Montfort und seinen Verbündeten, nicht der Königin und noch nicht einmal Henry, und wir sollten das nicht vergessen.«

In dieser Nacht lagen sie zusammen im Bett, dessen Vorhänge zugezogen waren, und liebten sich, erst wild und drängend und dann langsam und zärtlich. Joanna schlang die Arme um ihn. Die Sicherheit, seinen warmen Körper an ihrer Seite zu spüren, stimmte sie ein wenig weinerlich. Sie konnte mit ihm sprechen, und trotz allem lag noch immer eine gemeinsame Zukunft vor ihnen. Die Hoffnung zertrampelte die Verzweiflung.

Er schmiegte sich träge vor Befriedigung und Schläfrigkeit an sie. »Du bist der Grund, dass ich stark bleiben konnte«, sagte er. »Du hast mir Hoffnung gegeben. Ich weiß, dass ich dich oft enttäuscht habe, aber ich werde dich bis zu meinem letzten Atemzug lieben – möge Gott mir die Gnade eines langen Lebens mit dir gewähren.«

Joanna schluckte die Tränen hinunter. »Das wünsche ich mir auch.« Sie fuhr mit den Fingern durch seine Locken, küsste seinen warmen Mund und spürte, wie er an ihrem Körper lachte.

»Oh, ich muss schlafen«, sagte er. »Ich fürchte, ich bin erst bei Sonnenaufgang wieder zu etwas fähig.«

Sie streckte sich aus und kuschelte sich an seine Seite. »Ich gestehe, dass ich mich auch von der Reise ausruhen muss. Dann bis Sonnenaufgang, mein geliebter, schöner Mann.«

Als sie am nächsten Morgen mit Brot und Käse ihr Fasten brachen, sah Joanna ihn an. »Du hast nicht gefragt, welche Geldsummen ich aus England zu dir gebracht habe, obwohl wir über alles andere gesprochen haben.«

Er schüttelte den Kopf. »Ich würde dich in einer solchen Sache nicht bedrängen – ich weiß, wie schwer das alles für dich gewesen ist. Ich sehe sehr wohl, in welch beschränkten Verhältnissen du hast leben müssen – dass du sogar Angst um Karren mit Spinnwolle hast.« Er schnitt eine Grimasse.

Sie musterte ihn belustigt. »Die Wolle stammt von meinen Schuren im Grenzgebiet. Warum sollte ich sie nicht mitbringen?«

»Natürlich«, erwiderte er langsam, mit zweifelnder Miene. »Aber trotzdem ...«

»Wie dem auch sei, es ist mir gelungen, einen kleinen Beitrag zu unseren Finanzen zu leisten.«

»Ja, in der Tat!« Er griff nach seinem Becher und trank.

Er wollte sie bei Laune halten, und sie lächelte vor Vorfreude und guter Laune. »Ich werde es dir zeigen, sobald du angekleidet bist.«

Joanna rief Nicola, um ihr zu helfen, und wählte ein Kleid aus dicker weicher Wolle. Sie musste nicht länger wie eine bescheidene Witwe aussehen, und es war so befriedigend, ihre Ringe anzustecken und einen verzierten Gürtel anzulegen.

Als sie in die Halle zurückkkam, spielte William mit den Kindern, er jagte die Mädchen, die dramatisch kreischten. Joanna lachte über ihre Mätzchen, wies sie aber an, für eine Weile zu ihren Kinderfrauen zu gehen. Das trug ihr Schmollen und Aufstampfen ein, besonders von Margaret, aber sie blieb fest. »Ich habe jetzt erst einmal mit eurem Vater etwas zu erledigen, aber er kommt bald wieder.« Mit einem ärgerlichen Kopfschütteln nahm sie ihn am Arm und führte ihn zur Tür.

»Du machst sie wild«, sagte sie.

Er grinste sie an. »Und wenn ich das tue?«

»Sie brauchen keine Ermutigung.«

»Wo gehen wir hin?«

»Zu den Wollkarren in der Scheune, aber wenn du sie siehst, darfst du dir nichts anmerken lassen.«

»Du machst aus alldem ein großes Geheimnis.«

»Ich musste extrem vorsichtig sein. Du wirst überrascht sein, aber ich möchte nicht, dass man es dir ansieht.«

»Also gut. Was auch immer es ist, ich verspreche, nicht

aufzuschreien oder zusammenzuzucken.« Er schlug das Kreuzzeichen, und sie sah ihm an, dass er ihr immer noch ihren Willen lassen wollte.

»Ha, was glaubst du denn, was ich dir zeigen werde?«

Er schenkte ihr ein schiefes Lächeln. »Ich habe keine Ahnung, aber ich bin auf alles gefasst. Soweit ich weiß, könnte es der große Bär des Königs sein oder die Knochen des armen Elefanten.«

Sie maß ihn mit einem vernichtenden Blick.

Bei der Scheune angekommen, entließ sie die Wachposten und blickte sich um, um sich zu vergewissern, dass keine Stalljungen oder Diener hier herumtrödelten. Als sie sah, dass die Luft rein war, ging sie zu dem ersten Karren, begann, die Segeltuchplane aufzuhaken, und bedeutete William, ihr zu helfen. Er sah sie schief an, gehorchte aber mit bereitwilliger Geschicklichkeit, bevor er zurücktrat, die Hände in die Hüften stemmte und die aufgestapelten Wollsäcke fixierte.

»Ist es das?«

»Gib mir dein Messer.«

»Was?«

»Dein Messer. Gib es mir.«

Verwirrt und mit leichtem Widerstreben zog er seinen Dolch aus der Scheide, und sie nahm ihn lächelnd entgegen.

»Du hältst mich für verrückt, nicht wahr?«

»Ich beginne mich das zu fragen«, erwiderte er spöttisch, »aber ich vermute, es steckt mehr dahinter, als auf den ersten Blick sichtbar ist – und dass du deinen Spaß hast, mich an der Nase herumzuführen.«

»Schön, dann will ich deine Neugier befriedigen und dich beruhigen.« Sie schlitzte die Seite eines Ballens auf und gab ihm das Messer zurück. Dann schob sie den Arm in den wolligen Flaum. »Es sind die besten Vliese«, erklärte sie. »Von den Herden von Goodrich.« Sie wühlte tiefer und holte endlich ein eng geschnürtes Filzpäckchen aus der Mitte des Ballens. »Silber«, sagte sie. »Hier drinnen sind zehn Päckchen, jedes enthält zehn Mark.«

Seine Augen weiteten sich verblüfft.

Sie stopfte das Päckchen in das Vlies zurück. »Ich hole gleich Nadel und Faden und nähe das wieder zu.«

William zeigte auf einen anderen Sack. »Wie viele?«

»Alle, jeder einzelne Ballen.«

Stiller Triumph durchflutete sie, als er starr vor Staunen die Wangen aufblies, mit einer auf den Nacken gelegten Hand um den Karren herumging und im Geist die Summe zusammenrechnete.

Dann sah er sie an. »Lieber Himmel, Joanna, das ist genug, um uns nicht nur solvent zu halten, sondern auch um unsere Situation grundlegend zu ändern. Wie hast du das geschafft?«

»Die Listen einer Frau«, entgegnete sie selbstgefällig. »Ich habe sie in dem Glauben gelassen, ich wäre ein trauriges kleines Mäuschen, das sie in der Hand haben, und ich habe sie mit ihren eigenen Waffen geschlagen.«

Er lachte, dann packte er sie, hob sie hoch und wirbelte sie herum. »Joanna, Joanna, meine kluge, spitzfindige Frau! Das ist das Lösegeld für einen König. Mit dieser Summe sind wir wieder im Spiel.«

»Ja, das stimmt, aber setz mich jetzt ab! Denk daran, was ich dir darüber gesagt habe, es nicht in die Welt hinauszuposaunen.«

Er stellte sie augenblicklich auf die Füße, trat zurück und strich seine Tunika glatt, doch seine Augen funkelten, und sein Lächeln glich einem Sonnenstrahl. Gemeinsam zogen sie die Plane wieder über die Vliesballen.

»Wer weiß sonst noch davon?«

»Joli und Robert, weil sie geholfen haben, alles zu holen und zu tragen, und Mabel und Nicola. Johan hat eine Ahnung, kennt aber nicht die ganze Geschichte, doch er ist nicht dumm. Agnes auch, schätze ich, aber sie wissen, dass es mehr wert ist als die Familienehre, nichts zu sagen. John de Warenne weiß natürlich Bescheid, und ein paar seiner vertrauenswürdigen Männer. Tatsächlich hätte ich das alles ohne seine Hilfe gar nicht bewerkstelligen können. Hugh Bigod war bereit, wegzuschauen. Er gehört immer noch zu de Montforts Anhängern, ist aber nicht ohne Mitgefühl, und er könnte die Seiten wechseln. Er unterstützt die Reformen, aber er ist kein natürlicher Verbündeter der de Montforts.«

»Ich nehme an, andere werden es im Lauf der Zeit auch noch lernen. Ich muss James und Elias von den Wollekarren erzählen, aber man kann ihnen absolut trauen.«

»Einverstanden, und ich überlasse es dir, einzuweihen, wen du für geeignet hältst, aber ich muss dir vorher noch mehr zeigen.«

Er blickte sie zutiefst verblüfft an. »Mehr?«

Sie nahm seine Hand und führte ihn in ihre Kammer zurück, wo sie ihm ihren pelzgefütterten Umhang reichte. »Taste den Saum ab.«

Er tat es und sah sie an.

»Goldmünzen«, sagte sie. »In die der Kinder ist Silber eingenäht. In meiner Federbettdecke sind Edelsteine, und in den Säumen meiner Kleider sind weitere Münzen versteckt.« Danach zeigte sie ihm die im falschen Boden der Spielzeugkiste der Kinder verborgenen Silberbecher und die Münzen und Juwelen in dem Steckenpferd des kleinen William. Der Hohlraum eines geschnitzten Spielzeugritters und

Schlachtpferdes war mit Silber gefüllt, ausgehöhlte Spindeln von Spinnrocken mit Ringen und Goldketten.

William starrte mit offenem Mund. »Jetzt fehlen mir wirklich die Worte. Ich kann nur sagen, dass ich solche Schulden nie zurückzahlen kann.«

»Und ich würde das auch nie verlangen, denn es sind nicht deine Schulden. Dies ist mein Erbe. Es gehört mir, dir und unseren Kindern. Simon de Montfort soll es nicht bekommen, solange ich noch atme.« Sie nahm seinen Arm. »Komm, wir sollten uns auf den Weg machen.« Ihre Augen leuchteten. »Du hast Geschäfte zu erledigen – und ich muss etwas Wolle spinnen.«

33

Cognac, der Limousin
November 1259

Joanna blickte auf den Brief in ihrer Hand. »Du wirst nach Paris gerufen?«

Er nickte. »Henry will mich und meine Brüder sehen.«

Sie biss sich auf die Lippe. Sie hatten die letzten elf Monate auf Williams Gütern im Limousin verbracht, ein bescheidenes Alltagsleben geführt, eifrig Diplomatie betrieben und Briefe an Verbündete und potenzielle Verbündete geschrieben. Sie hatten mit Freunden in England korrespondiert, vertrauenswürdige Spione und Boten eingesetzt, und John de Warenne hatte sie zuverlässig informiert.

Reformen waren vorangetrieben worden, aber de Montfort hatte viel von der Arbeit anderer übertragen und fehlte oft bei Versammlungen. Ungeduld und Desillusionierung hatten sich breitgemacht. Ein Friedensvertrag zwischen den Königen von Frankreich und England wurde ausgehandelt. Henry hatte eingewilligt, seine Ansprüche auf die Normandie, Anjou, Maine und Tourraine aufzugeben, genau wie seine Erben. Eleanor de Montfort hatte sich zuerst geweigert und schließlich grollend nachgegeben.

»Bedeutet das vielleicht unsere Rückkehr nach England?«

William schürzte die Lippen. »Das weiß ich noch nicht. Henry möchte uns sehen, weil wir seine Verwandten sind, und de Montfort kann es nicht verhindern, weil wir uns nicht auf englischem Boden befinden. Es wird eine gute Gelegenheit sein, die Lage zu sondieren und zu sehen, was sich tun lässt. Auch wenn es kein Rückweg ist, könnte es gut ein Weg nach vorne sein.«

In Paris begrüßte Henry William mit einer warmen Umarmung und Freude in den Augen, aber nachdem sie einander umarmt und geküsst hatten, standen sie in gegenseitigem Einverständnis mit Abstand beieinander, sich Simon de Montforts scharfer Beobachtung stark bewusst.

»Du siehst gut aus, mein Bruder«, sagte Henry.

»Ja, Sire«, erwiderte William, dabei dachte er, dass er dasselbe nicht von Henry behaupten konnte, der hager wirkte, dessen hängendes Augenlid noch tiefer nach unten gerutscht war als sonst und dessen Hände zitterten. »Ich war in meiner Heimat nicht untätig, und es gab eine gute Ernte. Ich hatte vergessen, wie gut die Kastanien sind, wenn sie frisch aus der Region kommen, und das Korn stand auch gut. Ich habe es genossen, die freundschaftlichen Beziehungen zu meinen Nachbarn wieder aufzunehmen – obwohl ich England vermisse.«

»Ja!« Henry errötete. »Wie geht es deiner Frau und deinen Kindern?«

»Joanna ist unvergleichlich. Ich segne den Tag, an dem Ihr mir sie zur Frau gegeben habt. Vielleicht könnt Ihr es einrichten, sie während Eures Besuchs hier zu treffen. Ich weiß, dass sie sich sehr freuen würde.«

»Ja, ich würde sie gern sehen.« Er zog wissend die Brauen hoch. »Unvergleichlich, wie du sagst. Ich hoffe, es wird bald Frieden herrschen, denn ich vermisse dich und deine Brüder sehr.« Er ging weiter.

De Montfort warf William einen schneidenden Blick zu, stolzierte an ihm vorbei und ließ keinen Zweifel daran, dass William auf ihn zukommen musste und somit wie ein Bittsteller wirken würde. William hatte nicht die Absicht, sich in dieser speziellen Falle fangen zu lassen, und blieb gerade lange genug bei der Versammlung, um auf eine bescheidene, reife Weise und ohne jede Erbitterung mit den Leuten zu sprechen. Als sich die Abenddämmerung über die Stadt legte, schickte er sich an, zu Joanna und den Kindern in ihre Unterkunft zurückzukehren.

Er schloss gerade seinen Umhang, als de Montforts oberster Knappe auf ihn zukam. »Mein Lord bittet Euch, ihn im Tempel zu treffen«, sagte er, dabei dämpfte er seine Stimme. »Er möchte gerne alle Differenzen und Missverständnisse aus der Welt schaffen, die zwischen Euch und ihm liegen.«

William sah den jungen Mann misstrauisch an. »Und warum konnte er mich das hier nicht selbst fragen?«, wollte er wissen. »Er hatte bei dieser Versammlung reichlich Gelegenheit dazu.«

»Es ist nicht der Hof, sondern neutrales Territorium«, erwiderte der Knappe.

Differenzen aus der Welt schaffen konnte alles bedeuten, vielleicht sogar einen Mordanschlag. Es gab nichts, was er Simon de Montfort nicht zutraute. »Und wenn ich beschließe, seiner Aufforderung nicht Folge zu leisten?«

»Das ist Eure Entscheidung, Sire, aber ich bin sicher, dass es in Eurem Interesse liegen wird, hinzugehen.«

»Dann seid Ihr sicherer als ich«, gab William zurück.

Irgendetwas lag in der Luft, und er wusste, dass es nicht von irgendeinem Vorteil für ihn sein würde, wenn es nicht auch zum Vorteil von Simon de Montfort war.

William betrat den großen Turm der Pariser Templer und blickte sich voller Argwohn um. Elias hatte ihn mit einem Schwert und einem festen Knüppel bewaffnet begleitet, und er hatte auch seinen Ritter Geoffrey Gascelin bei sich. Unter seiner Tunika trug er sein feinmaschiges Kettenhemd und hatte einen schmalen Dolch in seinen Ärmel und einen weiteren in seinen Stiefel geschoben. Das Templergebiet mochte neutrales Gebiet sein, aber er ging kein Risiko ein.

De Montforts Knappe führte ihn in einen Raum, der als Wartekammer für Gäste diente, die geschäftlich im Tempel zu tun hatten. Simon de Montfort war bereits da, er saß in einem Stuhl mit gebogener Rückenlehne, hatte sich zurückgelehnt und die Beine übereinandergeschlagen. Das obere Bein schwang in einer Pose hin und her, die dominant, lässig und nonchalant zugleich wirkte.

»Mein lieber Schwager. Ich freue mich, dass Ihr gekommen seid«, sagte er. »Ich glaube nicht, dass wir die Anwesenheit dieser Männer brauchen.«

Auf eine Geste von William hin zogen sich Elias und Geoffrey mit de Montforts Knappen zurück.

»Bitte, setzt Euch!« De Montfort deutete auf einen zweiten Stuhl, kleiner als sein eigener.

»Ich würde lieber stehen bleiben«, erwiderte William steif, schob die Beine auseinander und verschränkte die Arme vor der Brust. »Was wünscht Ihr mir zu sagen, Mylord?« Er blickte in die Schatten, rechnete halb damit, dass Gestalten hervorgeschossen kamen und ihn angriffen.

»Keine Sorge«, sagte de Montfort boshaft. »Hätte ich Euch aus dem Weg räumen wollen, dann nicht hier. Ich habe Euch aus einem anderen Grund als einem Mordanschlag gebeten zu kommen. Möchtet Ihr einen Becher Wein?« Er stand auf und ging zu einem Tisch, auf dem ein Krug und Becher bereitstanden.

»Ich bin nicht durstig – ich habe mit dem König bei seiner Versammlung genug gehabt«, entgegnete William. Er hatte nicht die Absicht, in der Gesellschaft dieses Mannes zu trinken. Ganz sicher ging auch ihm Mord im Kopf herum. Ein Stoß mit seinem versteckten Dolch in die richtige Stelle. Es wäre nicht übermäßig schwierig und würde sich vielleicht sogar lohnen.

De Montfort schenkte sich selbst Wein ein und leerte den Becher mit mehreren Schlucken. »Wie Ihr wollt.«

»Was wollt Ihr mir sagen, was nicht am Hof meines Bruders hätte gesagt werden können?«, brachte William die Sache auf den Punkt. »Lasst uns mit diesem Unfug aufhören und zur Sache kommen.«

De Montfort ließ seinen Becher sinken. »Wie mein Knappe es Euch auf meinen Befehl ausgerichtet hat, ist der Tempel neutraler Boden, niemand lauscht und verbreitet Geschichten. Ich habe Euch aus einem einzigen Grund hergebeten, und der lautet, Frieden für England zu schaffen. Ihr wisst, wovon ich rede.«

William sah ihn ausdruckslos an. »Nein!«, sagte er. Er war nicht sicher, dass er es wusste, und gedachte nicht, Simon de Montfort bei dem zu helfen, was er sagen musste.

»Es ist so«, sagte de Montfort ungeduldig. »Die Barone müssen vereint dahinterstehen, den König vor anderen und sich selbst zu schützen, und Ihr müsst Eure Rolle dabei spielen. Ich bin bereit, Euch eine Rückkehr zu ermöglichen, wenn wir unsere Differenzen beilegen können.«

William neigte zum Zeichen, dass er zuhörte, den Kopf, blieb aber spöttisch. Es ging nicht darum, den König zu schützen, es ging darum, ihn in den Kerker zu werfen und zu entmachten.

»Wenn Ihr mich mit demselben Respekt ehren werdet, den Ihr dem König als sein Berater in seinen Angelegenheiten entgegenbringt, dann würde ich Euch in England wieder willkommen heißen und Euch nicht im Weg stehen, wenn Ihr mir nicht in meinem steht.«

William erwiderte mit unbeteiligter Miene: »Ich ehre Euch insoweit, dass ich den König und die Wahl seiner Minister ehre, und kein Stück weiter.«

De Montfort musterte ihn mit schmalen Augen. »Wärt Ihr zum Beispiel darauf vorbereitet, die Nachfolge von Lord Edward gutzuheißen, sollte die Gesundheit des Königs angeschlagen sein?«

William zog die Brauen zusammen, denn er witterte Betrug, obgleich es eine vernünftige Frage war. »Wenn der König erkrankt, ist natürlich Edward der rechtmäßige Nachfolger. Ich würde Euch in diesem Punkt nicht widersprechen.« Er spürte, dass de Montfort die Fühler danach ausstreckte, wie er reagieren würde, wenn Henry abgesetzt und durch Edward ersetzt werden würde, vielleicht als von de Montfort kontrollierter Marionettenherrscher. Wenn dem so war, unterschätzte Letzterer Edward gewaltig. William konnte die Gefahr förmlich riechen, und sie galt nicht nur ihm selbst. Es war eine Frage, entweder das Gift zu trinken oder ein Messer in den Rücken zu bekommen, und das ganze Szenario machte ihn elend. Er würde sich unter keinen Umständen gegen Henry stellen, aber er musste das Spiel mitspielen.

»Gut, in diesem Punkt sind wir uns also einig«, sagte de Montfort. »Würdet Ihr Edwards Tante und mich als seine Beschützer unterstützen?«

»Ich würde Euch als Mitglieder des weiteren Familienkreises betrachten, die ihren Neffen in seiner Rolle als Nachfolger meines Bruders unterstützen, und von diesem Standpunkt würde ich nicht abweichen.«

De Montfort fixierte ihn mit einem harten Blick. »Dann würdet Ihr dem König und England am besten dienen, wenn Ihr jetzt einen solchen Eid leistet.«

William empfand einen so überwältigenden Abscheu, dass er sich am liebsten übergeben hätte. »Was wollt Ihr, dass ich sage?«

»Dass Ihr dem König dienen werdet, wer immer er ist, und dass Ihr dem Vertrauen gegenüber loyal seid, dass der König in mich setzt.«

William wandte sich einen Moment lang ab. Der Schwur als solcher war harmlos, aber was er in der Praxis bedeutete, war eine ganz andere Sache. Sie befanden sich in einer Kirche, und er schickte ein stummes Gebet gen Himmel, in dem er Gott um die Weisheit bat, ihm durch diesen Morast zu helfen.

»Ihr wisst, dass ich dem König treu ergeben bin«, sagte er. »Ich habe mich der Krone gegenüber nicht ein einziges Mal illoyal verhalten, und ich würde mich zu einer solchen Ehrlosigkeit nie hinreißen lassen. Wenn Ihr selbst dem König die Treue haltet, dann haben wir in diesem Punkt keine Probleme, aber ich werde meinen Treueeid keinem anderen als meinem Bruder oder meinem Neffen leisten. Eher würde ich sterben.«

»Dann sind wir uns einig und können Frieden schließen«, erwiderte de Montfort. »Zu gegebener Zeit könnt Ihr nach England zurückkehren, vorausgesetzt, Ihr schwört, Euch an die in Oxford festgesetzten Bestimmungen zu halten.«

Williams Kiefer spannte sich an. »Wir sind uns im Prinzip einig, aber ich weigere mich, ohne eine absolut verlässliche

Garantie das aufzugeben, was der König mir zugestanden hat. Ich bin bereit, meine Haltung zu ändern, aber es gibt eine Linie, die ich nie überschreiten werde. In Oxford habe ich in der Hitze des Augenblicks unkluge Worte gesprochen, und ich hätte mein Temperament zügeln sollen, aber ich habe Eure Drohung, meinen Kopf zu nehmen, nicht vergessen, Mylord.«

De Montfort bleckte in einem humorlosen Lächeln die Zähne. »Wir sagen alle Dinge, die besser ungesagt blieben. Wir beide hegen keine Liebe füreinander, aber zum Glück ist das für unsere gegenseitige Geschäftsbeziehung auch nicht nötig. Lasst uns für den Moment einen Waffenstillstand schließen, und ich hoffe, ich kann bei zukünftigen Verhandlungen auf Eure Unterstützung zählen.«

De Montforts Bemühungen, ihn zu beeinflussen und zu bestechen, stießen William ab. Er konnte seine Landsitze zurückbekommen, aber zu einem Preis, der ihn seiner Ehre berauben würde. Er neigte den Kopf, ohne etwas zu sagen, und da es ihn drängte zu entkommen, steuerte er auf die Tür zu.

»Wartet, ich muss noch etwas mit Euch besprechen.« De Montfort füllte seinen Becher nach.

William drehte sich um. Er konnte den Wein riechen. Er musste dringend etwas trinken, aber er weigerte sich, in de Montforts Gesellschaft einen Becher zu heben. »Ihr solltet Euch beeilen, Mylord«, sagte er. »Mir liegt heute Abend schon genug im Magen.«

De Montfort maß ihn mit einem harten Blick. »Dann schluckt es hinunter«, gab er zurück. »Ich habe nicht weit von Euch in Bigorre etwas zu regeln. Ich muss unbedingt einen Waffenstillstand zwischen mir und anderen Gruppen in der Region aushandeln, aber ich habe wenig Zeit, um mich um die Angelegenheit zu kümmern. Ich ersuche Euch, im Interesse dieses Waffenstillstands als mein Mittelsmann zu fungieren.«

Galle brannte in Williams Kehle. »Ich bin nicht Euer Hund, der Euch in der Hoffnung, einen Knochen zugeworfen zu bekommen, gehorcht, aber ich werde sicherlich über Euer Anliegen nachdenken.« Er hatte erwartet, dass de Montfort das Thema der Pembroke-Ländereien zur Sprache bringen würde, und die Bigorre-Bitte hatte ihn überrumpelt. Darauf einzugehen, würde jedoch seinen Verhandlungsdruck stärken, wenn es um diese Frage ging. Er vermutete, dass de Montfort sich an ihn wandte, weil sein eigenes Verhältnis zu und sein Ruf bei der Bevölkerung von Bigorre von Gräueltaten besudelt waren.

De Montfort nickte knapp. »Ich wünsche, dass Ihr zu niemandem sonst ein Wort von diesem Treffen sagt.«

»Meine Frau soll davon wissen«, sagte William. »Ich bin sicher, Eure auch.«

De Montforts Mund verzog sich, als hätte er sauren Wein getrunken. »Zwischen uns herrscht Waffenruhe?«

»Ja«, erwiderte William. »Weil sie uns beiden im Moment nützt, aber sonst ist nichts vergessen.«

»Wie Ihr schon sagtet, es gibt Zeiten, wo ein Mann Worte ausspricht, die er besser für sich behalten hätte«, sagte de Montfort. »Wir müssen das Thema Bigorre noch in Einzelheiten besprechen, aber das kann warten. Im Moment reicht es, dass wir zu einer Übereinkunft gelangt sind.«

Joanna sprang auf, als William zurückkam, und beeilte sich, ihm seinen Umhang abzunehmen. »Ich habe schon angefangen, mir Sorgen zu machen, du warst so lange weg.«

»Er will einen Waffenstillstand«, sagte William nachdenklich. »Natürlich hat er seine eigenen Gründe dafür.«

Sie brachte ihm Wein, und er erzählte ihr, was passiert war. »Ich habe geschworen, den König und seinen rechtmäßigen Nachfolger zu ehren«, sagte er, »aber das Problem umgangen, de Montfort persönlich einen Schwur zu leisten. Der einzige bindende Treueeid, den ich je leisten werde, gilt meinem Bruder, dem König.«

»Aber du befindest dich immer noch in einer gefährlichen Position.«

»Sie ist nicht mehr so gefährlich wie vorher. Meine Zustimmung zu einem Waffenstillstand hat uns Raum für neue Schachzüge verschafft. Ich werde nach Bigorre gehen und diese Angelegenheit für ihn regeln.«

»Aber es gibt noch keine Anzeichen für eine Rückkehr nach England?«

Er schüttelte den Kopf. »Nur wenn wir de Montforts Verbündete werden. Das ist sein Preis. Ich vermute, er hat irgendeinen Plan geschmiedet, Henry abzusetzen, Edward an seinen Platz zu bringen und dann als Edwards oberster Berater zu regieren. Ich hoffe nur, dass sich Edward nicht von Träumen, vorzeitig eine Krone zu tragen, den Kopf verdrehen lässt. Wenn er seinem Vater widerrechtlich die Macht entreißt, gibt es kein Zurück mehr.«

Joanna sah ihn erschrocken an. »Das würde Edward doch sicher nicht tun.«

»Ich denke, das hängt in der Schwebe. Edward ist eigensinnig und bereit, zu herrschen, aber andererseits ist er auch sein eigener Herr und lernt schnell. Er ist rücksichtslos, und das sage ich, obwohl er mein Neffe ist. Er weiß, wie man andere Männer einwickelt, und er entwickelt rasch militärische Fähigkeiten und diplomatisches Geschick. Allerdings mangelt es ihm an Erfahrung, und das wird de Montfort zu seinem eigenen Vorteil ausnutzen.«

»Was ist mit dem König?«, fragte Joanna ängstlich.

»Henry mag schwach erscheinen, und er hat ein paar schlechte Entscheidungen getroffen, aber er kann auf subtile Weise raffiniert sein, und die Männer, für die das Töten der direkteste und einzige Weg ist, können die zarten Netze nicht sehen, die er spinnt.«

Joanna nagte nicht überzeugt an ihrer Lippe.

»Er schwebt vielleicht in Gefahr, aber er ist nicht hilflos. Er ist hier, um mit dem König von Frankreich Frieden zu schließen, und Louis wünscht auch, dass dieser Vertrag ratifiziert wird. Er wird alles tun, was in seiner Macht steht, dass Henry sicher auf dem Thron sitzt. Darüber hinaus ist er Henrys Schwager und gleichfalls ein König, und jeder, der diese Position bedroht, wird nicht geduldet werden.«

»Aber Königin Alienor hat de Montfort den Rücken gestärkt, als wir gezwungen waren, das Land zu verlassen«, gab Joanna zu bedenken.

»Weil wir eine Gefahr für ihren Einfluss auf Edward darstellten. Jetzt hat de Montfort unsere Rolle als diese Gefahr übernommen, und der Wind hat sich gedreht. Sie wird nicht zulassen, dass sich jemand zwischen sie und Edward drängt – nur wird Edward selber mit ihr um das Recht kämpfen, seine eigenen Entscheidungen zu treffen.«

»Vergiss bei alldem Edwards Frau nicht«, bemerkte Joanna scharfsinnig. »Sie ist wie er – sehr jung, aber sehr klug. Wenn er auf irgendwen hört, dann wird es Leonora sein. Während wir unsere Zeit abwarten, denke ich, sollte ich ihr noch einen Brief schreiben.«

William nickte. »Ja, ich glaube, das solltest du tun. Jetzt werde ich erst einmal nach Bigorre gehen, aber nur um meines Vorteils in der Zukunft willen, nicht weil ich de Montforts Marionette bin.«

34

Der Limousin, Frankreich
November 1260

Banner flatterten in einem prachtvollen Farbenmeer, und
es schien, als hätte der Limousin Felder voller Blumen hervorgebracht, obwohl die Bäume kahl und die Ernten alle
eingebracht waren. William, der von der letzten Bemühung,
seine anstrengende Aufgabe zu erfüllen und für Simon de
Montfort in Bigorre einen Waffenstillstand auszuhandeln,
zurückgekehrt war, überwachte den Aufbau seiner eigenen
Zelte aus blauer und weißer Seide und sorgte dafür, dass
genug Platz für Joannas Gefolge blieb, das erst noch eintreffen musste. Ein Gefühl wie ein plötzlicher Sonnendurchbruch explodierte in seinem Magen, teils Anspannung, teils
glühende Erregung. Sein Leben im Exil neigte sich vielleicht
dem Ende zu, und die lang ersehnte Rückkehr nach England lag vielleicht in Reichweite.

Die letzten Pflöcke wurden in die weiche Wintererde getrieben, und Elias und ein anderer Diener begannen, Williams Bett und seine Reisetruhen um das Zelt zu tragen und
im Inneren eine Trennwand festzuhaken, um einen öffentlichen und einen privaten Bereich zu schaffen.

»William!«

Beim Klang der vertrauten Stimme drehte er sich um,
und die Sonne breitete sich gleichzeitig aus. Mit einem ent-

zückten Antwortschrei breitete er die Arme aus, um John de Warenne zu umarmen, und sie klopften sich lachend gegenseitig auf den Rücken.

»Es ist so gut, dich zu sehen!«, rief John.

»Und dank dir habe ich immer noch meinen Kopf auf den Schultern und meine Frau und mein Vermögen. Ich schulde dir so viel!«

»Das meiste schuldest du deiner Frau. Ich habe sie beschützt, so gut ich konnte, aber die Ideen stammten alle von Joanna. Ich gebe zu, dass ich manchmal Schwierigkeiten hatte, die Gegenstände zu verkaufen, die sie mir gegeben hat, aber es ist uns gelungen.«

»Nun, ich bin dir jedenfalls dankbar, und ich hoffe, du hast dabei keinen Schaden genommen.«

John lachte dunkel. »Nein, ich habe es gern getan. Niemand hat auch nur einen Moment lang geahnt, wie wertvoll die Ladung Wolle, die Joanna dir gebracht hat, wirklich war.«

»Wissen sie es jetzt?«

»Mein Bruder ahnt etwas, aber er ist ein Meister darin, einfach wegzuschauen. Unsere Gespräche sind oft mit interessanten Pausen und Schweigen gefüllt. Ich denke aber, Hugh und Roger werden nichts gegen deine Rückkehr nach England einzuwenden haben. Sie sind längst nicht mehr so überzeugt wie früher, dass die Reformen unter Simon de Montforts Knute wirklich das sind, was sie wollen.«

»Und die Königin?«

John zuckte mit den Achseln, »Ich glaube, ihr wird klar, dass sie ihr Blatt überreizt hat und jetzt die Konsequenzen tragen muss. Ich glaube, sie beginnt auch zu begreifen, dass sie Edward gehen lassen muss, wenn sie überhaupt noch irgendwelchen Einfluss haben will.«

William lächelte düster. »Ich dachte gerade an den Spruch über der Tür in der großen Kammer des Königs – dass man alles weggeben muss, um etwas zu bekommen. Als wie wahr es sich doch erwiesen hat. Hier, möchtest du etwas Wein?«

John schüttelte den Kopf. »Ich bin gekommen, um dich zu Lord Edwards Zelt zu bringen. Er bittet dich zu sich.«

Williams Blick wurde scharf.

»Es geht um nichts Schlimmes. Ich vermute, dass du und Joanna im Frühjahr in England sein werdet.«

Nachdem er Elias und James weitere Anweisungen für den Aufbau des Zeltes erteilt hatte, folgte William John durch das Lager. Der Sonnendurchbruch war jetzt von Spannung erfüllt. Er hatte Edward zuletzt in Wolvesey gesehen, während er von Simon de Montfort belagert wurde, und am Abend, bevor er ins Exil geschickt worden war. Es schien ein ganzes Leben zurückzuliegen, und vielleicht tat es das ja auch.

Edward war in seinem Zelt und verspeiste Brot und Wildbret. Ein flauschiger weißer Hund saß auf seinem Schoß und nahm ihm behutsam Fleischbrocken aus den Fingern. Als er William sah, sprang Edward auf und drückte den Hund einem verdutzten Diener in die Arme. »Er ist für Leonora«, sagte er. »Du weißt ja, Frauen und ihre Schoßtiere.« Er zog William in eine Umarmung. »Onkel, wie schön!«

Sie waren jetzt gleich groß, und Edward war breiter geworden. Seine Bartstoppeln waren hart, nicht länger der Flaum der Jugend. Er ähnelte keinem Elternteil, doch William vermutete aufgrund der Geschichten, die er gehört hatte, dass er auf seinen gefeierten Kriegergroßonkel Richard Löwenherz kommen musste.

»Nimm dir etwas zu essen und zu trinken«, forderte Edward ihn auf. »Der Wein ist ausgezeichnet.«

»Ich hörte, Ihr seid wegen eines Turniers hier.« William setzte sich.

»Zum Teil.« Edward nahm wieder Platz. »Wie geht es meiner lieben Tante Joanna?«

»Sie ist mit dem Rest des Gepäcktrosses auf dem Weg hierher. Sie wird in Kürze hier eintreffen, aber ich bin schon mal gekommen, um Euch zu begrüßen, Sire.«

»Das weiß ich zu schätzen. Mir haben dein Rat und deine Gesellschaft gefehlt.« Edward maß ihn mit einem klugen Blick. »Mir war nicht klar, was für ein Puffer du zwischen mir und meinem Vater warst. Du hast die Gabe, auf uns beide einzuwirken.«

»Ich hoffe, Ihr habt seit dem Frühjahr Eure Differenzen mit ihm beigelegt, Sire. Mir sind Gerüchte zu Ohren gekommen, dass Ihr Euch dem Lager des Earl of Leicester angeschlossen habt.« Es war mehr als bloße Gerüchte, aber William blieb auf der Seite der Diplomatie und war froh, dass er während der Zeit, wo Edward nah daran gewesen war, sich gegen seinen Vater zu stellen, in Bigorre gewesen war, auch wenn Edward einen Rückzieher gemacht und die Linie nicht überschritten hatte.

Edward sah ihn unter goldenen Brauen an. »Du solltest inzwischen wissen, wie diese spezielle Mühle mahlt, Onkel. Ich würde meinem Vater oder unserem königlichen Status nie schaden. Ich bin sein Sohn, aus seinem Samen entsprungen, und ich bin sein Erbe. Zwischen uns gibt es Unstimmigkeiten, aber das Wohl der Familie ist alles. Durch mich wird meinen Vater kein Unheil treffen, und ich weiß, dass wir in diesem Streben vereint sind.«

»Sicherlich, Sire«, sagte William. »Weiß Euer Vater, dass Ihr jetzt hier seid?«

»Natürlich weiß er das. Angeblich hat er mich hergeschickt, um mich aus Schwierigkeiten herauszuhalten und um mir auf dem Turnierfeld die Hörner abzustoßen, aber er wollte, dass ich mit dir Verbindung aufnehme. Ich hoffe, dass du im kommenden Frühjahr wieder am Hof in England bist, obwohl es immer noch welche gibt, denen es lieber wäre, du kämst nie zurück.« Er zog die Brauen zusammen. »Du wird einen Eid auf die in Oxford beschlossenen Bestimmungen leisten müssen, darum kommen wir im Moment nicht herum, aber ich verspreche dir, dass du nichts aufgeben musst – du hast mein Wort darauf, und das meines Vaters.« Edward senkte die Stimme. »Mein Vater hofft, dass ein päpstlicher Dispens, um das in Oxford Beschlossene außer Kraft zu setzen, in ein paar Monaten vorliegen wird.«

»Ich habe es gehört. Euer Onkel Aymer war während der meisten Zeit unseres Exils am päpstlichen Hof und hat uns auf dem Laufenden gehalten.«

Edward lächelte. »Ich hätte von Onkel Aymer nichts anderes erwartet.«

Sie beendeten ihre Mahlzeit und verließen das Zelt. Ein Bote wartete mit der Nachricht, dass Joanna mit dem Rest von Williams Gepäck eingetroffen war. Edward begleitete William, um sie zu begrüßen, und Joanna knickste vor ihm. Sie war rotwangig und windzerzaust von der Reise und ein bisschen verlegen, weil sie noch ihre Reisekleidung trug.

»Liebste Tante!« Edward umarmte sie warm. »Es ist so schön, dich zu sehen.«

»Ihr überragt mich jetzt, Sire.«

»Ha, das tue ich, nicht wahr, kleine Tante«, neckte Edward sie.

»Wie geht es Leonora?«

»Gut, und sie hofft, dich bald zu sehen.« Er sah William an. »Vielleicht im Frühjahr.«

Joanna blickte zwischen ihnen hin und her, doch Edward ging nicht näher darauf ein und ging davon, um sich um andere Angelegenheiten zu kümmern. Joanna reichte William ein Leinentuch, das einen um eine Dattel gewickelten kleinen Marzipanball enthielt. »Das habe ich dir mitgebracht«, sagte sie. »Wenn wir auspacken, gibt es noch mehr.«

»Das ist wirklich süß von dir«, scherzte William. Das Wissen, dass sie an ihn gedacht hatte, war sogar noch besser als der Geschmack des Konfekts. Glücklich kauend drehte er sich um, um das Aufstellen der weiteren Zelte zu überwachen, die sie in dem Gepäcktross mitgebracht hatte.

»Das musst du doch nicht tun«, sagte sie mit belustigtem Ärger. »Sie haben das schon so oft gemacht, dass sie genau wissen, dass sie den Eingang nicht in Richtung des Rauches und des Geruchs der Latrinengruben ausrichten dürfen.«

»Aber wenn ich aufpasse, dass es richtig gemacht wird, weiß ich, dass es richtig gemacht wird«, widersprach er. »Das ist, wie wenn du die Dienerinnen überwachst, wenn sie fegen.« Er aß den Leckerbissen auf und nahm ihre Hände. »Ich habe mit Edward gesprochen, und es ist wahrscheinlich, dass wir im Frühjahr nach Hause reisen können.«

»Nach Hause?« Sie sah ihn verwirrt an.

»England ist meine Heimat«, erklärte er. »Ich bin dort vielleicht nicht geboren, aber es ist die Heimat meines Herzens. Mein Leben ist dort, und dort stehe ich in Diensten.«

Er beobachtete, wie ein Sergeant einen Zeltpflock einschlug, und musste hinübergehen, um ihn zurechtzurücken, obwohl es nicht wirklich nötig war. Aber es bewirkte, dass er sich ruhiger fühlte.

»Sei nur vorsichtig«, riet Joanna ruhig. »Trag dein Herz nicht auf der Zunge, sodass es alle hören können. Um das

Spiel zu spielen, braucht man den Kopf ebenso wie das Herz. Nicht jeder in Lord Edwards Gruppe ist ein Verbündeter. Einige werden jeden deiner Schritte beobachten und darauf warten, sie sich zunutze zu machen. Gib dich in Gegenwart anderer nicht zu freundschaftlich vertraut mit Edward, sondern wäge dein Verhalten sorgfältig ab.«

Er sah sie kopfschüttelnd an, verkniff es sich aber, Joanna die Schwarzseherin zu nennen. »Ich höre dich«, erwiderte er, »aber Lord Edward ist uns allen voraus, und er hat alle Wege geebnet. Ich vermute, er will, dass die Leute ihm Bericht erstatten, weil das dem Earl of Leicester Kopfschmerzen bereiten und seine Autorität schwächen wird, aber du hast recht, ich werde auf der Hut sein.«

Joanna und William reisten mit Edward nach Paris, und dort in der von einem bitterkalten Dezemberfrost versilberten Stadt nahmen sie auf Einladung des Königs und der Königin von Frankreich an einer Hofversammlung im Königspalast teil.

Joanna freute sich auf das bevorstehende Bankett, war aber auch ein wenig ängstlich, denn entweder erhielten sie die Erlaubnis, nach England zurückzukehren, oder das würde verschoben werden, das hing von Diplomatie und Verhandlungsgeschick ab. Sie und William hatten lange Zeit ein verhaltenes subtiles Spiel gespielt, und sie sehnte sich nach einer Entscheidung und danach, nach Hause zurückzukehren.

Aymer war von Rom, wo der päpstliche Hof ihn offiziell als Bischof von Winchester anerkannt hatte, nach Paris gekommen, und auch er brannte darauf, nach England zurückzukehren und damit zu beginnen, seine Diözese zu verwalten, auch wenn einige Geistliche sich seiner Ernennung immer noch widersetzten. Er war hier, um seine Bekanntschaft mit Edward aufzufrischen und sich seine Unterstützung zu sichern.

Joanna fand, dass Aymer kränklich aussah. Trotz des kalten Wetters schwitzte er, und seine Haut fühlte sich klamm an.

»Du wirst der Erste sein, der zurückgeht und den Fuß auf englischen Boden setzt«, sagte William zu ihm. »Du bist zu Weihnachten zu Hause.«

»Ich werde einen Weg bereiten, dem ihr folgen könnt«, erwiderte Aymer mit einem gezwungenen Lächeln.

»Oder einen Umweg finden«, meinte Joanna. »Das könnte klüger sein.«

»Ja.« Aymer wirkte gequält.

Edward betrat unter den Klängen einer Trompetenfanfare den Raum. Er hatte seine Reisekleidung gegen eine mit den goldenen Löwen von England bestickte Tunika aus scharlachroter Wolle vertauscht und trug einen Goldreif auf dem Kopf.

Der König und die Königin wurden angekündigt, prächtig anzusehen in blaugoldenen Gewändern mit Wappenstickerei und luxuriösem Pelzwerkbesatz. Königin Marguerite wies dieselbe Kontur des Mundes und das entschlossene Kinn auf wie ihre Schwester Alienor. William verbeugte sich tief vor ihr, und Louis zog sich in den Hintergrund zurück. Die Königin nahm ihn mit einem Neigen des Kopfes zur Kenntnis. Für Joanna hatte sie ein Lächeln und einen warmen Funken in den Augen.

»Mir kommen gewisse Gerüchte zu Ohren, dass Ihr über die Fähigkeit verfügt, Wolle zu Gold zu spinnen«, sagte sie schelmisch. »Hätten wir doch alle diese Gabe!«

Joannas Wangen brannten, als sie sich aus ihrem Knicks erhob. »Nur wenn es notwendig ist, Madam«, erwiderte sie. »Ich bin eine loyale Untertanin von König Henry und Königin Alienor.«

Marguerite lächelte sie an und ging weiter. Aymer ignorierte sie.

Die Gruppe setzte sich zum Essen. Dicht gewebte weiße Tücher bedeckten den Tisch, das Geschirr aus vergoldetem Silber schimmerte im Kerzenlicht. Seltene, kostbare Glaskelche mit Sprenkeln aus saphirblauem Glas standen an jedem Platz.

Edward gab sich charmant und beschwingt und widmete seine besondere Aufmerksamkeit seiner Tante Marguerite, die rasch seinem Zauber erlag. Er lenkte die Unterhaltung von politischen und finanziellen Angelegenheiten weg und hielt seinen Tonfall leicht und angenehm. Zwischen den Gängen unterhielten Jongleure, Artisten und Musikanten die Gäste. Joanna entspannte sich ein bisschen und begann das Ganze zu genießen. William trank mäßig und benahm sich mustergültig. Sie behielt Aymer verstohlen im Auge, der sehr still gewesen war und fast nichts gegessen hatte, was ihr Grund zur Sorge gab.

John de Warenne beugte sich zu ihm. »Wirst du Emma nach England zurückbringen?«, fragte er.

Aymer schüttelte den Kopf und presste sein Mundtuch gegen die Lippen. »Sie ist nicht mehr bei mir. Sie hat eine Vorliebe für einen Legaten zu Besuch aus Florenz gefasst und ist jetzt mit ihm zusammen. Hatte immer ein Auge für die höchste Würfelzahl, dieses Mädchen.« Er sprach voller Erbitterung. »Nun ja, es gibt immer noch mehr Fische im Meer. Was ist mit dir?«

»Mit mir?« John blinzelte ihn an.

»Hast du je erwogen, wieder zu heiraten? Du hast nur den einen Jungen. Du brauchst mehr Söhne, um dein Erbe zu sichern.«

John schüttelte den Kopf. »Ich werde nie wieder heiraten«, erwiderte er mit ruhigem Nachdruck. »Auch keine Mätresse nehmen. Ich könnte pures Gold nie durch etwas weniger Wertvolles ersetzen.«

In Joannas Augen brannten Tränen. Aymer streckte unbeholfen eine Hand aus, um John auf den Rücken zu klopfen. Und dann zog er sie zurück und keuchte vor Schmerz.

Joanna berührte seinen Arm. »Aymer?«

»Nur Winde.« Er versuchte, die Schultern zu heben. »Hatte ich ein paar Tage lang. Es hörte auf, kam dann aber wieder und will nicht weggehen. Ich bin sicher, dass die Meerüberfahrt es irgendwie vertreiben wird.« Er versuchte, sie anzulächeln, aber es wurde zu einer verzerrten Grimasse, er krümmte sich plötzlich und würgte in sein Mundtuch.

»Vergebt mir, meinem Bruder geht es nicht gut«, sagte William und half Aymer rasch vom Tisch weg. Guy und John eilten ihm zu Hilfe, und sie trugen Aymer halb zu einer Bank in der angrenzenden Kammer. Er beugte sich vor, stöhnte vor Schmerzen und hatte Mühe beim Atmen. Bestürzt ließ Edward seinen Arzt kommen.

Aymers Schmerzen bewirkten, dass er nicht mehr sprechen konnte, sondern nur nach Luft schnappte wie ein Fisch. Der Arzt kam angerannt, seine schwarzen Gewänder flatterten, und kauerte sich neben ihn. Er untersuchte ihn rasch mit erfahrener Tüchtigkeit und presste die Lippen zusammen. Aymer wollte sich nicht aufrichten, und als William versuchte, ihn dazu zu bringen, kreischte er wie ein Kaninchen in der Schlinge. Dem Arzt gelang es, ihm eine Dosis Opium einzuflößen, und er sorgte dafür, dass er zu seiner Unterkunft in der nahe gelegenen Priorei St. Geneviève getragen wurde.

Als die Sänfte eintraf, nahm William den Arzt beiseite.

»Was stimmt denn mit ihm nicht?«, wollte er wissen.

»Ich kann es nicht mit Sicherheit sagen, Mylord«, erwiderte der Arzt, »aber aufgrund der Symptome, die ich bei anderen feststellen konnte, handelt es sich um ernste Magenbeschwerden, die ganz plötzlich auftreten. Sie flammen auf und ebben wieder ab. Manchmal, wenn der Patient ruht, gehen sie von selbst weg, aber wenn sie über mehrere Tage so schlimm sind ...« Er zögerte, aber der Ausdruck in seinen Augen sagte alles, was seine Worte nicht hergaben.

»Wir sollten bei ihm bleiben«, sagte William, »und bei ihm wachen.«

»Ich denke, das wäre klug, Sire.«

William wandte sich an Joanna, die zugehört hatte und mitfühlend seine Hand drückte. »Geh mit ihm. Ich werde mich von den Dienern zu unserer Unterkunft begleiten lassen, und ich werde dafür sorgen, dass jeder für ihn betet.«

Er erwiderte den Händedruck und holte Aymers Bischofsumhang, den, der eigens für seine endgültige Ernennung zum Bischof von Winchester angefertigt worden war und an dessen Säumen Goldborte schimmerte. William breitete ihn behutsam über Aymers Körper. Sein Bruder war jetzt ruhiger, der Mohnsaft begann seine Schmerzen zu lindern, aber er war immer noch grau im Gesicht, fühlte sich klamm an und stöhnte durch leicht geöffnete Lippen, und William wusste, dass er einen sterbenden Mann anblickte.

Als William in der Morgendämmerung zu Joanna zurückkehrte, eilte sie an seine Seite.

Er sah sie an und schüttelte den Kopf. »Er ist tot«, sagte

er. »Zur Stunde des ersten Nachtgebets, der Matutin. Sie mussten ihm mehr Opium gegen die Schmerzen geben ...« Er ließ sich schwer auf die Bank beim Feuer sinken und kniff sich mit Zeigefinger und Daumen in die Nasenspitze. »Ich kann es nicht glauben.«

»Es tut mir so leid.« Sie schlang die Arme um ihn. »Was für eine furchtbare Sache!«

»Wir konnten nichts tun, außer zu versuchen, sein Leiden zu lindern ..., nichts.« William senkte den Kopf. »Er war seit meiner Geburt ein Teil meines Lebens ... Ich habe ihn immer bedingungslos geliebt.«

Joanna murmelte beschwichtigende Worte und rieb seinen Nacken. »Ich weiß, ich weiß.« Kurz danach brachte sie ihm einen Becher heißen Wein, und er trank ihn langsam und starrte in das Feuer. Er hatte Aymers Umhang bei sich, den er mit den Händen glattstrich. »Solange er noch sprechen konnte, hat er darum gebeten, dass sein Herz entnommen, nach Winchester gebracht und in der Kathedrale bestattet wird, die rechtmäßig die seine war. Ich werde dafür sorgen, das ist meine Pflicht und das Letzte, was ich für ihn tun kann.«

»Ich kann mir nichts Angemesseneres denken«, erwiderte sie. »Trotz allem, was viele über ihn gesagt haben, war er ein guter Mann, und Gott hat jetzt einen treuen Diener an seiner Seite. Lass dich von diesem Gedanken trösten. Du solltest zu Bett gehen und ein wenig schlafen, wenn du kannst, und wenn du aufwachst, können wir anfangen, all das in Angriff zu nehmen, was getan werden muss.«

»Ah, Joanna!« Er zog sie an sich. »Die Welt war ein schöner Ort, als ich noch einen Umhang aus Unschuld hatte, um mich zu bedecken, aber jetzt ist dieser Umhang fadenscheinig geworden.«

»Nein«, entgegnete sie weich, »jetzt trägst du einen anderen Umhang, das ist alles – einen aus Erfahrung gewobenen, und er schützt dich in der Welt, in der du jetzt lebst, besser. Alles ändert sich. Wasser lässt Stein verwittern, Stein mahlt Korn zu Mehl, und Mehl wird zu Brot.« Sie streichelte sein Haar und dachte an den Bruder, den sie so plötzlich an eine Krankheit verloren hatte, als er fast noch ein Junge gewesen war. »Ich verstehe dich, wirklich.«

»Vernünftige Joanna«, sagte er und küsste sie. »Aber du irrst dich, denn du änderst dich nie – nicht für mich. Ich werde zu Bett gehen, aber komm mit mir. Ich muss dich ganz dicht bei mir spüren.«

35

Rochester Castle, Kent
April 1261

Joanna kniete vor Königin Alienors Füßen und erwies ihr ihre Reverenz.

»Willkommen daheim.« Alienor küsste Joanna auf die Wange. Sie zeigte mehr Wärme als bei ihrer letzten Begegnung vor über zwei Jahren. »Ich freue mich, dass dein Mann seinen Frieden gemacht und zu uns zurückgekehrt ist.« Sie bedeutete Joanna, auf einem Stuhl neben ihr Platz zu nehmen.

»Ich mich auch, Madam«, erwiderte Joanna. »Ich habe England und den Hof vermisst.« Was den Frieden betraf, war sie sich nicht so sicher. William hatte in Dover geschworen, den Bedingungen der Bestimmungen von Oxford zuzustimmen und denen, die Beschuldigungen gegen und Ansprüche an ihn erhoben, Rede und Antwort zu stehen, aber das war ein reines Lippenbekenntnis.

Henry war es gelungen, die Bestimmungen im Februar mittels eines päpstlichen Erlasses, den Aymer ihm in den Monaten vor seinem Tod zu erlangen geholfen hatte, außer Kraft zu setzen. William musste sich jetzt vorsichtig einen Weg durch die Abwasserkanäle der Hofpolitik bahnen. Außerdem mussten sie auf ihren Landsitzen nach den Plünderungen und Verwüstungen ihrer Feinde Reparaturen durchführen lassen.

Alienor deutete auf Joannas rechte Hand. »Ich sehe, du hast immer noch den Ring, den ich dir gegeben habe.«

»Ja, Madam!« Joanna streckte den Finger aus, und der Rubin schimmerte wie ein Blutstropfen. »Ich habe nicht vergessen, was Ihr am Tag meiner Abreise zu mir gesagt habt, und ich habe Eure Worte immer im Gedächtnis bewahrt – und ich bin froh, ihn jetzt zu tragen und Euch zurückgeben zu können.«

Alienors Gesichtsausdruck wurde weicher. »Wir haben vielleicht unsere Differenzen gehabt, aber ich habe unsere Entfremdung bedauert. Ich rechne trotzdem nicht damit, dass du am Hof bleibst?«

»Nein, es sei denn, Ihr verlangt es von mir, Madam«, erwiderte Joanna, dabei dachte sie bei sich, dass die Annäherung zwischen ihnen immer noch unterkühlt war, sonst hätte die Königin auf ihren Diensten bestanden. »Ich muss auf meinen Landsitzen für Ordnung sorgen.«

Alienor schüttelte huldvoll den Kopf. »Es hat mir leidgetan, vom Tod deines Schwagers zu hören, noch dazu, weil er so plötzlich kam.«

»Ja, Madam, es war schrecklich für uns alle.« Joanna wahrte einen unbeteiligten Tonfall und senkte den Kopf. »Wenn wir unseren Verpflichtungen hier nachgekommen sind, gehen wir nach Winchester, um für Aymers Seele zu beten und sein Herz in der Kathedrale zu bestatten, wie es sein Wunsch war.«

»In der Tat«, murmelte die Königin. Ihr Ton ließ keinen Zweifel daran, dass sie das Thema nicht über Plattitüden hinaus zu vertiefen wünschte. »Aber ich hoffe, dass du zum Fest des heiligen Edward zu uns zurückkehren wirst.«

»Natürlich, Madam!«

Sie würden nie zu ihrem früheren harmonischen Verhältnis zurückfinden, aber wenigstens hatten sie den Sturm überstanden. Vielleicht glaubte die Königin, sie hätte das Band zwischen William, Henry und Edward zerrissen und dass William durch seine Zeit im Exil angemessen gewarnt und bestraft worden war. Außerdem brauchte sie William in England, als Gegengewicht zu Simon de Montfort und der Partei der reformwilligen Barone.

»Gut! Ich bewundere deinen Einfallsreichtum. Dein Mann hat einen einzigartigen Schatz in dir.«

Jetzt hob Joanna den Blick zu der Königin, denn das Wort »Schatz« war mit absichtlicher Betonung ausgesprochen worden. Alienors Blick drückte Wissen und widerwilligen Respekt aus.

»Du hast meine Erlaubnis, zu gehen«, sagte sie, »und mit meinem Segen.«

Joanna zog sich zurück, erleichtert, fast euphorisch, aber immer noch innerlich angespannt. Es war wie ein Schachspiel, bei dem sie bislang alle richtigen Züge gemacht hatte, ein Fehler aber ihren Untergang herbeiführen konnte. Sie hatte Zeit für eine Atempause, wagte aber nicht, in ihrer Wachsamkeit nachzulassen.

Am nächsten Tag packte Joanna für Winchester, als Leonora sie aufsuchte. »Ich hoffe, es läuft alles gut für Euch«, sagte Leonora, »und dass Eure Landgüter während Eurer Abwesenheit keinen allzu großen Schaden genommen haben.«

»Der König hat seine Hilfe zugesagt, und wir sollen aus den Schätzen im Tempel für das entschädigt werden, was verschwunden ist, während wir nicht da waren«, erwiderte Joanna. »Er gibt uns auch einige Eichen aus seinem Wald, damit wir die Bauarbeiten in Goodrich und Sutton weiterführen können.«

»Edward und ich kehren für ein paar Monate in die Gascogne zurück.«

»Das habe ich gehört.« Joanna faltete ein Hemd. Sie hätte das ihren Dienerinnen überlassen können, aber die Tätigkeit verlieh ihr ein Gefühl von Ordnung und Befriedigung, und das beruhigte sie, vor allem, wenn das Leinen frisch gewaschen war.

»Ich glaube, ich erwarte vielleicht ein Kind«, sagte Leonora nach einer kurzen Pause und errötete. »Ich bin noch nicht ganz sicher, aber es wird mit jedem Tag wahrscheinlicher.«

»Das sind wundervolle Nachrichten.« Joanna lächele sie an. »Ich freue mich für Euch.«

»Ich habe es Edward noch nicht gesagt, und auch dem König und der Königin nicht. Ich will erst sicher sein, aber ich sage es Euch, weil ich Euch vielleicht vor der Geburt des Kindes nicht mehr sehe. Ihr wart mir eine Freundin, als ich um unsere verlorene Tochter trauerte.«

»Ich werde Euch jeden Tag in meine Gebete einschließen, das verspreche ich«, entgegnete Joanna. »Und ich bitte Euch, mir zu schreiben und mir Eure Neuigkeiten mitzuteilen.«

»Natürlich werde ich das tun.«

Leonora schloss sie in eine rasche, spontane Umarmung und ging. Joanna fuhr fort, Kleidungsstücke zu falten, und das Lächeln blieb auf ihrem Gesicht.

In der Kathedrale von Winchester überreichte William den Mönchen einen Sarg aus dem berühmten vergoldeten Kupferemaille aus Limoges in den Farben von Lusignan. Darin befand sich ein kleinerer zweiter versiegelter Kasten, der Aymers einbalsamiertes Herz enthielt. William hatte es von

Paris mit hierhergebracht, und es war sowohl ein Trost als auch eine Bürde gewesen. Ein Teil von ihm, ein Teil von seinem Bruder.

Henry hatte an der Zeremonie nicht teilgenommen, aber an dem kleinen Kasten geweint und gebetet, als er ihm in Rochester gezeigt worden war. William hatte Aymers Kleider an die Armen verteilt und den prachtvollen Umhang verkaufen lassen, um den Erlös für Almosen zu verwenden. Jeder Teil des materiellen Lebens seines Bruders verschwand, und am Ende der Trauerfeierlichkeiten war es für William das Schwerste, den kleinen Sarg bei den Mönchen zu lassen. Jetzt war es an der Zeit, neu zu beginnen und nicht zurückzuschauen.

John de Warenne hatte William und Joanna für die Zeremonie nach Winchester begleitet, und als sie die Kathedrale verließen, wischte er sich über die Augen und räusperte sich. »Es bringt traurige Erinnerungen zurück«, sagte er. »Es ist hart, die zu verlieren, die ich liebe, und Aymer war Alizas Bruder und auch der meine.« Er straffte sich und rang sich ein Lächeln ab. »Aber ich habe trotzdem noch viel, womit ich mich beschäftigen kann.«

William wandte sich an Johan, der sich während der Zeremonie mustergültig betragen und seinen kleinen Bruder zum Schweigen gebracht hatte, als dieser begonnen hatte, mit den Füßen zu treten. »Sind deine Sachen gepackt, junger Mann?«

»Ja, Sire«, erwiderte Johan, wobei er stolz das Kinn vorstreckte. Er kehrte in den de Warenne-Haushalt zurück, um seine Ausbildung bei John fortzusetzen.

»Gut, dann wird es Zeit.«

Johan drehte sich zu Joanna und kniete vor ihr nieder,

um sich zu verabschieden. Sie musste einen schmerzhaften Kloß in ihrer Kehle hinunterschlucken, weil sie sich daran gewöhnt hatte, ihn wieder bei sich zu Hause zu haben, und die Trennung von ihm tat weh, obwohl er mit elf Jahren mehr als bereit war, sein Heim zu verlassen. »Ich bin sehr stolz auf dich«, sagte sie. »Ich sehe dich im Herbst wieder, und dein Onkel John wird mir berichten, welche Fortschritte du im Unterricht machst. Sei brav und tu, was er sagt.«

»Ja, Mama.« Johan erhob sich und betrachtete sie mit denselben graugoldenen, ruhigen Augen wie sein Vater, bevor er zu den anderen Mitgliedern von Johns Gefolge ging.

»Pass auf ihn auf«, sagte Joanna und schüttelte dann lachend den Kopf. »Oh, natürlich wirst du das. Es ist nur die Angst einer Mutter, wenn ihr Küken das Nest verlässt.«

John küsste sie auf die Wange. »Mach dir keine Sorgen. Bei mir ist er sicher, und wir kommen bald zu Besuch.«

Joanna winkte ihnen nach und beobachtete Johan auf seinem neuen kastanienbraunen Pferd. Ihr Herz schmerzte, aber so war nun einmal das Leben. William lächelte mit der Befriedigung eines Mannes, der eine Aufgabe gut ausgeführt hatte, aber für ihn war es anders.

»Er könnte nirgendwo besser untergebracht sein als bei John«, sagte er zu ihr.

»Ja, ich weiß.« Sie schluckte ihre Tränen hinunter. »Komm, wir sollten schon unterwegs sein. Die Reise nach Goodrich ist lang, und es gibt viel zu tun.«

36

Palast von Westminster
Februar 1263

Joanna fröstelte und schlang ihren Umhang Wärme suchend enger um sich. Ein bitterkalter, mit Schnee versetzter Wind wehte von der Themse her durch die Gänge des Palastes. Sie und William waren vor Kurzem von einer längeren Rundreise zu ihren Landsitzen zurückgekehrt und in Westminster eingetroffen, um festzustellen, dass der König sich in Merton aufhielt, aber morgen zurückerwartet wurde.

Joanna schlenderte durch den Gebäudekomplex, machte eine Bestandsaufnahme und erinnerte sich daran, wie sie vor fünfundzwanzig Jahren begonnen hatte, in diesen Räumen die Pflichten einer Kammerfrau und die Hofetikette zu lernen. Und auch die Gefahren und die sowohl im Verborgenen als auch offen ausgetragenen Machtkämpfe.

In der großen Kammer blieb sie vor der Figur der Hoffnung stehen, streckte die Hand aus, um ihr lavendelblaues Gewand zu berühren, ihr in die Augen zu blicken und sich zu fragen, was die Maler vor all diesen Jahren in ihnen gesehen hatten. »Meine Joanna von den Sternen« nannte William sie. Die Figur starrte in die Ferne, während die zertrampelte Schlange der Verzweiflung böse zu ihr aufblickte, kämpfte und sich weigerte, zu sterben.

Joanna erschauerte vor Kälte und drehte sich, sich die

Arme reibend, zum Kamin um. Dieser hatte während Joannas Zeit im Exil viele Risse bekommen. Im Rahmen der Reparaturarbeiten war ein prachtvoller Stammbaum Christi, der seine Familie zeigte, auf den Schirm gemalt worden, erlesene kleine Bilder der Angehörigen der heiligen Blutlinie, und sie erkannte viele der Eigenarten und Gesichter, darunter auch einen speziellen Engel mit lockigen Haaren und scharf geschnittener Nase. Wie es aussah, hatte Henry, da er seine eigene Familie nicht um sich haben konnte, sich auf andere Weise beholfen.

England befand sich immer noch im Aufruhr. Henry hatte die Bestimmungen von Oxford umgestoßen, und die Haltung der Barone gegenüber de Montfort war gespaltener, aber die Eintracht war nicht gefestigt. Jede Seite hatte einen standfesten Kern, während die in der Mitte im Wind schwankten. Jeder wollte Frieden, aber jeder hatte eine andere Vorstellung davon, wie dieser Frieden aussehen sollte. Ihre eigene fragile Übereinkunft mit de Montfort hatte nicht gehalten, und Joanna fürchtete, dass es erneut zu gewalttätigen Auseinandersetzungen kommen könnte.

Wenigstens hatte de Montfort geschäftlich in Frankreich zu tun, auch wenn er immer noch entschlossen war, Reformen umzusetzen. Im walisischen Grenzgebiet tobten etliche Kämpfe, und der Tod von Joannas Vetter Richard de Clare hatte dessen unbeständigen neunzehnjährigen Sohn zu den Waffen greifen lassen, weil man ihm die Erlaubnis verwehrt hatte, die Grafschaft seines Vaters zu erben, bevor er volljährig war. Edward und Henry standen gerade jetzt auch nicht auf gutem Fuß miteinander, und William musste einen heiklen und schwierigen Weg zwischen den beiden hindurch finden und oft als Vermittler fungieren.

Ein Diener brachte eine Ladung frisches, abgelagertes

Holz in die große Halle und schichtete es auf. Die mächtige Hitze hatte begonnen, ihre Wangen zu versengen, und mit einem letzten Blick auf den Stammbaum trat sie vom Kamin zurück und ging in ihre Gemächer.

William saß mit Agnes, Margaret und William zusammen und röstete kleine Stücke Brot und Fleisch an Spießen in ihrem eigenen Kamin. Früher am Tag war er mit den Kindern auf dem zugefrorenen Fluss eislaufen gegangen, mit Lederriemen unter die Füße geschnallten Schienbeinknochen von Ochsen und Schafen. Joanna lächelte, als sie den Feuerschein auf ihren Gesichtern sah, und beantwortete dann ein paar Fragen ihrer Sekretäre und Kapläne, die im letzten ausreichenden Tageslicht in der Nähe des Fensters arbeiteten. Sie sprach mit ihrem Almosenpfleger über die Bereitstellung von Essen und Münzen für die Armen und traf Vorkehrungen, dass die Reisekutsche, die sie vom Bischof von Hertford ausgeliehen hatte, ihm zusammen mit einem Dankesgeschenk in Form von Zitronat zurückgebracht wurde. Und dann setzte sie sich mit einem erleichterten Seufzen zu ihrer Familie an das Feuer und nahm dankbar den Becher mit gewürztem Wein entgegen, den William ihr reichte. Momente wie diese waren selten zwischen ihnen, und sie kostete sie inmitten all der Hektik umso mehr aus. Sie versuchte, sich ihren Mann als Engel mit Flügeln vorzustellen, konnte aber die Realität nicht ganz mit dem Bild in Einklang bringen.

»Können wir morgen wieder eislaufen gehen?«, wollte Margaret wissen. Ihre Wangen leuchteten im Licht des Feuers so rot wie Äpfel. »Geht das, Papa?«

William kicherte. »War das heute nicht genug für dich, junge Mistress?«

Margaret schüttelte den Kopf, sodass ihre dichten Locken wippten. »Heute war nur ein Vorgeschmack, Papa.«

»Nun, manchmal ist ein Vorgeschmack besser als ein ganzes Festmahl«, erwiderte William belustigt, »aber ich verspreche dir, dass wir noch einmal gehen. Vielleicht nehmen wir dann auch eure Mutter mit.« Er warf Joanna einen funkelnden Blick zu und bot ihr ein Stück geröstetes Brot an.

Sie schnitt ihm eine Grimasse, nahm das Brot und biss in die knusprige braune Kruste.

»Nein, es ist mein Ernst.« Er hielt inne, hob den Kopf und schnupperte. »Was riecht denn hier so?«

Joanna hob gleichfalls den Kopf und sog den Atem ein. »Brandgeruch!«, rief sie. Er kam weder vom Feuer noch von den Kerzen und Lampen, die angezündet worden waren, als die Dämmerung hereinbrach.

Und dann erscholl der Ruf: »Feuer!« Die Tür flog auf, und zwei von Henrys Sekretären stürzten in den Raum. »Feuer! Die große Kammer des Königs steht in Flammen!«

Joanna keuchte, und William sprang auf.

»Was?«

»Der Rauchfang, Sire, der Rauchfang brennt, und die Flammen breiten sich im Raum aus!«

»Gut! Holt die Wasserfässer aus der Küche und der Speisekammer. Ich komme!« Er verließ eilig mit den Männern die Kammer und bedeutete seinen Gefolgsleuten und Dienern, mitzukommen.

Angst stieg in Joanna auf, als der Rauchgeruch intensiver wurde. Feuer war eine tödliche Gefahr, die großen Schaden in dem unübersichtlichen Gewirr von Kammern und Gängen des alten Palastes anrichten würde, die sie gerade noch entlanggegangen war, als sie aus der großen Kammer des Königs gekommen war. Die Hitze über dem Kaminschirm war tatsächlich ungewöhnlich stark gewesen.

»Bleibt hier!«, befahl sie den Kindern. »Nicola, Mabel, passt auf sie auf. Wenn ihr euch in Sicherheit bringen müsst, zieht ihnen ihre Umhänge und Kapuzen an und bringt sie in die Abtei.«

»Aber Madam ...«

»Tut, was ich sage, und vergesst Weazel nicht!«, schnappte Joanna, eilte William hinterher und packte auf dem Weg aus ihrer Kammer den Wassereimer des Haushalts. Wenn schon nichts sonst, konnte sie zumindest ein weiteres Paar Hände in einer Eimerkette sein.

Noch bevor sie die Kammer des Königs erreichte, sah sie den Rauch, der am Fenster waberte, und der Brandgeruch war zu einem Gestank geworden. Die Halle zu betreten war, als stünde man in der Vorkammer der Hölle, und sie rang nach Luft. Die Flammen schlugen aus dem geborstenen Rauchfang und leckten bereits an den Deckenbalken. Das riesige Bett des Königs war ein grauenvolles Flammeninferno. William befehligte die Eimerkette, dazu benutzte er die Trinkwasserfässer aus den Vorratslagern, während andere mit ihren Umhängen, Decken und Besen auf die Flammen einschlugen. Funken stoben wie bösartige Glühwürmchen zwischen den Rauchschwaden in die Höhe. William trat hustend zurück, kämpfte die wieder auflodernden Flammen aber sofort wieder mit seinem durchweichten Umhang nieder.

Joanna packte ihn am Arm. »Was kann ich tun?«

In seinen Ärmel hustend und mit tränenden Augen krächzte er: »Nimm Möbelstücke oder sonst etwas – alles, was gerettet werden kann.«

Sie machte sich sogleich daran, entschlossen, ihren Teil beizutragen und froh darüber, dass William sie nicht in ihre Kammer zurückgeschickt hatte.

Einige Gegenstände waren bereits weggeräumt worden, aber Joanna wies zwei Männer und die Frau eines Sergeanten an, alles Tragbare aus der Kammer zu schaffen und in den Hof vor der Torhalle zu stellen. Sie half ihnen dabei und trug Kerzenleuchter, Truhen und Kästen ins Freie. Und Rollen kostbarer Stoffe, einen nassen, an den Rändern angekohlten bunten Teppich, den Inhalt der Kapelle. Rußflecken besudelten ihr Kleid, und Wasser drang durch den Stoff bis auf die Haut, aber sie hatte keine Zeit, um darauf zu achten.

Endlich brachten die verzweifelten Brandbekämpfer das Feuer unter Kontrolle, und die letzten hartnäckig aufzüngelnden Flammen wurden ausgetreten. William stand mit sich heftig hebender und senkender Brust in dem rußigen, stinkenden Chaos. Rauch hing in öligen grauen Schleiern im Raum. Die Helfer husteten, pressten die Hände auf die Brust und krümmten sich. Joanna trat zu William, nahm seinen Arm und sah unter seinem versengten Ärmel die Blasen schlagende Brandwunde an seinem Handgelenk.

»Du solltest das behandeln lassen!«

Jemand brachte Kerzen in den Raum zurück, was angesichts des Ausmaßes des Schadens wie ein Sakrileg erschien, aber sie brauchten Licht.

»Großer Gott«, flüsterte Joanna, als sie die geschwärzte Decke und die zerstörte Einrichtung betrachtete. Henrys Bett war ein verbrannter Klumpen in der Ecke, die gemalten Soldaten, die den Bereich bewachten, waren bis zur Unkenntlichkeit verkohlt, genau wie die Figur von Edward dem Bekenner. »Was wird der König sagen?«

William schüttelte den Kopf. »Erst dachte ich, wie gut, dass er nicht hier war, aber wenn er da gewesen wäre, wäre das Feuer sofort entdeckt worden.« Er fuhr sich mit einer rußverschmierten Hand durch das Haar. »Was geschehen ist, ist geschehen. Wir müssen ihn benachrichtigen und in der Zwischenzeit hier aufräumen und sauber machen, so gut wir können.«

Er wandte sich ab und begann Befehle zu erteilen, klar und präzise, aber sie sah seine Verzweiflung. Das Ausmaß der Zerstörung war katastrophal. Die roten Löwen über dem Stuhl des Königs waren durch aufgeworfene Blasen vollkommen ruiniert, der Stuhl selbst, gerade noch rechtzeitig nach draußen getragen, war angekohlt, genau wie das königliche Kissen, das von der Königin selbst in den frühen glücklichen Tagen ihrer Ehe bestickt worden war.

William erteilte weitere Anweisungen, ging dann durch den Raum, um den weiteren Schaden abzuschätzen, und blieb vor der Figur der Hoffnung stehen. Joanna, die ihn begleitete, schlug bestürzt eine Hand vor den Mund, denn das Gesicht und der Oberkörper der Hoffnung waren nur noch ein schmutziger schattenhafter Umriss unter dem Ruß des beißenden Rauches. Sie kam sich vor, als wäre ein Teil von ihr selbst ausgelöscht worden.

»Ich hätte wachsamer sein sollen«, sagte William mit schmerzerfüllter Stimme. »Ich hätte besser aufpassen sollen.«

»Wie sollte jemand so etwas ahnen?«, erwiderte Joanna, hielt sich an praktische Dinge, weil das das einzige Gebiet war, wo sie sich noch zu rühren vermochte. »Es ist passiert. Genauso gut könntest du sagen, wenn ich noch einen Moment länger geblieben wäre, hätte ich vielleicht den Rauch bemerkt. Es war Gottes Wille. Säubere, was gesäubert werden kann, mach eine Schadensaufnahme und warte auf Henry.«

»Ich werde jetzt eine Nachricht losschicken.«

»Wenigstens ist niemand zu Tode gekommen oder abgesehen von ein paar Brandwunden verletzt worden«, meinte sie. »Wir haben das Feuer gelöscht, bevor es sich ausbreiten konnte. Es hätte viel schlimmer kommen können.« Das stimmte, aber die Worte erschienen ihr wie ein leeres Nichts – wie Asche und Staub.

»Ja«, sagte William trübsinnig. »Aber es ist schlimm genug.«

Das Tageslicht des Wintermorgens enthüllte den wahren furchtbaren Zustand der Kammer des Königs. Die Wände, Stoffe und Zier- und Gebrauchsgegenstände waren von Rauch, Flammen und Wasser ruiniert, obwohl der Spruch über der Tür mit der ironischen Verkündung, dass der, der etwas begehrte, erst alles andere weggeben musste, das Inferno unversehrt überstanden hatte.

William war die ganze Nacht aufgeblieben, hatte Briefe geschrieben und die Aufräumarbeiten organisiert, so gut er konnte. Joanna hatte ihn dazu gebracht, zu baden, und hatte sein verbranntes Handgelenk mit Salbe und Verbänden behandelt, aber er hatte sich geschämt, Hilfe anzunehmen, weil er die Schmerzen verdiente.

Als er die Verwüstung im kalten Tageslicht betrachtete, kam sie ihm wie ein Symbol für die Herrschaft seines Bruders vor. So viele Versprechen und Schönheit, nicht vollständig zerstört und doch vollkommen ruiniert.

Henry traf kurz nach Mittag aus Merton ein, blass und mit grimmiger Miene. Er hatte die Nachricht von dem Feuer von Boten erhalten. Voller Beklommenheit und sich elend fühlend erwartete William ihn an den Toren.

»Wie ist das passiert?«, wollte Henry wissen, als er vom Pferd stieg. »Erzähl es mir!«

»Ich habe auf Euch gewartet, damit ich Euch alles zeigen kann, statt es Euch zu beschreiben, denn ein Bild sagt mehr als alles, was ich schreiben könnte.« William vermochte Henrys verwirrtem, wütendem Blick kaum standzuhalten.

Henry streifte seine Handschuhe ab, schritt in die Kammer, die sein Stolz und seine Freude gewesen war, blieb dann stehen und starrte alles tief erschrocken an, bevor er sich immer wieder um die eigene Achse drehte und die Verwüstung in sich aufnahm.

»Das Feuer brach in dem reparierten Rauchfang aus und griff schnell um sich«, sagte William. »Wir hatten größte Mühe, es unter Kontrolle zu bekommen, aber dank der Gnade Gottes ist es uns gelungen. Wenn Ihr jemandem die Schuld an alldem geben möchtet, dann mir, denn ich habe nicht schnell genug gehandelt. Es hat erst jemand etwas bemerkt, als die Flammen begannen, sich auszubreiten. Ich organisierte eine Kette mit Wassereimern und Leute, die die Flammen ausschlugen, und so weit sind wir gekommen.«

Henry schüttelte den Kopf. »Es ist alles zerstört.« Sein tiefer Atemzug kratzte mit einem qualvollen Geräusch über seinen Kehlkopf, sein Mund blieb offenstehen.

»Sire, wenn ich das alles für Euch wieder in Ordnung bringen könnte, würde ich es tun. Es tut mir sehr leid, ich weiß, wie viel Euch diese Kammer bedeutet.« Und ihm selbst. Er vermied es peinlich, die Figur der Hoffnung anzublicken. »Wir können alles wieder aufbauen.«

Henry schloss kurz die Augen, blendete den Anblick aus, musste sie dann aber wieder aufschlagen. »Vielleicht ist es wirklich ein Vorzeichen von Gott.« Seine Stimme brach in tiefer Traurigkeit. »Dies ist das Herz meines Heims, wenn ich in Westminster bin, ein Teil meines Lebens, den ich ganz für mich behalten habe, und nun ist es zerstört.«

»Er kann wiederhergestellt werden, Sire«, sagte William und presste die Hand absichtlich über sein verbundenes Handgelenk, um den Schmerz zu spüren.

»Aber es wird nie mehr dasselbe sein.« Henry schüttelte den Kopf. »Ich brauche Zeit, um meinen Verlust zu betrauern, bevor ich an Wiederherstellung denken kann. Aber ich bin froh, dass du hier warst, denn wenn nicht, hätte der ganze Palast bis auf die Grundmauern niederbrennen können.« Sein Blick kreuzte sich mit dem von William mit mehr als nur einer Gefühlsschattierung – ein stummer Austausch zwischen Realität und Metapher –, und dann sah er Williams Handgelenk an. »Du bist verletzt, mein Junge!«

»Sire, das ist nichts – ein heißer Funke, den ich in dem Durcheinander gar nicht bemerkt habe. Joanna hat die Wunde verbunden, und sie wird heilen.«

Henry breitete die Arme aus und umarmte ihn. »Du erinnerst mich daran, dass ich viel mehr habe als nichts, und viel, wofür ich auch jetzt dankbar sein muss.«

»Ich werde Euch immer treu dienen«, erwiderte William. Ärger kam in ihm hoch, und er bot das Einzige an, was er anbieten konnte.

»Ich weiß, und das ist mir neben anderem ein Trost. Wir reden später weiter, aber jetzt möchte ich allein beten.«

William verbeugte sich und sah zu, wie sein Halbbruder in Richtung der Kapelle davonging, gebeugt und mutlos, mit gesenktem Kopf, und ihm wurde von Neuem und mit einem schmerzhaften Stich bewusst, dass Henry ein alter Mann wurde.

37

Windsor Castle
Oktober 1263

Joanna hob das kleine Mädchen hoch, das beharrlich an ihren Röcken zupfte, und schwang sie in ihre Arme, um sie zu drücken. Das Kind kicherte und schlang die Arme um Joannas Hals. Edwards und Leonoras Tochter Katharine war nicht ganz zwei Jahre alt, hatte weiche kastanienbraune Locken und große braune Augen. Joanna liebte sie bereits von ganzem Herzen. Sie war seit zwei Wochen in Windsor, wo sie Leonora besuchte, während die Männer mit einer Parlamentsversammlung beschäftigt waren, wo sich die dem König treu ergebenen Lords und Simon de Montfort und die Barone, die sich die Reform auf die Fahne geschrieben hatten, gegenüberstanden.

»Heute ist ein Bote von Edward gekommen«, sagte Leonora mit funkelnden Augen. Ihr kastilischer Akzent war jetzt weit weniger ausgeprägt.

Joanna lächelte. »Hoffentlich mit guten Nachrichten, Madam.«

»Den besten! Er besucht uns und sagt, wir sollen uns bereithalten.«

Joanna liebte es, Leonora so lebenssprühend zu sehen. Sie und Edward beteten sich an.

»Wann wird er hier sein?«

»Morgen früh, sagt er. Kommt, wir müssen Essen und die Kammern vorbereiten.«

Für den Rest des Tages stürzte sich Joanna in die Vorbereitungen. Sie überwachte das Abbürsten der bunten gewebten Teppiche in Edwards und Leonoras Kammer und sorgte dafür, dass frische Laken, Kopfkissenbezüge und Decken gelüftet und das Bett angemessen vorbereitet wurde. Joanna bemerkte, dass Leonora strahlender und nervöser als sonst war. Von Natur aus kein Schmetterling wirkte sie heute aufgeregt und fast flatterhaft. Es konnte natürlich an der Vorfreude auf Edwards Ankunft nach langer Trennung liegen. Er war im Feld und am Ratstisch gewesen und hatte sich mit dem anhaltenden Grollen des Bürgerkriegs befasst. De Montfort war früher im Jahr in Frankreich gewesen, aber im späten April zurückgekehrt, hatte die Bestimmungen von Oxford gegen Ausländer wieder aufleben lassen und war dann ins Feld gezogen. Der burgundische Bischof von Hertford war in seiner Kirche verhaftet und ins Gefängnis geworfen worden. Gloucester, Worcester und Salisbury befanden sich in de Montforts Händen.

Der König und die Königin hatten sich in die Sicherheit des Towers von London zurückgezogen, und de Montfort hatte prompt ihr Heim in Westminster besetzt, jedoch nicht die große Kammer, die nach dem Feuer renoviert wurde. Joanna war froh darüber, denn sie konnte den Gedanken nicht ertragen, dass Simon de Montfort in Henrys Gemach schlief oder seine Kapelle benutzte.

Die Königin hatte versucht, den Tower zu verlassen und mit einer Barke zu Edward nach Windsor zu reisen, war aber von den Bürgern von London angegriffen worden, als sie unter der London Bridge hindurchfuhr. Die Londoner, unerschütterliche Anhänger von de Montfort, hatten sie mit faulen Früchten, Steinen und Unrat beworfen, und sie war gedemütigt und um ihr Leben fürchtend in den Tower zurückgeflüchtet.

Endlich war Henry, da ihm keine andere Wahl blieb, gezwungen gewesen, mit de Montfort Frieden zu schließen. Ein Teil dieses Friedens bestand darin, ihm Windsor auszuliefern und einzuwilligen, die Bestimmungen von Oxford zu überdenken. Windsor befand sich seit August unter de Montforts Kontrolle, und Leonora war in Wahrheit eine Geisel, die Edwards Gefügigkeit garantierte, obgleich das nie so deutlich ausgesprochen worden war.

Joanna konnte den unerbittlichen Marsch in eine bewaffnete Auseinandersetzung spüren. Sie standen am Rand eines Krieges, und sie sah nicht, wie er vermieden werden konnte.

Edward und sein Gefolge trafen früh am nächsten Morgen in Windsor ein. Der mit ihnen reitende William zügelte sein Pferd und blickte die gespenstischen Umrisse des Bergfrieds an, die aus dem perlweißen Morgennebel auftauchten. Die Feuchtigkeit bewirkte, dass sich sein Haar lockte und seinen Umhang benetzte. So oft war er als willkommener Gast zu diesen Toren hochgeritten und eingetreten, um es sich gemütlich zu machen. Ein Familienheim, aber auch eine beeindruckende, im Moment mit de Montforts Garnison bemannte Festung.

Sein Magen rebellierte vor Unbehagen, und er blickte sich zu den anderen um, alle prächtig gekleidet und deutlich sichtbar mit Schwertern bewaffnet. Edward sah prachtvoll aus, ein junger Mann, der mit Pfauenfedern an seiner Kappe und einem Lächeln auf den Lippen seine Frau besuchen kam. Tatsächlich lächelten sie alle, einige aber angespannt. Es konnte alles immer noch furchtbar schiefgehen, doch William hoffte, dass das Bestechungsgeld, auf das sie sich geeinigt hatten, seine Wirkung zeigte.

Die Tore mit den geölten Angeln wurden geöffnet, sie ritten in den Hof und stiegen ab. Stallburschen kamen, um ihre Pferde in Empfang zu nehmen, obgleich Edward ein mit Ledersäcken beladenes Packpferd selbst am Zügel behielt.

»Eure Waffen, wenn es Euch beliebt, Mylords«, verlangte der oberste Sergeant. Sein Blick wanderte zu den Säcken und dann zu Edward, der den Kopf neigte.

Alle lösten ihre Waffengurte und übergaben sie, ebenso ihre Jagdmesser und persönlichen Dolche. Die Säcke wurden abgeladen und unter Edwards Männern verteilt. In jedem ertönte das melodische Klirren von Münzen. Die Wachposten wechselten Blicke, doch Edward blieb gleichmütig. »Ich denke, die Sonne wird später herauskommen«, bemerkte er mit einem Blick zum Himmel, als er und seine kleine Truppe vom Hof zur Halle eskortiert wurden. Er schritt mit beiläufiger Gelassenheit und entspannter Körperhaltung hinein. Drinnen wandte er sich in Richtung von Leonoras Gemächern. »Ich kann allein gehen«, sagte er fröhlich. »Ich möchte meine Frau überraschen.« Er beendete den Satz mit einem vielsagenden Zwinkern und einem breiten Grinsen, bevor er seinen Weg fortsetzte und die Stufen zu den königlichen Gemächern hochlief. Seine Männer folgten ihm.

Als er die Tür öffnete, sprang Leonora nach Luft schnappend auf die Füße und ließ das Buch fallen, das sie gelesen hatte. »Edward!« Sie rannte zu ihm und schlang die Arme um seinen Hals.

Er schwang sie übermütig durch die Luft, küsste sie heftig und setzte sie ab. »Erst das Geschäft, dann das Vergnügen«, sagte er. »Wir sind gekommen, um die Burg wieder einzunehmen.«

Sie erfasste die Situation sofort. »Wie viele Männer hast du mitgebracht?«

»Genug«, erwiderte Edward. »Und es kommen noch mehr. Es ist alles unter Kontrolle.«

Einer nach dem anderen legten die Männer die Säcke mit den Münzen auf einen Tisch an der Seite der Kammer.

William entledigte sich seiner eigenen Last, umarmte Joanna kurz und unterdrückte angesichts ihres verblüfften Gesichts ein Kichern.

»Was hat das alles zu bedeuten?«, fragte sie verwirrt.

»Es gibt andere Wege, eine Burg einzunehmen, als mit dem Rammbock«, erklärte er. »Nicht jeder Mann hat seinen Preis, aber die meisten zum Glück schon. Die Garnison steht kurz davor, abzuziehen. Ich bezweifle, dass irgendeiner bleiben und das Problem ausfechten will, schon gar nicht, wenn ihm Sold für einen Monat geboten wird, damit er geht. Die, die de Montfort die Treue halten, werden nicht bleiben und kämpfen, wenn ihnen klar wird, wie wenige sie sind.« Er hob ihr Kinn an und küsste sie. »Windsor wird bald wieder uns gehören.«

Joanna strich mit der Hand über Williams glatten Bizeps, bewunderte den Kerzenschein auf seiner Haut und den goldenen Schimmer seiner Haare. Auch mit Mitte dreißig war es noch so dicht und lockig wie eh und je, auch wenn es dringend geschnitten werden musste. Sie würde dafür sorgen, bevor er aufbrechen musste. Die heutige Mission, die Burg zurückzuerobern, war ein Erfolg gewesen, und Verstärkung würde im Morgengrauen eintreffen.

»Wie lange kannst du bleiben?«

»Das hängt vom König und Lord Edward ab«, erwiderte er, »und dem, was entschieden wird, obwohl ich hauptsächlich an Edwards Seite reiten werde – Henry hat mich darum gebeten.« Er legte den Arm um sie. »Edwards Liebäugelei mit de Montfort ist vorbei, denn er hat von ihm gelernt, was er braucht. Es ist wie ein Stallhof. Du siehst einen Misthaufen, der gar nicht so schlimm ist, und du denkst sogar, du kannst ihn nutzen, aber wenn er zu einem Berg anwächst, dann bemerkst du den Gestank und den Schmutz, und er muss beseitigt werden. Edward ist reifer geworden. Niemand hält für ihn die Zügel – außer seiner Frau.«

»Sie ist eine sehr findige und ungewöhnliche junge Frau«, sagte Joanna. »Die Königin hat schon vor einigen Jahren die Kontrolle über Edward verloren, aber Leonora hat Macht über ihn. Er ist vernarrt in ihren Körper, aber sie reden auch bis tief in die Nacht hinein. Du und andere könnt ihm vielleicht tagsüber Ratschläge geben, aber nicht nachts im Bett oder in zärtlichen Briefen.«

Er meinte belustigt: »Mir fällt da eine andere Frau mit dieser Fähigkeit ganz in meiner Nähe ein.« Er beugte sich zu ihr, um sie zu küssen, und zog die heruntergerutschte Decke wieder über ihre Schultern. »Lady Leonora wird bleiben, um Windsor zu verteidigen, während wir im Feld stehen. Ich möchte, dass du hier bei ihr bleibst. Es ist der sicherste Ort für dich und die Kinder, und Leonora weiß deinen Rat zu schätzen. Am Morgen haben wir eine eigene Garnison vertrauenswürdiger Männer, und die Burg ist massiv.«

»Wie du willst.« Joanna gähnte. Sie fühlte sich schläfrig, gesättigt und entspannt. »Ich mag Leonora. Aber ich hoffe, dass bald Frieden herrschen wird.«

»Hoffnung, es gab immer Hoffnung.« Vor ihrem Auge entstand das Bild der zerstörten Porträts in der großen Kammer des Königs, als William den Arm ausstreckte und die Kerze löschte.

38

Windsor Castle
Januar 1264

Die Kinder spielten im Schnee, der über Nacht gefallen war. Quiekend und lachend formten sie Schneebälle und bewarfen sich damit. Leonoras kleine Tochter Katharine schaute zu, in warme Pelze gehüllt und von ihrer Kinderfrau gehalten. Joanna verschränkte die Arme unter den Schichten ihres Umhangs und sah gleichfalls zu, obwohl ihre Gedanken anderswo waren.

William war momentan mit Edward im walisischen Grenzgebiet beschäftigt, aber Boten brachten ihr und Leonora gelegentlich Nachrichten. Einige der dortigen Barone hatten sich mit den Walisern verbündet und entlang der Grenzen für heftigere Bewegungen und Kämpfe als sonst gesorgt. Simon de Montfort glänzte als General durch Abwesenheit. Es war ihm weder gelungen, nach Frankreich zu segeln, noch hatte er ins Feld ziehen können, weil er sich Anfang Dezember bei einem Sturz von seinem Pferd das Bein gebrochen hatte, sich in Kenilworth auskurierte und von dort aus die Operationen leitete.

»Euch war heute Morgen erneut übel«, sagte Leonora.

Joanna verzog das Gesicht. »Zwei Blutungen sind jetzt ausgeblieben«, gab sie zu. »Ich bin fast sicher, dass ich ein Kind erwarte.«

Leonora legte einen Arm kameradschaftlich um Joanna. »Dann müssen wir uns um Euch kümmern und dafür sorgen, dass Ihr Euch ausruht.«

»Er oder sie wird im Hochsommer geboren werden«, sagte Joanna. »Männer kommen im Herbst von ihren Kriegen zurück, und nächstes Jahr gibt es dann die Ernte.«

»Für mich noch nicht.« Leonora berührte ihre eigene Taille. »Die Zeit war nicht richtig, aber ich werde Edward bald wiedersehen.«

»Auf uns lastet ein solcher Druck, für Erben der Dynastien zu sorgen.«

»Es ist unsere Pflicht«, meinte Leonora.

»Ja, aber die Erwartung wiegt schwer.«

»Ein König muss einen Erben haben, und mehr als einen. Und auch Töchter, um durch Heirat vorteilhafte Bündnisse zu schließen.« Ihr Blick schweifte zu Katharine, die sich aus den Armen ihrer Kinderfrau befreit hatte und voller Staunen den Schnee berührte. »Edward und ich werden prächtige Söhne und Töchter bekommen, so Gott es will. Ihr braucht mich nicht mit Mitgefühl zu trösten, obwohl ich Euch dafür danken sollte. Ihr seid eine gute Freundin und Gefährtin.«

Joannas Herz schwoll vor Zuneigung für diese außergewöhnliche junge Frau. Sie würde, so Gott wollte, auch eine außergewöhnliche Königin abgeben, und sie war die perfekte Gefährtin für den eigensinnigen Edward – eine ruhige Hand auf den Zügeln.

Ein Rotkehlchen flatterte auf einen Zweig und schickte einen Schneeregen zu Boden. Die Kinderfrau nahm Katharine wieder auf den Arm. Die Kinder begannen zu frieren, und der Himmel hatte sich zu bewölken begonnen, was mehr Schnee verhieß, daher ging die Gruppe ins Haus, wo ein Feuer und heißer Wein warteten.

Als sie den Hof überquerten, traf ein Bote ein – einer von Henrys Männern. Leonora und Joanna sahen sich an. Leonora bat ihren Diener, den Mann direkt in ihre Kammer bringen zu lassen, und die Kinder wurden mit ihren Kinderfrauen weggeschickt, um heiße Milch zu trinken und sich an ihrem eigenen Feuer aufzuwärmen.

»Es werden Neuigkeiten aus Frankreich sein«, sagte Leonora, als Joanna ihren Umhang nahm und ihn auf einen Haken hängte. Leonora war außer Atem, und ihr Gesicht war ebenso vor Erwartung als auch vor Kälte gerötet. »Es wird das Urteil von König Louis bezüglich des Rechts des Königs sein, seine eigenen Berater auszuwählen.«

Joannas Magen brannte vor Anspannung. Simon de Montfort hatte geschworen, sich dem Urteil von König Louis zu unterwerfen, aber egal, was passierte, es würde auf eine Zwickmühle hinauslaufen. Wenn Louis zu de Montforts Gunsten entschied, dann standen ihr und William eine weitere Zeit im Exil und der Verlust ihrer Ländereien bevor. Aber wenn das Urteil zu Henrys Vorteil ausfiel, würde sich de Montfort nicht widerstandslos fügen, egal was er zuvor geschworen hatte.

Der Bote wurde in den Raum geführt und kniete nieder. Er hatte ein vom Wind gegerbtes rötliches Gesicht und kluge blaue Augen mit Fältchen in den Augenwinkeln. Ein Tropfen hing an seiner großen Nase. Er wischte ihn mit dem Ärmelaufschlag seiner Tunika weg und nahm seine Kappe ab, so dass flachsfarbene, zurückweichende Locken zum Vorschein kamen. Kniend überreichte er Leonora einen versiegelten Brief.

Sie nahm ihn, öffnete ihn, und als sie den Inhalt überflog, breitete sich ein triumphierendes Lächeln auf ihrem Gesicht aus. »König Louis hat zu unseren Gunsten entschieden. Das sind großartige Neuigkeiten!« Sie sah den Boten an. »Weiß Lord Edward davon?«

»Ja, Madam, Reiter sind auf dem Weg zu ihm.«

»Ich werde ihm trotzdem schreiben. Ich gehe davon aus, dass sich der König noch immer in Frankreich aufhält?«

»Ja, Madam!«

»Geh, iss etwas, ruh dich aus und halte dich bereit, in Kürze wieder wegzureiten.«

Er verbeugte sich und ging.

Leonora las den Brief erneut. »Hier steht nichts von irgendwelchen Zugeständnissen an die Reformisten – nichts«, sagte sie mit verwunderter Stimme zu Joanna. »Alles wird wieder so, wie es einmal war. Dem König soll es freistehen, nach Belieben seine eigenen Berater zu wählen.« Leise Angst trübte die Freude in ihrer Stimme. »Ein päpstlicher Legat wird ernannt werden, um die Ordnung in der Kirche wieder herzustellen und diejenigen zu exkommunizieren, die nicht gehorchen.«

»Das wird Simon de Montfort niemals akzeptieren«, sagte Joanna. »Er wird die Beschlüsse ablehnen, ich weiß, dass er das tun wird.« Der heiße Wein fühlte sich wie kochendes Blei in ihrem Magen an, und sie musste zur Latrine eilen, um sich zu übergeben.

Als sie zurückkam, warf Leonora ihr einen mitfühlenden Blick zu.

»Es wird vorübergehen«, meinte Joanna mit einer Grimasse. Sie setzte sich auf Leonoras Tagesbett, fühlte sich schwerfällig und unwohl. »Es wird Krieg geben. Selbst wenn de Montfort in Kenilworth festsitzt, wird sein Bein bald heilen, und er hat immer noch Verbündete.«

Leonoras junges Gesicht verhärtete sich. »Aber weniger Verbündete als früher, und viele von ihnen sind Kirchenmänner. Selbst die, die ihm noch bleiben, sind unzuverlässig.« Sie erhob sich, um ihre Gedanken zu ordnen, und sah Joanna über ihre Schulter hinweg an. »Das Einzige, was den Boden bereiten wird, ist Simon de Montforts Tod – und dafür wird Edward sorgen. Er hat ihn einmal bewundert, und ich glaube, das tut er immer noch. Er hat viel von ihm gelernt, aber es ist wie eine Schachpartie mit einem geschickten und gefährlichen Gegner. Wenn du überleben willst, musst du schneller denken als der Feind. Edward hat in diesem Punkt keinerlei Weichheit in sich, und seine Meinung über de Montfort hat sich geändert, als er sah, wie sein Vater herabgesetzt und seine Mutter von Londonern mit Unrat beworfen wurde. Er wird es nicht dulden. Ich habe gesehen, was geschehen ist, als Ihr verbannt worden seid, aber daran war die Königin beteiligt, und Edward war jünger. Jetzt ist er ein ausgewachsener Leopard.«

»William hat auch daraus gelernt – ebenso wie ich«, sagte Joanna. »Ich stimme allem zu, was Ihr sagt.«

Leonora sah sie an. »Ich vertraue Euch mit meinem Leben, und ich hoffe, das ist umgekehrt auch der Fall.«

»Das ist eine Tatsache, Madam!«

»Dann sollten wir, wenn sich die Männer auf dem Schlachtfeld Bruderschaft schwören, eingeschworene Schwestern sein.« Leonora kam zu Joanna, nahm ihre Hand und gab ihr den Kuss eines Lehnsherrn für einen Vasallen. »Wir werden uns gegenseitig verteidigen und schützen, und wir werden nicht versagen.«

Im Februar drängten sich in Windsor royalistische Truppen bis zu den Deckenbalken. Jeden Tag trafen neue Männer ein, die sich für den Krieg gegen Simon de Montfort versammelten. An einem hellen, kalten Morgen, immer noch winterlich, aber bereits mit einem blassblauen Himmel zwischen den Wolkenfetzen, war Joanna damit beschäftigt, mit den Haushofmeistern zusammenzuarbeiten und Leonora zu helfen, Schlafplätze für alle zu finden, die meinten, ein Anrecht darauf zu haben. Der König und Edward hatten ihre Gemächer, aber die anderen Lords zu versorgen und darauf zu achten, dass niemands Würde verletzt wurde, erforderte viel Takt und Diplomatie.

»Mutter?«

Sie blickte zu einem großen, gutaussehenden jungen Mann mit schimmerndem braunem Haar und einem weichen Schnurrbart auf der Oberlippe auf. Er trug eine gesteppte Tunika mit dem de Warenne-Wappen auf dem Ärmel und einen Dolch an der Hüfte. Ein paar Pickel des Heranwachsenden sprossen auf seinen Wangen, und er bekam Williams scharf gemeißelte Nase.

»Johan!« Sie erhob sich und schlang die Arme um ihn. »Oh, ich schwöre, du bist schon wieder gewachsen! Wann ist mein Junge ein Mann geworden?« Sie hielt ihn lachend und tränenreich von sich ab. »Ha, du machst mich zu einer Närrin, weil ich so stolz bin!«

Er errötete angesichts ihres Lobes. »Es ist gut, Euch zu sehen, Mylady, meine Mutter«, erwiderte er, ganz der Höfling, bevor er sich umdrehte, um seine Schwestern und seinen jüngsten Bruder zu begrüßen. Zuerst war er unsicher, ein wenig verlegen, nicht so sehr wegen des Altersunterschiedes, sondern wegen der Distanz zwischen im Haushalt lebenden Kindern und einem jungen Erwachsenen, der aus der Welt kam.

John de Warenne kam, und Joanna umarmte ihn ebenfalls. »Danke!« Sie deutete auf Johan.

»Er ist ein guter Junge«, erwiderte John mit einem

Lächeln. »Er arbeitet hart und lernt schnell, ich kann nur Gutes von ihm berichten.« Johans Ohren röteten sich, und John kicherte. »Nun, seiner Mutter gegenüber jedenfalls.«

»Ich muss euch beiden etwas erzählen«, sagte sie, »aber ich muss erst mit William sprechen.«

John hob die Brauen und musterte sie rasch von Kopf bis Fuß, aber ihr locker geschnittenes Kleid verriet nichts. »Nun, William und Edward werden sehr bald hier sein, bevor es dunkel wird, denke ich. Komm!«, sagte er zu Johan. »Wir müssen Gepäck und Rüstungen verstauen.«

William starrte Joanna an. »Ein Kind?«, sagte er.

Sie nickte. »Er oder sie wird im Hochsommer geboren werden. Unsere gemeinsame Zeit im Herbst hat sich als fruchtbar erwiesen. Während unser ältester Sohn ein Mann wird, haben wir neues Leben großzuziehen, so Gott will.« Sie streichelte sein Gesicht. »Aber du musst auf dich aufpassen, denn dieses Kind wird seinen Vater brauchen.«

»Ich habe die feste Absicht, mit heiler Haut davonzukommen«, antwortete er entschlossen. »Du bist mit Leonora in Windsor sicher, und es wird von loyalen Männern gut verteidigt – nicht von solchen, die man für eine Handvoll Silber kaufen kann.«

Sie presste die Hände über ihre Röcke, um die leichte Schwellung ihres Bauches zu betonen. »Ich habe keine Angst um mich«, sagte sie. »Ich weiß, dass ich hier sicher bin, und wenn dieses Kind zur Welt kommt, wollen wir hoffen, dass wieder Frieden herrscht.«

An diesem Abend versammelten sich die Männer in der Halle, um über Taktiken und Pläne zu diskutieren. Das Gerede von Kampf und die erhitzte Stimmung nahmen zu, als sich die Weinfässer leerten, und die Männer brachten ausgiebige Toasts mit dem stählernen Kern der Entschlossenheit aus, Simon de Montfort in einen Kampf zu verstricken und unschädlich zu machen, vor allem Edward, der mit Nachdruck sprach.

Henry entrollte sein neues Kriegsbanner und stellte es neben seinem Stuhl auf – ein großer Drache mit Rubinen als Augen, einem gefletschten offenen Maul und Klauen aus Scherben von polierter Pechkohle. Windungen aus roter und goldener Farbe verzierten die Fahnenstange, und William konnte fast ein intensives Glitzern in Henrys Augen ausmachen. Der König war kein Krieger und hatte die Waffenübungen seiner Jugend schon lange aufgegeben, aber wenn das Feuer in ihm brannte, konnte er eine dramatische Rolle überzeugend spielen. Er hatte außerdem einige mutige, standhafte Männer, die ihm den Rücken deckten. De Montfort mochte ein talentierter und erfahrener Kommandant sein, aber Lord Edward hatte seine volle Leistungsfähigkeit erreicht, und er und John de Warenne waren fähige und kampfgestählte Männer und sehr wohl imstande, sich erbittert gegen jeden Gegner zur Wehr zu setzen. Entweder das oder sterben, denn das Drachenbanner bedeutete allumfassenden Krieg und Tod des Feindes. Als der Jubel in der Halle widerhallte, stieß William seinen Becher in die Luft und grölte mit dem Rest der Männer im Feuerschein unter dem Drachen.

39

Windsor Castle
Mai 1264

Joanna legte eine Hand auf ihren Bauch, als das Baby heftig trat. Er oder sie war die ganze Nacht aktiv gewesen und hatte sie wach gehalten, bis die Morgendämmerung den Himmel im Osten vergoldet hatte. Wahrscheinlich ein weiteres Kind wie sein Vater, das ständig beschäftigt sein musste, obwohl sie zugab, dass die Unruhe des Babys vielleicht von ihren eigenen Ängsten herrührte.

Seit sie im Februar Windsor verlassen hatten, hatten die Truppen des Königs Oxford gesichert und erfolgreich Northampton eingenommen. Gefangene von diesem Gefecht waren nach Windsor, in Leonoras Obhut, geschickt worden. De Montfort hatte Rochester belagert, aber John de Warenne, der dort den Posten des Konnetabels eingenommen hatte, hatte ihm Widerstand geleistet, bis ihm die königlichen Truppen zu Hilfe gekommen waren. Aber früher oder später würde es zu einer offenen Feldschlacht kommen.

Joanna gab sich alle Mühe, sich ihre Angst um William und Johan nicht anmerken zu lassen. Leonora war konzentriert und ruhig, sicher, dass Henry und Edward den Sieg davontragen würden, und Joanna versuchte, sich dieser Überzeugung anzuschließen. Sie waren in der Überzahl, und de Montfort befand sich im Hintertreffen.

Joanna saß in einer sonnigen Ecke der Kammer der Königin und brachte einer Gruppe von Mädchen verschiedene Stiche bei. Agnes spielte mit geschickten Fingern Harfe. Sie war mit dreizehn schon eine ausgezeichnete Stickerin und brauchte keinen zusätzlichen Unterricht. Ihre Schwester Margaret hatte ebenfalls Talent und eine Art, Farben einzusetzen, die von einem künstlerischen Auge zeugte. Joanna war sehr stolz auf ihre Töchter. Ihr Bruder Will war mehr ein Taugenichts mit nichts als Unfug im Kopf. Er zeigte von Sonnenaufgang bis Sonnenuntergang eine unerschöpfliche Energie, und sogar im Schlaf trat er und wälzte sich herum, so wie das Kind in ihrem Leib. Im Moment war er mit den anderen Jungen der Burg beim Waffentraining, und sie hatten eine Weile Ruhe.

Leonora war damit beschäftigt, Briefe zu diktieren und sich um Verwaltungsangelegenheiten zu kümmern, hatte aber damit innegehalten, um mit einem Lächeln auf den Lippen den Harfenklängen zu lauschen.

Die morgendlichen Pflichten wurden von der Ankunft eines Haushofmeisters unterbrochen, der einen unsicher auf den Füßen stehenden und von der Reise vor Schmutz starrenden Soldaten führte. Der Geruch eines hart gerittenen Pferdes war sofort wahrnehmbar und beißend. Joanna keuchte, als sie Luke of Sandal erkannte, einen von John de Warennes Männern, der mit den Karrenladungen Wolle geholfen hatte, als sie ins Exil gegangen war. Erhitzt und mit von der Wärme des späten Frühlings gerötetem Gesicht kniete er vor Leonora nieder und senkte den Kopf.

»Madam, ich bringe ernste Neuigkeiten«, sagte er. »In der Nähe der Burg Lewes hat es einen Kampf gegeben, und unsere Truppen sind geschlagen und verstreut worden.«

Leonora wurde sehr still, ihr Gesicht eine ausdruckslose

Maske. Sie holte tief Atem und befahl ihm, sich zu erheben. »Und mein Mann und mein Schwiegervater? Was ist mit unseren Männern?« Sie sprach mit fester, ruhiger Stimme, obgleich sie so weiß wie Alabaster geworden war.

»Madam, der König und der Earl of Cornwall und Lord Edward sind alle von dem Earl of Leicester gefangen genommen worden – aber sie sind am Leben und unversehrt, Gott sei Dank!«

Leonora stieß einen sehr leisen, aber wahrnehmbaren Seufzer der Erleichterung aus.

Joannas Herz beschrieb in ihrer Brust einen Satz. William würde in dem dichtesten Gewühl gekämpft haben. Vielleicht war das ständige Zappeln des Kindes in ihrem Bauch letzte Nacht ein Vorzeichen gewesen. Und was war mit Johan? Sie heftete ängstliche Augen auf den Boten.

»Was ist mit dem Bruder des Königs? Was ist mit meinem Lord?«

»Madam, ich glaube, es ist ihnen gelungen, mit dem Earl of Surrey und dem Bruder des Earls, dem Justiziar, zu entkommen. Und mit Eurem Sohn. Sie wollten zur Küste und werden direkt zu Königin Alienor gehen, um sich neu zu formieren.«

»Dann möge Gott ihnen schnelle Pferde und eine sichere Überfahrt gewähren.« Leonora blieb immer noch ruhig und gefasst.

Joannas Knie gaben nach, und einen Augenblick wurde die Welt dunkel. Sie hörte Agnes bestürzt aufschreien und bemühte sich um ihrer Töchter willen, sich zusammenzunehmen. Leonoras Frauen beeilten sich, ihr zu helfen, sich zu setzen, und eine brachte hastig eine Adlerfeder, um sie unter ihrer Nase zu verbrennen. Joanna wedelte sie weg und bot all ihre Willenskraft auf, um sich aufzusetzen. »Das ist nicht nötig!«, schnappte sie. »Meine Gebärmutter hat nicht begonnen, in meinem Körper umherzuwandern, sie ist dort, wo sie hingehört, und mit meinem Kind gefüllt. Es war nur die Erleichterung, zu hören, dass mein Mann und mein Sohn nicht tot sind, und der Kummer, dass mein Lehnsherr, der König, und sein Bruder und sein Sohn gefangen genommen wurden.«

Die Frauen zogen sich zurück, doch eine von ihnen brachte ihr einen Becher Wein, von dem Joanna der Form halber einen Schluck trank. Leonora befahl, dem Boten etwas zu trinken zu geben, und bat ihn, zu warten, während sie die Ritter und den Kommandanten der Garnison zu sich befahl, damit er ihnen wiederholen konnte, was geschehen war.

Joanna versuchte, sich trotz ihrer Angst zu konzentrieren. Sie betete inbrünstig, dass es William und Johan gelungen war, das Meer zu überqueren. Wie hatte es dazu kommen können, wenn sie de Montfort zahlenmäßig so überlegen und so überzeugt gewesen waren, ihn zu besiegen? Stattdessen war das Gegenteil eingetreten, und daher musste es Gottes Wille sein.

Als sie dem Boten zuhörte, reimte sie sich zusammen, dass die Niederlage hauptsächlich auf einen taktischen Fehler Edwards zurückzuführen war. Ein Teil von de Montforts Armee hatte aus Männern aus London bestanden, unter ihnen dieselben, die die Königin von der London Bridge aus mit Schmutz beworfen hatten. Edward hatte sie mit der Elite seiner Ritter erbittert angegriffen, darunter auch William und John. Entschlossen, ihnen eine Lektion zu erteilen und sie in Grund und Boden zu hämmern, hatte sich Edward mitreißen lassen, und als die Londoner vor dem Gemetzel geflohen waren, hatte er die Verfolgung aufgenommen und das größere Ziel aus den Augen verloren. Er hatte einige hochrangige Londoner Beamte entdeckt, die sich zwischen den Gepäckkarren versteckten, und der darauffolgende Kampf und die Plünderung hatten seinen Griff auf die wichtigere Angelegenheit weiter geschwächt. Als er zu dem Hauptgefecht zurückkehrte, hatte die Gegenseite die Oberhand gewonnen und den König in der Priorei St. Anne festgesetzt. Henrys Bruder Richard war vom Feld geflohen und hatte in einer nahe gelegenen Windmühle Zuflucht gesucht, und alles war vorbei. Edward hatte sich zur Wehr gesetzt, um ihn zu beschützen, und die, die konnten, waren Richtung Küste geflohen.

Joanna hörte bestürzt zu. Es war also nicht der Wille Gottes, der ihren Untergang herbeigeführt hatte, sondern die Abgelenktheit und Unvorsichtigkeit von Menschen. Edwards ungestümes Naturell war nicht von anderen, die einen klareren Kopf bewahren und klüger hätten sein sollen, ihr eigener Mann miteingeschlossen, gezügelt worden. Der einzige schwache Trost bestand darin, dass William und Johan ins Exil hatten entkommen können – erneut. All die Versprechen, alle Gespräche hatten zu nichts geführt.

Leonora erhob sich. »Es liegt in unseren Händen«, sagte sie, dabei blickte sie sich erhitzt um. »Wir müssen dem König und Lord Edward auf jede uns mögliche Weise helfen. Wir müssen bei ihrer Rückkehr hier sein, und sie werden zurückkehren – daran hege ich keinen Zweifel.« Sie sah Joanna an, um sie in das Gespräch mit einzubeziehen. »Vielleicht müssen wir Windsor in naher Zukunft aufgeben, aber sie werden einen Preis zahlen müssen, und sie werden die Geiseln von Northampton unversehrt zurückhaben wollen. Wir müssen ebenso die Lords wie auch die Kastellaninnen dieser Festung sein.« Leonora beschrieb mit einer glatten jungen Hand eine umfassende Geste. »Lord Edward hat mir seine Autorität übertragen, und ich werde seine Wünsche mit dem Rat aller ausführen. Wir müssen das Beste aus dem machen, was wir haben, und das heißt, es in den Augen anderer großartiger erscheinen zu lassen, als es ist. Wir müssen vereint und stark sein, und wir müssen uns gegenseitig unterstützen. Dies ist nur ein Rückschlag. Wir sind hier sicher, und niemand wird es wagen, uns etwas zuleide zu tun.«

Joanna war da nicht so sicher. Sie erinnerte sich daran, wie diese Londoner Edwards Mutter von der Stadtbrücke aus beworfen hatten, aber Leonora hatte einen so entschlossenen und überzeugenden Ausdruck in den Augen, dass sie versuchte, ihr zu glauben.

William saß auf einem Fass und lauschte dem Trommeln der Wellen unter dem Kiel des Schiffes. Die Sterne glichen weißen Funken am tiefdunklen Himmel, und eine stete Brise trug den Rest von Edwards Armee auf die französische Küste zu. Er barg den Kopf in den Händen, fühlte sich elend, gedemütigt und mit Abscheu vor sich selbst erfüllt. Indem er sich von Edwards Eifer hatte mitreißen lassen, hatte er einen der schwerwiegendsten Fehler seines Lebens begangen. Er war wie der Schweif eines Kometen gewesen, als sie die Londoner gejagt und die Gepäckkarren an sich gebracht hatten. Die schiere Freude an Jagd und Töten. Die Befriedigung.

Aber dieser Verlust eines voraussehenden Wissens hatte es de Montfort ermöglicht, den Sieg davonzutragen. William wusste nicht, ob Edward und Henry sicher oder überhaupt noch am Leben waren. Und ob Joanna und seine Kinder in Windsor gestrandet waren. Der Gedanke lag ihm im Magen wie heißer Teer. Es war seine Schuld, wenn einer von ihnen starb. Er hatte alle enttäuscht und am meisten sich selbst. So schlecht hatte er sich zuletzt als blutjunger Mann bei dem Turnier in Newbury gefühlt, aber diesmal war die Lage katastrophal, und niemand konnte ihm sagen, dass alles gut werden würde.

John de Warenne packte ihn bei der Schulter. »Wir sind am Leben«, sagte er. »Wir sind unversehrt mit Pferden und Waffen entkommen.«

William schüttelte den Kopf. »Wir haben Edward und Henry im Stich gelassen.«

»Es hätte niemandem genutzt, wenn wir geblieben und selbst gefangen genommen worden wären. Es ist, wie es ist.«

»Wir hätten nicht so rücksichtslos das Schlachtfeld verlassen sollen.«

»Stimmt, aber wir müssen uns unseren Fehler eingestehen und uns jetzt nicht von ihm das Denken vernebeln lassen.«

William bedeckte sein Gesicht mit den Händen. »Wir müssen zurückgehen und es in Ordnung bringen.« Er schlug mit der geballten Faust auf seinen Oberschenkel. »Wir hatten de Montfort fast schon, und wir haben ihn wie Wasser durch unsere Hände gleiten lassen – und das war hauptsächlich meine Schuld.«

John schüttelte den Kopf. »Die Schuld von uns allen, aber jetzt müssen wir nach vorn schauen. Das hast du mich gelehrt.«

»Ich?« William sah ihn überrascht an.

John förderte eine Weinflasche zutage. »Ja! Was auch immer geschieht, es ist nicht das Ende, solange du noch atmest. Egal was ist, du stehst wieder auf und lernst aus deinen Fehlern – du lässt dich von ihnen nicht entmutigen.«

William setzte die Flasche an die Lippen. Der Wein war sauer, aber er konnte immer noch die Trauben schmecken, als er in seiner Kehle brannte. Johns Mahnung brachte ihn wieder zu sich und schuf Raum zum Atmen, um das Entsetzen über ihre Niederlage zu verarbeiten. Das Wissen, dass es, solange er lebte, immer ein nächstes Mal gab und er denselben Fehler nicht noch einmal machen würde. Er freute sich nicht gerade darauf, der Königin Bericht zu erstatten, aber er würde es tun.

»Du bist ein guter Freund«, sagte er zu John. »Und mein Bruder.« Er stand auf und umarmte ihn, spürte den dumpfen Schmerz von Prellungen und gezerrten Muskeln nach dem heftigen Kampf und dem harten Ritt. »Ich lief Gefahr, in Selbstmitleid zu versinken, aber du hast mich wieder zur Vernunft gebracht.«

Er gab John die Flasche zurück und ging, um mit Johan zu sprechen, der mit gesenktem Kopf auf einer Bank in der Nähe des Bugs saß. Der Junge hielt einen Anhänger in der Farbe der de Valences an einem Lederband in der Hand und drehte ihn in den Fingern. Er hatte an dem Kampf nicht teilgenommen – seine Aufgabe hatte darin bestanden, Williams und Johns Gepäck zu bewachen –, aber er war dennoch Zeuge von Blutvergießen und Massaker geworden und am Rande mitgelaufen, als sie fliehen mussten. Es hatte ein paar Gefechte in ihren eigenen Reihen gegeben, als sie die Packpferde beladen hatten, und ein Mann hatte eine tiefe Schnittwunde davongetragen und war auf der Flucht nach Pevensey gestorben. Sie hatten seinen Leichnam in einer Kirche in der Nähe abgelegt, doch für die angemessenen Rituale war keine Zeit geblieben.

William kauerte sich hin, so dass er sich mit dem jungen Mann auf Augenhöhe befand. »Du hast deine Sache gut gemacht. Du hast bei einem schwierigen Ritt mit uns mitgehalten, und du hast dich nicht beklagt. Ich bin stolz auf dich – stolzer als auf mich selbst.«

Johan hob den Kopf und maß ihn mit einem Blick, der dem von Joanna so ähnelte, dass William zusammenzuckte. »Wie wird es jetzt weitergehen?«

»Wir gehen zu der Königin, und wir werden uns neu formieren und mit einer Armee zurückkehren, um zu beenden, was uns diesmal nicht gelungen ist.«

»Und ... wird es meiner Mutter und meinen Schwestern und meinem Bruder gutgehen?«

»Ja, natürlich wird es das«, erwiderte William bestimmt. »Windsor ist eine mächtige Festung, und Lord Edwards Frau ist sehr tüchtig. Du weißt, wie stark und ernstzunehmend deine Mutter ist. Es gibt nichts, wozu sie nicht imstande ist.«

Johan nickte verhalten, aber im nächsten Moment schenkte er seinem Vater ein reumütiges Lächeln von Mann zu Mann. »Ja, ich weiß!«

William zog Johan an sich, küsste ihn auf die Stirn und schluckte den Kloß in seiner Kehle hinunter.

Zwei Tage später kniete William vor Königin Alienors Füßen und berichtete ihr alles, was er wusste. Tiefe Gefühle wallten in ihm auf – heiße Gefühle von Scham und Kummer, flüssigem Feuer gleich und heftig. Vor ein paar Stunden war ein weiteres Schiff aus England eingetroffen und hatte die Nachricht gebracht, dass Henry, Edward und Richard von Cornwall gefangen genommen worden, aber unverletzt waren.

»Madam, es gab nichts, was wir tun konnten. Lord Edward befahl uns, zu Euch zu kommen und uns neu aufzustellen. Mit Eurer Erlaubnis werde ich nach Bordeaux gehen und Truppen rekrutieren. Und dasselbe werde ich auf Joannas Landsitzen in Irland tun. Ich werde nicht ruhen, bis mein Bruder und mein Neffe frei sind. Ich bleibe loyal bis ins Mark.«

Alienor betrachtete ihn mit spröden verzogenen Lippen. Feine spinnwebähnliche Linien hatten sich dort, wo sie diese so oft geschürzt hatte, zu bilden begonnen. »Das ist ein schwerer Rückschlag, aber wie Ihr sagt, müssen wir uns jetzt für den nächsten Versuch sammeln, und Schuldzuweisungen sind nutzlos. Offen gestanden, Mylord, hatten wir unsere Differenzen, und sie haben zu einer Kluft zwischen uns geführt, aber was auch immer ich Euch in der Vergangenheit vorgeworfen habe, an Eurer Loyalität gegenüber meinem Mann und meinem Sohn habe ich nie gezweifelt – und ich hoffe, wir können diese Kluft überbrücken.«

»Ja, Madam, das ist mein größter Wunsch und mein Ziel.«

Sie hielt inne, um ihre Fassung zurückzugewinnen, und William bewunderte ihre Zähigkeit und ihr Rückgrat aus Stahl. »Madam, ich war nie Euer Feind«, sagte er ruhig. »Als ich Joanna heiratete, herrschte zwischen uns eine echte familiäre Freundschaft. Was auch immer in der Vergangenheit geschehen ist, ich bitte Euch, seid so gütig, es hinter Euch zu lassen, so wie ich es hinter mir lassen und die Tür schließen werde. Wir haben immer noch Verbündete in England, und wir werden Lord Edward und den König befreien – ich schwöre es bei meinem Leben, Madam. Der Earl of Leicester wird für das, was er getan hat, zur Rechenschaft gezogen werden.«

Alienor sah ihn mit grimmiger Entschlossenheit an. »Simon de Montfort wird dafür sterben – und Ihr werdet dafür sorgen.« Ihr Blick schweifte mit hartem Vorsatz über die versammelten Männer. »Ihr alle. Das ist eine Sache heiligen Vertrauens.«

An einem heißen Juniabend war Joannas Bauch so rund wie der Vollmond, und sie fühlte sich schwer und erschöpft. Das Kind blieb lebhaft, daher wusste sie, dass es gesund war, aber es ängstigte sie, in was für eine Welt es hineingeboren werden würde.

Leonora saß im letzten Licht am Fenster und las Briefe, die kürzlich von Henry eingetroffen waren. Einen Monat nach der verheerenden Schlacht von Lewes hielt Windsor de Montfort und seinen Anhängern immer noch stand. Bis jetzt waren sie noch nicht belagert worden, aber täglich trafen Boten ein und brachten Drohungen, Forderungen und Einschüchterungsversuche, die Leonora samt und sonders ignorierte.

Zumindest hatten sie die Nachricht erhalten, dass Edward und der König in Sicherheit waren und dass William, Johan, John und sein Bruder Hugh die Königin in Flandern erreicht hatten. William hatte geschrieben, er würde nach Bordeaux reisen, um Truppen zu rekrutieren, und so bald zurückkehren, wie er konnte. Realistisch betrachtet würde das Monate dauern, und die plötzlichen Drehungen konnten das Glücksrad innerhalb eines Herzschlags wieder nach unten sausen lassen.

»Der König hat eine Botschaft für Euch«, sagte Leonora, als sie den letzten Pergamentbogen studierte. Sie erhob sich von ihrem Platz und kam zu Joanna, wobei sie gleichzeitig die Dienerinnen anwies, die Kerzen zu entzünden. »Ich glaube, die Zeit ist vielleicht gekommen.«

Joanna griff nach dem Brief. Henry nannte sie seine

liebste Schwester. Er sagte, er verstünde die Zwangslage ihrer fortgeschrittenen Schwangerschaft und mache sich Sorgen um ihr Wohlergehen, da Windsor sich den feindlichen Truppen ergeben müsse und kein Ort für eine Frau in ihren Umständen sei. Er hatte in die Wege geleitet, dass sie unter sicherem Geleit entweder in ein Kloster oder zu einem ihrer Landsitze gehen konnte, um dort das Kind zur Welt zu bringen. Er garantierte für ihre Sicherheit und dafür, dass sie weder verfolgt noch belästigt werden würde.

»Es ist ein gutes Angebot«, sagte Leonora. »Der König hat in Staatsangelegenheiten momentan keinen großen Einfluss, aber er hat die Macht, uns sicheres Geleit zuzusagen. Sie werden es nicht wagen, uns etwas anzutun.«

Joanna glättete das Pergament unter ihren Fingerspitzen. »Nein, aber sie könnten uns als Geiseln nehmen.« Ihr Herz war von Angst um sich selbst, ihre Kinder und ihr Baby erfüllt. Was auch immer Leonora sagen mochte, Mord war dieser Tage ein gängiges Zahlungsmittel.

»Wir sind hier ohnehin Gefangene«, sagte Leonora. »Wir haben ausgeharrt und um die besten Bedingungen gefeilscht, die wir bekommen können, aber jetzt ist es Zeit. Es sieht so aus, als wäre ich seit Februar ebenfalls schwanger, und ich werde nicht länger hierbleiben, während Edwards Sohn in mir heranwächst.«

»Ich freue mich über Eure Neuigkeiten, aber nicht über unsere Situation«, erwiderte Joanna.

»Ich habe getan, was ich kann. Der König hat mir befohlen, zu ihm nach Canterbury zu kommen. Ich soll seine Entschlossenheit stärken und seine Lebensgeister heben, und er wird dasselbe für mich tun. Aber Ihr solltet Euch darauf vorbereiten, sehr bald aufzubrechen. Die Niederkunft steht unmittelbar bevor, und Ihr braucht einen friedlichen, abgeschiedenen Ort, um das Kind zur Welt zu bringen. Ich möchte nicht, dass die Wehen auf der Straße einsetzen.«

»Das möchte ich auch nicht«, bestätigte Joanna inbrünstig. »Aber ich muss diesen Geleitbrief haben, bevor ich mich von hier wegrühre.«

»Ihr werdet ihn bekommen. Ich werde sofort zurückschreiben.«

»Das Nonnenkloster in Cookham ist nur eine halbe Tagesreise entfernt. Dort werde ich hingehen.« Sie schüttelte den Kopf. »Großer Gott, wenn man mir als Mädchen gesagt hätte, dies wäre mein Schicksal, hätte ich es nicht geglaubt.«

»Ich hätte es von meinem eigenen Leben auch nicht geglaubt, aber wenn Ihr eine alte Frau mit zu Euren Füßen spielenden Enkelkindern seid – so Gott will –, denkt doch nur an die Lebensgeschichte, die Ihr ihnen erzählen könnt.«

Joanna lachte freudlos auf. »Möglich, aber es wird zuweilen alles dunkel sein.«

»Das sind immer die besten Geschichten«, gab Leonora zurück. »Aber wenn Ihr da seid, um es ihnen zu erzählen, dann habt Ihr gewonnen, und sie werden wegen Eurer Kraft da sein – wegen Eurer.« Sie fügte das letzte Wort mit Nachdruck hinzu, und ihre Wangen färbten sich rosig. »So viel weiß ich.«

»Nicht meine Kraft allein.«

»Nein, aber Euer Anteil ist so ruhmreich wie der eines jeden anderen – vielleicht noch ruhmreicher wegen dem, was erduldet wurde, ohne als große Tat besungen zu werden.«

Joanna erhob sich. Ihre Brust war erfüllt von anschwellenden Gefühlen. »Ihr werdet eine große Königin abgeben«, sagte sie.

Leonoras Röte vertiefte sich. »Das wird sich zeigen. Im

Moment tue ich, was ich kann mit dem, was möglich ist. Ich werde meinen Schreiber beauftragen, eine Bitte um einen Geleitbrief zu verfassen, und Ihr müsst Vorkehrungen zum Aufbruch treffen.«

Eine Woche später machte sich Joanna mit ihren Kindern und mit einem Geleitbrief, der Henrys Siegel trug und von dem Rat der Barone gebilligt worden war, in ihrer Tasche auf dem Weg zur Abtei Cookham. Leonora blieb in Windsor und wartete auf ihre eigene Eskorte nach Canterbury.

»Seid vorsichtig, und möge Gott Euch schützen!«, sagte sie und umarmte Joanna, als sie sich im Hof verabschiedeten.

»Und Euch!« Joanna hoffte, sie würde Leonora wiedersehen, aber nichts war sicher.

Sie versuchte, ihre Furcht zu unterdrücken, als sie es sich in der Kutsche bequem machte und die Seitenkissen zurechtrückte, um ihren Rücken zu entlasten. Die Reise nach Cookham dauerte nur einen halben Tag, aber entschieden zu lange, wenn sie von Männern begleitet wurde, die zwar professionell ihre Pflicht erfüllten, jedoch keinerlei Liebe für ihren Mann hegten. Sie fühlte sich so verwundbar wie ein aus seinem Häuschen gezogener Einsiedlerkrebs. Als die Kutsche von Windsor wegrollte, bemerkte sie, dass Agnes sie neben ihr mit wissenden Augen beobachtete.

»Alles wird gut«, sagte sie eine Spur zu munter. »Dein Vater wird bald zu Hause sein. Er hat nur erst noch anderswo Dinge zu erledigen.«

Agnes erwiderte ruhig: »Mama, ich kenne die Wahrheit. Ich bin alt genug, um das zu verstehen, und vernünftig genug, anderen nichts zu sagen.«

Joanna blickte ihre älteste Tochter mit schmerzendem

Herzen an, fühlte sich an sich selbst in diesem Alter erinnert. »Ja, ich weiß, Liebling, und ich verberge nichts vor dir, aber es stimmt, dass dein Vater bald zu Hause sein wird.«

»Wie bald? Eine Woche, ein Monat, ein Jahr?« Agnes schob das Kinn vor.

»So lange, wie es eben dauert, aber eher als nie.« Joannas Ton wurde schärfer. »Schau mich nicht so an. Ich weiß wirklich nichts, was du nicht auch weißt. Dein Vater wird so schnell zurückkommen, wie er kann, aber im richtigen Moment, und bis es so weit ist, müssen wir mit unseren Mitteln haushalten und jeden Tag nehmen, wie er kommt. Du bist fast eine erwachsene Frau und mutig – ich weiß, dass du mir dabei helfen wirst.« Sie legte einen Arm um Agnes und drückte ihre schmalen Schultern.

Nach einem Moment erwiderte Agnes die Umarmung und drückte sie am Ende zusätzlich, um Zuneigung und Entschuldigung auszudrücken. »Es ist nur so schwer, Mama.«

»Ja, ich weiß.« Joanna küsste ihre Tochter auf den Scheitel. »Und ich bin stolz auf dich.«

Im Hof seines Bergfrieds in Bellac saß William in der heißen Augustsonne unter einer Markise an einem Tisch. Ein paar Wolken, körperlos wie Geister, zogen über das Blau hinweg. Seine Hemdärmel waren aufgekrempelt und gaben lange Unterarme mit glitzernden goldenen Härchen und die mit Sommersprossen übersäte Haut frei. Auf dem staubigen Gelände zu seiner Rechten übten sich die Knappen im Umgang mit Waffen. Der Aufprall stumpfer Schwerter auf Schilde und Flüche sowie Anfeuerungsrufe erfüllten die Luft. Zwei Stallburschen, die Pferde zum Fluss führten, ritten vorbei. William bewunderte kurz einen schönen Kastanienbraunen, bevor er sich wieder seiner momentanen Tätigkeit widmete. Der Schreiber neben ihm listete Namen auf einer Wachstafel auf.

Männer zu rekrutieren, um in England zu kämpfen, war in diesen Landesteilen nicht schwierig, wo die Menschen den Namen de Montfort so abgrundtief verabscheuten wie das Blut, das sie und ihre Familien während der Religionskriege eine Generation zuvor vergossen hatten, als de Montforts Vater die Geißel der Region gewesen war.

William verfügte über beschränkte finanzielle Mittel, um Truppen anzuheuern, obwohl er Zuwendungen von vielen erhalten hatte, die ein langes Gedächtnis hatten, und William war einer der ihren. Gerade blickte er einen solchen Mann an – Raoul de Barret, den er seit seiner Kindheit kannte. Raoul war eher ein Bekannter als ein enger Freund, aber William wusste, dass er kämpfen konnte und ein gutes Pferd und eine Rüstung besaß.

Raoul warf eine Münze vor William auf den Tisch. »Hier ist mein Unterpfand.« Seine braunen Augen sprühten Feuer. »Ich werde mit Euch nach England kommen und kämpfen. Ich werde für das, was die Familie de Montfort mir und den meinen angetan hat, Rache nehmen.«

William griff nach der Münze, einem goldenen Byzantiner. »Du brauchst nicht zu solchen Mitteln zu greifen, aber sie sind willkommen, und du auch.«

De Barret nickte brüsk. »Er hat mein Land verbrannt, und er hat meinen Neffen aufgehängt«, sagte er. »Ich will zu seinem Untergang beitragen.«

»Und das wirst du auch.« William machte seinem Sekretär ein Zeichen der Akzeptanz, der daraufhin de Barrets Namen auf die Liste setzte und ihn den Eid schwören ließ.

William befasste sich dann mit drei weiteren Männern,

deren Dörfer von de Montforts Truppen geplündert worden waren. Ein Vater, Sohn und Onkel, die alle ihren Teil beitragen wollten und alle über Geschick im Umgang mit Waffen verfügten. Und dann kam eine Gruppe von Bauern, die gehört hatten, dass William Soldaten rekrutierte, und in Hoffnung auf Sold und Gewinn aufgetaucht waren.

William legte auf sie weniger Wert, denn sie waren mit Mistgabeln und Knüppeln bewaffnet, und es gab nur eine begrenzte Anzahl von Plätzen auf den Schiffen, mit denen er in Pembroke zu landen hoffte. Solche Männer konnten dort oder von Irland rekrutiert werden.

»Ich bin froh, dass ihr gekommen seid«, sagte er zu ihnen, »aber ich muss wissen, wie gut ihr kämpfen könnt. Ihr könnt eure Fähigkeiten gerne an meinen Sergeanten erproben und sehen, ob ihr ihrem Standard entsprecht.« Er deutete auf eine mit Seilen abgetrennte Arena in kurzer Entfernung, wo Hoffnungsvolle gegen seine erfahrenen Männer antraten. Ein paar warteten in der Schlange. Andere hatten hastig ihre Meinung geändert. Es war eine gute Art, Spreu von Weizen zu trennen und Entschlossene von Mitläufern.

Sie zogen geschlossen davon, um sich zu beraten. William reckte die Arme über den Kopf, verließ den Tisch für eine Weile und übertrug seinem Ritter Geoffrey Gascelin das Rekrutieren. Ungeduld brannte in ihm. Er musste ständig seinen glühenden Drang bezähmen, nach England zurückzukehren. Der Zeitpunkt musste richtig sein. Diese Rekrutierung war nur ein Vorspiel, es musste noch viel mehr getan werden. Er träumte davon, ein Schwert in Simon de Montforts Brust zu bohren und sich alles zurückzuholen, was ihm gestohlen worden war, aber das blieben im Moment nur Träume, obwohl er geerdet war und von heftiger, entschlossener Energie angetrieben wurde. Jede Aktion, jede

Tat musste sorgfältig überlegt und gegen mögliche Strafen abgewogen werden. Er hatte das auf die lange, harte Weise gelernt, aber er war ein reifer Mann geworden, auch wenn er sich an das Gewicht dieser Last immer noch gewöhnen musste.

Sein Kaplan Peter wartete mit einem Brief auf ihn. »Dies ist mit den heutigen Botschaften gekommen«, sagte er. »Er trägt das Siegel Eurer Lady.«

An dem Brief hatte sich jemand zu schaffen gemacht und ihn schlecht neu versiegelt, aber nach seinem früheren Ausflug ins Exil erwartete William nichts anderes. Es erstaunte ihn, dass der Brief überhaupt angekommen war. Er war von Joannas Schreiber verfasst und informierte ihn, dass sie sich mit einem Geleitbrief des Königs in die Abtei Cookham zurückgezogen und dort eine Tochter zur Welt gebracht hatte, die nach Williams Mutter und ihrer eigenen Großmutter Isabelle getauft worden war. Sowohl Mutter als auch Kind waren wohlauf und gesund. Sowie sie ausgesegnet war, beabsichtigte Joanna, nach Bampton umzusiedeln. Sie würde ihm wieder schreiben, um ihn wissen zu lassen, wie es ihr ging, und hoffte, dass er bei guter Gesundheit war und sie, sobald Gott es wollte, wieder zusammen sein würden.

»Ich habe eine Tochter!«, rief er seinem Kaplan zu. Sein Herz floss vor Freude und Staunen über. »In der zweiten Juliwoche geboren und nach meiner Mutter benannt.«

»Gott schütze Euch, Sire, und die Lady und das Kind«, antwortete Vater Peter lächelnd. »Ich werde für ihre anhaltende Sicherheit beten und Kerzen anzünden lassen.«

»Ich wünsche, dass Ihr veranlasst, dass zu Ehren der guten Neuigkeiten morgen und übermorgen zwanzig Arme verpflegt werden – und gebt heute Almosen, so viel wir entbehren können.«

Er ging in seine Kammer und sprach an seinem tragbaren Altar ein Dankgebet dafür, dass Joanna sicher entbunden hatte. Er stellte sich vor, wie sie ihre neue Tochter in den Armen wiegte, und ein Angstschauer überlief ihn, als er daran dachte, was passieren konnte, wenn er nicht da war, um sie zu beschützen. Einmal mehr hatte er sie zurückgelassen, um unter gefährlichen Umständen allein zurechtzukommen. Das Wissen, dass sie dazu imstande war, linderte den Schmerz, den Frust und die Schuldgefühle, dass er nicht da war, um seine Rolle auszufüllen, nicht. Diesmal musste er Erfolg haben. Es würde keine weiteren Fehler mehr geben.

40

Landsitz Bampton
Oktober 1264

In Bampton war Markttag, und unter einem Himmel so blau wie der Rand des Wappens von de Valences war Joanna vom Herrenhaus gekommen, um die Stände zu besuchen, wo sich die Menschen aus der Umgebung versammelt hatten, um einzukaufen und ihre Waren anzubieten – Butter und Käse, Eier und Geflügel, Seile und Körbe, Tonwaren und Nägel.

Sie war zu Fuß gekommen, zusammen mit ihren Kindern, Frauen und Wächtern. Als sie sich unter die Menschenmenge mischte, genoss sie die Normalität ihres Alltagslebens trotz allen Aufruhrs. Für sie zählte nicht, wer das Land regierte, nur dass sie ein Dach über dem Kopf und volle Mägen hatten. Sie betete, dass Bampton sicher sein und dass das kleine, aber blühende Handelszentrum nicht unerwünschte Aufmerksamkeit ihrer Feinde auf sich lenken würde.

Sie hatte eine kleine Münze, um sie an den Ständen auszugeben, und von ihren sorgsam gehüteten Geldmitteln eine bescheidene Summe, um Almosen zu geben, denn sie kannte ihre Pflicht, eine Wohltäterin für die Menschen zu sein und zu spenden. Sie hatte eine der jungen Frauen aus dem Dorf als Amme für Isabelle eingestellt und zwei andere für die

Dauer ihres Aufenthalts als Dienerinnen. Thomas, der Bruder des Müllers, ein ehemaliger Soldat, fungierte als ihre Eskorte, wenn sie ins Dorf ging, und als ihr Diener in der Halle.

Da sie an die großen Märkte von London und daran gewöhnt war, die Dienstboten loszuschicken, um alles zu besorgen, was sie brauchte, war es neu für Joanna, zwischen diesen einfachen, nur für den Tag aufgestellten Ständen und Tischen umherzuschlendern. Sie kaufte eine Rolle Wollborte mit einem ungewöhnlichen Muster, um die Kleider der Mädchen damit zu besetzen. Ein hiesiger Töpfer hatte einen Krug mit einem Gesicht darauf, dessen scharfe Züge sie an William erinnerten, und voller Belustigung erstand sie ihn. Ein anderer rustikaler blassgolden glasierter Krug für Blumen stach ihr ins Auge, und sie fügte ihn ihren Einkäufen hinzu, weil sie dachte, wie hübsch er sich in ihrer Kammer machen würde.

Thomas' älterer Bruder, der Müller, war rotgesichtig und plump mit flachsweißem Haar und hellen blauen Augen. Er begrüßte Joanna mit einer Verbeugung, und sie neigte den Kopf, aber bevor sie höfliche Formalitäten austauschen konnten, wurden sie durch einen Tumult von einem abgeteilten Bereich her unterbrochen, wo zwei Männer um den Preis eines Schweins miteinander gerungen hatten, und nun war eine allgemeine Rauferei ausgebrochen. Der Müller, sozusagen das Oberhaupt der Gemeinde, stapfte los, um sich um die Angelegenheit zu kümmern. Ein Messer blitzte auf, aber der Müller entwaffnete den Mann schnell und geschickt und stieß ihn zu Boden, wo er ihm einen wuchtigen Tritt versetzte, bevor er ihn am Kragen auf die Füße riss und ihn schüttelte wie eine Ratte, die in einem Sack Korn entdeckt worden war.

»Wollt Ihr zum Haus zurückkehren, Mylady?«, fragte Thomas, dabei tastete er nach seinem schweren Bauernspieß.

»Nein, ich werde das regeln.« Sie trat mit königlicher Würde vor. »Wer stört meinen Frieden?«, wollte sie mit klarer, kräftiger Stimme wissen. »Niemand zieht an diesem Handelsplatz Waffen.«

Der Übeltäter, stark angetrunken, grinste sie höhnisch an. »Ich werde tun, was ich will – muss nicht darauf hören, was ein hochnäsiges Frauenzimmer zu mir sagt.«

Der Müller zog die Faust zurück und stieß ihn erneut zu Boden. »Du hältst den Mund, oder ich stopfe ihn dir mit Steinen.«

»Werft ihn in den Stock und lasst ihn schmoren«, befahl Joanna knapp. »Morgen, wenn er nüchtern ist, befasse ich mich weiter mit ihm.«

Der Müller und sein stämmiger ältester Sohn zerrten den Unruhestifter grob zum Dorfstock und schlossen ihn ein, während er fortfuhr, die Umstehenden unaufhörlich mit seinem blutigen Mund zu beschimpfen und englische Flüche zu brüllen, die eine Lehrstunde für Joanna waren. Kleine Jungen versammelten sich bereits mit ihren Schleudern, bereit, ihn zu treffen, und Joanna hielt sie nicht davon ab.

Obwohl der Zwischenfall sie erschüttert hatte, blieb sie noch etwas länger auf dem Markt, um zu zeigen, dass sie nicht eingeschüchtert war.

»Er ist keiner von uns, Mylady«, sagte der Müller empört und verärgert darüber, dass sein Dorf in einem schlechten Licht erschienen war. »Ich habe ihn schon einmal gesehen, aber er kommt aus der Richtung von Buckland. Es tut mir leid, was er gesagt hat.«

Joanna schüttelte den Kopf. »Es ist nicht deine Schuld,

und ich bin froh, dass du eingegriffen hast. Überall gibt es solche, die ein anständiges Leben führen, und solche, die es nicht tun. Eine Nacht im Stock wird ihn entweder zur Vernunft bringen oder seinen Untergang einläuten.«

Bei ihrer Rückkehr zum Herrenhaus stellte Joanna fest, dass ein Bote von Leonora eingetroffen war, und ihr Körper verkrampfte sich vor neuer Anspannung.

»Madam, ich bedauere, schlechte Nachrichten zu bringen«, sagte der Mann. »Die kleine Lady Katharine ist am Fieber gestorben und jetzt bei den Engeln im Himmel.«

»Nein!« Vor Joannas geistigem Auge entstand das Bild des hübschen kleinen Mädchens, und ihre Augen füllten sich mit Tränen. Lieber Gott, die arme Leonora und der arme Edward!

»Lady Leonora sagte, ich sollte Euch ausrichten, dass sie zwar trauert, aber in ihrem Zustand bei guter Gesundheit ist und auf baldige gute Neuigkeiten hofft. Sie bat mich, Euch dies hier zu geben und sagte, Ihr seid ein Teil ihrer Gedanken.« Er reichte Joanna eine kleine, mit dem Wappen von England bestickte Börse. Darin war eine Brosche in Form eines goldenen Herzens mit dem Motto: »Anstelle eines Freundes«.

Joanna kämpfte mit den Tränen und dankte dem Boten. »Nimm dir Zeit, etwas zu essen und dein Pferd zu versorgen, dann schicke ich dich mit einer Antwort zurück.«

Er verbeugte sich, verließ den Raum und ließ sie mit dem Brief zurück. Leonora hatte die traurige Nachricht vom Tod des Kindes nicht ausgeschmückt. Joanna ging zu ihrer kleinen Isabelle, die in ihrer Wiege schlief. Ihre Wangen waren rosig vor Leben, und sie musste eine Träne der Trauer um Leonoras Kind wegwischen. Ihr eigener Nachwuchs hatte bislang Krankheit und Gefahren überlebt, aber sie wusste um die Vergänglichkeit des Lebens und dankte Gott täglich. Sie steckte die kleine Brosche an ihr Kleid, wischte sich über die Augen und las den Rest des Briefes.

Leonora schrieb, dass die Gesundheit des Königs recht gut war, aber seine Lebensgeister tief gesunken waren. Sie hoffte, bald von Edward aus dessen eigener Gefangenschaft zu hören. Joanna fragte sich, ob die Bemerkung eine verborgene Bedeutung enthielt, aber alles war verschleiert, so ließ sich das schwer sagen. Leonora fügte hinzu, dass sie, obwohl sie trauerte, auf Gott vertraute, und sie bat Joanna, ihr ebenfalls zu schreiben.

Joanna ließ ihren Schreiber kommen und diktierte einen Kondolenzbrief. Sie versiegelte ihn und gab ihn dem Boten zusammen mit dem kleinen goldenen Krug vom Markt, der von einem Nest aus Stroh geschützt wurde. »Richte Lady Leonora aus, dass ich hoffe, sie in nicht allzu langer Zeit zu sehen«, sagte sie, »und dass ich bete, dass sie Trost in Gott findet, so wie sie es sich wünscht.«

An diesem Abend spielte Joanna bei Anbruch der Dämmerung mit Isabelle in ihrer Wiege, als sie von einem Tumult an den Toren des Herrenhauses unterbrochen wurde. Ihr Herz begann zu hämmern. Sie übergab Isabelle ihrer Amme und schlang ihren Umhang um sich. Thomas beeilte sich, herauszufinden, was gerade passierte, und kam rasch mit Nachrichten zurück. »Es ist eine Horde von Raufbolden im Dorf, Madam. Sie haben den Trunkenbold von heute Nachmittag aus dem Stock befreit und greifen die Mühle an.«

Joanna presste ob dieser an ihre Autorität gestellten Herausforderung die Lippen aufeinander. »Ruf den Haushalt zusammen«, befahl sie, »jeden gesunden Mann, der imstande ist, einen Knüppel zu tragen oder mit einer Waffe umzugehen. Schick sie direkt zur Mühle. Nehmt die Übeltäter fest und bringt sie zwecks Verkündigung der Strafe direkt zu mir. Du weißt, was du zu tun hast.«

»Mylady!« Thomas salutierte und ging.

Joanna schluckte ihre Angst hinunter und nahm sich zusammen. Sie wies die Kinder an, mit ihren Kinderfrauen in der oberen Kammer zu bleiben, und ging mit ihrem Koch Robert und ihrem Stallburschen Joli als Schutz in die Halle hinunter. Die Bewohner des Herrenhauses und die Dorfbewohner waren gemeinsam wesentlich stärker als irgendeine zusammengewürfelte Bande von Raufbolden. Sie betete nur, dass niemand aus ihrer Verwandtschaft verletzt war.

Die Nacht war hereingebrochen, als die Gruppe aus dem Dorf zurückkam. Sie schleiften den Leichnam des Mannes aus dem Stock mit sich, der durch Thomas' Schwert gestorben war. Auf der Schläfe des Müllers prangte eine schimmernde blaue Beule, und seine Knöchel waren aufgeschürft und geschwollen. Ein anderer Schläger war während seines Fluchtversuchs in den Mühlkanal gestürzt und ertrunken. Er wurde ebenfalls vor Joanna hingelegt.

Sie blickte die Leichen unbeteiligt an, hob dann den Kopf zu den Dorfbewohnern, die von sich eingenommen, aber gleichzeitig ein wenig besorgt wirkten. Sie ließ Cidre, Brot und Käse bringen und befahl, die beiden Toten nach draußen zu schaffen und zur Abschreckung an den Galgen zu hängen.

»Einen Monat lang«, bestimmte sie fest, »bis nach dem nächsten Markttag, dann können sie abgenommen und begraben werden.« Die Zustimmung auf den Gesichtern der Leute bestätigte ihr, dass sie das Richtige getan hatte. »Ich möchte euch allen für euren tapferen Einsatz danken. Ich bin hier in sicheren Händen, und ich weiß euch alle wegen eurer Dienste und eures Schutzes zu schätzen. Bitte esst und trinkt an meiner Tafel und geht dann nach Hause zurück!«

Die Dorfbewohner setzten sich an drei hastig aufgestellte Tische, griffen zu und unterhielten sich über die jüngsten Ereignisse. Joanna sah ihnen zu und empfand eine warme Aufwallung von Zuneigung. Niemand würde ihr hier etwas zuleide tun, und sie war gleichermaßen entschlossen, nicht zuzulassen, dass jemand diesen Leuten etwas tat.

Endlich verabschiedeten sie sich. Einige trugen in Tücher gewickeltes Brot bei sich. Als der Letzte leicht schwankend die Tore passiert hatte, blickte Joanna zu dem sternenüber-säten Himmel auf. »Oh, William!«, sagte sie leise, rieb sich die Arme und ging wieder hinein.

Drei Wochen später war Joanna in den Stallungen und ins-pizierte ihre Habichte und Jagdfalken, als sie Pferde im Hof hörte. Mit ihrem Wanderfalkenweibchen auf ihrem Hand-schuh ging sie nach draußen, fand den Hof voller Pferde vor, und von einem davon stieg ihr zweiter Vetter Gilbert de Clare, der zu Simon de Montforts Lager gehörte. Er hatte das feuerrote Haar der Familie seines Vaters, Sommerspros-sen und scharfe grüne Augen, ein untersetzter junger Mann Anfang zwanzig, für die Jagd gekleidet, aber seine Kleidung war sehr kostspielig und ebenso zur Zurschaustellung als für das Feld gedacht. De Montfort sprach von ihm halb verächtlich als von seinem »roten Hund«. William sagte, er wäre ein privilegiertes Balg, das im Handumdrehen die Seiten wechseln würde, um seine Sache voranzutreiben oder nur weil er am Morgen schlecht gelaunt aufgewacht war. Aber er besaß strategisch günstig gelegenes Land und hielt die Machtverhältnisse im Gleichgewicht.

Obwohl sie erstaunt war, ihn zu sehen, setzte Joanna ein warmes Lächeln auf. »Vetter, sei mir willkommen, auch wenn es ein unverhofftes Vergnügen ist.«

»Danke!«, erwiderte er. »Wir reisen nach Gloucester, aber wenn du Wein hast, wäre das ein Grund, unsere Reise zu unterbrechen.«

»Natürlich!« Sie machte Anstalten, das Falkenweibchen ihrem Falkner zu reichen, doch Gilbert trat dazwischen. »Darf ich?«

Auf ein Zeichen von Joanna gab ihr Falkner dem Earl einen Handschuh. Er streifte ihn über und nahm den Vogel auf seine Faust. »Was für ein schönes Tier!« Er strich sachte über den Hinterkopf des Falken, während dieser sich mit wilden schwarzen Augen umblickte. »Gehört sie deinem Lord?«

»Sie gehört mir«, erwiderte Joanna. »Möchtest du die Stallungen sehen?«

»Gern!« Sein Gesicht hellte sich vor Begeisterung auf, als er ihr den Falken zurückgab.

Joanna führte ihn und sein Gefolge zu den Stallungen, und als die Männer sich umsahen und Bemerkungen über die verschiedenen Jagdvögel auf ihren Stangen austauschten, überlegte sie, was sie wirklich hier taten. Gilbert war weder ein Verbündeter, noch mochte sie ihn, obgleich er ein Verwandter war, aber sie bereitete sich darauf vor, Diplomatie walten zu lassen.

Er untersuchte die Vögel mit gierigen Augen, besonders ein weiterer Wanderfalke hatte es ihm angetan. »Ich schicke dir diesen hier, wenn du willst«, sagte sie. »Oder, wenn du ihn mitnehmen willst, kann ich das arrangieren. Er ist schon gut ausgebildet und schnell wie ein Pfeil.« Sie vollführte eine Geste, und ihr Falkner machte das Falkenweibchen von seiner Stange los und setzte es auf Gilberts Faust.

»Du bist sehr großzügig, Base!« Gilbert schenkte ihr ein listiges Lächeln. »Ich freue mich sehr, sie mitzunehmen. Was für ein Glück, dass ich zufällig hier vorbeigekommen bin.«

Joanna neigte den Kopf, empfand aber hinter ihrer verbindlichen Miene Bitterkeit. De Montfort hatte in Westminster ihre besten Pferde weggenommen. Jetzt eignete sich de Clare einen kostbaren Falken an, in den sie viel Training investiert hatte. Dennoch, dies war kein Zufallsbesuch, irgendetwas lag in der Luft. »Wirklich ein Glück«, sagte sie trocken. »Komm und trink etwas Wein!«

»Ich habe die Leichen am Galgen bemerkt, als wir hergeritten sind«, sagte er, als sie ins Haus gingen.

»Es ist eine Abschreckungsmaßnahme. Sie haben am Markttag Unruhe gestiftet und dann versucht, meine Mühle auszurauben. Ich habe nicht den Wunsch, Leichen im Wind baumeln zu sehen, aber es ist eine Botschaft an andere, die meinen Frieden stören wollen, und die Dorfbewohner stimmen mir zu. Es sind loyale Menschen, und Loyalität zählt dieser Tage viel.«

Er errötete. »Das sicherlich!«

Sie gab Anweisung, den besten Wein aus dem Keller zu bringen, zusammen mit Brot, Käse und getrockneten Früchten. Weazel kam, um den Besucher zu beschnuppern, und setzte sich dann auf das Fensterbrett in die Sonne, um seine Pfoten zu putzen. Gilbert beäugte die ältere Katze und verzog das Gesicht.

»Wie geht es deiner Frau?«, fragte Joanna freundlich. Seine Frau war Williams Nichte Alais, die Tochter seines ältesten Bruders. »Und deinen Töchtern?«

»Alais geht es gut genug«, erwiderte Gilbert schroff. »Und die Mädchen sind gesund, obwohl es zu schade ist, dass sie keine Jungen sind. Alais ist kürzlich ausgesegnet worden und hofft nächstes Mal auf einen Sohn.« Er sprach gleichgültig, erwähnte Details, um sie aus dem Weg zu räumen, und stellte klar, dass er kein Interesse hatte, das Thema zu vertiefen. Die Heirat war arrangiert worden, als er und Alais Kinder waren, und es war keine Liebe daraus erwachsen. »Hast du von deinem Mann gehört?«, fragte er, als sie Platz nahmen.

»Die Verständigung ist schwierig, aber ich hörte, dass er auf seinen Landsitzen im Limousin beschäftigt ist.« Joanna war augenblicklich auf der Hut. Sie schob ihm die Platte mit Käse hin. »Natürlich weißt du das, also verzeih mir, dass ich neugierig bin.« Sie sprach höflich und schaffte es, weder Spott noch Gift in ihrer Stimme mitschwingen zu lassen.

»Es gibt ein paar diplomatische Fragen, die ich mit ihm erörtern möchte. Fragen, die die Zukunft betreffen und worauf ein Mann seinen Blick richten sollte und worauf nicht.« Er schnitt sich etwas Käse ab.

Joanna hob die Brauen. »Was sagst du da, Vetter? Lass uns das zwischen uns klären.«

Er schwieg so lange, dass sie sich fragte, ob er überhaupt antworten würde, aber endlich sah er sie an. »Ich habe seit einiger Zeit Bedenken. Du sprichst von Loyalität, aber was tust du, wenn du feststellst, dass deine Loyalität ignoriert oder falsch eingesetzt oder mit falscher Münze zurückgezahlt wurde? Verharrst du in deiner Position und siehst zu, wie sie immer mehr besudelt und korrumpiert wird, oder machst du einen Rückzieher und gibst zu, dass du dich geirrt hast?«

Joannas Herz begann schneller zu schlagen. »Ich würde tun, was mein Gewissen mir gebietet.«

Gilbert de Clare nahm in de Montforts Regime eine hohe

Position ein, und seine Ländereien im Grenzgebiet waren von strategischer Wichtigkeit. Wenn er die Seiten wechselte, dann würde sich das gesamte Machtgleichgewicht verschieben. Seine Loyalität und sein Gewissen waren jedoch mit seinem eigenen Vorteil verknüpft. Er mochte im Moment über de Montfort verärgert sein, aber das war nicht in Stein gemeißelt. Es war jedoch eine Gelegenheit, die einen teuren Falken wert war.

Sie begegnete seinem Blick und hielt ihm zugute, dass er nicht wegsah. Seine Augen waren auffallend grün mit braunen Flecken, und er hatte dichte Wimpern so golden wie Strohstoppeln.

»Pembroke«, sagte er. »Du bist die Lady von Pembroke, aber so, wie die Dinge stehen, untersteht es meiner Verwaltung.« Er füllte seinen Becher nach. »Trotzdem, wenn meine Aufmerksamkeit nachlässt oder ich die Burg ohne Männer zurücklasse, wer weiß, was dann passiert.«

»Das würdest du tun?« Ihr Brotstück blieb ihr fast im Hals stecken, und sie musste hart schlucken.

Gilbert trank erneut. »Ich habe lange mit mir gerungen. Sonst hätte ich dich nicht besucht.«

»Aber selbst, wenn Pembroke keine Garnison hat, stehen deine anderen Ländereien immer noch zwischen der Burg und England.«

»Aber ich könnte gleichfalls nicht da sein, um jemanden daran zu hindern, sie zu durchqueren. Natürlich ist es jetzt spät im Jahr, und vor dem Frühjahr kann viel passieren, aber du bleibst meine Base, und weder du noch dein Mann seid meine Feinde.«

Joanna senkte den Kopf. »Das ist in der Tat beruhigend, aber ich werde dir gegenüber kein Blatt vor den Mund nehmen. Wir waren in der Vergangenheit Feinde, und bis vor

Kurzem hatte ich noch keinen Grund, etwas anderes zu glauben.«

Er lächelte dünn. »Wir haben manche Dinge verschieden betrachtet, das ist wahr, aber wir sind verwandt, und die Zeiten haben sich geändert. Veränderungen stehen an, und ich möchte dir versichern, dass du meine liebe Base bist, und ich möchte dich zu gegebener Zeit besser kennenlernen – zu unserem beiderseitigen Vorteil. Ich werde Boten zu ihm schicken, aber ich wollte es dich auch wissen lassen.« Er trank seinen Wein aus und stand auf. »Deine List mit den Wollkarren – am Hof wurde noch lange davon gesprochen.«

Sie zog die Brauen hoch. »Zweifellos ging es um die doppelzüngige Gerissenheit von Frauen.«

Seine Lippen krümmten sich in zögernder Belustigung. »So eine Bemerkung könnte gefallen sein.«

Sie vermutete, dass er trotz seines offensichtlichen Humors der Bemerkung zustimmte, aber sie sagte nichts, als sie ihn zu den Stallungen zurückbegleitete, um die Übergabe seines neuen Falken in die Wege zu leiten.

»Achte gut auf sie«, sagte sie, als er das junge Weibchen auf sein Handgelenk nahm und sie mit einer federbesetzten Haube verkappte.

»Das werde ich, und ich danke dir für deine Großzügigkeit. Ich hoffe, dass wir in besseren Zeiten zusammen auf die Jagd gehen werden.«

»In der Tat, Mylord …« Joanna hoffte nichts Derartiges.

Sie winkte ihm und seiner Truppe nach und ging dann ins Haus zurück, um an William und Leonora zu schreiben.

41

Pembroke Castle, Wales
Frühjahr 1265

Ein dichter Nebel von der See hüllte die Umrisse der Burg Pembroke ein, als William und seine Soldaten sich an einem kühlen Aprilmorgen den Toren näherten. Die vier Schiffe, die über Nacht in das Dock gesegelt waren, hatten sich jetzt ihrer Fracht aus Kämpfern und Pferden entledigt. Mehr sollten innerhalb der nächsten Tage aus Irland eintreffen, sowie die Burg gesichert war.

Ein Pförtner und sein Bursche standen neben den offenen Burgtoren. Abgesehen von ein paar Dienern wurden sie außer von den Schreien der Möwen, die über der Burg kreisten, nicht begrüßt. Der große, von Joannas Großvater William Marshal erbaute Kuppelturm erhob sich als stumpfer Zylinder im Herzen der massiven Befestigungsanlagen aus dem Nebel, aber es war ein geisterhafter Ort, die Geräusche klangen gedämpft und hohl. Williams Nacken zuckte. Obwohl Pembroke durch seine Ehe ihm gehörte, hatte er noch nie einen Fuß auf seinen Boden gesetzt.

John de Warenne gesellte sich zu ihm, als die Truppen in das verlassene Bollwerk marschierten. »Meine Mutter erzählte mir, dass sie als kleines Mädchen ihre Spielsachen oben vom Turm heruntergeworfen hat«, bemerkte er.

William starrte die Befestigungsanlagen an. »Es ist eine

mächtige Festung.« Er unterdrückte ein Erschauern. »Aber am Rand der Welt gelegen.«

»Das stimmt«, erwiderte John. »Wir könnten nicht viel weiter vom Hof wegkommen als hierher, obwohl es natürlich ein guter Punkt zum Ablegen ist, um noch weiter in die Ferne zu segeln – nach Irland. Mein Großvater hat viele Jahre dort verbracht.«

William machte sich daran, die Burg zu erkunden, und stieg den großen Turm bis zur Brustwehr hoch. Der Nebel hatte sich aufzulösen begonnen, und die Möwen kreisten und schrien in der blauen, körnigen Luft. Ein schweres Gefühl von Schicksal legte sich über ihn, obgleich er sich nicht vorstellen konnte, längere Zeit hier zu leben. Pembroke war ein Schritt auf der Straße zur Rückkehr. Er konnte die Stabilität und Macht in den Steinen spüren, und die enge Verbindung zu Irland war von strategischer Bedeutung.

Vor einigen Monaten hatte er begonnen, über Briefe von Joanna Nachrichten und verschlüsselte Angebote von Gilbert de Clare zu erhalten. De Clare hatte einen Wechsel seiner politischen Gesinnung angedeutet und seine Absicht verkündet, Pembroke unverteidigt zurückzulassen, falls William und John de Warenne dies zu ihrem Vorteil auszunutzen wünschten. Er hatte auch geschworen, Williams und Johns Vorrücken durch Wales in das Binnenland nicht zu behindern – die Straßen würden ihnen offenstehen.

Bislang war alles heimlich in die Wege geleitet worden, aber de Montfort hatte seine Spione und würde es herausfinden. Trotzdem würde er nicht nach Pembroke kommen, denn er konnte es sich nicht leisten, in Südwales festzusitzen. Vorausgesetzt, de Clare hielt Wort, war William sicher und konnte hier eine Basis einrichten, während er auf irische Truppen und die nächste Phase des Plans wartete, die

Lord Edward mit einbezog. Es war seine letzte Chance. Er würde entweder überleben und zu seinen Ländereien zurückkehren oder im Kampf sterben, und dieses Wissen war so schwer und so fest wie die Steine des großen Turms, auf dessen Brustwehr er stand.

In Herford saß Edward untätig herum und versuchte, sich seine Ungeduld nicht anmerken zu lassen. Der Maimorgen war so klar und schön wie der gestrige und der vom Tag zuvor. Er hatte die ganze Woche auf ein Zeichen gewartet. Er wusste, dass sein Onkel William und John de Warenne in Pembroke gelandet waren und Vorbereitungen trafen. Auch Roger Mortimer und Gilbert de Clare hatten ihn benachrichtigt, dass alles bereit war.

Während seiner Gefangenschaft hatte Edward begonnen, Simon de Montford mit einer glühenden Wut zu hassen, die unter stählerner Kontrolle brannte. Da ihm bewusst war, was auf dem Spiel stand, verstellte er sich und verhielt sich den Dienern gegenüber entsprechend ihrem Rang liebenswürdig. Er belohnte die Leute mit dem, was er geben konnte, und als sein Geld zu Ende gegangen war, versprach er zukünftige Belohnungen. Er hatte die Situation geformt, sich mehr wie ein geehrter Gast als wie ein Gefangener verhalten, immer die Höflichkeit gewahrt, seine Gefängniswärter eingelullt und eine falsche Spur gelegt. Es bereitete ihm eine tiefe innere Befriedigung, mit ihnen zu spielen und sie nach seinem Willen zu lenken, während sie glaubten, ihn unter Kontrolle zu haben.

Wenn seine Gedanken zu seiner Frau und dem Verlust ihrer Tochter wanderten, wurde das eisige Brennen in seinem Inneren nahezu unerträglich. Er war gezwungen gewesen, sich für Katharines Beerdigung Geld zu leihen, und ihm war der Trost verwehrt worden, an ihrer Totenbahre zu trauern. Allein dafür würde Simon de Montfort sterben, aber er versuchte, diese Gedanken zu vermeiden, denn sie führten ihn in die Dunkelheit, und er musste alles hell und lichterfüllt halten und denen um ihn herum erlauben, sich zu entspannen, vor allem seinem obersten Gefängniswärter, seinem Vetter Henry de Montfort.

Es war ihm gestattet, auszureiten, aber er wurde immer scharf bewacht. Die Ausflüge und die Möglichkeit, seinen gesunden jungen Körper zu stählen und seine Gedanken schweifen zu lassen waren das Einzige, was verhinderte, dass er den Verstand verlor. Er hatte kürzlich einen Brief von seiner Tante Joanna aus Bampton erhalten, sie wünschte ihm alles Gute und schickte ihm ein Kästchen mit gezuckerten Marzipankugeln. Sie sagte, sie würde sich erinnern, wie gerne er dieses Konfekt als kleiner Junge gemocht hatte, und ihr Koch Robert hatte es für ihn zubereitet, um seine Stimmung zu heben. Sie hatte ihm ihr Beileid ausgedrückt und ihm ein paar Kerzen geschickt, als Katharine gestorben war. Im Januar war ein Brief mit einem erlesen bestickten Mundtuch eingetroffen, zu Ostern ein Palmkreuz und ein kleiner Psalter. Nach außen hin drehte sich ihr Kontakt zu ihm um gesellschaftliche und familiäre Angelegenheiten, aber in all diesen Aufmerksamkeiten und Briefen waren andere Geschenke verborgen – kleine verschlüsselte Nachrichten, die ihn darüber informierten, was außerhalb seines Gefängnisses vor sich ging.

Der letzte, im Deckel des Kästchens mit den Marzipankugeln versteckte Brief hatte Einzelheiten der geplanten Flucht und seiner Rolle dabei enthalten. Er sollte nach einem Pferdehändler Ausschau halten, der mit ein paar neuen Pferden zu ihm kommen würde, und das schwarze auswählen. Der

Rest lag bei ihm. Er hatte das Pergament auf dem kleinen Altar in seiner Kammer zu Asche verbrannt und am Morgen einen Boten zu Joanna geschickt, ihr für das Geschenk gedankt und gesagt, sie wüsste doch immer, womit sie ihm eine Freude machen konnte. Das war vor drei Tagen gewesen.

Edward hatte sein Pferd in den Ställen besucht und bemerkt, er würde befürchten, dass es zu lahmen beginnen werde. Er bestand darauf, dass der Stallknecht das Tier untersuchte, verlieh seiner Besorgnis Ausdruck und sagte, er würde ein Ersatzpferd brauchen.

Thomas de Clare schob den Kopf um die Kammertür herum. »Sire, der Pferdehändler ist hier.« Er war erhitzt und atmete schnell. »Er hat vielleicht etwas, was das Richtige für Euch wäre.«

»Endlich! Ich komme besser und sehe mir die Tiere selbst an.« Edward nahm seinen Umhang vom Haken und bemühte sich, ruhig und gleichmäßig zu atmen. Dann zog er seine Reitstiefel an und befestigte die Sporen daran.

Thomas, der jüngere Bruder von Earl Gilbert de Clare, war einer seiner Wächter und in den wechselnden Gezeiten der Bündnisse heimlich zu ihm übergelaufen.

Der Händler stand im Hof und sprach mit Henry de Montfort. Edward erkannte das große schwarze Pferd sofort. Es hatte eine breite Brust, eine kräftige Kruppe und lange Beine und blickte sich mit gespitzten Ohren und geblähten Nüstern um. Edward wandte den Blick von ihm ab und sah stattdessen seinen Vetter an. »Gutes Wetter für einen Proberitt«, sagte er. »Lasst uns sehen, ob etwas Brauchbares dabei ist, obwohl ich mich schwer überzeugen lassen werde, Bayard zu ersetzen.«

Henry zog die Brauen hoch. »Ich würde den Schwarzen nehmen«, meinte er. »Er scheint der Beste zu sein.«

Edward zuckte mit den Achseln und lächelte. »Ich stimme dir zu, aber ich werde ihn mir bis zuletzt aufheben. Ich will erst den anderen eine Chance geben und meinen Spaß haben.« Er trat zu einem geschmeidigen Kastanienbraunen und streichelte seine Nase. »Ich probiere es mit dem hier«, verkündete er. »Wer will sich mit mir ein Rennen liefern, um ihn auf die Probe zu stellen? Tom? Dein Rotschimmel ist kräftig und schnell.«

Thomas de Clare grinste. »Rufus ist noch nie besiegt worden.« Er streichelte sein Pferd und warf Edward einen bedeutungsvollen Blick zu.

Sowie der Kastanienbraune gesattelt war, stieg Edward auf und ließ ihn umhertraben, um ihn aufzuwärmen, dann verfiel er in einen leichten Galopp und dann mit einem Blick und einem Ruf zu de Clare in einen vollen Galopp. Der Kastanienbraune war schnell, aber de Clares Rufus nicht ebenbürtig und wurde leicht um mehrere Längen geschlagen, als ihn die Kräfte verließen.

Als Nächstes erprobte Edward einen Grauen und ermunterte drei seiner Wächter, mit ihm um die Wette zu reiten. Der Graue gab alles und gewann um Halseslänge, aber Edward beschwerte sich, dass die anderen sich nicht genug Mühe gegeben hatten, ihn zu überholen.

»Mir gefällt dieser hier.« Er deutete auf einen weiteren Kastanienbraunen mit einem goldenen Schimmer auf dem Fell und flachsfarbener Mähne und Schweif.

Henry de Montfort schüttelte den Kopf. »Hinten nicht genug Kraft.«

»Es schadet nichts, es zu versuchen, oder?«, entgegnete Edward. »Kommt, alle miteinander, tretet noch einmal gegen mich an.« Er fixierte Henry de Montfort mit einem herausfordernden Blick und einem harten Grinsen.

Henry zügelte seinen Rotbraunen und wendete ihn zum Feld hin. Die Gruppe ritt gemeinsam in einem scharfen Galopp, der sich rasch zu einem gestreckten Galopp steigerte, über den festen Untergrund. Edward nahm den Kastanienbraunen hart heran, zwang ihn zu arbeiten, gab ihm die Sporen, wenn er nachließ, und blieb vorne. Thomas de Clare ritt erneut Rufus, doch das Pferd hatte nach dem ersten Rennen an Feuer verloren, und dieses war sogar noch schwerer. De Montfort, der sich nicht abhängen lassen wollte, trieb seinen Rotbraunen an und schlug Edward und de Clare mit einer Kopflänge Vorsprung. Als Edward aufholte, schnauften alle Pferde und schwitzten.

Edwards Knappe erschien auf Bayard, Edwards üblichem Reitpferd, unter dem Vorwand, ihn trotz des Verdachts des Lahmens vorsichtig bewegen zu wollen. Der junge Mann führte den Schwarzen mit sich und hatte ihn mit einem nicht benötigten Sattel und Zügeln aufgezäumt.

Edward stieg von dem schwer atmenden Kastanienbraunen, trat zu dem Schwarzen, hielt ihm ein Stück Apfel aus dem Beutel an seinem Gürtel hin und rieb das Maul des Pferdes, als es den Leckerbissen kaute. »So«, sagte er. »Jetzt sind wir Freunde.« Der Schwarze scharrte mit den Hufen und stieß auf der Suche nach mehr Edwards Hand an. Dieser gab dem Tier noch ein Stück Apfel und kratzte seine Stirn, dann schob er den Fuß in den Steigbügel und schwang sich in den Sattel. Er ergriff die Zügel, ließ ihn langsam herumgehen und wärmte ihn bis zu einem Trab und einem kurzen Galopp auf, bevor er zu der Gruppe von Wächtern und Gefährten zurückkehrte.

»Noch ein Rennen?«, fragte er. »Henry, dein Pferd ist noch frisch und kräftig.«

»Ich glaube, du würdest mich schlagen, Vetter.« Henry wirkte ein bisschen verärgert.

»Aber komm trotzdem, liefere mir ein Rennen«, redete Edward ihm zu. »Du hast einen kleinen Vorsprung zurück zu den Ställen, und wir sehen, ob ich dich einholen kann.« Er schwenkte den Arm, um den anderen zu bedeuten, dass sie sich alle anschließen sollten.

Thomas wechselte einen Blick mit Edward und tätschelte seinen Rotschimmel, bevor er sich umdrehte, um Henry de Montfort zu dem Rennen mit ihm zu drängen. Ein Funke von verdrossenem Wettkampfeifer glomm in Henrys Augen auf, er trieb sein Pferd an und nahm Thomas einige Yards ab. Dieser stieß einen Schrei aus und nahm mit den anderen die Verfolgung auf, abgesehen von Edwards Stallknecht. Edward wendete augenblicklich den Schwarzen, trieb ihn in die entgegengesetzte Richtung und ritt in die Freiheit, auch wenn er nach dem ersten Spurt das Pferd in einen stetigen Galopp fallen ließ, wohl wissend, dass er das Tier nicht zu früh verausgaben durfte, wenn Geschwindigkeit später nützlich sein konnte. Der Gang des Schwarzen war kräfteschonend und Boden verschlingend. Der Stallknecht ritt auf dem auf wundersame Weise geheilten Bayard hinter ihm.

Sie hörten plötzlich Rufe hinter sich, und Edward trieb den Schwarzen zu einem schnelleren Tempo, aber immer noch keinem vollen Galopp an. In seiner Brust brannte Übermut ob der Freude der gleichmäßigen Geschwindigkeit und des Windes in seinem Haar. Freiheit beinhaltete den Duft von Sommergras, Sonnenschein, die Kraft des Pferdes unter ihm, das warme Leder. Er stieß einen triumphierenden Jubelruf aus, und die Ohren des Hengstes zuckten. Als er einen Blick über seine Schulter wagte, lachte er, denn zwischen ihren Verfolgern und ihnen klaffte eine nicht zu überwindende Lücke, die ständig größer wurde. Edward zügelte den Schwarzen erneut ein wenig, da er ihn nicht überanstrengen oder riskieren wollte, dass er mit dem Huf in ein Loch geriet.

Ein paar Meilen weiter auf der Straße, die sie schnell entlangtrabten, sahen sie Reiter auf sich zukommen, die die Wappen von Mortimer, de Valence und Warenne trugen. »Ha!« Edward jagte triumphierend auf sie zu und brachte den schwitzenden Schwarzen dann zum Stehen. »Ein schöner Tag für einen Ausritt, Gentlemen!«, rief er mit strahlendem, vor Freude übersprudelndem Gesicht. »Ich hoffe, Eure Pferde sind alle so schnell wie meines!«

Unter Gelächter und Rückenklopfen warf jemand Edward eine Pilgerflasche mit Wein zu, und er fing sie auf und trank. »Auf die Freiheit!«, lautete sein Trinkspruch. Er blickte die versammelten jubelnden Ritter an. »Als mein Großonkel Richard Löwenherz aus unrechtmäßiger Gefangenschaft befreit wurde, erhielten seine Feinde die Warnung, auf der Hut zu sein, denn der Teufel wäre frei. Jetzt sage ich, der Löwe ist losgelassen, und meine Feinde sollen vor Angst zittern!«

Joanna nahm Isabelles Hand und führte sie durch die Kammer. Ihre Tochter hatte vor zwei Wochen begonnen, die ersten Schritte zu tun und machte, obwohl sie noch unsicher war, täglich Fortschritte. Als wäre ihr Name ein Vorzeichen, hatte sie das hellgoldene Haar und die blauen Augen ihrer Großmutter. Keines von Joannas anderen Kindern hatte blaue Augen, sondern Schattierungen von Haselnuss und Braun. Was würde William sagen, wenn er sie zum ersten Mal sah?

Der Julimorgen wurde heiß, als die Sonne am Himmel

höher stieg. Joanna hatte von dem im Feld stehenden William mehrere Briefe bekommen, in denen er sie über die Fortschritte informierte. Sie hatte geantwortet und ihm Säcke mit Mehl aus Bampton geschickt. Edward war seit Mai frei, und die Männer waren zu seiner Standarte geströmt. Gilbert de Clare hatte Wort gehalten, und William hatte Pembroke ungehindert einnehmen können. Die irischen Söldner waren eingetroffen, und William war durch Wales marschiert. Edward hatte sowohl Worcester als auch Gloucester eingenommen, aber wo sich William jetzt befand, wusste sie nicht. Sie hatte furchtbare Angst, dass de Montfort doch noch siegen könnte, so wie schon einmal, als alle Chancen gegen ihn gestanden hatten, aber sie tröstete sich mit dem Gedanken, dass auch William wider Erwarten überlebt hatte, genau wie sie und die Kinder.

Als sie die Pferde im Hof hörte, übergab sie Isabelle ihrer Kinderfrau und eilte zum Fenster. Zwei Sergeanten in der Livree der de Warennes stiegen grade ab, und sie hatten Johan bei sich. Joannas Herz begann hart und schnell zu schlagen, und mit einem leisen Aufschrei lief sie nach unten, um sie zu begrüßen.

Johan drehte sich um und sank auf ein Knie. »Mylady, meine Mutter!«, rief er.

Sie zog ihn auf die Füße und verzichtete auf jegliche Formalität, um die Arme um ihn zu schlingen und ihn zu küssen. »Es ist so gut, dich zu sehen! Was tust du hier?«

»Mein Vater und der Earl de Warenne haben mich geschickt, um dich und meinen Bruder und meine Schwestern zu beschützen.« Sein Ton war unbeteiligt, aber der Ausdruck in seinen Augen verriet ihr, dass er nicht erfreut war, hier zu sein.

Die Sergeanten verbeugten sich und führten die Pferde

bis auf das Packtier, das Johans Diener ablud, zu den Ställen.

»Komm herein – hast du schon etwas gegessen?«

Er schüttelte den Kopf. »Nein, aber wir sind nicht weit geritten.«

»Trotzdem wirst du Hunger haben, den haben junge Männer deines Alters immer. Du bist zu dünn. Und ich schwöre, dass du inzwischen so groß bist wie dein Vater.«

»Wir sind gleich groß«, erwiderte er.

Agnes und Margaret kamen entzückt quiekend auf ihn zugerannt, und er umarmte und küsste sie. William folgte ihnen auf dem Fuß – zehn Jahre alt und mit beim Anblick seines männlich wirkenden großen Bruders, dem er nacheiferte, glänzenden Augen. Er wünschte, er hätte einen Schnurrbart und eine tiefe Stimme.

»Und das ist deine Schwester Isabelle.« Joanna nahm ihre jüngste Tochter der Kinderfrau ab.

Johan kauerte sich hin, so dass er sich auf Augenhöhe mit dem hellhaarigen blauäugigen Kleinkind befand, und umarmte sie ebenfalls. »Seltsam, eine Schwester kennenzulernen, seit deren Geburt schon ein Jahr vergangen ist.«

»Ja, dieser Krieg hat uns so viel Zeit gestohlen – dein Vater hat sie auch noch nicht gesehen.« Joanna rang sich ein Lächeln ab. »Wie geht es ihm?«

»Gut. Ich habe einen Brief für dich in meinem Gepäck.« Ein Hauch von Verärgerung schwang in seiner Stimme mit.

Der Wein wurde gebracht, und Joanna schickte die jüngeren Kinder zum Spielen.

»Sie haben mich weggeschickt«, sagte Johan in gekränktem Ton. »Dich und meine Geschwister zu beschützen ist eine wichtige Aufgabe, aber nicht der Hauptgrund, weshalb ich hier bin.«

Joanna wartete darauf, dass er weitersprach, ohne ihn zu drängen. Der Diener kam mit einer Platte kleiner, mit Mark gefüllter Törtchen und getrockneten Früchten zurück. Johan nahm sich ein Tuch und verzehrte mit bemerkenswerter Geschwindigkeit ein paar davon.

»Es wird eine weitere Schlacht geben«, sagte er zwischen einzelnen Bissen. »Ohne Pardon. Lord Edward hat Befehl gegeben, dass Simon de Montfort um jeden Preis überwältigt und getötet werden soll.«

Joanna schüttelte den Kopf. Die Dinge steuerten schon seit langer Zeit darauf hin, wie ein sich zusammenbrauender Sturm, der seine Energie verstreuen musste, bevor der Himmel aufklaren würde. Zumindest würde die Rebellion an der Quelle abgeschnitten werden, wenn de Montfort fiel, aber zu welchem Preis? Sie sah die kleine Isabelle in den Armen ihrer Kinderfrau an. William musste leben, weil er seine Tochter noch nie zu Gesicht bekommen hatte.

»Lord Edward hat recht«, sagte sie, als Johan sich ein drittes Törtchen nahm. »Nichts außer seinem Tod wird de Montfort aufhalten. Ich bin sehr froh, dass dein Vater dich hergeschickt hat.«

Johan sah immer noch verdrossen aus.

»Nein, mein Sohn«, sagte sie. »Du bist zu jung für die Art von Schlacht, die ihnen bevorsteht. Du bist der Erbe deines Vaters und fünfzehn Jahre alt, dir wird Zeit bleiben, dein Handwerk auf Schlachtfeldern zu lernen, die keinen so verzweifelten Einsatz erfordern. Du wirst schnell ein Mann, aber so sollte es nicht sein.«

Er nickte steif, aber sie sah ihm an, dass er immer noch verstimmt war. Doch lieber das als in ein gewalttätiges Blutvergießen verstrickt. Selbst wenn er nicht kämpfen musste, würde er immer noch Zeuge sein, und die Linien der Gepäcktrosse waren während einer Schlacht gefährliche Orte.

»Ich hole dir den Brief meines Vaters«, sagte er, wischte sich die Hände ab und ging zu seinem Gepäck.

Joanna nahm den Brief in ihre Kammer mit, um ihn zu lesen, denn sie kannte den Inhalt nicht, und sie musste vor ihrer Familie stark und gefasst erscheinen. Sie setzte sich an das Fenster und erbrach das Siegel. In dem Brief lag, in das Pergament gefaltet, ein Goldring mit einem Amethyst, der perfekt an den Finger mit ihrem Ehering passte, und sie musste sich über die Augen wischen. William hatte die kurze Nachricht selbst geschrieben, statt einen Schreiber zu beauftragen, und die Worte zu berühren bewirkte, dass sie sich ihm näher fühlte. Er nannte sie seine große Liebe und Gefährtin, er vermisste sie und die Kinder und hoffte, bald wieder bei ihnen zu sein. Er schickte ihr Johan zum Schutz. Bei diesem bevorstehenden Kampf würde es um alles oder nichts gehen, und wenn er daraus nicht zurückkehrte, wusste er, dass sie damit fertig werden und das tun würde, was das Beste für die Familie war. Er hatte seinen Letzten Willen bei den Mönchen in Westminster hinterlegt und bat sie, für ihn zu beten und ihn liebevoll in ihren Gedanken zu bewahren.

Sie presste die Lippen zusammen, und ihr Kinn zitterte, aber dann änderte sich der Ton am Ende des Briefes. Er sagte, er würde den Sieg zu ihr heimbringen und dass er, so Gott wollte, durchkommen und sie sehr bald wieder zusammen sein würden.

Joanna betupfte sich die Augen und holte tief Atem. Sie war stolz auf ihn, und sie würde Kraft aus diesem Stolz ziehen. Sie küsste den Brief und legte ihn auf den kleinen Altar in ihrer Kammer.

Als sie in die Halle zurückkam, spielte Johan mit Agnes Schach, während Will und Margaret ihnen zusahen. »Ich bin stolz auf euch«, sagte sie mit klarer Stimme zu ihnen. »Ich bin stolz auf alle meine Kinder. Ihr macht euch selbst und eurem Familiennamen Ehre. Ich muss das jetzt sagen, weil ich es vielleicht nicht oft genug gesagt habe. Ich liebe euch mit allem Blut in meinem Herzen.« Sie ging zu der Wiege, in der die kleine Isabelle ihr Mittagsschläfchen hielt. Als sie das schlafende, rosige kleine Kind betrachtete, schwor sie sich, dass sie, so Gott wollte, für jeden von ihnen da sein würde, solange sie atmete, ob sie nun noch Babys oder erwachsene Männer und Frauen waren. Es war für immer.

William stieg von seinem Reitpferd und ließ sich von seinem Knappen sein Schlachtross bringen. Er überprüfte noch einmal seine Rüstung, rückte seinen Schildriemen zurecht und vergewisserte sich, dass sich sein Schwert leicht aus der Scheide ziehen ließ. Er hatte dies bereits mehrmals zuvor überprüft, aber es war ein Teil seiner gründlichen Vorbereitung für die Schlacht. Alles musste stimmen, weitere Chancen gab es nicht. Sie waren die Nacht durchgeritten, um ihre Position einzunehmen, bereit, Simon de Montforts Truppe abzufangen, wenn er versuchte, durchzubrechen in Richtung der Unterstützung durch die Londoner.

Im frühen Tageslicht sangen Vögel, und die dunkelgrünen, vor Sommer prallen Blätter hingen schwer und schlaff an den Bäumen. Das Wetter war so heiß gewesen wie ein trockener Kessel, der einige Tage über einem Feuer gehangen hatte, aber nun war die Luft stickig und feucht geworden. Er schwitzte unter seiner Rüstung, und winzige schwarze Fliegen krochen über jeden Teil entblößter Haut, was höllisch juckte.

Die Morgendämmerung war mit einem Goldschimmer am Horizont angebrochen, der jetzt aber verschwunden war und den Himmel bedrohlich und bedrückend zurückgelassen hatte. Gottes Zorn wartete, und er hegte keinen Zweifel daran, wen dieser Zorn treffen würde. Er konnte es sich nicht leisten, von etwas anderem als von diesem Glauben überzeugt zu sein.

Vor zwei Tagen hatte Edward eine Kommandantenversammlung der vereinten Truppen einberufen und Roger Mortimer und einem Dutzend anderer die Aufgabe übertragen, de Montfort zu überwältigen und zu töten. Das war ihr einziges Ziel, ein heiliges Vertrauen und eine heilige Sache. Ein Kreuzzug gegen einen Mann, der die natürliche Ordnung umgestoßen hatte. Ein Mann, dessen Anhänger Edwards Mutter beleidigt, den kränkelnden König eingesperrt und ihm ihren Willen aufgezwungen hatten. De Montfort hatte Henry durch ganz England geschleift und ihn gezwungen, jeden seiner Befehle zu bestätigen. Edward hatte alle gebeten, nach seinem Vater Ausschau zu halten, falls er unter den Kämpfern war, und Roger de Leyburn damit beauftragt, ihn zu suchen und für seine Sicherheit zu sorgen.

Der Himmel verdunkelte sich zusehends, und Donner grollte in der Ferne. Die ersten Regentropfen fielen schwer wie Blei, und gezackte Blitze flammten auf. Williams Schlachtross warf den Kopf hoch und tänzelte. William zog die Zügel fester an und packte seine Lanze. Ein Dröhnen jenseits des Donners kündigte de Montforts Ankunft an. Williams Herzschlag beschleunigte sich, als er über die Reihen von Reitern und Fußsoldaten hinwegblickte. Er sog einen tiefen, beruhigenden Atemzug ein, denn jetzt war er da. Der Moment zwischen Leben und Sterben, wo alle noch am Leben waren, viele es aber bald nicht mehr sein würden.

Er gab seinen Rittern das Signal und trieb sein Pferd mit den Sporen an, vom Schritt zum Trab zu einem Galopp, steigerte ständig die Geschwindigkeit. Das Grollen des Donners wurde vom Echo der trommelnden Hufe der Schlachtrösser begleitet, als sie auf ihre Beute zujagten.

Der Regen wurde stärker und begann zu prasseln. De Montforts Mitte warf sich ihnen entgegen, der Hang minderte die Wucht ihres Angriffs kaum. William wählte sein Ziel aus, einen Ritter auf einem rotbraunen Schlachtross mit weißer Blesse, und brachte seine Lanze in Position. Über ihnen krachte der Donner, und die Blitze zuckten und flammten. William spürte den Zusammenprall, das Kratzen von Stahl auf Kettengeflecht und dann das Durchbohren von Fleisch. Er warf seine Lanze weg und beschrieb mit gezücktem Schwert eine Drehung.

Der Kampf war hart, aus der Nähe geführt und blutig. Pferde warfen sich nach vorne, scheuten, glitten aus, stürzten auf nassem Gras und wieherten schrecklich, als sie verwundet wurden. Das Kampfgewühl und der Gewittersturm verschmolzen zu einer gewaltigen Naturkatastrophe. Blut und Wasser strömten über den zertrampelten Untergrund wie der Inhalt der Abflusskanäle in einem Schlachthaus und verwandelten ihn in karminroten Schlamm, und die Luft stank wie in einer städtischen Fleischerei nach Blut, Eingeweiden und Exkrementen. Williams Atem krächzte enorm, als er Hiebe parierte und Leiber aufschlitzte und um sich schlug. Er tötete, um nicht selbst getötet zu werden, und ließ keine Gnade walten. Jeder Hieb, den er führte, rächte sein Exil, die Beleidigungen, den Hohn und die Verachtung. Es war für Joanna, für seine Familie, für Edward und den König. Es war brutales Gemetzel und Zerstörung in einem niederströmenden

Regenvorhang, und als der Donner über sie hinwegrollte, wusste er, dass Gott sein Schwert lenkte.

Zu seiner Linken, inmitten der Sturzflut, umringte eine Gruppe von Männern etwas auf dem Boden. Ihre Arme hoben und senkten sich in einem Gewirr stumpfen Kettengeflechts. Ein totes weißes Pferd lag im Schlamm, Blut strömte aus tiefen Schnittwunden. Ganz in der Nähe näherte sich Roger de Leyburn mit erhobenem Schwert einem pferdelosen, unbewaffneten Ritter in gewöhnlicher Rüstung, der um Gnade kreischte und mit brechender, qualvoller Stimme wieder und wieder beteuerte, er sei Henry of Winchester. William erkannte die Stimme ebenso wie Leyburn. »Der König!«, stöhnte er. »Es ist der König!«

William trieb sein Pferd an, um zu Leyburn zu gelangen, der abgestiegen war und verzweifelt die Riemen des Helms des Ritters löste, sodass Henrys weißes, tränenüberströmtes Gesicht und die wild blickenden Augen zum Vorschein kamen. Blut rieselte von seiner Schulter, wo ein Pfeil sein Kettenhemd durchbohrt hatte, aber die Wunde war nicht schwer, und der Pfeil konnte leicht herausgezogen werden.

»Jetzt seid Ihr sicher, Sire«, sagte William. »Kommt, Leyburn und seine Männer werden Euch in Sicherheit bringen und hinter unseren Linien Eure Wunde versorgen.«

Henry antwortete mit einem entsetzlichen Jammerlaut, und Leyburn musste den König mit Gewalt zu seiner Eskorte schaffen, denn er rührte sich nicht von der Stelle und schrie wie ein Kaninchen in seinen letzten Momenten. Wut und Mitleid brannten angesichts der gequälten Verwirrung, die Henrys Gesicht verzerrte, in Williams Herzen. Es war nicht der Gesichtsausdruck eines Königs, sondern der eines furchtbar verletzten Kindes.

De Montforts Truppen flohen vom Feld, und de Montforts Löwenbanner war gefallen und in den blutigen Morast getrampelt worden. Der Schaft war abgebrochen. Eine Gruppe von Rittern zu Fuß hatte de Montfort selbst umzingelt und hackte in einem Akt des Abschlachtens und Verstümmelns wie wild mit ihren Schwertern auf ihn ein. Williams Lippe kräuselte sich. Es war nicht genug. Nichts konnte genug sein, um diesen Ausdruck tränenreichen Entsetzens auf Henrys Gesicht auszulöschen. Was für ein Mann würde so etwas einem König antun, der kein Krieger war und Gewalt verabscheute? Was für eine Art arroganter Grausamkeit war dazu erforderlich? Dazu kam versuchter Mord, da er Henry in eine schlichte Rüstung gesteckt und sich selbst überlassen hatte. Einige mochten Simon de Montfort als frommen Christen und großen Mann bezeichnen, aber William hatte keine solchen Waagschalen vor den Augen. Er wusste, wer und was de Montfort war und hoffte, seine Seele würde bis in alle Ewigkeit in der Hölle schmoren.

Mit gezogenem Schwert ging William zu der Gruppe von Männern hinüber. Er blickte den zerhackten und verstümmelten Leichnam an, hob den Arm und fügte dem Torso einen weiteren Schwerthieb zu. »Für Henry!«, sagte er mit heiserer, brechender Stimme. »Für meine Frau, für meine Kinder. Für alles, was du mir genommen hast!« Er wischte sein blutbesudeltes Schwert an den Fetzen von de Montforts Überwurf ab und wandte sich ab, bevor Wut und Kummer ihn bis zu dem Punkt überwältigten, wo er die Beherrschung verlor, und bevor ihm übel wurde. De Montfort war besiegt und tot, im Schlamm abgeschlachtet. Jetzt war es Zeit, nach vorne zu schauen, zu retten und wieder aufzubauen.

Er machte sich auf die Suche nach Henry und fand ihn in der nahe gelegenen Priorei, wo er von Leyburn und den Mönchen versorgt wurde. William ließ sein Schwert vor der Tür. Seine Hände waren rot von Blut, sein Überwurf damit getränkt und mit Schlamm und geronnenem Blut verschmutzt. Er wusch seine Hände und sein Gesicht in einem Eimer neben dem Trog und kippte ihn aus, als er fertig war, weil sein Magen beim Anblick des verfärbten Wassers brannte. Er bekreuzigte sich und betrat das Gästehaus des Klosters.

Henry saß auf einer Bank vor dem Feuer, das trotz der drückenden Hitze des Tages entzündet worden war. Sein Oberkörper war entblößt, und ein Mönch behandelte seine Schulterwunde. William schluckte, von Mitleid ergriffen, als er sah, wie sich Henrys Rippen unter der Haut abzeichneten. Er zitterte und hatte glasige Augen. Leise Wimmerlaute quollen zwischen seinen Zähnen hervor, und William fiel ein, dass eine weitere der furchtbaren Ängste seines Halbbruders Gewitter waren.

»Sire!« William kniete vor ihm nieder. »Sire, Simon de Montfort liegt tot auf dem Schlachtfeld, und seine Truppen haben sich aufgelöst und zerstreut. Lord Edward hat den Sieg davongetragen. Ihr seid jetzt sicher.«

Henry nickte, doch sein Blick war leer, und William wusste nicht, ob die Worte zu ihm durchgedrungen waren.

Der Mönch trat zurück, damit William Henrys Wunde sehen konnte, nur ein Schnitt in dem Fleisch, der kaum noch blutete, obwohl er mit ein paar Stichen würde genäht werden müssen. Henry würde am Leben bleiben, vorausgesetzt, er bekam kein Wundfieber.

»Ihr werdet ein paar Tage lang Schmerzen haben«, sagte er, »aber sie werden vergehen, und die Wunde wird bald heilen.«

Bewusstsein für seine Umgebung glomm in Henrys Augen auf. »Aber es wird mich immer verfolgen«, sagte er erschauernd. »Ich dachte, ich würde sterben.« Er schluckte. »De Montfort hat mich in eine gewöhnliche Rüstung gesteckt. Er sagte, mein Name wäre Henry of Winchester, das wäre mein einziger Titel in der Welt, weil ich dort geboren wurde. Er wollte, dass ich sterbe – dass meine eigenen Männer mich töten.«

»Aber Ihr lebt, und er ist tot«, erwiderte William mit eisigem Zorn. »Er hat den Preis bezahlt. Ihr könnt es hinter Euch lassen, auch wenn Ihr es nie vergesst. Ihr habt überlebt, und der Sieg gehört Euch.«

Henry gab keine Antwort. Zwei Tränen rollten an seinem von Adern durchzogenen Wangen herunter, und er wimmerte erneut.

William küsste ihn, drückte kurz seine Hände und ließ ihn allein. Es gab viel zu tun, und in der Zwischenzeit musste Henry sich ausruhen und würde hoffentlich seinen Verstand wiedererlangen. Er machte einen kurzen Abstecher zu der Kirche, um Gott für den großen Sieg zu danken, und dann ging er Edward suchen.

Drei Tage später stand William vor der dunklen Marmorgrabstätte in der Kathedrale von Worcester und blickte auf das Abbild von Henrys Vater König John in der Majestät seines scharlachroten Gewandes mit einem Halssaum, der mit saphirblauem, smaragdgrünem und rubinrotem Glas besetzt war. Johns Haar fiel in Wellen bis zu seinem Bart, und seine offenen Augen starrten in die Ewigkeit. Seine weißen Handschuhe waren hinten vergoldet, genau wie seine Sporen. Zu jeder Seite seines Kopfes saßen schützende Bilder des heiligen Oswald und des heiligen Wulfstan.

All dem nach zu urteilen, was er gehört hatte, war König John nicht übermäßig religiös gewesen, aber die Vorsicht gebot es einem Mann, sich im Himmel rückzuversichern und für Schutz im Leben nach dem Tod Vorkehrungen zu treffen.

Henry gesellte sich zu ihm. »Ich habe dich gesucht«, sagte er.

»Ich habe Euren Vater geehrt«, sagte William.

Er blickte seinen Halbbruder an. Er war zwar immer noch hager und blass, aber Henrys Schulterwunde heilte gut, und er hatte sich auch sonst ein wenig erholt. Seine Hände zitterten immer noch, und unter seiner Robe war er bis auf die Knochen abgemagert, aber er hatte es geschafft, den Tag durchzustehen und in der Ratsversammlung zu sitzen, obgleich Edward den größten Teil der Organisation übernommen hatte.

Henry berührte die Seite der Grabstätte. »Die Figur ähnelt ihm ein wenig«, meinte er. »Ich erinnere mich, dass er diese scharlachroten Roben zu großen Anlässen getragen hat, und diesen juwelenbesetzten Kragen auch. Der Großvater deiner Frau erzählte mir einmal, er würde mir ein frühes Grab wünschen, sollte ich je so werden wie er.«

William hob die Brauen. Henry hatte bei einer anderen Gelegenheit vor vielen Jahren schon einmal von dem Zwischenfall gesprochen, und die Worte des Marschalls hatten eindeutig großen Eindruck hinterlassen.

»Ich habe versucht, nicht so zu werden«, sagte Henry müde, »aber meine Barone haben sich trotzdem gegen mich aufgelehnt und mich gehasst, so wie sie ihn gehasst haben. Wenn man ein König ist, sind manche Dinge in Stein gemeißelt.«

»Nicht jeder hat sich aufgelehnt«, gab William zu bedenken. »Und viele lieben Euch.«

Henry verzog das Gesicht. »Alles, was ich je wollte, ist Frieden, aber es scheint, dass so viele Menschen Krieg als letztes Mittel betrachten.«

»Aber es gibt Hoffnung«, entgegnete William. »Ich denke an Eure große Kammer und wie sie restauriert und instand gesetzt wurde, selbst wenn sie nie wieder so sein wird wie früher. Dinge können besser gemacht werden, als sie waren.«

Henry nickte. Seine Augen wurden feucht. Er umarmte William liebevoll und trat dann zurück. »Ich bin gekommen, um dir zu sagen, dass einige Gefangene eingetroffen sind, darunter auch der Halbbruder deiner Frau, Guillaume de Munchensy. Wenn du ihn in deine Obhut nehmen willst, während wir über sein Lösegeld und Wiedergutmachung verhandeln, dann gehört er dir.«

William blies die Wangen auf. Er hegte keinen Wunsch, seinen Schwager zu sehen, aber er hatte eine Pflicht ihm gegenüber, und da war noch die Frage von Swanscombe. »Danke, Sire, ich werde mich darum kümmern.« Wie schade, dass Guillaume nicht im Kampf gefallen war, dachte er. Die Art, wie er sich de Montfort angeschlossen und seine Familie verhöhnt hatte, war eine schwer zu verzeihende Beleidigung.

Von Abscheu erfüllt kehrte er zu seiner Unterkunft zurück und schickte nach dem jungen Mann. In der Zwischenzeit ließ er James einen Krug Wein und eine Platte mit frischen knusprigen Pasteten bringen – er konnte es sich genauso gut bequem machen, während er sich mit dem Burschen befasste.

Guilliaume wurde zwischen zwei Rittern hereingeführt. Seine Kleider waren zerknittert, aber heil, die Dolchscheide an seinem Gürtel war leer. Ein hässlicher Kratzer verlief von seiner Schläfe zu seinem Kiefer, und in dem Blick, den er William zuwarf, lag bittere Feindseligkeit und auch Furcht.

William deutete auf eine Bank, entließ alle anderen und schenkte Wein ein. »Ich habe nicht vor, hämische Schadenfreude zu zeigen«, sagte er, »und ich werde mich auch nicht an Verletzungen und Kränkungen der Vergangenheit festbeißen, weil das zu nichts anderem dient als dazu, Rachedurst zu stillen, und im Moment halte ich die Hände still.«

»Was hast du dann mit mir vor?«

»Das ist nicht meine Entscheidung, obwohl ich als Gunstbeweis, weil du ein Verwandter bist, über die Macht verfüge, einige der Konsequenzen für dich abzumildern. Ich kann deinen Fall vertreten und sagen, dass du jung und leicht zu beeinflussen warst, deinen Irrtum aber eingesehen hast und zutiefst bereust, Simon de Montfort unterstützt zu haben. Ob das nun stimmt oder nicht, ist eine andere Sache.«

Guillaume schob die Unterlippe vor und machte ein mürrisches Gesicht.

William seufzte. »Ich versuche, dir deiner Schwester zuliebe zu helfen. Ich tue es nicht deinetwegen oder meinetwegen, sondern nur wegen Joanna.«

»Sie würde es nicht interessieren, und wenn ich sterben würde«, versetzte Guillaume rau.

»Da irrst du dich, was beweist, wie wenig du von ihr weißt. Sie liebt dich vielleicht nicht, aber sie wollte dir nie etwas Böses, selbst wenn du dich ihr gegenüber weit weniger vorurteilsfrei verhalten hast. Für meine Frau ist es eine Frage ihrer Pflicht dir und Gott gegenüber. Mich würde es bestimmt nicht kümmern, ob du stirbst, aber ich werde nicht aktiv zu deinem Tod beitragen. Wenn du bislang überlebt hast, muss es einen Grund dafür geben.«

Guillaume zuckte mit den Achseln. »Dann lass uns zur Sache kommen.«

William trank einen Schluck und täuschte Gleichmütigkeit vor. »Du wirst vorerst auf Kaution entlassen und der Obhut deiner Mutter übergeben. Ich werde deinen Landbesitz verwalten, während die Angelegenheit aufgearbeitet und England wieder unter eine richtige und ordnungsgemäße Herrschaft gestellt wird. Du erhältst ein Einkommen, von dem du leben kannst – die Höhe ist abhängig von mir. Sowie das geklärt ist und du dich als vertrauenswürdig erwiesen hast, wird der König dich vollständig begnadigen, und du bekommst dein Erbe zugesprochen. Bis du deine Loyalität und Würdigkeit unter Beweis gestellt hast, ist es dir nicht gestattet, deinen Besitz zu nutzen. Aber wie dem auch sei, du wirst kein Gefangener sein, und deine Mutter wird für dich bürgen.«

Guillaume musterte ihn hasserfüllt. »Und vermutlich soll ich dafür dankbar sein?«

William zuckte mit den Achseln. »Mach, was du willst, das ist mir egal.« Sein Ärger wuchs. »Ich habe keinen Bedarf für deine Dankbarkeit. Wenn du nichts für mich bist, dann wirst du für mich unerheblich. Wenn ich wegen deiner Haltung Einwände erhebe, würde das zu dem Schluss führen, dass mir genug an dir liegt, um mich zu kümmern, und das tue ich nicht mehr. Trotzdem würde ich sagen, dass du, wenn du deine Ländereien zurückbekommen willst, dich etwas zugänglicher zeigen solltest, denn ich bin dein Weg zur Gnade des Königs und Lord Edwards – genau wie deine Schwester. Ich überlasse es deinem gesunden Menschenverstand, zu entscheiden, welchen Weg du einschlägst.«

Guillaumes Kiefer mahlte. Er nahm seinen Becher und trank einen Schluck.

William griff nach einer Pastete. »Es ist deine Zukunft!«

Guillaume räusperte sich. »Du lässt mir keine Wahl«, meinte er mürrisch. »Es schmeckt mir nicht, aber wie es aussieht, muss ich essen, was auf meinem Teller liegt.«

»Jetzt begreifst du!«

Guillaume stellte seinen Becher ab und stand auf. William sah ihn an, denn obwohl er Joanna sehr unähnlich war, erinnerte ihn etwas an der Haltung seiner Schultern, wenn er sich einer Herausforderung gegenübersah, an seine Frau.

»Du kannst gehen«, sagte William, »und ich hoffe, noch einmal mit dir zu sprechen, bevor du in die Obhut deiner Mutter gegeben wirst. Ich werde den Austausch in die Wege leiten, sowie wir Gloucester erreichen. Für den Moment wirst du unter Hausarrest gestellt – allerdings nicht in meinem Haushalt. Ich werde dafür sorgen, dass du zu dem Earl of Gloucester kommst – das dürfte uns beiden besser zusagen. Ich hoffe, dass du die Bedingungen für deine Freilassung akzeptieren wirst, indem du dein Ehrenwort als Ritter gibst, denn ich würde dich nicht gerne in Fesseln wiedersehen.« Er deutete auf die roten Armbänder aus aufgeschürfter Haut an Guillaumes Handgelenken.

»Du hast mein Wort«, gab Guillaume steif zurück.

William winkte seinen Rittern, Guillaume hinauszuführen, und als er fort war, seufzte er tief, lehnte sich zurück und fuhr sich mit den Händen durch das Haar. Dann schenkte er sich noch einen halben Becher Wein ein und aß eine zweite Pastete, weil solche alltäglichen Dinge Normalität in die Welt zurückbrachten. Er würde nie ein freundschaftliches Verhältnis zu Guillaume de Munchensy aufbauen – selbst in Friedenszeiten würde es Reibungen geben –, aber für den Augenblick war die Situation geklärt.

Ihm blieb immer noch so viel zu tun. De Montfort war tot, aber Flammen der Rebellion blieben, und nichts würde in einem Tag oder noch nicht einmal einem Monat aus der Welt geschafft werden. Alles hatte sich geändert. Wie bei Henrys großer bemalter Kammer mochten die Grundmauern bestehen bleiben, aber Neuaufbau nach dem Feuer hieß, dass das, was diese Grundmauern überdeckte, von ganz anderer Art sein würde.

42

Windsor
August 1265

Joanna, die an einem Fensterplatz in der großen Halle der
Burg Gloucester saß, hatte noch nie ein so hektisches Treiben bei einer Hofversammlung erlebt, so als hätte Simon
de Montforts Tod einen vorher versiegelten Bienenstock
geöffnet. Es wimmelte von Edelleuten und Baronen, Mitläufern, Dienern und Bittstellern. William war noch nicht
da, und das Warten bewirkte, dass ihr Magen vor Anspannung brannte. Sie waren über sechzehn Monate lang getrennt und in großer Gefahr gewesen. Bei ihrem Abschied
war Isabelle noch nicht auf der Welt gewesen, und jetzt lief
sie schon und sprach ihre ersten Worte.

Anlässlich ihres Wiedersehens hatte Joanna das beste
Kleid von denen, die ihr geblieben waren, angelegt – blaue
Seide mit rubinroter Stickerei in Form von kleinen Streit-
äxten –, aber der Saum war von all dem Gewühl im Hof
und in der Halle staubig geworden. Sie hielt ständig in der
Menge nach ihm Ausschau, und John war nach draußen
gegangen, um ihn zu suchen.

Vor fünf Tagen hatte sie durch einen von Erleichterung
und Dank erfüllten Brief von William von dem Sieg von Evesham erfahren. In dem Brief bat er sie, mit den Kindern nach
Winchester zu kommen. Sie konnte kaum fassen, dass es vor-

bei und dass Simon de Montfort tot war. Seit ihrer Kindheit hatte sie ihn gefürchtet, und nun war er Gott sei Dank nicht mehr da. Sie sollte vor Triumph einen Freudentanz aufführen, aber sie dachte an Eleanor de Montfort als Frau und Mutter, die am Boden zerstört sein musste. Sie waren Feindinnen gewesen, und sie mochten sich nicht, aber sie bewegten sich auf dem gleichen Feld von Familie und Mutterschaft. Wie leicht hätte sie an Eleanors Stelle sein können.

Als er am Hof eintraf, war Joanna entsetzt gewesen, Henry so hager und gebeugt vorzufinden. Seine Hände zitterten, und sein hängendes Augenlid war ausgeprägter denn je. Er hatte falsche und törichte Entscheidungen getroffen, aber ihn in einer Rüstung ohne Wappen, unbekannt und dem Tod geweiht in eine Schlacht zu schleifen war unverzeihlich.

Als sie den Hals in die andere Richtung drehte, tauchte William ohne Vorwarnung von der anderen Seite her auf, was sie erst bemerkte, als er mit gesenktem Kopf vor ihr kniete. »Mylady, meine Frau!«, sagte er. »Mein Herz, mein Grund für alles, meine Hoffnung!«

Ihr Herz überschlug sich und schmolz. Er trug seinen Wappenüberwurf über einer schlichten blauen Tunika und seinen mit Limoges-Email verziertem Schwertgurt, jeder Zoll der seiner Lady ergebene Ritter. Sie rang nach Atem und grub die Hände in sein Haar, um die üppigen Locken zu spüren. Die Vertrautheit und die Erleichterung verwandelten sich in ihrem Inneren zu Gold. Er blickte auf, und sie forschten gegenseitig in ihren Gesichtern.

Sie legte die Handfläche gegen seine Wange, und er drehte den Kopf, bis ihre Hand auf seinen Lippen ruhte, und er küsste sie herzlich. Dann setzte er sich neben sie auf die Bank am Fenster und zog sie in die Arme, als wären sie allein und nicht in einer überfüllten Halle.

»Ich habe dir vertraut«, sagte er. »Du bist so tapfer und tüchtig, aber dich jetzt zu sehen und zu berühren und zu wissen, dass du real bist, wo du die ganze Zeit nur in meinen Gedanken warst – das ist alles, woran ich denken kann ... Und dass ich wirklich eine Familie habe und nicht eine, die nur in meiner Vorstellung existiert – dass ich etwas habe, worauf ich stolz sein kann. Ich kann anfangen zu glauben, dass alles wieder gut werden wird.« Seine Stimme zitterte, er küsste sie erneut, und sie schmeckte seine Tränen.

»Oh, William«, sagte sie weich.

Johan kam und räusperte sich vernehmlich. »Wie ich sehe, habt ihr euch gefunden.«

William erhob sich von seinem Platz neben Joanna und zog seinen Sohn in eine gefühlvolle Umarmung von Mann zu Mann. »Du hast deine Sache gut gemacht und die Familie beschützt«, sagte er. »Ich bin stolz auf dich.«

Johan errötete vor Freude, runzelte aber zugleich die Stirn. »Ich wünschte, ich wäre dabei gewesen.«

»Nein, das brauchst du nicht«, widersprach William rasch mit einem angewiderten Erschauern. »Warum solltest du dich in die Hölle begeben, wenn es nicht sein muss? Ich würde keinem meiner Söhne etwas Derartiges wünschen. Es wird Zeiten in deinem Leben geben, wo du kämpfen und deinem Lord wirst in der Schlacht beistehen müssen, aber was sich in Evesham ereignet hat, war etwas, was du nie mit ansehen wollen würdest.« Er legte die Hände auf beide Seiten von Johans Gesicht und küsste seine Stirn. »Der Earl de Warenne ist draußen, du solltest besser gehen und sehen, ob er dich braucht.«

»Er ist schon wieder gewachsen«, sagte er zu Joanna, als Johan sich einen Weg durch die volle Halle bahnte.

»Ja, im Moment gibt es keine Speisekammer, die groß genug ist, um ihn satt zu bekommen.«

William begrüßte seine anderen Kinder, staunte, wie groß auch sie geworden waren, und seine Augen weiteten sich beim Anblick von Agnes. Sie war bereits vierzehn Jahre alt – fast eine Frau, mit einer gertenschlanken Figur und seinen eigenen ruhigen graubraunen Augen.

»Mylord, mein Vater!«, sagte sie mit einem geschmeidigen Knicks.

»Bist du jetzt froh, dass sie noch nicht verheiratet ist?«, fragte Joanna.

»Ja, du hattest recht«, erwiderte er schroff. »Dafür ist später noch Zeit.«

Er zog Agnes auf die Füße und umarmte sie, dann wandte er sich an Margaret, um sie in die Arme zu schließen und mit warmer Zuneigung über ihr Lockengewirr zu streichen. Er bewunderte Wills neues Messer und seine Größe und sagte, sein Sohn würde bald alt genug sein, um ein Knappe zu werden. Und dann zeigte Joanna ihm ihre jüngste Tochter.

»Das ist Isabelle«, sagte sie. »Beinahe auf der Straße zur Abtei Cookham geboren, aber das hat ihr nicht geschadet, abgesehen davon, dass sie eine Vorliebe dafür hat, überall herumzustrolchen.«

William nahm sie in seine Arme, betrachtete ihre rosigen Wangen, ihre goldenen Locken und die leuchtend blauen Augen. Er drückte sie an sich und atmete ihren Kinderduft ein, der nach dem Gestank des Schlachtfelds so anders und heilsam war, und sah dann Joanna wieder an. »Was du hast tun müssen«, sagte er heiser, »was du durchmachen musstest. Trotzdem hast du alles durchgestanden, die Kinder beschützt und ihre Zahl noch vermehrt. Du bist wahrhaft eine bemerkenswerte Frau.«

»Ich fühle mich nicht bemerkenswert«, entgegnete sie

mit einem zittrigen Lachen. »Ich habe getan, was ich tun musste, und du ebenfalls.«

Isabelle verlangte, abgesetzt zu werden, schoss augenblicklich blitzschnell davon, und Joanna musste ihr hinterhereilen, um sie einzufangen.

»Ha, sie ist genau wie du!«, rief sie.

Dann wurde William weggerufen, um sich um geschäftliche Angelegenheiten zu kümmern, versprach aber, später wiederzukommen.

In der aus allen Nähten platzenden Burg musste jeder einen Schlafplatz finden, so gut er konnte, aber Joannas Dienern war es gelungen, ihr ein kleines Haus in der Nähe der Burgmauern zu sichern, und als William endlich seinen Pflichten entrinnen konnte, kam er zu ihr.

Die anderen hatten sich in den oberen Raum zurückgezogen und schliefen, so dass sie allein waren. Er setzte sich mit einem erleichterten Seufzer neben sie auf die Bank und nahm den Becher Wein, den sie ihm reichte. Weazel hatte sich auf einem Kissen zu Joannas Seite zusammengerollt, jetzt ein alter Kater, von Kampfnarben übersät, mager, mit schütterem Fell, aber am Leben und zufrieden damit, am Feuer zu schlafen.

»Man hat mir die Verantwortung für die Burg von Winchester übertragen«, sagte er, »aber ich werde auch den König begleiten müssen, daher fürchte ich, dass du diese Aufgabe übernehmen musst, bis ich mich selbst kümmern kann. Dein Wort gilt so viel wie meines, und meines so viel wie deines. Morgen früh werde ich dir die notwendigen Dokumente aushändigen.«

Joanna war kurz bestürzt, dann aber erfreut, denn sie konnte diese Anforderung bewältigen und gut bewältigen, und es war eine Anerkennung ihrer Fähigkeiten. »Natürlich!«

»Ich habe etwas für dich.« Er stellte den Wein ab, stand auf und kam ein paar Minuten später mit einer Stoffrolle aus seinem Gepäckpacken wieder. »Ich habe es anfertigen lassen, während ich in Frankreich war.«

Von Neugier erfüllt, löste Joanna die Schnüre und entrollte den Stoff. Eine zweite Rolle kam im Inneren zum Vorschein. Sie enthielt ein Leinenstück, auf dem mit Kohle eine Kopie der Figur Hoffnung aus der großen Kammer des Königs in Westminster gezeichnet war. Dazu überreichte er ihr eine schöne Schatulle mit Limoges-Email, in der Stickseide in satten Farben und eine kleine Hülse mit silbernen Nadeln lagen.

»Ich dachte, du würdest das vielleicht gern sticken, um es für die Zeiten, wo wir zusammen sein können, in unserer Kammer aufzuhängen. Der König lässt für die große Kammer neue Figuren entwerfen, und diese gehört nicht dazu, aber sie wird immer zu uns gehören. Das Gesicht ist nicht genau so, wie ich es gerne hätte, aber es sieht dir immer noch ähnlich.«

Joannas Augen füllten sich mit Tränen, und eine Weile konnte sie nicht sprechen. Dann schluckte sie und sah ihn an. »Ich hätte keinen anderen Mann haben wollen als dich, selbst wenn ich die ganze Welt zur Auswahl gehabt hätte.« Ihre Stimme wurde heiser vor Gefühlen.

»Und ich keine andere Frau. Wir haben dies durchgestanden. Wir müssen noch viele weitere Kämpfe bestreiten und Meere überqueren, aber vorerst sind wir hier, zusammen, und alle unsere Kinder liegen sicher im Bett.«

Er goss mehr Wein ein, sie stießen miteinander an und tranken. Danach nahm er sie in die Arme, führte sie zum Bett, zog die Vorhänge rund um sie zu und scheuchte Weazel zu seinem Kissen am Feuer zurück.

Joanna drehte sich in seinen Armen um. Selbst in Zeiten großer Veränderung waren manche Dinge unauslöschlich in das Herz eingebrannt. Sie würde jeden Stich in Ehren halten, den sie machte, wenn sie mit der Arbeit an dem Bild der Hoffnung inmitten der Sterne begann – die über die Verzweiflung triumphiert hatte.

ANMERKUNG DER AUTORIN

Meine Romane kommen immer von meiner persönlichen Neugier. Ich will wissen, wer meine Charaktere waren, wie ihr Alltagsleben aussah, will ihre Gedanken, Motive und Gefühle kennen – was sie getan haben und warum. Wenn ich anfange, Fragen zu stellen, führen die Antworten zu weiteren Fragen und einem tieferen Dialog. Meine Faszination wächst, und an irgendeinem Punkt drängen sich diese Menschen aus der Vergangenheit in die Gegenwart, kommen zu mir und erzählen mir ihre Geschichte.

Ich traf Joanna de Valence erstmals in einer von der Historikerin Linda Mitchell verfassten Biografie, die es sich zum Ziel gesetzt hatte, diese wenig bekannte Enkelin des großen William Marshal (Vergleiche meine Romane *Der Ritter der Königin, Der scharlachrote Löwe* und *Der letzte Auftrag des Ritters*) zu beschreiben und zu verteidigen. Mitchell betrachtet Joanna als eine Figur von Substanz, Wichtigkeit und Bedeutung für ihr Zeitalter und glaubt, dass sie bei den seltenen Gelegenheiten, wo sie in historischen Werken erwähnt wird, übersehen und falsch eingeschätzt wurde. Dasselbe lässt sich von ihrem Mann sagen, dem Halbbruder von Henry III., William de Valence, der ebenfalls, wie Mitchell meint, von Historikern fälschlicherweise verleumdet und als bedeutungslos abgetan wurde. De Valences standhafte Unterstützung seines Bruders, des Königs, seine absolute Loyalität und seine Weigerung, sich dem Willen Simon de Montforts zu unterwerfen, wurde von modernen Historikern entweder ignoriert oder verzerrt wiedergegeben.

Erfindung und nachlässige Recherche haben dazu geführt, dass er als gieriger, raffsüchtiger, skrupelloser »Ausländer« dargestellt wurde. Bis jetzt hat kein Historiker über die Oberfläche hinaus seine Rolle im Herzen der Diplomatie, Kriegsführung und Politik des 13. Jahrhunderts erforscht – eine Karriere in königlichen Diensten, die fast fünfzig Jahre umfasst, wo seine unerschütterliche Loyalität der Krone gegenüber dem Wert des weit berühmteren Großvaters seiner Frau widerspiegelt. Es ist erstaunlich, wie viele Biografien von Simon de Montfort existieren, aber nicht eine, die sich mit der Karriere von William de Valence befasst. Es ist so, als hätte man Pfeffer ohne Salz auf dem Tisch!

Als ich Mitchells Biografie las, dachte ich über Joanna de Valence nach und darüber, wer sie war. Eine Frau, die aus der gewöhnlichen Aristokratie zur Schwägerin von Henry III. aufgestiegen ist. Eine Frau von erfindungsreicher Intelligenz, die die Männer in die Tasche steckte, die versuchten, ihre Rechte und ihren Besitz an sich zu bringen. Eine Frau, die von ihrem Mann geliebt und als gleichberechtigte Partnerin behandelt wurde – und ich wusste, dass ich das Thema für meinen nächsten Roman gefunden hatte.

Das Erste, was wir von Joannas Geschichte wissen, ist ihre Heirat mit William de Valence im Sommer 1247. Wir kennen von beiden nicht das genaue Geburtsdatum, aber sie mussten beide im späten Teenageralter gestanden haben. Joanna war bei ihrer Geburt nichts Großes vorbestimmt. Ihre Mutter, die jüngste Tochter von William Marshal, hatte mit Warin de Munchensy of Swanscombe eine recht gute

Partie gemacht, eine sichere Verbindung, aber eine bloße Formsache. Sie schenkte ihrem Mann zwei Kinder, John (Johan) und Joanna.

Historische Schriftsteller stehen immer vor Problemen, wenn es um Namen geht. Obwohl die Menschen des Mittelalters wie wir auch manchmal seltsame Auswüchse der Fantasie hatten, was die Namensgebung ihres Nachwuchses anging (ich bin im 13. Jahrhundert zum Beispiel auf ein »Schneewittchen« und eine »Teffania« oder Tiffany gestoßen), hat sich die Mehrheit an Traditionelles gehalten. Ich hatte mit einem Überfluss an Johns und Eleanors zu kämpfen, die oft in derselben Szene miteinander zu tun hatten. Deswegen wurden Joannas Bruder und Sohn zu Johan (eine mittelalterliche Schreibweise des Namens). Sie treten nicht zur selben Zeit auf derselben Bühne auf, was es einfacher gemacht hat. Was Eleanor betrifft, habe ich für die Königin von Henry III. die französische, für Eleanor de Montfort die anglisierte Schreibweise und für die Frau von Edward I., Eleanor von Kastilien, die spanische Version Leonora benutzt.

An irgendeinem Punkt in Joannas und Johans Kindheit starb ihre Mutter, und ihr Vater heiratete erneut und bekam einen weiteren Sohn, William (in der französischen Schreibweise Guillaume, abermals, um Verwechslungen in dem Roman zu vermeiden).

Es ist sehr wahrscheinlich, dass Joanna von ihrer späten Kindheit an am Hof erzogen wurde. Adelsfamilien bezahlten oft dafür, dass ihre Töchter in einem hochrangigen Haushalt aufgezogen wurden, weil das ihre Aussichten und ihren Status steigerte. Wir wissen, dass sie von der königlichen »Gouvernante« Cecily de Sandford ausgebildet wurde, die auch Lehrerin der Schwester des Königs, Eleanor, und zwischen ihren Ehen deren enge Gefährtin war.

Durch eine Serie tragischer, unglücklicher Todesfälle, darunter auch der ihres Bruders Johan, wurde Joanna im Frühjahr 1247 eine bedeutende Erbin mit Landbesitz in Irland, Wales und England, wozu Kilkenny, Pembroke, Tenley, Goodrich und Windon gehörte. Von einem mittellosen Mädchen war Joanna plötzlich zu einem wertvollen Heiratsgut geworden.

Henry III. hatte kürzlich einige Halbgeschwister aus ihrem heimatlichen Limousin in Frankreich an den englischen Hof eingeladen. Sie waren die Kinder der zweiten Familie seiner Mutter Isabel d'Angoulême, nachdem sie nach dem Tod von Henrys Vater König John erneut geheiratet hatte. Henrys Einladung an seine Brüder und Schwestern erfolgte direkt nach dem Tod ihrer Mutter und war wahrscheinlich eine Kombination aus Henrys Wunsch, Beistand aus der Familie am Hof zu haben, ein nützliches Mittel, mit seinen unruhigen Ländereien im Südwesten Frankreichs (hauptsächlich um Bordeaux herum) in Verbindung zu bleiben, und komplexen gefühlsmäßigen Bindungen.

Um für diese Halbgeschwister zu sorgen arrangierte Henry Heiraten, Vormundschaften, Kirchenposten und Geld- und Landgeschenke. Aymer sollte zum Bischof ausgebildet werden, Geoffrey und Guy erhielten finanzielle Zuwendungen, Aliza heiratete John de Warenne, den jungen Erben der bedeutenden Grafschaft Surrey, und William, für den Henry eine besondere Vorliebe entwickelte, wurde mit Joanna de Munchensy verheiratet.

Die Ehen selbst waren, was das persönliche Zusammenpassen betraf, extrem erfolgreich. William und Joanna waren fast fünfzig Jahre, bis zu Williams Tod im Jahr 1296, verheiratet. In dem einzigen erhaltenen Brief kurz nach der Schlacht von Evesham, nach achtzehn Jahren Beziehung und fünf Kindern, nennt William Joanna seine »große Liebe und Gefährtin«, als er sie bittet, die Verwaltung der Burg Winchester für ihn zu übernehmen. Mit Mitte vierzig vergrößerten sie ihre Familie immer noch um die kleine Joanna und Aymer, die irgendwann Anfang oder Mitte der 1270er-Jahre geboren wurden. In dem Roman lasse ich William zu seiner Frau sagen, dass sie sich immer Zeit füreinander nehmen würden, wenn sie können, und dafür haben wir Beweise aus ihrem Leben. Im Januar 1296 verließ Joanna ihre Familie, um William allein zu treffen, und verbrachte zwei Tage mit ihm in Dover, bevor er zu einem Feldzug nach Frankreich übersetzte.

Die Ehe von John de Warenne und Aliza de Lusignan endete in einer Tragödie, als Aliza nach der Geburt ihres dritten Kindes starb. John kam über ihren Tod nie hinweg und heiratete nicht wieder, obwohl er bei Alizas Tod noch unter dreißig war. In Anbetracht der hohen Kindersterblichkeit dieser Zeit und des Umstands, dass er nur einen Sohn hatte, hätte man annehmen sollen, er würde erneut heiraten, doch er entschied sich dagegen. Zeit ihres Lebens blieb das Band zwischen ihm und William und Joanna stark. Vielleicht trug der tragische Tod seiner Frau dazu bei, dass er in späteren Jahren in dem Ruf stand, schwierig und verbittert zu sein.

Die Herrschaft von Henry III. ist eine unglaublich reiche und von Einzelheiten erfüllte Periode, und ich musste mir die Kirschen herauspicken, meine Erzählung straffen und durfte nicht vergessen, dass ich einen Roman und kein Lehrbuch verfasste. Wenn ich über die Menschen des besten Teils der Zeit vor tausend Jahren schreibe, gilt mein Interesse der Frage, wie sie auf persönlicher Ebene waren. Um die Geschichte im Fluss zu halten, musste ich Episoden und somit auch einige Persönlichkeiten auslassen. So gibt es zum Beispiel über Henrys Beziehung zu seinem Bruder Richard, der in vieler Hinsicht ein geeigneter König war als Henry selbst, noch viel mehr zu sagen, aber seine Geschichte in den Roman einzuarbeiten hätte diesen schwerfällig und dreimal so lang werden lassen. Es gibt ebenfalls historische Ereignisse, die ich weggelassen habe, um die Geschichte voranzutreiben, die der interessierte Leser aber in der Fachliteratur über diese Zeit nachlesen kann.

William de Valence und Simon de Montfort gerieten während ihrer Verstrickung in einen komplexen und oft von Bosheit geprägten Rechtsstreit um die Landrechte von Simons Frau Eleanor, der Schwester des Königs, ständig aneinander. Bevor sie de Montfort heiratete, war Eleanor mit William Marshal, dem zweiten Earl of Pembroke, verheiratet, und als er starb, hatte sie Anspruch auf ein Drittel seiner Ländereien. Die Familie Marshal stritt um die großen Summen, um die es ging, und Eleanor willigte schließlich ein, bar ausgezahlt zu werden. Später sollte sie sagen, sie wäre in ihrer Witwenschaft ausgenutzt worden, und es stünde ihr sehr viel mehr zu, als sie erhalten habe. Natürlich stimmten die zahlreichen anderen Marshal-Erben, Joanna miteingeschlossen, nicht zu, und es folgte eine lange, oft üble rechtliche Auseinandersetzung. Nach seiner Heirat mit Joanna wurde William de Valence in den Disput mit hineingezogen. Die de Montforts hegten wegen all der Gunstbezeugungen und Geschenke seitens Henry III. einen besonderen Groll gegen ihn.

Simon und William stritten auch in der Frage der Reformen. Bezüglich dieser Reformen bin ich in diesem Roman nicht weiter ins Detail gegangen, auch hier gibt es andere Quellen. Eine Reform war sicherlich notwendig, aber die

Männer nahmen in diesem Punkt sehr unterschiedliche Haltungen ein.

Simon de Montfort wird oft glühend als Vater des Parlaments und Schwert der Justiz gelobt, aber wäre die Frage der Marshal-Landsitze früh zu seinen Gunsten entschieden worden, muss man sich fragen, ob die Geschichte nicht einen anderen Lauf genommen hätte, der nicht zu der Schlacht von Evesham geführt hätte.

William de Valence hielt seinem Bruder Henry und Henrys Sohn Edward unerschütterlich die Treue. In seiner Jugend war William impulsiv und unbesonnen und bezahlte gelegentlich den Preis dafür. Seine Unreife verursachte unzählige Schwierigkeiten, und er war selbst sein schlimmster Feind. Der Übergriff auf den Weinkeller des Bischofs von Ely ist dokumentiert, ebenso wie Williams Turnierteilnahme. Er geriet auch des Öfteren in manchmal sehr unangenehme Auseinandersetzungen mit seinen Brüdern, vor allem mit Aymer, die ihn nicht gerade ruhmreich dastehen ließen. Er wurde jedoch ruhiger, als er älter wurde, und der ehemalige »junge Wilde« entwickelte sich zu einem vertrauenswürdigen und talentierten Militärkommandanten und Diplomaten.

William de Valence ist in der Abtei von Westminster begraben. Er liegt auf einem mit exquisitem mittelalterlichem Limoges- Email verziertem Kissen, und trotz der Wechselfälle der Zeit zeigt sein Abbild einen schneidigen Mann mit scharfen Zügen und dem Anflug eines Lächelns auf den Lippen. Ein Mann, der so wertgeschätzt wurde, dass ihm eine Grabstätte im Familienmausoleum der Plantagenets zugebilligt wurde, sowie zahlreichen seiner Kinder.

Die Geschichte von Joanna und den Wollkarren ist wahr. Sie wird beiläufig von dem bekanntesten Chronisten der

Zeit, Matthew Paris, angesprochen, der in seinem Werk Chronica Majora die aus dem Lateinischen ins Englische übersetzt wurde, die grundlegendsten Einzelheiten erwähnt. Wieder fällt auf, dass Joannas Liebe zu William zur Sprache kommt:

Die Brüder des Königs, deren Ruhm mit Schmutz beworfen worden war, waren zum großen Verlust und Schaden des Königreiches um eine große Geldsumme bereichert worden, und zwar dank einer Frau ...
Joanna,
Frau von William de Valence, die England mit einer großen Summe verließ, von der Liebe zu ihrem Mann angetrieben, ihm zu folgen. Berichten zufolge verschaffte
die zuvor erwähnte Joanna sich mit weiblichem Einfallsreichtum eine große Menge Wolle, die sie sicher in Säcke verpacken ließ. Inmitten dieser Wolle verbarg sie
eine große Geldsumme. Dann verstaute sie die Säcke in stabilen Karren, als wäre es nur Wolle, und schickte sie bei einer passenden Gelegenheit nach Poitou. Deshalb ging, obwohl viele behaupteten, dass das Geld dem zuvor
genannten William gehörte, jedoch beschlagnahmt und irgendwo gelagert wurde, aus diesem Vorgang hervor, dass eine solche Bemerkung verlässlich war.

Joanna war couragiert, erfindungsreich, intelligent und loyal und vermutlich in den frühen Zeiten ihrer Ehe reifer als ihr Mann. Nachdem William von Simon de Montfort mit Enthauptung bedroht worden und er geflohen war, um sein Leben zu retten, musste sie auf feindlichem Gebiet zurechtkommen und für ihre und die Sicherheit ihrer vier Kinder sorgen. Sie spielte ihre Rolle perfekt und schaffte es, den Familienreichtum direkt unter de Montforts Nase fortzuschaffen. Bevor sie zu William ins Exil ging, so sagt uns Matthew Paris, befand sich Joanna in einer ernsten Notlage und bemühte sich, über die Runden zu kommen, aber sie arbeitete ganz eindeutig verdeckt. Es ist wahrscheinlich, dass sie Hilfe von Verbündeten am Hof hatte, darunter ihre Cousins Hugh Bigod und John de Warenne.

Joanna musste sich auch allein unter schwierigen Umständen behaupten, als William nach der katastrophalen Schlacht von Lewes erneut fliehen musste. Diesmal war sie hochschwanger und mit Edwards junger Frau Leonora von Kastilien unter der Bedrohung einer Belagerung in Windsor eingesperrt. Joanna wurde sicheres Geleit zugesichert, um abzureisen und ihr Kind anderswo zur Welt zu bringen und wäre vielleicht zu einem ihrer Herrenhäuser gefahren, die sie diesmal nutzen durfte, um sich und ihre Familie zu versorgen. Eines der wahrscheinlichsten war Bampton in Oxfordshire, heute berühmt als das Dorf, das als Kulisse für die Fernsehserie »Downtown Abbey« diente.

In der Zeit zwischen den Schlachten von Lewes und Evesham gebar Joanna ihr fünftes Kind, ein kleines Mädchen, das Isabelle getauft wurde. Wenn Joanna zu dieser Zeit in Bampton war, hatte sie dort gelebt, als die Mühle von Outlaws ausgeraubt wurde. Das ganze Dorf tat sich zusammen, um die Diebe zur Rechenschaft zu ziehen.

Im späteren Leben wird Joanna hauptsächlich mit Goodrich Castle im walisischen Grenzgebiet in Verbindung gebracht, was einige ihrer Haushaltsbücher und die Namen ihres Personals und ihrer Diener belegen. Sie scheint gewissenhaft und ständig beschäftigt gewesen zu sein, fand aber auch noch Zeit für gesellschaftliche Kontakte. Zu Mariä Lichtmess gab sie zum Beispiel ein Fest für alle ihre Freundinnen, und sie war eine enge Freundin und Vertraute von Joan of Acre, einer Tochter von Edward I. und Leonora von Kastilien. Goodrich Castle hat eine sehr spezielle Atmosphäre. Heute ist es ruhig, in der schönen Landschaft von Hertford gelegen, aber zu seinen Hochzeiten war es ein Ort voller Behaglichkeit und Pracht für Joannas spätere Jahre, und es wurde zu ihrer Lieblingsresidenz, vor allem während der zehn Jahre ihrer Witwenschaft.

Es tat mir leid, festzustellen, dass zwei von Joannas und Williams Kindern, die in dem Roman vorkommen, jung starben. Margaret und John (Johan) starben 1276 und 1277 in ihren Zwanzigern und wurden in der Abtei von Westminster begraben. Williams und Joannas Sohn William starb im Erwachsenenalter im Kampf und liegt in der Kirche St. Peter and Paul in Dorchester begraben, wo sein Abbild als Ritter heute noch zu sehen ist. Ihr letzter Sohn Aymer, außerhalb der Zeit geboren, in der dieser Roman spielt, trat das Erbe an, hatte aber keine eigenen Erben. Er ist gleichfalls zusammen mit seinem Vater, seinem Bruder und seiner Schwester in der Abtei Westminster begraben. Joannas und Williams andere Töchter Agnes, Isabelle und Joanna heirateten alle und hatten Nachkommen.

Joanna de Valences Grabstätte ist unbekannt. Ihre Biografin Linda Mitchell vermutet, dass es die Abtei Dene war (auch als Abtei Flaxley bekannt), die nahe bei Goodrich Castle liegt. Die Abtei gibt es inzwischen nicht mehr, an ihrer Stelle steht jetzt Flaxley Hall, eine Privatresidenz.

Williams Bruder Aymer de Valence starb tatsächlich Ende 1260 in Paris kurz vor seiner Rückkehr nach England, um den Posten des Bischofs von Winchester anzutreten. Er war einige Jahre lang Bischofselekt und stand William altersmäßig nah.

Königin Alienor und ihre Anhänger hegten eine tiefe Abneigung gegen ihn, und in der Tat wurde sein Ruf bis heute von den Chronisten in den Schmutz gezogen. Zum Beispiel wird er für die Entführung und Misshandlung des Beamten von Bonifaz von Savoyen verantwortlich gemacht, nachdem ihm das Recht verwehrt wurde, seinen eigenen Pfründeninhaber für einen freien Posten zu ernennen, aber es wird nicht erwähnt, dass Aymers Mann zuvor von Bonifaz, der sich für gewalttätige Praxen selbst nicht zu schade war, verhaftet und zusammengeschlagen wurde.

Die große Kammer des Königs in Westminster, in späteren Jahrhunderten als bemalte Kammer bekannt, existiert nicht mehr, obwohl wir Illustrationen von dem Dekor von Skizzen, Zeichnungen und Bildern des 18. und frühen 19. Jahrhunderts haben. Ein Feuer zerstörte die Kammer 1834 – sie scheint das Ziel solcher Unfälle gewesen zu sein.

Der Brand, den ich im Roman erwähne, brach 1263 in einem Rauchfang aus, der 1259 repariert wurde, er breitete sich rasch aus und richtete großen Schaden an. Die Kammer, in der ständig gearbeitet wurde, wurde repariert und restauriert, aber mit anderen Wandgemälden, von denen einige überlebten, um erwähnt zu werden, darunter auch die Figuren der Tugenden und Laster. Meine Wahl der Hoffnung, die die Verzweiflung zertritt, ist meine dichterische Freiheit, aber im Rahmen des Kontexts der Kammer und als eine der mittelalterlichen Tugenden selbst durchaus plausibel, und wir kennen die Zusammenstellung aller Figuren vor dem Brand 1263 nicht. Wir kennen aber das Motto, das Henry über den Giebel des Raums neben dem Eingang malen ließ: »ke ne dune, ke ne tine, ne prent ke desire«, was übersetzt heißt: »Er, der hat und nicht gibt, wird, wenn er etwas will, es nicht bekommen.«

Diesen Roman zu schreiben war eine bereichernde Entdeckungsreise, und ich bin so froh, Joanna und William de Valence kennengelernt und an ihrem faszinierenden Leben teilgehabt zu haben.

Ich hoffe, den Lesern gefällt ihre Geschichte ebenfalls.

DANKSAGUNGEN

Ich würde mich gerne bei den Menschen hinter den Kulissen bedanken, ohne die dieser Roman nie das Tageslicht gesehen hätte.

Mein Dank gilt jedem bei der Literaturagentur Blake Friedman für ihre freundliche Professionalität und dafür, dass sie mich mit ihren gemeinsamen Bemühungen rund um den Globus zahlungsfähig gehalten haben, und ein besonderes Dankeschön geht an meine liebe Freundin, Poetin und Agentin Isobel Dixon, die mich auf dem Laufenden hält und immer meine Partei ergreift.

Ich arbeite mit meinen Verlegern bei Little, Brown seit vielen Jahren zusammen, und obwohl ein paar neue Gesichter hinzugekommen und alte verschwunden sind, bleibt das Team immer stark. Ich möchte Cath Burke, Thalia Proctor und Millie Seaward für ihre Zeit und Mühe danken, gleichfalls meiner Redakteurin Darcy Nicholson. Es war eine Freude, mit ihr zusammenzuarbeiten, und sie hat mir während meiner Arbeit an diesem Roman viele wertvolle Einblicke und Stoff zum Nachdenken gegeben. Für die Endredaktion vor den Korrekturfahnen schulde ich Dan Balado-Lopez großen Dank, ein paar der ungenauen Daten und Zeitleisten aufgespürt zu haben, die die aufeinanderfolgenden Kapitel hinterlassen haben. Sämtliche noch verbleibenden Fehler gehen auf meine Kappe.

Mein Dank gilt wie immer meinem Mann Roger, der

mein Fels in der Brandung ist, seit wir Teenager waren, und der immer einen Becher Tee zur Hand hat, um mich an meinem Schreibtisch mit Treibstoff zu versorgen, sowie meiner lieben Freundin und historischen Zeitreisenden Alison King, der ich dafür danken muss, mir Joanna und William in ihrem wahren Licht gezeigt zu haben.

Last, but not least danke ich meinen vielen lieben Freunden und Lesern online, die jeden Tag mit unserem Austausch über alle möglichen Themen erhellen. Ich habe ihr Leben ebenso kennengelernt wie sie meines, und unsere Interaktionen sind eine solche Bereicherung und Lebenswertsteigerung geworden, und das nie mehr als in den seltsamen Tagen von 2020, wo ich diesen Roman geschrieben habe und wir viel Zeit im Lockdown wegen Covid verbrachten – aber nicht in der Isolation. Es würde einige Seiten brauchen, um alle zu erwähnen, und ich hätte trotzdem noch Angst, jemanden vergessen zu haben, aber ich möchte mich besonders bei Marsha Lambert dafür bedanken, dass sie mich viele Jahre unermüdlich unterstützt hat, und obwohl ich sie nie persönlich kennengelernt habe, ist sie der netteste, aufrichtigste Mensch, den man sich vorstellen kann, und ein wesentlicher Teil des Leims, der uns zusammenhält.

Danke an euch alle!